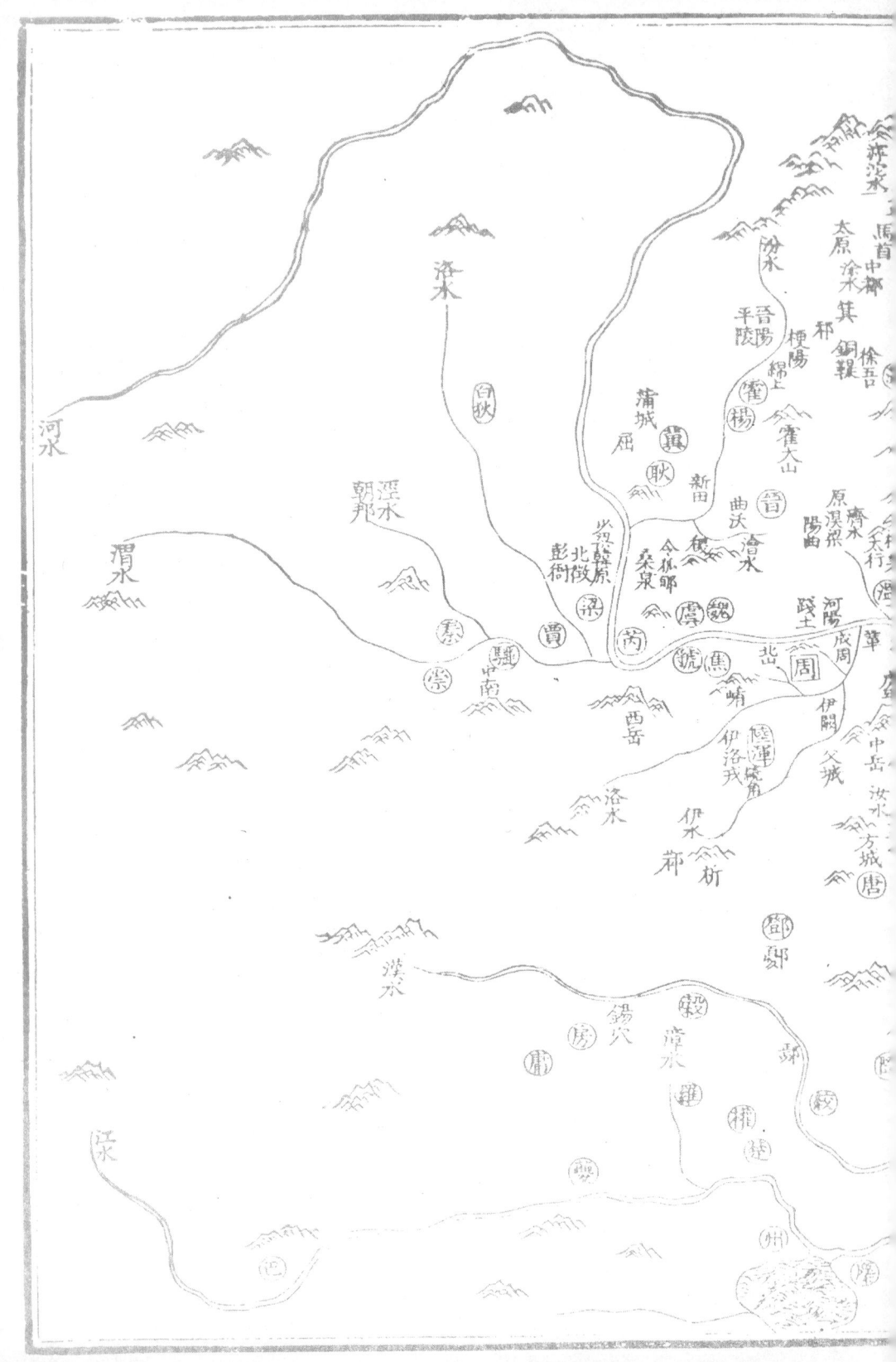

河水

莊淶水

太原涂其
中都
馬首

徐吾
祁
銅鞮

汾水

晉陽
平陽
梗陽
綿上
霍楊

霍大山

洛水

白狄

蒲城
屈
黃
耿

新田
翟
原渭梁
陽曲
原渭梁
陽曲
雍

會狐卿
令狐卿
桑泉
硬
虞
魏

踐土
河陽
成周

涇水
朝邘

彭衙
北徵
賈原
梁
芮

號
馬
崤
周

渭水
秦
崇
驪中南
中南

賈

北行
華

汝水
中岳

西岳

洛水

伊闕
父城
伊闕
伊洛戎

揚渾戎角
伊洛戎

伊水
邢
析

方城
唐

鄧

漢水

穀
錫穴
房
菜水

庸

嶲

絞

州

巴

漢

江水

夔

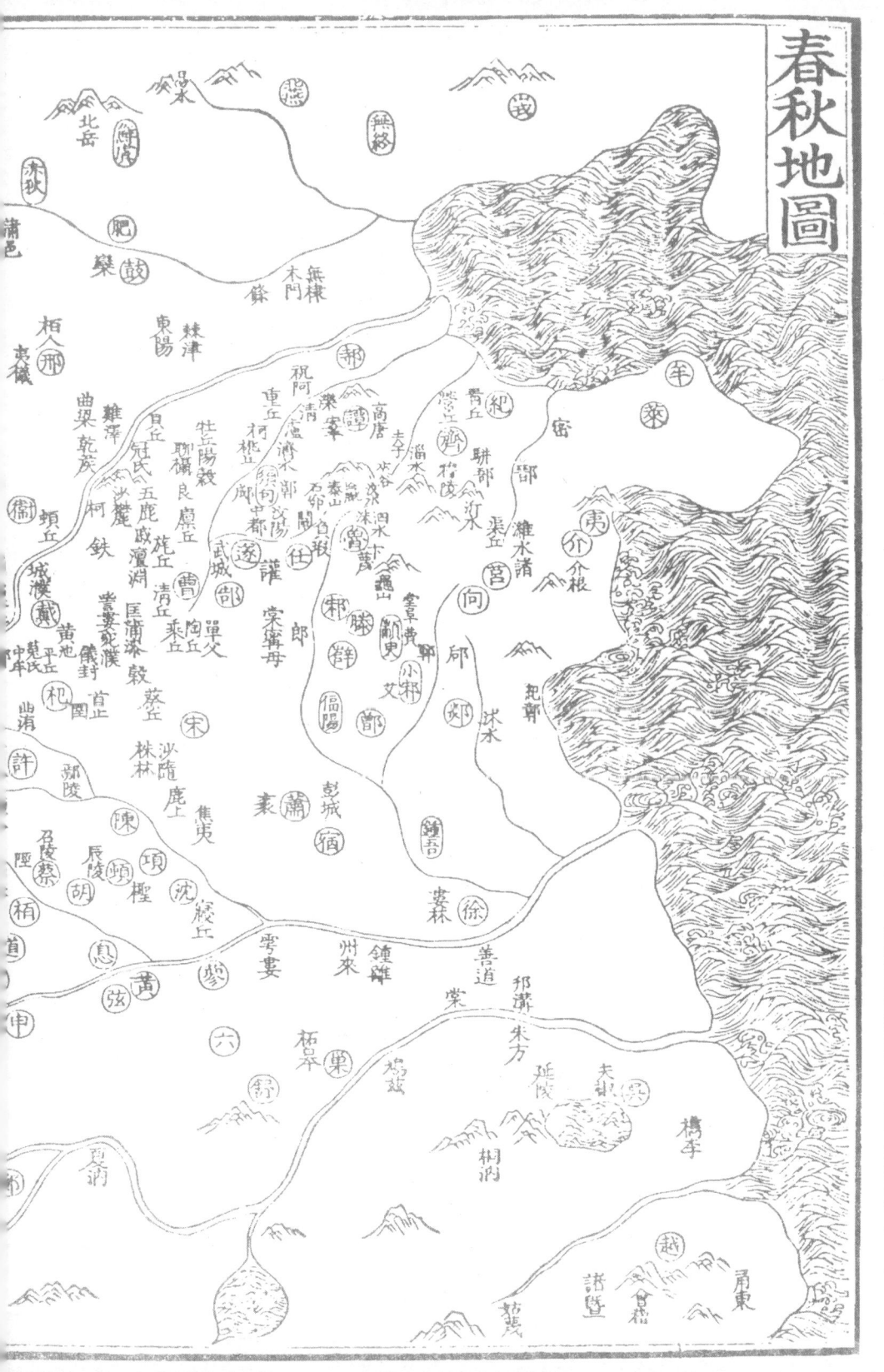

春秋地圖

새 시대를 위한 시경
하

새 시대를 위한 시경

詩經

서정가 역주

살림터

봉황도(鳳凰圖) / 서정기 作

『새 시대를 위한 詩經』을 탈고한 기념으로 봉황을 그려 2천년대 신
문명 창조의 상서로운 징표를 인증했다.

봉황은 聖王이 태평성대를 건설할 때에 나타나는 상서로운 새로
예천(醴泉)의 물을 마시고 죽실(竹實)을 먹으며 벽오동 나무에만 깃
드는데 형상은 전면은 기러기처럼 생겼고 후면은 기린처럼 생겼으며
뱀의 머리, 물고기의 꼬리, 용의 무늬, 거북의 등, 닭의 부리, 제비의
턱 등의 모양을 하면서 머리에는 덕(德)을 이고, 목에는 의(義)를 매
달고, 등에는 인(仁)을 지고, 가슴에는 신(信)을 품고, 날개는 예(禮)
를 끼고, 발로는 문(文)을 밟고, 꼬리에는 무(武)를 매달았으니 오색
찬란한 봉황이 나오면 모든 날짐승과 들짐승이 뒤따르며 유순하게 노
래하여 극락세계(極樂世界)임을 인증한다.

하권

Ⅲ. 대아(大雅)

하경(下經)
Ⅲ. 송(頌)

상권

상경(上經)
Ⅰ. 국풍(國風)

중경(中經)
Ⅱ. 소아(小雅)

3. 동궁(彤弓)의 십(什) ···················· 476

4. 기보(祈父)의 십(什)

기보   여 왕 지 조 아
祈父여   予王之爪牙어늘
호 전 여 우 휼   미 소 지 거
胡轉予于恤하야 靡所止居오

수비대장이여, 나는 왕의 발톱과 어금니 같은 군인이거늘
어찌 나를 근심 속에 옮겨 다니게 하여 머물러 살 곳이 없게 하
는가

기보   여 왕 지 조 사
祈父여   予王之爪士어늘
호 전 여 우 휼   미 소 지 지
胡轉予于恤하야 靡所底止오

수비대장이여, 나는 왕의 발톱과 같은 전사이거늘
어찌 나를 근심 속에 옮겨 다니게 히여 이르러 머믈 곳이 없게 하
하는가

기보   단 불 총
祈父여   亶不聰이로다
호 전 여 우 휼   유 모 지 시 옹
胡轉予于恤하야 有母之尸饔고

수비대장이여 진실로 총명하지 않네
어찌 나를 근심 속에 옮겨 다니게 하여 어머니로 밥을 짓게 하
는가

◑ 기보(祈父) 편은 세 장이 4구씩으로 된 서사시인데 군인이

수비대장의 비인간적이고 반인륜적인 군사행정의 난맥상을 고발한 내용이다.

1장은 왕국을 수호하는 군인의 직분이 엄연히 있음에도 수비대장이 군인을 임의로 동원하여 사방을 전전하게 하여 괴롭히는 현실을 항의하였고, 2장은 군인이란 왕국의 전사로서 그 신분을 보장해야 하거늘 수비대장이 전사를 수시로 이동하여 각 부대를 전전하게 하는 인사정책의 난맥상을 고발하였으며, 3장은 자고로 군대는 일정한 복무기간이 있어서 임기가 끝나면 귀가조치하여 결혼을 하고 부모를 봉양하도록 해야 하거늘 이제 수비대장이 복무기간을 마쳐도 귀가시키지 않은 비인간적이고 반인륜적인 병무행정을 규탄하였다.

공자가 이 시를 『시경』에 편집한 이유는 군인이 현명하여 수비대장의 불법과 무능과 포악을 용납하지 않고 노래로 호소하여 시정을 촉구하는 고발정신을 높이 평가하기 위함이니 정치사회의 문제를 은폐하거나 도피하지 않고 사회에 고발하여 여론을 환기해서 공론(公論)의 힘으로 시정을 요구하는 것은 선비의 직분이고 민중의 권리이다.

기(祈)는 천자(天子)의 직할영역인 기(圻)이니 곧 기(畿)와 같은 것이며, 기보(祈父)는 천자의 직할영역을 수비하는 군대를 관장하는 직책인즉 바로 수비대장이다. 조아(爪牙)는 짐승의 발톱과 어금니로 곧 적을 막고 나라를 호위하는 군인을 비유한 것이다. 여(予)는 천자국에서 양성하는 6군(軍)의 군졸이요, 휼(恤)은 근심하는 것이다. 조사(爪士)는 전사이니 전투부대의 각급 지휘관이며, 지(底)는 이르는 것이다. 단(亶)은 진실로, 시(尸)는 주관하는 것이며, 옹(饔)은 밥을 짓는 것이다.

상관의 잘못을 원망하여 증오하지 않고, 국법과 도리로써 깨우쳐 바로잡으려고 하였으니 그 충의감과 효심이 아름답기 그지없다. 특히 상관의 잘못을 중앙정부에 투서하여 처벌을 요구하기 전에 자체적으로 내부에서 중론(衆論)으로 시정하려고 노력했다는 점에서 선의의 충고임을 알 수 있을 것이다.

교교백구   식아장묘
皎皎白駒가   食我場苗라 하야
칩지유지   이영금조
縶之維之하야   以永今朝하야
소위이인   어언소요
所謂伊人이   於焉逍遙하리라

하얗고 깨끗한 흰 망아지가 우리 텃밭에 싹을 뜯어먹네
가두고 말굴레를 매어 오늘 아침을 오래하여
이른바 그 사람이 여기에서 노닐게 하리

교교백구   식아장곽
皎皎白駒가   食我場藿이라 하야
칩지유지   이영금석
縶之維之하야   以永今夕하야
소위이인   어언가객
所謂伊人이   於焉嘉客케 하리라

하얗고 깨끗한 흰 망아지가 우리 텃밭에 콩잎을 뜯어먹네
가두고 말굴레를 매어 오늘 저녁을 오래하여
이른바 그 사람이 여기에서 아름다운 손님이 되게 하리

교교백구   비연래사
皎皎白駒가   賁然來思면
이공이후   일예무기
爾公爾侯하야   逸豫無期케 하리라
신이우유   면이둔사
愼爾優游하여   勉爾遁思오

하얗고 깨끗한 흰 망아지가 번쩍거리면서 오면
그대를 공작으로 하고 그대를 후작으로 하여 편안하게 즐거움이
끝없이 하리니
그대 편안하고 한가롭게 지내는 것을 삼가하여 그대의 숨으려는
생각을 힘쓰는가

교교백구
皎皎白駒가
재피공곡
在彼空谷하니
생추일속
生芻一束이나
기인여옥
其人如玉이로다
무금옥이음
毋金玉爾音하야
이유하심
而有遐心이어다

하얗고 깨끗한 흰 망아지 저 빈 골짜기에 있구나
생풀 한 묶음이지만 그 사람은 옥과 같다네
그대의 소식을 금옥같이 하노니 멀리하려는 마음을 두지 말도록

☯ 백구(白駒) 편은 네 장이 6구씩으로 된 서사시인데 임금이
어진 사람을 등용하여 가까이하고자 하는 간절한 심정으로 어진
이를 초빙하였으나 어진 이가 허락하지 않고 끝내 초야로 되돌아
가는 아쉬운 이별의 장면을 묘사한 내용이다.

1장은 현인(賢人)이 하얗고 깨끗한 흰 망아지를 타고 오니 그
망아지를 가두고 말굴레를 매어 아침에 일찍 돌아가지 못하도록
만류하는 노력을 기술하였고, 2장은 저녁에도 못 가도록 말을 가
두고 말굴레를 매는 상황을 서술하여 다시 만류하였음을 밝혔으
며, 3장은 세번째 만류하여 어진 이를 공작(公爵)과 후작(侯爵)의
벼슬을 주어 길이 즐거움을 같이 누리자고 강청(强請)하였고, 4장
은 어진 이가 끝내 사양하고 되돌아가니 임금이 못내 아쉬워하면
서도 어진 이의 고결한 청빈락도(淸貧樂道)를 찬미함과 동시에
조속히 마음을 바꾸어 벼슬길에 올라주기를 호소하는 장면이다.

공자가 이 시를 『시경』에 편집한 이유는 임금이 나라를 다스
림에 어진 이를 발탁하여 등용하는 성의와 노력이 진실하고 또한
어진 이를 예의로 대접하는 절도가 융숭한 것을 표창하기 위함이
니 임금이 처음의 예청(禮請), 두번째의 고청(固請), 세번째의 강
청(强請)을 모두 갖추었을 뿐만 아니라 이에 대하여 어진 이가
예사(禮辭), 고사(固辭), 종사(終辭)함에 더 이상 붙들지 않고 보
내면서도 더욱 성의를 다하여 공경함은 예절의 바른 절도이다.

교교(皎皎)는 하얗고 깨끗한 모양이며, 구(駒)는 망아지이니 아

직 다 크지 않은 것으로 흰 망아지는 어진 이가 타는 말이다. 장
(場)은 텃밭이고, 칩(縶)은 가두는 것이요, 유(維)는 말굴레를 매
는 것이며, 영(永)은 손님을 오래 머물게 하는 것이다. 이인(伊人)
은 어진 이를 지칭하며, 어(於)는 여기에, 소요(逍遙)는 노닐게 하
는 것이다. 곽(藿)은 콩잎이고, 비연(賁然)은 광채가 있어 번쩍거
리는 모양이요, 사(思)는 어조사이며, 공(公)은 공작벼슬이고, 후
(侯)는 후작벼슬이며, 일예(逸豫)는 한가롭게 즐김이요, 무기(無
期)는 기한이 없음이니 끝이 없다는 뜻이고, 우유(優游)는 편안하
고 한가로움이다. 면(勉)은 힘쓰는 것이요, 둔사(遁思)는 숨으려는
생각이다. 생추(生芻)는 생풀이니 말 먹이감이고, 일속(一束)은 한
다발이니 작은 수량으로 청빈함을 뜻하고, 여옥(如玉)은 옥처럼
고결하다는 의미이다. 금옥(金玉)은 고귀한 보물이고, 이음(爾音)
은 어진 이의 음성이니 돌아온다는 소식을 뜻하고, 하심(遐心)은
멀리하는 마음이다.

  임금이 이와 같이 간절하게 초빙을 하여도 벼슬길에 나가지 않
으니 그 지조가 고결하거늘 임금은 어찌하여 삼고초려(三顧草廬)
를 안 했을까? 반드시 곡절이 있을 터인즉 니리의 지도지는 스스
로 살펴야 할 것이다.

2-4-3 ──────────── 황조(黃鳥) / 꾀꼬리

황 조 황 조
黃鳥黃鳥야 無集于穀하고 (무 집 우 곡)
무 탁 아 속
無啄我粟하라 此邦之人이 (차 방 지 인)
불 아 긍 곡
不我肯穀이면 言旋言歸하야 (언 선 언 귀)
복 아 방 족
復我邦族하리라

꾀꼬리야 꾀꼬리야, 닥나무에 모이지 말고

우리 조를 쪼아먹지 마라 이 나라 사람이
나를 좋게 여기지 않으면 돌아가네 돌아가네
우리나라의 겨레에게 돌아가네

황조황조야　　무집우상
黃鳥黃鳥야　　無集于桑하고
무탁아량　　　차방지인
無啄我粱하라　此邦之人이
불가여명　　　언선언귀
不可與明이면　言旋言歸하야
복아제형
復我諸兄하리라

꾀꼬리야 꾀꼬리야, 뽕나무에 모이지 말고
우리 기장을 쪼아먹지 마라 이 나라 사람이
가히 더불어 밝게 살피지 않으면 돌아가네 돌아가네
우리 여러 형에게로 돌아가네

황조황조야　　무집우허
黃鳥黃鳥야　　無集于栩하고
무탁아서　　　차방지인
無啄我黍하라　此邦之人이
불가여처　　　언선언귀
不可與處면　　言旋言歸하야
복아제부
復我諸父하리라

꾀꼬리야 꾀꼬리야, 도토리나무에 모이지 말고
우리 메기장을 쪼아먹지 마라 이 나라 사람이
더불어 함께 살지 않으면 돌아가네 돌아가네
우리 큰아버지 작은아버지에게로 돌아가네

　　◑ 황조(黃鳥) 편은 세 장이 7구씩으로 된 비유시인데 외국에
이민(移民)을 가서 사는 사람이 열심히 노력하여 살려고 애쓰지
만 그 나라 사람들이 외국인에 대한 차별과 학대를 하는 것을 꾀
꼬리가 밭에서 곡식을 쪼아먹어 해치는 것으로 비유하여 천하에

고발한 내용이다.

1장은 꾀꼬리가 닥나무에 모여 조를 쪼아먹는 것으로 본국인이 이방인을 해치는 것을 비유하여 이방인의 서러움을 호소하였고, 2장은 꾀꼬리가 뽕나무에 모여 기장을 쪼아먹는 것으로 토착민이 외래인을 차별하는 것을 비유하여 외래인의 고통을 진정하였으며, 3장은 꾀꼬리가 도토리나무에 모여 메기장을 쪼아먹는 것으로 본토인이 귀화인(歸化人)을 배척하는 것을 비유하여 귀화인의 고독한 한을 고소하였다.

공자가 이 시를 『시경』에 편집한 이유는 세상에 착한 마음과 밝은 윤리와 더불어 사는 공동체의식이 무너진 것을 걱정하여 배타적이고 야만적이고 폐쇄적인 사회풍조가 일어난 것을 날카롭게 지적하여 세상에 고발한 것을 높이 평가하기 위함이다. 밝은 시대에는 인민의 마음이 착하고 3강5륜(三綱五倫)의 윤리가 밝혀져서 공동체사회를 이룩하여 서로 화합하고 협력하며 상부상조(相扶相助)해서 대동세계(大同世界)를 건설하지만 암흑시대에는 사람의 마음이 사악하고 3강5상(三綱五常)의 윤리가 무너져서 사회의 모순과 대립과 갈등이 심화하여 급기야 인간관계가 해체되어 서로 배척하고 학대하는 무섭고 살벌한 공포의 시대로 전락하는 것이니 이에 낙오자는 절망의 구렁텅이로 떨어지고 만다.

곡(穀)은 닥나무이고, 긍곡(肯穀)은 착하게 여기는 것이며, 언(言)은 어조사, 선(旋)은 도는 것이니 회(回)이고, 귀(歸)는 갔던 길을 되돌아가는 것이니 반(反)이며, 복(復)은 원래의 곳으로 복귀함이다. 량(粱)은 기장이고, 명(明)은 밝게 살피는 것이요, 허(栩)는 도토리나무이다. 제부(諸父)는 큰아버지와 작은아버지를 지칭한다.

사람이 살기 좋은 땅을 선택하여 이민(移民)을 가서도 다시 고향을 그리워하는 법이거늘 배척과 학대를 받는다면 얼마나 괴롭겠는가? 마땅히 측은한 마음으로 거두어서 특별히 보살펴 돕는 것이 어진 정치인즉 천하국가를 경영하는 사람은 인류애를 발휘하여 폐쇄적 국가주의나 배타적 민족주의를 엄중히 경계해야 하는 것이다.

2-4-4 ──── 아행기야(我行其野) / 내가 그 들에 가니

아 행 기 야　　폐 패 기 저
我行其野하니　蔽芾其樗러라
혼 인 지 고　　언 취 이 거
昏姻之故로　　言就爾居하니
이 불 아 휵　　복 아 방 가
爾不我畜하면　復我邦家하리라

내가 그 들에 가니 우거져서 더부룩한 그 가죽나무여
혼인한 까닭으로 내가 너에게 가서 살거늘
네가 나를 부양하지 않는다면 우리나라 집으로 돌아가야지

아 행 기 야　　언 채 기 축
我行其野하야　言采其蓫이로다
혼 인 지 고　　언 취 이 숙
昏姻之故로　　言就爾宿하니
이 불 아 휵　　언 귀 사 복
爾不我畜하면　言歸思復하리라

내가 그 들에 가서 그 소루쟁이를 캐네
혼인한 까닭으로 내가 너에게 가서 자거늘
네가 나를 부양하지 않는다면 나는 돌아간다네 이에 돌아간다네

아 행 기 야　　언 채 기 복
我行其野하야　言采其葍이로다
불 사 구 인　　구 이 신 특
不思舊姻하고　求我新特은
성 불 이 부　　역 지 이 이
成不以富나　　亦秪以異니라

내가 그 들에 가서 그 순무를 캐네
옛 아내를 생각하지 않고 너의 새 짝을 찾는 것은
진실로 부자이기 때문이 아니요 또한 단지 다르기 때문이라네

　◉ 아행기야(我行其野) 편은 세 장이 6구씩으로 된 서사시인데

외국으로 시집을 간 여인이 남편에게 냉대를 받고 그 잘못된 처사를 경고하여 남편의 행실을 바로잡는 내용이다.

1장은 남편의 냉대에 번민하면서 그 들에 나가 가죽나무 아래 으슥한 곳에 앉아 아내가 남편에게 엄중한 경고를 하였으니 내가 혼인한 까닭으로 너에게 와서 살거늘 네가 나를 부양하지 않으면 나는 우리나라 집으로 돌아가겠다고 최초선언을 하는 장면이요, 2장은 아내가 1차 경고를 하였는데도 남편이 정신을 차리지 않으니 다시 들에 나가 소루쟁이를 뜯으면서 남편에게 재차 반복하여 경고한 내용이며, 3장은 아직도 남편이 정신을 차리지 못하므로 아내가 순무를 캐는 밭으로 나가서 남편에게 최종적으로 경고하였으니 정식으로 결혼한 옛 아내를 생각하지 않고 젊은 색시를 찾는 것은 진실로 돈 때문은 아니라고 할지라도 사회의 규범에 어긋난 망령된 행위임을 지탄하였다.

공자가 이 시를 『시경』에 편집한 이유는 아내가 남편의 잘못을 바로잡는 법도가 매우 아름다운 것을 칭찬하기 위함이다. 시부모와 자녀가 있는 집안에서 남편의 과오를 꾸짖지 않고, 사람이 없는 한적한 들판으로 나가서 단 둘이 앉아 결혼의 예법으로 엄중히 경고하여 부부의 품위를 지켰을 뿐만 아니라 또한 1차 경고, 2차 경고, 3차 경고의 절차를 갖추어 끝까지 이성을 잃지 않았으니 어느 남편이 반성하여 고치지 않겠는가? 이 시에서 남편이 아무 말도 못하는 것은 반성하여 고쳤다는 뜻이 담겨 있다. 세상에 수양이 안 된 사람들은 주변도 살피지 않고 부부싸움을 하면서 순간적으로 감정을 폭발하여 이성을 잃으며 심하면 남에게까지 중상모략을 서슴지 않고 추태를 보이나니 이 시를 읽는 사람은 자제력을 기르고 품위를 지키는 덕성을 배워야 할 것이다.

폐패(蔽芾)는 우거져서 더부룩한 것이고, 저(樗)는 가죽나무이며, 혼(昏)은 며느리의 아버지요, 인(姻)은 사위의 아버지이니 며느리의 아버지와 사위의 아버지가 서로 일컬은 말이다. 언(言)은 나를 지칭하고, 이(爾)는 남편을 지칭한 것이며, 휵(畜)은 부양함이다. 축(蓫)은 소루쟁이로 마디풀과에 속하는 다년생 풀인데 줄기는 자줏빛을 띠고 키는 60cm 가량 된다. 잎은 어긋맞게 나고 타원형이거나 넓은 버들잎 모양으로 아랫잎은 긴 꼭지가 있으나 윗잎은 꼭지가 없다. 뿌리잎은 길이 30cm 가량이다. 6~7월에 잎 겨드랑이에서 꽃줄기가 나와 연둣빛의 많은 잔 꽃이 원추꽃차례로 핀다. 들의 습지에 저절로 나며 어린잎은 식용한다. 복(菖)은 순무인데 겨자과에 속하는 2년생 풀이다. 무의 하나로 뿌리는 퉁퉁하며 둥글거나 길고 물이 많다. 빛은 백색, 적색, 자색이고 봄에 노란 꽃이 총상꽃차례로 피며 밭에 재배하여 잎과 뿌리는 채소로 식용한다. 인(姻)은 아내이고, 특(特)은 짝이니 곧 배필이며, 성(成)은 진실로인데 논어(論語)에는 성(誠) 자로 되어 있다. 지(祇)는 단지, 이(異)는 다른 것이니 젊다는 뜻이다.

사나이가 남의 집에 귀한 딸을 아내로 맞이하였으면 사랑하고 공경하여 평생 변함없이 함께 늙어야 하거늘 외도를 하고 첩을 얻고 또 조강지처(糟糠之妻)와 이혼을 하는 것은 사회적 지탄을 면치 못할 뿐만 아니라 또한 하늘이 용서치 못할 것인즉 스스로 재앙을 취하지 말라.

2-4-5 ───────── 사간(斯干) / 이 물가에

질 질 사 간　　　유 유 남 산
秩秩斯干이요　幽幽南山하니
여 죽 포 의　　　여 송 무 의
如竹苞矣요　　如松茂矣로세
형 급 제 의　　　식 상 호 의
兄及弟矣가　　式相好矣오
무 상 유 의
無相猶矣로다

졸졸 흐르는 이 물가요, 깊고 그윽한 남산이구나
대나무가 우거지듯이 소나무가 무성하듯이
형과 아우가 본받아 서로 좋아하고 서로 머뭇거리지 말기를

似^사續^속妣^비祖^조하야 築^축室^실百^백堵^도하니

似續妣祖하야 築室百堵하니
西南其戶로세 爰居爰處며
爰笑爰語로다

돌아가신 어머니와 선조의 뒤를 이어 집에 일 백도의 담장을 쌓고
그 문을 서쪽으로 남쪽으로 하였구나
이에 머물며 이에 살며, 이에 웃으며 이에 말하리

約之閣閣하며 椓之橐橐하니
風雨攸除며 鳥鼠攸去러니
君子攸芋로다

판자벽을 붙임이 꼿꼿하게 하며 공이로 흙을 탁탁 쳐서 바르니
비바람을 막는 바이며 새와 쥐를 내쫓는 바이니
군자가 사는 높고 큰 집이로세

如跂斯翼하며 如矢斯棘하며
如鳥斯革하며 如翬斯飛하니
君子攸躋로다

발돋움하여 이에 곧게 선 듯하며 화살이 이에 빠르게 날아감 같
으며
새가 이에 날개를 벌린 것 같으며 꿩이 이에 나는 것 같으니
군자가 오를 곳이로세

殖殖其庭이며 有覺其楹이며
噲噲其正이며 噦噦其冥이니
君子攸寧이로다

평평하고 반듯한 그 마당이며 높고 크고 곧은 그 기둥이며
넓고 상쾌한 그 몸채이며 그윽하고 아늑한 그 사당이니
군자가 편안한 곳이로세

下莞上簟하니 乃安斯寢이로다
乃寢乃興하야 乃占我夢하니
吉夢維何오 維熊維羆와
維虺維蛇로다

아래는 왕골자리 위에는 대자리 이에 이 잠자리도 편안하구나
이에 자고 이에 일어나 이에 나의 꿈을 점치거늘
길한 꿈은 무엇인가 곰과 큰곰,
이무기와 뱀

大人占之하니 維熊維羆는
男子之祥이오 維虺維蛇는
女子之祥이로다

큰 사람이 꿈풀이를 하니 곰과 큰곰은
남자를 낳을 상서로운 조짐이고 이무기와 뱀은
여자를 낳을 상서로운 조짐이라네

乃生男子하야 載寢之牀하며
載衣之裳하며 載弄之璋하며
其泣喤喤한대 朱芾斯皇하야
室家君王이로다

이에 남자를 낳아 곧 요람에 재우며
곧 치마를 두르며 곧 제사에 쓰는 반쪽홀을 좋아하며

그 울음소리 엉~엉~ 붉은 무릎가리개 이에 빛나니
남편 되며 가장 되며 제후가 되며 왕이 된다네

내 생 녀 자　　　재 침 지 지
乃生女子하야　載寢之地하며
재 의 지 체　　　재 롱 지 와
載衣之裼하며　載弄之瓦하며
무 비 무 의　　　유 주 사 시 의
無非無儀라　　唯酒食是議하야
무 부 모 이 리
無父母詒罹로다

이에 여자를 낳아 곧 아랫목에 재우며
곧 포대기를 두르며 곧 길쌈벽돌을 좋아하며
아니함도 없고 주장함도 없는지라 오직 술과 밥을 이에 의논하여
부모에게 근심을 끼침이 없도록 한다네

　☯ 사간(斯干) 편은 아홉 장인데 수장과 6장, 8장, 졸장은 7구씩이고 2장, 3장, 4장, 5장, 7장은 5구씩인 서사시로 아름다운 고향산천에 집을 새로 지어 깨끗하게 단장하고 형제와 더불어 단란하게 살면서 결혼하여 좋은 꿈을 꾸어 아들딸 낳아 길이 번창하는 즐거운 희망으로 가득 찬 가정문화를 실감나게 묘사하였으니 안락한 가정문화의 극치이다.
　1장은 물 좋고 산 좋은 이 터전에 대나무가 우거지듯이 소나무가 우거지듯이 형제가 우애하며 함께 살 수 있는 길지(吉地)임을 기술하였고, 2장은 돌아가신 어머니와 조상의 얼이 남아 있는 이 고향집을 새로 지어 형제들과 함께 살려는 계획을 논의하고 집터를 넓혀 담장을 쌓고 문을 내는 과정을 서술하였으며, 3장은 건물을 세움에 과학기술을 이용하여 정확하게 시공해서 비바람에 견디고 새나 쥐의 침입을 막는 견고한 건축물을 축조하는 과정을 묘사하였으며, 4장은 건물을 낙성하니 우뚝하게 높아서 우러러 보이며 각종 건물의 배치가 반듯하여 가지런하며 새가 날개를 편 듯이 좌우가 대칭적일 뿐만 아니라 꿩이 나는 것처럼 아름다운

건물의 모양을 기록하였으며, 5장은 집안으로 들어가니 평평하고 반듯한 마당과 높고 크고 곧은 기둥이 대단히 인상적이고 또한 몸채는 넓고 상쾌하며 사당은 그윽하고 아늑한 광경을 말하여 매우 실용적인 건물임을 확인하였으며, 6장은 방안에 가구의 배치를 기술하였으니 방바닥에는 왕골자리를 깔고 침상에는 대자리를 펴서 생활하거나 취침하기에 매우 편리함을 논하고 부부생활의 행복한 꿈을 기원하였으며, 7장은 곰과 큰곰, 이무기와 뱀을 꿈꾸어 아들, 딸을 낳아 가문이 번창하기를 바라는 부부의 희망을 큰사람이 확인하였으며, 8장은 이에 남자를 낳아 흔들리는 요람에 재워 활동적인 성격을 길러 지도자로 키우는 가정교육의 방법과 아들에 대한 희망을 기술하였으며, 9장은 이에 여자를 낳아 따뜻하고 안정한 아랫목에 재워 정숙한 성격을 길러 온순한 사람으로 키우는 가정교육의 방법과 딸에 대한 희망을 서술하였다.

공자가 이 시를 『시경』에 편집한 이유는 사람이 부모와 조상의 정신을 받들고 형제와 처자를 사랑하여 부지런히 일해서 고대 광실의 넓은 집을 짓고 문화생활을 하는 가운데 무한한 즐거움과 무궁한 발전이 있는 것을 증명하기 위함이다. 사람의 생명은 짧아도 종족의 생명은 영원하고 집은 작아도 가족의 기쁨은 큰 것이니 사람이 집안을 잘 경영하면 무한한 즐거움 속에 영원한 희망으로 충만할 것이다.

질질(秩秩)은 물이 졸졸 흐르는 모양이고, 간(干)은 물가이며, 유유(幽幽)는 깊고 그윽한 모양이요, 포(苞)는 우거진 것이고, 식(式)은 본받은 것이며, 유(猶)는 의심하여 머뭇거림이다. 사(似)는 이음이니 사(嗣)와 같고, 비(妣)는 돌아가신 어머니이며, 조(祖)는 조상이니 어머니를 조상보다 앞에 놓은 것은 운자(韻字)를 맞추기 위함뿐만 아니라 집은 어머니의 삶터이기 때문에 그 생각이 더욱 간절한 까닭이다. 도(堵)는 앞의 홍안(鴻雁) 편(2-3-7)에서 이미 해설하였고, 원(爰)은 이에의 뜻이다. 약(約)은 판자를 붙여서 묶는 것이고, 각각(閣閣)은 위아래가 꼭 맞아 반듯한 것이며, 탁(橐)은 쌓은 것이요, 탁탁(橐橐)은 공이로 흙을 치는 소리이다. 제(除)는 막는 것이요, 우(芋)는 높고 큰 것이다. 기(跂)는 발돋움,

익(翼)은 공경함이며, 극(棘)은 화살이 빨리 나는 것이니 화살은 느리게 날면 화살이 곡선으로 가고 빨리 날면 직선으로 간다. 혁(革)은 새의 두 날개를 벌리듯이 대칭적이라는 뜻이고, 휘(翬)는 꿩이요, 제(躋)는 오르는 것이다. 식식(殖殖)은 평평하고 반듯한 모양이며, 각(覺)은 높고 크고 곧은 것이며, 영(楹)은 기둥, 쾌쾌(噲噲)는 넓고 상쾌한 것이요, 정(正)은 건물의 정면에 있는 몸채이고, 홰홰(噦噦)는 그윽하고 아늑한 모양이며, 명(冥)은 어둡게 만든 집이니 조상의 신주를 모신 사당이다. 하(下)는 방바닥이고, 완(莞)은 왕골로 짠 돗자리이며, 상(上)은 침상이요, 담(簟)은 대자리이다. 비(羆)는 큰곰이며, 훼(虺)는 이무기로 깊은 물 속에 사는 큰 구렁이이다. 대인(大人)은 학식과 경험이 풍부한 큰 지도자이고, 상(祥)은 상서로운 조짐이다. 상(牀)은 흔들리는 요람(搖籃)이니 남자는 말을 타야 하므로 활동적으로 키우는 것이다. 장(璋)은 반쪽홀이니 제사 때에 쓰는 기구이며, 황황(喤喤)은 우렁찬 울음소리이고, 주불(朱芾)은 붉은 무릎가리개이니 천자는 순수한 붉은 색이고 제후는 노란 붉은 색이다. 황(皇)은 번쩍번쩍 빛남이요, 군(君)은 제후(諸侯)이다. 지(地)는 방의 아랫목이니 따뜻하고 안정한 곳이요, 체(禠)는 포대기이며, 와(瓦)는 길쌈벽돌인데 흙으로 둥글넓적하게 만들어 구어서 길쌈할 때에 쓰는 도구이다. 비(非)는 그르다고 여겨서 하지 않음이며, 의(儀)는 좋다고 여겨서 주장하여 고집함이다. 이(詒)는 끼치는 것이고, 리(罹)는 근심이다.

　조상이 살던 옛 집에 새로 번듯하게 집을 지으니 고향산천이 더욱 빛나고 조상의 사당을 지어 길이 받드니 가문이 더욱 번창하며 가족이 화락하여 자녀를 기르니 미래의 희망이 가득하여 그 법도 있는 가풍(家風)이 아름답기 그지없다.

2-4-6 ──────── 무양(無羊) / 양이 없다고

수 위 이 무 양　　　　　　삼 백 유 군
誰謂爾無羊이리오　三百維群이로다
수 위 이 무 우　　　　　　구 십 기 순
誰謂爾無牛리오　　九十其犉이로다
이 양 래 사　　　　　　　기 각 집 집
爾羊來思하니　　　其角濈濈이로다
이 우 래 사　　　　　　　기 이 습 습
爾牛來思하니　　　其耳濕濕이로다

그 누가 너에게 양이 없다고 하나 삼백 마리가 무리를 지었네
그 누가 너에게 소가 없다고 하나 구십 마리가 그 큰 소라네
너의 양떼가 돌아오니 그 뿔이 부드럽고 온화하구나
너의 소떼가 돌아오니 그 귀가 벌룩벌룩

혹 강 우 아　　　　　　　혹 음 우 지
或降于阿하며　　　或飮于池하며
혹 침 혹 와　　　　　　　이 목 래 사
或寢或訛로다　　　爾牧來思하니
하 사 하 립　　　　　　　혹 부 기 후
何蓑何笠이며　　　或負其餱로다
삼 십 유 물　　　　　　　이 생 기 구
三十維物이라　　　爾牲則具로다

혹 언덕에서 내려오며 혹 못에서 물을 마시며
혹 자기도 하고 혹 움직이네 너의 목자가 돌아오니
도롱이를 걸치고 삿갓을 쓰며 혹 그 말린 밥을 지기도 했네
서른 마리가 특별한 물건이라 너의 제사 지낼 희생도 그 갖추었구나

이 목 래 사　　　　　　　이 신 이 증
爾牧來思하니　　　以薪以蒸이며
이 자 이 웅　　　　　　　이 양 래 사
以雌以雄이로다　　爾羊來思하니
긍 긍 긍 긍　　　　　　　불 건 불 붕
矜矜兢兢하며　　　不騫不崩하야
휘 지 이 굉　　　　　　　필 래 기 승
麾之以肱하니　　　畢來旣升이로다

너의 목자가 오니 굵고 가는 땔감나무를 지고
암컷 수컷 짐승을 잡아들었네 너의 양이 오니

튼튼하고 씩씩하며 상처가 나지 않고 전염병이 걸리지 않아
팔로써 손짓하니 모두 와서 다 우리로 오르네

목인내몽　　　중유어의
牧人乃夢하니　衆維魚矣며
조유여의　　　대인점지
旐維旟矣로다　大人占之하니
중유어의　　　실유풍년
衆維魚矣는　　實維豐年이오
조유여의　　　실가진진
旐維旟矣는　　室家溱溱이로다

목인이 이에 꿈을 꾸니 많은 사람이 물고기로 변하고
거북뱀깃발이 새매깃발로 변하네 큰 사람이 꿈풀이를 하니
많은 사람이 물고기로 변함은 실로 풍년이 들 조짐이요
거북뱀깃발이 새매깃발로 변함은 집안이 왕성할 조짐이라네

　☯　무양(無羊) 편은 네 장이 8구씩으로 된 서사시인데 목축을
장려하기 위하여 목축생활의 즐거운 정경을 낭만적으로 묘사하였
으니 광활한 평원에서 한가롭게 양과 소를 치는 광경은 한 폭의
그림처럼 아름답다.

　1장은 양이나 소와 같은 가축은 봄, 가을에는 넓은 초원에서
방목하기 때문에 집안에서는 볼 수 없는 것을 기록하였고 또한
한 집에서 치는 짐승은 양이 3백 마리요, 소가 90마리임을 밝혔
으며, 2장은 방목했던 가축을 여름이나 겨울에는 집안으로 몰아
와서 안전하게 보호하는 광경을 서술함과 동시에 그 가운데 특별
히 살찐 30마리를 선별하여 그것은 제사에 쓸 희생(犧牲)용이므
로 잘 보호해야 함을 강조하였으며, 3장은 목자와 목동이 집으로
돌아옴에 땔감나무를 지고 암컷과 수컷의 짐승을 잡아가지고 들
고 오는 광경을 서술함과 동시에 튼튼하고 씩씩한 양이 유순하여
싸우지 않고 깨끗하여 병들지 않은 것을 칭찬하였으며, 4장은 겨
울에 편안히 행복을 누리면서 꿈을 꾸니 큰 사람이 내년에도 풍
년이 들고 가정이 흥왕할 것임을 축원하였다.

공자가 이 시를 『시경』에 편집한 이유는 부지런히 가축을 길러 위로 조상의 제사에 희생물을 바치고, 아래로 가족의 영양을 충분히 공급하는 서민대중의 근면 성실한 삶을 표창하기 위함이니 모름지기 가장(家長)은 자연의 자원을 잘 이용하여 가족부양의 책임을 다함으로써 가정에 즐거움과 희망이 가득하도록 평생 노력해야 한다.

순(犉)은 소가 자라서 7척(尺)이 되는 큰 소이고, 사(思)는 어조사이다. 집집(濈濈)은 온화하고 부드러운 모양이며, 습습(濕濕)은 벌룩벌룩한 모양이니 모두 온순한 모양이다. 와(訛)는 움직이는 것이요, 하(何)는 메는 것이며, 사(簑)는 도롱이인데 짚이나 띠 같은 풀로 안은 엮고 겉은 줄거리를 드리워 끝이 너덜너덜한 우장이다. 비가 오면 허리나 어깨에 걸친다. 립(笠)은 삿갓인데 대오리나 갈대로 거칠게 엮어 비나 볕을 가리기 위하여 머리에 쓴다. 후(餱)는 말린 밥으로 멀리 갈 때에 비상식량으로 준비한다. 물(物)은 완벽하고 충실한 물건으로 특등품(特等品)을 뜻한다. 생(牲)은 제사에 바치는 희생물이요, 구(具)는 구비함이다. 긍긍(矜矜)은 튼튼함이요, 긍긍(兢兢)은 씩씩함이며, 건(騫)은 양이 싸우다가 상처를 입음이고, 붕(崩)은 전염병에 걸림이다. 휘(麾)는 휘두르는 것이고, 굉(肱)은 팔이며, 기(旣)는 다하는 것이다. 목인(牧人)은 가축을 기르는 주인이고, 중(衆)은 여러 사람이며, 조(旐)는 거북뱀깃발이요, 여(旟)는 새매깃발이다. 대인(大人)은 학문과 도덕이 뛰어난 지도자이며, 진진(溱溱)은 흥왕하여 번창하는 것이다. 고기는 물에서 사니 비가 많이 내릴 조짐이고, 거북뱀깃발은 후방부대를 상징하고, 새매깃발은 선봉부대를 상징하니 진취적인 발전을 계시하는 조짐이다.

이 시는 앞 편의 사간(斯干)의 의미와 같이 성실한 가정경영은 인간을 즐겁고 희망차게 만든다는 사실을 거듭 깨우쳤으니 『시경』을 연구한 사람은 공자가 왜 아들에게 시경을 읽으라고 특별히 훈계하였는지를 헤아려야 할 것이다. 사람이 가정을 버리고 어디에서 무한한 즐거움과 영원한 희망을 찾겠는가? 오늘날 무수한 사람이 가정을 떠나고 가족을 해체하니 참으로 슬픈 일이다.

절 피 남 산   유 석 암 암
節彼南山이여   維石巖巖이로다
혁 혁 사 윤   민 구 이 첨
赫赫師尹이여   民具爾瞻이로다
우 심 여 담   불 감 희 담
憂心如惔하며   不敢戲談하니
국 기 졸 참   하 용 불 감
國旣卒斬이어늘   何用不監고

우뚝 솟은 남산이여, 돌이 첩첩 쌓여 위험하구나
성대하게 나타난 태사 윤씨여, 민중이 모두 너를 본다네
근심하는 마음에 속이 타는 듯 감히 희롱하는 말도 못하니
나라가 이미 마침내 끊어지거늘 어찌하여 살피지 아니하는가

절 피 남 산   유 실 기 의
節彼南山이여   有實其猗로다
혁 혁 사 윤   불 평 위 하
赫赫師尹이여   不平謂何오
천 방 천 차   상 란 홍 다
天方薦瘥라   喪亂弘多며
민 언 무 가   참 막 징 차
民言無嘉이어늘   憯莫懲嗟하누나

우뚝 솟은 저 남산이여, 우거진 계곡이 길기도 하구나
성대하게 나타난 태사 윤씨여, 공평하지 않으니 말한들 무엇하리
하늘이 바야흐로 전염병을 퍼뜨리므로 죽은 사람이 아주 많으며
민중의 말에 기쁨이 없거늘 일찍이 징계로 삼아 탄식함이 없구나

윤 씨 태 사   유 주 지 저
尹氏大師로   維周之氏라
병 국 지 균   사 방 시 유
秉國之均이면   四方是維하며
천 자 시 비   비 민 불 미
天子是毗하야   俾民不迷어늘
불 조 호 천   불 의 공 아 사
不弔昊天하니   不宜空我師니라

윤씨는 태사로 주나라의 근본이므로
국정을 잡음이 균평하면 사방의 나라를 이에 기강 세우며
천자를 이에 보필하여 민중으로 하여금 미혹하지 않게 하거늘
하느님께서 불쌍히 여기지 않으시니 우리 태사를 헛되게 둠이
옳지 못하네

불궁불친　　　　　서민불신
弗躬弗親을　　　庶民弗信하나니
불문불사　　　　　물망군자
弗問弗仕하야　　勿罔君子어다
식이식이　　　　　무소인태
式夷式已하야　　無小人殆어다
쇄쇄인아　　　　　즉무무사
瑣瑣姻亞는　　　則無膴仕니라

몸소 하지 않고 친히 하지 않음을 서민이 믿지 않나니
묻지 않고 살피지 아니하여 군자를 속이지 말지어다
법으로 공평하게 하고 법으로 그만두게 하여 소인이 위태롭게
함이 없도록
자질구레한 인척들은 곧 아름다운 벼슬을 못하게 하라

호천불용　　　　　강차국흉
昊天不傭하야　　降此鞠訩이며
호천불혜　　　　　강차대려
昊天不惠하야　　降此大戾니라
군자여계　　　　　비민심결
君子如屆면　　　俾民心闋이며
군자여이　　　　　오노시위
君子如夷면　　　惡怒是違리라

하느님이 고르지 못해 이 궁박한 어지러움을 내리며
하느님이 은혜롭지 못해 이 큰 어그러짐을 내렸나니
군자가 이를 것 같으면 민중으로 하여금 마음이 편안케 할 것이며
군자가 공평하게 할 것 같으면 미움과 분노가 이에 멀어진다네

불조호천　　　　　난미유정
不弔昊天이라　　亂靡有定하야

식 월 사 생　　　　비 민 불 녕
式月斯生하야　　俾民不寧하도다
우 심 여 성　　　　수 병 국 정
憂心如醒하니　　誰秉國政하고
불 자 위 정　　　　졸 로 백 성
不自爲政하야　　卒勞百姓고

하느님께서 불쌍히 여기지 않으므로 혼란이 안정됨이 있지 못하여
달마다 이에 끝이 없어서 민중으로 하여금 편안치 못하게 하누나
근심하는 마음은 술이 깬 듯하니 그 누가 국정을 쥐고 있으면서
스스로 정사를 보지 아니하여 마침내 백성을 수고롭게 하는가

가 피 사 모　　　　사 모 항 령
駕彼四牡하니　　四牡項領컨만
아 첨 사 방　　　　축 축 미 소 빙
我瞻四方하니　　蹙蹙靡所騁이로다

저 네 마리 수말에 멍에 씌우니 네 마리 수말은 굵은 목덜미건만
내가 사방을 보니 좁고 옹색하여 달릴 곳이 없구나

방 무 이 악　　　　상 이 모 의
方茂爾惡엔　　　相爾矛矣더니
기 이 기 역　　　　여 상 수 의
旣夷旣懌이란　　如相酬矣로다

바야흐로 니의 악을 힘씀엔 너의 창을 보더니
이미 화평하며 이미 기쁘게 함엔 서로 술잔을 주고받듯이 하누나

호 천 불 평　　　　아 왕 불 녕
昊天不平이라　　我王不寧이어늘
불 징 기 심　　　　복 원 기 정
不懲其心하고　　覆怨其正하도다

하느님이 공평하지 못하므로 우리 왕이 편안치 못하거늘
그 마음을 징계하지 않고 도리어 그 바른 말을 원망하구나

가 보 작 송　　　　이 구 왕 흉
家父作誦하야　　以究王訩하나니
식 와 이 심　　　　이 휵 만 방
式訛爾心하야　　以畜萬邦이어다

가보가 노래를 지어 왕국의 어지러움을 밝히나니

4. 기보(祈父)의 십(什)　41

본받아 너의 마음을 바꾸어야 일만 나라를 살린다네

◐ 절남산(節南山) 편은 열 장인데 앞의 여섯 장은 8구씩이고 뒤의 네 장은 4구씩이며 수장과 2장은 서정시이고 나머지 여덟 장은 서사시이다. 주(周)나라의 정치적 실력자인 태사(大師) 윤씨(尹氏)가 불법적으로 관직을 세습하여 권력을 남용하며 인민을 학대하고 국가를 어지럽히기 때문에 주나라 대부(大夫) 가보(家父)가 시를 지어 그의 비정(秕政)을 통박(痛駁)하였다.

1장은 우뚝 솟은 남산에 돌이 첩첩 쌓여 위험하듯이 권력을 무섭게 휘두르는 태사 윤씨를 민중이 모두 두려워하며 걱정하고 농담도 못하는 상황이므로 나라의 기강이 이미 무너진 것을 천자(天子)는 어찌하여 인식하지 못하느냐고 탄식하였고, 2장은 우뚝 솟은 저 남산에 우거진 계곡이 길듯이 권력을 무섭게 휘두르는 태사 윤씨의 공평하지 못한 정치로 전염병이 돌아 많은 사람이 죽어서 민중이 슬픔 속에 있거늘 천자가 일찍이 윤씨를 징계하고 인민을 불쌍히 여기지 않은 것을 통탄하였으며, 3장은 윤씨는 태사로서 주나라 정치권력의 근본이므로 국정을 잡음이 균평하면 사방의 나라에 기강이 되고 천자를 보필하여 인민을 밝게 살도록 할 터인데도 천자가 인민을 사랑하지 아니하여 무능한 윤씨를 태사로 기용한 것은 천만부당한 조치임을 비판하였고, 4장은 태사 윤씨가 정치사업과 행정사무를 직접 관장하여 확인하지 않고 관리등용의 인사관리도 법에 의거하여 공정하게 하지 않으면서 오로지 자기의 인척으로 요직을 독점하여 족벌체제를 구축해서 세력을 확장하는 부정부패의 실상을 규탄하였으며, 5장은 천자가 인민을 사랑하지 아니하여 태사 윤씨를 비호함으로써 소인배가 정권을 농락하여 인민이 곤궁하고 나라가 어지러운 까닭에 소인배를 물리치고 군자를 등용해야만 인민이 편안하고 인민의 미움과 분노를 해소할 수 있는 정치개혁의 방책을 밝혔으며, 6장은 국정을 쇄신하는 길은 오직 태사 윤씨를 징계하여 파면하고 그 족벌체제를 해체하는 것임에도 천자가 이를 단행하지 않으니 인민의 불행이 끝이 없어서 우국지사(憂國志士)로 하여금 통탄을 금치 못하게 한다는 위기의식을 서술하였고, 7장은 우국지사가 현실정치에 실망하여 떠나려고 해도 갈 데가 없음을 하소연하였으며, 8장은 사악한 정치를 하면 투쟁하여 규탄하고 이미 반성하여 선정(善政)을 베풀면 서로 우호협력할 수 있다는 사실을 밝혀 윤씨를 규탄한 것은 개인감정이 아니라 국가와 인민을 위하는 공도(公道)에 철저한 공직자의 자세임을 기술하였으며, 9장은 시국이 험악하여 우리 왕이 편안치 못하거늘 태사 윤씨가 그 사악한 마음을 징계하여 반성하지 않고 도리어 그 바른 말을 하는 사람을 원망하고 배척하는 어리석음을 경고하였으며, 10장은 이 시를 지은 가보(家父)가 왕국이 어지러운 원인을 규명하여 노래로 지었으니 태사 윤씨는 본받아 너의 마음을 바꾸어야 천하만방을 살릴 수 있다는 사실을 최후 통첩하였다.

　공자가 이 시를 『시경』에 편집한 이유는 부정부패한 정치로 인민을 학대하고 국가를 어지럽히는 태사 윤씨의 죄악상을 낱낱이 고발하여 규탄하는 자세가 대단히 공명정대함을 밝혀 그 지혜와 사랑과 용기를 칭찬하기 위힘이니 모름지기 정치지도자를 탄핵함에는 깊은 우국충정에 바탕을 두어 현실문제를 정확하게 분석하여 지적하고 가상 올바른 대인을 제시히여야만 사태를 신속하게 수습할 수 있는 것이다.

　절(節)은 우뚝 솟은 모양이고, 암암(巖巖)은 돌이 첩첩 쌓여서 위험한 모양이며, 혁혁(赫赫)은 성대하게 나타난 모양이다. 사(師)는 태사(大師)이니 삼공(三公)의 하나요, 윤(尹)은 윤씨이니 대개 윤길보(尹吉甫)의 후손으로 경(卿)의 직책을 세습하였기 때문에 사회적 비난을 받았던 사실이 『춘추』(春秋) 공양전(公羊傳)의 은공(隱公) 3년조에 보인다. 구(具)는 모두, 담(惔)은 속이 타는 것이요, 졸(卒)은 마침내, 참(斬)은 끊어지는 것이며, 감(監)은 살피는 것이다. 실(實)은 골짜기에 수목이 꽉 찬 것이며, 의(猗)는 긴 것이요, 천(薦)은 퍼뜨리는 것이요, 차(瘥)는 전염병, 홍(弘)은 대단히, 참(憯)은 일찍이, 징(懲)은 징계함이다. 저(氐)는 근본이고, 유(維)는 기강을 세우는 것이며, 비(毗)는 보필함이요, 조(弔)

는 불쌍히 여기는 것이다. 호천(昊天)은 하느님이고, 공(空)은 공허함이니 하는 일이 없음이고, 아사(我師)는 우리나라 태사의 자리이다. 사(仕)는 일을 하는 것이요, 망(罔)은 속이는 것이며, 군자(君子)는 천자(天子)를 지칭한다. 이(夷)는 공평함이요, 이(已)는 그침이니 해임하여 그만두게 하는 것이다. 태(殆)는 위태롭게 함이고, 쇄쇄(瑣瑣)는 자질구레한 모양이며, 인(姻)은 사위의 아버지요, 아(亞)는 양쪽 사위가 서로 일컫는 말이니 동서끼리 호칭하는 말이고, 무(膴)는 아름다운, 사(仕)는 벼슬함이다. 용(傭)은 고르게 함이고, 국(鞠)은 궁박, 흉(訩)은 어지러운 것이다. 려(戾)는 어그러진 것이며, 계(屆)는 이르는 것이요, 결(関)은 쉬는 것이다. 오(惡)는 미움, 위(違)는 멀리함이다. 성(醒)은 술이 깨듯이 정신이 번쩍 드는 것이며, 성(成)은 가지고 있는 것이며, 졸(卒)은 마침내의 뜻이다. 항(項)은 큰 것이요, 령(領)은 목덜미이며, 축축(蹙蹙)은 좁고 옹색한 모양이며, 빙(騁)은 말을 달리는 것이다. 무(茂)는 무성함이요, 상(相)은 보는 것이며, 역(懌)은 기쁨, 수(酬)는 술잔을 주고받음이다. 복(覆)은 도리어, 정(正)은 바른 말이다. 가보(家父)는 대개 주(周)나라의 대부(大夫)인데 가(家)는 씨이고 보(父)는 자(字)이다. 구(究)는 규명함이요, 와(訛)는 바꾸는 것이며, 휵(畜)은 살리는 것이다.

윤씨의 비행을 폭로하되 단계적으로 경고하여 반성을 촉구하였고 상관의 죄악상을 규탄하되 고발자의 신분을 밝혔으니 당당하고 떳떳한 기상이 하늘을 찔러 천만세에 늠연하다.

2-4-8 ──────────── 정월(正月) / 정월에

정월번상
正月繁霜하니
민지와언
民之訛言이

아심우상
我心憂傷이어늘
역공지장
亦孔之將이로다

念我獨兮라 憂心京京하니
애 아 소 심 서 우 이 양
哀我小心이여 癙憂以痒이로다

정월에 진서리 치니 내 마음의 근심 괴로워라
민간에 떠도는 거짓말들 또한 매우 큰소리치누나
생각하니 나만 홀로 근심하는 마음이 크고도 크니
슬프다 나의 소심함이여, 깊은 근심으로 병이 들었소

父母生我여 胡俾我瘉오
불 자 아 선 불 자 아 후
不自我先이며 不自我後로다
호 언 자 구 유 언 자 구
好言自口며 莠言自口라
우 심 유 유 시 이 유 모
憂心愈愈하야 是以有侮로다

아버지 어머니 나를 낳으시고 어찌하여 나로 하여금 고민하게
하십니까
나로부터 먼저 낳지 않고 나로부터 뒤에 낳지 않았네
좋은 말도 입으로부터만 하며 악한 말도 입으로부터만 하므로
근심하는 마음 더욱 더하여 이래서 업신여김을 받는 다오

憂心惸惸하야 念我無祿이로다
민 지 무 고 병 기 신 복
民之無辜어늘 幷其臣僕이로다
애 아 인 사 우 하 종 록
哀我人斯는 于何從祿고
첨 오 원 지 우 수 지 옥
瞻烏爰止한댄 于誰之屋고

근심하는 마음 쓸쓸하여 생각하니 나는 복도 없구나
민중은 죄가 없거늘 아울러 그 신하와 종을 삼았네
슬퍼라 우리 인민은 어디에서 행복을 추구할까
까마귀가 이에 멈추려고 함을 봄에 누구의 지붕으로 가려는가

첨 피 중 림　　　　　후 신 후 증
瞻彼中林한대　　　　侯薪侯蒸이로다
민 금 방 태　　　　　시 천 몽 몽
民今方殆어늘　　　　視天夢夢이로다
기 극 유 정　　　　　미 인 불 승
旣克有定이면　　　　靡人弗勝이니
유 황 상 제　　　　　이 수 운 증
有皇上帝를　　　　　伊誰云憎고

저 숲속을 바라보니 굵은 나무, 가는 나무
인민이 이제 위태롭거늘 하늘을 보니 어두워 희미하구나
이미 능히 뜻을 정하면 사람을 이기지 못함이 없나니
거룩한 하느님을 그 누가 증오한다고 말하는가

위 산 개 비　　　　　위 강 위 릉
謂山蓋卑나　　　　　爲岡爲陵이로다
민 지 와 언　　　　　영 막 지 징
民之訛言을　　　　　寧莫之懲고
소 피 고 로　　　　　신 지 점 몽
召彼故老하며　　　　訊之占夢이로되
구 왈 여 성　　　　　수 지 오 지 자 웅
具曰予聖이라 하니　誰知烏之雌雄고

산이 아무리 낮다고 해도 봉우리라 하고 언덕이라 하네
민간에 떠도는 거짓말을 어찌하여 징계하지 않을까
임금은 저 옛 늙은 신하만 불러 꿈풀이나 묻거늘
모두 자기가 잘한다고 하니 그 누가 까마귀의 암수를 알리오

위 천 개 고　　　　　불 감 불 국
謂天蓋高나　　　　　不敢不局하며
위 지 개 후　　　　　불 감 불 척
謂地蓋厚나　　　　　不敢不蹐하라
유 호 사 언　　　　　유 륜 유 척
維號斯言에　　　　　有倫有脊이어늘
애 금 지 인　　　　　호 위 훼 척
哀今之人은　　　　　胡爲虺蜴고

하늘이 아무리 높다고 해도 감히 몸을 굽히지 않을 수 없으며
땅이 아무리 두텁다고 해도 감히 발끝을 맞추어 디디지 않을 수
없다네

외치는 이 말씀에 윤리가 있고 진리가 있거늘
슬퍼라 오늘날의 사람들은 어찌하여 이무기, 도마뱀이 되었는가

첨 피 판 전　　　　　유 울 기 특
瞻彼阪田한대　　　有菀其特이어늘
천 지 올 아　　　　　여 불 아 극
天之抓我여　　　　如不我克일새
피 구 아 측　　　　　여 불 아 득
彼求我則일젠　　　如不我得이러니
집 아 구 구　　　　　역 불 아 력
執我仇仇이어늘　　亦不我力이로다

저 산비탈 밭을 바라보니 그 큰 싹이 우거졌거늘
하늘이 나를 흔듦이여, 나를 이기지 못한 듯이 하네
저들이 나를 찾을 때는 나를 얻지 못할 듯이 하더니
나를 대함이 오만하거늘 또한 나를 힘쓰지 않는다오

심 지 우 의　　　　　여 혹 결 지
心之憂矣여　　　　如或結之로다
금 자 지 정　　　　　호 연 려 의
今茲之正은　　　　胡然厲矣오
요 지 방 양　　　　　영 혹 멸 지
燎之方揚을　　　　寧或滅之리오
혁 혁 종 주　　　　　포 사 혈 지
赫赫宗周를　　　　襃姒威之로다

마음의 근심이여, 혹 맺힌 듯하구나
오늘날 이 정치는 어찌 그리도 사나울까
들풀을 태우는 불이 바야흐로 드세거늘 어찌 누가 끄리오
빛나고 빛나는 종주국 주나라를 포사가 멸망하누나

종 기 영 회　　　　　우 군 음 우
終其永懷하니　　　又窘陰雨로다
기 거 기 재　　　　　내 기 이 보
其車旣載하고　　　乃棄爾輔하니
재 수 이 재　　　　　장 백 조 여
載輸爾載라야　　　將伯助予로다

종말을 그 길이 생각하니 또한 장마비에 군색할 것을
그 수레에 이미 짐을 싣고서 이에 너의 수레덧방나무를 떼어버

리니
　곧 너의 실은 짐이 떨어져야 세상에 요청하여 나를 도와달라고
하겠지

무 기 이 보　　　　　운 우 이 복
無棄爾輔하야　　　員于爾輻이요
누 고 이 복　　　　　불 수 이 재
屢顧爾僕하면　　　不輸爾載하야
종 유 절 험　　　　　증 시 불 의
終踰絶險이　　　　曾是不意리라

너의 수레덧방나무를 떼어버리지 말고, 너의 수레바퀏살을 덧붙여
자주 너의 마부를 보살펴주면 너의 실은 짐이 떨어지지 아니하여
마침내 아주 험한 길을 넘어도 일찍이 이에 염려 없다네

어 재 우 소　　　　　역 비 극 락
魚在于沼하니　　　亦匪克樂이로다
잠 수 복 의　　　　　역 공 지 작
潛雖伏矣나　　　　亦孔之炤이로다
우 심 참 참　　　　　염 국 지 위 학
憂心慘慘하야　　　念國之爲虐하노라

고기가 늪에 있으니 또한 능히 즐겁지 않다네
잠겨서 비록 엎드려 있어도 또한 아주 훤히 보이누나
근심하는 마음이 비통하고 비통하여 나라의 포학함을 염려한다오

피 유 지 주　　　　　우 유 가 효
彼有旨酒하며　　　又有嘉殽하야
흡 비 기 린　　　　　혼 인 공 운
洽比其鄰하며　　　昏姻孔云이어늘
염 아 독 혜　　　　　우 심 은 은
念我獨兮로　　　　憂心慇慇하노라

저들은 맛있는 술이 있고 또한 기름진 안주가 있어
그 이웃을 모두 모으며 사돈보기잔치로 바쁘게 돌거늘
생각하니 나만 홀로 근심하는 마음이 절절하다오

차 차 피 유 옥　　　　속 속 방 유 곡
佌佌彼有屋하며　　蔌蔌方有穀이어늘

민 금 지 무 록　　　　　　천 요 시 탁
民今之無祿은　　　　　天夭是椓이로다
가 의 부 인　　　　　　　애 차 경 독
哿矣富人이어니와 哀此惸獨이로다

하찮은 저들이 큰 집을 지니고 더러운 이들이 바야흐로 녹을 받
거늘

민중은 이제 복이 없으니 하늘이 재앙으로 이에 해침이로세

부자들은 그래도 괜찮거니와 외로운 사람들만 가여운 게지

　◯ 정월(正月) 편은 열세 장으로 앞의 여덟 장은 8구씩이고 뒤
의 다섯 장은 6구씩인데 수장, 2장, 3장, 5장, 6장, 8장, 12장, 졸장
은 서사시이고 4장과 7장은 서정시이며 9장, 10장, 11장은 비유시
이다. 주(周)나라 유왕(幽王)이 포사(褒姒)를 총애하여 제후(諸侯)
를 모독하고 인민을 학대하므로 천하가 크게 어지러워 주(周)나
라가 거의 멸망하는 데 이르니 나라를 걱정하는 대부(大夫)가 비
정(秕政)을 통박하였다.

　1상은 세상이 어지러워 민심이 흉흉하므로 천운(天運)의 도수
(度數)도 절기를 잃어 정월에 진서리 치는 현상으로 세상 인심이
크게 변한 것을 지적하고 홀로 나라를 걱정하여 병이 든 것을 탄
식하였고, 2장은 세상사람들이 덕(德)을 숭상하지 않고 이익만 추
구하며 의(義)를 숭상하지 않고 말만 숭상하는 타락한 세태에 실
망하여 이와 같이 추악한 세상에 사는 것을 괴로워하였으며, 3장
은 도덕이 무너지고 힘과 술수로 세상을 경영하니 큰 것은 작은
것을 부리고, 강한 것은 약한 것을 잠식하여 무고한 인민이 모두
권력자의 신하와 종이 되어버린 비참한 운명을 하소연하였고, 4
장은 부정부패한 권력은 인민이 알고 하늘이 알기 때문에 반듯이
엄중한 심판의 날이 있을 것임을 단언하였으며, 5장은 산이 아무
리 낮아도 봉우리와 언덕이 있는 것처럼 나라에는 아무리 권력이
미약해도 예의를 밝히고 법과 형벌을 세워야 하거늘 임금이 이러
한 기강은 살피지 않고 옛 늙은 신하들과 꿈풀이나 하는 안일한
자세를 규탄하였으며, 6장은 하늘이 아무리 높아도 몸을 굽혀 공

경하고 땅이 아무리 두터워도 발끝 맞추어 디디며 조심해야 하거늘 오늘날 사람들은 예의를 비난하고 법률을 무시하며 오만 방자하게 날뛰는 것을 질책하였으며, 7장은 저 산비탈 밭에도 큰 싹이 우거지듯이 비록 어지러운 세태에도 도덕을 지키고 양심을 따르는 세력이 있지만 처음에 초청할 때에만 예법을 갖추어 공경하다가 일단 그 조직에 들어가면 교만 방자하게 대하여 무시해 버리는 권력자의 이율적인 작태를 비판하였으며, 8장은 주(周)나라 유왕(幽王)의 정치가 너무나도 사납고 포사(褒姒)의 사치방종이 너무나도 음란하지만 아무도 간(諫)하여 막을 사람이 없는 현실을 슬퍼하였으며, 9장은 독재자의 종말을 장마철에 허술한 마차에 짐을 싣고 가는 위험으로 비유하여 엄중히 경고하였고, 10장은 또다시 독재자에게 대오각성을 거듭 촉구하여 튼튼한 수레에 짐을 싣고 마부를 보살펴야 끝내 안전할 수 있음을 깨우쳤으며, 11장은 고기가 물이 얕은 늪에 있으면 자유롭지 못하고 비록 잠복하여도 훤히 들여다보이듯이 독재자의 포악은 숨길 수 없는 것이니 대오각성하여 인민대중과 더불어 함께 즐거워하는 민주공화정치를 회복하도록 재삼 촉구하였으며, 12장은 충직한 신하가 예의를 갖추어 세 번이나 직간(直諫)하였지만 저들은 질펀한 술잔치를 하면서 흥청거리는 작태를 서술하여 조금도 반성하는 빛이 없음을 확인하여 반정(反正)이나 혁명(革命)의 대상임을 선언하였고, 13장은 천하에 도덕이 없어 크게 어지러운 시대에 하찮은 소인배들이 득세하고 후안무치(厚顔無恥)한 인간들이 조정에 득실거리는데 인민은 도리어 불행하게 사니 하늘이 이러한 비극적 현실을 보고 재앙을 내리거늘 부자들은 타격을 입지 않고 도리어 외롭고 쓸쓸한 민중들만 고통을 받는 안타까운 현실에서 결국 인민봉기의 필연성을 선포하였다.

공자가 이 시를 『시경』에 편집한 이유는 부정부패한 정권의 타도를 선언함에 있어서 그 사실의 배경을 논리적으로 정확하게 규명하여 정치의 난맥상을 낱낱이 폭로하고 이어 천명(天命)과 민심이 모두 떠난 독재자임을 밝힘과 동시에 신하로서 세 번 직간(直諫)하는 예절을 갖추어서 공(公)과 사(私)를 엄격히 구분하고 끝내 반성의 기미가 없는 독재자의 방탕과 음란 그리고 소인배의 권력 농단에 의한 부정부패를 민중이 봉기하여야만 타도할 수 있다는 대의를 소상히 밝혔기 때문이다. 그러므로 맹자(孟子)는 말하기를 인민이 가장 고귀하고 국가사직이 그 다음이며 임금은 가벼운 것이니 임금이 나라를 어지럽히면 갈아치우고 가뭄과 홍수가 겹쳐 인민이 고통스러우면 나라를 바꾸어 세운다고 하였다.

정월(正月)은 새해의 시작으로 봄의 양기(陽氣)가 발동하므로 덕치인정(德治仁政)의 정책을 발표하는 시기이다. 번상(繁霜)은 진서리가 많이 내리는 것이니 살기(殺氣)가 발동함을 비유한 것이다. 와(訛)는 거짓이고, 장(將)은 큰 것이며, 경경(京京)은 크고도 큰 것이다. 서(瘋)는 깊은 근심이고, 양(痒)은 고민하여 병이 난 것이다. 유(瘉)는 고생하여 번민하는 것이요, 자(自)는 부터, 유(莠)는 추악한 것이며, 유유(愈愈)는 더욱 더하는 것이다. 경경(惸惸)은 쓸쓸한 것이요, 록(祿)은 복(福)의 뜻이며, 고(辜)는 죄이고, 병(幷)은 아울러 합치는 것이다. 중림(中林)은 숲속이요, 후(侯)는 어조사, 태(殆)는 위태로움이며, 몽몽(夢夢)은 어두워 희미한 모양이다. 황(皇)은 위대하고 거룩한 것이며, 상제(上帝)는 하느님이니 조물주(造物主)이다 개(蓋)는 아무리, 강(岡)은 봉우리진 곳이요, 릉(陵)은 넓고 평평한 곳이다. 고로(故老)는 옛 늙은 신하요, 신(訊)은 묻는 것이며, 점몽(占夢)은 꿈풀이를 하는 것이다. 구(具)는 모두, 성(聖)은 잘하는 것이며, 오지자웅(烏之雌雄)은 까마귀는 암수의 모양이 같아서 분별할 수 없는 것이다. 국(局)은 굽힘이요, 척(蹐)은 발끝을 맞추어 디디는 것이니 조심하여 걷는 자세이다. 호(號)는 크고 길게 외침이요, 륜(倫)은 윤리이며, 척(脊)은 조리, 원리이다. 훼(虺)는 이무기, 척(蜴)은 도마뱀이니 모두 독이빨이 있다. 판전(阪田)은 산비탈 밭이니 험하고 거친 땅이며, 울(菀)은 우거진 것이요, 특(特)은 큰 싹이다. 올(扤)은 흔드는 것이요, 집(執)은 조직원으로 대함이며, 구구(仇仇)는 오만한 모양이고, 력(力)은 힘쓰는 것이다. 정(正)은 정(政)이고, 려(厲)는 포악하여 사나운 것이며, 요(燎)는 들풀을 태움이요, 양(揚)은 드세게 타오르는 것이다. 종(宗)은 종주국이며, 포사(褒姒)는 주(周)나라 유왕(幽王)이 사랑하는 첩으로 신후(申后)와 태자(太子)를 폐위하고 나라를 위태롭게 하여 왕실을 쇠퇴하게 만들었다. 혈(威)은 멸망하는 것이다. 음우(陰雨)는 장마비이고, 재(載)는 수레에 싣는 것이며, 보(輔)는 수레의 양쪽에 대어 짐이 떨어지는 것을 방지하는 수레덧방나무이며, 수(輸)는 떨어지는 것이요, 장(將)은 요청함이고, 백(伯)은 세간(世間)이다. 원(員)은 더함이요, 복(輻)은 수레바큇살이며, 누(屢)는 자주, 고(顧)는 살펴주는 것이다. 복(僕)은 수레를 모는 사람이며, 절험(絶險)은 아주 험한 길이고, 의(意)는 염려함이다. 소(沼)는 늪이니 물이 깊지 않은 곳이요, 작(炤)은 밝아서 훤히 보이는 것이며, 참참(慘慘)은 비통하고 참담한 모양이다. 효(殽)는 안주이며, 흡(洽)은 합함이고, 비(比)는 친함이다. 혼인(昏姻)은 사돈보기잔치요, 공운(孔云)은 매우 바쁘게 돌아가면서 연회하는 것이다. 은은(殷殷)은 절절하여 아픔이다. 차차(佌佌)는 하찮은 작은 모양이고, 속속(蔌蔌)은 더러운 모양이며, 곡(穀)은 관리의 봉록(俸祿)이다. 요(夭)는 재앙이고, 탁(椓)은 해치는 것이며, 가(哿)는 괜찮음이요, 경독(惸獨)은 외롭고 쓸쓸한 힘없는 사람들이다.

천하는 천하사람의 것이므로 천하국가를 경영하는 주인은 인민대중이고 인민대중을 학대하는 정권은 이미 정통성을 잃었기 때문에 인민이 봉기하여 타도하는 것은 당연한 권리이다.

2-4-9 ─────── 십월지교(十月之交) / 시월이 되니

십 월 지 교
十月之交의

삭 일 신 묘
朔日辛卯에

일 유 식 지
日有食之하니

역 공 지 추
亦孔之醜로다

彼月而微_{피월이미}어니와 此日而微_{차일이미}여
今此下民_{금차하민}이 亦孔之哀_{역공지애}로다

10월이 되니 초하루 신묘일에
일식이 일어나니 또한 매우 추악하구나
저 달은 희미하려니와 이 해가 희미함이여
이제 이 하층 민중이 또한 크게 슬퍼한다오

日月告凶_{일월고흉}하야 不用其行_{불용기행}하니
四國無政_{사국무정}하야 不用其良_{불용기량}이로다
彼月而食_{피월이식}은 則維其常_{즉유기상}이어니와
此日而食_{차일이식}이여 于何不臧_{우하불장}고

해와 달이 흉함을 알리어 그 궤도를 쓰지 않으니
사방의 나라에 정치가 없어 그 어진 이를 등용하지 않음이라네
저 달에 월식이 일어남은 곧 그 상도가 있으려니와
이 해에 일식이 일어남이여, 어디가 좋지가 않을까

爗爗震電_{엽엽진전}이 不寧不令_{불녕불령}이로다
百川沸騰_{백천비등}하며 山冢崒崩_{산총줄붕}하야
高岸爲谷_{고안위곡}이요 深谷爲陵_{심곡위릉}이어늘
哀今之人_{애금지인}은 胡憯莫懲_{호참막징}고

번쩍번쩍 번갯불이 편안치 않으며 좋지 않구나
일백 시내가 끓어 넘치며 산꼭대기의 높은 곳이 무너져
높은 언덕이 골짜기가 되고 깊은 골짜기가 언덕이 되거늘
슬퍼라 오늘날의 사람은 어찌 일찍이 징계로 삼지 않을까

皇父卿士_{황보경사}요 番維司徒_{번유사도}요

가 백 위 재　　　　중 윤 선 부
家伯爲宰요　　　　仲允膳夫요

추 자 내 사　　　　궤 유 추 마
棸子內史요　　　　蹶維趣馬요

우 유 사 씨　　　　염 처 선 방 처
楀維師氏어늘　　　豔妻煽方處로다

황보는 통감이요 번씨는 교육부장관이요
가백은 국무장관이요 중윤은 궁중 요리장이요
추씨의 아들은 총무처장이요 궤씨는 궁중의 말 조련사요
우씨는 감사원장이거늘 요염한 아내가 기염을 토하며 바야흐로
버티고 있네

억 차 황 보　　　　기 왈 불 시
抑此皇父가　　　　豈曰不時리오마는

호 위 아 작　　　　불 즉 아 모
胡爲我作하되　　　不卽我謀오

철 아 장 옥　　　　전 졸 우 래
徹我牆屋하야　　　田卒汙萊어늘

왈 여 불 장　　　　예 즉 연 의
曰予不戕이라　　　禮則然矣로다

아, 이 황보가 어찌 때가 아니라고 말하리오마는
어찌 우리를 동원하되 우리에게 와서 의논하지 않고
우리 담장과 집을 철거하여 밭이 모두 웅덩이가 되고 풀이 우거
졌거늘
내가 해치려고 함이 아니라 예법이 곧 그렇다고 말하누나

황 보 공 성　　　　작 도 우 상
皇父孔聖하야　　　作都于向하고

택 삼 유 사　　　　단 후 다 장
擇三有事하되　　　亶侯多藏하며

불 은 유 일 로　　　비 수 아 왕
不憖遺一老하야　　俾守我王하고

택 유 거 마　　　　이 거 조 상
擇有車馬하야　　　以居徂向이로다

황보는 매우 능통하여 상 땅에 도시를 만들고
세 명의 직무가 있는 이를 선택하되 진실로 오직 많이 저장하며
하나의 늙은이도 애써 노력하여 남겨 그로 하여금 우리 왕을 지

키지 아니하고
수레와 말이 있는 사람을 골라 상읍으로 가서 살게 하였네

민 면 종 사　　　불 감 고 로
黽勉從事하야　　不敢告勞하라
무 죄 무 교　　　참 구 효 효
無罪無辜어늘　　讒口囂囂로다
하 민 지 얼　　　비 강 자 천
下民之孼이　　　匪降自天이라
존 답 패 증　　　직 경 유 인
噂沓背憎이　　　職競由人이니라

힘쓰고 힘써서 일을 하여도 감히 수고로움을 하소연도 못하네
죄 없고, 허물 없거늘 참소하는 입이 시끄럽게 와글와글
아래 민중의 재앙이 하늘로부터 내린 것이 아니라
여럿이 모여서 수군거리다가 배반하여 증오함은 경쟁을 주장하
는 사람으로 말미암는다오

유 유 아 리　　　역 공 지 매
悠悠我里여　　　亦孔之痗로다
사 방 유 선　　　아 득 기 우
四方有羨이어늘　我獨居憂하며
민 막 불 일　　　아 독 불 감 휴
民莫个逸이어늘　我獨不敢休하니
천 명 불 철　　　아 불 감 효 아 우 자 일
天命不徹이라　　我不敢傚我友自逸이로다

아득하고 아득한 우리 마을이여 또한 크게 시달리누나
사방은 넉넉함이 있거늘 나만 홀로 근심에 살며
인민은 기뻐하지 않음이 없거늘 나만 홀로 쉬지 못하니
하늘의 명령은 버리지 못하므로 나는 감히 나의 벗의 스스로 안
일함을 본받지 못한다오

　❸ 십월지교(十月之交) 편은 여덟 장이 8구씩으로 된 서사시인
데 주(周)나라 유왕(幽王) 시대에 포사(褒姒)가 궁중에서 나라를
어지럽히니 조정에는 황보(皇父) 등의 간신이 득세하여 도덕을

무시하고 이익만을 다투는 경쟁심을 부추겨 무한경쟁사회로 전락하므로 민간사회에는 정탐과 밀고의 풍조가 일어나서 경쟁심과 증오심이 회오리치고 관료사회에는 아첨과 참소의 풍조가 일어나서 사치와 방탕이 유행하는 까닭에 나라가 위태로움을 경고하고 소인배의 반성을 촉구함과 동시에 황보의 죄악상을 고발하였다.

1장은 10월 초하루 신묘일에 일식이 일어나니 임금을 상징하는 태양이 빛을 잃은 것으로 임금이 통치권을 상실한 것을 밝혀 10월은 음(陰)이 극성한 달인즉 신하를 상징하는 달의 월식은 이해할 수 있는 일이지만 일식이 일어났기 때문에 인민이 걱정하는 것이 당연함을 서술하였고, 2장은 일식과 월식의 현상은 천도(天道)가 운행함에 상궤를 벗어난 것으로 그것은 사방의 나라에 정치도의가 없어 그 어진 이를 등용하지 않은 까닭인즉 그래도 월식은 상도(常道)라고 하겠지만 일식은 비상한 일로 받아들여 그 이유를 밝혀야 함을 역설하였으며, 3장은 비단 일식의 현상만 나타나는 것이 아니라 이 가을에 번쩍번쩍 번개까지 쳐서 편안치 못하고 좋지 않더니 드디어 일백 시내가 끓어 넘치며 산봉우리 꼭대기가 무너지는 지진이 일어나서 높은 언덕이 골짜기가 되고 깊은 골짜기가 언덕이 되는 변괴가 일어나는데도 오늘날 사람들은 일찍이 하늘땅의 징계로 인식하지 않음을 질타하였으며, 4장은 정부의 요직에 있는 타락하고 부정부패한 관료들을 열거하여 그들은 모두 음탕하고 간악한 포사(褒姒)의 도당임을 밝혀 정치혼란의 장본인임을 고발하였고, 5장은 권신(權臣) 황보가 나라를 다스림에 시기도 살피지 않고 인민의 여론도 듣지 않으면서 무자비하게 공사를 강행하므로 서민의 가옥이 헐리고 농토가 황폐하게 되는 상황임을 지적하였으며, 6장은 간신 황보가 상읍에 도시를 건설하는 대대적인 토목공사를 벌려 국고를 탕진하고 인민을 착취할 뿐만 아니라 세 사람의 경(卿)을 두어 물자를 많이 저장하게 하며 모든 원로(元老)와 부자들을 상읍으로 옮기게 함으로써 왕권을 약화시키고 자기 세력만 강화하는 반국가적 범죄행위를 규탄하였으며, 7장은 인민은 포악한 지배자들에게 항의할 길이 없을 뿐만 아니라 경쟁을 유도하고 밀고를 조장하여 아첨과 참소가 성행하니 인민대중이 서로 증오하여 배척함으로써 각박하고 살벌한 세상이 되었기 때문에 인간의 화란(禍亂)이 천재(天災)보다도 무서운 시국이 된 것을 성토하였으며, 8장은 간사한 권력자에게 아첨하여 추종하는 사람들은 권력의 혜택을 누리며 안락하게 살고, 권력자의 부정과 비리를 지적하고 나라를 바로잡으려는 반체제 인사는 철저히 탄압하여 학대를 받지만 이 시를 지은이는 하늘의 명령을 버리지 못하는 까닭에 끝까지 추악한 현실과 타협할 수 없다는 굳은 의지를 천명하였다.

공자가 이 시를 『시경』에 편집한 이유는 권력을 농단하는 간신의 비리와 부정을 성토함에 있어서 천재(天災)의 심각함과 인화(人禍)의 참혹함을 소상히 밝혀 이미 천명(天命)과 인심(人心)이 모두 떠났으므로 그 극악무도한 죄악을 반드시 단죄하려는 장엄한 기상이 넘치기 때문이니 문장의 아름다움은 글의 짜임새에 있는 것이 아니라 그 기상에 있고, 글월의 향기는 글자에 있는 것이 아니라 그 뜻에 있으니 이 시를 읽는 사람은 시인의 늠연한 기상과 굳은 뜻을 살펴 만고에 아름답고 향기로운 글을 음미해야 할 것이다.

십월(十月)은 주력(周曆)의 10월이니 해월(亥月)로 순음(純陰)의 달이므로 사람들이 양(陽)이 없는 달로 이해할 염려가 있기 때문에 양월(陽月)이라고 일컬어 음(陰)의 극성을 경계하였다. 교(交)는 교체함이요, 일유식지(日有食之)는 일식이 일어난 것이니 일식은 해와 지구의 직선상에 달이 들어가서 해를 가리는 것인즉 자연현상에 지나지 않지만 옛사람은 해는 임금을 상징하고 달은 신하로 상징하여 신하가 임금의 권위에 도전하는 일로 비유하여 일식을 통치권의 위축과 권신(權臣)의 발호로 인식하고 권력구조를 반성하는 계기로 삼았던 것이다. 미(微)는 희미함이요, 하민(下民)은 하층민중이다. 행(行)은 해와 달이 운행하는 궤도이고, 량(良)은 어질고 유능한 양심세력의 인물이며, 우하(于何)는 어디가, 불장(不臧)은 좋지 않음이니 비정상적인 것이다. 엽엽(爗爗)은 번쩍번쩍함이요, 진(震)은 번개이며, 녕(寧)은 마음이 편안함이고, 령(令)은 기분이 좋음이다. 총(冢)은 산꼭대기, 줄(崒)은 높고 가파

른 것이며, 참(憯)은 일찍이, 징(懲)은 징계로 삼아 반성한다는 뜻
이다. 황보(皇父), 가백(家伯), 중윤(仲允)은 모두 자(字)이고, 번
(番), 추(棸), 궤(蹶), 우(楀)는 모두 씨(氏)이며, 경사(卿士)는 경
(卿)에 소속하는 관료로서 행정의 전반을 감독하는 통감(統監)의
벼슬이고, 사도(司徒)는 교육을 주관하는 경(卿)이며, 재(宰)는 태
재(太宰)이니 국무장관으로 역시 경(卿)이며, 선부(膳夫)는 상사
(上士)로 궁중의 요리를 담당하는 책임자이고, 내사(內史)는 중대
부(中大夫)로 국가공무원의 인사를 관장하는 총무처장이며, 추마
(趣馬)는 중사(中士)로 임금의 말을 조련하는 관직이며, 사씨(師
氏)는 중대부(中大夫)로 조정의 득실을 감찰하는 감사원장이다.
염(豔)은 탐스러운 것이며, 처(妻)는 곧 포사(褒姒)를 지칭하고,
선(煽)은 왕성하여 기염을 토하는 것이다. 억(抑)은 발어사이고,
시(時)는 농번기이니 어진 지도자는 인민에게 부역을 시키되 농
번기를 피하여 시기를 선택하였다. 작(作)은 동원함이고, 즉(卽)은
직접 가서 만나는 것이며, 졸(卒)은 모두, 우(汗)는 웅덩이, 래(萊)
는 풀이 우거진 것이니 농토가 묵어서 낮은 땅은 웅덩이가 되고
높은 땅은 풀이 우거진 것이다. 장(牂)은 해치는 것이요, 례(禮)는
법(法)을 높여서 말한 것이니 실정법을 강요하면서 자연법으로
호도했다는 뜻이다. 공(孔)은 매우, 성(聖)은 능통함이다. 도(都)는
큰 도시인데 주례(周禮)에 의하면 천자의 직할 영토 안에 큰 도
읍은 사방이 100리요, 작은 도읍은 사방이 50리라고 하였으니 모
두 천자의 공경(公卿)을 봉(封)하였다. 상(向)은 지명으로 동도(東
都)의 직할 영토 안에 있으니 뒤에 맹주(孟州) 하양현(河陽縣)이
되었다. 삼유사(三有事)는 삼경(三卿)을 지칭하고, 단(亶)은 진실
로, 후(侯)는 오직, 장(藏)은 비축함이다. 은(慭)은 애써 노력함이
요, 유거마(有車馬)는 수레와 말이 있는 부자이며, 조(徂)는 가는
것이다. 민(黽)은 힘쓰는 것이고, 효효(囂囂)는 시끄럽게 와글와글
떠드는 것이며, 얼(孽)은 재앙과 상해이다. 존답(噂沓)은 여럿이
모여서 수군거리는 것이며, 직(職)은 주장함이니 직경(職競)은 힘
써 경쟁하도록 주장하는 것이다. 유유(悠悠)는 희망이 전혀 없는
절망적 상황으로 앞날이 암담하다는 뜻이요, 매(瘝)는 시달려 고

민함이다. 섬(羨)은 넉넉하여 여유가 있는 것이고, 일(逸)은 기뻐함이며, 천명(天命)은 하늘의 명령으로 인민을 학대하는 타락한 권력을 타도하여 인민을 해방하고 나라를 바로 세우는 역사적 사명이다. 철(徹)은 버리는 것이요, 효(傚)는 본받는 것이다.

자고로 타락한 권력자의 전횡은 하늘을 무서워하지 않고 인민을 착취하여 사리사욕을 채우는 데 열중하기 때문에 반드시 예의 도덕을 파괴하고 경쟁심을 조장하는 공리주의(功利主義)를 채택하는 것인즉 약육강식(弱肉强食)과 적자생존(適者生存)의 무서운 사조(思潮) 속에 가난하고 힘이 없는 하층의 민중은 단결하여 혁명이라는 최후수단으로 자구책을 강구해야 되는 것이다.

2-4-10 ——— 우무정(雨無正) / 비가 바르게 오지 않네

浩浩昊天이 (호호호친)　不駿其德하사 (불준기덕)
降喪饑饉하야 (강상기근)　斬伐四國히시니 (참벌사국)
昊天疾威라 (민천질위)　弗慮弗圖하야 (불려불도)
舍彼有罪는 (사피유죄)　旣伏其辜어니와 (기복기고)
若此無罪는 (약차무죄)　淪胥以鋪아 (윤서이포)

넓고 넓은 여름 하늘이 그 덕을 크게 아니하사
기근을 내려 죽여 사방의 나라 사람을 쳐서 멸망시키니
가을 하늘은 급하게 위압하므로 생각하지 않고 도모하지 아니하여
저 죄 있는 이는 이미 그 허물에 굴복하였으니 그만두려니와
이와 같이 죄가 없는 사람도 모두 같이 망하여 아프게 하는가

周宗旣滅하야 (주종기멸)　靡所止戾하며 (미소지려)

정대부리거　　　막지아예
正大夫離居하야　莫知我勩하며
삼사대부　　　막긍숙야
三事大夫가　　莫肯夙夜하며
방군제후　　　막긍조석
邦君諸侯가　　莫肯朝夕일새
서왈식장　　　복출위악
庶曰式臧이어늘　覆出爲惡이로다

주나라 종실이 이미 멸망하여 혼란을 멈추어 안정시킬 길이 없네
집정대부들이 떠나가서 살아 우리의 수고로움을 알지 못하며
삼사와 대부도 이른 아침부터 깊은 밤까지 일하지 않으며
나라의 임금과 제후가 아침과 저녁의 회의를 하지 않으면서
모두 말하기를 본받아 잘하자고 하지만 도리어 나가서는 악하게
하누나

여하민천　　　벽언불신
如何昊天이여　辟言不信하니
여피행매　　　즉미소진
如彼行邁면　　則靡所臻이로다
범백군자　　　각경이신
凡百君子여　　各敬爾身이어다
호불상외　　　불외우천
胡不相畏며　　不畏于天가

어찌 하리, 하느님이여, 법언을 믿지 않으니
저와 같이 달려가면 곧 이를 곳이 없으리
무릇 일백 군자여, 각각 그 몸을 공경할지어다
어찌하여 서로 두려워하지 않고 하늘을 두려워하지 않는가

융성불퇴　　　기성불수
戎成不退하며　飢成不遂하야
증아설어　　　참참일췌
曾我褻御는　　憯憯日瘁어늘
범백군자　　　막긍용신
凡百君子가　　莫肯用訊하고
청언즉답　　　참언즉퇴
聽言則答하며　譖言則退로다

전쟁이 일어나도 물리치지 못하며 기근이 일어나도 나아가지 않아

일찍이 내가 가까이 모심에 걱정하고 걱정하여 날로 지쳤거늘
무릇 일백 군자가 간하려고 하지 않고
말을 들으면 대답하고 참소한 말이면 물러가누나

애 재 불 능 언　　　비 설 시 출
哀哉不能言이여　匪舌是出이라
유 궁 시 췌　　　가 의 능 언
維躬是瘁로다　哿矣能言이여
교 언 여 류　　　비 궁 처 휴
巧言如流하야　俾躬處休로다

슬퍼라, 말을 잘하지 못하는 이여, 혀로 이에 말하는 것이 아니
므로
몸이 이에 지쳤구나 괜찮겠네 말을 잘하는 사람이여
말을 교묘하게 꾸며 물이 흐르듯 하여 몸으로 하여금 즐겁게 산
다네

유 왈 우 사　　　공 극 차 태
維曰于仕나　孔棘且殆로다
운 불 가 사　　　득 죄 우 천 자
云不可使는　得罪于天子요
역 운 가 사　　　원 급 붕 우
亦云可使는　怨及朋友로다

아, 말하기를 벼슬살이 가라고 하나 매우 짧고도 위태롭다네
부릴 수 없다고 말하는 이는 천자에게 죄를 받고
또한 부릴 수 있다고 말하는 이는 원망이 붕우에게 미친다오

위 이 천 우 왕 도　　　왈 여 미 유 실 가
謂爾遷于王都라 하나 曰予未有室家라 하야
서 사 읍 혈　　　무 언 불 질
鼠思泣血하야　無言不疾하나니
석 이 출 거　　　수 종 작 이 실
昔爾出居엔　誰從作爾室고

너에게 일러 왕도로 옮기라고 하나 말하기를 나는 아직 집이 있
지 않다고 하여
자잘한 일을 근심하여 피눈물을 흘려 말하기를 괴로워하지 않음
이 없나니

지난번에 네가 나가서 삶에는 누가 따라가서 너의 집을 지었는가

　☯ 우무정(雨無正) 편은 일곱 장인데 앞의 두 장은 10구씩이요 그 다음 두 장은 8구씩이며 끝에 세 장은 6구씩인 서사시이다. 주(周)나라 유왕(幽王)의 부도덕한 폭정으로 천재지변이 겹쳐 인민이 도탄에 빠져 신음하고 있는데도 부정부패한 관료들이 무책임하게 방관하면서 몸을 도사리므로 임금의 주변에는 간사한 아첨배만 득실거리는 현실을 고발한 내용이다.

　1장은 정치가 어지러우니 하늘이 재앙을 내려 기근(饑饉)으로 사방의 나라사람이 죽었는데 가을에 또다시 된서리를 맞아 민생경제가 파탄이 나니 저 죄가 있는 사람들은 이미 그 죄를 받은 것이므로 괜찮지만 이 무죄한 사람들까지 같이 망하는 것을 아프게 여겼고, 2장은 주(周)나라 종친들이 이미 모두 종실을 버리고 떠나가서 어지러운 정치를 바로잡을 인물이 없을 뿐만 아니라 집정대부(執政大夫)들도 떠나가서 살아 인민의 수고로움을 알지 못하고 삼공(三公)과 육경(六卿)이 이른 아침부터 깊은 밤까지 근무하지 않으며 나라의 임금과 제후도 조회(朝會)와 석강(夕講)을 하지 않으면서 모두들 말로는 잘하자고 하지만 도리어 나가서는 악독한 짓만 하는 그들의 무책임을 질타하였으며, 3장은 관료들이 예의도덕을 무시하고 사리사욕을 추구하는 일에만 열중하는 풍조를 경고하고 모든 관료가 인간성을 회복해서 예의염치를 알아 인격을 확립하여 서로 충고하며 하늘과 인민을 두려워하라고 호소하였고, 4장은 유왕(幽王)이 방탕하여 전쟁이 일어나도 사악함을 물리치지 못하며 기근(饑饉)이 일어나도 착한 길로 나아가지 아니하므로 이 시를 지은 사람이 일찍이 왕의 비서가 되어 가까이 모심에 간하고 간하다가 날마다 지쳤음을 고백하고 모든 관료들도 왕에게 직간(直諫)하지 않고 말을 들으면 대답이나 하며 조금이라도 참소하는 말이 있으면 물러가서 자기의 신변안전만 도모하는 무사안일주의를 비판하였으며, 5장은 조정에 간사한 아첨배만 가득하기 때문에 충직(忠直)한 말은 하기 어려운데 충신은 입

안의 혀로 말하는 것이 아니라 나라와 인민을 위하는 충심(衷心)으로 하지만 도리어 배척을 당하므로 몸이 지칠 뿐이고 무책임하게 아부하는 말은 교묘하게 꾸며서 물이 흐르듯이 받아들여져서 몸이 즐겁게 사는 한심한 세태를 탄식하였고, 6장은 양심적인 청년학생이 벼슬살이를 한다 해도 부정부패한 정권에 도전하여 바로잡으려고 하면 천자에게 죄를 받아 곧 파면될 것이고, 부정부패한 정권에 타협하여 협력하면 붕우들로부터 원망을 들어 위태롭게 된다는 사실을 밝혀 신진사림(新進士林)의 정계진출의 길이 막혔음을 안타까워하였으며, 7장은 지방으로 피하여 있는 기성관료들에게 중앙정부로 가서 국정을 바로잡으라고 하면 말하기를 나는 아직 도성에 집이 없다고 핑계를 대며 자잘한 일을 근심하여 피눈물을 흘려 말하기를 괴로워하지 않음이 없나니 그렇다면 지난번에 중앙정부에 나가 벼슬살이 할 때에는 누가 따라가서 집을 지었느냐고 힐책하여 국가사직의 안녕은 돌아보지 않고 일신의 안전만을 추구하는 기성관료를 견책하였다.

공자가 이 시를 『시경』에 편집한 이유는 하늘이 암흑정치를 징계하여 기근(饑饉)을 내려 인민이 죽어 가는데도 임금이 반성하여 정치를 개혁하지 않으면 종친의 원로와 양심적인 관료들이 힘을 합쳐 포악을 제거하고 새로운 임금을 세워 반정(反正)해야 마땅함에도 오히려 군자들은 무책임하게 멀리 떠나가려고만 하므로 간사한 소인배만 조정에 가득하여 더욱 포악한 정치를 하게 되는 부조리를 정확하게 지적했고 또한 청년학도들도 민중과 힘을 합쳐 총궐기하여 혼란을 뿌리뽑고 정의로운 세상을 만들어야 함에도 냉혹한 현실을 외면하고 현실을 도피하는 무기력을 날카롭게 비판한 시인(詩人)의 대 안목을 높이 현창하기 위함이다.

호호(浩浩)는 넓고 큰 모양이고, 호천(昊天)은 여름 하늘이며, 준(駿)은 큰 것이요, 덕(德)은 은혜이다. 기(饑)는 곡식이 익지 않음이요, 근(饉)은 채소가 익지 않음이니 굶어 죽은 사람이 있는 것이다. 참벌(斬伐)은 쳐서 멸망시킴이며, 사국(四國)은 사방의 나라사람이요, 질(疾)은 급함이고, 위(威)는 위압이니 가을에 된서리가 빨리 내렸음을 뜻한다. 사(舍)는 그만두는 것이요, 륜상(淪相)

은 모두 같이 망하는 것이며, 포(鋪)는 아파서 괴로워함이다. 종(宗)은 종실의 전통이며, 려(戾)는 안정이요, 정(正)은 장(長)이니 정대부(正大夫)는 집정관(執政官)인즉 주관(周官)에 여덟 직급이 있었는데 첫째가 정(正)으로 6관(六官)의 수장이며 모두 상대부(上大夫)이다. 리거(離居)는 책임을 피하기 위하여 멀리 떠나가서 산다는 뜻이다. 예(勩)는 수고로움이고, 삼사(三事)는 삼공(三公)이며, 대부(大夫)는 육경(六卿)과 중하위급 대부이다. 장(臧)은 착함이요, 복(覆)은 도리어, 악(惡)은 포악함이다. 벽(辟)은 법(法)이요, 진(臻)은 이르는 것이며, 범백군자(凡百君子)는 여러 신하들이다. 융(戎)은 전쟁이고, 수(遂)는 나아가는 것이며, 설어(蟄御)는 임금을 가까이 모시는 사람이니 곧 근시(近侍)이다. 참참(慘慘)은 걱정하는 모양이고, 췌(瘁)는 지쳐서 맥이 풀린 것이며, 신(訊)은 간(諫)하는 것이다. 출(出)은 발언하여 나타내는 것이고, 가(哿)는 괜찮은 것이며, 휴(休)는 즐거운 것이다. 우(于)는 가는 것이며, 극(棘)은 짧은 것이니 벼슬살이의 기간이 짧다는 뜻이고, 태(殆)는 위험함이니 벼슬길이 위험하다는 뜻이다. 이(爾)는 떠나가서 사는 기성관료들을 지칭하고, 서사(鼠思)는 자잘한 일을 근심하는 것이며, 질(疾)은 괴로워함이다. 천하가 비색(否塞)하여 인민대중이 굶어 죽거늘 고급관료들이 구차하게 자기의 목숨만 살기를 추구하고, 젊은 지식인이 무기력하게 보신책만 노리니 도덕이 몰락하고 학풍이 쇠퇴한 까닭이다.

무릇 사람이 인간성을 상실하면 포악해지는 것이고, 이기심이 일어나면 골육도 다투는 것이니 어찌 나라를 위하여 목숨을 바치고 인민을 위하여 피를 뿌리는 장렬한 충의(忠義)정신을 부패한 관료나 타락한 지식인에게 기대하겠는가? 인민대중이 스스로 단결하여 포악한 독재에 저항함으로써 민중의 해방을 쟁취할 수 있는 것인즉 이 때에 민중도 할말이 없으리라.

『시경』에 편집한 시는 대부분 특별한 제목이 없고 대부분 시구 가운데서 뽑아 편명(篇名)으로 하였는데 간혹 제목을 부친 것은 반드시 항백(巷伯)이나 상무(常武)처럼 전체의 뜻을 요약하여 함축한 것이다. 그러나 이 편의 제목인 우무정(雨無正)은 제목과 내용이 서로 연관성이 희박하여 이해하기 어려우니 해설을 생략한다.

○ 기보(祈父)의 십(什)은 10편으로 64장 426구인데 모두 변소아(變小雅)로 매우 다양한 성격을 가진 시로 구성되어 있다. 기보(祈父)는 군사행정의 난맥상을 고발했고, 백구(白駒)는 어진 이를 초빙하는 간절한 심경을 그렸으며, 황조(黃鳥)는 외국에 이민을 간 사람이 차별을 받는 고통을 호소하였으며, 아행기야(我行其野)는 남편의 외도를 경고하는 내용이다. 또한 사간(斯干)은 고향에 새로 집을 지어 즐겁게 사는 희망을 담았고, 무양(無羊)은 목축의 즐거움을 노래한 대단히 아름다운 노래요, 절남산(節南山)은 태사(大師) 윤씨(尹氏)의 폭정을 규탄했고, 정월(正月)은 유왕(幽王)과 포사(褒姒)의 극악무도함을 탄핵하였으며, 십월지교(十月之交)는 고급관료들의 아첨과 부정부패를 고발하였고, 우무정(雨無正)은 포악한 독재에 저항하는 인민봉기가 일어나지 않은 것을 아쉬워하며 혁명의 시기임을 암시하였다. 전체적으로 비인도적이고 반인류적인 현실을 고발하는 내용이 많으니 여기에서 독자는 시를 지은 사람들의 투철한 현실 비판의식과 용기 있는 고발정신을 살펴 벽립만장(壁立萬丈)의 숭고한 기상을 길러야 한다.

5. 소민(小旻)의 십(什)

2-5-1 ──────── 소민(小旻) / 소아의 가을 하늘

민 천 질 위
旻天疾威가

부 우 하 토
敷于下土하야

모 유 회 휼
謀猶回遹하니

하 일 사 저
何日斯沮오

모 장 불 종
謀臧不從하고

불 장 복 용
不臧覆用하나니

아 시 모 유
我視謀猶한대

역 공 지 공
亦孔之邛이로다

가을 하늘이 급히 위압함이 아래 땅에 펼쳐
도모한 계책이 사악하고 편벽되니 어느 날에나 이에 그칠까
도모함이 착한 것은 따르지 않고 착하지 않은 것을 도리어 쓰거니
내가 도모한 계책을 보건대 또한 매우 딱하구나

흡 흡 자 자
潝潝訿訿하나니

역 공 지 애
亦孔之哀로다

모 지 기 장
謀之其臧인댄

즉 구 시 위
則具是違하고

모 지 불 장
謀之不臧인댄

즉 구 시 의
則具是依하나니

아 시 모 유
我視謀猶한대

이 우 호 저
伊于胡底오

알랑알랑하고 수군수군하니 또한 매우 서글프구나
도모함이 그 착한 것은 곧 모두 이에 어기고
도모함이 그 착하지 못한 것은 곧 모두 이에 따르거니
내가 도모한 계책을 보건대 그대들은 어디에까지 이르려는가

이 귀 기 염
我龜既厭이라

불 아 고 유
不我告猶하며

모 부 공 다　　　시 용 불 집
謀夫孔多라　　是用不集이로다
발 언 영 정　　　수 감 집 기 구
發言盈庭하니　誰敢執其咎오
여 비 행 매 모　　시 용 불 득 우 도
如匪行邁謀라　是用不得于道로다

나의 거북점이 이미 싫어하므로 나에게 꾀를 알려주지 않으며
기획하는 참모들이 아주 많으므로 이래서 종합하지 못하니
말을 꺼냄이 마당에 가득하거늘 누가 감히 그 책임을 지겠는가
멀리 가보지 않고 도모함과 같으므로 이래서 길에서 얻지 못한
다네

애 재 위 유　　　비 선 민 시 정
哀哉爲猶여　　匪先民是程이며
비 대 유 시 경　　유 이 언 시 청
匪大猶是經이요　維邇言是聽이며
유 이 언 시 쟁　　여 피 축 실 우 도 모
維邇言是爭하나니　如彼築室于道謀라
시 용 불 괴 우 성
是用不潰于成이로다

슬퍼라 계획을 세움이여, 옛사람을 이에 법으로 삼지 않으며
커다란 꾀를 이에 원칙으로 삼지 않고 오직 가까운 말을 이에
듣고
오직 가까운 말을 이에 다투니 저 길가에다가 집을 지으려고 꾀
하는 것처럼 하므로
이래서 완성해서 마치지 못한다오

국 수 미 지　　　혹 성 혹 비
國雖靡止나　　或聖或否며
민 수 미 무　　　혹 철 혹 모
民雖靡膴나　　或哲或謀며
혹 숙 혹 예　　　여 피 류 천
或肅或艾어늘　如彼流泉라
무 륜 서 이 패
無淪胥以敗오

나라가 비록 안정하지 못해도 혹 달통하기도 하고 혹 비색하기
도 하며

인민이 비록 많지 않아도 혹 명철하고 혹 도모하며
혹 엄숙하고 혹 어여쁘거늘 저 흐르는 샘물 같이 하므로
서로 같이 망하여 썩지 않으리오

불감포호　　　불감빙하
不敢暴虎와　不敢馮河를
인지기일　　　막지기타
人知其一이요　莫知其他로다
전전긍긍　　　여림심연
戰戰兢兢하야　如臨深淵하며
여리박빙
如履薄冰하라

감히 맨손으로 범을 잡지 못함과 감히 맨발로 황하를 건너지 못함을
사람이 그 하나는 알되 그 다른 뜻은 알지 못하누나
두려워서 벌벌 떨며 경계하고 조심하여 깊은 연못에 임하듯이
엷은 얼음이 밟듯이 하소

　☯ 소민(小旻) 편은 여섯 장으로 앞의 세 장은 8구씩이고 뒤의
세 장은 7구씩인데 모두 서사시이다. 나라에 예의도덕이 없으면
소인배들이 권력을 장악하여 국가를 경영함에 반드시 현실적 편
의주의를 내세워 기강을 무너뜨리고 법도를 어지럽혀 못하는 짓
이 없나니 끝없는 시행착오로 조령모개(朝令暮改)하고 조삼모사
(朝三暮四)하여 결국 아무도 그 실정(失政)에 대한 책임을 지지
않게 되는 정치허무주의를 규탄하였다.
　1장은 가을에 갑자기 내린 된서리 같이 임금이 즉흥적으로 무
리하게 사업을 추진하면서 착한 계책은 따르지 않고 착하지 않은
계책을 도리어 쓰는 무모함을 비판하였고, 2장은 간사한 소인배
들이 임금의 주변에 포진하여 아첨만 일삼아 착한 계획안은 모두
비난하여 어기고 착하지 못한 계획안은 모두 찬성하여 따르는 정
상모리배를 규탄하였으며, 3장은 임금에게 지도력이 없고 신하에
게 책임감이 없으므로 즉흥적으로 계획하고 편리한 대로 추진하

여 자주 변경하여 고치는 까닭에 거북점까지도 앞날을 전혀 예측할 수 없을 뿐만 아니라 일을 꾸미는 책사(策士)와 모사(謀士)가 너무나 많아서 그 의견을 종합할 수도 없으며 사업계획을 수정하여 발의한 사람이 마당에 가득하므로 아무도 책임을 질 사람이 없게 되고 더욱이 모두 현실적 기초가 없이 탁상공론이기 때문에 사리에 합당치 못함을 지적하였고, 4장은 국가의 정책을 결정함에 역사적인 고증도 하지 않고 위대한 학자의 기본논리도 채택하지 아니하면서 오직 천근한 말에만 귀를 기울이기를 고집하니 길가에 집을 지으려는 사람이 지나가면서 하는 말을 모두 들으면 결국 집을 지을 수 없는 것과 같은 혼돈에 빠지게 됨을 경고하였으며, 5장은 나라가 비록 안정되지 못해도 앞으로 하기에 따라서 달통할 수도 있고 비색할 수도 있으며 인민이 비록 많지 않아도 명철하고, 도모하고, 엄숙하고, 어여쁜 사람이 있거늘 그들의 착한 말을 한 귀로 듣고 한 귀로 흘려버리니 어찌 서로 망하여 썩지 않겠느냐고 항의하였고, 6장은 맨손으로 범을 잡으려고 하지 않으며 맨발로 황하를 건너가려고 하지 않는 것에는 성급하게 무모한 짓을 하지 말라는 뜻만 있는 것이 아니라 두려워하고 조심하여 깊은 연못에 임하듯이 엷은 얼음을 건너듯이 신중히 생각하고 연구하여 사업을 질 추진하여 성공을 기약하라는 뜻도 있음을 깨우쳐 주었다.

　공자가 이 시를 『시경』에 편집한 이유는 나라에서 정치사업을 계획하여 추진함에 반드시 지도자의 강력한 추진력과 담당관의 분명한 책임감을 확고하게 갖추며 역사적 고증을 통하고 전문가의 과학적인 연구에 의거해서 추진하되 측근의 부탁이나 소인배의 모함을 엄격히 차단하여 시종일관 경계하고 조심해서 완전한 성공을 기약해야 된다는 사업경영방법의 아름다움을 높이 평가하였기 때문이다. 그러므로 공자는 말하기를 맨손으로 범을 잡으며 맨발로 황하를 건너다가 죽어도 뉘우침이 없는 사람을 나는 더불지 않고, 반듯하게 일에 임하여 두려워하고 꾀를 잘 내어 성공하는 사람과 함께 할 것이라고 『논어(論語)』 술이(述而) 편에서 밝혔으니 이 시를 읽은 사람은 능력개발에 힘써야 할 것이다.

소민(小旻)은 편명으로 소아(小雅)의 민(旻) 편이라는 뜻이니 다음의 소완(小宛), 소반(小弁), 소명(小明)도 같다. 그 까닭은 대아(大雅)에 소민(召旻), 대완(大宛)이 있는 것과 구별하기 위해서라고 할 것이다. 민(旻)은 아득히 멀다는 뜻이니 민천(旻天)은 가을 하늘이다. 부(敷)는 펴는 것이고, 유(猶)는 계책이며, 회휼(回遹)은 사악하고 편벽한 것이다. 저(沮)는 그침이요, 장(臧)은 착함이며, 복(覆)은 도리어, 공(邛)은 딱함이다. 흡흡(潝潝)은 알랑알랑하며 부화뇌동하는 모양이고, 자자(訿訿)는 서로 비방하며 수군수군하는 모양이다. 구(具)는 모두, 이(伊)는 그대, 저(底)는 이르는 것이다. 귀(龜)는 거북점이고, 염(厭)은 점을 자주 쳐서 싫증이 남이며 번거롭게 귀신을 모독하면 점을 쳐도 알려주지 않는 법이다. 집(集)은 공론(公論)을 종합하여 모으는 것이고, 구(咎)는 책임이며, 도(道)는 길이다. 선민(先民)은 옛사람이니 과거의 역사적 인물이며, 정(程)은 법(法)이요, 대유(大猶)는 커다란 꾀이니 전문가의 과학적 지식이며, 경(經)은 원리원칙이다. 축실우도모(築室于道謀)는 길가에서 집을 지으면 오는 사람 가는 사람이 모두 한마디씩 고칠 것을 주장하여 그 말을 다 듣다가 보면 결국 집을 완성하지 못하게 된다는 뜻이니 그래서 속담에 길가에 집을 지으면 3년이 되어도 완성하지 못한다고 하였다. 궤(潰)는 마친다는 뜻이다. 지(止)는 안정함이요, 성(聖)은 달통함이며, 비(否)는 비색(否塞)함이다. 무(膴)는 많음이고, 철(哲)은 보는 것이 명철함이며, 모(謀)는 듣는 것을 잘 헤아려서 도모함이요,, 숙(肅)은 모양이 의젓하여 엄숙함이고, 예(艾)는 말이 온순하여 어여쁜 것이다. 모두 『서경(書經)』 홍범(洪範)의 5사(五事)에서 밝힌 덕행이니 이 시를 지은이는 홍범을 배운 학자라고 하리라. 류천(流泉)은 흘러가는 물이니 좋은 계책을 끊임없이 버리는 것을 비유하였고, 륜서(淪胥)는 서로 같이 망하는 것이며, 패(敗)는 패망함이다. 포(暴)는 맨손으로 때리는 것이요, 빙(馮)은 맨발로 물을 건너가는 것이다. 전전(戰戰)은 두려워서 벌벌 떠는 것이고, 긍긍(兢兢)은 경계하여 조심하는 것이다. 여림심연(如臨深淵)은 깊은 연못에 떨어질까 두려워함이요, 여리박빙(如履薄冰)은 엷은 얼음에 빠질까를 두려워함이다.

정책을 입안하는 사람은 일을 시작하는 단계에서 철저하게 살펴 완벽한 계획서를 준비해야 하거늘 무능하면서도 공명심이 강한 사람은 성급하게 졸속처리하고는 책임을 면하기 위하여 회의에 부치고 공청회를 열며 여론조사까지 실시해서 국력을 낭비하고 시간을 허비하며 정력을 소모하니 어찌 일을 성공적으로 완수하겠는가? 무책임하고 비능률적인 관료들의 작태가 고금이 일반이다.

2-5-2 ───────── 소완(小宛) / 소아의 자잘한

완 피 명 구 　　　한 비 려 천
宛彼鳴鳩여　　　翰飛戾天이로다
아 심 우 상 　　　염 석 선 인
我心憂傷이라　　念昔先人하니
명 발 불 매 　　　유 회 이 인
明發不寐하야　　有懷二人하노라

자잘한 저 우는 비둘기여, 높이 날아 하늘에 이르누나
내 마음이 근심하여 괴로워서 옛 선인을 생각하나니
동이 트도록 자지 못하여 두 사람을 그리워하네

인 지 제 성 　　　음 주 온 극
人之齊聖은　　　飮酒溫克이어늘
피 혼 불 지 　　　일 취 일 부
彼昏不知는　　　壹醉日富로다
각 경 이 의 　　　천 명 불 우
各敬爾儀어니　　天命不又니라

사람의 단정하고 슬기로운 이는 술을 마셔도 따뜻하게 이겨내거늘
저 어리석어 알지 못한 이는 한번 취하면 날로 심해진다네
각각 너의 거동을 경건히 할지니 하늘의 명령은 다시 돌아오지 않으리

中原有菽이어늘　庶民采之로다
中原有菽이어늘　庶民采之로다

螟蛉有子어늘　蜾蠃負之로다

教誨爾子하야　式穀似之하라

언덕 가운데 콩이 있거늘 서민이 거두어 간다네
명령이 새끼를 두거늘 나나니벌이 업고 간다네
너의 자식을 가르치고 타일러 착함을 본받아 근사하게 하소

題彼脊令한대　載飛載鳴이로다

我日斯邁어든　而月斯征이라

夙興夜寐하야　無忝爾所生이어다

저 할미새를 보건대 곧잘 날고 곧잘 우누나
내가 날로 이에 힘쓰거든 너는 달로 이에 나아가
일찍 일어나서 밤에 잘 때까지 너를 낳아주신 분을 욕되게 말라

交交桑扈여　率場啄粟이로다

哀我塡寡여　宜岸宜獄이로다

握粟出卜하야　自何能穀고 하리라

이리저리 나는 콩새여, 마당으로 쫓아와 조를 쪼아먹누나
슬퍼라 우리 병든 과부여, 고발함이 마땅하고 기소함이 마땅하
다네
좁쌀을 가지고 나아가 점을 쳐 어디로부터 해야 좋은 수가 있을
까 한다오

溫溫恭人이　如集于木하며

惴惴小心이　如臨于谷이라

전 전 긍 긍   여 리 박 빙
戰戰兢兢하야   如履薄冰하라

따뜻하고 따뜻한 공손한 사람이 나무에 모여 있듯이 하며
두려워하고 두려워하는 소심한 사람이 골짜기에 임하듯이 하므로
두려워서 몸을 벌벌 떨며 조심하고 경계하여 엷은 얼음을 밟듯
이 해야 한다네

   ☯ 소완(小宛) 편은 여섯 장인데 6구씩으로 되었으니 수장과 3
장, 4장, 5장은 서정시이고 2장과 졸장은 서사시이다. 나라에 예의
도덕이 무너지고 권력자의 횡포가 자심하여 법으로 인민을 통제
하고 형벌로 포악하게 다스리니 각박하고 살벌한 세상에 슬기롭
게 살아가기 위해서는 술을 절제하고 말을 조심하며 자녀를 단속
해야 되는 것을 집안의 형제에게 당부한 노래이다.
  1장은 작은 비둘기도 하늘 높이 날아가듯이 포악한 공포정치
아래에서는 패가망신(敗家亡身)할 위험으로부터 멀리 피하여 부
모와 조상을 받들고 가문을 지킬 대책을 세워야 함을 역설하였
고, 2장은 냉혹한 현실에서 어리석은 사람은 자포자기하여 술을
먹고 고통을 잊으려고 하지만 단정하고 슬기로운 사람은 술을 절
제하여 따뜻하고 공손하게 몸가짐을 흐트러뜨리지 않는 법이니
각각 행동거지를 경건하게 하여 천명(天命)의 본성(本性)을 간직
하여 인격을 지키자고 하였으며, 3장은 언덕 가운데 콩이 있으면
서민이 거두어 가고, 파란 나방이 새끼를 두면 나나니벌이 업고
가서 자기의 새끼에게 먹여 키우듯이 유혹이 많은 세상에 자녀를
보호하여 가르치고 타일러 착함을 본받아 행하도록 하라고 경계
하였고, 4장은 할미새가 곧잘 날고 곧잘 울 듯이 나와 네가 날로
달로 노력하여 인격을 향상해서 아침에 일어나서부터 밤에 잠잘
때까지 조심함으로써 부모에게 욕이 미치지 않도록 하자고 다짐
하였으며, 5장은 이리저리 나는 콩새가 마당에까지 와서 조를 쪼
아먹는 것처럼 감시자와 감독자가 왔다갔다하며 불쌍한 우리 마
을의 병든 과부까지도 고발하고 고소하여 학대하므로 좁쌀을 가

5. 소민(小旻)의 십(什) 73

지고 나가서 점을 쳐 어디로부터 해야 잘 될 수 있을까 하는 공포의 세상임을 경고하였고, 6장은 온공스러운 사람이 나무에 올라가 떨어질까를 두려워하듯이, 두려워하고 두려워하는 소심한 사람이 골짜기에 임하여 미끄러질까를 두려워하듯이 험난한 세상을 살아감에 어진 이를 본받자고 간절히 호소하였다.

공자가 이 시를 『시경』에 편집한 이유는 아무리 험난하고 무서운 세상이라고 하여도 결단코 좌절하거나 절망하지 않고 끝까지 천명(天命)의 본성을 간직하여 인격을 기르고 부모의 은덕을 생각하여 부지런히 자녀를 교육해서 가문을 계승하는 위대한 인간정신을 높이 찬양하기 위함이니 저 어리석은 사람이 시련을 극복하지 못하고 현실을 도피하기 위하여 술을 마셔 취생몽사(醉生夢死)하거나 불평불만을 폭발하여 말로써 죄를 얻어 형벌을 받거나 자녀를 단속하지 않아서 마침내 세상의 유혹에 빠져 타락하는 인간불행을 막으려는 뜻이다.

소완(小宛)은 편명으로 소아(小雅)의 자잘한 이라는 뜻이니 완(宛)은 자잘한 모양이며, 구(鳩)는 비둘기로 비둘기 목(目)에 속하는 새의 총칭인데 야생종과 집비둘기로 크게 나눈다. 몸은 그리 크지 않고 날개가 커서 날기를 잘하며 번식이 잘되고 성질이 순하여 길들이기 쉽고 귀가성(歸家性)을 이용하여 통신용으로 쓰기도 한다. 최대 1천km까지 왕래하며 시속은 60km 가량이고 예로부터 길조(吉鳥)로 여겨 평화를 상징하였다. 한비(翰飛)는 높이 나는 것이요, 려(戾)는 이르는 것이며, 명발(明發)은 밝은 빛이 피어나는 것이니 새벽에 동이 트는 것이요, 이인(二人)은 부모이다. 제(齊)는 가지런하여 단정함이요, 성(聖)은 명통하여 슬기로움이며, 극(克)은 이기는 것이고, 부(富)는 넉넉함이니 심하다는 뜻이다. 천명(天命)은 이성(理性)이고, 우(又)는 돌아오는 것이다. 중원(中原)은 언덕의 가운데요, 숙(菽)은 콩이며, 명령(螟蛉)은 뽕나무 위에서 사는 빛깔이 푸른 나방과 나비의 유충인데 곧 나나니벌이 이 벌레의 새끼를 업어다가 자기의 새끼에게 먹이로 주는 것이다. 과라(蜾蠃)는 나나니벌인데 나나니벌과에 속하는 곤충으로 몸길이 20~25mm 가량이고 몸빛은 검고 날개는 투명하며 약간 누런 빛이 있다. 7~8월에 모래땅 속을 파서 집을 짓고 벌레를 잡아서 애벌레의 먹이로 한다. 식(式)은 본받는 것이요, 곡(穀)은 착함이며, 사(似)는 근사함이다. 제(題)는 보는 것이고, 척령(脊令)은 할미새이며, 재(載)는 곧잘, 이(而)는 너를 지칭하는 대명사이다. 정(征)은 나아감, 첨(忝)은 욕됨이며, 소생(所生)은 낳아준 부모와 조상이다. 교교(交交)는 왔다갔다하는 모양이고, 상호(桑扈)는 콩새이니 참새과에 속하는 새로 날개 길이 10cm, 꽁지 길이 5~6cm, 부리는 2cm 가량이요 굵고 튼튼하며 살색이다. 몸빛은 등쪽은 진한 갈색, 배 쪽은 매우 연한 갈색, 목은 회색, 날개는 청흙색, 부리의 기부와 눈 둘레는 흑색이다. 산기슭의 숲속에서 단독 생활을 하며 열매, 곤충 등을 먹고 4~6월에 4~5개의 알을 낳는다. 전(塡)은 병이 든 것이요, 안(岸)은 고발당한 형사피의자를 유치장에 가두는 것이고, 옥(獄)은 고소당한 형사피의자를 감옥에 가두는 것이니 병든 과부까지 형벌로 다스리는 것은 무자비한 폭력이다. 악속출복(握粟出卜)은 가난하여 좁쌀을 가지고 점쟁이에게 운수를 물어본 것이니 얼마나 외롭고 답답한 신세인가? 인민을 불쌍하고 가련한 신세로 몰아가는 포악한 정권은 타도의 대상이 아닐 수 없다. 온온(溫溫)은 온화한 모양이요, 췌췌(惴惴)는 근심하는 모양이디.

　천하의 근본은 나라이고 나라의 근본은 가정이며 가정의 근본은 사람이니 천하가 어지러워도 사람이 이성(理性)을 잃지 않고 정신이 깨끗하면 반드시 천하를 바로잡을 수 있는 것이므로 사람은 세상이 어지러울수록 더욱 인격을 갈고 닦으며 정신을 가다듬어야 할 것이다.

2-5-3 ──────── 소반(小弁) / 소아의 즐거운

반피여사　귀비시시
弁彼鸒斯여　歸飛提提로다
민막불곡　아독우리
民莫不穀이어늘　我獨于罹로세
하고우천　아죄이하
何辜于天고　我罪伊何오
심지우의　운여지하
心之憂矣여　云如之何오

즐거운 저 갈가마귀여, 떼를 지어 훨훨 날아가누나
민중은 착하지 않음이 없거늘 나만 홀로 근심한다네
하늘에 무슨 죄를 지었을까 나의 죄는 그 무엇일까
마음의 근심이여, 어찌할거나

척척주도　국위무초
踧踧周道여　鞠茂茂草로다
아심우상　넉언여도
我心憂傷이여　惄焉如擣로다
가매영탄　유우용로
假寐永嘆하야　維憂用老하니
심지우의　진여질수
心之憂矣라　疢如疾首하노라

편편한 큰길이여, 마침내 풀이 우거졌구나
내 마음이 근심으로 괴로움이여, 생각하니 절구질을 하는 것 같네
어렴풋이 자다가 길게 탄식하여 근심으로 늙어가나니
마음이 근심하여 열병에 머리가 아픈 것 같다오

유상여재　필공경지
維桑與梓도　必恭敬止온
미첨비부　미의비모
靡瞻匪父며　靡依匪母라
불촉우모　불리우리
不屬于毛아　不離于裏아
천지생아　아신안재
天之生我여　我辰安在오

아, 뽕나무와 가래나무도 반드시 공경하거든
우러러볼 것은 아버지가 아님이 없으며 의지할 것은 어머니가
아님이 없네

머리털을 이어받지 않았는가, 속마음이 이어지지 않았는가
하늘이 나를 낳음이여, 나의 때는 어디에 있나이까

율 피 류 사　　　 명 조 혜 혜
菀彼柳斯에　　 鳴蜩嘒嘒며
유 최 자 연　　　 환 위 비 비
有漼者淵에　　 萑葦淠淠로다
비 피 주 류　　　 불 지 소 계
譬彼舟流가　　 不知所届일새
심 지 우 의　　　 불 황 가 매
心之憂矣라　　 不遑假寐로세

무성한 저 버드나무에 우는 말매미 소리 쏴쏴
깊은 연못에 달과 갈대가 우거져 수북수북
비유컨대 저 배가 흘러 이를 곳을 알지 못하는 것 같아
마음이 근심하여 어렴풋이 잠들 겨를도 없다오

녹 사 지 분　　　 유 족 기 기
鹿斯之奔에　　 維足伎伎며
치 지 조 구　　　 상 구 기 자
雉之朝雊에　　 尙求其雌어늘
비 피 회 목　　　 질 용 부 지
譬彼壞木이　　 疾用無枝니
심 지 우 의　　　 영 막 지 지
心之憂矣를　　 寧莫之知오

사슴들이 달림에 아, 발걸음도 느릿느릿
장끼가 아침에 꾸꾸, 짝 지으려고 그 까투리를 찾거늘
비유컨대 저 부러진 나무가 병들어 가지도 없는 것 같구나
마음이 근심함을 저리도 알지 못한다오

상 피 투 토　　　 상 혹 선 지
相彼投冤에　　 尙或先之하며
행 유 사 인　　　 상 혹 근 지
行有死人에　　 尙或墐之하나니
군 자 병 심　　　 유 기 인 지
君子秉心이　　 維其忍之로다
심 지 우 의　　　 체 기 운 지
心之憂矣라　　 涕旣隕之하노라

저 빠져나가는 토끼를 봄에 오히려 혹 먼저 달아나게도 하며
한길에 죽은 사람이 있음에 오히려 혹 묻어주기도 하나니
군자가 마음을 가짐이 오직 그 모질게 하므로
마음이 근심하여 눈물이 이미 떨어지누나

군자신참   여혹수지
君子信讒이   如或酬之며
군자불혜   불서구지
君子不惠라   不舒究之로다
벌목기의   석신치의
伐木掎矣며   析薪杝矣어늘
사피유죄   여지타의
舍彼有罪오   予之佗矣로다

군자가 참소하는 말을 믿음이 혹 술잔을 주고받는 사이인 듯이
하며
군자가 은혜롭지 않으므로 자세히 살피지 않네
나무를 베려면 한 쪽을 받혀야 하며 장작을 패려면 나뭇결로 쪼
개야 하거늘
저 죄가 있는 이는 내버려두고 나에게만 뒤집어씌우누나

막고비산   막준비천
莫高匪山이며   莫浚匪泉가
군자무이유언   이촉우원
君子無易由言이어다   耳屬于垣이니라
무서이량   무발아구
無逝我梁하야   無發我笱언마는
아궁불열   황휼아후
我躬不閱이온   遑恤我後아

보다 높은 것이 없나니 산이 아니며, 보다 깊은 것이 없나니 샘
이 아닌가
군자는 말미암는 말을 쉽게 하지 말지어다, 귀가 담장에 붙어
있다네
나의 발담에 가지를 말고 나의 통발을 열지 마오
내 몸도 용납하지 못하고서 어느 겨를에 나의 뒷일을 걱정하나

❍ 소반(小弁) 편은 여덟 장이 8구씩으로 앞의 여섯 장은 서정시이고 뒤의 두 장은 서사시이다. 주(周)나라 유왕(幽王)이 신(申)나라의 공녀(公女)와 결혼하여 태자(太子) 의구(宜臼)를 낳았는데 뒤에 포사(褒姒)를 얻어 아들을 낳으니 백복(伯服)이다. 유왕이 포사의 참소를 믿어 신후(申后)를 폐하고 의구를 축출하니 의구가 이 시를 지어 스스로 아버지 유왕의 잘못을 한탄하고 자신의 버림받은 신세를 원망한 효자의 노래이다.

　1장은 저 갈가마귀는 떼를 지어 즐겁게 날고 인민은 모두 착하지 않음이 없거늘 자기는 아버지로부터 버림을 받아 외롭고 쓸쓸하게 사는 신세를 원망하면서 아버지에게 무슨 죄를 지었는지 스스로 반성하였고, 2장은 편편한 큰 길이 마침내 풀이 우거지듯이 아버지와 아들 사이의 관계까지 소원해져서 가까이 모시지 못함을 자나깨나 탄식하며 괴로워하였으며, 3장은 아버지가 심은 뽕나무와 가래나무도 자식들은 공경하거늘 우러러보고 의지할 것은 오직 부모인즉 신체와 머리털과 피부를 부모에게서 받았으며 마음과 정신도 부모에게서 이어받았음을 강조하여 언제 다시 부모와 즐겁게 살게 될지를 그리워하였고, 4장은 버드나무에는 매미가 울고 연못에는 달과 갈대가 우거지거늘 아버지로부터 버림을 받은 사람은 속절없이 표류하는 배처럼 정처 없이 떠돌아 방황하는 것을 걱정하였고, 5장은 사슴이 달림에 무리에서 떨어지지 않기 위하여 발걸음을 느리게 하고, 장끼가 아침에 울어 짝지으려고 까투리를 찾거늘 아버지로부터 버림을 받은 사람은 비유컨대 부러진 나무가 병들어 가지도 없는 것같이 외롭고 쓸쓸한 고통을 호소하였으며, 6장은 토끼가 그물을 빠져나감에 불쌍하여 혹 먼저 달아나도록 자비를 베풀기도 하고 한길에 죽은 사람이 있으면 불쌍하여 혹 묻어주기도 하건만 아버지가 결단코 용서를 해주지 않으니 눈물이 흐름을 고백하였고, 7장은 아버지가 참소를 믿어 그들과 친하면서 은혜롭게 사건의 진상을 자세히 살펴 사체를 바르게 보고 실상을 판단해야 하거늘 참소한 죄인은 버려두고 모든 죄를 자기에게 뒤집어씌운 억울함을 호소하였으며, 8장은 아버지의 은혜는 산처럼 높고 아버지의 사랑은 샘처럼 깊거늘 아버지가 자식을 학대하면 남도 무시하게 됨을 밝혀 멀리 떠날 수밖에 없음을 하소연했으니 이 때에 유왕은 마침내 포사를 왕후로 삼고 백복을 태자로 세우니 의구가 백복에게 자기의 물건을 빼앗지 말라고 경고하는 장면으로 끝을 맺었다.

공자가 이 시를 『시경』에 편집한 이유는 아들이 아버지의 커다란 잘못을 보고도 아버지를 배반하여 떠나거나 증오하여 시해(弑害)하는 극단적 행동을 하지 않고 더욱 그리워하고 사모하면서 자기자신을 반성하고 끝내 용납되기를 기다리는 효심(孝心)을 평가했기 때문이다. 아버지와 아들은 천륜(天倫)이 있기 때문에 어떠한 경우에도 그 관계를 끊지 못하는 것이므로 자식이 아버지를 원망할지언정 증오하여 배반할 수 없는 것이다. 그러므로 일찍이 이 시에 대한 맹자(孟子)의 단안이 있었으니 "고자(高子)가 말하기를 소반(小弁)은 소인의 시인저! 맹자가 말하기를 무엇 때문에 그렇게 말하는가? 말하기를 원망했기 때문입니다. 맹자가 말하기를 고루하구나 고씨 노인의 시를 해석함이여! 여기에 사람이 있는데 월(越)나라 사람이 활을 당겨 쏘아 맞히려고 하면 나는 담소하면서 말리는 것은 다름이 아니라 남이기 때문이요, 그 형이 활을 당겨 쏘아 맞히려고 하면 나는 눈물을 흘리면서 말리는 것은 다름이 아니라 겨레이기 때문이니 소반의 시가 원망함은 어버이를 친하고자 하기 때문인즉 어버이를 친함은 인(仁)이다. 고루하구나, 고씨 노인의 시를 공부함이여! 말하기를 개풍(凱風)의 시(1-3-7)는 어째서 원망하지 아니합니까? 맹자가 말하기를 개풍은 어버이의 허물이 적은 것이요 소반은 어버이의 허물이 큰 것이니 어버이의 허물이 커다란데도 원망하지 않으면 이것은 더욱 멀어지는 것이고, 어버이의 허물이 적은데도 원망하면 이것은 그냥 지나가지 못할 것이니 더욱 멀어지는 것도 불효요, 그냥 지나가지 못하는 것도 불효이다. 공자가 말하기를 순(舜)은 그 지극한 효자인저! 50세가 되어도 어버이를 사모한다고 하니라."[『맹자(孟子)』 고자장구하(告子章句下)를 참조하라.]

소반(小弁)은 편명이니 소아(小雅)의 즐거운 뜻이고, 반(弁)은 즐거운 것이며, 여(鸒)는 갈가마귀이니 까마귀과에 속하는 새로

목으로부터 가슴과 배에 걸쳐 희고 나머지는 검다. 날개 길이 22
~24cm 가량인데 까마귀보다 조금 작고 겨울새로 중국, 시베리아
등지에서 번식하여 늦가을에 남쪽으로 날아와서 봄까지 머무는데
언제나 많은 수로 떼지어 다닌다. 사(斯)는 어조사이고, 시시(提
提)는 떼를 지어 훨훨 나는 모양이요, 곡(穀)은 착함이요, 리(罹)
는 근심함이다. 척척(踧踧)은 편편하고 넓은 모양이요, 주도(周道)
는 크고 곧은길이니 한길이며, 국(鞠)은 마침내, 녁(惄)은 간절하
게 생각함이며, 도(擣)는 절구질을 하여 찧는 것이다. 가매(假寐)
는 어렴풋이 자는 것이고, 진(疢)은 열병이다. 상(桑)은 뽕나무이
고, 재(梓)는 가래나무인데 옛날 사람은 담장 아래에 심었으니 뽕
나무로는 누에를 치고 가래나무로는 가구를 만들었는바 부모가
심은 나무이므로 자손들이 공경하였던 것이다. 첨(瞻)은 우러러
존경함이요, 의(依)는 의지하여 가까이 함이며, 촉(屬)은 붙어서
이음이고, 모(毛)는 피부의 털이며, 리(離)는 걸리어 붙음이니
『주역(周易)』 리괘(離卦)의 뜻과 같다. 리(裏)는 속마음이고, 신
(辰)은 때이며, 안(安)은 어디에, 울(菀)은 무성한 모양이고, 조
(蜩)는 말매미, 혜혜(嘒嘒)는 매미의 소리이며, 최(漼)는 깊은 모
양이다. 비비(瀌瀌)는 많은 것이고, 계(屆)는 이르는 것이며, 황
(遑)은 겨를이다. 기기(跂跂)는 느릿느릿 걷는 모양으로 빨리 달
릴 수 있지만 느릿느릿 걷는 것은 무리와 함께 가기 위함이다.
구(雊)는 장끼가 꾸꾸 하고 우는 소리요, 괴(壞)는 부러진 것이며,
녕(寧)은 저리도 또는 그렇게도의 뜻이다. 상(相)은 보는 것이요,
투(投)는 피하여 달아나는 것이며, 선(先)은 앞에 가도록 하는 것
이다. 행(行)은 행로(行路)이니 한길이요, 근(墐)은 묻는 것이며,
병(秉)은 잡음이고, 인(忍)은 측은한 마음을 참는 것이니 모질게
함이다. 운(隕)은 떨어지는 것이다. 수(酬)는 주인과 손님이 술잔
을 주고받는 것이니 정다움을 뜻하며, 서(舒)는 자세함이요, 구
(究)는 연구하여 살핌이다. 기(掎)는 물건으로 끝을 받쳐서 기울
지 않게 함이요, 치(杝)는 나무의 결이며, 타(佗)는 뒤집어씌움이
다. 막(莫)에 형용사를 붙이면 형용사 최고급이 되며 산보다 높은
것이 없고 샘보다 깊은 것이 없으므로 모두 어버이의 은혜와 사

랑을 상징한다. 이(易)는 쉽게 함이요, 촉(屬)은 붙어 있음이다. 량(梁)은 고기를 잡기 위하여 돌로 쌓은 발담이요, 구(筍)는 통발이니 졸장의 끝에 4구는 패풍(邶風) 곡풍(谷風) 편(1-3-10)에서 이미 해설하였다.

고금에 아버지는 선택하여 섬길 수 없기 때문에 잘나도 내 부모요 못나도 내 부모인 것이다. 잘난 부모야 응당 존경하여 섬길지나 못난 부모도 또한 더욱 사모하고 그리워해야 자식의 도리를 다하여 나중에 뉘우침이 없는 것이니 만일 못난 부모라고 버린다면 역시 못난 자식이 되고 마는 것인즉 두렵지 않은가? 이 시는 모씨(毛氏)가 태자 의구의 스승이 지었다고 했으니 태자를 동정하는 시인(詩人)이 태자의 행실을 동정하고 감탄하여 지었는지 알 수 없다. 왜냐하면 시중에 아버지를 군자(君子)라고 표현했기 때문이다.

2-5-4 ─────────── 교언(巧言) / 교묘한 말

유유호천　　　왈부모저
悠悠昊天을　　曰父母且러니
무죄무고　　　난여차호
無罪無辜어늘　亂如此憮아
호천이위　　　여신무죄
昊天已威나　　予愼無罪며
호천태호　　　여신무고
昊天泰憮나　　予愼無辜로다

아득하고 아득한 하느님을 아버지 어머니라고 말하나니
죄도 없고 허물도 없거늘 혼란이 이렇게도 많은가
하느님이 매우 위압해도 나는 살피건대 죄가 없으며
하느님이 매우 실망해도 나는 살피건대 허물이 없네요

난 지 초 생　　　참 시 기 함
亂之初生은　僭始旣涵이며
난 지 우 생　　　군 자 신 참
亂之又生은　君子信讒이니라
군 자 여 노　　　난 서 천 저
君子如怒면　亂庶遄沮며
군 자 여 지　　　난 서 천 이
君子如祉면　亂庶遄已리라

혼란이 처음에 생김은 참소의 처음에 이미 용납함이며
혼란이 또 생김은 군자가 참소를 믿음이로세
군자가 분노했더라면 혼란을 거의 빨리 막았을 것이며
군자가 복된 길로 나갔더라면 혼란이 거의 빨리 그쳤으리

군 자 루 맹　　　난 시 용 장
君子屢盟이라　亂是用長이며
군 자 신 도　　　난 시 용 포
君子信盜라　亂是用暴이며
도 언 공 감　　　난 시 용 담
盜言孔甘이라　亂是用餤이로다
비 기 지 공　　　유 왕 지 공
匪其止共이라　維王之邛이로다

군자가 자주 맹약하므로 혼란이 이로써 자라며
군자가 도적을 믿으므로 혼란이 이로써 포악하며
도적의 말을 매우 달게 여기므로 혼란이 이로써 나아가고
그 함께 하기를 그치지 않으므로 왕이 고달프다네

혁 혁 침 묘　　　군 자 작 지
奕奕寢廟를　君子作之며
질 질 대 유　　　성 인 막 지
秩秩大猷를　聖人莫之니라
타 인 유 심　　　여 촌 탁 지
他人有心을　予忖度之로니
적 적 참 토　　　우 견 획 지
躍躍毚兎도　遇犬獲之니라

아름답고 큰 제각과 사당을 군자가 지었으며
질서 정연한 큰 도덕을 성인이 정했다네
다른 사람의 마음가짐을 내가 미루어 헤아리거니

펄떡펄떡 뛰는 약은 토끼도 사냥개를 만나면 잡힌다오

임염유목　　　군자수지
荏染柔木을　　君子樹之며
왕래행언　　　심언수지
往來行言을　　心焉數之니라
이이석언　　　출자구의
蛇蛇碩言은　　出自口矣어니와
교언여황　　　안지후의
巧言如簧은　　顔之厚矣로다

가냘프고 부드러운 나무를 군자가 일으켜 세운다네
가고 오는 길에서 하는 말을 마음으로 분별한다네
든든한 착한 말은 입으로부터 내보내려니와
교묘한 말을 생황의 울림통처럼 전파함은 얼굴도 두껍구나

피하인사　　　거하지미
彼何人斯오　　居河之麋로다
무권무용　　　직위란계
無拳無勇이나　職爲亂階로다
기미차종　　　이용이하
旣微且尰하니　爾勇伊何오
위유장다　　　이거도기하
爲猶將多나　　爾居徒幾何오

저들은 어떤 사람인지 황하의 물가에 살면서
힘도 없고 용기도 없지만 분란만 일으키려고 일삼는구나
이미 정강이뼈에 종기 생기고 또한 발이 곪았으니 너의 억척 무
엇하리
꾀함이 크고 많아도 너와 사는 무리 얼마나 되랴

　◐ 교언(巧言) 편은 여섯 장이 8구씩으로 되었으니 수장, 2장,
3장, 졸장은 서사시이고 4장과 5장은 서정시인데 교묘하게 꾸며
서 참소하는 말이 나라를 어지럽히고 나라가 어지러우므로 천재
지변이 일어나서 인민까지 고통을 받게 되는 까닭에 나라의 지도
자는 참소하는 사람을 엄중히 징계하여 멀리 배척해야 됨을 역설

하였다.

1장은 하늘이 어지러운 정치를 경고하여 무서운 재앙을 내리니 죄 없는 인민대중까지 고통을 받음을 하소연하였고, 2장은 정치의 혼란이 처음에 생긴 원인은 말을 교묘하게 꾸미어 참소하는 거짓을 살피지 않고 수용했기 때문이며 이어 아첨배를 등용하여 믿음으로서 혼란이 더욱 극심하게 되었음을 지적하고 그들을 징계하여 국리민복(國利民福)을 도모하지 않은 정치지도자를 책망하였으며, 3장은 정치지도자가 신의를 지키려고 시종일관 노력하지 않고 오로지 일시적인 방편으로 어려운 현실을 타개하기 위하여 자주 맹약만 하니 혼란이 이래서 점점 자라나고 정치지도자가 충직하고 양심적인 사람을 멀리하여 부정부패한 인민의 도적을 믿으므로 혼란이 이래서 포악해지며 도적의 말을 매우 달콤하게 여기는 까닭에 혼란이 이래서 더욱 나아가게 되고 끝내 그들을 징계하여 축출하지 않으므로 정치가 어지러워 왕이 고달프게 된 것임을 조목조목 밝혀 비판하였고, 4장은 주(周)나라는 고도로 발달한 과학문명과 도덕문화를 창조한 역사를 가지고 있어서 아름답고 근 제각(祭閣)과 시당을 군자가 지었으며 질서정연한 위대한 도덕을 성인(聖人)이 제정하였으니 다른 사람의 마음가짐을 미루어 알 수 있는 것인즉 거짓말로 사람을 속일 수 없으며 펄떡 펄떡 뛰는 약은 토끼도 사냥개를 만나면 잡히는 것으로 간교한 아첨배도 어진 사람을 만나면 숨길 수 없음을 비유하여 경고하였으며, 5장은 가냘프고 부드러운 나무를 군자가 일으켜 세우고 가고 오는 길에서 하는 말을 마음으로 분별하는바 사람은 누구나 사물의 대소곡직(大小曲直)과 말의 시비선악(是非善惡)을 분별하는 것이므로 확실히 착한 말은 자기의 입으로 말하려니와 교묘하게 꾸며서 생황(笙簧)의 울림통처럼 확대하여 전파하는 사람은 분명히 후안무치(厚顔無恥)한 파렴치한(破廉恥漢)이기 때문에 결코 반성하여 개과천선(改過遷善)할 인간이 아님을 지적하였고, 6장은 교묘한 말로 꾸며서 참소하는 무리들은 초야에 물러 나와 살면서도 끊임없이 혼란을 일으키려고 일삼아 기회를 엿보지만 이미 그 죄상이 세상에 알려져서 그 누구도 믿지 않으므로 또한 아무리 억척스럽게 날뛰어도 소용이 없음을 엄중히 꾸짖었다.

　공자가 이 시를 『시경』에 편집한 이유는 교묘하게 말을 꾸며서 참소한 무리들이 임금을 농락하고 인민을 학대하여 나라를 어지럽히는 죄악상을 소상히 밝히고 또한 참소한 무리들의 비열하고 간악한 심술의 본질을 열거하여 결코 반성하고 참회하여 순순히 물러가기를 기대하는 것은 잘못임을 지적한 시인(詩人)의 높은 안목을 표창하기 위함이다. 대저 참소하는 말은 교묘하게 말을 꾸며서 하기 때문에 현혹되기 쉬운 까닭에 큰 안목이 있지 않으면 그 거짓을 깨닫기 어려운 것이니 아첨하고 음란하고 사악하고 회피하는 말을 가까이 해서는 안 된다.

아무리 억척스럽게 날뛰어도 소용이 없음을 엄중히 꾸짖었다. 유유(悠悠)는 멀고 커서 아득한 모양이요, 호천(昊天)은 하느님이며, 저(且)는 어조사이다. 호(憮)는 많은 것이며, 이(已)와 태(泰)는 모두 매우의 뜻이고, 신(愼)은 삼가 살피는 것이다. 참시(僭始)는 참소하는 말이 나오기 시작함이고, 기함(旣涵)은 이미 용납함이니 처음 참소하는 말에 벌써 귀가 솔깃해서 마음이 쏠리는 행위이다. 군자(君子)는 정치지도자이고, 천(遄)은 빨리, 저(沮)는 그침이며, 지(祉)는 국리민복(國利民福)을 추구함이다. 루(屢)는 자주, 맹(盟)은 나라에 어려움이 있으면 해결책을 제시하고 국민에게 약속하는 행사이니 자주 맹약함은 일관성이 없어서 믿지 않은 세태가 된 것이다. 도(盜)는 나라가 어지러운 틈을 타서 사리사욕을 추구하는 정상모리배이고, 담(餤)은 나아가는 것이니 더욱 확대되는 것이며, 공(共)은 함께 함이요, 공(邛)은 고달픈 것이다. 혁혁(奕奕)은 아름답고 큰 것이며, 침묘(寢廟)는 종묘(宗廟)나 능원(陵園)의 앞 건물을 묘(廟)라 하고 뒷 건물을 침(寢)이라 하는데 묘는 사당으로 조상의 위패를 모시고 제사를 지내는 곳이요 침은 제각(祭閣)이니 의관과 상 및 지팡이를 보관한 곳이다. 질질(秩秩)은 질서가 정연한 모양이고, 유(猷)는 도(道)이며, 막(莫)은 정함이다. 적적(躍躍)은 펄떡펄떡 뛰는 모양이요, 참(毚)은 약은 토끼이며, 견(犬)은 사냥개이다. 임염(荏染)은 가냘프고 늘어진 것이며, 수(樹)는 일으켜 세움이요, 행언(行言)은 길거리에 다니면서

하는 가벼운 말이고, 이이(蛇蛇)는 확고하여 든든함이다. 석(碩)은 큰 것이니 큰소리로 하는 착한 말을 석언(碩言)이라고 하였다. 황(簧)은 생황(笙簧)의 울림통이니 확대하여 전파함을 뜻하고, 안지후의(顔之厚矣)는 얼굴이 두꺼워 부끄러움을 모르는 뻔뻔하고 가증스러운 인간이라는 뜻이다. 하인(何人)은 형상을 알 수 없는 간악한 인간이라는 뜻이고, 사(斯)는 어조사, 미(麋)는 물가이니 초야를 의미하며, 권(拳)은 힘, 직(職)은 일삼는 것이고, 계(階)는 사다리이다. 미(微)는 정강이뼈에 종기가 생김이고, 종(尰)은 발이 곪은 것이니 일어나서 움직일 수 없다는 뜻이며, 이용(爾勇)은 너의 억척스러움이니 모질고 잔악한 집념을 지적한 것이다. 유(猶)는 꾀요 장(將)은 큰 것이다.

정치사회에서 중상과 모략을 일삼는 정상모리배를 제거하기가 이와 같이 어려우니 『시경』을 배운 사람은 한 순간도 방심하지 말고 간사배를 멀리하여 광명정대(光明正大)하게 처신해야 할 것이며 만일 정치사회에 이런 무리가 있다면 단결하여 강력하게 단죄해서 발본색원(拔本塞源)하는 것을 자기의 사명으로 삼아야 할 것이다.

2-5-5 ──────── 하인사(何人斯) / 어떤 사람인가

피한인사 　　기심공간
彼何人斯오　其心孔艱이로다
호서아량 　　불입아문
胡逝我梁하되　不入我門고
이수운종 　　유포지운
伊誰云從고　維暴之云이로다

저들은 어떤 사람인가 그 마음이 매우 험하구나
어찌 나의 발담에 가면서 나의 문에 들어오지 않을까
저이들이 누구를 따르는 사람이라고 하는가 아, 포공이라고 하

누나

이인종행　　　수위차화
二人從行하나니 誰爲此禍오
호서아량　　　불입언아
胡逝我梁하되 不入唁我오
시자불여금　　운불아가
始者不如今에 云不我可러니라

두 사람이 상종하여 행하였나니 누가 이런 화를 만들었는가
어찌 나의 발담에 가면서 들어와 나의 실직을 위로하지 않나
처음에는 오늘날처럼 나를 옳지 않다 말하지는 않았지

피하인사　　　호서아진
彼何人斯오 胡逝我陳고
아문기성　　　불견기신
我聞其聲이요 不見其身하노라
불괴우인　　　불외우천
不愧于人이어니와 不畏于天가

저들은 어떤 사람인가 어찌 나의 섬돌길을 지나가는가
나는 그 소리만 들었지 그 몸을 보지 못하였나니
사람에게 부끄러워하지 않으려니와 하늘에 두렵지 않으랴

피하인사　　　기위표풍
彼何人斯오 其爲飄風이로다
호불자북　　　호불자남
胡不自北이며 胡不自南이요
호서아량　　　지교아심
胡逝我梁고 祗攪我心이로다

저들은 어떤 사람인가 그 회오리바람을 일으키누나
어찌 북쪽으로부터 아니하며 어찌 남쪽으로부터 아니하나요
어찌 나의 발담에 가는가 오직 내 마음을 흔드네

이지안행　　　역불황사
爾之安行에도 亦不遑舍어니
이지극행　　　황지이거
爾之亟行에 遑脂爾車아

일 자 지 래　　　 운 하 기 우
壹者之來면　　云何其盱리오

네가 조용히 감에도 또한 쉴 틈이 없거니
네가 급히 감에 너의 수레에 기름칠할 틈이 나겠나
한번 온다면 어찌 그 눈을 부릅뜨리요

이 환 이 입　　　 아 심 이 야
爾還而入이면　我心易也어늘
환 이 불 입　　　 부 난 지 야
還而不入하니　否難知也로다
일 자 지 래　　　 비 아 지 야
壹者之來면　　俾我祇也니라

네가 돌아와서 들어오면 나의 마음이 편안해질 것을
돌아와서 들어오지 않으니 인정하지 않음을 알기 어렵구나
한번 오면 하여금 내가 공경하리라

백 씨 취 훈　　　 중 씨 취 지
伯氏吹壎이어든　仲氏吹篪라
급 이 여 관　　　 양 불 아 지
及爾如貫이니　諒不我知인댄
출 차 삼 물　　　 이 조 이 사
出此三物하야　以詛爾斯하리라

형님이 질나발을 불거든 아우님이 긴 피리를 분다네
너와는 꿰뚫어 통한 듯하거니 진실로 나를 알지 못할진댄
이에 세 가지 동물을 내어서 너에게 맹세하리라

위 귀 위 역　　　 즉 불 가 득
爲鬼爲蜮이면　則不可得이어니와
유 전 면 목　　　 시 인 망 극
有靦面目하야　視人罔極이니라
작 차 호 가　　　 이 극 반 측
作此好歌하야　以極反側하노라

귀신이 되고 물여우가 되었다면 얻어볼 수 없으려니와
무안한 면목을 두곤 사람을 보기가 다함없으리
이 좋은 노래를 지어서 뒤집고 기울어짐을 마지막으로 충고하네

● 하인사(何人斯) 편은 여덟 장이 6구씩으로 된 서사시인데 함께 벼슬하던 동료가 참소하여 파직을 당한 사람이 참소한 배신자에게 그 잘못을 뉘우치고 진상을 공개하여 사과할 것을 강력히 촉구하는 내용이다. 구설(舊說)에 주(周)나라의 경사(卿士)로 있었던 포공(暴公)이 동료인 소공(蘇公)을 참소하였기 때문에 소공이 이 시를 지어서 절교했다고 하는바 시의 내용으로 보아 그럴 듯하다.

1장은 포공(暴公)이 동료의 의리를 저버리고 이 시를 지은 사람을 참소하여 죄를 뒤집어씌우니 포공의 추종자들까지도 멀리하여 찾아오지 않은 냉정함을 서술하였고, 2장은 두 사람이 서로 상종하면서 행사하였거늘 누가 이러한 참소사건을 만들어서 화를 불렀느냐고 문책하고 위로의 말도 없는 것을 지적하며 처음에는 사이가 좋았던 우정을 상기시켰으며, 3장은 참소하여 곤경에 처한 옛 동료를 옆에 두고도 뻔뻔스럽게 행동하는 그 음흉하고 가증스러운 작태는 비록 사람은 속일지라도 결코 하늘은 속일 수 없다는 것을 경고하였고, 4장은 참소하는 사람은 교활하고 능란한 솜씨로 사람을 현혹하여 마치 회오리바람처럼 동서남북이 없는 까닭에 주변 사람을 어리둥절하게 만드는 장본인임을 밝혔으며, 5장은 참소하는 사람은 권력과 재산을 탐하여 남보다 빨리 출세하려고 서둘러 못하는 짓이 없지만 그러한 이기심과 경쟁심은 반드시 재앙을 부르는 것인즉 대오각성(大悟覺醒)하여 도덕심을 되찾고 예의를 지켜서 한번 찾아와 사과하면 깨끗이 잊고 용서할 의사가 있음을 1차로 충고하였고, 6장은 다시 개과천선(改過遷善)해서 새 사람이 되어 지난날의 잘못을 참회하고 찾아와서 사과하면 그 용기 있는 행실을 칭찬하고 공경하여 마지않을 것임을 재차 충고하였으며, 7장은 순간의 실수를 진심으로 뉘우치고 경위를 소상히 밝혀서 백배 사죄한다면 그 옛날의 우정을 돌이켜 형제처럼 지낼 용의가 있음을 밝히고 만일 나를 믿지 못한다면 개와 돼지와 닭을 잡아서 잔치하며 맹세하겠다고 약속하였으며, 8장은 참소로 피해를 입은 사람이 이와 같이 너그럽게 용서할 뜻을 밝히면서 세 번의 충고를 하였어도 개전의 정이 없다면 이 노래를 끝으로 절연하겠음을 표명하였다.

　공자가 이 시를 『시경』에 편집한 이유는 동료의 참소를 받아 파직당하는 불행한 형세에 있으면서도 감정적으로 문제를 해결하려고 하지 않고, 처음부터 끝까지 이성을 잃지 않으면서 참소한 장본인의 죄악을 낱낱이 폭로하여 국가사회를 어지럽히는 해악을 지적하고, 이어 개과천선(改過遷善)하여 새사람이 되기를 간곡히 기대하면서 뜨거운 우정으로 세 번 충고하는 붕우유신(朋友有信)의 의리(義理)를 지키는 도덕적 품성을 찬양하기 위함이다. 앞의 교언(巧言) 편이 참소를 듣고 현혹당하는 정치지도자를 비판한 내용이라면 이 편은 참소한 관료를 책망하는 내용이다.

　하인(何人)은 이중성이 있어서 그 본심을 알 수 없는 사람이라는 뜻이고, 간(艱)은 험한 것이며, 아(我)는 이 시를 지은 사람이니 구설(舊說)에 소공(蘇公)이라고 하였으며, 포(暴)는 포공(暴公)이니 모두 주(周)나라 직할 영토에 봉한 제후(諸侯)로 주나라의 경사(卿士)를 겸한 사람이다. 이인(二人)은 소공과 포공이요, 종행(從行)은 서로 상종하며 업무를 수행하는 것이며, 언(唁)은 벼슬자리를 잃은 사람을 위문하는 것이다. 진(陳)은 섬돌 아래에서 대문에까지 이르는 섬돌길이니 마당의 가운데 있는 길이다. 표풍(飄風)은 회오리바람이요, 교(攪)는 흔들어 어지럽히는 것이다. 안행(安行)은 조용히 감이고, 황(遑)은 겨를, 사(舍)는 쉬는 것이며, 극행(亟行)은 급히 가는 것이요, 우(盱)는 눈을 부릅뜨는 것이다. 환(還)은 돌아옴이고, 이(易)는 편안함이며, 부(否)는 인정하지 않는 것이요, 지(祇)는 공경함이다. 백중(伯仲)은 형제이고, 훈(壎)은 질나발이니 흙을 구어서 만든 악기로 크기는 거위알만 하고 위는 뾰쪽하며 밑은 넓적한 저울추처럼 생겼는데 여섯 구멍이 있다. 지(篪)는 대나무로 만든 피리의 일종으로 길이는 1척(尺) 4촌(寸)이고 둘레는 3촌이며 일곱 개의 구멍이 나 있다. 손가락으로 음률을 조절하고 또 입으로 부는 구멍이 하나 있으니 입에 옆으로 대고 분다. 훈지(壎篪)는 형제가 즐겁게 노는 것을 상징하는 악기이다. 양(諒)은 진실로, 삼물(三物)은 개와 돼지와 닭이요, 조(詛)는 맹세하는 것이다. 역(蜮)은 물여우인데 날도래과에 속하는 곤충의 애벌레이다. 몸 길이 2~6cm이고 분비액으로 원통상의 고치를 만들어 그 속에 들어가 물 위를 떠돌아다니며 작은 곤충을 잡아먹고 여름에 날개가 생겨 자란 벌레가 된다. 주둥이에 한 개의 긴 뿔이 있는데 독기(毒氣)로 사람의 그림자를 쏘면 종기가 생긴다고 전해 온다. 전(覭)은 무안함이요, 망극(罔極)은 다함이 없는 것이며, 극(極)은 마지막 끝이라는 뜻이고, 반측(反側)은 뒤집고 기울어져서 변화무쌍함이다.

변절하여 참소한 친구에게 나라의 기강과 사회의 윤리와 인간의 본의(本義)를 밝혀 참회를 촉구함에 세 번 충고하는 예의를 잊지 않았으니 진실한 벗이요 세 번을 충고하여도 듣지 않으면 절교를 선언하였으니 어진 사람이다.

2-5-6 ──────────── 항백(巷伯) / 내시

처 혜 비 혜 로　　성 시 패 금
萋兮斐兮로　　成是貝錦이로다
피 참 인 자　　　역 이 태 심
彼譖人者여　　亦已太甚이로다

아름다운 무늬, 아롱진 문채로 이 조가비의 무늬같이 아름다운 비단을 완성하네
저 참소한 사람이여, 또한 너무도 극심하구나

차 혜 치 혜 로　　성 시 남 기
哆兮侈兮로　　成是南箕로다
피 참 인 자　　　수 적 여 모
彼譖人者여　　誰適與謀오

작은 입을 벌리고 넓은 혀로 이 남기성을 이루네
저 참소한 사람이여, 누구에게 붙어 더불어 꾀하는가

즙 즙 편 편　　모 욕 참 인
緝緝翩翩하야　謀欲譖人하나니
신 이 언 야　　위 이 불 신
愼爾言也어다　謂爾不信이리라

수군수군하며 오락가락하여 꾀함이 사람을 참소하려고 하누나
너의 말을 삼갈지어다, 너를 믿지 않는다고 말한다네

첩 첩 번 번　　　모 욕 참 언
捷捷幡幡하야　　謀欲譖言하나니
기 불 이 수　　　기 기 여 천
豈不爾受리오마는　旣其女遷하리라

소곤소곤하며 되풀이하여 꾀함이 참소하는 말을 하려고 하누나
어찌 너를 받아들이지 않으리오만 이미 그것이 너에게 옮겨간다네

교 인 호 호　　　노 인 초 초
驕人好好어늘　　勞人草草로다
창 천 창 천　　　시 피 교 인
蒼天蒼天이여　　視彼驕人하사
긍 차 로 인
矜此勞人하소서

남을 헐뜯고 자기의 소원을 성취한 사람은 좋아서 기뻐하거늘
참소를 당해 괴로워하는 사람은 걱정으로 근심하네
푸른 하늘이여 푸른 하늘이여, 저 남을 헐뜯고 자기의 소원을
성취한 사람을 보시고
이 참소를 당해 괴로워하는 사람을 불쌍히 여기소서

피 참 인 자　　　수 적 여 모
彼譖人者여　　　誰適與謀오
취 피 참 인　　　투 비 시 호
取彼譖人하야　　投畀豺虎하리라
시 호 불 식　　　투 비 유 북
豺虎不食이어든　投畀有北하리라
유 북 불 수　　　투 비 유 호
有北不受어든　　投畀有昊하리라

저 참소한 사람이여, 누구에게 붙어 더불어 꾀하는가
저 참인을 찾아내어 승냥이와 범에게 던져주리
승냥이와 범이 먹지 않거든 북쪽의 변방에 던져버리리

북쪽의 변방에서 받아주지 않거든 하늘에 던져버리리

양 원 지 도　　의 우 묘 구
楊園之道여　猗于畝丘로다
시 인 맹 자　　작 위 차 시
寺人孟子는　作爲此詩하나니
범 백 군 자　　경 이 청 지
凡百君子여　敬而聽之어다

갯버들 동산의 길이여, 밭이랑 언덕으로 더 넓어진다네
시인 맹자는 이 시를 지어서 노래하나니
무릇 일백 군자여, 공경하여 들을지어다

☯ 항백(巷伯) 편은 일곱 장인데 앞의 수장으로부터 2장, 3장,
4장은 4구씩이요 5장은 5구, 6장은 8구, 졸장은 6구이며 수장과 2
장은 비유시이고 3장, 4장, 5장, 6장은 서사시이며 졸장은 서정시
이다. 궁중의 내시로 있는 맹자(孟子)가 관료들이 중상과 모략으
로 동료를 참소하여 조정을 어지럽게 하고 관계(官界)를 더럽히
기 때문에 아첨하는 소인배의 행태를 낱낱이 고발하여 관기(官
紀)를 숙청(肅淸)하고 이도(吏道)를 쇄신(刷新)할 것을 관료들에게
촉구한 내용이다.

1장은 아름답게 수를 놓아 화려한 비단을 짜서 완성하듯이 교
묘하게 꾸며서 사람을 참소하는 재간이 능란함을 비유하여 참소
하는 사람들의 거짓말이 너무나도 극심함을 규탄하였고, 2장은
남기성(南箕星)의 네 별이 둘은 입이 되고 둘은 혀가 되어 키처
럼 되었으나 실지로 쌀을 까불지는 못하는 것으로 유명무실(有名
無實)함을 비유하여 참소한 사람은 그 누구에게 붙어서 목적을
이루기 위하여 허무맹랑한 소리로 중상모략을 일삼은 것을 논고
하였으며, 3장은 참소하는 사람이 일을 꾸밀 때에는 비밀리에 파
당을 결성하여 사람을 참소하다가 그 거짓이 탄로 나면 슬쩍 변
명하는 뻔뻔함을 경고하였으며, 4장은 참소하는 사람이 비밀리에
파당을 결성하여 참소하는 말을 전함에 간교한 술수에 넘어가서

그 목적을 이루기도 하지만 그러나 이로써 조정의 기강이 문란하여 중상과 모략이 성행하게 되면 마침내 참소의 화가 너에게도 미치게 될 것임을 거듭 경고하였으며, 5장은 남을 헐뜯고 자기의 욕심을 채운 간악한 무리는 득세하여 날뛰고 참소를 당해 괴로워하는 사람은 걱정으로 근심하는 정치사회의 모순을 지적하고 하늘의 사명과 인민의 여망에 부응하여 관기숙청(官紀肅淸)과 이도쇄신(吏道刷新)의 대대적인 정치개혁을 단행하도록 촉구하였으며, 6장은 저 참소하는 사람을 모두 색출하여 그 죄악을 심판해서 무서운 벌로 엄히 다스려 징역을 살리거나 변방으로 멀리 추방하거나 또는 처형하여 하늘나라로 보내서 영원히 정계에서 격리해야 함을 주장하였으며, 7장은 갯버들 동산의 길이 밭이랑 언덕으로 더욱더 넓혀지는 것처럼 작은 일에 참소하는 무리를 제지하지 않으면 점점 방자하게 되어 큰 일에까지 미치는 것을 예로 들어 모든 고급관료에게 경청하도록 부탁하였다.

공자가 이 시를 『시경』에 편집한 이유는 조정에 참소가 일어나는 풍토를 정확하게 지적하여 처음에는 낮은 관료들의 사소한 일에서 유행하다가 마침내 높은 관료들의 큰 일에까지 미치는 까닭에 참소가 처음 일어날 때에 엄중히 다스러서 정치사회로부터 멀리 격리시켜야지 만일 벼슬이 낮고 일이 사소하다고 하여 방치한다면 마침내 조정을 어지럽히고 관기를 문란케 하는 위험성을 지적한 시인(寺人) 맹자(孟子)의 지혜로운 안목을 크게 칭찬하기 위함이다. 앞의 교언(巧言) 편은 참소를 듣는 정치지도자를 비난한 것이고, 하인사(何人斯) 편은 참소하는 사람을 꾸짖은 것이며, 이 편은 참소사건을 처리하는 자세가 엄중해야 됨을 깨우친 것이니 공자가 이 세 편의 시를 차례로 편집한 뜻을 음미하기 바란다. 왜냐하면 나라에 중상모략하는 참소가 일어나는 까닭은 편벽된 정치지도자와 교활한 정상모리배와 문란한 법집행이 있으므로써 나타난 결과이기 때문이다.

항백(巷伯)은 후궁의 일을 맡던 환관(宦官)이니 항(巷)은 궁중의 복도이고 백(伯)은 어른이란 뜻이다. 이 시를 지은이가 시인(寺人) 맹자(孟子)이기 때문에 편명으로 썼다. 처(萋)는 아름다운 무늬요, 비(斐)는 아롱진 문채이며, 패금(貝錦)은 조가비의 무늬처럼 아름다운 비단이다. 차(哆)는 작은 입을 벌리는 모양이고, 치(侈)는 넓은 혀이며, 남기(南箕)는 남쪽에 위치한 기성(箕星)이니 네 별이 키처럼 벌려 있지만 실지로 곡식을 까불지 못하므로 유명무실(有名無實)함을 비유한다. 즙즙(緝緝)은 수군수군하며 지껄이면서 말이 많은 모양이고, 편편(翩翩)은 오락가락 빨리 다니는 모양이다. 첩첩(捷捷)은 소곤소곤 상냥하게 지껄이는 모양이요, 번번(幡幡)은 반복하여 되풀이하는 것이며, 여(女)는 너, 천(遷)은 미친다는 뜻이다. 교인(驕人)은 남을 헐뜯고 자기의 소원을 성취한 사람이고, 로인(勞人)은 참소를 당해서 괴로워하는 사람이며, 호호(好好)는 좋아서 기뻐함이요, 초초(草草)는 걱정으로 근심함이다. 취(取)는 색출하여 체포함이고, 투비(投畀)는 던져주는 것이니 심판하여 형벌을 언도하는 것이다. 시(豺)는 승냥이인데 개과에 속하는 산짐승으로 이리와 유사하며 몸 길이 1m 가량이고 몸빛은 붉은 색을 띤 회갈색에서 황갈색, 홍갈색 등으로 변하며 몸의 아랫면은 회백색이다. 주둥이와 네 다리는 짧고 귀는 곧으며 사이가 좀 좁고 꼬리는 길게 늘어뜨린다. 앞 발가락은 5개씩이고 뒷 발가락은 4개씩으로 날카롭고 빳빳한 발톱을 가지고 있다. 산속에 무리지어 살며 성질이 사나와 초식성의 동물을 잡아먹고 때로는 가축을 해치기도 한다. 호(虎)는 범으로 고양이과에 속하는 맹수이다. 몸통의 길이 1.8m, 꼬리 0.9m, 몸무게 200~300kg이다. 몸빛은 갈색 내지 황갈색 바탕에 검은 줄무늬가 있고 눈과 뺨 및 몸의 아랫면은 새하얗고 불규칙한 검정무늬가 얼룩얼룩하게 있으며 꼬리에는 보통 여덟 개의 검은 고리무늬가 있다. 1,500m 이상의 높은 산 속에 살며 주로 밤에 나와 사슴, 멧돼지, 산양 따위를 잡아먹는다. 교미기는 12월~1월 사이이며 한 배에 2~3마리의 새끼를 낳고 새끼들은 2~3년간을 어미 옆에서 보낸 후에 각각 독립하는데 수명은 40~50년이다. 수영은 잘하나 나무에는 오르지 못한다. 호랑이라고도 한다. 불식(不食)은 더러운 까닭에 먹지 않는다는 뜻이고, 유북(有北)은 북쪽 변방나라의 정부이며, 불수(不受)는 악덕패류의 범죄자와 같이 살 수 없으므로 수용하지 않는다는 뜻이요, 유호(有昊)는 하늘나라이니 사형에 처하여 그 영혼을 하늘나라에 보내야 된다는 뜻이다. 양원(楊園)은 갯버들 동산이고, 의(猗)는 더함이며, 묘구(畝丘)는 밭이랑 언덕이니 갯버들이 점점 주변으로 뻗어나가서 밭이랑 언덕에까지 침범하여 퍼진다는 말이다. 시인(寺人)은 내시이고, 맹자(孟子)는 그 자(字)이며, 위(爲)는 노래함이다.

비록 미관말직(微官末職)에 있는 내시도 그 식견이 이와 같거늘 하물며 고관대작(高官大爵)의 자리에 앉아서 인간의 선함과 악함을 분별하지 못하고 말의 진실과 허위를 가리지 못한다면 저 내시에게 부끄러울 것이다.

2-5-7 ──────── 곡풍(谷風) / 봄바람

습습곡풍　　　유풍급우
習習谷風이여　維風及雨로다
장공장구　　　유여여여
將恐將懼일샌　維予與女러니
장안장락　　　여전기여
將安將樂이란　女轉棄予아

산들산들 봄바람이여, 바람이 불다가 비가 오누나
또한 무섭고 또한 두려울 적엔 오직 나와 너뿐이러니
또한 편안하고 또한 즐거워서는 네가 변하여 나를 버리는가

습습곡풍　　　유풍급퇴
習習谷風이여　維風及頹로다
장공장구　　　치여우회
將恐將懼일샌　寘予于懷러니
장안장락　　　기여여유
將安將樂인댄　棄予如遺로다

산들산들 봄바람이여, 바람이 불다가 거친 바람이 되누나
또한 무섭고 또한 두려울 적엔 나를 품속에 두더니

또한 편안하고 또한 즐거워서는 나를 잊은 듯이 버리네

습 습 곡 풍　　　유 산 최 외
習習谷風이여　維山崔嵬하야
무 초 불 사　　　무 목 불 위
無草不死며　　無木不萎로다
망 아 대 덕　　　사 아 소 원
忘我大德하고　思我小怨가

산들산들 봄바람이여 산이 높고 험한 데서 불어오누나
풀이 죽지 않음이 없으며 나무가 시들지 않음이 없네
나의 큰 덕은 잊어버리고 나의 작은 원망만을 생각하는가

◑ 곡풍(谷風) 편은 세 장이 6구씩으로 수장과 중장은 서정시
이고 졸장은 비유시인데 초봄의 변덕이 많은 날씨로 이해득실(利
害得失)에 따라 변화무쌍하게 이합집산(離合集散)하는 소인배들의
변심을 비유하였다.

　1장은 살살 부는 봄바람이 비를 몰고 오듯이 어렵고 두려울 때
는 둘이서 서로 의지하고 친하게 지내다가 안락한 시절이 되니
네가 변심하여 나를 버리느냐고 1차 충고하였고, 2장은 살살 부
는 봄바람이 모진 바람으로 바뀌듯이 어려울 때는 나를 품에 두
더니 이제 안락하게 됨에 나를 잊은 듯이 버리느냐고 2차 충고하
였으며, 3장은 살살 부는 봄바람이 산이 높고 험한 데를 넘으며
급냉하여 초목의 새싹을 얼어죽게 하듯이 어찌하여 그대의 마음
이 급변하여 나의 큰 덕은 잊고 적은 원망만 생각하느냐고 3차
충고하였다.

　공자가 이 시를 『시경』에 편집한 이유는 친구의 변덕을 충고
함에 있어서 은근한 비유법으로 해빙기(解冰期)의 봄바람도 간혹
변덕이 있을 수 있음을 예로 들어서 그래도 봄은 와서 얼음이 녹
고 만물이 소생한다는 자연의 희망을 담아 세 번 충고하는 예절
을 갖춘 점을 높이 평가하기 위해서이니 열 번 잘하다가 한 번
잘못한 것을 섭섭하게 생각하여 변심한 친구에게 똑같이 대하지

않고 한 번의 실수를 너그럽게 용서하면서 세 번의 충고를 잊지 않은 시인(詩人)의 도량은 너그럽기 그지없다.

습습(習習)은 살살 부는 바람의 모양이고, 곡풍(谷風)은 동풍이니 봄바람인데 새 봄을 여는 봄바람이 변덕이 많기 때문에 사람의 변심을 비유하였으니 패풍(邶風)의 곡풍(谷風) 편(1-3-10)에도 같은 편명이 있는데 뜻이 서로 비슷하다. 풍급우(風及雨)는 바람이 불다가 비가 내렸다는 말이니 화창했다가 음울해졌음을 비유한 것이다. 장(將)은 또한, 여(女)는 너, 전(轉)은 변한 것이다. 퇴(頹)는 거친 바람이니 풍급퇴(風及頹)는 순한 바람이 불다가 거친 바람으로 바뀌었다는 말이니 온화했다가 난폭해졌음을 비유한 것이다. 치(寘)는 두는 것이요, 우회(于懷)는 가슴속에다가 품은 것이며, 여유(如遺)는 유실물(遺失物)처럼 찾지 않는다는 뜻이다. 최외(崔嵬)는 산이 높고 험한 것이니 바람이 그 곳을 넘어오면서 급냉하여 찬바람으로 바뀌는 것을 친구가 신분이 상승하자 갑자기 냉정한 사람으로 돌변한 현상으로 비유하였다.

붕우(朋友)의 도(道)는 잘못하면 충고하여 바로잡아 주는 책선(責善)의 의리가 있으므로 진심으로 충고해야 되고 충고하되 세 번을 충고하여도 고치지 않으면 절교하는 것이니 나쁜 친구와 교류하여 자기의 몸을 더럽히지 않으려는 까닭이다.

2-5-8 ─── 육아(蓼莪) / 다팔거리는 사재발쑥

蓼蓼者莪러니　匪莪伊蒿로다
육　륙　자　아　　비　아　이　호

哀哀父母여　　生我劬勞샷다
애　애　부　모　　생　아　구　로

　다팔다팔한 것은 사재발쑥이러니 사재발쑥이 아니라 저 다북쑥이로세

　불쌍하고 불쌍한 아버지 어머니여, 나를 낳으심에 힘들어 고생

하셨지요

육 륙 자 아 　　　비 아 이 위
蓼蓼者莪러니　匪莪伊蔚로다
애 애 부 모 　　　생 아 로 췌
哀哀父母여　生我勞瘁샷다

　다팔다팔한 것은 사재발쑥이러니 사재발쑥이 아니라 저 제비쑥
이로세
　불쌍하고 불쌍한 아버지 어머니여, 나를 낳고 고생으로 지치셨
지요

병 지 경 의 　　　유 뢰 지 치
缾之罄矣여　維罍之恥로다
선 민 지 생 　　　불 여 사 지 구 의
鮮民之生이여　不如死之久矣로다
무 부 하 호 　　　무 모 하 시
無父何怙며　無母何恃리오
출 즉 함 휼 　　　입 즉 미 지
出則衘恤이요　入則靡至라오

　작은 술병이 비어 있는 것은 큰 술통의 수치로세
　소시민의 삶이여, 죽기를 기다림만 같지 못하네
　아버지가 없으니 누구를 의지하며 어머니가 없으니 누구를 믿으
리까
　나가면 마음속에 근심을 품고 들어오면 이를 데가 없네요

부 혜 생 아 　　　모 혜 국 아
父兮生我하시고　母兮鞠我하시니
부 아 휵 아 　　　장 아 육 아
拊我畜我하시며　長我育我하시며
고 아 복 아 　　　출 입 복 아
顧我復我하시며　出入腹我하시니
욕 보 지 덕 　　　호 천 망 극
欲報之德인댄　昊天罔極이샷다

아버지여 나를 낳으시고 어머니여, 나를 기르실 제
나를 어루만지고 나를 먹여주시며 나를 키우고 나를 가르치시며
나를 돌아보고 나를 덮어주시며 나아가고 들어옴에 나를 안아주

시니
 그 은덕을 갚고자 할진댄 넓은 하늘도 다함이 없네요

남 산 렬 렬　　　표 풍 발 발
南山烈烈이어늘　飄風發發이로다
민 막 불 곡　　　아 독 하 해
民莫不穀이어늘　我獨何害오

남산은 높고 크거늘 회오리바람이 쏴쏴
민중은 착하지 않음이 없거늘 나만 홀로 어찌 해칠까

남 산 률 률　　　표 풍 불 불
南山律律이어늘　飄風弗弗이로다
민 막 불 곡　　　아 독 불 졸
民莫不穀이어늘　我獨不卒하노라

남산은 높고 험하거늘 회오리바람이 획획
민중은 착하지 않음이 없거늘 나만 홀로 마치지 못하는구려

　☯　육아(蓼莪) 편은 여섯 장인데 앞의 수장과 2장 그리고 뒤의 5장과 졸장은 4구씩이고 가운데 3장과 4장은 8구씩이며 수장, 2장, 3장은 비유시이고 4장은 서사요 5장, 6장은 서정시이다. 효자(孝子)가 돌아가신 부모의 은덕을 생각하고 보답할 길이 없음을 탄식하는 노래이다.
　1장은 다팔다팔한 새싹이 좋은 나물인 새발쑥인줄 알았더니 나중에 보니까 새발쑥이 아니라 천한 나물인 다북쑥임을 노래하여 부모는 다팔머리를 했던 자식을 효자로 알았겠지만 지나고 보니 불효자임을 깨닫게 되었을 것이라고 후회하면서 불쌍한 부모가 자기를 낳을 때에 고생만 하시고 보답을 받지 못한 것을 슬퍼하였으며, 2장은 다팔다팔한 새싹이 좋은 나물인 새발쑥인 줄 알았더니 나중에 보니 천한 나물인 제비쑥인 것을 노래하여 부모는 다팔머리를 했던 자녀를 훌륭한 인물이 되리라고 믿었으나 지나고 보니 못난 인간임을 깨닫고 실망하였을 것이라고 한탄하면서 불쌍한 부모가 자기를 낳아 기르면서 고생만 하신 것을 거듭 슬

퍼하였으며, 3장은 작은 술병에 술이 떨어져 비어 있는 것은 큰 술통에 술이 없는 까닭임을 예로 들어 부모가 거친 밥을 먹고 남루한 옷을 입은 까닭은 자식이 가난하고 천하기 때문임을 고백하면서 소시민(小市民)의 삶이 아주 희망이 없어서 죽기를 기다리는 것만도 못한 현실을 원망하고 부모가 돌아가시고 없으니 더욱 의기소침하는 심리적 갈등과 방황을 호소하였고, 4장은 부모가 낳아서 기르는 정성을 구체적으로 하나하나 회상하면서 그 큰 은덕을 갚고자 할진대 넓은 하늘보다도 높고 커서 다 갚을 길이 없음을 탄식하였고, 5장은 부모의 은덕을 갚지 못한 자식의 죄는 남산처럼 높고 커서 그 벌(罰)이 회오리바람의 쐐쐐하고 불듯이 매서움을 비유하면서 민중은 착하지 않음이 없건마는 어찌하여 자기만 유독 해쳐서 부모를 일찍 잃게 되었는지를 반문하였으며, 6장은 불효의 죄가 남산처럼 높고 험하여 그 벌이 회오리바람의 획획 하고 불듯이 냉혹함을 비유하여 민중은 착하지 않음이 없건마는 나만 유독 부모봉양의 도리를 마치지 못한 비통함을 호소하였다.

　공자가 이 시를 『시경』에 편집한 이유는 돌아가신 부모를 사모하는 마음이 간절하면서도 효도의 윤리를 바르게 인식하여 모든 불효의 책임을 스스로 지고 부모를 조금도 원망하지 않은 착한 효심을 발양하기 위함이다. 대저 불효자들은 부모의 은덕을 망각하고 도리어 돌아가신 부모를 원망하거나 늙은 부모를 잘 섬기지 않고도 오히려 잘난 척한다. 이 시를 읽은 사람은 부자유친(父子有親)의 윤리를 깨달아 자식의 도리를 다해야 하나니 임금의 은혜는 아무리 커도 하늘보다 크지 않으므로 충성(忠誠)을 함에 다함이 있는 것이요 부모의 은덕은 아무리 작아도 하늘보다 큰 것이므로 효도(孝道)를 함에 끝이 없는 것이다. 왜 그런가? 임금은 신하에게 하늘보다 큰 덕을 베풀 길이 없지만 부모는 자식에게 하늘보다 큰 덕을 베풀어 직접 낳아주었기 때문이다.

　육륙(蓼蓼)은 길고 큰 모양이니 다팔다팔함이요, 아(莪)는 사재발쑥으로 엉거시과에 속하는 다년생 풀인데 산쑥이라고도 한다. 키는 1.5~2m쯤이고 잎은 깃 모양으로 길게 갈라졌으며 어긋맞게 나고 8~9월에 엷은 황색의 두상화(頭狀花)가 원추꽃차례로 가지 끝에 핀다. 어린잎은 식용하고 한의에서 애호(艾蒿)라 하며 말린 잎은 뜸쑥을 만든다. 호(蒿)는 다북쑥으로 엉거시과에 속하는 다년생 풀인데 키는 60~90cm 가량이고 잎은 어긋맞게 나며 긴 달걀 모양에 1~2회 깃 모양으로 갈라지고 겉은 푸르며 뒤에는 젖빛의 솜털이 있고 향기가 있다. 7~10월에 잎 사이에서 꽃대가 나와 분홍빛 두상화가 피며 열매는 수과(瘦果)이다. 어린잎은 식용하고 한의에서 백호(白蒿)라 하며 줄기와 잎자루는 약용한다. 애애(哀哀)는 불쌍하고 가련한 것이며, 구로(劬勞)는 힘들어 고생함이다. 위(蔚)는 제비쑥으로 엉거시과에 속하는 다년생 풀인데 키는 60~90cm, 잎은 어긋맞게 나고 쐐기 모양이며 날카로운 톱니가 있다. 7~9월에 줄기 끝에서 연노랑색의 두상화가 우산 모양으로 빽빽하게 핀다. 어린잎은 식용하며 한의에서 청호(青蒿)라 하며 약재로 쓴다. 췌(瘁)는 지쳐서 파리함이다. 병(缾)은 작은 술단지 또는 술병이며, 경(罄)은 비어 있는 것이고, 뢰(罍)는 큰 술통이니 곧 큰 술통의 술을 작은 술병에 담아서 쓰는 기구들이다. 선(鮮)은 삭은 섯이요, 구(久)는 기다림이며, 호(怙)는 외지함이고, 시(恃)는 믿음이다. 함(銜)은 머금은 것이고, 휼(恤)은 근심이며, 지(至)는 이르러 감이다. 국(鞠)은 기르는 것이고, 부(拊)는 어루만지는 것이며, 휵(畜)은 먹이는 것이요, 장(長)은 성장, 육(育)은 교육, 고(顧)는 자면서 돌아보는 것이며, 복(復)은 이불을 덮어주는 것이고, 복(腹)은 안아주는 것이다. 호천망극(昊天罔極)은 넓은 하늘도 다함이 없는 것이니 하늘보다도 더 높고 크다는 뜻이다. 렬렬(烈烈)은 높고 큰 모양이고, 발발(發發)은 바람이 빨라서 쏴쏴 하는 모양이며, 곡(穀)은 착함이다. 률률(律律)은 높고 험한 모양이요, 불불(弗弗)은 바람이 세차서 획획 하고 지나가는 모양이며, 졸(卒)은 마치어 끝내는 것이다.

하늘보다도 높고 큰 부모의 은덕을 깨닫게 하는 이 시는 만고에 사람들을 감동시켜 세 번 탄식하고 눈물을 흘리게 하누나.

유 몽 궤 손　　유 구 극 비
有饛簋飧이오　有捄棘匕로다
주 도 여 지　　기 직 여 시
周道如砥하고　其直如矢로다
군 자 소 리　　소 인 소 시
君子所履요　　小人所視니
권 언 고 지　　산 언 출 체
睠言顧之오　　潸焉出涕하노라

제기 밥그릇에 수북히 담은 밥이고 긴 가시나무 숟가락이구나
큰길은 숫돌처럼 평평하여 그 곧기가 화살 같네
군자가 실행하는 바요 소인이 보는 바이니
돌봐주며 돌아보고 줄줄 눈물을 흘리누나

소 동 대 동　　저 축 기 공
小東大東에　　杼柚其空이로다
규 규 갈 구　　가 이 리 상
糾糾葛屨여　　可以履霜이로다
조 조 공 자　　행 피 주 행
佻佻公子가　　行彼周行하야
기 왕 기 래　　사 아 심 구
旣往旣來하니　使我心疚로다

작은 동쪽 나라, 큰 동쪽 나라에 북과 바디가 그 비었구나
얽고 얽은 칡신이여, 서리를 밟을 수 있다네
경박하고 경박한 공자가 저 큰길을 다니며
이미 갔다가 벌써 오니 나로 하여금 마음이 아프게 하네

유 렬 궤 천　　무 침 확 신
有洌氿泉에　　無浸穫薪이어다
계 계 오 탄　　애 아 탄 인
契契寤歎하니　哀我憚人이로다
신 시 확 신　　상 가 재 야
薪是穫薪인댄　尙可載也며
애 아 탄 인　　역 가 식 야
哀我憚人인댄　亦可息也니라

차가운 옆에서 난 샘에 이미 거두어들인 땔나무를 적시지 말게
문득문득 깨어나 탄식하니 우리 수고하는 사람을 슬퍼한다네
땔나무가 이 거두어들인 땔나무라면 거의 실을 수 있었을 것이며
우리 수고하는 사람을 불쌍히 여긴다면 또한 쉴 수도 있었을 것을

<table>
<tr><td>동 인 지 자
東人之子는</td><td>직 로 불 래
職勞不來요</td></tr>
<tr><td>서 인 지 자
西人之子는</td><td>찬 찬 의 복
粲粲衣服이로다</td></tr>
<tr><td>주 인 지 자
舟人之子는</td><td>웅 비 시 구
熊羆是裘요</td></tr>
<tr><td>사 인 지 자
私人之子는</td><td>백 료 시 시
百僚是試로다</td></tr>
</table>

동쪽 사람의 아들은 노동력을 바쳐도 위로하지 않고
서쪽 사람의 아들은 화사하고 아름다운 의복이로세
뱃사람의 아들은 작은 곰, 큰곰의 이 가죽옷이요
가신의 아들은 일백 관료로 이에 임용하누나

<table>
<tr><td>혹 이 기 주
或以其酒라도</td><td>불 이 기 장
不以其漿이며</td></tr>
<tr><td>현 현 패 수
鞙鞙佩璲를</td><td>불 이 기 장
不以其長이로다</td></tr>
<tr><td>유 천 유 한
維天有漢하니</td><td>감 역 유 광
監亦有光이며</td></tr>
<tr><td>기 피 직 녀
跂彼織女가</td><td>종 일 칠 양
終日七襄이로다</td></tr>
</table>

혹 그 술을 해줄지라도 그 식초용으로도 쓰지 않으며
주렁주렁 엮은 패옥을 그 좋게도 여기지 않는구나
아, 하늘에 은하수 있나니 보건대 또한 광채가 있으며
베틀에 걸터앉은 저 직녀성이 하루종일 일곱 번 옮기누나

<table>
<tr><td>수 즉 칠 량
雖則七襄이나</td><td>불 성 보 장
不成報章이며</td></tr>
<tr><td>환 피 견 우
睆彼牽牛도</td><td>불 이 복 상
不以服箱이로다</td></tr>
<tr><td>동 유 계 명
東有啓明이요</td><td>서 유 장 경
西有長庚이며</td></tr>
</table>

유 구 천 필　　재 시 지 행
有捄天畢이　　載施之行이로다

비록 일곱 번을 옮기나 납품할 비단을 완성하지 않으며
반짝이는 저 견우성도 짐수레를 멍에 쓰지 않는구나
동쪽에는 계명성이 나와 있고 서쪽에는 장경성이 나와 있으며
하늘에 길게 늘어서 있는 필성이 곧 실시하여 거행하라네

유 남 유 기　　불 가 이 파 양
維南有箕라도　　不可以簸揚이며
유 북 유 두　　불 가 이 파 주 장
維北有斗라도　　不可以挹酒漿이로다
유 남 유 기　　재 흡 기 설
維南有箕하나　　載翕其舌하고
유 북 유 두　　서 병 지 갈
維北有斗하나　　西柄之揭이로다

남쪽에 기성이 있어도 곡식을 까불어 날릴 수 없으며
북쪽에 북두칠성이 있어도 술과 식초를 퍼서 담을 수 없다네
남쪽에 기성이 있으나 바야흐로 그 혀를 거두어 모으고
북쪽에 북두칠성이 있으나 서쪽으로 자루가 들렸다네

☯ 대동(大東) 편은 일곱 장이 8구씩으로 되었는데 수장과 3장의 두 장은 서정시이고 나머지 다섯 장은 서사시이다. 서주(西周)의 말년에 10분의 1을 세율로 정한 원칙을 무시하고 세율을 크게 높여서 주(周)나라 왕실이 사치하여 동쪽의 직할지역에 거주한 주민들에게 과도한 부역(賦役)을 시행하니 동쪽 지역의 연방국가 주민들이 그 고통을 이기지 못하여 사실을 폭로해서 불공평한 정치사회의 모순을 규탄하고 부당한 조세에 저항할 것임을 선언하였다. 구설(舊說)에 담(譚)나라 대부(大夫)가 지었다고 하였으니 담나라는 주나라 수도의 동쪽에 위치하였다.
　1장은 제기(祭器) 밥그릇에 수북히 담은 밥과 길고 단단한 가시나무로 만든 숟가락으로 서쪽의 주(周)나라 왕실의 사신을 공경하여 대접함에 주나라로 가는 큰길은 숫돌처럼 평평하고 곧아

서 군자가 예법을 실천함에 소인이 모두 보는 바처럼 충직하게 섬기거늘 너무나도 지나치게 세금과 부역을 요구하므로 그 시행하라는 명령을 따르면서도 줄줄 눈물이 저절로 흐르는 심경을 토로하였고, 2장은 작은 동쪽 나라와 큰 동쪽 나라는 이미 생산한 비단을 모두 공물(貢物)로 바쳤기 때문에 베틀에 남은 일감이 없어서 북과 바디가 텅텅 비었음을 호소하고 남은 것이라고 칡밖에 없어 칡신을 얽어매어 신고 겨울을 나야 하는 비참한 현실임에도 경박하고 경박한 주나라 왕실의 공자들이 그 큰길을 다니며 독촉하여 요구하니 겨우 만들어 보내면 곧 또 오는 까닭에 사람의 마음을 아프게 하는 가혹한 착취를 성토하였으며, 3장은 인민이 애써 만들어 바치는 땔감나무를 함부로 방치하여 썩어버리게 하는 물자 경시풍조를 경고하고 물자의 납품검사가 지나치게 까다로워서 노동자가 쉴 틈이 없는 것을 고발하였고, 4장은 동쪽 나라 사람의 아들은 힘든 노동력을 바쳐도 위로하지 않고 서쪽 주나라 왕실의 자제들은 화사하고 아름다운 옷을 입으며 공물(貢物)을 운반하는 왕실의 뱃사람 아들은 곰가죽옷을 입으며 왕실의 귀족집에 가신(家臣)으로 있는 사람들의 아들은 일백 관료로 등용하는 사실을 열거하여 지역에 따라 인간을 차별하고 혈연과 직업과 파벌에 따라 신분을 차별하는 비인간적이고 반인륜적인 무도불의(無道不義)한 악덕패륜(惡德悖倫)을 규탄했으며, 5장은 인민의 성의와 노력을 무시하여 그 술을 바쳐도 식초용으로도 쓰지 않으며 주렁주렁 엮은 패옥(佩玉)을 바쳐도 좋은 물품으로 여기지 않은 것을 탄식하고 하늘의 은하수 옆에 있는 직녀성(織女星)의 솜씨나 빌려야만 그들의 욕망을 채울 수 있을 것임을 지적하여 그들의 극단적인 사치와 방종을 성토하였고, 6장은 직녀성은 하루에 일곱 번을 옮기지만 세금으로 낼 비단을 완성하지 않으며 반짝이는 견우성(牽牛星)도 공물(貢物)을 싣고 갈 짐수레를 멍에 쓰지 않으므로 그들이 사람의 손으로는 만들 수 없는 신품(神品)을 기대하는 것은 참으로 억지요 생떼임을 밝혀 아무리 새벽녘에 동쪽에 나타난 계명성(啓明星)처럼 감시하고 저녁에 서쪽에 나타난 장경성(長庚星)처럼 감독하며 하늘에 길게 늘여 있는 필성(畢星)

처럼 끊임없이 시행하라고 독촉하여도 도저히 그 탐욕을 채워줄 방법이 없다는 사실을 통고하였고, 7장은 인간의 능력으로는 불가능한 것을 자꾸 요구하면 결국 유명무실(有名無實)하게 되어 허구사회로 전락함을 지적하여 부득이 납세를 거부하게 될 것임을 선언하였으니 남쪽 하늘에 기성(箕星)이 있어도 곡식을 까불어 날릴 수 없고, 북쪽 하늘에 북두성(北斗星)이 있어도 술과 식초를 퍼서 담을 수 없듯이 명목(名目)은 있으나 기성이 그 혀를 거두어 모으고 있어서 사용할 수 없고 북두성이 자루를 서쪽으로 들려 있어 이용할 수 없듯이 동쪽의 인민은 손과 발을 움직일 수 없으므로 수수방관하며 납세를 거부할 것임을 단호하게 최후통첩하였다.

공자가 이 시를 『시경』에 편집한 이유는 세금부과의 형평원칙을 상실하고 재정지출의 공명성을 망각한 포악한 정권에 대하여 그 정치 경제적인 모순을 정확히 지적하였을 뿐만 아니라 민생경제의 파탄과 인민의 노동의욕상실의 참상을 폭로하여 납세거부를 선언한 용기를 높이 치하하기 위함이다. 인간을 학대하는 데도 굴종만 하는 것은 인간모독이요, 인민을 착취하는 데도 순종만 하는 것은 인간파멸이니 전체 인민이 단결하여 인간의 존엄성을 지키고 인민의 생존권을 쟁취하기 위하여 총궐기해서 납세거부운동을 전개하는 것은 국가의 기강을 세우고 사회의 정의를 확립하는 인민의 천부적 권리이다.

대동(大東)은 큰 동쪽 나라를 중심으로 납세거부를 선언하였기 때문에 편명으로 썼다. 몽(饛)은 수북히 담은 밥이요, 궤(簋)는 제기(祭器)밥그릇이니 성대한 대접을 뜻한다. 손(飧)은 익힌 밥이며, 구(捄)는 긴 것이고, 극비(棘匕)는 단단한 가시나무로 만든 숟가락이다. 지(砥)는 숫돌이니 평평함을 뜻하고, 군자(君子)는 고급관료요, 이(履)는 중앙정부의 명령을 이행하는 것이며, 소인(小人)은 하층의 소시민이다. 권(睠)은 보살펴 협조해 주는 것이고, 산(潸)은 줄줄 흐르는 모양이다. 소동(小東)과 대동(大東)은 주(周)나라 수도의 동쪽에 있는 큰 나라와 작은 나라이고, 저(杼)는 북이니 베틀에 속하는 중요 부품의 하나로 씨실의 꾸리를 넣고 북바늘로 고정시켜 날의 사이로 왔다갔다하며 씨를 풀어주어 베를 짜는 배 같이 생긴 나무통인바 오목하게 판 곳에 실을 감은 꾸리를 넣고 대쪽으로 얄팍하게 만든 북닫개로 덮는다. 축(柚)은 바디로 베틀이나 방직기, 가마니틀 등에 속한 기구의 하나인데 대오리, 나무, 쇠 따위로 참빗살처럼 세워서 두 끝을 앞뒤로 대오리를 대고 단단히 실로 얽어 만든다. 살의 틈마다 날을 꿰어서 베의 날을 고르며 통로를 만들어 주고 씨를 쳐서 베를 짠다. 공(空)은 원료가 없어서 비었다는 뜻이고, 조조(佻佻)는 경박하고 경박함이요, 공자(公子)는 중앙정부의 고관자제이며, 주행(周行)은 큰길이고, 구(疚)는 아픈 것이다. 렬(冽)은 차가운 것이며, 궤천(氿泉)은 옆에서 물이 나오는 샘이고, 확(穫)은 거두어들인 것이다. 계계(契契)는 초조하여 문뜩문뜩 놀라는 모양이며, 탄(憚)은 수고로움이고, 상(尙)은 거의, 재(載)는 실어서 운반하는 것이다. 동인(東人)은 동쪽 나라 사람이요, 직(職)은 봉직함이고, 래(來)는 위로함이며, 서인(西人)은 중앙정부의 귀족이다. 찬찬(粲粲)은 화사하고 아름다운 모양이고, 주인(舟人)은 뱃사공이니 공물(貢物)을 운반하는 중앙정부의 군사들이다 웅(熊)은 곰, 비(羆)는 큰곰이요, 사인(私人)은 가신(家臣)이니 중앙정부에 있는 실력자들의 가신을 지적하고 있다. 백료(百僚)는 하급관리이고, 시(試)는 임용하는 것이다. 현현(鞙鞙)은 주렁주렁 엮은 모양이고, 수(璲)는 서옥(瑞玉)이며, 장(長)은 가장 좋은 것이다. 한(漢)은 은하수요, 기(跂)는 베틀에 걸터앉은 것이며, 직녀(織女)는 직녀성이니 은하수 옆에 있는 별로 베를 잘 짜는 별인데 칠석날 밤에 까마귀와 까치가 오작교(烏鵲橋)를 만들어 은하수 건너편에 있는 견우(牽牛)성과 만난다는 전설이 있다. 종일칠량(終日七襄)은 직녀성이 낮에는 보이지 않으므로 오전 묘시(卯時)부터 저녁 유시(酉時)까지 일곱 번을 옮겨 다니며 베를 짜는 것으로 상상하여 동쪽 나라의 부녀자들이 날마다 품앗이하면서 부지런히 길쌈하는 것을 비유하였다. 보(報)는 납품하는 것이고, 장(章)은 아름다운 비단이며, 환(睆)은 반짝이는 별의 모양이며, 견우(牽牛)는 견우성이니 은하수 서쪽 가에서 직녀성과 마주보고 있는 별로 소를 잘 몬다고 한다. 복(服)은 멍에를 메는 것이며, 상(箱)은 물건을 운송하는 짐차이다. 계명(啓明)과 장경(長庚)은 모두 금성(金星)을 다르게 일컫는 말인데 계명성은 새벽에 보이는 까닭에 샛별, 명성(明星), 신성(晨星), 효성(曉星)이라고 하며 새벽에 동쪽 하늘에서 찬란하게 반짝이고, 장경성은 저녁때에 서쪽 하늘에 보이는 까닭에 개밥바라기, 태백성(太白星)이라고 부른다. 필(畢)은 필성(畢星)이니 서쪽 하늘에 있는 별이다. 28수(宿) 가운데 19번째의 별자리로 여러 개의 별이 토끼의 그물처럼 길게 늘어져 있다. 시(施)는 실시, 행(行)은 거행이다. 기(箕)는 남기성(南箕星)이고, 파양(簸揚)은 까불어 날리는 것이요, 두(斗)는 북두성(北斗星)이며, 파(挹)는 퍼서 담는 것이다. 흡(翕)은 거두어 모으는 것이고, 서(西)는 서쪽을 향한 것이며, 갈(揭)은 들어올리는 것이다.

   지방 국가의 비참한 현실과 중앙정부의 사치스러운 삶을 하늘과 땅처럼 현격한 상황으로 비유하여 도저히 실현 불가능한 명령에 더 이상 따를 수 없음을 선언한 별들의 노래는 천고에 뛰어난 신품(神品)의 명시라고 하겠다.

2-5-10 ─────────── 사월(四月) / 4월

사 월 유 하   육 월 조 서
四月維夏어든   六月徂暑니라
선 조 비 인   호 녕 인 여
先祖匪人가   胡寧忍予오

4월은 바야흐로 여름이 되어 6월은 여름이 가누나
선조는 사람이 아닌가, 어찌 그리도 나를 모질게 하는고

추 일 처 처   백 훼 구 비
秋日淒淒라   百卉具腓로다
난 리 막 의   원 기 적 귀
亂離瘼矣니   爰其適歸오

가을날이 춥고 쓸쓸하므로 일백 풀이 시들었네
분쟁 속에 흩어져 지쳐버렸거늘 그 어디에 가서 의탁할까

동 일 렬 렬　　　　　표 풍 발 발
冬日烈烈이어늘　　飄風發發이로다
민 막 불 곡　　　　　아 독 하 해
民莫不穀이어늘　　我獨何害오

겨울날이 매섭고 사납거늘 회오리바람이 쐐쐐
민중은 착하지 않음이 없거늘 나만 홀로 어찌 해칠까

산 유 가 훼　　　　후 률 후 매
山有嘉卉하니　　侯栗侯梅로다
폐 위 잔 적　　　　막 지 기 우
廢爲殘賊하니　　莫知其尤로다

산에는 아름다운 초목이 있나니 밤나무요 매화나무로세
법도를 폐하여 잔인한 도적이 되니 그 허물을 알지 못하누나

상 피 천 수　　　　재 청 재 탁
相彼泉水한대　　載淸載濁이로다
아 일 구 화　　　　갈 운 능 곡
我日構禍하니　　曷云能穀고

저 샘물을 보건대 곧 맑고 곧 흐리누나
나는 날로 재앙에 얽히니 어찌 능히 착하다 하리오

도 도 강 한　　　　남 국 지 기
滔滔江漢이　　　南國之紀니라
진 췌 이 사　　　　영 막 아 유
盡瘁以仕어늘　　寧莫我有오

넘실넘실 흐르는 양자강과 한수가 남쪽 나라의 벼리로세
마음을 다하여 힘써서 벼슬하거늘 어찌 나를 친하지 않은가

비 단 비 연　　　　한 비 려 천
匪鶉匪鳶이어니　　翰飛戾天가
비 전 비 유　　　　잠 도 우 연
匪鱣匪鮪어니　　潛逃于淵가

수리가 아니고 솔개가 아니거니 높이 날아 하늘에 이르랴

노랑잉어가 아니고 살치가 아니거니 잠수하여 연못으로 도망하랴

산 유 궐 미   습 유 기 이
山有蕨薇이어늘   隰有杞桋로다
군 자 작 가   유 이 고 애
君子作歌하야   維以告哀로다

산에는 고사리와 고비가 있거늘 습지에는 구기자와 가시목이 있네
군자가 노래를 지어 오로지 슬픔을 알릴 뿐이라네

　　☯ 사월(四月) 편은 여덟 장이 4구씩으로 된 서정시인데 국가
공무원의 신분을 법으로 보장하여 균등한 기회를 부여하지 않고
정치지도자가 파당을 지어 차별대우하니 그 소외당한 관료가 의
기소침하여 괴로운 심사를 하소연하며 그 시정을 촉구하였다.
　1장은 4월에 여름이 시작하여 6월이 지나면 여름이 물러가기
시작하는 짧은 여름철의 흐름으로 임금이 인재를 등용하여 처음
에는 따뜻하게 대하다가 이용가치가 없으면 즉시 냉정하게 대하
는 것을 비유하여 이제 소외당한 관료가 일시적 이용물로 전락된
신세를 한탄하면서 이런 각박한 시대에 살게 한 조상을 원망하였
고, 2장은 가을의 춥고 쓸쓸한 날씨가 일백 초목을 시들게 하는
것으로 임금으로부터 소외당한 관료의 앞길은 험난하기 그지없어
서 분쟁 속에 흩어질 수밖에 없음을 탄식하였으며, 3장은 가을이
지나면 겨울이 오는 것으로 이제 된서리를 맞은 관료가 엄동설한
(嚴冬雪寒)의 혹독한 탄압을 받는 것을 비유하여 인민은 착하지
않음이 없거늘 나만 홀로 박해를 받는 운명을 한탄하였고, 4장은
산에는 아름다운 밤나무와 매화나무가 있거늘 높은 벼슬자리에
있는 정치지도자들이 천하국가를 경영하는 아름다운 예법을 폐하
여 부정부패한 무리와 결탁해서 사리사욕을 채우는 잔인한 도적
이 되었음을 규탄하였으며, 5장은 저 샘물은 흐려졌다가도 다시
맑아지기도 하건만 파렴치한 정치지도자는 계속 재앙만 내리는
포악성을 고발하였으며, 6장은 도도하게 흐르는 양자강과 한수가
중국의 남쪽 나라에 생명의 젖줄이듯이 마음을 다하여 벼슬살이

하는 국가공무원들이 나라를 살리는 기강(紀綱)이거늘 왜 묵묵히
충성하는 나를 멀리하느냐고 힐문하였으며, 7장은 사람에게는 새
나 물고기와는 다른 인간의 윤리(倫理)가 있기 때문에 불충(不忠)
하게 나라를 배신하거나 불효(不孝)하게 현실을 도피할 수 없다
는 이유를 밝히고 끝까지 나라를 바로잡고 현실을 개혁하겠다는
굳은 의지를 천명하였으며, 8장은 산에는 그늘에서 자라는 고사
리와 고비가 있고 습지에는 덤불로 자라는 구기자와 가시목이 있
는 것처럼 벼슬이란 높고 낮은 자리가 문제가 아니라 충직한 직
무의 완수가 중요하므로 이에 국가공무원의 인사행정에 대한 부
조리를 고발하는 것이라고 사유를 밝혔다.

공자가 이 시를 『시경』에 편집한 이유는 군신유의(君臣有義)
의 투철한 윤리관으로 국가공무원의 신분과 명예를 보장할 것을
요구하고 인간을 물건의 소모품처럼 일회용으로 쓰고 버린 인간
경시풍조를 비판하며 또한 당파의 이해에 따라 편파적인 인사행
정을 규탄하여 끝까지 이도(吏道)를 쇄신하여 관기(官紀)를 숙청
(肅淸)하려는 위대한 용기를 칭찬하기 위함이다. 천하는 천하사람
의 것이요 국가는 나라사람의 것이므로 정치사회의 부조리는 누
구든지 폭로하여 규탄하고 그 시정을 요구할 수 있는 것이다.

사월(四月)은 태양력의 4월이니 여름의 시작이고, 유(維)는 바
야흐로, 6월(六月)은 여름의 끝 달이며, 조(徂)는 간다는 뜻이다.
처처(凄凄)는 찬바람이 쓸쓸한 모양이요, 훼(卉)는 풀이며, 비(腓)
는 시드는 것이다. 렬렬(烈烈)은 매섭고 사나운 모양이고, 표풍발
발(飄風發發)이하 3구는 앞의 육아(蓼莪) 편(2-5-8)에서 해설하였
다. 가훼(嘉卉)는 아름다운 초목이고, 후(侯)는 어조사이며, 폐(廢)
는 폐지하고 바꾸는 것이요, 잔적(殘賊)은 잔인무도한 도적이니
국가인민을 해치는 역적이라는 뜻이다. 우(尤)는 허물, 상(相)은
보는 것이며, 재(載)는 곧, 구(構)는 얽히는 것이고, 곡(穀)은 착함
이다. 도도(滔滔)는 큰물이 넘실넘실 흐르는 모양이요, 강(江)은
양자강(揚子江)이니 중국의 남쪽 대륙을 횡단하는 큰 강이므로
장강(長江)이라고도 하는데 티벳 고원의 북동부에서 발원하여 운
남(雲南), 사천(四川)의 경계를 거쳐 북동으로 흐르다가 삼협(三

峽)의 험한 곳을 지나 호북성을 횡단하여 강서, 안휘(安徽), 강소(江蘇)의 3성(省)으로 흘러 황해로 들어간다. 총 길이 5,800km이다. 한(漢)은 한수(漢水)이니 섬서성(陝西省) 영강현(寧羌縣)에서 발원하여 포수(褒水)를 받아 한수(漢水)라고 하며 양자강으로 들어간다. 기(紀)는 기강(紀綱)이니 생명의 근원이고 힘의 원천임을 뜻한다. 진췌(盡瘁)는 마음을 다하여 힘쓰는 것이요, 유(有)는 친함이다. 단(鶉)은 수리이니 매과의 수리속(屬)에 속하는 사나운 새인데 대체로 모양은 솔개와 같으며 몸이 크고 매우 예리한 갈고리같이 꼬부라진 발톱과 부리를 가지고 있고 날개의 폭은 넓으며 끝은 둥글고 날개를 천천히 놀리어 난다. 뼈는 U자형이고 큰 모이주머니가 있으며 암컷은 수컷에 비하여 크다. 몸에 암색의 세로무늬와 가로무늬가 없는 점이 매와 다르며 산야에 살면서 닭, 들쥐, 토끼 등을 잡아먹는다. 연(鳶)은 솔개 또는 소리개로 매과에 속하는 새이다. 전(鱣)은 노랑잉어이고, 유(鮪)는 살치이니 잉어과에 속하는 민물고기로 정어리와 비슷하나 몸길이 18~20cm로 몸은 길고 옆은 평평하며 주둥이는 뾰족하다. 몸빛은 등쪽이 창갈색, 옆구리와 배는 은백색이며 물의 중층을 활발히 헤엄쳐 다닌다. 기(杞)는 구기자나무, 이(梿)는 가시목인데 가시나무라고도 한다. 너도밤나무과에 속한 상록 활엽교목으로 높이 약 9m, 지름 60cm 가량이고 잎은 긴 타원형에 톱니가 있다. 암수한그루로 봄에 황갈색의 단성화(單性花)가 피고 도토리와 비슷한 열매가 열리는데 방풍수(防風樹)나 방화수(防火樹)로 심으며 재목은 단단하고 무거우며 탄성이 있어 가구재로 쓰인다.

정치지도자가 인재를 등용하여 능력을 발휘하도록 권장하지 않고 편당을 지어 차별하는 것은 정치혼란의 발단이니 정치개혁은 인사개혁으로부터 시작해야 한다.

○ 소민(小旻)의 십(什)은 10편 65장 414구이다. 대체로 주(周)나라의 정치문화가 쇠퇴하여 예의도덕이 땅에 떨어지고 이기심과

경쟁심으로 파당을 지어 사치와 방종이 만연하였기 때문에 양심적 지성인은 이를 비판하고 인민대중과 더불어 저항하는 시이다. 소민(小旻) 편은 소인배들이 권력을 거머쥔 현실을 비판하였고, 소반(小弁) 편은 소인배들의 간사한 모략에 희생당하는 아들의 비애를 폭로하였으며, 교언(巧言), 하인사(何人斯), 항백(巷伯) 편 등은 모두 참소하여 중상 모략하는 타락한 풍토를 규탄하였고, 소완(小宛) 편은 난세에 사는 길을 형제처자에게 당부함이고, 곡풍(谷風) 편은 친구의 배신을 충고함이며, 육아(蓼莪) 편은 부모의 은혜가 하늘보다도 큰 것임을 깨우치는 노래이며, 대동(大東) 편은 중앙정부의 착취에 시달리는 지방민이 조세(租稅)에 대한 저항을 선언한 내용이고, 사월(四月) 편은 인사행정의 난맥상을 규탄한 노래이니 현실의 모순을 냉철하게 분석하여 사회에 고발한 시들이다.

6. 북산(北山)의 십(什)

척 피 북 산　　언 채 기 기
陟彼北山하야　言采其杞하노라
해 해 사 자　　조 석 종 사
偕偕士子가　朝夕從事로다
왕 사 미 고　　우 아 부 모
王事靡鹽라　憂我父母하노라

저 북산에 올라서 그 구기자를 캐누나
굳세고 씩씩한 관리가 아침저녁으로 일에 힘쓰니
왕의 사업은 느슨하게 하지 못하므로 우리 부모를 걱정한다네

보 천 지 하　　막 비 왕 토
溥天之下가　莫非王土며
솔 토 지 빈　　막 비 왕 신
率土之濱이　莫非王臣이어늘
대 부 불 균　　아 종 사 독 현
大夫不均이라　我從事獨賢하노라

넓은 하늘 아래가 왕의 영토가 아님이 없으며
영토를 따라 바닷가에 이르기까지 왕의 신하 아님이 없거늘
고급관료들이 고르지 못하므로 나만 일에 힘써 홀로 어질게 노
력한다네

사 모 방 방　　왕 사 팽 팽
四牡彭彭하니　王事傍傍이로다
가 아 미 로　　선 아 방 장
嘉我未老며　鮮我方將하야
여 력 방 강　　경 영 사 방
旅力方剛이라　經營四方이로다

네 마리의 수말이 웅기중기하니 왕의 사업은 팽팽 돌아가네

내가 아직 늙지 않음을 기뻐하며 나의 신속한 수행능력을 드물
다고 하여
여러 힘이 바야흐로 굳센지라 사방을 경영하라네

혹 연 연 거 식   혹 진 췌 사 국
或燕燕居息이어늘 或盡瘁事國하며
혹 식 언 재 상   혹 불 이 우 행
或息偃在牀이어늘 或不已于行이로다

어떤 이는 한가로이 즐겁게 머물러 쉬거늘 어떤 이는 마음을 다
하여 힘을 써서 나라를 섬기며
어떤 이는 휴식하며 침상에 누어 있거늘 어떤 이는 멈추지 않고
돌아다니누나

혹 불 지 규 호   혹 참 참 구 로
或不知叫號어늘   或慘慘劬勞하며
혹 서 지 언 앙   혹 왕 사 앙 장
或栖遲偃仰이어늘 或王事鞅掌이로다

어떤 이는 큰소리를 내어 부르짖음을 알지 못하거늘 어떤 이는
괴롭고 슬프게 고생하며
어떤 이는 관직을 피하여 초야에서 누웠다 일어났다 하거늘 어
떤 이는 왕의 사업으로 바쁘게 일을 하여 여가가 없구나

혹 담 락 음 주   혹 참 참 외 구
或湛樂飲酒어늘   或慘慘畏咎하며
혹 출 입 풍 의   혹 미 사 불 위
或出入風議어늘   或靡事不爲로다

어떤 이는 기쁘고 즐겁게 술을 마시거늘 어떤 이는 괴롭고 슬프
게 허물을 두려워하며
어떤 이는 나고 들며 위풍을 꾀하거늘 어떤 이는 일을 하지 않
은 것이 없구나

◑ 북산(北山) 편은 여섯 장인데 앞의 세 장은 6구씩이고 뒷
세 장은 4구씩으로 되어 있는 서사시이다. 고급관료인 대부(大夫)

들이 하급관료인 사자(士子)를 부림에 업무분담의 형평성을 잃고 편파적으로 임무를 부여하는 불공정한 처사를 고발하고 정부조직법에 의하여 직종과 직급에 따라 직무의 한계를 분명히 하여 고유업무에만 종사하게 함으로써 공무수행의 형평성을 유지하도록 강력히 촉구하였다.

1장은 저 북산에 올라 구기자를 캐는 것으로 변방에서 근무하는 관료임을 밝히고 굳세고 씩씩한 하급관료가 아침부터 저녁까지 왕의 사업을 부지런히 수행하느라고 쉴 틈이 없어 고향에 있는 부모를 섬기지 못하는 불효(不孝)를 걱정하였고, 2장은 넓은 하늘 아래가 모두 왕국의 영토요 영토의 바닷가에 이르기까지 사는 사람이 모두 왕국의 신민(臣民)이거늘 고급관료들이 하급관료에게 균등한 임무를 부여하지 않음으로써 자기에게만 홀로 많은 임무를 부여하는 것을 항의하였으며, 3장은 고급관료가 네 마리의 수말을 타고 끊임없이 웅기중기 와서 감독하니 왕국의 사업이 바쁘게 팽팽 돌아가는데 하급관료인 자기에게만 아직 늙지 않고 뛰어난 업무수행 능력이 있어 여러 가지 능력이 바야흐로 강성하므로 사방의 여러 곳에 가서 일하라고 시키는 과중한 업무량을 탄식하였고, 4장은 같은 하급관료임에도 어떤 이는 본부에서 업무가 가벼워 한가롭게 근무하고 어떤 이는 업무가 무거워 힘들게 일하며 또 어떤 이는 휴가를 받아 집에서 쉬고 어떤 이는 끝없이 지방을 떠돌아다니는 직무부여의 편중성을 규탄하였으며, 5장은 똑같은 국민인데도 어떤 이는 부역(賦役)이나 병역(兵役)을 면제받아 고생을 모르거늘 어떤 이는 괴롭고 슬프게 수고하며 또한 어떤 이는 관직을 피하여 초야에서 편히 살거늘 어떤 이는 왕의 사업으로 일에 쫓기어 쉴 틈이 없는 것을 지적하여 징모(徵募)의 불공평성을 성토하였고, 6장은 다같이 함께 수고하였는데도 어떤 이는 국가로부터 상훈(賞勳)을 받아 기쁘고 즐겁게 술잔치를 하거늘 어떤 사람은 괴롭고 슬프게 문책당할 것을 근심하며 또한 어떤 이는 진급하여 출입에 위풍당당하기를 꾀하거늘 어떤 이는 진급도 못하고 계속 일 속에 파묻혀야 되는 논공행상(論功行賞)의 편파성을 폭로하였다.

공자가 이 시를 『시경』에 편집한 이유는 부정부패한 고급관료들의 편파적인 인사행정을 규탄하고 편중적인 업무부여를 성토함에 있어서 그 구체적인 비리와 부정을 낱낱이 폭로하여 시정을 촉구하는 하급관료의 의기(義氣)를 높이 평가하기 위함이다. 대저 하급관료가 고급관료의 부당한 행위에 대하여 반대하고 거부하는 것은 당연한 직무윤리이다. 그러나 비상한 때에 긴급명령은 또한 피할 수 없는 법이므로 부득이 따르지 않을 수 없지만 그것이 논공행상(論功行賞)에까지 편파적으로 일관했다면 항의하여 시정해야 마땅하다.

해해(偕偕)는 굳세고 씩씩한 모양이고, 사자(士子)는 하급관료인데 시인(詩人)이 자기 자신을 지칭하였다. 보(溥)는 넓은 것이며, 솔(率)은 따라가는 것이고, 빈(濱)은 바다물가이다. 대부(大夫)는 고급관료이니 왕의 밑에 공경(公卿)의 고위관료가 있고 그 밑에 고급관료인 대부(大夫)가 있으며 그 밑에 하급관료인 사(士)가 있었으니 모두 일정한 직무를 수행하는 업무영역이 있어서 책임의 한계가 분명하였다. 방방(彭彭)은 계속 와서 모여들어 웅기중기 히는 모양이고, 팽팽(傍傍)은 빠른 속도로 팽팽 돌아가는 모양이다. 가(嘉)는 기뻐함이고, 선(鮮)은 드문 것이며, 장(將)은 거행함이니 수행능력이며, 여(旅)는 여럿이다. 혹(或)은 어떤 사람이요, 연연(燕燕)은 한가롭고 편안하게 나란히 앉은 모양이고, 진췌(盡瘁)는 마음을 다하여 힘쓰는 것이요, 이(已)는 그침이다. 규호(叫號)는 큰소리를 내어 부르짖음이니 징집을 알리며 호출함이요, 서지(栖遲)는 관직을 피하여 초야에 사는 것이며, 앙장(鞅掌)은 바쁘게 일하여 여가가 없는 것이다. 구(咎)는 책임추궁이며, 풍(風)은 위풍(威風)이고, 의(議)는 꾀하는 것이다.

이 편에 나오는 보천지하(溥天之下) 막비왕토(莫非王土)와 솔토지빈(率土之濱) 막비왕신(莫非王臣)의 네 구절에 대한 오해를 일찍이 맹자(孟子)가 바로잡았으니 이것은 넓고 넓은 땅의 많고 많은 사람 가운데 어찌하여 나만 홀로 이 일을 하도록 시키느냐는 단순한 시적 표현일 따름이요, 결단코 모든 땅 모든 사람이 왕의 소유물이라는 법적 용어가 아님을 분명히 깨달아야 한다. 만일

이 말이 절대권력을 상징하는 법적인 용어라면 어찌 공자(孔子)는 『춘추(春秋)』에서 오랑캐는 다스리지 않는다는 불치이적론(不治夷狄論)을 주장하고, 맹자(孟子)는 자식은 부모를 신하로 볼 수 없다는 자불신부모지의(子不臣父母之義)를 설파하였겠는가? 왕실에 아첨한 간신들의 억설에 현혹되지 말기 바란다.

2-6-2 —— 무장대군(無將大軍) / 큰 짐수레를 가지지 말게

無將大車하라 祗自塵兮리라
無思百憂하라 祗自疧兮리라

큰 짐수레를 가지지 말게 삼가 스스로 먼지만 뒤집어쓴다네
일백 가지의 근심을 생각 말게 삼가 스스로 체증만 생긴다네

無將大車하라 維塵冥冥이리라
無思百憂하라 不出于頴이리라

큰 짐수레를 가지지 말게 오직 먼지만 뿌옇게 희끄므레 하다네
일백 가지의 근심을 생각 말게 불빛에는 나가지도 못한다네

無將大車하라 維塵雝兮리라
無思百憂하라 祗自重兮리라

큰 짐수레를 가지지 말게 오직 먼지로 버무리게 된다네
일백 가지의 근심을 생각 말게 삼가 스스로 중병을 앓는다네

☯ 무장대거(無將大車) 편은 세 장이 4구씩으로 된 서정시인데

관리들이 민간인의 큰 짐수레를 징발하여 사용하고도 그 사람과 소와 수레에 대한 아무런 보상도 없는 것을 노래하여 관리들이 민간인의 재산을 무단 사용하는 것을 고발하고 그 보상을 요구한 내용이다.

1장은 큰 수레를 가졌기 때문에 징발당해서 고생하는 근심을 노래하였고, 2장은 먼지 속에 시력(視力)이 나빠져서 불빛에 나가지 못함을 호소하였으며, 3장은 먼지를 너무 마셔 호흡이 곤란한 중병에 걸렸음을 반복하여 그 고충을 호소하였다.

공자가 이 시를 『시경』에 편집한 이유는 비록 짐수레를 가지고 있는 소시민이지만 관리들의 횡포에 저항하여 자기의 몸과 재산을 보호할 권리가 있음을 주장하고, 불법적으로 민간재산을 징발하는 사실을 스스로 증언하는 고발정신을 치하하기 위함이다.

장(將)은 가지는 것이요, 대거(大車)는 평지에서 소가 끄는 큰 짐수레이며, 지(祇)는 삼가 신중히 하는 것이요, 기(痻)는 속이 답답한 체증(滯症)이다. 명명(冥冥)은 뿌옇게 흐려서 희끄무레한 모양이고, 경(熲)은 불빛이다. 옹(雝)은 버무려 섞는 것이며, 중(重)은 중병(重病)이 들어 위중함이니 호흡이 곤란한 병이다.

국가는 인민의 생명과 재산을 보호하기 위하여 세웠거늘 아무리 비상시국이라고 해도 인민의 건강을 해치고 그 재산을 해친다면 이것은 국가가 아니라 민적(民賊)이니 토벌의 대상으로 전락한 것인즉 인민이 봉기하여 타도해도 되는 것이다.

2-6-3 ———————— 소명(小明) / 소아의 밝은

명 명 상 천
明明上天이
조 림 하 토
照臨下土시니라

아 정 조 서
我征徂西하야
지 우 구 야
至于艽野하니

이월초길　　　　재리한서
二月初吉이라　載離寒暑로다
심지우의　　　　기독태고
心之憂矣여　其毒太苦로다
염피공인　　　　체령여우
念彼共人하야　涕零如雨하노라
기불회귀　　　　　외차죄고
豈不懷歸리오마는　畏此罪罟니라

밝고 밝은 위에 계신 하느님이 아래로 땅에 임하여 비추시네
내가 정벌하여 서쪽으로 가서 구야의 황량한 벌판에 이르니
2월 초 하루이므로 곧 겨울과 여름을 지냈구나
마음의 근심이여, 그 아픔이 너무도 괴롭다네
저 함께 지낸 사람을 생각하니 눈물이 떨어져 비오듯하는데
어찌 돌아갈 생각을 않으리오만 이 죄의 그물을 두려워한다오

석아왕의　　　　일월방저
昔我往矣엔　日月方除러니
갈운기환　　　　세률운모
曷云其還고　歲聿云莫로다
염아독혜　　　　아사공서
念我獨兮어늘　我事孔庶로다
심지우의　　　　탄아불가
心之憂矣여　憚我不暇로다
염피공인　　　　권권회고
念彼共人하야　睠睠懷顧하노라
기불회귀　　　　　외차견노
豈不懷歸리오마는　畏此譴怒니라

지난번에 내가 갈 제는 해와 달이 바야흐로 바뀌더니
언제나 그 돌아오라고 할까, 한 해가 드디어 저문다고 하네
생각하니 나만 홀로 남았거늘 나의 일이 매우 많구나
마음의 근심이여, 수고하여 나는 틈이 없구나
저 함께 지낸 사람을 생각하니 돌보고 돌보며 생각하여 돌아본
다네
어찌 돌아갈 생각을 하지 않으리오만 이 견책하여 성냄을 두려
워한다오

昔我往矣엔　　日月方奧이러니
석 아 왕 의　　*일 월 방 욱*

曷云其還고　　政事愈蹙이로다
갈 운 기 환　　*정 사 유 축*

歲聿云莫라　　采蕭穫菽하노라
세 율 운 모　　*채 소 확 숙*

心之憂矣여　　自詒伊戚이로다
심 지 우 의　　*자 이 이 척*

念彼共人하야　　興言出宿하노라
염 피 공 인　　*흥 언 출 숙*

豈不懷歸리오마는 畏此反覆이니라
기 불 회 귀　　*외 차 반 복*

지난번에 내가 갈 적엔 해와 달이 바야흐로 따스하더니
언제나 그 돌아가라고 할까, 군사정책사업이 더욱 급박하구나
한 해가 드디어 저문다고 하므로 쑥을 캐고 콩을 거둔다네
마음의 근심이여 스스로 너의 슬픔을 달래보지만
저 함께 지낸 사람을 생각하니 일어나 숙소를 나오는데
어찌 돌아갈 생각을 하지 않으리오만 이 배신함을 두려워한다오

嗟爾君子여　　無恒安處하라
차 이 군 자　　*무 항 안 처*

靖共爾位하야　　正直是與면
정 공 이 위　　*정 직 시 여*

神之德之하야　　式穀以女리라
신 지 청 지　　*식 곡 이 여*

아, 너희 군자들이여, 항상 편안히 살려고 하지 말게
너의 직위에 화합하며 함께 하여 정직하게 이에 더불면
신명이 들어서 관록으로써 너희들에게 따르게 한다네

嗟爾君子여　　無恒安息하라
차 이 군 자　　*무 항 안 식*

靖共爾位하야　　好是正直하면
정 공 이 위　　*호 시 정 직*

神之聽之하야　　介爾景福이리라
신 지 청 지　　*개 이 경 복*

아, 너희 군자들이여, 항상 편안히 쉬려고 하지 말게
너의 직위에 화합하며 함께 하여 이 정직을 좋아하면

신명이 들어서 너의 큰복을 많이 준다네

◉ 소명(小明) 편은 다섯 장이니 앞의 세 장은 12구씩이고 뒷
두 장은 6구씩인데 서사시이다. 주(周)나라 정서장군(征西將軍)이
군대를 이끌고 서쪽 변방의 황량한 벌판에 주둔하여 해가 바뀌도
록 개선하지 못하니 부하장병들의 고통을 동정하고 위로하며 비
상한 시국에 충성심을 발양하여 어려움을 극복하고 정직하게 군
령(軍令)을 따르면 천지신명(天地神明)이 도와서 반드시 승리하여
나라의 큰 상훈(賞勳)을 받을 것임을 약속한 진중(陣中)의 장병을
위로하는 시가(詩歌)이다.
  1장은 밝고 밝은 위에 계신 하느님이 아래로 땅에 임하여 비추
는 것으로 천하의 정의를 밝히기 위하여 일어난 의군(義軍)임을
비유하면서 정서장군(征西將軍)이 부대를 거느리고 서쪽 변방의
황량한 벌판에 주둔하여 1년이 경과하도록 개선하지 못하니 장병
들의 겨울날 추위에 겪는 고통을 목도하면서 철군하고 싶은 생각
이 간절하지만 군법(軍法)이 지극히 엄하므로 임의로 귀향시키지
못하는 고충을 장병들에게 호소하였고, 2장은 출정한 지 1년이
되어 해가 바뀌어도 왕으로부터 회군명령이 내려오지 않고 또한
오랑캐를 토벌할 곳이 너무 많아서 쉴 틈도 없음을 밝히고 장병
의 곤경을 익히 알아 귀향시키고자 하여도 상부의 무서운 견책이
두려워 독단적으로 귀향시키지 못하는 고충을 거듭 호소하였으
며, 3장은 처음에 출병할 때에는 따뜻한 말로 격려하여 보냈지만
이제 1년이 넘어도 개선하지 못하니 중앙정부가 군사정책사업을
더욱 무섭게 재촉하는 상황을 알리고 군수품도 부족하지만 그렇
다고 임의로 철수하여 돌아간다면 국가와 인민에 대한 배신행위
가 될 것을 두려워하여 귀환할 수 없음을 세번째 호소하였다. 4
장은 현재 우리 정벌군은 전황이 불리하여 진퇴유곡의 상황에서
지구전으로 돌입했으므로 고생스럽지만 각각 자기의 현재 위치에
서 화합하여 함께 고생을 같이하며 정직하게 임무를 수행하면 마
침내 천지신명이 우리의 정의에 감격하여 승리하도록 도울 것이

므로 개선함에 관록(官祿)을 받을 것임을 약속하였고, 5장은 우리
가 함께 인내하고 노력하여 나라에 충성하고 인민을 보호하는 굳
은 군인정신을 발휘하면 반드시 천지신명이 도와서 오랑캐를 완
전히 물리치고 개선하여 큰 상훈(賞勳)을 받아 행복한 미래를 보
장할 것임을 거듭 다짐하였다.

공자가 이 시를 『시경』에 편집한 이유는 정벌사령관이 천하
의 정의(正義)를 자임(自任)하고 출정하여 강성한 오랑캐를 토벌
함에 모험을 걸고 결전을 하지 않고 신중하게 대처하여 지구전으
로 회유하면서 비록 천시(天時)와 지리(地利)가 불리하지만 끝까
지 인화(人和)를 도모하는 탁월한 지도력을 높이 평가하기 위함
이니 장병의 고통을 익히 알고 따뜻하게 위로하면서도 군법(軍
法)의 엄중함을 밝히고 전선(戰線)의 위험 앞에서 개선(凱旋)의
영광을 함께 할 것임을 분명히 약속하는 통솔력은 충의(忠義)의
상징이며 나라의 간성이다.

소명(小明)은 편명으로 소아(小雅)의 밝은의 뜻이지만 또한 어
둠 속에서 반짝이는 별로 앞길을 인도하는 좌표의 뜻도 가지고
있다. 상천(上天)은 위에 계신 하느님이니 선덕(善德)의 주체이고
정의(正義)의 상징이며, 조림(照臨)은 위에서 아래로 임하여 비추
는 것이니 곧 굽어살피는 뜻이다. 아(我)는 정벌사령관이 자기를
지칭함이고, 정(征)은 출정, 조(徂)는 감이다. 구(尤)는 지명이니
황량한 벌판에 있는 땅이고, 2월(二月)은 태양력으로 2월이니 곧
묘월(卯月)이다. 길(吉)은 1일이고, 리(離)는 겪으며 지낸 것이요,
독(毒)은 독약을 먹은 것처럼 심하게 아픈 것이다. 공인(共人)은
함께 있는 동료장병이요, 회(懷)는 생각, 고(罟)는 그물이다. 저
(除)는 지난 것을 버리고 새 것을 맞이하는 것이니 바뀐다는 뜻
이며, 환(還)은 회군(回軍)하라는 상부의 명령이다. 서(庶)는 여러
가지로 많다는 뜻이요, 권권(睠睠)은 따뜻하게 돌보는 모양이고,
견노(譴怒)는 견책하여 엄중히 꾸짖는 것이다. 욱(奧)은 따스함이
고, 정사(政事)는 군사적인 중요 정책사업이며, 축(蹙)은 급박하게
독촉함이요, 이(詒)는 달래주는 것이다. 척(戚)은 슬픔이고, 홍(興)
은 자리에서 일어남이요, 숙(宿)은 숙소이며, 반복(反覆)은 명령을

거역하여 배신함이다. 군자(君子)는 함께 출정한 장병을 지칭한
것이고, 항(恒)은 언제나 늘이며, 정(靖)은 화합하여 안정함이요,
공(共)은 함께 같이 함이다. 위(位)는 각자가 맡은 바의 직위이며,
정직(正直)은 인간의 양심(良心)에 철저하여 사악하고 교활함이
없는 착한 덕성(德性)이며, 여(與)는 더불어 직무를 수행함이다.
식곡(式穀)은 관록(官祿)이고, 이(以)는 따르는 것이며, 여(女)는
너희들이니 부하장병을 지칭한다. 개(介)는 많다는 뜻이고, 경복
(景福)은 큰복이니 나라로부터 받은 영광스러운 행복이다.

대저 출정사령관이 지구전에서 부대를 통솔하는 방법은 인애
(仁愛)와 위엄(威嚴)을 배합하고 근로(勤勞)와 위로(慰勞)를 조절
하며 생명의 소중함과 죽음의 고귀함을 밝혀 사기(士氣)를 진작
하고 용기를 잃지 않도록 고무하여 신상필벌(信賞必罰)의 믿음을
가지도록 해야만 오랫동안 일사불란한 조직력을 발휘하여 성공적
으로 목적을 달성하는 것이니 이 편에서 자세히 음미하기 바란
다.

2-6-4 ──────── 고종(鼓鍾) / 종을 치네

고 종 장 장　　　회 수 상 상
鼓鍾將將이어늘　淮水湯湯하니
우 심 차 상　　　숙 인 군 자
憂心且傷하노라　淑人君子여
회 윤 불 망
懷允不忘이로다

종을 치는 소리 쟁쟁, 회수의 강물은 꿈틀꿈틀
근심하는 마음도 아파라 착한 사람 군자여
그리워 진실로 잊지 못한다네

고 종 개 개　　　회 수 해 해
鼓鍾喈喈어늘　淮水湝湝하니

126 새 시대를 위한 시경

우심차비　　　　숙인군자
憂心且悲하노라 淑人君子여
기덕불회
其德不回로다

종을 치는 소리 쨍쨍, 회수의 강물은 출렁출렁
근심하는 마음도 슬퍼라 착한 사람 군자여
그 덕이 간사하지 않다네

고종벌고　　　　회유삼주
鼓鍾伐鼛어늘　淮有三洲하니
우심차추　　　　숙인군자
憂心且妯하노라 淑人君子여
기덕불유
其德不猶로다

종을 치고 큰북을 치네 회수에 세 모래섬이 있으니
근심하는 마음도 서글퍼라 착한 사람 군자여
그 덕이 머뭇거리지 않는다네

고종흠흠　　　　고슬고금
鼓鍾欽欽이어늘 鼓瑟鼓琴하며
생경동음　　　　이아이남
笙磬同音하니　以雅以南과
이약불참
以籥不僭이로다

종을 치네 쨍쨍, 비파를 치고 거문고를 타며
생황과 경쇠가 음률을 같이 하니 아악으로써 주남과 소남의 풍악으로써
피리춤으로써 어지럽지 않다네

◒ 고종(鼓鍾) 편은 네 장이 5구씩으로 된 서사시인데 지방에 옛날의 아름다운 풍속이 사라지고, 사회가 메말라 인심이 각박하니 뜻 있는 사람들이 회수(淮水) 가에 사는 주민들의 인심순화를 위하여 음악회를 개최하고 고전음악을 연주하는 광경을 묘사한 내용이다.

1장은 종소리가 쟁쟁 울리고 회수의 물이 꿈틀꿈틀한 것으로 야외음악회의 성대함을 비유하면서 국가사회에 윤리도덕이 무너진 현실을 걱정하여 이 아름다운 고전음악을 들으며 옛날의 예의도덕을 사모하여 잊지 말라고 당부하였고, 2장은 오늘날의 세태가 경박하여 아첨과 술수가 만연함을 슬퍼하고 옛사람을 본받아 그 마음씨를 간사하지 않도록 단속하라고 역설하였으며, 3장은 종을 치고 큰북을 치는 성대한 음악회는 회수에 세 개의 삼각주(三角洲)가 있는 것처럼 세 마당으로 구성된 것을 비유하고 세상에 인심이 교활하여 결단을 내리지 않고 눈치만 살피는 풍조를 걱정하면서 옛사람을 본받아 그 마음씨를 정직하게 가져 머뭇거리지 말라고 호소하였고, 4장은 음악회가 종과 큰북의 웅장하고 씩씩함과 비파와 거문고의 섬세하고 아름다움, 그리고 생황(笙簧)과 경쇠의 우아하고 단아함을 모두 갖추어 대아(大雅)와 소아(小雅)의 아악(雅樂)과 주남(周南)과 소남(召南)의 풍악(風樂) 및 문무(文舞)인 약무(籥舞)를 차례로 연주하여 질서정연한 가운데 화려하게 마친 것을 기뻐하였다.

공자가 이 시를 『시경』에 편집한 것은 음악의 사회교화기능을 인정하고 지방에서 성대한 음악회를 개최한 문화의식을 높이 치하하기 위함이다. 대저 세상에서 가장 고상한 예술문화를 창조 계승하여 유지 발전하는 지역이 세계문화의 중심이 되는 것이니 어느 나라, 어느 지방에서나 고상한 음악회를 끊임없이 개최하면 문화의 고장이 되고, 음란하며 저속한 노래만 유행하면 풍속이 타락한 지역이 되는 것이다.

장장(將將)은 종소리가 쟁쟁 울리는 모양이고, 회수(淮水)는 강 이름인데 중국의 하남성(河南省) 대별(大別)산맥에서 발원하여 동쪽으로 흘러 안휘성(安徽省)을 지나 강소성(江蘇省)을 거쳐 바다로 들어가는 중국에서 셋째 가는 긴 강이다. 현재는 홍택호(洪澤湖)를 지나 양자강에 합류시켰으니 길이가 560km이다. 상상(湯湯)은 꿈틀꿈틀 강물이 흐르는 모양이고, 숙(淑)은 착함이며, 군자(君子)는 도덕이 훌륭한 사람이다. 회(懷)는 그리워함이고, 윤(允)은 진실로이다. 개개(喈喈)는 종소리가 빠르게 울리는 꽹꽹꽹 하

는 소리이고, 해해(潗潗)는 물이 흘러 출렁출렁한 모양이다. 덕
(德)은 도덕심이고, 회(回)는 간사하게 변덕이 심한 것이다. 고
(鼛)는 큰북이니 전쟁이나 노역을 할 때에 격려하는 북이며, 주
(洲)는 강의 하구에 모래섬으로 된 삼각주(三角洲)이고, 추(妯)는
서글픈 것이요, 유(猶)는 결단하지 못하고 미루는 것이다. 흠흠(欽
欽)은 북소리와 종소리가 어울려 쨍쨍 울리는 소리요, 생(笙)은
생황이고, 경(磬)은 돌로 만든 경쇠이니 모두 아악(雅樂)의 악기
이다. 아(雅)는 대아(大雅)와 소아(小雅)의 아악(雅樂)이고, 남(南)
은 주남(周南)과 소남(召南)의 풍악이며, 약(籥)은 피리인데 문무
(文舞)에서 피리를 들고 춤을 추는 까닭에 약무(籥舞)의 뜻이요,
참(僭)은 어지러움이다.

세속적인 음악회는 광란의 도가니로 변하기 쉽기 때문에 끝까
지 질서를 유지하기 어려운바 이리하여 사회가 점차 난잡해지는
것인즉 넋두리나 타령이나 사설은 사람의 심정을 산란하게 만들
어 넋을 잃게 하고 혼을 빼는 것을 경계해야 하며 가급적 힘차고
아름답고 단아한 음악으로 기분을 안정시키고 정신을 맑게 하여
도덕적 상쾌한 즐거움을 감상하는 기회를 많이 만들어야 정서를
순화하고 사회를 교화할 수 있는 것이다.

2-6-5 ──────── 초자(楚茨) / 빽빽한 납가새

초 초 자 자　　　언 추 기 극
楚楚者茨에　　　言抽其棘은
자 석 하 위　　　아 예 서 직
自昔何爲오　　　我蓺黍稷이니라
아 서 여 여　　　아 직 익 익
我黍與與며　　　我稷翼翼하야
아 창 기 영　　　아 유 유 억
我倉旣盈하며　我庾維億이어늘

이 위 주 식　　　　이 향 이 사
以爲酒食하야 以饗以祀하며
이 타 이 유　　　　이 개 경 복
以妥以侑하야 以介景福이로다

빽빽한 납가새에 그 가시덤불을 뽑는 것은
예로부터 무엇을 하기 위함인가, 내가 기장과 피를 심는다네
나의 기장이 너울너울 나의 피가 야들야들
나의 창고가 이미 가득하며 나의 노적가리 많기도 하구나
술과 밥을 하여 제향을 지내고 시사를 지내며
신령을 편안히 모시고 신령께 음식을 권하여 큰복을 많이 받도다

제 제 창 창　　　　결 이 우 양
濟濟蹌蹌이라 絜爾牛羊하야
이 왕 증 상　　　　혹 박 혹 팽
以往烝嘗하니 或剝或亨하며
혹 사 혹 장　　　　축 제 우 방
或肆或將이로다 祝祭于祊하니
사 사 공 명　　　　선 조 시 황
祀事孔明하야 先祖是皇이시며
신 보 시 향　　　　효 손 유 경
神保是饗이시니 孝孫有慶하야
보 이 개 복　　　　만 수 무 강
報以介福하니 萬壽無疆이로다

단정하고 엄숙하여 질서정연하게 진행하므로 그 소와 양을 깨끗
하게 하여
겨울제사 가을제사를 지내러 가니 어떤 이는 가죽을 벗기고 어
떤 이는 고기를 삶네
어떤 이는 제물을 차리고 어떤 이는 폐백을 올리누나 축관이 사
당문에서 제례를 집전하니
제사에 관한 일이 매우 달통하여 선조가 이에 거룩하시며
신령을 편안히 모신 이가 이에 흠향하게 하시니 효손에게 경사
가 있게 하여
큰복으로 갚아서 만년의 수명이 끝이 없으리로다

집 찬 적 적　　　　위 조 공 석
執爨踖踖하야 爲俎孔碩하니

혹 번 혹 적　　　군 부 맥 맥
或燔或炙하며　君婦莫莫하니

위 두 공 서　　　위 빈 위 객
爲豆孔庶어늘　爲賓爲客이

헌 수 교 착　　　예 의 졸 도
獻酬交錯하니　禮儀卒度하며

소 어 졸 획　　　신 보 시 격
笑語卒獲일세　神保是格하야

보 이 개 복　　　만 수 유 작
報以介福하니　萬壽攸酢이로다

　주방장의 발걸음도 조심조심, 제기도마에 괴어놓은 제물이 매우
크구나
　어떤 이는 고기 굽고 어떤 이는 적 부치며 주부가 조용조용 받
드니
　제기 접시에 담은 제수가 아주 많거늘 큰손님 된 이와 여러 손
님 된 이들
　술을 권하고 받음을 서로 교대하니 예법의식이 모두 절도에 맞
으며
　웃으며 말함도 모두 마음이 흐뭇할 때 신령을 편안히 모신 이가
이에 이르러 와서
　큰복으로 보답하여 만년의 수명을 축수하는 술잔을 권하도다

아 공 선 의　　　식 례 막 건
我孔熯矣나　式禮莫愆일세

공 축 치 고　　　조 뢰 효 손
工祝致告하야　徂賚孝孫하되

필 분 효 사　　　신 기 음 식
苾芬孝祀에　神嗜飮食하야

복 이 백 복　　　여 기 여 식
卜爾百福하되　如幾如式이며

기 제 기 직　　　기 광 기 칙
旣齊旣稷이며　旣匡旣敕일새

영 석 이 극　　　시 만 시 억
永錫爾極하되　時萬時億이시니라

나는 매우 긴장하나 예식을 어기지 못하네
능숙한 축관이 신령의 뜻을 전하여 효손에게 가서 알려주되
"향기롭고 효성스러운 제사에 신령이 음식을 즐기시고

너희에게 일백 가지의 복을 미리 주되 기약한 듯이 정한 듯이
하며
이미 가지런하고 이미 빨리 하며 이미 반듯하고 이미 삼갔기에
너희에게 지극한 복을 길이 내리되 만년을 기약하고 억년을 기
약한다오"

예 의 기 비 　 종 고 기 계
禮儀旣備며 　 鍾鼓旣戒하야
효 손 조 위 　 공 축 치 고
孝孫徂位어늘 　 工祝致告로다
신 구 취 지 　 황 시 재 기
神具醉止라 　 皇尸載起어늘
고 종 송 시 　 신 보 률 귀
鼓鍾送尸하니 　 神保聿歸로다
제 재 군 부 　 폐 철 불 지
諸宰君婦가 　 廢徹不遲하니
제 부 형 제 　 비 언 연 사
諸父兄弟가 　 備言燕私로다

예법의식을 이미 갖추며 종과 북이 이미 알리어
효손이 자리에 나아가거늘 능숙한 축관이 신령의 뜻을 전하여
알리누나
신령이 모두 취하였으므로 거룩한 시동이 바야흐로 일어나거늘
북과 종이 시동을 환송하니 신령을 편안히 모시는 이가 드디어
돌아가네
여러 집사와 주부가 제사상을 거둠에 더디게 하지 않으니
여러 집안 어른과 형제가 모두 함께 단란하게 식구끼리 이야기
한다네

악 구 입 주 　 이 유 후 록
樂具入奏하니 　 以綏後祿이로다
이 효 기 장 　 막 원 구 경
爾殽旣將하니 　 莫怨具慶이라
기 취 기 포 　 소 대 계 수
旣醉旣飽하야 　 小大稽首하되
신 기 음 식 　 사 군 수 고
神嗜飮食하야 　 使君壽考로다

공 혜 공 시　　유 기 진 지
孔惠孔時하야　維其盡之하니
자 자 손 손　　물 체 인 지
子子孫孫이　　勿替引之로다

악사가 모두 들어와서 연주하니 행사 뒤의 복을 늘어지게 하누나
너희 안주가 이미 나왔나니 원망이 없도록 다함께 제주를 경축
하라
이미 취하고 이미 배불러 작은 이와 큰 이가 이마를 땅에 닿도
록 절하되
신령이 음식을 즐기시니 그대로 하여금 오래 살게 하오리
매우 은혜로우며 매우 때를 맞추어 오직 그 극진히 하니
우리 자자손손이 폐지하지 않고 이끌어 가오리다

◐ 초자(楚茨) 편은 여섯 장이 12구씩으로 된 서사시인데 사당
에서 제사를 지내는 예절과 의식을 구체적으로 기술하여 엄숙한
절도와 성대한 규모를 장엄하게 묘사하였으니 주(周)나라 문왕(文
王), 무왕(武王)과 주공(周公)이 제창한 제사문화의 극치를 직접
보는 듯하거니와 이 시는 사대부(士大夫)의 집에서 조상에게 제
사지내는 광경이니 일반서민의 조상제사에서도 비록 그 규모는
작지만 그 정신과 절차는 같은 것이다.
　1장은 잡초가 우거진 가시덤불을 뽑고 깨끗한 곳에 제사답(祭
祀畓)을 직접 개간하여 1년 동안 기장과 피를 심어 풍성하게 가
꾸어 거두어서 술을 빚고 밥을 지어 조상에게 제사를 지냄으로써
큰복을 받는 것을 기록하였고, 2장은 소와 양의 가축을 길러 동
지에 지내는 시조(始祖) 제사와 가을에 지내는 돌아가신 아버지
의 제사에 크고 깨끗한 희생(犧牲)을 바치면서 제사의 의식을 엄
숙히 거행하여 축(祝：축문을 읽는 사람)이 사당문에서 신령과 참
석한 사람에게 제사의 시작을 알리고 행사를 집전하면 제례의식
이 매우 성대하여 선조가 이에 거룩하게 강림하므로 신령을 편안
히 모시는 신보(神保：곧 巫)가 이에 신령이 흠향(歆饗)하여 제물
을 받도록 도와서 제주(祭主)에게 경사가 있게 하여 복과 수명을

끝없이 내리는 것을 기술하였으며, 3장은 주방에서 음식을 장만한 사람들이 정결하게 제수를 요리하여 주부(主婦)가 조용조용히 받드니 제기접시에 담은 제수가 아주 많거늘 제사를 지냄에 제주(祭主)가 첫 잔을 올리고 주부(主婦)가 다음 잔을 올리며 큰손님이 끝잔을 올리면 세 잔을 올리는 제사가 끝남으로 이에 제주가 술을 큰손님에게 드리면 큰손님이 마시고 제주에게 술을 권한다. 제주가 마시고 나서 다른 술잔으로 한 잔을 마시고 여러 손님에게 술을 권하면 집사들이 일제히 술을 큰손님과 여러 손님에게 권하고 또한 여러 사람이 서로 빠짐없이 권하며 즐겁게 웃으며 말하여 모두 흐뭇한 경지에 이르면 신보(神保)가 이에 와서 큰복으로 만수를 축원하는 술을 권한다는 신령의 뜻을 전하는 음복례(飮福禮)의 절차를 서술하였고, 4장은 술 세 잔을 올리는 3헌례(三獻禮)와 음복례가 끝났기 때문에 축(祝)이 신령의 뜻을 전하여 제주(祭主)에게 알려주되 향기롭고 효성스러운 제사를 받고 자손에게 큰복을 길이 내렸음을 밝혔으며, 5장은 음복례를 마치고 모두 제자리에 돌아가서 서면 축(祝)은 신령이 취하여 흠향(歆饗)을 마치고 돌아가겠다는 뜻을 전한다. 이에 거룩한 신령이 의지하고 있던 시동(尸童)이 곧 자리에서 일어나서 나올 때에 북과 종을 쳐서 시동을 내보내며 또한 신보(神保)도 드디어 물러가나니 이 때에 이성(異姓)의 손님은 모두 돌아가고 여러 집사와 주부(主婦)는 제사상(祭祀床)을 거두며 큰아버지와 작은아버지 그리고 여러 형제는 사당에서 물러 나와 거처로 가서 가족끼리 정다운 이야기를 나누는 정경을 묘사하였고, 6장은 악사가 거처로 들어와서 연주하게 하여 제사를 지낸 뒤에 복을 늘어지게 하는 가족잔치를 하여 집안의 어린이와 늙은이가 빠짐없이 많이 먹어서 원망이 없도록 함께 경축하게 함으로써 조상을 숭배하는 정신을 기르고 제주(祭主)에게 감사하는 인사를 하여 자자손손이 길이 제사에 동참하겠다는 뜻을 밝히는 경축연회의 내용을 기술하였다.

공자가 이 시를 『시경』에 편집한 이유는 제사의 의미와 내용을 예법의 정신과 절차에 따라 사실적으로 정확하게 묘사하여 사람들도 하여금 조상을 숭배하는 경건한 자세를 가지게 하고 제사의 예절과 의례를 존중하여 질서정연하고 화기애애한 절도를 지키게 하는 예악정신(禮樂精神)을 높이 찬양하기 위함이다. 여기에서 제사는 자손이 조상의 은덕에 보답하는 행사일 뿐만 아니라 가문(家門)의 역사를 뚜렷이 확립하여 자손의 화목을 도모하는 신성한 가정의례이며 위대한 국가전통임을 깨달아야 할 것이다. 『중용(中庸)』에서는 무왕(武王)과 주공(周公)이 조상의 훌륭한 뜻을 이어받아 가문(家門)의 제사를 이어가는 예법을 제정함에 있어서 사당의 신주(神主)는 소목(昭穆)으로 모시고 자손도 항열(行列)에 따라 차례로 서서 제사를 지내야 하며 또한 헌관이나 집례에 작위(爵位)의 차례를 두어 현우(賢愚)를 밝히며 음복례(飮福禮)에 아랫사람이 윗사람에게 술을 권하여 모든 참제자(參祭者)가 빠짐없이 고루 먹게 하며 손님이 돌아가고 가족끼리 정답게 이야기할 때에는 나이순으로 앉아서 늙은이를 존중하게 하였으니 이것은 친한 이를 친하게 하고 귀한 이를 귀하게 하며 어진 이를 어질게 하고 어린이를 사랑하며 늙은이를 공경하는 절도가 함께 어울려 대화합의 장엄 세계를 창조하는 행사가 되도록 배려하였던 것이다.

초초(楚楚)는 잡초가 무성하여 빽빽한 모양이고, 자(茨)는 납가새이니 용풍(鄘風)의 장유자(牆有茨) 편(1-4-2)에서 해설하였다. 추(抽)는 뽑아서 제거하는 것이며, 아(我)는 사당에 조상의 신주(神主)를 모시고 제사를 지내는 사람이 스스로를 일컬음이다. 예(藝)는 심어 가꾸는 것이고, 여여(與與)는 무성하여 너울너울한 모양이며, 익익(翼翼)은 무성하여 야들야들한 모양이다. 유(庾)는 노적가리요, 억(億)은 많다는 뜻이며, 향(饗)은 가까운 조상에게 제향(祭享)을 올려 신령이 흠향(歆饗)하게 함이요, 사(祀)는 먼 조상에게 시사(時祀)를 지내는 것이다. 타(妥)는 신령(神靈)을 편안히 모시는 것이니 옛날에는 후손 가운데 어린이를 뽑아 시동(尸童)을 세워 이미 제사상을 차리면 그를 맞이하여 신령의 자리에 오르게 하여 절하고 편안히 있게 하였다. 유(侑)는 유식(侑食)이니 축(祝)이 신령께 음식을 권하여 흠향(歆饗)하도록 모시는 것이다. 개(介)는 많음이요, 경(景)은 큰 것이다. 제제(濟濟)는 단정하고 엄숙한 모양이고, 창창(蹌蹌)은 질서정연하게 진행하는 모양이며, 결(絜)은 깨끗함이요, 이(爾)는 희생(犧牲)으로 쓰기 위하여 특별히 선택된 것을 지칭한다. 증(烝)은 겨울제사니 동지(冬至)에 시조(始祖)를 제사지냄이요, 상(嘗)은 가을제사이니 추분(秋分)에 돌아가신 아버지를 제사지냄이다. 박(剝)은 껍질을 벗기는 것이요, 팽(亨)은 팽(烹)이니 삶는 것이며, 사(肆)는 제물을 제사상에 진설(陳設)함이고, 장(將)은 폐백(幣帛)을 받들어 제사상에 올리는 것이다. 축(祝)은 제사에 축문(祝文)을 읽는 사람이니 제사의식을 주관하며 집전하는 임무를 맡는다. 제(祭)는 제사의 시작을 알리는 것이고, 팽(祊)은 사당의 문안이니 제사에 참석한 사람이 서 있는 뜻이다. 공(孔)은 매우, 명(明)은 밝게 살펴서 갖춤이고, 황(皇)은 위대하고 거룩함이며, 보(保)는 편안히 모시는 것이니 신보(神保)는 신령을 통한 사람으로 옛날의 제사에 신령을 편안히 모시는 역할을 맡았다. 무사(巫史)라고 하였으며 뒤에 축(祝)이 겸임하였기 때문에 무축(巫祝)이라고 하였는데 세속에서 무당(巫堂)이 출현한 배경이 되었다. 효손(孝孫)은 제사를 지내는 후손을 지칭하고, 경(慶)은 밝은 미래를 약속하는 상서로움이다. 찬(爨)은 부엌의 주방이니 집찬(執爨)은 주방장이며, 적적(踖踖)은 조심조심 걷는 모양이요, 조(俎)는 희생(犧牲)을 담는 제기도마이다. 석(碩)은 큰 것이고, 번(燔)은 물고기를 불에 굽는 것이고, 적(炙)은 양념한 어육이나 채소 등을 대꼬챙이에 꿰어 불에 굽거나 번철에 지진 음식이다. 군부(君婦)는 주부(主婦)이니 제주(祭主)의 아내이며, 맥맥(莫莫)은 조용조용히 받드는 모양이다. 두(豆)는 나무로 만든 제기(祭器)로 물기가 있는 음식을 담아서 주부가 제사상에 올린다. 서(庶)는 많음, 빈객(賓客)은 제사를 돕기 위하여 참석한 손님이니 곧 이성(異姓)의 인척(姻戚)과 친구들이다. 헌수(獻酬)는 제사를 지내고 음복례(飮福禮)를 행함에 여럿이 함께 술을 권하는 여수(旅酬)의 절차이니 헌(獻)은 주인이 처음에 큰손님에게 제기술잔으로 술을 권하는 것이요, 작(酢)은 큰손님이 다시 제주(祭主)에게 술을 권하는 것이며, 이에 주인이 일반 술잔으로 술을 스스로 마신 다음에 다시 여러 손님에게 술을 권하면 젊은이들이 일제히 어른에게 술을 서로 권하여 빠짐없이 술과 음식을 즐겁게 먹는 행사이다. 졸(卒)은 모두 다함이고, 도(度)는 절도, 소어(笑語)는 돌아가신 조상의 덕을 기리는 환담이며, 획(獲)은 마음이 흐뭇함이요, 격(格)은 이르러 옴이니 이 때까지 신보(神保)가 사당 안에 있다가 음복례가 마칠 즈음에 뜰에 내려와서 신령의 뜻을 전하고 축복의 술을 권하는 것이다. 선(燹)은 긴장하여 흥분함이고, 공(工)은 매우 능숙한 솜씨이며, 치고(致告)는 말을 전달하여 알리는 것이며, 조뢰(徂賚)는 가서 주는 것이다. 필분(苾芬)은 향기로움이고, 복(卜)은 미리 주는 것이며, 기(幾)는 기약이요, 식(式)은 방식이다. 제(齊)는 가지런함이고, 직(稷)은 빨리 함이며 광(匡)은 반듯함이요, 칙(敕)은 삼감이다. 영석(永錫)은 길이 내려줌이고, 극(極)은 지극한 큰복이며, 시(時)는 기약함이다. 계(戒)는 알림이며, 조위(徂位)는 처음에 섰던 원래의 위치로 돌아가서 정렬함이고, 치고(致告)는 제사의식을 마친다는 신령의 뜻을 전함이요, 황시(皇尸)는 거룩한 신령의 얼과 넋을 의탁하게 했던 시동(尸童)이라는 뜻이며, 제재(諸宰)는 여러 집사들이고, 폐철(廢撤)은 제사상을 기두고 철거함이다. 불지(不遲)는 느리게 하지 않음이니 끝까지 공경하는 자세를 견지함이고, 제부(諸父)는 큰아버지와 작은아버지이며, 연사(燕私)는 제사를 마치고 손님을 보낸 다음에 집안식구끼리 단란하게 이야기하는 의식이다. 입주(入奏)는 사당에서 제례악(祭禮樂)을 연주했던 악사들을 거실(居室 곧 寢)로 들어와서 축복의 노래를 연주하게 함이요, 유(綏)는 늘어지게 함이며, 후록(後祿)은 행사 뒤의 복이니 소위 뒤풀이와 같은 것이다. 장(將)은 나온 것이며, 구경(具慶)은 함께 경축함이다. 소(小)는 어린이, 대(大)는 늙은이, 혜(惠)는 은혜로움이고, 시(時)는 때가 알맞음이며, 진(盡)은 정성과 노력을 다했다는 뜻이고, 자자손손(子子孫孫)은 집안사람이 대대로 이어가는 것이요, 체(替)는 폐지하여 바꿈이고, 인(引)은 이끌어감이다.

대저 사람의 정신력이 바로 귀신의 신통력이니 살아서 강건한 정신을 응집한 사람은 죽어서도 그 귀신의 신통력이 강건한 것이다. 그러나 또한 자손이 정성으로 제사를 지내서 귀신을 흠향(歆

饗)함이 풍성하면 귀신의 신통력을 더욱 북돋아 활동력이 강해져서 자손에게 많은 복을 내리는 것인즉 이것을 일컬어 그 정성이 있으면 그 귀신이 있고 그 정성이 없으면 그 귀신이 없다고 하는 것이다. 따라서 자손이 조상의 제사를 모두 폐지하고 돌보지 않으면 귀신의 신통력도 끝내 소멸하여 사라진 까닭에 자손에게 어떠한 복도 내려줄 힘이 없게 되는 것이다. 결국 조상의 신령이 존엄해야 자손의 정신력이 투철한 것이므로 제사의 의식은 조상을 빛내고 자손을 떳떳하게 살도록 하는 엄숙한 행사임을 깨달아야 할 것이다.

2-6-6 ──── 신남산(信南山) / 믿음직한 남산이여

신 피 남 산　유 우 전 지
信彼南山이여　維禹甸之로다
균 균 원 습　증 손 전 지
畇畇原隰을　曾孫田之하야
아 강 아 리　동 남 기 묘
我疆我理하니　南東其畝로다

믿음직한 남산이여, 우임금의 직할영역이로세
편편하게 개간한 고원과 습지를 증손이 농사를 지어
우리가 두둑을 만들고 우리가 경지정리하니 그 이랑을 남으로 동으로 낸다네

상 천 동 윤　우 설 분 분
上天同雲하야　雨雪雰雰이어늘
익 지 이 맥 목　기 우 기 악
益之以霢霂하니　旣優旣渥하며
기 점 기 족　생 아 백 곡
旣霑旣足하야　生我百穀이로다

위에 하늘이 구름을 모아 비와 눈이 펄펄
더하여 가랑비가 부슬부슬 내리니 이미 넉넉하고 이미 비에 젖

138 새 시대를 위한 시경

으며

이미 물에 젖고 이미 흡족하여 우리의 일백 곡식을 싹틔우네

강장익익   서직욱욱
疆場翼翼이어늘 黍稷或或하니
증손지색   이위주식
曾孫之穡이로다 以爲酒食하야
비아시빈   수고만년
畀我尸賓하니 壽考萬年이로다

두둑 안의 농장이 반듯반듯, 기장과 피가 누릇누릇
증손이 거두어서 술과 밥을 만들어
우리 시동과 손님에게 주니 수명이 만년을 누린다네

중전유려   강장유과
中田有廬요 疆場有瓜어늘
시박시저   헌지황조
是剝是菹하야 獻之皇祖하니
증손수고   수천지호
曾孫壽考하야 受天之祜로다

밭 가운데 농막이 있고 두둑 안의 농장에 오이가 있거늘
이에 껍질을 벗겨 무치고 이에 소금에 절여 냉채를 만들어 거룩
한 조상님께 드리니
증손이 오래 살아 하늘의 복을 받는다네

제이청주   종이성모
祭以淸酒하고 從以騂牡하야
향우조고   집기란도
享于祖考하니 執其鸞刀하야
이계기모   취기혈료
以啓其毛하고 取其血膋로다

맑은 술로 고유제 지내고 붉은 황소를 잡아
조상님께 제향을 올리니 그 난도를 들어
그 귀털을 베어 알리고 그 피와 기름을 거두네

시증시향   필필분분
是烝是享하니 苾苾芬芬하야

祀事孔明이어늘 先祖是皇하사
報以介福하니 萬壽無疆이로다

이에 삶아 이에 제향 올리니 드높은 향기가 진동하여
제사에 관한 일이 매우 달통하여 선조가 이에 거룩하사
큰복으로 보답하니 일만 년의 수명이 끝이 없다네

　☯ 신남산(信南山) 편은 여섯 장이 6구씩으로 된 서사시인데
제사를 지내고 이성(異姓)의 손님이 돌아간 뒤에 집안의 종친끼
리 단란하게 이야기하는 연사(燕私)의 자리에서 연주하는 축복의
노래로 집안사람이 제주(祭主)를 치하하는 내용이다.

　1장은 믿음직한 저 남산은 치산치수(治山治水)를 완벽하게 했
던 우(禹)임금의 하(夏)나라 도읍 주변이므로 자연의 재난에 대한
염려가 없는 땅이며 여기에 편편하게 개간한 고원의 밭과 습지의
논을 증손이 경작하여 우리가 그 경계선에 두둑을 만들고 경지
정리를 하여 이랑을 남쪽으로 동쪽으로 낸 공사 과정을 기록하였
고, 2장은 새 봄에 비가 많이 와서 물이 풍족하여 심은 곡식의
싹이 잘 나는 광경을 기술하였으며, 3장은 두둑 안의 농장이 잘
가꾸려져서 반듯반듯하거늘 기장과 피가 익어 누룻누룻 하니 증
손이 거두어 술과 밥을 만들어 시동(尸童)으로 뽑힌 사람과 제사
를 돕는 손님을 미리 대접하는 의례절도를 기술하였고, 4장은 밭
가운데 농막이 있고 두둑 안의 농장에 오이가 있거늘 이것을 따
다가 무치고 냉채를 만들어 제사지내는 주부(主婦)의 정성과 노
력을 묘사하였으며, 5장은 제주(祭主)가 희생(犧牲)을 잡기 위하
여 맑은 술로 고유제(告由祭)를 지내고 붉은 황소를 잡아 조상님
께 제사지내기 위하여 직접 방울이 달린 난도(鸞刀)를 쥐고 소의
귀털을 베어 신령께 알리고 그 피와 기름을 거두어 불에 태우는
과정을 상세히 기록하였고, 6장은 그 고기를 삶아서 제향을 올리
니 드높은 향기가 진동하고 제사에 관한 행사가 매우 달통하므로
선조가 이에 거룩하게 빛났기 때문에 큰복을 제주(祭主)와 주부

(主婦)에게 내렸으므로 장차 길이 만수무강(萬壽無疆)할 것임을 보증하였다.

공자가 이 시를 『시경』에 편집한 이유는 집안에 종친이 모두 함께 제주(祭主)인 증손(曾孫)을 도와 토지를 경작하고 가축을 길러 제사를 지냄에 적극 협조하여 동참하면서 제사의 전 과정을 빠짐없이 살펴 그 어그러짐이 없는 것을 확인하고 마침내 제사를 마치고 집안식구들끼리 단란하게 이야기하는 연사(燕私)의 자리에서 애쓴 제주(祭主)와 주부(主婦)를 칭찬하여 축복하는 예절을 갖춘 두터운 인정을 높이 치하하기 위함이다. 대저 어리석은 자손들은 제사에 협조는 하지 않고 불평만 하며 잘하는 것은 칭찬하지 않고 못하는 것만 지적하는바 이것은 조상을 모시는 자손의 도리가 아닐 뿐더러 남이 알면 부끄러운 일인즉 제사 때에 지극히 삼갈 일이다. 그러므로 공자가 말하기를 아버지는 자식을 위하여 허물을 숨겨주고, 자식은 아버지를 위하여 허물을 숨겨주는 것이 바로 양심에 정직한 행위라고 하였다.

신(信)은 믿음직함이고, 우(禹)는 하(夏)나라를 세운 임금으로 치산치수(治山治水)를 잘 하였다. 전(甸)은 전복(甸服)이니 주(周)나라 시대에 왕기(王畿)의 주위로부터 500리(里) 이내의 영역에 위치한 지역이다. 규규(畇畇)은 개간한 농지가 편편한 모양이고, 원(原)은 고원이니 높은 지대요, 습(隰)은 습지이니 낮은 지대이다. 증손(曾孫)은 사당에 3대(代) 봉사(奉祀)를 하는 제주(祭主)이니 대부(大夫)의 집안이다. 전(田)은 경작함이요, 아(我)는 제주(祭主)와 같은 성씨의 일가(一家) 종친(宗親)이며, 강(疆)은 농토의 경계를 튼튼히 하기 위하여 두둑을 쌓은 것이고, 리(理)는 경지를 정리하여 도로와 수로를 정비하는 것이다. 동(同)은 모임이고, 분분(雰雰)은 펄펄 내리는 모양이며, 맥(霢)은 가랑비, 목(霂)은 부슬부슬 내리는 것이다. 우(優), 악(渥), 점(霑), 족(足)은 모두 비와 물이 충분하게 스며든 것이다. 장(場)은 농장이고, 익익(翼翼)은 가지런하여 반듯반듯한 모양이며, 욱욱(彧彧)은 충실하게 익어서 누릇누릇한 모양이다. 색(穡)은 곡식을 거두어들임이고, 비(畀)는 주는 것이다. 시(尸)는 시동(尸童)이고, 빈(賓)은 빈객이니 앞의 초자(楚茨) 편(2-6-5)에서 이미 해설하였다. 중전(中田)은 전중(田中)이요, 저(菹)는 소금에 절여 냉채를 만든 것이며, 호(祜)는 복이다. 제(祭)는 희생(犧牲)을 잡기 전에 고유제(告由祭)를 지내는 것이니 맑은 술을 땅에 부어 신령이 나와서 보도록 함이며, 종(從)은 제주(祭主)가 희생(犧牲)을 직접 보고 건강상태를 검사한 뒤에 잡도록 허락하는 것이고, 성모(騂牡)는 붉은 황소이다. 란도(鸞刀)는 방울이 달린 큰칼이고, 계(啓)는 신령께 알리는 것이며, 모(毛)는 귀털이니 제사에는 순색(純色)을 숭상하기 때문에 순색임을 증표하는 것이다. 혈료(血膋)는 피와 기름이니 이것을 쑥에 발라 불에 태워서 신령이 강림하여 보도록 하는 것이다. 증(烝)은 삶아 익힌 것이요, 필필분분(苾苾芬芬)은 드높은 향기가 진동하는 모양이다.

이 편에서 제주(祭主)에게 수고만년(壽考萬年)과 만수무강(萬壽無疆)을 거듭 축원하였는바 이것은 단순히 듣기 좋으라는 공치사가 아니라 사람이 하늘로부터 받은 천성(天性)을 간직하고 지혜와 사랑과 용기를 갈고 닦아 위대한 인격을 확립하여 부모에게 효도하여 지극한 정성으로 조상을 받들어 엄숙하게 제사를 지내 거룩한 조상의 얼 넋을 천추만대(千秋萬代)에 빛내고 아울러 자손을 교육하여 집안이 번창하고 국가발전에 공헌하며 세계평화에 이바지하면 가문(家門)이 유구(悠久)하게 유지할 것이므로 결국 그 사람의 생명력이 삶과 죽음을 초월하여 영생불사(永生不死)하는 역사적 진리에 바탕한 치사(致辭)임을 분명히 깨달아야 할 것이다. 만일 조상의 제사를 폐지하여 위로 부모와 조상을 생각하지 않고 또한 자손을 기르지 아니하여 아래로 미래의 희망이 없다면 이러한 인간은 만수(萬壽)는커녕 백수(百壽)도 누리기 어려울 것이니 그 목숨이 끊어짐으로써 그의 생명력은 곧 사라지기 때문이다. 무릇 제사는 조상의 정신을 길이 빛내고 자손의 생명력을 오래 누리게 하며 집안에 행복이 가득하고 경사가 많게 하는 예법이므로 조금이라도 의혹(疑惑)이 있어서는 옳지 못하다.

탁 피 보 전　　　　세 취 십 천
倬彼甫田에　　　歲取十千이로다
아 취 기 진　　　　식 아 농 인
我取其陳하야　　食我農人하니
자 고 유 년　　　　금 적 남 묘
自古有年이로다　今適南畝하니
혹 운 혹 자　　　　서 직 의 의
或耘或耔에　　　黍稷薿薿어늘
유 개 유 지　　　　증 아 모 사
攸介攸止에　　　或我髦士로다

환하게 펼쳐진 저 큰 밭에서 해마다 충실한 곡식을 많이도 거두
는구나
나는 그 묵은 곡식을 가지고 우리 농사짓는 사람을 먹이니
예로부터 풍년이 들었다네 이제 남쪽 이랑에 가니
어떤 이는 김을 매고 어떤 이는 북을 돋움에 기장과 피가 더북
더북
이삭이 대롱대롱 매달려 크고 대롱대롱 매달려 여물기를 그심에
우리 뛰어난 선비에게 나아가 대접하세

이 아 자 명　　　　여 아 희 양
以我齊明과　　　與我犧羊으로
이 사 이 방　　　　아 전 기 장
以社以方하니　　我田旣臧이
농 부 지 경　　　　금 슬 격 고
農夫之慶이로다　琴瑟擊鼓하야
이 아 전 조　　　　이 기 감 우
以御田祖하야　　以祈甘雨하니
이 개 아 직 서　　　이 곡 아 사 녀
以介我稷黍하야　以穀我士女로다

우리 피쌀과 우리 희생양으로
땅귀신에게 제사지내고 사방의 산천에 제사지내니 우리 밭이 이
미 잘됨은
농부의 착함이로세 거문고와 비파를 뜯고 북을 치며

농사의 신령을 맞이하여 단비를 기원하니
우리 피와 기장을 키워서 우리 선비와 숙녀를 기른다네

증손래지　　　　이기부자
曾孫來止에　　　以其婦子로
염피남묘　　　　전준지희
饁彼南畝어늘　　田畯至喜하야
양기좌우　　　　상기지부
攘其左右하야　　嘗其旨否로다
화이장묘　　　　종선차유
禾易長畝하니　　終善且有라
증손불노　　　　농부극민
曾孫不怒라도　　農夫克敏이로다

증손이 옴에 그 부인과 아기로써
저 남쪽으로 낸 이랑에서 들점심을 먹이거늘 권농관이 이르러
기뻐하여
그 좌우의 들 밥을 덜어다가 그 음식이 맛있는지 없는지를 맛보
누나
벼를 김매어 이랑에 다하여 마치니 마침내 잘하고도 많이 하였
도다
증손이 성내지 않아도 농부가 아주 빨리 한다네

증손지가　　　　여자여량
曾孫之稼가　　　如茨如梁이며
증손지유　　　　여지여경
曾孫之庾가　　　如坻如京이라
내구천사창　　　내구만사상
乃求千斯倉하며　乃求萬斯箱일새
서직도량　　　　농부지경
黍稷稻粱이　　　農夫之慶이라
보이개복　　　　만수무강
報以介福하니　　萬壽無疆이로다

증손의 농사지은 곡식이 지붕과 같고 대들보와 같으며
증손의 노적가리가 모래섬 같고 언덕 같으므로
이에 많은 이 창고를 구하며 이에 여러 대의 이 짐수레를 구하
도다

메기장과 피, 벼와 기장은 농부의 착함일세
큰복으로 보답하여 일만 년의 수명을 끝없이 누리게 한다네

　● 보전(甫田) 편은 네 장이 10구씩으로 된 서사시인데 주(周)
나라의 정전(井田)제도는 나라에 세금으로 바치는 공전(公田)과
인민이 사용하는 사전(私田)이 있었는바 이것과는 별도로 경대부
(卿大夫) 이하에게 위토전(位土田)으로 규전(圭田) 50묘(畝)를 주
어 직접 경작해서 그 수확으로 각각 자기의 조상에게 제사를 지
내게 하였으니 보전(甫田)은 바로 규전(圭田)으로 받은 큰 밭인즉
이제 그 종손(宗孫)이 직접 일꾼을 데리고 정성과 노력을 다하여
농사를 짓는 과정을 서술하였다.
　1장은 드넓게 펼쳐진 큰 위토답(位土畓)에서 해마다 온전한 곡
식을 많이 거두어 제사에 쓰고도 남은 까닭에 그 묶은 곡식으로
우리 제사답을 가꾸는 사람들까지 먹이며 해마다 풍년이 들어 제
사를 거르지 않았고, 이제 올해도 남쪽 이랑에 가서 보니 사람들
이 김매고 북돋우니 기장과 피가 더북더북 하므로 　장차 이삭이
커서 익으면 제사에 집사를 맡을 뛰어난 선비를 대접하겠음을 기
술한 봄의 정경이고, 2장은 농사를 지음에 피쌀과 희생양(犧牲羊)
으로 먼저 땅귀신에게 제사지내고 또 사방의 산천신(山川神)에게
도 제사를 지내 우리 제사답의 곡식이 잘 되기를 기원하며 또한
농악(農樂)을 울려 곡식을 처음 개발한 신농씨(神農氏)의 넋을 불
러 기우제(祈雨祭)도 지내서 우리 기장과 피가 크게 자라면 우리
의 제사를 이어나갈 선비와 숙녀를 가르치겠다고 기록한 초여름
의 광경이며, 3장은 종손이 김을 매려고 옴에 그 일꾼들의 아내
와 아들까지 모두 들점심을 먹이거늘 권농관(勸農官)이 마침 이
르러 와서 이 집, 저 집의 들밥을 덜어다가 맛보며 민정(民情)을
살피는 철저함을 밝히고 농부들이 성실하고 근면하여 종손이 화
를 내지 않아도 일을 능률적으로 하는 여름의 농장풍경을 묘사하
였고, 4장은 종손의 위토전(位土田)에서 수확한 곡식이 크게 풍년
이 들었음을 기뻐하고 이 곡식으로 조상의 제사를 엄숙하고 성대

하게 지내면 신령께서 농사에 참여했던 모든 사람에게 큰복을 내
려 만수무강(萬壽無疆)하게 될 것임을 약속하면서 추수하는 늦가
을의 풍경이다.

공자가 이 시를 『시경』에 편집한 이유는 제사지낼 양식을 종
손이 지극한 정성으로 가꾸어 조금도 소홀함이 없는 것을 칭찬하
기 위함이니 제사를 지내는 정성은 갑자기 모으기 어려운 까닭에
위토전(位土田)을 반드시 직접 경작하여 1년 내내 정성을 들이는
조상숭배의 정신은 아름답기 그지없다. 더욱이 위토전을 경작함
에 조상을 섬기는 마음으로 땅을 공경하며 곡식신(穀食神)을 추
모하여 땅귀신과 사방의 산천신(山川神)에게 제사지내고 신농씨
(神農氏)를 맞이하여 기우제(祈雨祭)까지 지내는 정성이 놀랍거니
와 조상의 제사에 관한 일을 돕는 모든 사람을 사랑하여 당장 농
사를 지어주는 농부뿐만 아니라 그 아내와 아들딸은 물론이고 빈
객(賓客)과 신사숙녀 그리고 권농관에게도 배려를 잊지 않았으니
그 조상을 거룩하게 받드는 진정한 효손(孝孫)이다.

보전(甫田)은 큰 밭이니 여기서는 위토전(位土田)이란 뜻인데
맹자(孟子)는 경(卿) 이하는 반드시 규전(圭田)이 있으니 50묘(畝)
라고 등문공장구상(滕文公章句上)에서 밝혔으며 제사를 지내기
위하여 마련한 논밭은 반드시 깨끗한 곳에 위치한 것을 선택하고
또한 제주(祭主)가 직접 경작하도록 하였다. 십(十)은 십전(十全)
이니 온전하고 충실하다는 뜻이고, 천(千)은 천석(千石)이니 많은
수량이라는 뜻이다. 아(我)는 제주(祭主)가 자신을 지칭함이요, 진
(陳)은 위토전(位土田)에서 생산한 묵은 곡식이며, 농인(農人)은
제주(祭主)가 혼자 농사를 다 경작할 수 없기 때문에 그 종족이
나 이웃에서 삯꾼으로 얻은 농부와 그 가족이다. 유년(有年)은 풍
년이 든 것이고, 적(適)은 가는 것이고, 운(耘)은 김을 매는 것이
며, 자(耔)는 뿌리에 흙을 북돋운 것이다. 의의(薿薿)는 무성하여
더북더북 한 모양이요, 유(攸)는 대롱대롱 매달린 것이고, 개(介)
는 큰 것이며, 지(止)는 여물어 성장을 멈추는 것이다. 증(烝)은
나아가 대접한다는 뜻이며, 모사(髦士)는 뛰어난 선비이니 제사를
도우려고 오는 손님이다. 자명(齊明)은 명자(明粢)이니 피쌀의 별

칭인바 운(韻)을 맞추기 위하여 바꾸어 놓았다고 주자(朱子)가 밝혔다. 희양(犧羊)은 희생으로 잡은 양이니 순색을 선택한다. 사(祉)는 땅귀신인 후토(后土)를 제사지냄이고, 방(方)은 사방의 산천에 지내는 제사이다. 아전(我田)은 우리의 위토전(位土田)이고, 장(臧)은 잘된 것이며, 경(慶)은 착함이요, 아(御)는 맞이하는 것이다. 전조(田祖)는 상고시대에 농사법을 최초로 개발한 신농씨(神農氏)이며, 곡(穀)은 양성하여 기름이니 곧 예법을 교육시킴이고, 사녀(士女)는 선비와 숙녀인바 다음의 세대를 계승할 사람들이다. 증손(曾孫)은 제주(祭主)인 종손(宗孫)이요, 염(饁)은 들점심이며, 전준(田畯)은 농사를 권장하는 권농관(勸農官)이다. 양(攘)은 덜어서 준 것이요, 지부(旨否)는 맛이 있고 없음이다. 이(易)는 김을 잘 매어 가꾸는 것이고, 장(長)은 다하여 마치는 것이며, 유(有)는 많은 것이요, 민(敏)은 빨리 함이다. 자(茨)는 지붕, 량(梁)은 대들보이니 창고에 곡식이 넘친다는 뜻이요, 지(坻)는 강의 하구에 생긴 삼각주(三角洲)로 곧 모래섬이며, 경(京)은 높은 언덕이니 노적가리가 크다는 뜻이다. 만(萬)은 여럿, 상(箱)은 짐수레이니, 수확한 곡식을 집으로 운반하는 수단이다.

　주(周)나라의 정전법(井田法)은 한 집에 100묘(畝)씩 분배하여 7~8식구가 1년 동안 먹고 살게 하였거늘 이제 50묘(畝)의 위토전(位土田)에서 거둔 수확량을 지붕, 대들보, 모래섬, 높은 언덕, 많은 창고, 여러 짐수레 등으로 표현한 것은 과장이 지나치다고 할 것이다. 그러나 조상의 제사비용으로는 아주 풍족하기 때문에 그 즐거움이 넘치는 마음의 표현으로 이해하여야 될 것이다.

2-6-8 ──────────── 대전(大田) / 한 밭

　　　　　　　　　　대 전 다 가　　　기 종 기 계
　　　　　　　　　　大田多稼라　　　旣種旣戒하야

기비내사　이아염사
旣備乃事하니　以我覃耜로
숙재남묘　파궐백곡
俶載南畝하야　播厥百穀하니
기정차석　증손시약
旣庭且碩이라　曾孫是若이로다

　한밭은 많이 심으므로 이미 씨앗을 고르고 이미 농기구를 수리
하여
　이미 갖추어 이에 일하니 나의 날카로운 보습으로
　비로소 남쪽으로 이랑을 만들어 그 일백 가지 곡식의 씨앗을 뿌
리니
　이미 곧고도 큰지라 증손이 이에 같이했다네

기방기조　기견기호
旣方旣皁하며　旣堅旣好요
불랑불유　거기명특
不稂不莠어든　去其螟螣과
급기모적　무해아전치
及其蟊賊이라야　無害我田稺니
전조유신　병비염화
田祖有神은　秉畀炎火어다

　이미 겉껍질이 생기고 이미 알맹이가 생기며 이미 낱알이 단단
하여 이미 잘 영글고
　강아지풀이 나지 않으며 돌피가 나지 않거든 그 며루와 벼메뚜기
및 그 누리와 풍뎅이를 제거해야 우리 논에 어린 벼를 해침이
없나니
　곡식의 신은 신통력이 있어 잡아 화염 속에 던진다네

유엄처처　흥우기기
有渰萋萋하야　興雨祁祁하야
우아공전　수급아사
雨我公田하고　遂及我私로다
피유불확치　차유불렴제
彼有不穫稺하고　此有不斂穧하며
피유유병　차유체수
彼有遺秉하고　此有滯穗하니

이 과 부 지 리
伊寡婦之利로다

구름이 피어올라 뭉게뭉게 빗방울이 맺혀 살살 내려
우리 공전에 비가 오고 드디어 우리 사전에 미치누나
저기에 베지 않은 늦벼 있고 여기에 묶지 않은 벼웅큼이 있으며
저기에 버려 둔 볏단이 있고 여기에 샌 이삭이 있으니
저 과부의 이익이라네

증 손 래 지 曾孫來止라	이 기 부 자 以其婦子로
염 피 남 묘 饁彼南畝어늘	전 준 지 희 田畯至喜로다
래 방 인 사 來方禋祀하며	이 기 성 흑 以其騂黑과
여 기 서 직 與其黍稷으로	이 향 이 사 以享以祀하니
이 개 경 복 以介景福이로다	

증손이 나온지라 그들의 아내와 자식으로
저 남쪽 이랑에서 들점심을 먹이니 권농관이 이르러 기뻐하누나
추수를 마치고 돌아와 사방의 산천에 정결한 제사를 지내며 그
붉은 소와 검은 소
그리고 기장과 피로 제향을 올리고 제사를 지내니
큰복을 많이 받는다네

　☯　대전(大田) 편은 네 장인데 앞의 두 장은 8구씩이고 뒤의
두 장은 9구씩으로 된 서사시이다. 대전(大田)은 정전법(井田法)
에 의하여 사전(私田)으로 받은 100묘(畝)의 농지이니 일반농민이
경작하여 그 소득을 개인의 소유로 하였는데 벼슬이 없는 일반대
중은 특별히 제사비용을 마련할 위토전(位土田) 곧 규전(圭田)이
없기 때문에 이 사전(私田)을 경작하여 그 소득으로 제사에 쓸
비용과 식구를 먹이는 식량을 마련하였던 것이다. 그러므로 앞의
보전(甫田) 편은 고위관료의 위토전(位土田)을 경작하는 과정을

묘사한 것이고 이 편은 서민대중이 사전(私田)을 경작하는 과정을 서술한 내용이라고 할 것이다.

1장은 대전(大田)에는 가정에서 필요한 여러 가지 곡식을 심어야 하기 때문에 봄이 오기 전에 종자를 고르고 농기구를 수리하여 미리 준비하고 있다가 때가 되면 농사일을 착수하여 날카로운 보습으로 땅을 깊이 갈아 가급적 남쪽으로 이랑을 내서 일백 가지 곡식의 씨앗을 파종하면 그 싹이 곧고 크게 나오는 것이므로 제주(祭主)인 종손도 함께 같이 일해야 하는 봄날의 파종광경을 기술하였고, 2장은 이미 벼가 자라서 이삭이 나와 여물려고 하면 잡초를 제거하고 해충을 구제하는 절차와 방법을 서술하였으며, 3장은 하늘에서 비가 내리는 데도 차례가 있듯 그런 자연의 법칙을 본받아 사람이 일을 함에도 선공후사(先公後私)의 윤리가 있으므로 농사를 지음에 먼저 공전(公田)의 일을 끝낸 다음에 사전(私田)의 일을 하는 절차와 농민의 힘이 미치지 못해 거두지 못한 이삭은 부지런한 과부들이 거두어 가도록 허락하는 너그러운 추수광경을 묘사하였고, 4장은 가을에 들에서 타작을 함에 종손이 나와서 그 일꾼들의 아내와 자식에게 모두 들점심을 먹이니 권농관이 이르러 기뻐하는 상황과 그 곡식을 집으로 가지고 와서 정결하게 사방의 산천에 제사를 지내며 또한 집안의 조상에게 방안제사와 시사(時祀)를 모심에 소를 잡아 성대하게 지내므로 큰 복을 많이 받는 과정을 기록하였다.

공자가 이 시를 『시경』에 편집한 이유는 비록 위토전(位土田)이 없다고 하여도 조상을 생각하는 효성(孝誠)과 나라를 위하는 충성(忠誠)이 지극하여 새해의 농사에 철저히 대비하여 때를 잃지 않고 밭을 깊이 갈아 과학영농을 하면서 공전(公田)을 먼저 경작하고 사전(私田)을 나중에 일하는 절도가 있을 뿐만 아니라 잡초와 해충의 피해를 방지하는 지혜가 있으며 품앗이하는 일꾼과 그 가솔을 잘 먹이며 정결하고 성대하게 조상님께 제사지내는 1년 동안의 농민의 정서가 매우 아름답고 고결한 것을 표창하기 위함이다.

대전(大田)은 하나로 된 큰 밭이니 곧 한밭이고, 종(種)은 씨앗을 고르는 것이요, 계(戒)는 농기구를 수리함이며, 염(覃)은 날카로움이다. 숙(俶)은 비로소, 재(載)는 만드는 것이고, 남묘(南畝)는 남쪽으로 낸 이랑이다. 정(庭)은 곧음이고, 석(碩)은 큰 것이며, 약(若)은 같이 함께함이다. 방(方)은 겉껍질이 생김이고, 조(皁)는 알맹이가 생김이며, 랑(稂)은 강아지풀이며, 유(莠)는 돌피인데 포아풀과에 속하는 1년생 풀로 키는 30~90cm 가량이고 피와 흡사하나 약간 작다. 여름에 이삭이 패며 까끄라기는 짧고 논이나 물가에 나서 가축의 사료로 쓴다. 명(螟)은 며루인데 각다귀의 애벌레로 땅 속에 살며 벼의 뿌리를 잘라먹는 해충이고, 특(螣)은 벼메뚜기로 벼메뚜기과에 속하는 곤충이다. 몸길이 약 3cm이고 자란 벌레의 몸은 황록색이며 앞가슴의 양쪽에는 갈색의 세로줄이 있고 앞날개는 길어 배를 온통 덮는다. 울지 않으며 촉각은 짧고 뒷다리가 발달하여 높이뛰기를 잘하며 첫째 배마디에 청기(聽器)가 있다. 불완전 변태를 하며 여름과 가을에 풀밭이나 논에서 살고 늦가을에 땅 속에 알을 낳아서 알로써 겨울을 난다. 볏잎을 갉아먹는 대표적인 해충으로 조, 밀, 수수 등에도 크게 해를 끼친다. 식용한다. 모(蟊)는 누리인데 메뚜기과에 속하는 곤충이다. 몸길이 45~65mm 가량으로 풀무치와 비슷하며 몸빛은 누런 갈색 또는 녹색인데 풀무치와 달리 여러 마리가 무리를 지어 날아다니며 농작물에 큰 피해를 끼친다. 적(賊)은 풍뎅이의 일종으로 몸길이 17~20mm이고 난형이며 등쪽은 검거나 푸르고 윤이 나며 배쪽은 검은 갈색이며 촉각은 붉은 갈색이다. 각 딱지날개에 희미하게 두 개의 세로 점선이 있고 자란 벌레는 6~8월에 발생하여 잎을 식용하는데 애벌레인 근절충(根節蟲)은 땅 속에서 농작물이나 나무의 뿌리를 갉아먹는 해충이다. 치(穉)는 어린 벼이고 전조(田祖)는 앞의 보전(甫田) 편에서 해설하였으며, 염화(炎火)는 화염(火炎)이니 불꽃인데 여름밤에 논 가운데에 불을 피워서 해충을 유인하여 태워 죽이는 해충 구제방법이다. 엄(渰)은 구름이 피어 올라가는 것이고, 처처(萋萋)는 구름이 뭉게뭉게 엉기는 모양이며, 기기(祁祁)는 비가 살살 내리는 모양이다. 공전(公田)과 사전(私田)은 주(周)나라의 토지제도인데 사방 1리(里)의 땅을 정

(井)자 모양으로 나누어 가운데는 공전(公田)으로 하고 나머지 여덟 구역은 사전(私田)으로 하여 8가(家)에 나누어주었으니 각각 100묘(畝)씩 이었다. 공전(公田) 100묘에는 20묘의 농막을 지으니 경작지는 80묘인데 여덟 집이 힘을 합쳐 경작해서 나라에 세금으로 바치고 나머지는 여덟 집이 각각 사전 백 묘씩을 자체적으로 경작하여 사유물로 하였으니 대개 세금은 10분의 1이고 모내기와 김매기와 추수 때에는 품앗이나 두레로 공동작업을 하였으며 자기의 논일을 할 때에는 들점심을 제공하였다. 제(穧)는 벼웅큼이고, 병(秉)은 볏단이며, 체(滯)는 샌 것이요, 수(穗)는 떨어진 이삭이니 일꾼이 틈이 없어서 미처 살피지 못한 것들이다. 과부(寡婦)는 할 일이 없는 늙은 과부이고, 리(利)는 추수한 논에 떨어진 이삭을 주어 유익하게 쓴다는 뜻이니 곡식을 아끼는 정신을 칭찬함이다. 전준(田畯)도 앞의 보전(甫田) 편에서 해설하였고, 인사(禋祀)는 정결한 제사요, 성흑(騂黑)은 붉은 소와 검은 소인데 고대에 사시(四時)와 사방(四方)의 제사에 그 희생(犧牲)의 색깔을 각각 숭상하는 것이 있었으니 봄과 동쪽은 청색을 쓰고 여름과 남쪽은 붉은 색을 쓰며 가을과 서쪽은 흰색을 쓰고 겨울과 북쪽은 검은색을 썼으며 중앙은 황색을 썼다.

맹자(孟子)가 말하기를 주나라의 토지제도는 식구가 5~8명인 집은 100묘의 사전(私田)을 주었으나 가족이 많고 또 16세 이상의 미혼 자제가 있는 농부에게는 별도로 25묘(畝)를 더 주었다고 하였으니 이 편에서 말하는 대전(大田)은 125묘의 농지를 지칭한 내용이기 때문에 사전(私田)이라고 하지 않고 대전(大田)이라고 한 것 같다.

2-6-9 ──── 첨피락의(瞻彼洛矣) / 저 낙수를 바라보니

첨 피 락 의　　　　유 수 앙 앙
瞻彼洛矣한대　　維水泱泱이로다
군 자 지 지　　　　복 록 여 자
君子至止하시니　福祿如茨로다
매 갑 유 혁　　　　이 작 륙 사
韎韐有奭하니　以作六師로다

저 낙수를 보니 강물이 우중충하구나
군자가 이르시니 복록이 지붕과 같다네
붉은 가죽바지가 붉게 번쩍이니 여섯 군사를 일으키도다

첨 피 락 의　　　　유 수 앙 앙
瞻彼洛矣한대　　維水泱泱이로다
군 자 지 지　　　　병 봉 유 필
君子至止하시니　韠琫有珌이로다
군 자 만 년　　　　보 기 가 실
君子萬年에　　保其家室이로다

저 낙수를 보니 강물이 우중충하구나
군자가 이르시니 칼집 위에는 구름무늬 옥이요 아래는 곧은 무
늬 옥이네
군자는 만년에 그 집안을 보전하도다

첨 피 락 의　　　　유 수 앙 앙
瞻彼洛矣한내　　維水泱泱이로다
군 자 지 지　　　　복 록 기 동
君子至止하시니　福祿旣同이로다
군 자 만 년　　　　보 기 가 방
君子萬年에　　保其家邦이로다

저 낙수를 보니 강물이 우중충하구나
군자가 이르시니 복록을 이미 같이 하시네
군자는 만년에 그 집안과 나라를 보전하도다

　◑ 첨피락의(瞻彼洛矣) 편은 세 장이 6구씩으로 된 서사시인데
천자가 주(周)나라 동도(東都)에 있는 낙수(洛水)의 벌판에서 제
후(諸侯)를 조회하고 6군(軍)을 사열하며 무예를 시범하니 제후가

천자의 덕을 칭송하는 광경을 묘사한 내용이다.

　1장은 낙수(洛水)의 물이 깊고 넓어서 우중충한 것으로 왕의 덕이 심오하여 아무도 측량할 수 없는 신산묘계(神算妙計)가 있음을 비유하면서 왕의 복록이 지붕같이 높고 붉은 가죽바지가 붉게 번쩍이도록 건장하게 6군(軍)을 사열하여 성대한 위엄을 떨치는 광경을 기록하였고, 2장은 모든 군대를 사열한 다음에 군사훈련을 실시하여 왕이 보검(寶劍)을 높이 들고 직접 전군을 지휘함에 그 전략전술이 탁월하여 순식간에 적을 무찌르고 승리하므로 제후들이 감탄하여 왕실을 길이 보전할 것이라고 칭송하는 광경을 기록하였으며, 3장은 왕이 군사훈련을 종합평가하고 상(賞)을 내림에 복록을 모두 함께 같이 나누도록 하니 제후들이 그 인후(仁厚)한 덕에 감탄하여 왕실과 왕국이 길이 보전할 것이라고 찬양하였다.

　공자가 이 시를 『시경』에 편집한 이유는 왕이 문무(文武)를 겸전하여 군사훈련을 시킴에 제후(諸侯)를 믿게 하고 군인을 따르게 하여 나라의 위세를 떨치고 명예를 드높이는 탁월한 지휘능력을 현창하기 위함이니 왕에게 이러한 지휘능력이 있으면 어떠한 적도 감히 넘볼 수 없는 까닭에 길이 나라를 보전하게 되는 것이다.

　락(洛)은 락수(洛水)이니 중국의 섬서성(陝西省) 동남부의 진령(秦嶺)에서 발원하여 하남성(河南省) 낙양(洛陽)의 남쪽을 흘러 황하로 들어가는 강이름이다. 앙앙(泱泱)은 깊고 넓어서 우중충하여 속이 보이지 않은 모양이고, 군자(君子)는 왕을 지칭하며, 자(茨)는 지붕이니 높다는 뜻이다. 매(韎)는 꼭두서니로 물들인 붉은 가죽이요, 갑(韐)은 가죽바지이니 왕의 군복이며, 혁(奭)은 붉게 번쩍이는 모양이고, 작(作)은 일으켜 출동시키는 것이며, 육사(六師)는 천자가 직접 거느린 6군(軍)인데 1군이 12,500명인즉 6군은 75,000명이다. 병(鞞)은 칼집이고, 봉(琫)은 칼집의 위에 장식한 구름무늬의 옥이며, 필(珌)은 칼집의 끝에 장식한 곧은 무늬의 옥인데 왕의 의전용 칼집 장식물이다. 동(同)은 모두 함께 똑같이 누린다는 뜻이니 공명정대(公明正大)하고 탕탕평평(蕩蕩平

平)하여 대동공화(大同共和)하는 것이다.

왕이 군사훈련에서 이와 같이 화합 단결하는 역량을 발휘하였으니 그 평소의 강무(講武)에 대한 관심을 알 수 있는 것이다.

2-6-10 ——— 상상자화(裳裳者華) / 너울너울한 꽃이여

상 상 자 화　　기 엽 서 혜
裳裳者華여　　其葉湑兮로다
아 구 지 자　　아 심 사 혜
我覯之子하니　我心寫兮로다
아 심 사 혜　　시 이 유 예 처 혜
我心寫兮하니　是以有譽處兮로다

너울너울한 꽃이여, 그 잎이 무성하구나
내가 이 집의 아들을 보니 내 마음이 가라앉으네
내 마음이 가라앉으니 이로써 즐겁고 편안하다오

상 상 자 화　　운 기 황 의
裳裳者華여　　芸其黃矣로다
아 구 지 자　　유 기 유 장 의
我覯之子하니　維其有章矣로다
유 기 유 장 의　시 이 유 경 의
維其有章矣니　是以有慶矣로다

너울너울한 꽃이여, 활짝 핀 꽃술이 그 노랗구나
내가 이 집의 아들을 보니 그 문채가 있네
그 문채가 있으니 이로써 경사가 있다오

상 상 자 화　　혹 황 혹 백
裳裳者華여　　或黃或白이로다
아 구 지 자　　승 기 사 락
我覯之子하니　乘其四駱이로다
승 기 사 락　　육 비 옥 약
乘其四駱하니　六轡沃若이로다

너울너울한 꽃이여, 어떤 것은 노랗고 어떤 것은 희구나
내가 이 집의 아들을 보니 그 네 마리의 가리온 말을 타네
그 네 마리의 가리온 말을 타니 여섯 말고삐가 아리땁다오

좌 지 좌 지　　군 자 의 지
左之左之하니 君子宜之며
우 지 우 지　　군 자 유 지
右之右之하니 君子有之로다
유 기 유 지　　시 이 사 지
維其有之라　 是以似之로다

왼쪽으로 가면 왼쪽으로 따르니 군자가 의좋으며
오른쪽으로 가면 오른쪽으로 오니 군자가 친한다네
그 친하므로 이로써 비슷하다오

　☯ 상상자화(裳裳者華) 편은 네 장이 6구씩으로 되었으니 앞의
세 장은 서정시이고 끝에 졸장은 서사시이다. 이 편은 앞의 첨피
락의(瞻彼洛矣) 편에 대한 화답으로 천자(天子)가 제후(諸侯)들의
충성스러운 근왕(勤王)정신을 높이 치하하는 노래이다.
　1장은 상체(常棣)나 도리(桃李)의 꽃처럼 나뭇가지에 꽃이 빽빽
하게 피어서 너울거리듯이 왕의 곁에 여러 나라의 제후(諸侯)가
모였기 때문에 국가의 위기상황에서도 마음이 놓이고 또한 이로
써 즐겁고도 편안한 심경을 토로하였고, 2장은 활짝 핀 꽃술이
노랗게 속을 보이듯이 여러 제후(諸侯)들이 각각 진심으로 단합
하여 아름다운 화합의 절도를 지키니 천하국가가 문명하여 많은
경사가 있을 것임을 축복하였으며, 3장은 꽃에는 노란색도 있고
흰색도 있듯이 공격과 방어의 군사훈련을 함에 여러 제후(諸侯)
들의 전략전술이 무궁무진하고 그 군사 지휘통솔력도 매우 뛰어
남을 칭찬하였고, 4장은 여러 제후(諸侯)들이 항상 왕의 주변을
맴돌아 함께 행동을 같이 하므로 서로 의좋고 친밀하여 매우 비
슷해져서 훌륭한 집단이 이루어진 것을 묘사하였다.
　공자가 이 시를 『시경』에 편집한 이유는 왕이 제후(諸侯)의

근왕(勤王)자세를 바르게 살펴 정확하게 평가하고 그 우의와 협력에 감사하는 도량을 찬양하기 위함이니 왕이 인(仁)과 예(禮)로 제후를 대우하여야 제후가 충(忠)과 의(義)로 왕을 받드는 것이다.

상상(裳裳)은 너울너울한 모양이고, 화(華)는 여러 개의 꽃자루가 빽빽하게 붙어서 일시에 활짝 피는 많은 꽃이다. 서(湑)는 무성함이고, 아(我)는 왕이 자기를 지칭함이요, 구(覯)는 보는 것이며, 지자(之子)는 어떤 사람을 칭찬할 때에 그 집안의 어른을 존모하는 뜻으로 이 집의 아들 또는 딸이라고 하는 어법이니 여기서는 제후(諸侯)를 지칭한다. 사(寫)는 가라앉음이요, 예(譽)는 즐거움이고, 처(處)는 편안함이다. 운(芸)은 활짝 핀 꽃술이며, 장(章)은 아름다운 문채이며, 경(慶)은 경사로운 일이다. 락(駱)은 가리온이니 털이 희고 갈기가 검은 말이며, 옥(沃)은 아리따움이다. 좌(左)는 왼쪽으로 감이요, 군자(君子)는 왕과 제후들을 모두 지칭하는 것이며, 의(宜)는 우의가 좋음이고, 유(有)는 친한 것이며, 사(似)는 근사(近似)함이니 아주 비슷하여 그럴싸하게 좋다는 뜻이다.

임금과 신하의 관계가 좋으면 물과 고기처럼 서로 떨어질 수 없는 수어(水魚)의 관계라고 하는바 특히 국가가 위기에 처한 비상시국에 군사작전을 함에는 결코 서로 이탈하여서는 안 되는 것이므로 왕과 제후는 정벌(征伐)에 임하여 그 전술전략을 세워서 군사작전을 수행함에 항상 행동을 통일해야만 일사불란하게 군사력을 집중하여 목적을 달성할 수 있음을 명심해야 한다.

○ 북산(北山)의 십(什)은 10편으로 46장 334구인데 처음에는 앞의 소민(小旻)의 십(什)을 이어 시대의 부조리를 성토하였으니 북산(北山)과 무장대거(無將大車) 편에서는 부역(賦役)과 징발(徵發)의 불공평을 규탄하였고 그 다음에는 아름다운 사회문화를 찬미한 내용으로 가득하다. 고종(鼓鍾) 편은 고상한 아악(雅樂)을

연주하는 음악회를 개최하여 사회 교화하는 내용이고, 이어 초자(楚茨)와 신남산(信南山) 편은 제사의 절차가 아름답고 성대함을 기술한 것이며, 보전(甫田)과 대전(大田) 편은 제사의 정신이 숭고하고 아름다움을 서술한 내용이니 일찍이 이와 같이 구체적으로 조상숭배정신을 밝힌 것이 없으므로 학자는 깊이 음미하여 몸으로 체득해야 할 것이며, 첨피락의(瞻彼洛矣)와 상상자화(裳裳者華) 편은 왕이 제후(諸侯)를 조회하고 군사훈련을 성공적으로 마치고 자축하는 자리에서 제후는 왕의 높은 덕을 칭송하고 왕은 제후의 군은 근왕(勤王)정신을 치하하였으니 그 수작(酬酢)과 응답(應答)이 즐겁기 한이 없다.

7. 상호(桑扈)의 십(什)

2-7-1 ─────────── 상호(桑扈) / 콩새

교교상호　　유앵기우
交交桑扈여　有鶯其羽로다
군자락서　　수천지호
君子樂胥하니　受天之祜로다

오락가락 콩새여, 꾀꼬리처럼 고운 그 날개로구나
군자가 모두를 즐거워하니 하늘의 복을 받는다네

교교상호　　유앵기령
交交桑扈여　有鶯其領이로다
군자락서　　만방지병
君子樂胥하니　萬邦之屛이로다

오락가락 콩새여, 꾀꼬리처럼 고운 그 목널비로구나
군자가 모두를 즐거워하니 일만 나라의 울타리라네

지병지한　　백벽위헌
之屛之翰하니　百辟爲憲이로다
불즙불나　　수복불나
不戢不難하니　受福不那리오

이에 울타리 되고 이에 줄기 되니 일백 임금이 법으로 삼는구나
거두지 않고 까탈스럽지 않으니 복을 받음이 많지 않으랴

시굉기구　　지주사유
兕觥其觩하니　旨酒思柔로다
피교비오　　만복래구
彼交匪敖하니　萬福來求로다

외뿔 난 들소의 쇠뿔술잔은 그 뿔 끝이 꼬부장하니 맛있는 술이
부드럽구나
그 사귐이 오만하지 않으니 일만 가지의 복이 찾아온다네

☯ 상호(桑扈) 편은 네 장이 4구씩으로 되었는데 앞 두 장은 서정시이고 뒷 두 장은 서사시이다. 천자(天子)가 제후(諸侯)를 인(仁)과 예(禮)로 대하여 즐거움을 함께 하고 모든 나라를 보호하여 인민을 사랑하는 모범을 보이면서도 겸손함으로 제후(諸侯)가 천자의 덕을 기리고 천자에게 천복(天福)이 저절로 찾아오는 것을 칭송하였다.

1장은 콩새가 부지런히 오락가락하는 것으로 제후(諸侯)가 천자(天子)에게 부지런히 조빙(朝聘)함을 비유하였고 콩새는 등은 진한 갈색, 배는 연한 갈색, 목은 회색, 날개는 청흑색, 부리의 기부와 눈 둘레는 흑색인데도 꾀꼬리처럼 고운 날개로 표현한 것은 천자가 제후를 어여쁘게 본다는 것을 비유하여 천자가 볼품 없는 제후들의 모든 것을 다 즐거워하기 때문에 하늘의 복을 받는다고 축복하였고, 2장은 천자가 모든 제후를 다 사랑하여 함께 즐거워하므로 일만 나라를 호위하는 울타리임을 칭송하였으며, 3장은 천자가 세계만방을 호위하고 천하인류를 사랑하여 지방국가로부터 재물을 거두지 않고 부역을 까다롭게 시키지 않으니 일백 제후들도 그 덕치인정(德治仁政)을 본받아 각각 나라의 세금과 부역을 가볍게 하여 인민의 부담을 경감하였으므로 어찌 천자가 복을 많이 받지 않겠느냐고 탄복하였고, 4장은 외뿔 난 들소의 뿔로 만든 쇠뿔술잔은 그 뿔 끝이 꾸부정하게 만들어진 것으로 겸양을 비유하고 맛있는 술이 부드러운 것은 아름다운 덕을 베풀면서도 겸손하니 대단히 따뜻하고 부드러운 인정을 느끼게 됨을 비유하여 그 사귐에 오만하지 않으므로 일만 가지 복을 바라지 않아도 저절로 찾아오는 것을 서술하였다.

공자가 이 시를 『시경』에 편집한 이유는 천자의 덕이 지극하여 사랑하지 않은 것이 없고 공경하지 않은 것이 없으며 포용하지 않은 것이 없어서 세계만방의 안전을 보장하고 천하인류의 행복을 추구하는 주체적 역할을 훌륭하게 수행하여 정치적 모범이 되고 교육적 사표가 된 것을 칭송하기 위함이니 선정(善政)과 선교(善敎)가 하나로 어울려야 이상사회를 건설할 수 있는 것이다.

교교(交交)는 오락가락하는 모양이니 자주 왕래함을 뜻하며, 상

호(桑扈)는 콩새이니 참새와 비슷하고 단독생활을 하는 시시하고 보잘 것 없는 새인데 위의도 갖추지 않고 조공물(朝貢物)도 없이 조빙(朝聘)하는 제후를 비유하였다. 앵(鶯)은 꾀꼬리이니 꾀꼬리과에 속하는 새로 크기는 참새만 하며 몸빛은 샛노랗다. 부리 뒤로 눈 끝에서부터 정수리까지 검은 띠가 둘러져 있고 꼬리와 날개 끝은 검다. 숲의 나뭇가지에 둥지를 틀고 살며 해충을 잡아먹는 이로운 새로 겨울에는 낮은 땅으로 내려와 사는 여름새인데 금의공자(金衣公子) 또는 황조(黃鳥) 등의 별명이 있고 꾀꼴꾀꼴 하고 고운 소리로 아름답게 울어 목소리가 고운 사람을 비유하여 꾀꼬리라고 한다. 군자(君子)는 왕을 지칭하며, 서(胥)는 모두 다의 뜻이고, 호(祜)는 복이다. 령(領)은 목덜미이며, 병(屛)은 울타리이다. 한(翰)은 줄기요, 벽(辟)은 임금이며, 헌(憲)은 헌장으로 삼는 법이다. 즙(戢)은 거두어 모으는 것이고, 나(難)는 까다롭게 하는 것이며, 나(那)는 많은 것이다. 시(兕)는 외뿔 난 들소이고, 굉(觥)은 쇠뿔로 만든 술잔으로 뿔의 끝을 꾸부정하게 만들었으며, 사(思)는 어조사, 오(敖)는 오만함이요, 만복(萬福)은 천하국가와 진체인류가 모두 함께 안락한 복이다.

천자가 강대국의 부강한 나라의 제후와 약소국의 빈곤한 나라의 제후를 모두 똑같이 사랑하여 보살피니 탕탕평평(蕩蕩平平)한 마음이요 광명정대(光明正大)한 정치이니 천덕왕도(天德王道)는 이러한 자세로 시종 일관하는 것이다.

2-7-2 ───────── 원앙(鴛鴦) / 원앙새

원 앙 우 비　　　필 지 라 지
鴛鴦于飛하면　畢之羅之로다
군 자 만 년　　　복 록 의 지
君子萬年에　　福祿宜之로다

원앙새가 날아가면 토끼그물을 치고 새그물을 치누나

군자는 일만 년에 복과 록이 의당하다네

원앙재량 즙기좌익
鴛鴦在梁하니 戢其左翼이로다
군자만년 의기하복
君子萬年에 宜其遐福이로다

원앙새가 징검다리에 있으니 그 왼쪽 날개를 거두누나
군자는 일만 년에 그 먼 복이 의당하다네

승마재구 최지말지
乘馬在廄하니 摧之秣之로다
군자만년 복록애지
君子萬年에 福祿艾之로다

타는 말이 마구간에 있으니 여물을 주고 사료를 주누나
군자는 일만 년에 복과 록이 어여쁘다네

승마재구 말지최지
乘馬在廄하니 秣之摧之로다
군자만년 복록유지
君子萬年에 福祿綏之로다

타는 말이 마구간에 있으니 사료를 주고 여물을 주누나
군자는 일만 년에 복과 록이 편안하다네

　◐ 원앙(鴛鴦) 편은 네 장이 4구씩으로 된 서정시인데 앞의 상호(桑扈) 편에 대한 화답의 노래이다. 제후(諸侯)들이 이미 자기를 작은 콩새로 비유하여 천자의 높은 덕을 칭송하니 이에 천자도 역시 작은 원앙새가 항상 짝을 지어 함께 사는 것으로 천자와 제후의 다정함을 비유하여 일만 년에 이르기까지 복과 록을 함께 누리겠다고 다짐하면서 앞날을 축복하고 격려하였다.
　1장은 원앙새는 한번 짝을 지으면 사이 좋게 살면서 암수가 서로 떨어지지 않은 것인데도 만일 날아가려고 한다면 토끼그물을 치고 새그물을 쳐서 붙잡겠다는 뜻을 밝혀 여러 제후들과는 일만 년에 걸쳐 복록을 함께 누림이 마땅하다고 하였고, 2장은 원앙이 시내의 징검다리에 있으면 나란히 앉아 있기 위하여 한 쪽 날개를 접어서 짝이 앉을 공간을 만들어 주는 것으로 좁은 공간에서도 상대를 배려하는 마음으로 일만 년의 원대한 복을 함께 누리겠다고 다짐하였으며, 3장은 교통수단인 타는 말이 마구간에서 여물과 사료를 충분히 먹어 건장하므로 천자의 순수(巡狩)와 제후의 조빙(朝聘)을 자주 하여 오래도록 복록을 어여쁘게 누리자고 격려하였고, 4장은 끊임없이 왕래하여 우의(友誼)를 돈독히 하고 신뢰를 쌓아 복록을 오래오래 함께 누리자고 축복하였다.

공자가 이 시를 『시경』에 편집한 이유는 천자가 제후를 한 쌍의 원앙새로 비유하여 절대로 떨어질 수 없는 동반자로 인식하여 즐거울 때나 슬플 때나 서로 돕고 의지하는 두터운 애정과 확고한 신뢰를 높이 칭찬하기 위함이다. 자고로 인재를 등용함에는 믿어 의심치 않아야 되고 믿어 의심치 않을 뿐만 아니라 또한 동고동락(同苦同樂)하는 운명공동체가 되어야만 진충보국(盡忠報國)하는 공무기강(公務紀綱)을 확립할 수 있는 것이니 만일 인물을 등용하여 일을 맡기면서 의심하거나 달면 삼키고 쓰면 버리며 고생만 시키고 즐거움은 나누지 않는다면 불신사회로 전락하여 불안과 공포와 실망이 조정에 가득할 것이니 어느 겨를에 복록을 누리겠는가?

원앙(鴛鴦)은 원앙새인데 오리과에 속하는 물새로 부리는 짧고 끝에 손톱 같은 돌기가 있으며 날개 길이는 22cm이다. 날개의 안 깃은 크고 부채같이 위로 퍼져 은행잎 날개를 이루며 여름 깃은 머리와 목이 회갈색이고 등은 감람색이며 가슴은 갈색 바탕에 흰 점이 있다. 수컷의 뒷머리에는 긴 도가머리가 있으며 암수 거의 같은 빛이나 겨울 깃의 수컷은 볼기와 목이 적갈색이고 가슴은 자주색인데 검은 가장자리에는 줄이 있는 두 색대(色帶)가 있어 몹시 아름답다. 곡류, 풀씨, 곤충 따위를 먹고 섬, 바닷가, 못, 습지에 살며 5~6월에 호숫가의 높은 나무 구멍에 10개 가량의 알을 낳는다. 암수가 서로 떨어지지 아니하며 사이가 매우 좋아 다정한 부부를 상징한다. 우비(于飛)는 날아가는 것이요, 필(畢)은 토끼를 잡는 그물이니 땅에 치고, 라(羅)는 새를 잡는 그물이니 공중에 친다. 군자는 제후(諸侯)를 지칭하고, 의(宜)는 마땅한 것이다. 량(梁)은 징검다리인데 징검다리로 놓은 돌은 물 위로 나온 부분이 매우 좁다. 즙(戢)은 거두어 모으는 것이고, 좌익(左翼)은 수컷이 왼쪽에 암컷이 앉도록 왼쪽 날개를 접는다는 뜻이다. 하(遐)는 먼 것이요, 승마(乘馬)는 타는 말이며, 구(廐)는 마구간이고, 최(摧)는 여물을 주는 것이요, 말(秣)은 곡식으로 된 사료를 주는 것이며, 애(艾)는 어여쁜 것이고, 유(綏)는 편안함이다.

인간관계가 깊은 애정과 의리로 맺어지면 천하에 이보다 굳은 것이 없는바 천추만대에 변할 수 없는 사이가 되어 아름다운 향기가 역사에 빛나고 길이 후세 사람을 감동시켜 흠모할 것이다.

2-7-3 ─────── 규변(頍弁) / 비녀가 달린 고깔

有頍者弁이여   實維伊何오
유 규 자 변   실 유 이 하

爾酒旣旨하며   爾殽旣嘉하니
이 주 기 지   이 효 기 가

豈伊異人이리오   兄弟匪他로다
기 이 이 인   형 제 비 타

蔦與女蘿가   施于松柏이로다
조 여 여 라   이 우 송 백

未見君子라   憂心奕奕이러니
미 견 군 자   우 심 혁 혁

旣見君子하니   庶幾說懌이로다
기 견 군 자   서 기 열 역

비녀가 달린 고깔이여, 진실로 그 누구인가
너의 술이 이미 맛있고, 너의 안주가 이미 좋으니
어찌 그대가 다른 사람이리요, 형이고 아우니 남이 아니라네
담쟁이덩굴과 새삼넌출이 소나무와 잣나무에 뻗어간다오
군자를 보지 못하므로 근심하는 마음이 두근두근
이미 군자를 보니 거의 기쁘고 즐겁구려

有頍者弁이여　實維何期오
이 주 기 지　　　　이 효 기 시
爾酒既旨하며　爾殽既時하니
기 이 이 인　　　형 제 구 래
豈伊異人이리오　兄弟具來로다
조 여 여 라　　　이 우 송 상
蔦與女蘿가　施于松上이로다
미 견 군 자　　　우 심 병 병
未見君子라　憂心怲怲이러니
기 견 군 자　　　서 기 유 장
既見君子하니　庶幾有臧이로다

비녀가 달린 고깔이여, 진실로 몇 년 만인가
너의 술이 이미 맛있으며 너의 안주가 이미 제철의 음식이니
어찌 그대가 다른 사람이리요, 형제가 모두 왔다네
담쟁이덩굴과 새삼넌출이 소나무 위로 뻗어간다오
군자를 보지 못하므로 근심하는 마음이 답답
이미 군자를 보니 거의 좋아지는구려

유 규 자 변　　　실 유 재 수
有頍者弁이여　實維在首로다
이 주 기 지　　　이 효 기 부
爾酒既旨하며　爾殽既阜하니
기 이 이 인　　　형 제 생 구
豈伊異人이리오　兄弟甥舅로다
여 피 우 설　　　선 집 유 선
如彼雨雪에　先集維霰이라
사 상 무 일　　　무 기 상 견
死喪無日하야　無幾相見이러니
낙 주 금 석　　　군 자 유 연
樂酒今夕하야　君子維宴이로다

비녀가 달린 고깔이여, 진실로 머리에 있구나
너의 술이 이미 맛있으며 너의 안주가 이미 많으니
어찌 그대가 다른 사람이리요, 형과 아우, 생질과 외숙이라네
저 비와 눈이 내림에 먼저 싸락눈이 엉기듯이
죽어 사라짐에는 정한 날짜가 없어 서로 볼 날이 얼마 없나니
술을 오늘 저녁에 즐기려고 군자가 연회한다오

☯ 규변(頍弁) 편은 세 장이 12구씩으로 된 서정과 비유를 곁들인 서사시이다. 객지에서 떠돌며 살다가 늙어서 갑자기 고향으로 돌아온 형제를 반갑게 맞이하여 형제친척이 모두 함께 모여 술잔치를 하는 광경을 묘사하였다.

1장은 오랜만에 고깔을 쓰고 귀향한 사람을 뜨겁게 환영하며 술과 안주를 대접하고 형제는 천륜(天倫)이므로 서로 의지하여 돕는 도리(道理)가 있는 까닭에 담쟁이와 새삼이 소나무와 잣나무에 기생하는 것처럼 자립능력이 없는 형제는 부유한 형제에게 의지하여 살아도 된다고 위로하면서 형제를 보지 못할 때의 근심이 이제 만났으니 기쁨으로 바뀌었음을 고백하였고, 2장은 몇 년 만에 고향에 돌아온 사람을 위하여 술과 안주를 준비하고 형제를 모두 불러서 형제간에 정담을 나누는 두번째의 환영연을 배푼 광경을 기술한 것이며, 3장은 다시 환영연을 열어 형제뿐만 아니라 친척을 모두 불러 생질과 외숙까지도 와서 환영하면서 큰비와 눈이 내리려면 먼저 작은 싸락눈이 엉기는 것처럼 남과 잘 화합하려면 먼저 친척의 화목을 도모해야 됨을 깨우치고 앞으로 함께 살날이 이제는 얼마 남지 않았으니 즐겁게 더불어 살자고 다짐하는 광경을 서술하였다.

공자가 이 시를 『시경』에 편집한 이유는 객지를 떠돌다가 늙어서 고향의 형제에게 찾아온 사람을 뜨겁게 환영할 뿐만 아니라 서로 도우며 인생의 말년을 함께 같이 살려고 모든 배려를 아끼지 않은 진정한 형제의 우애를 칭찬하기 위함이니 이것은 돌아가신 부모의 마음을 헤아려 효도(孝道)를 다하는 것이고 동기(同氣)의 정을 간직하여 우애(友愛)를 다하는 것이니 아름다운 가정문화로서 사회윤리의 기초이다.

규(頍)는 고깔비녀이니 늙은이가 쓰는 고깔에 장식하는 물건이다. 변(弁)은 가죽으로 만든 고깔이며, 가(嘉)는 좋은 음식이고, 비타(匪他)는 남이 아니라는 말이다. 조(蔦)는 담쟁이덩굴이니 포도과에 속하는 낙엽 만목(蔓木)으로 줄기는 빨판이 붙어 있는 덩굴손이 있어 담에 달라붙어 올라간다. 잎은 염통 모양인데 손바닥처럼 갈라졌으며 거친 톱니가 있고 겉면이 매끈하다. 초여름에 녹색 꽃이 총상꽃차례로 잎겨드랑이에서 피고, 공 모양의 장과(漿果)가 가을에 자색으로 여문다. 바위 밑이나 골짜기의 숲 밑에서 나는데 가을의 단풍이 매우 아름다워 담 밑에 관상용으로 심는다. 여라(女蘿)는 새삼으로 새삼과에 속하는 1년생 기생식물이다. 줄기는 굵고 황색 혹은 홍색이며 빨판으로 다른 물체에 붙어살며 잎은 없다. 여름에 백색의 자잘한 꽃이 가지 끝에서 피는데 꽃부리는 종 모양에 끝이 너덧 갈래로 째지고 삭과(蒴果)는 여물면 깍정이가 열리어 씨가 나온다. 씨가 싹이 터서 다른 기주(寄主)식물에 감겨 오르는 해로운 식물이다. 열매는 한방에서 토사자(菟絲子)라 하여 강장제(强壯劑) 등의 약재로 쓴다. 이(施)는 뻗어나감이요, 군자(君子)는 객지에서 살던 형제를 지칭하고, 혁혁(奕奕)은 근심이 많아 두근거리는 모양이요, 서기(庶幾)는 거의, 열역(說懌)은 기쁘고 즐거움이다. 기(期)는 1주년이고, 시(時)는 제철에 나온 음식이니 절기가 지난 것이 아니라는 뜻이다. 병병(怲怲)은 근심이 가득하여 답답한 모양이고, 작(臧)은 좋다는 뜻이다. 부(阜)는 크고 살찐 음식이 많다는 뜻이고, 생(甥)은 생질(甥姪)이니 누이의 아들이요, 구(舅)는 외삼촌이니 어머니의 형제이다. 집(集)은 응집(凝集)이며, 선(霰)은 싸라기눈이니 빗방울이 갑자기 찬바람을 만나 얼어 떨어지는 쌀알 같은 눈이다. 무일(無日)은 늙은이의 죽음은 정한 날짜가 없어 언제 죽을지를 모른다는 뜻이요, 무기(無幾)는 얼마 없다는 말이다.

형제가 인생의 말년을 함께 누리다가 임종(臨終)을 하고자 하니 그 우애가 깊고 그 의리가 두텁기 그지없어 비록 시구는 단순한 반복으로 화려하지 않지만 그 내용은 간절한 마음으로 애정이 넘쳐서 세 번의 환영연이 감격스럽고 절도가 분명하다.

2-7-4 ──── 거할(車舝) / 수레의 굴대걸쇠

간 관 거 지 할 혜　　사 련 계 녀 서 혜
間關車之舝兮여　　思孌季女逝兮로다

비 기 비 갈　　덕 음 래 괄
匪飢匪渴이라　　德音來括이니

수 무 호 우　　식 연 차 희
雖無好友라도　　式燕且喜어다

삐걱거리는 수레의 굴대걸쇠여, 예쁜 막내딸을 사모하여 가누나
굶주리지 않으며 목마르지 않으나 사랑한다는 말씀으로 와서 모였으니
비록 좋은 벗은 없을지라도 연회를 하며 또한 기뻐하소서

의 피 평 림　　유 집 유 교
依彼平林에　　有集維鷮로다

신 피 석 녀　　영 덕 래 교
辰彼碩女가　　令德來教하니

식 연 차 예　　호 이 무 역
式燕且譽하야　　好爾無斁이로다

휘휘 늘어진 저 평지의 숲에 꼬리 긴 북꿩이 모였구나
날마다 저 훌륭한 여인이 아름다운 덕으로 와서 가르치니
연회를 하며 또한 즐기고 그대를 좋아하여 싫어함이 없다오

수 무 지 주　　식 음 서 기
雖無旨酒나　　式飮庶幾하고

수 무 가 효　　식 식 서 기
雖無嘉殽나　　式食庶幾하며

수 무 덕 여 녀　　식 가 차 무
雖無德與女나　　式歌且舞하소

비록 맛있는 술은 없으나 구부려 거의 다 마시고
비록 좋은 안주는 없지만 구부려 거의 다 먹으며
비록 당신에게 덕을 준 것은 없으나 구부려 노래하고 또한 춤을 추소서

척 피 고 강　　석 기 작 신
陟彼高岡하야　　析其柞薪하노라

석 기 작 신　　기 엽 서 혜
析其柞薪하니　　其葉湑兮로다

168 새 시대를 위한 시경

선 아 구 이　　　　아 심 사 혜
鮮我覯爾하니　　我心寫兮로다

저 높은 산에 올라 그 갈참나무 장작을 쪼개네
그 갈참나무 장작을 쪼개니 그 잎이 무성하구나
잠시라도 내가 당신을 보니 내 마음이 가라앉은다오

고 산 앙 지　　　　경 행 행 지
高山仰止며　　景行行止로다
사 모 비 비　　　　육 비 여 금
四牡騑騑하니　　六轡如琴이로다
구 이 신 혼　　　　이 위 아 심
覯爾新昏하니　　以慰我心하노라

높은 산을 우러러보며 큰 행실을 행하누나
네 마리 수말이 쉬지 않고 달리니 여섯 말고삐가 거문고의 줄처
럼 나란하네
그대의 신혼을 보니 나의 마음이 위로가 된다오

　☯ 거할(車舝) 편은 다섯 장이 6구씩으로 되었는데 수장과 3장
은 서사시이고 2장, 4장, 졸장은 서정시이다. 이 시는 고단하고 빈
한한 신랑이 부귀한 집안의 현숙한 막내딸을 아내로 맞이하여 소
박한 잔치를 베풀면서 뜨겁게 사랑하고 공경하는 마음을 노래하
는 내용이다.
　1장은 수레의 굴대에 바퀴가 빠져 나오지 않도록 ㄱ자 모양의
걸쇠를 걸면 수레바퀴가 굴러갈 때에 삐걱거리는 소리가 나듯이
가난하고 천한 신랑이 예쁜 막내딸과 혼인하면 불평이 많은 것을
비유하고 신랑과 신부는 굶주리고 목마른 가난을 면하려고 혼인
한 것이 아니라 서로 사랑한다는 말씀으로 이제 신부를 친히 맞
이하고 와서 결혼식을 하였으니 비록 좋은 벗은 없을지라도 연회
를 하며 기쁘게 새 출발하자고 격려하였고, 2장은 휘휘 늘어진
저 평지의 숲에 꼬리가 긴 장끼가 모이는 것으로 가난한 평민의
집에 아름다운 손님들이 찾아오는 것을 비유하여 날마다 훌륭한
아내가 아름다운 덕을 가지고 시집을 와서 가정교화를 하니 모든

사람이 당신을 좋아하여 싫어함이 없으므로 연회를 하여 즐기라고 권유하였으며, 3장은 집이 빈한하여 술과 음식이 질박하지만 많이 먹고 또한 신랑이 자상하지 못하여 아내에게 특별히 잘해준 것도 없으나 즐겁게 노래하며 춤추자고 세번째 요청하였고, 4장은 높은 산에 올라 무성하게 자란 갈참나무를 베어 장작을 패는 것으로 어여쁘게 자란 귀한 집안의 막내딸을 데려다가 가난에 찌들어 볼품이 없는 아낙네로 전락시킨 것을 비유하여 아내에게 미안하고 송구하게 생각하면서 끝내 이혼하고 친정으로 돌아가지 않은 것을 감사하였으며, 5장은 신부가 높은 산을 우러러보듯이 인간의 높은 윤리와 도덕을 우러러 사모하며 성현(聖賢)이 밝힌 효제충신(孝悌忠信)의 대도(大道)를 따르는 행실을 행함에 네 마리의 수말이 쉬지 않고 달리듯이 열심히 노력하니 여섯 말고삐가 나란한 것처럼 화목하므로 안심이 됨을 노래하였다.

공자가 이 시를 『시경』에 편집한 이유는 사람의 본성은 착하여 누구나 측은(惻隱)한 마음이 가슴속에 가득하기 때문에 진심으로 사람을 사랑하고 공경하면 그도 또한 사랑하고 공경하여 의리를 지키고 예절을 갖추며 지혜를 다하고 용기를 발휘하여 헌신 봉사하므로 사람이 인(仁)을 좋아함이 이와 같음을 밝히기 위함이니 이 세상에 공명정대(公明正大)하고, 지선무악(至善無惡)한 사랑으로 평생 함께 살려는 인(仁)보다 굳센 힘은 없는 것이다.

간관(間關)은 수레바퀴가 구르면서 나는 삐걱거리는 소리요, 할(舝)은 수레의 굴대에 바퀴를 끼우고 빠져나오지 못하도록 하는 ㄱ자로 된 걸쇠이며, 련(孌)은 예쁜 것이고, 계녀(季女)는 막내딸이다. 서(逝)는 신랑이 혼인하기 위하여 신부집에 친영(親迎)을 가는 것이고, 괄(括)은 모이는 것이다. 의(依)는 수목이 무성하여 휘휘 늘어진 모양이고, 교(鷮)는 북꿩으로 꽁지 길이가 암컷이 24cm, 수컷은 53cm 정도 되는 꿩과에 속하는 새이다. 습성은 꿩과 비슷한데 울음소리가 다르며 크기는 일반 꿩보다 조금 작다. 고기의 맛은 좋고 깃의 광택이 적어 장끼보다는 아름답지 못하다. 신(辰)은 날이요, 석(碩)은 크고 충실함이며, 예(譽)는 즐거운 것이고, 역(射)은 싫어함이다. 여(女)는 대명사이니 신부를 지칭하고, 식(式)은 구부림이니 공경하여 몸을 구부리는 것이다. 척(陟)은 오르는 것이요, 작(柞)은 갈참나무이니 너도밤나무과에 속하는 낙엽 활엽교목이다. 키는 30m 가량이고 잎은 거꾸로 된 달걀 모양으로 잎 꼭지가 길며 잎사귀 뒷면에는 흰털이 빽빽하게 나고 산야에 저절로 자라며 재목은 건축, 기구, 숯의 재료로 쓰인다. 신(薪)은 땔감용으로 만든 장작이고, 서(湑)는 무성함이며, 선(鮮)은 적은 시간인 잠시이다. 구(覯)는 보는 것이고, 사(寫)는 가라앉음이다. 앙(仰)은 흠모하여 고개를 들고 우러러보는 것이요, 경행(景行)은 효제충신(孝悌忠信)의 대도(大道)를 실천하는 행실이며, 비비(騑騑)는 쉬지 않고 달리는 모양이다. 여금(如琴)은 여섯 개의 말고삐가 거문고의 현(絃)처럼 나란하게 조화한다는 것이고, 위(慰)는 위안이 된다는 뜻이다.

　사랑과 공경은 가장 착한 덕이고 교만과 인색은 가장 사악한 덕이니 사람은 누구나 착한 덕을 좋아하고 사악한 덕을 싫어하는 까닭에 비록 부귀하더라도 교만하고 인색하면 함께 더불어 같이 살 수 없는 것이요, 비록 빈천하더라고 사랑하고 공경하면 행복한 가정을 이룩할 수 있는 것이다.

2-7-5 ──────── 청승(青蠅) / 쉬파리

　　　　　　　　영영청승　　지우번
　　　　　　　　營營青蠅이여　止于樊이로다
　　　　　　　　개제군자　　무신참언
　　　　　　　　豈弟君子는　無信讒言이어다
윙윙거리는 쉬파리여, 울타리에 멈추네
화락하고 단정한 군자는 참소하는 말을 믿지 마소서

　　　　　　　　영영청승　　지우극
　　　　　　　　營營青蠅이여　止于棘이로다

참 인 망 극　　　　교 란 사 국
讒人罔極하야 交亂四國이로다

윙윙거리는 쉬파리여, 가시덤불에 멈추네
참소한 사람은 끝이 없어 사방의 나라를 얽혀 혼란시킨다오

영 영 청 승　　　　지 우 진
營營青蠅이여 止于榛이로다
참 인 망 극　　　　구 아 이 인
讒人罔極하야 構我二人이로다

윙윙거리는 쉬파리여, 잡초더미에 멈추네
참소한 사람은 끝이 없어 우리 두 사람을 얽어맨다오

☯ 청승(青蠅) 편은 세 장이 4구씩으로 되었으니 수장은 비유시이고 나머지는 서정시인데 왕과 제후와 동료에게 참소하는 말을 믿지 말라고 경계한 내용이다.

1장은 윙윙거리면서 부지런히 왔다갔다하는 쉬파리가 항상 울타리에 있는 것으로 참소하는 사람이 주변에 많은 것을 비유하여 왕에게 참소하는 말을 믿지 말라고 호소하였고, 2장은 쉬파리가 가시나무에 있는 것으로 공식적인 외교사절의 왕래가 두절되면 참소하는 사람들이 끝이 없어 사방의 나라를 교란시키므로 우방국은 긴밀하게 친선외교사절을 자주 보낼 것을 요구하였으며, 3장은 참소하는 사람이 많은 사회에서는 동료나 친구간을 얽어서 모함하므로 단합이 대단히 필요함을 역설하였다.

공자가 이 시를 『시경』에 편집한 이유는 참소하는 사람들이 발을 부치지 못하도록 왕은 사사로운 여론수렴의 문을 막고 공식기구를 통하여 공론을 모으고 외교사절의 왕래를 자주하며 또한 동료의 화합을 강조하는 내용이 매우 적절함을 칭찬하기 위함이니 모든 참소는 불신에서 파생한 것이므로 참소의 폐해를 막으려면 먼저 신뢰할 수 있는 사회구조를 만들어야 한다.

영영(營營)은 윙윙거리고 왔다갔다하는 모양이고, 청승(青蠅)은 쉬파리이니 쉬파리과에 속하는 파리의 하나이다. 몸 길이 7~

10cm이고 몸빛은 파란색이며 여름에 흔히 살코기나 부패한 음식물에 모여드는데 윙윙 소리를 내며 난다. 번(樊)은 울타리이고, 개제(豈弟)는 개제(愷悌)이니 화락하고 단아한 모양이며, 군자(君子)는 왕을 지칭하였다. 극(棘)은 가시나무, 극(極)은 끝이며, 교(交)는 얽히게 함이고, 란(亂)은 어지럽게 함이다. 진(榛)은 잡초더미이며, 구(構)는 얽어매어 함정으로 몰아넣은 것이고, 이인(二人)은 자기의 동료나 친구를 말한다.

　부정부패가 만연한 곳에 참소가 일어나는 것이므로 도덕을 밝히고 예의를 지켜서 나라에 기강을 세워야만 참소하는 말이 통하지 않을 것이다.

2-7-6 ── 빈지초연(賓之初筵) / 손님이 맨 앞자리에 가니

賓之初筵에　左右秩秩이어늘
邊豆有楚하며　殽核維旅하며
酒旣和旨하야　飮酒孔偕로다
鍾鼓旣設하야　擧酬逸逸하며
大侯旣抗하고　弓矢斯張하니
射夫旣同이라　獻爾發功하야
發彼有的하야　以祈爾爵이로다

손님이 맨 앞자리에 가니 좌우로 질서가 정연하구나
대나무제기, 나무제기 곱기도 하며 안주와 과일이 차려 있네
술이 이미 순하고 맛있어 술을 마심을 다 똑같이 한다오
종과 북을 이미 설치하여 주인과 손님이 술잔을 권하며 주고받

는 의식을 거행함이 차례차례 하는구나

커다란 과녁이 이미 걸리고 활과 화살이 이에 팽팽하니

활 쏘는 사나이가 이미 짝을 지음에 너의 발사할 자세를 취하라고 알리어

활을 쏘되 그가 맞추었다는 신호가 있으면 너의 술잔을 빌어 청한다네

약 무 생 고　　　　악 기 화 주
籥舞笙鼓하야　樂旣和奏하니
증 간 렬 조　　　　이 흡 백 례
烝衎烈祖하야　以洽百禮로다
백 례 기 지　　　　유 임 유 림
百禮旣至하니　有壬有林이로다
석 이 순 가　　　　자 손 기 담
錫爾純嘏하니　子孫其湛이로다
기 담 왈 락　　　　각 주 이 능
其湛曰樂하니　各奏爾能이로다
빈 재 수 구　　　　실 인 입 우
賓載手仇어늘　室人入又하야
작 피 강 작　　　　이 주 이 시
酌彼康爵하야　以奏爾時로다

피리를 들고 춤추고 생황과 북을 울려 아악을 이미 화평하게 연주하니

나아가 공훈이 큰 선조를 즐겁게 하여 일백 가지의 예법을 흡족히 갖추누나

일백 가지의 예법이 이미 지극하니 큰 성황을 이루었네

너에게 순수한 복을 내리니 자손이 그 기뻐하리

그 기뻐함을 즐겁다고 하니 각기 너의 잘함을 알리누나

손님이 곧 손으로 술을 떠서 잔에 담으니 집안에 집사가 들어와서 또한 거들며

저 빈 술잔에 술을 담아 그대가 마실 때임을 알린다오

빈 지 초 연　　　　온 온 기 공
賓之初筵엔　　溫溫其恭이로다

其未醉止엔　威儀反反이러니
曰旣醉止에　威儀幡幡이라
舍其坐遷하야　屢舞僊僊하누나
其未醉止엔　威儀抑抑이러니
曰旣醉止에　威儀怭怭하나니
是曰旣醉라　不知其秩이로다

손님이 맨 앞자리에 가니 온화하게 그 공경하누나
그 아직 취하니 않음엔 위엄 있는 거동이 신중하더니
이미 취한다고 함에 위엄 있는 거동이 펀둥펀둥
그 자리를 버리고 옮기어 자주 춤추며 훨훨 다니네
그 아직 취하지 않음엔 위엄 있는 거동이 삼가고 조심하더니
이미 취한다고 함에 위엄 있는 거동이 거드럭거드럭
이것을 일러 이미 취했다고 하므로 그 예법상식을 알지 못한다오

賓旣醉止라　載號載呶하야
亂我籩豆하야　屢舞僛僛하니
是曰旣醉라　不知其郵로다
側弁之俄하야　屢舞傞傞로다
旣醉而出하면　並受其福이어늘
醉而不出하면　是謂伐德이로다
飮酒孔嘉는　維其令儀니라

손님이 이미 취했으므로 곧 호령하고 곧 지껄이누나
우리 대나무제기와 나무제기를 어지럽히고 자주 춤추며 비틀비틀
이것을 일러 이미 취했다고 하므로 그 지나침을 알지 못한다네
기울어진 고깔모자는 삐딱하여 자주 춤추며 비실비실

이미 취하여도 물러가면 아울러 그 복을 받으려니와
취하여도 물러가지 않으면 이로써 덕을 해친다네
술을 마심이 아주 아름다움은 오직 그 아리따운 거동이라오

범 차 음 주　　　　혹 취 혹 부
凡此飮酒에　　或醉或否일세
기 립 지 감　　　　혹 좌 지 사
旣立之監이오　或佐之史로다
피 취 불 장　　　　불 취 반 취
彼醉不臧은　　不醉反恥하나니
식 물 종 위　　　　무 비 태 태
式勿從謂를　　無俾太怠하고
비 언 물 언　　　　비 유 물 어
匪言勿言하며　匪由勿語하라
유 사 지 언　　　　비 출 동 고
由醉之言을　　俾出童羖하라
삼 작 불 식　　　　신 감 다 우
三爵不識이어니　矧敢多又아

무릇 이 술을 마심에 어떤 이는 취하고 어떤 이는 안 취하나니
이미 감시인을 세우고 혹 사관으로 돕게 한다네
저 취한 술버릇이 좋지 않은 이는 취하지 않은 이까지 도리어
부끄럽게 하나니
여러 사람의 평판을 쫓아 타이르기를 하여금 지나치게 게을리
말고
말같지 않으면 말하지 말며, 사유가 합당하지 않으면 대꾸를 하
지 말라
취함으로 말미암아 떠드는 사람을 하여금 어린 양처럼 끌어내라
세 잔의 술을 마시고 분별을 못하는데 하물며 감히 또 더 마시
게 하랴

☯ 빈지초연(賓之初筵) 편은 다섯 장이 14구씩으로 된 서사시
인데 향음주례(鄕飮酒禮)와 향사례(鄕射禮)를 거행하는 절도를 기
술하고 이어 술에 취하여 품위를 잃은 것을 경계하면서 술자리에

서 추태(醜態)를 보이지 않도록 단속하는 광경을 묘사하였다. 대저 술을 다루는 데는 3가지의 세심한 주의가 필요하니 첫째는 주법(酒法)으로 곧 술을 만드는 방법이 자연과학적 합리주의에 철저하여 먹으면 몸에 해로운 독주(毒酒)가 아니라 몸에 이로운 약주(藥酒)를 만들어야 하고, 둘째는 주례(酒禮)로 곧 술을 먹는 절차가 사회과학적 합리주의에 철저하여 어른부터 차례차례 천천히 돌아가면서 빠짐없이 골고루 정답게 마셔서 엄숙하게 시작하고 깨끗하게 끝내는 절도가 있어야 하며, 셋째는 주도(酒道)로 곧 술을 마시고 취하는 행동거지가 인문과학적 합리주의에 철저하여 아무리 취해도 이성(理性)을 잃지 않고 화락(和樂)한 감정으로 사랑하고 공경하며 사양하고 감사하게 인사를 차리는 정신이 있어야 하는 것이다.

1장은 큰손님이 여러 손님과 수행원을 인솔하여 향음주례식장(鄕飮酒禮式場)에 도착함에 주인과 집사들이 정중히 맞이해서 주인은 동쪽에 손님은 서쪽에 좌우로 나란히 서서 엄숙한 가운데 식을 시작하여 술이 맛있고 안주가 좋으며 음악을 연주하면서 주인과 큰손님이 술을 권하여 주고받는 광경과 향례(饗禮)를 마치고 이어 향사례(鄕射禮)를 주체하여 두 사람씩 짝을 지어 활쏘기 내회를 해시 진 사람이 이긴 사람에게 스스로 패배를 자인하고 벌주(罰酒)를 청하는 장면을 실감나게 묘사하였고, 2장은 큰손님을 대접하는 향례(饗禮)와 향사례(鄕射禮)를 마치고 사당에서 음악을 연주하며 조상님께 연회(燕會)하는 사유를 아뢰며 성대하게 고유제(告由祭)를 지내고 나서 즐겁게 여러 사람이 함께 술을 마시는 정경을 서술하였으며, 3장은 연회를 하여 술잔을 돌리면 점점 취해 가는 과정을 기술하였으니 술이란 한 잔을 마시면 훈훈하고 2잔을 마시면 얼큰하며 3잔을 마시면 흡족하거늘 술이 세 순배(巡盃)쯤 돌았으면 큰손님이 여러 손님과 수행원을 데리고 자리에서 일어나 집으로 돌아가야 함에도 큰손님이 기분이 너무 좋아 계속 마시며 춤추고 노는 것은 상식(常識)에 어긋나는 행실임을 지적하여 그 위엄 있는 거동이 무너지는 과정을 기록하였고, 4장은 큰손님이 이미 취하여 오만방자하게 호령을 하고 지껄이면서 주인이 차린 음식상을 어지럽히고 계속 비틀비틀 춤을 추면 이것은 술이 취하여 이성을 잃어 그 지나친 행동을 알지 못하는 상태이며 고깔모자가 비딱하게 기울어지고 몸이 비실비실할 때에라도 집으로 돌아가 준다면 모든 사람이 다같이 그 복을 받으련만 취하였음에도 돌아가지 않으면 그 아리따운 덕을 해치는 결과를 초래한다는 사실을 밝혀 술을 마심에 큰손님이 지켜야 할 주도(酒道)의 중요성을 설파하였으며, 5장은 술은 체질에 따라 같은 술을 마시고도 취하는 이도 있고 취하지 않은 이도 있으므로 술잔치를 함에는 감찰(監察)을 세워 감시하며 또 사관(史官)으로 하여금 취한 사람을 밖으로 나가도록 돕는 배려가 있어야 함을 강조하고 술버릇이 고약하여 추태를 부릴 기미가 있으면 조속히 여러 사람의 평판으로 조용히 달래서 돌아가게 하고 그럼에도 횡설수설(橫說竪說)하며 돌아가지 않으려고 고집을 부리면 어린 염소를 끌어내듯이 안아서 밖으로 데리고 나가게 함으로써 술자리를 파하도록 조치해야 하는 극단적 상황을 기술하였다.

공자가 이 시를 『시경』에 편집한 이유는 성대한 음주예절을 갖추면서도 고상한 주도(酒道)의 정신을 선양하는 철저한 대비와 노력을 높이 평가했기 때문이다. 취했어도 말이 없는 사람은 참으로 군자(君子)이고, 취하지 않도록 절주(節酒)하는 사람은 현인(賢人)이며, 아무리 마셔도 취하지 않는 사람은 신인(神人)이니 스스로 주도(酒道)를 지키는 사람들이요, 취하면 호언방담(豪言放談)하거나 정신을 잃고 쓰러지거나 음란음흉(淫亂陰凶)하게 되는 사람은 술버릇이 고약하므로 두 번 다시 더불어 술자리를 같이 할 수 없을 것이다.

빈(賓)은 주인(主人)이 향음주례(鄕飮酒禮)에 초청한 큰손님이요, 초연(初筵)은 맨 앞자리에 가는 것이며, 좌우(左右)의 축제상(祝祭床)의 좌우이니 좌는 동쪽으로 주인의 자리이고 우는 서쪽으로 손님의 자리이다. 질질(秩秩)은 질서정연한 모양이고, 초(楚)는 선명하여 고운 것이며, 효(殽)는 나무제기인 두(豆)에 담은 안주요, 핵(核)은 대나무 제기인 변(籩)에 담은 과일이다. 려(旅)는 진열이니 상에다가 나란히 벌여놓은 상차림이며, 화지(和旨)는 순하고 맛있음이고, 공(孔)은 매우, 개(偕)는 한결같이 똑같음이다. 거(擧)는 거행함이요, 수(酬)는 향음주례(鄕飮酒禮)에서 제기술잔인 작(爵)으로 주인이 큰손님에게 술을 권하는 헌(獻)과 큰손님이 주인에게 술을 권하는 작(酢)을 마치고 이어 향음주례 술잔으로 주인이 먼저 마시고 여러 손님에게 술을 권하여 서로 주고받는 의식이다. 일일(逸逸)은 차례차례로 주고받는 모양이고, 대후(大侯)는 큰 과녁이니 대사례(大射禮)를 거행함에 천자는 곰의 가죽으로 흰 바탕 과녁을 만들고 제후는 사슴의 가죽으로 붉은 바탕이며 대부(大夫)는 베에다가 범이나 표범을 그리고 선비는 베에 사슴이나 돼지를 그려서 과녁으로 삼는다. 항(抗)은 거는 것이요, 장(張)은 활에 활줄을 매어 팽팽하게 고정하는 것이며, 사부기동(射夫旣同)은 활쏘기대회를 함에는 두 사람씩 서로 짝을 지어 승부를 다투는 것이므로 사수(射手)들이 모두 두 사람씩 짝을 지었다는 뜻이다. 헌(獻)은 행사 진행자가 발사의 순서를 알려주는 것이고, 발(發)은 발사함이며, 공(功)은 일이니 곧 발공(發功)은 사수가 사선(射線)에 나가 활을 쏘는 자세를 취함이다. 피(彼)는 상대지이니 경기(競技)하는 짝을 지칭하고, 저(的)은 적중이며, 기(祈)는 빌어 청하는 것이요, 이작(爾爵)은 너의 술잔이니 경기를 했던 상대자에게 패배를 자인하고 스스로 벌주(罰酒)를 자청하는 것이다. 문(文)은 시험하여 장원(壯元)에게 술을 주어 권장하였으니 예(禮)를 숭상하는 길이요, 무(武)는 시험하여 패자(敗者)에게 술을 주어 벌(罰)하였으니 법(法)을 존중하는 길이었다. 약무(籥舞)는 피리를 들고 춤추는 것이니 문무(文舞)이고, 증(烝)은 나아감이며, 간(衎)은 즐거움이요, 열조(烈祖)는 공훈(功勳)이 많은 조상이다. 옛날에 음악을 연주함에는 반드시 조상의 사당에서 먼저 연주하며 사유를 보고하였다. 흡(洽)은 흡족함이요, 백례(百禮)는 백 가지 예법이니 모든 예법을 뜻한다. 지(至)는 지극, 임(壬)은 큰 것이고, 림(林)은 성황이다. 석(錫)은 신령이 내려준 것이고, 이(爾)는 주인을 지칭한 대명사요, 순가(純嘏)는 순수한 복이며, 담(湛)은 즐거운 것이다. 각주이능(各奏爾能)은 주인집안의 자손들이 각각 능력에 알맞은 일을 맡아 행사를 도우면서 추진상황을 주인에게 보고하는 것이니 곧 집사(執事)의 경과보고이다. 구(仇)는 술을 국자로 떠서 술잔에 담는 것이고, 실인(室人)은 집안사람으로 집사를 맡은 행사요원이며, 우(又)는 또 하는 것이니 거들어 주는 것이다. 작(酌)은 술을 치는 것이고, 강작(康爵)은 빈 술잔이며, 주(奏)는 사회(司會)가 알림이요, 이시(爾時)는 그대의 술 마실 때이니 곧 술잔을 받을 차례가 돌아온 것이다. 반반(反反)은 반성하고 반성하여 신중한 모양이요, 번번(幡幡)은 쓸데없이 몸을 움직여 펀둥펀둥한 모양이며, 천(遷)은 옮기는 것이다. 선선(僊僊)은 훨훨 춤추는 모양이고, 억억(抑抑)은 억제하고 억제하여 삼가고 조심하는 모양이며, 필필(怭怭)은 남을 무시하며 거드럭거리는 모양이요, 질(秩)은 예법상식(禮法常識)이다. 호(號)는 호령하는 것이고, 노(呶)는 떠들며 지껄이는 것이요, 기기(俱俱)는 정신이 어지러워 비틀비틀함이다. 우(郵)는 지나침이고, 측(側)은 기울어진 것이며, 아(俄)는 뻐딱한 모양이요, 사사(傞傞)는 힘이 없어 비실비실 함이다. 출(出)은 연회장에서 나가 집으로 돌아감이고, 병(並)은 주인과 손님 그리고 모든 참석자를 통틀어 지칭함이요, 벌(伐)은 해침이다. 공(孔)은 매우, 가(嘉)는 아름다움이며, 령(令)은 아리따움이다. 감(監)은 감찰하는 사람이고, 사(史)는 기록하는 사람이니 지식인이다. 식(式)은 으로써, 물(物)은 물의(物議)이니 여러 사람의 평판이다. 태태(大怠)는 너무 게으른 것이니 곧 너무 늦게 함이요, 비언(匪言)은 말같지 않은 말이고, 물언(勿言)은 대답하지 말라는 것이요, 비유(匪由)는 이유나 까닭이 합당치 않은 것이며, 물어(勿語)는 상대하지 말라는 것이다. 동고(童羖)는 어린 양이니 젖을 뗀 뒤로 쌍붙이기 전까지의 양인데 순하지만 고집이 세다. 삼작(三爵)은 술잔이 세 번 돈 것이니 향음주례의 본래 순배(巡盃) 단위로서 임금이나 스승이나 부모가 임석하는 자리에서 신하나 제자나 자손은 술을 세 잔까지만 먹는 것이 예법이기 때문이다. 식(識)은 분별하는 의식이요, 다우(多又)는 또 더 많이 마시는 것이다.

술이란 적게 마시면 약(藥)이고 많이 마시면 독(毒)이니 술을 마심에 처음에는 권하지만 세 잔을 마신 사람에게는 더 권하지

않고 마시고 싶은 사람만 스스로 알아서 마시는 것인즉 네 잔 이
상의 술을 권하여 강제로 먹이는 것은 비례(非禮)이니 엄중히 경
계하라.

2-7-7 ─────── 어조(魚藻) / 고기가 마름에

어 재 재 조　　　　유 분 기 수
魚在在藻하니　　有頒其首로다
왕 재 재 호　　　　개 락 음 주
王在在鎬하시니　豈樂飲酒로다

고기가 있어 마름에 사니 그 머리가 크다네
왕이 있어 호경에 사시니 고루고루 즐겁게 술을 마시도다

어 재 재 조　　　　유 신 기 미
魚在在藻하니　　有莘其尾로다
왕 재 재 호　　　　음 주 릭 개
王在在鎬하시니　飲酒樂豈로다

고기가 있어 마름에 사니 그 꼬리가 길쭉하네
왕이 있어 호경에 사시니 술을 마신 즐거움이 고르게 하시도다

어 재 재 조　　　　의 우 기 포
魚在在藻하니　　依于其蒲로다
왕 재 재 호　　　　유 나 기 거
王在在鎬하시니　有那其居로다

고기가 있어 마름에 사니 그 부들에 의지한다네
왕이 있어 호경에 사시니 그 거처에 편안하소서

☯ 어조(魚藻) 편은 세 장이 4구씩으로 된 서정시인데 천자(天
子)가 제후(諸侯)에게 머리가 크고 꼬리가 긴 고기처럼 한가롭고
여유가 있는 연회를 베풀어주니 이에 제후가 천자의 그윽한 덕을

칭송하는 노래이다.

1장은 고기가 수초(水草)인 마름에 있는 것으로 주(周)나라 왕이 호경(鎬京)에 있는 것을 비유하고 고기의 머리가 큰 것으로 연회가 성대하게 시작함을 비유하여 고루고루 즐겁게 술을 마시게 하는 왕의 배려에 감사하였고, 2장은 고기의 꼬리가 길쭉한 것으로 연회를 장시간 개최하였음을 비유하여 술을 마시는 즐거움을 고루 나누도록 배려하는 왕의 덕을 칭송하였으며, 3장은 고기가 마름에 안전하게 있는 것은 그 주변에 부들이 마름을 보호하기 때문인즉 왕이 호경에서 편안하게 거처할 수 있도록 앞으로 제후들이 호경을 보호하겠다는 결의를 표명하였다.

공자가 이 시를 『시경』에 편집한 이유는 간결한 노래에 깊은 뜻을 담고 짧은 시에 굳은 결의를 표현하는 대인군자(大人君子)의 수사법(修辭法)을 칭찬하기 위함이니 그 문장의 기상이 높고 생각이 반듯하며 신의가 두텁다.

조(藻)는 마름이니 바늘꽃과에 속하는 다년생 풀이다. 뿌리는 진흙 속에 박으나 줄기는 물 속에 가늘고 길게 자라서 물 위에 나오며 깃털 모양의 수중근(水中根)이 있다. 잎은 마름모 모양의 삼각형으로 줄기 꼭대기에 여러 개가 뭉쳐나며 잎자루에 공기가 들어 있는 불룩한 부낭(浮囊)이 있어서 물에 뜬다. 7~8월에 흰 꽃이 잎겨드랑이에서 나와 피는데 꽃자루가 길며 꽃잎은 4장이고 열매는 핵과(核果)로 '마름'이라 하며 식용한다. 연못이나 논 등에서 자란다. 분(頒)은 큰 것이고, 호(鎬)는 주(周)나라의 수도(首都)인데 뒤에 동쪽 낙읍(洛邑)으로 천도하였기 때문에 서도(西都)라고 불렀다. 개(豈)는 개(愷)와 같으니 고르게 조화(調和)함이고, 신(莘)은 길쭉함이며, 포(蒲)는 부들인데 개울가나 연못 주변에 길게 자라는 다년생 풀이다. 나(那)는 편안함이다.

말은 적어도 뜻은 깊고, 노래는 짧아도 신념이 굳으니 길(吉)한 사람의 말이다.

채 숙 채 숙　　　　광 지 거 지
采菽采菽이여　　筐之筥之로다
군 자 래 조　　　　하 석 여 지
君子來朝하니　何錫予之오
수 무 여 지　　　　노 거 승 마
雖無予之나　　路車乘馬로다
우 하 여 지　　　　현 곤 급 보
又何予之오　　玄袞及黼로다

콩을 따네 콩을 따네, 네모난 바구니에 담고 둥근 바구니에 담
는구나
군자가 조회를 오니 무슨 상을 줄까
비록 줄 만한 것이 없으나 제후의 수레와 타는 말이로세
또 무엇을 줄까, 검은 곤룡포와 임금의 대례복이로다

필 불 함 천　　　　언 채 기 근
觱沸檻泉에　　言采其芹하노라
군 자 래 조　　　　언 관 기 기
君子來朝하니　言觀其旂하노라
기 기 비 비　　　　난 성 혜 혜
其旂淠淠히며　鸞聲嘒嘒하며
재 참 재 사　　　　군 자 소 계
載驂載駟하니　君子所屆로다

펄펄 물이 솟아오르는 샘에 그 미나리를 캐누나
군자가 조회를 오니 그 쌍룡깃발을 보도다
그 쌍룡깃발이 펄럭펄럭, 방울소리가 딸랑딸랑
곁말을 몰고, 네 마리의 말을 모니 군자가 이르는 바로다

적 불 재 고　　　　사 복 재 하
赤芾在股요　　邪幅在下로다
피 교 비 서　　　　천 자 소 여
彼交匪紓하니　天子所予로다
낙 지 군 자　　　　천 자 명 지
樂只君子여　　天子命之로다

낙 지 군 자　　　복 록 신 지
樂只君子여　福祿申之로다

붉은 무릎가리개는 다리에 있고 행전은 그 아래에 있구나
저 옷깃이 풀어지지 않으니 천자가 주신 바로세
즐거운 군자여, 천자가 입으라고 명령하셨도다
즐거운 군자여, 복과 녹이 거듭하리로다

유 작 지 기　　　기 엽 봉 봉
維柞之枝여　其葉蓬蓬이로다
낙 지 군 자　　　전 천 자 지 방
樂只君子여　殿天子之邦이로다
낙 지 군 자　　　만 복 유 동
樂只君子여　萬福攸同이로다
변 변 좌 우　　　역 시 솔 종
平平左右가　亦是率從이로다

갈참나무의 가지여, 그 잎이 더북더북
즐거운 군자여, 천자의 나라를 안정하도다
즐거운 군자여, 일만 가지 복을 같이 하는 바이라
변변한 좌우의 신하들이 또한 이에 따라왔도다

범 범 양 주　　　불 리 유 지
汎汎楊舟여　紼纚維之로다
낙 지 군 자　　　천 자 규 지
樂只君子여　天子葵之로다
낙 지 군 자　　　복 록 비 지
樂只君子여　福祿膍之로다
우 재 유 재　　　역 시 려 의
優哉游哉라　亦是戾矣로다

둥둥 떠 있는 버드나무 배여, 동아줄로 얽어매누나
즐거운 군자여, 천자가 우러러보시도다
즐거운 군자여, 복과 녹이 두텁도다
너그럽고 유순함으로 또한 이에 이르렀도다

☯ 채숙(采菽) 편은 다섯 장이 8구씩으로 된 서사시이고 졸장

만 서정시이다. 천자가 제후에게 연회를 베풀어줌에 제후가 앞의 어조(魚藻) 편의 노래를 불러 천자의 덕을 칭송하니 이에 천자가 이 시를 노래하게 하여 제후의 충성을 표창한 내용이다.

1장은 콩을 따서 아름다운 광주리에 담는 것으로 결실의 중요성을 강조하면서 제후(諸侯)가 조회(朝會)를 옴에 천자(天子)가 그 공적을 심사하여 상(賞)으로 노거(路車)와 승마(乘馬) 그리고 곤룡포(袞龍袍)와 보불(黼黻 : 임금의 대례복) 같은 최고의 상(賞)을 내리면서도 오히려 부족하게 여기면서 수여하는 천자의 덕을 서술하였고, 2장은 펄펄 물이 솟아오르는 샘에서 미나리를 캐는 것으로 연회(燕會)에 음식을 준비하는 정경을 아름답게 묘사하고 제후가 명당(明堂)으로 연회하기 위하여 도착하는 광경을 기록하였으며, 3장은 제후가 천자로부터 받은 대례복(大禮服)을 단정히 입고 연회장으로 들어오는 아름다운 모습을 기술하였고, 4장은 갈참나무의 가지가 무성한 것으로 제후국이 강성해야만 천자국이 안정된다는 사실을 강조하고 제후국의 강성함을 칭찬하면서 그것은 제후가 모든 복을 인민대중과 같이 누리기 때문이니 그 증거로 제후를 수행하는 신하들이 모두 변변한 인물임을 지적하였으며, 5장은 둥둥 떠 있는 배를 동아줄로 묶어놓아야만 안전하듯이 천자국과 제후국은 그 유대(紐帶)를 튼튼하게 해야 됨을 깨우치고 제후의 두터운 신의를 천자가 우러러 사모하므로 제후의 복록이 두터울 것임을 약속하였다.

공자가 이 시를 『시경』에 편집한 이유는 천자의 마음이 착하여 제후의 조공물(朝貢物)이 많고 적음을 논하지 않고 제후에게 하사할 물건이 빈약함을 걱정하고 제후국이 강성함을 두려워하지 않고 도리어 강성한 제후를 우러러 사모하는 인후장대(仁厚長大)한 기상을 찬미하기 위함이다.

숙(菽)은 콩이니 당시의 주식이요, 광(筐)은 네모난 광주리이고, 거(筥)는 둥근 광주리이며, 군자(君子)는 제후를 지칭하고, 석(錫)은 상(賞)을 내림이다. 여(予)는 주는 것이고, 노거(路車)는 제후가 타는 수레이며, 현곤(玄袞)은 검은 곤룡포(袞龍袍)이니 제후의 옷이요, 보(黼)는 보불(黼黻)이니 제후의 대례복(大禮服)인데 이미 빈풍(豳風) 구역(九罭) 편(1-15-6)에서 해설하였다. 필불(觱沸)은 펄펄 솟구치는 모양이고, 함(檻)은 물이 솟아오르는 것이며, 근(芹)은 미나리이다. 비비(淠淠)는 펄럭펄럭 움직이는 모양이고, 혜혜(嘒嘒)는 딸랑딸랑 울리는 소리이며, 계(屆)는 이르는 것이다. 고(股)는 정강이 부분의 다리요, 사복(邪幅)은 발목 부분에서 장단지까지 감아 묶는 행전이며, 교(交)는 옷깃이요, 서(紓)는 풀어진 것이다. 지(只)는 어조사, 명(命)은 이미 천자가 하사한 거마를 사용하고 의복을 착용하라는 명령이며, 신(申)은 거듭함이다. 작(柞)은 갈참나무이니 이미 앞의 거할(車舝) 편(2-7-4)에서 해설하였고, 봉봉(蓬蓬)은 무성하여 더북더북한 모양이며, 전(殿)은 안정시키는 것이요, 유동(攸同)은 공동체의식을 발양하여 함께 같이 누린다는 뜻이며, 변변(平平)은 변변함이니 별로 손색이 없이 무난함이다. 좌우(左右)는 가까이 수행하는 신하들을 일컫고, 솔종(率從)은 따라온 것이다. 불리(紼纚)는 동아줄이고, 유(維)는 얽어매는 것이니 배를 동아줄로 부두에 묶는 것이다. 규(葵)는 우러러 보고 사모함이요, 비(膍)는 두터움이며, 려(戾)는 이르는 것이다.

천자가 인후(仁厚)하고 제후가 엄숙단정하니 천자는 천자답고 제후는 제후다워 각각 명분과 의리가 바르도다.

2-7-9 ──────── 각궁(角弓) / 뿔로 장식한 활

성성 각 궁　　편 기 반 의
騂騂角弓이여　騙其反矣로다
형 제 혼 인　　무 서 원 의
兄弟昏姻은　無胥遠矣어다

부드러운 각궁이여 홀쩍 그 뒤집어지누나
형제와 사돈은 서로 멀리하지 마소서

이 지 원 의　　　민 서 연 의
爾之遠矣면　　民胥然矣며
이 지 교 의　　　민 서 효 의
爾之敎矣면　　民胥傚矣리라

당신이 멀리하면 인민이 서로 그러며
당신이 가르치면 인민이 서로 본받는다오

차 령 형 제　　　작 작 유 유
此令兄弟는　　綽綽有裕어늘
불 령 형 제　　　교 상 위 유
不令兄弟는　　交相爲瘉로다

이 착한 형제는 든든하여 여유가 있거늘
착하지 못한 형제는 돌아가며 서로 헐뜯는다네

민 지 무 량　　　상 원 일 방
民之無良은　　相怨一方이라
수 작 불 양　　　지 우 이 사 망
受爵不讓하나니　至于已斯亡이로다

인민이 양식이 없는 이는 서로 한쪽만 원망하므로
벼슬을 받음에 사양하지 않으니 이에 멸망에 이르리로다

노 마 반 위 구　　　불 고 기 후
老馬反爲駒하야　不顧其後로다
여 사 의 어　　　여 작 공 취
如食宜饇어늘　　如酌孔取로다

늙은 말이 도리어 망아지가 되어 그 뒤를 돌아보지 않네
밥을 먹임에 마땅히 배부를 듯이, 술을 권함에 매우 들 듯이

무 교 노 승 목　　　　여 도 도 부
毋敎猱升木이어다　如塗塗附니라
군 자 유 휘 유　　　　소 인 여 속
君子有徽猷면　　　小人與屬이리라

큰 원숭이에게 나무에 오르기를 가르치지 말지어다 진흙에 진흙
을 바르는 것 같다네
군자에게 아름다운 법도가 있으면 소인이 더불어 붙이 같다오

7. 상호(桑扈)의 십(什)　187

<pre>
우 설 표 표   견 현 왈 소
雨雪瀌瀌나   見晛曰消로다
막 긍 하 유   식 거 루 교
莫肯下遺요   式居婁驕로다
</pre>

비와 눈이 퍽퍽 쏟아져도 햇살이 쪼이면 녹아서 사라진다네
아래로 내려서 버리려고 하지 않으니 머물러 자주 교만하다오

<pre>
우 설 부 부   견 현 왈 류
雨雪浮浮나   見晛曰流로다
여 만 여 모   아 시 용 우
如蠻如髦라   我是用憂하노라
</pre>

비와 눈이 펑펑 쏟아져도 햇살이 쪼이면 녹아서 흘러간다네
오랑캐 같고 어린애 같으므로 우리가 이래서 근심한다오

☯ 각궁(角弓) 편은 여덟 장이 4구씩으로 되었는데 수장과 5장, 6장, 7장, 졸장은 비유시이고 2장, 3장, 4장은 서사시이다. 이 시는 임금이 나약하고 주견이 없어서 친척을 멀리하고 소인배를 가까이하여 정사를 어지럽히는 까닭에 친척이 임금의 우유부단(優柔不斷)한 성격과 조령모개(朝令暮改)하는 것을 경계한 내용이다.

1장은 부드러운 각궁(角弓)이 가볍게 훌쩍 뒤집어지기를 잘하는 것으로 천자가 나약하여 소인배의 아첨과 참소에 잘 넘어가서 동성(同姓)의 형제국가와 혼인으로 맺은 이성(異姓)의 인척(姻戚) 국가를 멀리하는 것을 경계하였고, 2장은 왕이 윤리도덕의 모범이 되어야 하거늘 도리어 윤리도덕적인 인간관계를 파괴하여 친척을 멀리한다면 인민들도 따라서 그렇게 부도덕하고 반윤리적으로 살 것이며 왕이 위에서 가르친 대로 인민이 아래에서 본받는 현실적 영향력을 지적하여 풍속의 타락을 경고하였으며, 3장은 효제충신(孝悌忠信)의 도덕을 일으키면 형제가 우애하여 서로 튼튼한 유대감(紐帶感)이 있어 여유가 있지만 불효(不孝), 불충(不忠)한 인간들은 형제간에도 이익을 다투어 돌아가며 서로 헐뜯는 각박한 세태로 전락하게 됨을 경계하였으며, 4장은 인민이 도덕심을 상실하고 이기심이 일어나면 사리(事理)를 분별하는 양식(良

識)이 없어져서 스스로 책임을 지려고 하지 않고 서로 한쪽만을 원망하여 분란이 끊일 사이가 없으며 결국 벼슬도 사양할 줄을 몰라서 욕심을 채우는데 혈안이 되기 때문에 멸망에 이르게 됨을 경고하였으며, 5장은 예의도덕이 사라진 시대에는 사회적 관점에서 자기 자신을 돌아보는 충서(忠恕)의 의식이 없기 때문에 사리사욕에만 집착하여 70세가 되면 벼슬을 내놓고 초야로 돌아가는 예의를 망각하고 도리어 젊은 청년처럼 생각하고 높은 관직을 맡으니 그 뒷날의 책임은 생각지도 않으면서 밥을 먹으면 꼭 배부르게 먹으려고 생각하고 술을 권하면 반드시 흠뻑 마시려는 사람처럼 예의염치(禮義廉恥)가 없게 된다는 사실을 경고하였으며, 6장은 후안무치(厚顔無恥)한 인간들이 만족할 줄을 모르거늘 경쟁심을 촉발시키고 증오심을 일으켜 벼슬과 녹을 거듭 주는 것은 교활한 잔재주를 가르치는 행위이므로 결단코 엄금하고 왕은 이러한 술수와 허위를 근절하기 위하여 아름다운 도덕적 모범을 보여야 소인배들이 더불어 피붙이처럼 바르게 따를 것임을 깨우쳤고, 7장은 비와 눈이 아무리 많이 내려도 햇볕이 쪼이면 녹는 것으로 사회질서가 아무리 어지러워도 왕이 밝은 도덕을 밝히면 혼란을 극복하고 질서를 확립할 수 있는 것을 비유하면서 다만 왕이 측근의 아래 사람들을 버리려고 하지 않은 까닭에 그들이 계속 천자의 주변에 머물러 있으면서 자주 교만방자하게 사건을 일으키는 것이 문제임을 지적하였으며, 8장은 왕이 도덕문화와 성숙한 인격을 존중하지 않고 오랑캐의 난잡한 생활과 어린애의 유치한 놀이를 좋아하는 까닭에 결국 소인배를 가까이 하고 군자를 멀리하는 것이 가장 큰 문제임을 지적하였다.

공자가 이 시를 『시경』에 편집한 이유는 천자가 우유부단하고 변덕이 심하여 도덕적 기강을 무너뜨리기 때문에 일어나는 사회문제를 조리정연하게 제기하여 그 심각성을 깨우치고 태양처럼 밝은 마음으로 현실을 직시하여 결연히 자세를 전환해서 강고한 지도자의 정체성을 확립하고 소인배를 축출하여 군자를 등용하며 도덕을 일으켜 사회기강을 확립하도록 권고한 내용이 매우 합리적인 설득력이 있기 때문이다.

성성(騂騂)은 부드러운 모양이고, 각궁(角弓)은 쇠뿔이나 양뿔로 장식한 활인데 대단히 부드러워 뒤집어지기를 잘한다. 편(翩)은 가볍게 훌쩍 퉁김이요, 반(反)은 뒤집어지는 것이다. 형제(兄弟)는 동성(同姓)의 형제국이요, 혼인(昏姻)은 이성(異姓)의 외가(外家)나 처가(妻家)로 맺어진 사돈의 나라이다. 서(胥)는 서로이며, 이(爾)는 천자를 지칭하고, 령(令)은 착함이요, 작작(綽綽)은 든든한 모양이다. 유(裕)는 여유이고, 유(瘉)는 헐뜯어 상처를 냄이며, 량(良)은 양식(良識)이다. 일방(一方)은 한쪽이고, 작(爵)은 벼슬이며, 노마(老馬)는 늙은 말이요, 반(反)은 도리어, 구(駒)는 어린 망아지이다. 후(後)는 뒤에 져야 할 책임이고, 어(饇)는 포식(飽食)함이며, 공(孔)은 매우, 취(取)는 드는 것이다. 노(猱)는 큰 원숭이로 나무에 잘 오르는 성질이 있어 가르치지 않아도 저절로 나무를 잘 탄다. 도(塗)는 진흙이요, 부(附)는 부치는 것이니 진흙은 진흙에 잘 붙는다. 휘(徽)는 아름다운 것이고, 유(猷)는 법도이며, 속(屬)은 겨레붙이 곧 권속(眷屬)이니 한집의 식구이다. 표표(瀌瀌)는 퍽퍽 쏟아지는 모양이고, 현(睍)은 햇살이며, 긍(肯)은 긍정하여 허락함이요, 하유(下遺)는 아래로 내려서 버리는 것이다. 부부(浮浮)는 펑펑 많이 쏟아지는 모양이고, 만(蠻)은 남만(南蠻)이니 의복을 갖추지 않은 오랑캐이고, 모(髦)는 다팔머리로 어린애를 상징한다.

천하의 중심은 국가이고 국가의 중심은 가정이며 가정의 중심은 사람이니 사람이 천하의 중심이므로 천하국가의 흥망성쇠는 사람에게 달려 있는 까닭에 지도자가 잘해야 천하국가가 바로 서는 것이다. 그러므로 지도자의 도덕성은 그 집단의 운명을 결정한다.

2-7-10 ─────── 울류(菀柳) / 우거진 버들

<small>유 울 자 류　　　불 상 식 언</small>
有菀者柳에　　不尙息焉가
<small>상 제 심 도　　　무 자 닐 언</small>
上帝甚蹈시니　無自暱焉이어다
<small>비 여 정 지　　　후 여 극 언</small>
俾予靖之나　　後予極焉이리라

우거진 버드나무에 거의 쉬지 않으려는가
황제님이 매우 짓밟으시니 스스로 가까이 친하지 마소서
나로 하여금 다스리게 하지만 뒤에는 나에게 추궁한다네

<small>유 울 자 류　　　불 상 게 언</small>
有菀者柳에　　不尙愒焉가
<small>상 제 심 도　　　무 자 채 언</small>
上帝甚蹈시니　無自瘵焉이어다
<small>비 여 정 지　　　후 여 매 언</small>
俾予靖之나　　後予邁焉이리라

우거진 버드나무에 거의 쉬지 않으려는가
황제님이 매우 짓밟으시니 스스로 지치지 마소서
나로 하여금 다스리게 하지만 뒤에는 나에게 독촉한다네

<small>유 조 고 비　　　역 부 우 천</small>
有鳥高飛는　　亦傅于天이어늘
<small>피 인 지 심　　　우 하 기 진</small>
彼人之心은　　于何其臻고
<small>갈 여 정 지　　　거 이 흉 긍</small>
曷予靖之리오　居以凶矜이로다

새는 높이 날아 또한 하늘에 이른다지만
저 사람의 마음은 그 어디에 이르려는가
어찌 내가 다스리리요, 멀거니 흉하여 불쌍하겠지

　◑ 울류(菀柳) 편은 세 장이 6구씩으로 된 서정시인데 왕권신
성화(王權神聖化)를 도모하는 절대군주(絶對君主)인 제왕(帝王)이
강권통치(强權統治)를 하면서 관료를 학대하므로 관료가 벼슬을
버리고 초야로 돌아가서 편안히 휴식하고 싶은 간절한 소망을 노

래하였다.

1장은 우거진 버드나무의 싱싱한 봄 풍경을 바라보고 자연의 평화로움을 그리워하면서 바야흐로 전제군주(專制君主)가 교만방자하여 관료를 짓밟으니 스스로 가까이 친하지 말라고 당부하며 지금은 나로 하여금 다스리게 하지만 뒤에는 책임을 추궁하여 처벌하는 잔인성을 폭로하였고, 2장은 폭군의 공명심(功名心)은 무한하여 관료가 아무리 노력하고 힘을 써도 결국 황제의 야욕을 충족시킬 수 없기 때문에 그 독촉을 감당하지 못하여 문책을 당하는 불안한 심경을 토로하였으며, 3장은 새는 높이 나는 성능이 있기 때문에 저 하늘에까지라도 이르러 가지만 신하는 능력의 한계가 있는 까닭에 저 독재자의 무한한 공명욕(功名慾)을 채울 수 없으니 결국 이대로 멀거니 앉아서 흉측한 벌을 받아 불쌍한 운명으로 전락하게 될 것임을 탄식하였다.

공자가 이 시를 『시경』에 편집한 이유는 왕권(王權)을 극도로 강화하고 관권(官權)과 민권(民權)을 위축시킨 왕권신성화 상태에서는 아무도 독재권력에 대한 왕의 야욕을 꺾을 수 없으므로 벼슬을 버리고 초야로 돌아가서 현명하게 몸을 보존하는 게 상책이라 여겨 초연히 자연과 더불어 지내는 것은 결과적으로 독재에 협조하여 악(惡)을 돕는 행위임을 깨우치기 위함이다.

울(菀)은 우거진 것이요, 류(柳)는 버드나무인데 버들과에 속하는 낙엽교목이다. 키는 8~10m, 잎은 긴 타원형, 또는 피침형으로 잔 톱니가 있다. 가지는 가늘고 긴데 대개 죽죽 늘어지며 암수딴그루이다. 4월경에 암자색 꽃이 유재(葇荑)꽃차례로 잎보다 먼저 피고 달걀 모양인 삭과(蒴果)는 버들개지라 하여 4~5월에 여물면 두 개로 갈라져서 흰솜털이 있는 씨가 바람에 날려 흩어진다. 개울가나 들에 나는데 특히 연못가 같은 축축한 땅에서 잘 자라기 때문에 풍치목(風致木)이나 가로수로 많이 심으니 봄여름에 그늘이 시원하다. 상(尙)은 거의, 식(息)은 휴식이고, 상제(上帝)는 황제를 지칭하고, 도(蹈)는 짓밟는 것이며, 닐(暱)은 가까이 친함이다. 정(靖)은 어려운 일을 바로잡아 다스림이요, 극(極)은 책임을 끝까지 추궁함이다. 게(憩)는 쉬는 것이며, 채(瘵)는 너무 고달

파서 지친 병이며, 매(邁)는 빨리 하도록 독촉함이다. 부(傅)와 진(臻)은 모두 이르는 것이고, 피인(彼人)은 황제를 임금으로 여기지 않고 독재자로 단정하여 탄핵 축출의 대상임을 지적한 것이다. 거(居)는 거연(居然)이니 그대로 멀거니 있는 모양이며, 흉(凶)은 흉측한 재앙이고, 긍(矜)은 죄없이 당한 불행을 동정함이다.

앞의 각궁(角弓) 편은 임금이 우유부단하여 간신배(奸臣輩)에게 조종당하는 용렬(庸劣)한 임금을 비난하였고, 이 편에서는 임금이 교만방자하여 전제독재(專制獨裁)하면서 신하를 학대하는 폭군을 비판하였으니 두 시를 비교하여 음미하면 민주적 지도자 상이 그 가운데 있을 것이다.

○ 상호(桑扈)의 십(什)은 10편 43장 282구로 되었으니 천자(天子)의 덕과 제후(諸侯)의 공을 기리는 아름다운 시로 가득하다. 상호(桑扈)와 원잉(鴛鴦) 편의 겸양(謙讓)하고 감사하는 너그러움과 어조(魚藻)와 채숙(采菽) 편의 찬미하고 칭송하는 두터움이 아름답기 그지없고, 규변(頍弁) 편의 형제가 우애함과 거할(車舝) 편의 가난한 신랑이 어진 신부를 사랑하는 정성이 갸륵하기 그지없으며, 빈지초연(賓之初筵) 편의 주도론(酒道論)은 옛날의 음주문화를 직접 보는 것처럼 자세하고, 청승(靑蠅)과 각궁(角弓) 그리고 울류(菀柳) 편은 정치지도자의 통치권을 확립하는 기본자세를 뚜렷이 밝혔으니 『시경』을 편집한 의도를 거의 짐작할 수 있을 것이다.

8. 도인사(都人士)의 십(什)

2-8-1 ──── 도인사(都人士) / 도시의 고귀한 분이여

피도인사　　호구황황
彼都人士여　狐裘黃黃이로다
기용불개　　출언유장
其容不改하며　出言有章이로다
행귀우주　　만민소망
行歸于周하니　萬民所望이로다

저 도시의 고귀한 분이여, 여우가죽옷이 누릇누릇
그 용모를 꾸미지 아니하며 말을 함에 문장이 있구나
주나라 도읍으로 돌아가니 만민이 바라는 바로세

피도인사　　대립치촬
彼都人士여　臺笠緇撮이로다
피군자녀　　주직여발
彼君子女여　綢直如髮이로다
아불견혜　　아심불열
我不見兮라　我心不說하노라

저 도시의 고귀한 분이여, 사초로 만든 삿갓과 검은 천으로 만
든 관이로구나
저 군자의 딸이여, 세밀하고 정직함이 머릿결 같다네
내가 보지 못함으로 나의 마음이 기쁘지 않다오

피도인사　　충이수실
彼都人士여　充耳琇實이로다
피군자녀　　위지윤길
彼君子女여　謂之尹吉이로다
아불견혜　　아심원결
我不見兮라　我心苑結하노라

저 도시의 고귀한 분이여, 귀막이 구슬도 크구나

저 군자의 딸이여, 진실로 복덩어리리라고 한다네
내가 보지 못함으로 나의 마음이 답답하다오

피 도 인 사　　수 대 이 려
彼都人士여　　垂帶而厲로다
피 군 자 녀　　권 발 여 채
彼君子女여　　卷髮如蠆로다
아 불 견 혜　　언 종 지 매
我不見兮라　　言從之邁하리라

저 도시의 고귀한 분이여, 띠를 드리워서 늘어뜨렸구나
저 군자의 딸이여, 고수머리가 전갈의 꼬리 같다네
내가 보지 못하므로 그를 쫓아가고 싶다오

비 이 수 지　　대 즉 유 여
匪伊垂之라　　帶則有餘며
비 이 권 지　　발 즉 유 여
匪伊卷之라　　髮則有旟로다
아 불 견 혜　　운 하 우 의
我不見兮하니　　云何盰矣오

그가 드리운 것이 아니라, 띠가 곧 넉넉함이 있는 것이며
그가 말아서 올린 것이 아니라, 머릿결이 곧 휘날림이 있다네
내가 보지 못하므로 어찌해야 눈을 부릅뜨고 만나볼까

　◐ 도인사(都人士) 편은 다섯 장이 6구씩으로 된 서사시인데
도시에서 사회 교육적인 지위가 있는 사람이 주(周)나라 도읍에
서 벼슬을 버리고 초야로 낙향(落鄕)하여 지역의 청소년을 교육
하다가 다시 조정의 부름을 받고 돌아가니 이에 그 지역주민이
군자의 위엄 있는 거동과 아리따운 딸을 사모하며 이별을 아쉬워
하는 광경을 기술한 내용이다.
　1장은 도시의 고귀한 분이 시골에 와서 살면서도 의관(衣冠)을
갖추어 위엄을 잃지 않으며 말이 진실하므로 조정(朝廷)으로 돌
아가 다시 벼슬하게 됨을 만민이 바라던 바라고 환영하였고, 2장
은 비록 국가적으로는 도시의 고귀한 분이 조정으로 돌아가는 것

이 바람직한 일이지만 그러나 지역적으로는 훌륭한 군자의 의관(衣冠)과 세밀하고 정직한 그 딸의 아리따운 맵시를 다시 볼 수 없기 때문에 기쁘지 않음을 고백하였으며, 3장은 훌륭한 군자의 말이 없음과 그 딸의 복스러운 면을 다시 볼 수 없기 때문에 마음이 답답함을 탄식하였고, 4장은 훌륭한 군자의 띠가 늘어진 모습과 그 딸의 짧은 옆머리가 올라간 아리따움을 다시 볼 수 없기 때문에 쫓아가고픈 심경의 절실함을 호소하였으며, 5장은 훌륭한 군자의 넉넉한 띠와 그 딸의 옆머리가 휘날리는 것을 다시 보지 못하므로 어찌해야 눈을 번쩍 뜨고 만나볼지를 안타까워하였다.

공자가 이 시를 『시경』에 편집한 이유는 지역주민이 훌륭한 인격자를 흠모하며 자세히 관찰하고 배우다가 그가 떠나감에 진심으로 아쉬워하여 인정미가 넘치는 지역풍속문화를 평가하기 위함이다. 무릇 사회 교육적으로 뚜렷한 지위에 있는 사람은 조정에 들어가 벼슬을 함에는 임금을 바르게 섬기고 인민을 이롭게 정치를 하고, 낙향하여 초야에 있을 때에는 주민의 자제를 교육하여 도덕을 밝히고 풍속을 진흥하는 것이니 조정에서 벼슬을 하면 만민의 희망이 되고 초야에서 교육하면 주민의 희망이 되는 것이다.

도(都)는 주(周)나라의 도읍이니 호경(鎬京)이요, 인사(人士)는 교육이나 사회적인 지위가 있는 고귀한 사람이며, 황황(黃黃)은 누릇누릇함이다. 개(改)는 개조하여 꾸미는 것이고, 장(章)은 문장(文章)이 아름다운 것이며, 주(周)는 호경(鎬京)이다. 대(臺)는 사초이니 방동사니과에 속하는 골사초, 두메사초, 산사초, 선사초, 낚시사초, 바랑이사초 등의 총칭으로 1년생 풀이며 키는 30cm 가량이다. 줄기는 세모졌으며 여러 줄기가 뭉쳐나는데 윤이 나고 왕골처럼 생겼으나 작고 특이한 냄새가 난다. 치촬(緇撮)은 검은 천으로 만든 작은 관(冠)인데 작기 때문에 상투를 모아서 쓴다. 군자(君子)는 도시의 인사(人士)를 지칭하고, 녀(女)는 군자의 딸이다. 주(綢)는 마음씨가 세밀함이요, 직(直)은 행실이 곧음이며, 열(說)은 기뻐함이다. 충이(充耳)는 귀막이, 수(琇)는 귀막이를 장식하는 옥돌이고, 실(實)은 크다는 뜻이다. 윤(尹)은 진실로, 길

(吉)은 복덩어리, 원결(苑結)은 답답함이다. 려(厲)는 늘어뜨린 모양이고, 권발(卷髮)은 고수머리이니 옆머리가 위로 올라간 것이다. 채(蠆)는 전갈이니 전갈류에 속하는 절족동물로 가재와 비슷하며 몸길이 6cm 가량이고 꼬리 끝에 독침이 있다. 몸빛은 누르고 사막지대에 많으며 주로 밤에 작은 벌레를 잡아먹고 사는데 꼬리를 위로 쳐들고 다닌다. 매(邁)는 애써 멀리 가는 것이다. 여(旟)는 깃발이 휘날리듯이 나부낀다는 뜻이고, 우(肝)는 너무나 놀라워서 눈을 부릅뜨고 보는 것이다.

사람과 사람이 만나서 더불음에 인간적으로 대하여 차별하지 않으면 그 따뜻한 인정미에 서로 감격하여 길이 잊지 못하는 것이니 이래야 인정이 넘치는 사회를 만들 수 있는 것인즉 이 시를 읽는 사람은 깊이 음미하기 바란다.

2-8-2 ──────── 채록(采綠) / 녹두를 거둠이

종 조 채 록　　불 영 일 국
終朝采綠이　　不盈一匊이로다
여 발 곡 국　　박 언 귀 목
予髮曲局하니　薄言歸沐하리라

아침밥을 마치도록 녹두를 거둠이 한 움큼도 차지 않는구나
나의 머리가 구겨졌으니 잠깐 내가 돌아가 머리를 감으려네

종 조 채 람　　불 영 일 첨
終朝采藍이　　不盈一襜이로다
오 일 위 기　　육 일 불 첨
五日爲期러니　六日不詹이로다

아침밥을 마치도록 쪽을 거둠이 한 앞치마에도 차지 않는구나
5일을 기약하더니 6일이 되도록 오는 것이 보이지 않네

^{지 자 우 수}　　^{언 장 기 궁}
之子于狩인댄 言韔其弓하며
^{지 자 우 조}　　^{언 륜 지 승}
之子于釣인댄 言綸之繩하리라

이 집안의 아들이 사냥을 간다면 내가 그 활을 활집에 넣어주며
이 집안의 아들이 낚시를 간다면 내가 그 낚싯줄을 감아주리라

^{기 조 유 하}　　^{유 방 급 서}
其釣維何오 維魴及鱮로다
^{유 방 급 서}　　^{박 언 관 자}
維魴及鱮여 薄言觀者하리라

그 낚시는 무엇을 잡나 오직 방어와 연어
오직 방어와 연어여, 잠깐 내가 구경하리라

☯ 채록(采綠) 편은 네 장이 4구씩으로 된 서사시인데 남편이 잠시 출타하여 돌아오지 않으니 그 아내가 날마다 아침부터 남편이 돌아오기를 기다리는 정경을 기술하였다.

1장은 남편을 기다리기 위하여 밭에 나아가 녹두를 거둔다는 핑계로 남편이 오는 길을 바라보느라고 아침밥을 마치는 시각까지 녹두를 땄는데도 한 움큼도 되지 않은 것으로 오로지 남편만을 기다렸음을 밝혔고 그러다가 자기의 모습이 단정하지 못함을 걱정하여 잠깐 돌아가 머리를 감고 단정한 모습으로 나와서 기다리겠다는 것으로 항상 남편을 맞이할 준비를 하고 있음을 간결하게 묘사하였다. 2장은 녹두를 이미 다 거두었기에 이제는 쪽을 거두며 남편을 기다리는 모습을 서술하고 5일을 기약했는데 6일이 되어도 나타나지 않은 간절함을 다시 강조하였으며, 3장은 이 집안의 아들인 남편이 돌아오면 더욱 사랑하고 공경하여 사냥이나 낚시를 갈 때에 그 도구를 챙겨주는 것으로 적극 내조(內助)할 뜻을 밝혔고, 4장은 낚시를 함에 방어와 연어를 잡으면 아내가 가서 구경하며 같이 기뻐하는 것으로 미래의 인생을 함께 즐기겠다는 생각을 하면서 남편이 돌아오기만을 고대하는 내용이다.

공자가 이 시를 『시경』에 편집한 이유는 부부간에 금실이 좋아 비록 짧은 기간이지만 그 기다리는 마음이 간절하거니와 더욱이 이를 계기로 남편의 뜻을 어기지 않으려는 뜻을 더욱 가다듬었으며 또한 남의 눈을 의식하여 밭에 가서 녹두와 쪽을 거두는 것처럼 하면서 남편을 기다리는 자세가 매우 갸륵하고 아름답기 때문이다.

종조(終朝)는 아침밥을 끝마치는 시각이고, 록(綠)은 록(菉)이니 녹두인데 콩과에 속하는 1년생 재배작물이다. 밭에 심는데 모양이 팥과 흡사하며 잎은 한 꼭지에 세 개씩 나고 여름에 노란 꽃이 핀다. 열매는 둥글고 긴 꼬투리로 되었으며 여물면 검어지고 그 안에 녹색의 작은 씨가 들어 있다. 이 씨를 갈아 빈대떡이나 녹두죽을 만들어 먹는다. 국(匊)은 국(掬)이니 한 움큼이다. 곡국(曲局)은 구겨진 것이요, 박(薄)은 잠깐, 언(言)은 나를 지칭하는 대명사이다. 람(藍)은 쪽이니 마디풀과에 속하는 1년생 풀이다. 밭에 재배하는 공예작물인데 줄기의 키는 60~70cm 가량으로 붉은 자주 빛을 띠고 잎은 타원형이며 어긋맞게 난다. 7~8월에 다섯 개의 꽃빛침 조각만으로 된 붉은 꽃이 이삭 모양으로 줄기 끝에 모여 피고 열매는 수과(瘦果)이다. 잎은 남빛 색소가 들어 있어 염료로 쓴다. 첨(襜)은 앞치마요, 첨(詹)은 오는 것을 봄이다. 지자(之子)는 이 집의 아들이니 곧 남편으로 시아버지가 계신다는 어법이다. 장(緉)은 활집이요, 륜(綸)은 실을 다스리는 것이니 곧 낚싯줄을 정리하여 실패에 감는 것이다. 방(魴)은 방어, 서(鱮)는 연어의 일종이니 연어과에 속하는 바다 물고기로 몸 길이 75cm 가량 되며 몸빛은 아름다운 은빛인데 등에 검은 색의 작은 점이 많다. 번식기의 수컷은 주둥이가 삐쭉 나오고 굽으며 붉은 빛 무늬가 생긴다. 산란기는 주로 가을이며 하천 상류에 올라와 수심 60~90cm인 모래와 자갈바닥을 택하여 꼬리로 길이 1m, 깊이 30cm쯤의 웅덩이를 파고 알을 낳는데 한 마리의 산란수는 3천~4천 개 가량이다.

부부간에 애정이 넘쳐서 단란하게 사는 것은 대단히 아름다운 모습이지만 그러나 그 애정표현이 지나쳐서 남의 눈살을 찌푸리게 한다면 결국 풍기(風紀)를 문란케 할 것이므로 자제력을 발휘하여 공개된 장소에서 지켜야 되는 공중도덕을 잊어서는 안 된다. 이 시를 읽은 사람은 애정을 슬기롭고 어여쁘게 표현하는 방법을 터득해야 할 것이다.

2-8-3 ──────── 서묘(黍苗) / 기장싹

芃芃黍苗를   陰雨膏之로다
봉 봉 서 묘   음 우 고 지
悠悠南行을   召伯勞之로다
유 유 남 행   소 백 로 지

더북더북한 기장싹을 장마비가 기름지게 하누나
느릿느릿하게 남쪽으로 가는 길을 소나라 임금이 위로한다네

我任我輦이며   我車我牛하야
아 임 아 련   아 거 아 우
我行旣集하니   蓋云歸哉인저
아 행 기 집   개 운 귀 재

우리 짐을 우리 손수레로 옮기며 우리 수레를 우리 소로 끌어
우리 공사를 이미 완성하니 모두 돌아가자고 하누나

我徒我御며   我師我旅하야
아 도 아 어   아 사 아 려
我行旣集하니   蓋云歸處니라
아 행 기 집   개 운 귀 처

우리가 걸으며 우리가 말을 몰며 우리 사단이 일하고 우리 여단이 일하여
우리 공사를 이미 완성하니 모두 돌아가 살자고 하누나

肅肅謝功을   召伯營之며
숙 숙 사 공   소 백 영 지

열 렬 정 사 　　소 백 성 지
烈烈征師로　召伯成之로다

엄격하고 바른 사읍의 토목공사를 소나라 임금이 경영하며
열렬한 공병사단으로 소나라 임금이 완성하도다

원 습 기 평　　천 류 기 청
原隰既平하며　泉流既淸하야
소 백 유 성　　왕 심 즉 녕
召伯有成하니　王心則寧이로다

고원과 습지가 이미 편편하며 샘물과 흐름이 이미 맑아
소나라 임금이 성공을 거두니 왕의 마음이 곧 편안하도다

◐ 서묘(黍苗) 편은 다섯 장이 4구씩으로 되었으니 수장은 서
정시이고 나머지 네 장은 모두 서사시인데 주(周)나라 선왕(宣王)
이 신(申)나라 임금을 사읍(謝邑)에 봉(封)하고 소(召)나라 목공
(穆公)에게 명하여 사읍에 성을 쌓도록 하므로 소백(召伯)이 공병
부대를 지휘하여 성을 완성한 공적을 기리는 내용이다.
　1장은 더북더북한 기장싹을 장마비가 기름지게 하듯이 멀리 가
면서 느릿느릿하게 남쪽으로 가는 길을 소나라 임금이 따뜻하게
위로하여 격려하는 것을 노래하였고, 2장은 사읍에 도착한 즉시
공사를 규모 있고 계획적으로 추진하여 자체적으로 개발한 장비
와 기계를 이용해서 신속하게 완성하였음을 기술하였으며, 3장은
공사에 투입한 인원이 도보부대와 전차부대를 포함하여 사단과
여단이 출동했음을 서술하였고, 4장은 사읍의 토목공사가 엄격하
고 반듯하게 경영하였음을 밝히고 그것은 소나라 임금이 힘차고
씩씩한 공병사단을 지휘하여 완성한 공적임을 평가하였으며, 5장
은 사읍의 고원지대와 습지대가 이미 편편하고 샘물의 흐름도 맑
으니 소나라 임금의 과학적인 토목공사가 아름답게 완성한 것을
검증하고 이에 왕의 마음이 곧 편안하였음을 기록하였다.
　공자가 이 시를 『시경』에 편집한 이유는 소백(召伯)의 왕명에
순종하는 충성심과 군대를 지휘하는 너그러운 도량과 토목공사를

추진하는 과학기술의 응용력을 높이 평가하여 표창하기 위함이다. 군대를 인솔하고 공사현장으로 가는 길이 느릿느릿함은 계획과 준비를 철저히 하려는 까닭이고 현장에 도착하여 자체적인 인원과 장비로 신속하게 공사를 완성하는 것은 경비를 줄이고 일을 능률적으로 하는 방법이며 과학적으로 시공하여 환경이 깨끗한 것은 지형의 자연조건을 이용한 결과이다.

봉봉(芃芃)은 무성하여 더북더북한 모양이고, 음우(陰雨)는 여러 날 동안 내리는 장마비이며, 고(膏)는 기름져서 윤기가 나는 것이다. 유유(悠悠)는 느릿느릿한 모양이고, 남행(南行)은 남쪽으로 가는 길이며, 소백(召伯)은 소(召)나라 백작국(伯爵國)의 임금이니 곧 목공(穆公)이다. 임(任)은 공사에 쓰던 도구를 가지고 가는 짐이고, 련(輦)은 손수레이며, 집(集)은 완성하는 것이요, 개(蓋)는 모두이다. 도(徒)는 도보로 걸어가는 보병이고, 어(御)는 말을 타고 가는 기병이며, 사(師)는 사단(師團)이요, 여(旅)는 여단(旅團)이다. 숙숙(肅肅)은 엄숙하고 바른 모양이고, 사(謝)는 사읍(謝邑)의 이름인데 신(申)나라 임금을 봉(封)한 땅으로 뒤에 하남성(河南省) 등주(鄧州) 및 신양군(信陽軍)이 되었다. 공(功)은 공역(工役)이니 토목공사요, 영(營)은 경영하는 것이며, 열렬(烈烈)은 힘차고 씩씩한 모양이요, 정사(征師)는 공병사단(工兵師團)이다. 평(平)은 토지구획 정리를 반듯하고 편편하게 만든 것이고, 천(泉)은 식수원(食水源)이며, 류(流)는 하천의 배수로이다. 유성(有成)은 공사의 결과를 확인하여 성공작임을 인정한 것이고 왕(王)은 주(周)나라 선왕(宣王)이다.

2-8-4 ──────── 습상(隰桑) / 습지대의 뽕나무

습 상 유 아   기 엽 유 나
隰桑有阿하니 其葉有難로다

기견군자　　기락여하
既見君子하니 其樂如何오

습지대에 뽕나무 가지가 죽죽 늘어져 있으니 그 잎이 무성하구나
이미 군자를 보니 그 즐거움이 어떠하리까

습상유아　　기엽유옥
隰桑有阿하니 其葉有沃이로다
기견군자　　운하불락
既見君子하니 云何不樂이리오

습지대에 뽕나무 가지가 죽죽 늘어져 있으니 그 잎이 부드럽구나
이미 군자를 보니 어찌하여 즐기지 않으리요

습상유아　　기엽유유
隰桑有阿하니 其葉有幽로다
기견군자　　덕음공교
既見君子하니 德音孔膠로다

습지대에 뽕나무 가지가 죽죽 늘어져 있으니 그 잎이 검푸르구나
이미 군자를 보니 사랑하는 말씀이 매우 확고하다오

심호애의　　하불위의
心乎愛矣어니 遐不謂矣리오마는
중심장지　　하일망지
中心藏之이니 何日忘之리오

마음으로 사랑하거니 어찌 말하지 않으리오만
마음속에 감추었거니 어느 날인들 잊으리요

◒ 습상(隰桑) 편은 네 장이 4구씩으로 되었으니 앞의 세 장은 서정시이고 뒤의 졸장은 서사시인데 낮은 곳에 임하여 은덕을 베푸는 군자(君子)의 아름다운 행실을 사모하고 찬미하는 노래이다.

1장은 낮은 습지대에 뽕나무 가지가 죽죽 늘어져서 그 잎이 무성한 것으로 군자(君子)가 약소국(弱小國)에 임하여 은덕을 베풀어서 크게 발전하는 것을 비유하여 군자의 특별배려에 감사하였고, 2장은 역시 군자의 계속적인 지원에 오늘날의 행복함을 즐거

위하였으며, 3장은 다시 군자가 앞으로도 계속 지원하여 줄 것을 믿어 의심치 않음을 기대하였고, 4장은 군자의 커다란 은덕에 감격하였으면서도 그 보답을 다하지 못하여 미안한 생각을 마음속에 가지고 있으므로 어느 땐가는 반드시 성대하게 칭송할 날이 있을 것임을 밝혔다.

공자가 이 시를 『시경』에 편집한 이유는 약소국이 강대국의 지원을 받음에 있어서 그것을 바탕으로 힘써 국가를 재건하여 크게 번영하는 사업의 성과로 보답해야지 한갓 말로 치하하고 기념물로 기리려는 것은 올바른 보답이 아님을 가르치기 위함이다.

습(隰)은 낮은 습지대이며, 아(阿)는 가지가 죽죽 늘어진 모양이고, 나(難)는 무성한 것이요, 군자(君子)는 약소국이나 빈천(貧賤)한 사람을 찾아가서 조건 없이 돕는 후덕한 고급관료이다. 옥(沃)은 부드러운 모양이고, 유(幽)는 검푸른 것이며, 교(膠)는 굳어서 확고함이다. 하(遐)는 어찌, 위(謂)는 말하여 감사한 뜻을 표현함이다.

남을 돕는 사람은 소비적인 물건으로 돕지 말고 생산적인 물건으로 도와야 하며 남의 도움을 받는 사람은 말로만 감사함을 표현하지 말고 그것을 계기로 재기하여 길이 번영을 도모하는 사업 성과로 보답해야 하는 것이다. 이 시는 도움을 주고받는 것을 뽕나무로 표상하였으니 뽕나무는 누에를 길러서 비단을 짜기 위하여 심는 나무이기 때문에 그 잎이 무성하고 부드럽고 검푸르다면 비단을 많이 생산할 수 있는 것인즉 이러한 자력갱생(自力更生)의 노력을 보이는 것이 백천 마디의 말로 은혜에 감사하는 것보다 훨씬 가치가 있는 것이다.

2-8-5 ─────────── 백화(白華) / 왕골

_{백 화 관 혜　　　　백 모 속 혜}
白華菅兮어든　白茅束兮니라
_{지 자 지 원　　　비 아 독 혜}
之子之遠이라　俾我獨兮아

왕골이 물에 불었거든 띠로 얽는다네
이 집의 아들은 멀리 가고 나로 하여금 홀로 있게 하는가

_{영 영 백 운　　　　노 피 관 모}
英英白雲이　　露彼菅茅니라
_{천 보 간 간　　　지 자 불 유}
天步艱難이어늘　之子不猶로다

뭉게뭉게 흰 구름이 저 왕골과 띠에 이슬을 내린다네
하늘의 운수가 어렵거늘 이 집의 아들이 함께 하지 않는다오

_{표 지 북 류　　　　침 피 도 전}
滮池北流하야　浸彼稻田하느니라
_{소 가 상 회　　　염 피 석 인}
嘯歌傷懷하야　念彼碩人하노라

표지강이 북으로 흘러 저 벼논을 적신다네
휘파람을 불고 노래하며 아프고 서러워 저 큰 사람을 생각한다오

_{초 피 상 신　　　앙 홍 우 심}
樵彼桑薪하야　卬烘于煁하노라
_{유 피 석 인　　　실 로 아 심}
維彼碩人이여　實勞我心이로다

저 뽕나무 가지를 거두어 나는 화덕에 불을 지피네
오직 저 큰 사람이여 진실로 내 마음을 위로한다오

_{고 종 우 궁　　　성 문 우 외}
鼓鍾于宮이어든　聲聞于外하느니라
_{염 자 조 조　　　시 아 매 매}
念子懆懆어늘　視我邁邁아

종을 집에서 치거든 소리가 밖에서 들린다네
그대를 생각하여 안달복달하거늘 나를 보기를 얼른얼른 하는가

_{유 추 재 량　　　유 학 재 림}
有鶖在梁이어늘　有鶴在林이로다

유 피 석 인　　　 실 로 아 심
維彼碩人이여　　　實勞我心이로다

무수리가 징검다리에 있거늘 두루미가 숲에 있다네
오직 저 큰 사람이여, 진실로 내 마음을 위로한다오

원 앙 재 량　　　 즙 기 좌 익
鴛鴦在梁하니　　　戢其左翼이로다
지 자 무 량　　　 이 삼 기 덕
之子無良하야　　　二三其德이로다

한 쌍의 원앙이 징검다리에 있으니 그 왼쪽 날개를 접누나
이 집의 아들이 착함이 없어 그 덕을 둘로 셋으로 한다네

유 변 사 석　　　 이 지 비 혜
有扁斯石은　　　履之卑兮니라
지 자 지 원　　　 비 아 저 혜
之子之遠이여　　　俾我疧兮로다

낮은 이 돌은 밟은 이도 낮다네
이 집의 아들이 멀리 감이여, 나로 하여금 체증을 앓게 한다오

　☯ 백화(白華) 편은 여덟 장이 4구씩으로 된 비유시인데 남편
이 돌아오기를 기다리는 아내의 간절한 소망을 여러 가지 사물에
비유하여 호소한 내용이니 앞의 채록(采綠) 편은 부부의 애정이
뜨거운 사이이고 이 편은 남편의 사랑이 식은 사이이다.
　1장은 물에 불어 부드러운 왕골을 아내로 비유하고 빳빳하고
질긴 띠를 남편으로 비유하여 왕골을 띠에 얽어야 방석이 되듯이
아내가 남편과 더불어야 가정이 화목함을 지적하고 남편인 이 집
의 아들이 멀리 가고 홀로 외롭게 사는 쓸쓸한 심경을 호소하였
고, 2장은 뭉게뭉게 흰 구름이 저 왕골과 띠에 이슬이 내리는 것
으로 남편의 사랑을 받아야 아내가 생기가 나는 것을 비유하면서
더욱이 어려운 시대에 남편이 가정을 함께 경영하지 않은 무책임
을 경고하였으며, 3장은 표지강물이 북쪽으로 흘러 저 벼논을 적
시는 것으로 남편이 멀리 있어도 사랑만 한다면 생기를 얻을 수

있음을 비유하면서 탄식과 노래로 아픈 가슴을 달래며 남편이 대오각성 하여 돌아오는 큰 사람이 되기를 기대하였고, 4장은 저 뽕나무 가지를 거두어다가 화덕에 불을 지피는 것으로 남편이 없이 홀로 사는 부인의 고단한 삶을 비유하고 오직 남편이 뉘우치고 돌아와야만 삶의 희망을 가질 수 있음을 고백하였으며, 5장은 집에서 종을 치면 밖에서 들리는 것으로 마음으로 사랑해야 얼굴과 몸으로 나타나는 것을 비유하면서 아내는 남편을 생각하여 안달복달하거늘 남편은 아내를 보기를 시시풍덩하게 여기는 무관심을 탄식하였으며, 6장은 텃새인 무수리가 징검다리에 있고 철새인 두루미가 숲에 있는 것으로 무수리와 두루미는 서로 비슷하지만 그 종류가 다름을 밝혀 처(妻)와 첩(妾)은 그 의리(義理)가 다름을 깨우치고 남편이 반성하여 돌아오기를 소원하였으며, 7장은 암수징경이가 나란히 징검다리에 있으니 수징경이가 그 왼쪽 날개를 접어 암징경이를 곁에 앉도록 배려하는 것으로 부부의 윤리(倫理)가 있음을 밝히고 남편이 양식(良識)이 없어 그 사랑을 이 사람, 저 사람에게 주는 것을 꾸짖었으며, 8장은 낮은 돌을 밟으면 밟은 사람도 낮아지는 것으로 아내를 비천(卑賤)하게 여기면 그 남편도 비천하게 되는 것임을 밝혀 아내를 존중하라고 요구하며 남편이 멀리 가서 돌아오지 않으니 체증이 생긴 고통을 호소하였다.

공자가 이 시를 『시경』에 편집한 이유는 아내가 남편의 반성을 촉구하는 내용이 지극히 합리적이고 또한 그 기다리는 정성이 대단히 간절하며 끝까지 남편이 대오각성(大悟覺醒)하여 지난날의 잘못을 뉘우치고 크게 사과하는 용기와 지각(知覺)을 가진 석인(碩人)이기를 믿어 의심치 않은 신념을 높이 평가하기 위함이다. 사람은 본래 착하거늘 다만 생각을 잘못해서 옳지 못한 길로 빠졌으니 그 생각을 바로잡아 옳은 길로 돌아가면 큰 사람인 즉 개과천선(改過遷善)의 용단(勇斷)이 있기 때문이다.

백화(白華)는 야생왕골이니 들판에 저절로 난 왕골이요, 관(菅)은 왕골을 베어 쪼개서 말렸다가 다시 물에 적시어 불린 왕골이다. 백모(白茅)는 띠를 베어서 말린 띠요, 속(束)은 얽어서 도구를 만드는 것이다. 지자(之子)는 이 집의 아들이니 곧 남편 되는 사람을 지칭하고, 비(俾)는 하여금, 아(我)는 아내가 자기를 지칭한 대명사이다. 영영(英英)은 뭉게뭉게 피어난 모양이고, 천보(天步)는 천운(天運)이며, 유(猶)는 같이 함께 함이다. 표지(澷池)는 강 이름인데, 섬서성(陜西省) 장안현(長安縣)에 있으니 빙지(冰池)라고도 한다. 석인(碩人)은 훌륭한 인격을 갖추어 허물이 있으면 반드시 고치는 사람이니 여기서는 남편이 용기 있게 반성하고 돌아오기를 바라면서 호칭한 것이다. 초(樵)는 거두는 것이고, 상신(桑薪)은 뽕나무 가지를 땔감으로 쓰는 것이며, 앙(卬)은 나를 지칭하는 대명사이다. 홍(烘)은 불을 피우는 것이요, 심(爁)은 화덕이니 한데서 솥을 걸고 쓰도록 쇠붙이나 흙으로 아궁이처럼 간단하게 만든 구조물이니 가난한 살림을 상징했다. 궁(宮)은 집이요, 조조(懆懆)는 근심이 많아 안달복달하는 모양이며, 매매(邁邁)는 대수롭지 않게 얼른얼른 지나가는 모양이다. 추(鷲)는 무수리니 황새과에 속하는 물새로 날개 길이 80cm, 꽁지 32cm, 부리 33cm 가량으로 키는 매우 크며 목은 굵은데 털 모양의 갈색 깃털이 나고 기부(基部)는 흰 깃털이 목도리 모양으로 둘렀다. 눈과 이마는 학처럼 붉고 등, 날개, 꽁지는 모두 검은 녹색이며 몸의 아랫부분은 희다. 연못이나 하천, 논에서 개구리, 게, 물고기 등을 잡아먹으며 가을에 큰 나무에 둥지를 짓고 세 개의 흰 알을 낳는다. 살은 짠맛이 도는데 한방에서 해독제로 쓰인다. 량(梁)은 징검다리요, 원(鴛)은 수징경이며 앙(鴦)은 암징경이니 원앙새는 암수가 짝을 지어 함께 살기 때문에 단란한 부부를 상징한다. 량(良)은 착한 양식(良識)이고 이삼(二三)은 변화무쌍함이며, 덕(德)은 마음이다. 변(扁)은 낮은 것이요, 저(疷)는 체증(滯症)이니 먹은 것이 소화가 되지 않은 위장병이다.

부부의 윤리(倫理)를 지켜 고독하게 살면서도 남편을 합리적으로 타일러 반성하고 돌아오기를 기다리는 간절한 염원은 정숙한 부인의 후덕한 정신이다.

면만황조　　　지우구아
縣蠻黃鳥여　　止于丘阿로다
도지운원　　　아로여하
道之云遠이니　我勞如何오
음지사지　　　교지회지
飮之食之며　　敎之誨之라가
명피후거　　　위지재지
命彼後車하야　謂之載之리라

꾀꼴꾀꼴 꾀꼬리여, 언덕빼기에 멈추누나
길이 멀다고 하니 나의 수고로움이 어떻겠소
마시고 먹으며 가르치고 깨우치다가
저 뒷수레에 명하여 싣고 되돌아가자고 하리

면만황조　　　지우구우
縣蠻黃鳥여　　止于丘隅로다
기감탄행　　　외불능추
豈敢憚行이리요　畏不能趨니라
음지사지　　　교지회지
飮之食之며　　敎之誨之라가
명피후거　　　위시새지
命彼後車하야　謂之載之리라

꾀꼴꾀꼴 꾀꼬리여, 언덕 모퉁이에 멈추누나
어찌 감히 가기를 꺼리리요, 잘 달리지 못할까 두렵구려
마시고 먹으며 가르치고 깨우치다가
저 뒷수레에 명하여 싣고 되돌아가자고 하리

면만황조　　　지우구축
縣蠻黃鳥여　　止于丘側이로다
기감탄행　　　외불능극
豈敢憚行이리요　畏不能極이니라
음지사지　　　교지회지
飮之食之하며　敎之誨之라가
명피후거　　　위지재지
命彼後車하야　謂之載之리라

8. 도인사(都人士)의 십(什)　209

꾀꼴꾀꼴 꾀꼬리여, 언덕 옆에 멈추누나
어찌 감히 가기를 꺼리리요, 잘 이르지 못할까 두렵구려
마시고 먹으며 가르치고 깨우치다가
저 뒷수레에 명하여 싣고 되돌아가자고 하리

　☯ 면만(緜蠻) 편은 세 장이 8구씩으로 된 비유시인데 사신이
과도한 임무를 맡아 완수하지 못할 것을 두려워하여 꾀꼬리새가
제자리에 멈추는 것으로 분수를 깨달아 감당하지 못할 일은 사양
해야 마땅함을 비유하였다.

　1장은 꾀꼬리가 언덕빼기에 멈추는 것으로 만물은 모두 각각
마땅히 멈추어야 할 곳이 있음을 밝히고 길이 멀기 때문에 자기
의 체력으로는 감당할 일이 못됨을 고백하고 어찌 억지로 격려하
고 설득하여 보냈다가 병이 나서 저 뒷수레로 중도에서 되돌아오
는 낭패를 당해야 되겠느냐고 사양하였고, 2장은 자기의 몸이 늙
어서 빨리 달려가지 못하므로 이 급박한 사신의 책무를 기일 내
에 수행하지 못할까를 두려워하여 고사(固辭)하였으며, 3장은 자
기의 몸에 병이 들어 가다가 중도에서 죽어 되돌아오는 낭패를
두려워하여 끝내 사양하였다.

　공자가 이 시를 『시경』에 편집한 이유는 사신의 막중한 책무
를 인식하고 길이 멀어 자기의 체력과 역량으로는 도저히 감당할
수 없음을 깨달아 정직하게 세 번 사양하는 것을 치하하기 위함
이다. 그러므로 일찍이 공자는 이 시를 해설하여 말하기를 "멈춤
에 그 멈출 곳을 알았으니 사람으로서 새만도 못할 것이냐?"
[『대학(大學)』 전3장(傳三章)]라고 하여 사람은 응당 마땅히 멈
추어야 될 자리에서 멈추어야 함을 역설하였는바 바로 명분이 바
르고 분수에 편안한 도덕이다.

　면만(緜蠻)은 꾀꼴꾀꼴이니 꾀꼬리의 소리이며, 황조(黃鳥)는
꾀꼬리이다. 구아(丘阿)는 언덕빼기요, 후거(後車)는 뒤에 따르는
부거(副車)로 사신(使臣)의 행차에 정사(正使)가 중도에서 병이
나면 부사(副使)에게 임무를 위임한 다음 정사는 뒷수레에 옮겨

타고 귀국하는 것이다. 구우(丘隅)는 언덕 모퉁이요, 탄(憚)은 꺼리는 것이며, 추(趨)는 빨리 달리는 것이다. 구측(丘側)은 언덕의 양쪽 옆이며, 극(極)은 도달하여 목적지에 이르는 것이다.

　외교사신으로 부름에 향연이나 찬사보다도 임무의 완수를 걱정하여 세 번 사양하였으니 더 이상 강요해서는 안 된다.

2-8-7 ──────────── 호엽(瓠葉) / 박 잎

　　　　　　　　　　번 번 호 엽　　　채 지 팽 지
　　　　　　　　　　幡幡瓠葉을　　采之亨之로다
　　　　　　　　　　군 자 유 주　　작 언 상 지
　　　　　　　　　　君子有酒어늘　酌言嘗之로다

너울너울한 박 잎을 따다가 삶는구나
군자에게 술이 있으니 술잔에 술을 쳐서 내가 맛을 본다오

　　　　　　　　　　유 토 사 수　　포 지 번 지
　　　　　　　　　　有兎斯首하야　炮之燔之로다
　　　　　　　　　　군 자 유 주　　작 언 헌 시
　　　　　　　　　　君子有酒어늘　酌言獻之로다

토끼를 잡아 머리를 쪼개 그슬리고 굽는구나
군자에게 술이 있으니 술잔에 술을 쳐서 내가 손님에게 올린다오

　　　　　　　　　　유 토 사 수　　버 지 적 지
　　　　　　　　　　有兎斯首하야　燔之炙之로다
　　　　　　　　　　군 자 유 주　　작 언 작 지
　　　　　　　　　　君子有酒어늘　酌言酢之로다

토끼를 잡아 머리를 쪼개 굽고 적을 부치누나
군자에게 술이 있거늘 술잔에 술을 쳐서 내가 주인에게 권한다오

　　　　　　　　　　유 토 사 수　　번 지 포 지
　　　　　　　　　　有兎斯首하야　燔之炮之로다

8. 도인사(都人士)의 십(什)　211

군 자 유 주   작 언 수 지
君子有酒어늘 酌言酬之로다

토끼를 잡아 머리를 쪼개 굽고 그슬리누나

군자에게 술이 있거늘 술잔에 술을 쳐서 내가 마시고 여러 손님
에게 권한다오

　☯　호엽(瓠葉) 편은 네 장이 4구씩으로 된 서사시인데 질박한
음식으로 연회를 개최하여도 음주의 예절을 지킴으로써 아리따운
기풍이 넘치는 절도를 간략하게 묘사한 내용이다.

　1장은 박 잎을 따서 삶아 나물을 만든 소박한 안주로 연회(宴
會)를 함에 주인이 술맛을 확인하는 과정을 기술하였고, 2장은 토
끼를 잡아 머리를 쪼개서 구워 주인이 먼저 제기(祭器) 술잔으로
큰손님에게 술을 올리는 절차를 기록하였으며, 3장은 큰손님이
술을 마신 다음에 그 잔을 씻어 술을 쳐서 주인에게 권하는 절차
를 기록하였고, 4장은 주인이 향음주례의 술잔으로 먼저 마시고
큰손님부터 차례로 여러 손님에게 권하는 연회절도를 서술하였
다.

　공자가 이 시를 『시경』에 편집한 이유는 비록 질박하고 적은
음식과 맛이 없는 술일지라도 예절을 엄격히 지켜 주인이 손님을
대접함에 정성을 다하고 손님이 주인을 공경하여 예법을 행하면
아리땁고 즐겁게 모여 조촐한 연회를 베풀 수 있는 것을 가르치
기 위함이니 앞 편의 면만(緜蠻)에서는 공직을 수행할 능력을 살
펴서 분수를 지킬 것을 깨우쳤고, 이 편에서는 경제적인 분수를
지켜야 함을 가르쳤으니 학자가 비교하여 연구하면 지족안분(知
足安分)의 경지에 들어갈 것이다.

　번번(幡幡)은 너울너울한 모양이고, 호(瓠)는 박이며, 팽(亨)은
팽(烹)이니 삶는 것이다. 작(酌)은 술잔에 술을 떠 담는 것이요,
언(言)은 나를 지칭하는 대명사이며, 상(嘗)은 술이 별로 맛이 없
기 때문에 쓸 만한지를 검사하여 맛보는 것이다. 유(有)는 경영하
여 잡는 것이고, 사(斯)는 도끼로 쪼개는 것이며, 포(炮)는 그슬리

는 것이요, 번(膰)은 굽는 것이다. 헌(獻)은 향례(饗禮)에 주인이 큰손님에게 제기(祭器) 술잔인 작(爵)으로 술을 드리는 것이다. 적(炙)은 적을 부치는 것이요, 작(酢)은 큰손님이 술을 마시고 그 술잔을 씻어 다시 주인에게 술을 권하는 것이다. 수(酬)는 주인이 향음주례(鄕飮酒禮) 술잔으로 먼저 한 잔을 마시고 큰손님 이하 여러 손님에게 차례로 술을 권하는 것이다.

연회에 예절을 지켜 모두 함께 즐긴다면 물질은 비록 질박해도 인정이 두터워질 것이니 그 경제적 부담이 적으므로 자주 연회를 베풀 수 있을 것이다.

2-8-8 ——— 참참지석(漸漸之石) / 우뚝우뚝한 돌이여

참 참 지 석 　　유 기 고 의
漸漸之石이여　維其高矣로다
산 천 유 원 　　유 기 로 의
山川悠遠하니　維其勞矣로다
무 인 동 정 　　불 황 조 의
武人東征이여　不遑朝矣로다

우뚝우뚝한 돌이여, 그 높기도 하구나
산과 내가 아득히 머니 그 수고롭다네
군인이 동쪽으로 정벌함이여, 아침밥을 먹을 겨를이 없다오

참 참 지 석 　　유 기 졸 의
漸漸之石이여　維其卒矣로다
산 천 유 원 　　갈 기 몰 의
山川悠遠하니　曷其沒矣요
무 인 동 정 　　불 황 출 의
武人東征이여　不遑出矣로다

우뚝우뚝한 돌이여, 그 뾰족한 끝이구나
산과 내가 아득히 머니 어찌 그 다하리요
군인이 동쪽으로 정벌함이여, 나올 겨를이 없다오

有豕白蹢하니　烝涉波矣며
유 시 백 적　증 섭 파 의
月離于畢하니　俾滂沱矣로다
월 리 우 필　비 방 타 의
武人東征이여　不遑他矣로다
무 인 동 정　불 황 타 의

돼지가 흰 발굽이 되었으니 모두 물결을 헤치고 건넜구나
달이 필성에 걸렸으니 하여금 큰비가 쏟아지겠네
군인이 동쪽으로 정벌함이여, 다른 일을 할 겨를이 없다오

☯ 참참지석(漸漸之石) 편은 세 장이 6구씩으로 된 서사시인데 동쪽으로 정벌하는 군사가 군사적 목적을 달성하기 위하여 전심전력하지만 역량이 부족하여 고군분투(孤軍奮鬪)하는 상황을 묘사하였다.

1장은 우뚝우뚝한 돌이 높은 것으로 적군이 강성하고 아군이 고단하여 지형과 형세가 불리함을 비유하면서 산천이 아득히 먼 것으로 정벌부대가 멀리 추격하여 종심이 매우 긴 것을 밝히고 아침밥을 먹을 겨를도 없이 작전에 열중해야 하는 악전고투(惡戰苦鬪)의 전황을 기술하였고, 2장은 우뚝우뚝한 돌의 그 뾰족한 끝으로 적군의 잔당이 아직 남아 있음을 비유하면서 마지막 소탕전으로 정벌을 종결하기 위해 도저히 빠져 나올 겨를이 없음을 통고하였으며, 3장은 멧돼지가 물을 건넜기 때문에 발굽이 흰 것으로 물이 많은 지형임을 밝히고 또한 달이 필성(畢星)에 걸린 것으로 큰비가 쏟아질 징조임을 지적하여 천기(天氣)까지 불리한 전황에서 다른 일을 할 겨를이 없음을 통지하였다.

공자가 이 시를 『시경』에 편집한 이유는 출정군의 각급 지휘관은 군사목표를 달성하기 위하여 독자적으로 전황을 판단하여 가장 신속하고 정확하게 승리를 쟁취하는 전권을 가지고 있으므로 그 전략전술을 자유롭게 구사하여도 무방함을 인정하고 아울러 멀리 떨어진 변방에서 적은 수의 약한 힘으로 아무런 도움도 없이 힘에 벅찬 일을 그악스럽게 해내는 용장(勇將)을 칭찬하기

위함이다.

참참(漸漸)은 높고 험하게 솟아 우뚝우뚝한 모양이며, 무인(武人)은 군인이고, 황(皇)은 겨를, 조(朝)는 조반(朝飯)이니 아침밥이다. 졸(卒)은 뾰족한 끝이요, 갈(曷)은 어찌, 몰(沒)은 다함이다. 적(蹢)은 발굽이고, 증(烝)은 모두, 리(離)는 달이 지면서 걸린 곳이며, 필(畢)은 필성(畢星)이니 달이 필성에 걸려서 지면 큰비가 내릴 조짐이다. 방타(滂沱)는 큰비가 쏟아지는 모양이고, 타(他)는 다른 일이다.

국가공무원은 일단 직책을 맡았으면 반드시 책임을 완수하는 것이 그 본령이니 급박하고 중대한 일을 능력이 모자란다고 중도에서 포기하는 것은 불충(不忠)이요, 불의(不義)이니 있는 힘을 다하여 모든 역량을 집중해서 기필코 완수하는 복무정신을 이 시에서 배워야 될 것이다.

2-8-9 ———— 초지화(苕之華) / 능소화나무의 꽃이여

초 지 화　　운 기 황 의
苕之華여 芸其黃矣로다
심 지 우 의　　유 기 상 의
心之憂矣여 維其傷矣로다

능소화나무의 꽃이여, 활짝 피어 그 노랗구나
마음의 근심이여, 오직 그 아프다오

초 지 화　　기 엽 청 청
苕之華여 其葉靑靑이로다
지 아 여 차　　불 여 무 생
知我如此인댄 不如無生이로다

능소화나무의 꽃이여, 그 잎이 푸릇푸릇
내가 이와 같음을 알진댄 생명이 없는 것만도 못하다오

장 양 분 수   삼 성 재 류
牂羊墳首며 三星在罶로다
인 가 이 식   선 가 이 포
人可以食이언정 鮮可以飽로다

암양의 큰 머리이며 세 별이 통발에 비추누나
사람이 먹을 수 있을지언정 배부를 수 있기는 드물다오

◑ 초지화(苕之華) 편은 세 장이 4구씩으로 된 비유시인데 학문과 재능이 부족한 사람이 학덕이 풍부하고 재능이 많은 사람 속에 끼어서 함께 더불어 출세한 관리의 고민을 능소화나무의 넝쿨이 다른 큰 나무를 타고 올라가서 아름답게 꽃을 피우는 것에 비유하였다.

1장은 능소화나무의 꽃이 활짝 피어 노랗게 빛나는 것으로 자기 자신의 실력이 아닌 남의 덕으로 높은 벼슬에 올라 화려하게 사는 것을 비유하면서 마음에 죄책감이 가득한 심경을 토로하였고, 2장은 능소화나무의 잎이 푸릇푸릇한 것으로 남에게 의지하여 출세한 권세임을 비유하면서 권력에 기생하는 극도의 수치심으로 차라리 무생물(無生物)처럼 감각기관이나 사유능력이 없었으면 이와 같이 괴롭지는 않을 것임을 탄식하였으며, 3장은 암양은 본래 머리가 작고 몸이 큰 것인데 먹지를 못하면 도리어 머리가 커지고 몸이 작아지며 통발에 고기가 들면 물결이 일어나서 해와 달과 별의 그림자가 생기지 않으나 통발에 고기가 들지 않으면 물결이 고요하여 해와 달과 별의 그림자가 생기는 것으로 능력도 없이 관직에 있는 사람은 겨우 먹고살기 위한 녹사(祿仕)로 만족해야지 배부르게 먹고 호화롭게 살아서는 안 되는 것을 비유하였다.

공자가 이 시를 『시경』에 편집한 이유는 나라의 관직을 수행함에는 그에 부합하는 학식과 재능을 갖추어야만 사업을 성공적으로 추진할 수 있는 것이므로 반드시 먼저 자기의 실력을 배양한 다음에 벼슬길에 나아가야 함에도 간혹 상사나 동료 또는 후배의 도움을 받아 승진하는 사람이 있나니 이러한 사람은 스스로 미안한 생각을 가지고 최소한의 행복에 만족해야 함을 깨우치기 위함이다. 인격과 관직은 별개문제임에도 소인배들은 관직의 높이로 인격의 높이를 삼으려고 하는바 그래서 소인배가 높은 벼슬을 하면 교만방자하여 안하무인(眼下無人)이 되는 것이다.

초(苕)는 능소화나무이니 능소화과에 속하는 낙엽만목이다. 키는 10m 가량이고 줄기에는 기근(氣根)이 있어 다른 물건을 타고 올라가며 잎은 깃 모양의 겹잎이다. 여름에 넓은 깔때기 모양의 누르고 불그스름한 큰 꽃이 줄기 끝에 핀다. 독이 있는 식물이기는 하나 꽃이 아름다우므로 관상용으로 가꾼다. 원산지는 중국이며 금등화, 자위라고도 한다. 운(芸)은 꽃이 많이 활짝 핀 모양이고, 청청(靑靑)은 푸릇푸릇하게 우거진 모양이며, 여차(如此)는 기생식물과 같은 존재라는 뜻이요, 무생(無生)은 무생물(無生物)이니 생(生)은 지각(知覺)운동신경과 사유감각기관을 통칭한 것이다. 장양(牂羊)은 암양이고, 분수(墳首)는 큰 머리이니 암양이 먹지 못하여 몸이 작아지고 머리가 커진 것으로 벼슬이 높을수록 녹(祿)을 적게 먹는다는 의미를 상징적으로 표현한 말이다. 삼성(三星)은 해와 달과 별의 삼광(三光)이요, 류(罶)는 통발이며, 선(鮮)은 적어서 드문 것이다.

어리석은 사람이 남의 덕으로 출세하고서는 배은망덕하는 무뢰배도 있고 겨우 그 은덕에 감사하여 보답하는 사람도 있으나 이 시를 지은이처럼 관직에 대한 죄책감과 사회에 대한 수치감을 느끼고 삼가 그 영광은 누리면서도 그 이득은 취하지 않은 양심적인 사나이는 보기 드물다.

2-8-10 ── 하초불황(何草不黃) / 어찌 풀이 누르지 않으리

하초불황　　　　하일불행
何草不黃이며　何日不行이리오

何人不將하야 經營四方이리오
어찌 풀이 누르지 않으며 어찌 날이 가지 않으리
어찌 사람이 나아가 사방을 경영하지 않으리오

何草不玄이며 何人不矜이리오
哀我征夫여 獨爲匪民가
어찌 풀이 검지 않으며 어찌 사람이 불쌍하지 않으리
슬퍼라 우리 먼 길을 가는 사람이여, 홀로 친할 만한 사람이 못
되었는가

匪兕匪虎어늘 率彼曠野로다
哀我征夫여 朝夕不暇로다
외뿔 난 들소도 아니고 범도 아니거늘 저 황량한 벌판을 따라가네
슬퍼라 우리 먼 길을 가는 사람이여, 아침저녁에도 틈이 없다오

有芃者狐여 率彼幽草로다
有棧之車여 行彼周道로다
꼬리가 치렁치렁한 여우여, 저 그윽한 풀을 따라가네
사다리가 있는 수레여, 저 큰길로 간다오

☯ 하초불황(何草不黃) 편은 네 장이 4구씩으로 되었으니 수장
과 2장은 서정시이고 3장과 졸장은 서사시인데 인간은 비록 하늘
의 피조물이지만 결국 천하를 경영하는 주인이기 때문에 무한히
새로운 세계를 개척하여 그 활동의 영역을 넓히는 일에 계속 정
진하는 창조정신을 찬양 고무한 내용이다.
  1장은 만물의 생존기간은 유한하여 한 때에 성하면 반드시 조

락(凋落)하고 세월은 흘러 한번 가면 다시 오지 않는 것이므로 사람도 살아 있을 때에 발전을 추구하여 나아가 사방을 경영해야 되는 인생의 대전제를 역설하였고, 2장은 풀이 시들어 검게 썩듯이 사람도 늙어 죽는 불쌍하고 허무한 존재이므로 무엇인가 삶의 가치를 탐구하는 사람은 외롭게 홀로 정진하여 사람들과 더불어 놀지 않기 때문에 마치 먼 길을 혼자서 가는 것처럼 독창적 사업에 일로매진(一路邁進)함을 노래하였으며, 3장은 신지식, 신기술, 신세계를 개척하는 사람은 외뿔 난 들소와 범처럼 무섭게 미지(未知)의 영역에 도전하여 저돌적으로 돌진하는 까닭에 아침저녁에도 쉴 틈이 없는 것을 기술하였고, 4장은 꼬리가 치렁치렁한 여우가 깊은 초원으로 가는 것으로 새로운 발견과 발명은 여우처럼 의심이 많아야 발굴하는 것임을 밝히고 또한 사다리가 있는 수레로 길을 만드는 공사를 해야 큰길을 개통하는 것을 서술하여 이미 아는 것을 의심하여 아직 알지 못한 것을 찾고, 새로운 진리를 발굴하여 이미 밝혀진 진리를 넓히는 것이 인간의 작업임을 선언하였다.

공자가 이 시를 『시경』 소아(小雅)의 끝에 편집한 이유는 고상하고 아름다운 인류문화를 끝없이 발전시켜야만 인류의 역사가 유구하게 진보할 수 있음을 교시하기 위함이니 아름다운 문화를 향유만 하고 계승발전 시키지 못하면 이것도 또한 문화의 정체요 역사의 침체이기 때문이다. 그러므로 공자가 진(陳)나라와 채(蔡)나라 사이에서 7일을 굶을 때에 외뿔소도 아니고 범도 아닌 것이 저 황야를 달린다는 이 편의 시구를 자로(子路)와 자공(子貢)과 안연(顏淵)에게 보여서 새로운 도덕세계를 개척하는 불퇴전(不退轉)의 용왕직진(勇往直進) 정신을 가르쳤던 것이다.

황(黃)은 가을에 서리가 내리면 풀이 시들어 누렇게 변색함이고, 장(將)은 진취적으로 나아감이다. 현(玄)은 풀이 누렇게 변색한 다음에 검게 썩는 것이요, 긍(矜)은 사람은 모두 늙어서 죽기 때문에 불쌍한 것이며, 정부(征夫)는 먼길을 가는 사람이니 독창적으로 깊이 연구하는 사람을 뜻하고, 비민(匪民)은 친할 만한 사람이 못되는 것이다. 시(兕)는 외뿔 난 들소이고, 호(虎)는 범이니 모두 저돌적으로 공격하는 맹수이며, 솔(率)은 따라가는 것이니 곧 탐험하는 것이다. 봉(芃)은 꼬리가 치렁치렁한 것이요, 호(狐)는 의심이 많은 짐승이며, 잔거(棧車)는 사다리를 설치한 수레이니 험한 지대에 도로를 개척하기 위한 공사용 수레이고, 주도(周道)는 큰길이다.

  인간의 생명은 유한하나 인류의 무한한 진리탐구 정신이 계속 이어지면 무한한 진리를 모두 밝힐 수 있는 것이므로 비록 앞의 사람이 밟지 않은 땅을 개척하는 것은 힘든 작업이고 미지(未知)의 세계를 연구하는 것은 고독한 도전이지만 결코 포기할 수 없는 것이다. 왜냐하면 인류의 발전은 새로운 문화를 창조하여야 역사의 진보를 기약할 수 있기 때문이다.

  ○ 도인사(都人士)의 십(什)은 10편 43장 200구로 되었으니 소아(小雅)의 마지막 십(什)으로 정치, 경제, 사회, 문화의 각 분야에서 특별히 아름다운 점을 모아서 찬미하였다. 도인사(都人士) 편은 지방민에게 교육을 베푼 은덕을 찬미하였고, 습상(隰桑) 편은 약소국을 원조하는 미덕을 노래하였으며, 채록(采綠) 편은 부부간의 정이 두터운 아내의 절제된 애정표현을, 백화(白華) 편은 부부간의 정이 얄팍한 아내의 도덕적 애정표현을 다루었으며, 서묘(黍苗) 편은 토목공사의 과학적 경영을, 참참지석(漸漸之石) 편은 고군분투하는 장군의 책임정신을 찬양하였고, 면만(緜蠻) 편은 능력이 없어 중책을 사양하는 건강의 분수를 지키는 것이며, 호엽(瓠葉) 편은 경제적 분수를 지키는 질박한 연회의 기쁨을 평가한 내용이요, 초지화(苕之華) 편은 과분한 벼슬에 대한 죄책감과 수치심을 인정하였으며, 하초불황(何草不黃) 편은 미지의 세계에 대한 탐구정신과 개척정신을 고무찬양 하였으니 전체적으로 모두 인류의 영원한 희망의 소리이다.

Ⅲ. 대아(大雅)

대아(大雅)에 대한 해설은 이미 소아(小雅)에서 했으니 여기서
는 생략한다. 다만 대아(大雅)는 주(周)나라의 높은 정치문화의
이상과 규모를 노래한 것이므로 소아(小雅)보다도 그 차원이 한
층 높아서 더욱 장엄하고 성대하다. 그러나 주나라의 정치문화도
초기의 광명 정대한 규범과 평화로운 질서가 무너지고 차차 안일
한 타성에 젖어 국력이 쇠퇴함에는 전통이 단절되고 문화적 사상
적 정체성을 상실하여 세계를 통일하여 다스리는 지도력을 상당
히 잃었기 때문에 혼란을 우려하고 경계하는 노래를 연주하게 되
었다. 그리하여 후유(後儒)들이 또한 정대아(正大雅)와 변대아(變
大雅)로 분류하였으니 그 시체(詩體)의 격(格)이 다르기 때문이다.

1. 문왕(文王)의 십(什)

십(什)에 대한 해설은 녹명(鹿鳴)의 십(什)에서 해설하였다.

3-1-1 ─────── 문왕(文王) / 문왕의 신령

문 왕 재 상 　　　오 소 우 천
文王在上하사　　　於昭于天하시니

주 수 구 방 　　　기 명 유 신
周雖舊邦이나　　　其命維新이로다

유 주 불 현 　　　제 명 불 시
有周不顯이라도　　帝命不時러니

문 왕 척 강 　　　재 제 좌 우
文王陟降하야　　　在帝左右로다

문왕의 신령이 위에 계시어 아, 하늘에 나타나시니
주나라가 비록 오래된 나라이지만 그 운명을 크게 고쳐 새롭노다
주나라는 나타내지 않아도 하느님의 명령은 불시에 내리나니
문왕의 신령이 오르내리시어 하느님의 좌우에 계시도다

미 미 문 왕 　　　영 문 불 이
亹亹文王이여　　　令聞不已하시니

진 석 재 주 　　　후 문 왕 손 자
陳錫哉周하시도다　侯文王孫子여

문 왕 손 자 　　　본 지 백 세
文王孫子가　　　　本支百世하며

범 주 지 사 　　　불 현 역 세
凡周之士는　　　　不顯亦世로다

부지런하고 부지런한 문왕이여, 아름다운 명성이 그치지 아니하
시니
　베풀어줌을 비로소 두루 하시도다 아름다운 문왕의 손자여

문왕의 덕을 손자들이 뿌리와 가지처럼 일백 세대에 이을지며
모든 주나라의 선비는 나타내지 않은 덕을 또한 역대로 이으리
로다

세지불현　　　　궐유익익
世之不顯은　　　厥猶翼翼이로다
사황다사　　　　생차왕국
思皇多士가　　　生此王國하니
왕국극생　　　　유주지정
王國克生하야　　維周之楨이로다
제제다사　　　　문왕이녕
濟濟多士여　　　文王以寧이로다

세상에 나타내지 않음은 그 오히려 공경하고 공경함이로다
아름다운 많은 선비가 이 왕국에서 나오기를 바라시니
왕국을 잘 살리어 오직 주나라의 울타리 기둥이로세
단정하고 단정한 많은 선비여, 문왕의 신령을 편안히 하도다

목목문왕　　　　오즙희경지
穆穆文王이여　　於緝熙敬止로다
가재천명　　　　유상손자
假哉天命이여　　有商孫子니라
상지손자　　　　기려불억
商之孫子가　　　其麗不億하니
상제기명　　　　후우주복
上帝旣命이라　　侯于周服이로다

그윽하고 그윽하신 문왕이여 아, 계속 환하시어 공경에 멈추시
도다
크도다 하늘의 명령이여, 상나라 손자가 가지고 있었다네
상나라 손자가 그 베풀어 이바지하지 않으니
하느님이 이미 명령하므로 아름답게 주나라에 복종하도다

후복우주　　　　천명미상
侯服于周하니　　天命靡常이라
은사부민　　　　관장우경
殷士膚敏하야　　祼將于京하니
궐작관장　　　　상복보후
厥作祼將이여　　常服黼冔로다

왕 지 신 신 　　　　무 넘 이 조
王之藎臣이여　　無念爾祖아

아름답게 주나라에 복종하니 하늘의 명령은 항상 됨이 없음이라
은나라 선비가 뛰어나고 슬기로워 도읍에서 강신례를 도우니
그 일하여 강신례를 도움이여, 항상 은나라의 제례복과 관을 입
는구나
왕의 충신이여, 너의 조상을 생각함이 없는가

무 넘 이 조 　　　　율 수 궐 덕
無念爾祖아　　聿修厥德이어다

영 언 배 명 　　　　자 구 다 복
永言配命하야　　自求多福이니라

은 지 미 상 사 　　　극 배 상 제
殷之未喪師엔　　克配上帝러니

의 감 우 은 　　　　준 명 불 이
宜鑑于殷이어다 駿命不易니라

너의 조상을 생각함이 없는가, 그 덕을 이어 닦을지어다
길이 천명에 짝하여야 스스로 많은 복을 얻으리라
은나라가 대중을 잃지 않음엔 하느님을 잘 짝했나니
마땅히 은나라에서 살필지어다, 큰 명령은 쉽지 않으니라

닝 시 불 이 　　　　무 알 이 궁
命之不易니　　無遏爾躬이어다

선 조 의 문 　　　　유 우 은 자 천
宣昭義問하며　　有虞殷自天하라

상 천 지 재 　　　　무 성 무 취
上天之載는　　無聲無臭하나니

의 형 문 왕 　　　　만 방 작 부
儀刑文王하면　　萬邦作孚하리라

큰 명령은 쉽지 않으니 너의 몸에서 그침이 없을지어다
밝게 베풀어 의롭게 분부하며 또한 은나라처럼 되는 것을 걱정
함을 하늘로부터 하라
하느님의 일은 소리도 없고 냄새도 없나니
문왕을 본받으면 일만 나라가 일어나서 믿으리로다

◑ 문왕(文王) 편은 일곱 장이 8구씩으로 된 서사시인데 주(周)나라 무왕(武王)이 문왕(文王)의 덕치인정(德治仁政)을 표방하고 포악한 독재자인 은(殷)나라 주(紂)를 제거하여 혁명을 완수하고 천하를 새롭게 다스리다가 붕(崩)하므로 아들 성왕(成王)이 왕위를 계승하니 주공(周公)이 성왕을 보필하면서 이 시를 지어 왕과 모든 신하들이 문왕과 무왕의 천명(天命)을 받들고 인민을 사랑하는 정신을 본받아 은나라의 폭군 주(紂)처럼 나라를 멸망하는 치욕스러움이 없도록 하라고 경계한 내용이다.

1장은 문왕의 신령이 위에 계시어 하늘에 밝게 나타나시니 주(周)나라가 비록 오래된 나라이지만 문왕이 대대적으로 정치개혁을 단행하여 국가의 운명이 새로워졌음을 밝히고 주나라를 경영함에 그 속마음을 나타내지 않더라도 하느님은 정밀하게 살펴 불시(不時)에 재앙과 복을 내리는 까닭에 문왕의 신령이 이를 두려워하여 하늘과 땅을 오르내리면서 하느님의 주변에 계심으로 주나라의 왕은 문왕을 하늘처럼 받들고 또한 하느님을 문왕처럼 받들도록 강조하였고, 2장은 문왕이 부지런히 천리(天理)를 밝히고 인심(人心)을 바로잡아 지극히 착한 정치를 하여 아름다운 명성이 지금도 그치지 않은 것은 문왕의 정치행정이 어진 이를 어질게 대우하고 인민에게 이롭게 정책을 펴서 두루 공평한 정치문화를 스스로 창조하였으면서도 그 공적을 나타내어 자랑하지 않은 겸양의 미덕이 있었기 때문임을 밝히고 아름다운 문왕의 덕을 이은 자손들은 길이길이 백 대에 걸쳐 자기의 정치업적을 자랑하지 않은 미덕을 계승할 것이며 모든 주나라의 선비들도 또한 나타내지 않은 미덕을 평생 간직하라고 당부하였으며, 3장은 자기의 공적을 세상에 나타내지 않음은 바로 하늘을 공경하고 인민을 존중하는 경건한 자세임을 밝히고 천하를 경영하는 올바른 자세는 천시(天時)를 받들고 민심(民心)에 순응하는 것이므로 시대발전에 부응하여 인민의 자치를 권장하여 아름다운 많은 선비가 이 나라에서 나오기를 바라면서 많은 선비가 나와서 왕국을 잘살게 하여 주나라의 지방국가를 자치적으로 건설하는 것이 문왕의 신령을 편안히 받드는 길임을 호소하였고, 4장은 그윽하고 그윽하신 문왕의 순결한 마음씨는 한결같고 환하게 밝고 공경함에 멈추시어 정치지도자로서의 사명을 다할 뿐이요 그 밖의 것을 기대하지 않았기 때문에 천명(天命)을 받게 되었음을 밝히고 일찍이 위대한 천명이 상(商 : 곧 殷)나라 후손인 주(紂)에게 있었으나 그 정책을 베풀면서 인민대중에게 이바지하지 않으므로 하느님이 상나라의 천명을 거두어 주나라에 주게 된 배경을 설명하였으며, 5장은 천명(天命)은 무상(無常)하여 일정 불변한 것이 아님을 밝혀 민심(民心)을 얻으면 천명을 얻고 민심을 잃으면 천명을 잃은 까닭에 주(周)나라의 모든 관료들은 은(殷)나라의 멸망을 거울삼아 조상의 건국정신을 잊지 말도록 경계하였고, 6장은 성왕(成王)에게 문왕과 무왕이 순수한 마음으로 인민을 위하여 헌신 봉사했던 공명정대(公明正大)한 덕을 계승하여 닦아서 길이 천명에 짝하여 천하의 인류가 안락태평함을 추구하라고 부탁하면서 은나라도 처음에는 하느님을 잘 짝했지만 나중에는 교만 방자하여 주지육림(酒池肉林) 속에 방탕하다가 멸망했음을 거울로 삼으라고 경계하였으며, 7장은 끝으로 제후들에게 시종일관 천명을 받들고 인민을 사랑하여 나라를 멸망한 임금이 되지 말도록 경고하였으니 하느님의 일은 소리도 없고 냄새도 없으므로 항상 경계하고 조심하여 문왕의 부지런한 정치사업 추진력을 힘써 배우고 또한 문왕의 그윽한 겸양정신으로 정치업적을 과시하지 않은 미덕을 본받으면 천하만방의 인민으로부터 신임을 받을 것임을 깨우쳤다.

공자가 이 시를 대아(大雅)의 첫머리에 놓은 까닭은 대동태평(大同太平)세계를 건설하는 치국(治國), 평천하(平天下)의 요령은 정치지도자의 투철한 사명의식과 탁월한 사업추진력 그리고 정치공적을 자랑하지 않은 겸양정신을 갖추어 시대발전에 부응하여 민주자치문화를 창조함에 있음을 밝히기 위함이다. 그러므로 주(周)나라는 예악(禮樂)정치를 베풀어 모든 사람이 공경하고 사양하고 감사하는 가운데 인생의 행복을 스스로 즐기도록 하는 자율적 인문주의(人文主義) 정신을 크게 고취하였으니 인류문명의 극치에 도달했던 것이다.

문왕(文王)은 주(周)나라 문왕의 신령(神靈)이다. 문왕은 순수한 도덕심으로 일관하여 백성을 보기를 상처 다루듯이 하면서 특히 홀아비, 과부, 고아, 자식이 없는 노인을 잘 보살피고 천하의 인재를 등용하여 자율자치제도를 정착해서 복지낙원을 건설하였으니 그 사상적 핵심은 『주역(周易)』이다. 오(於)는 감탄사, 소(昭)는 밝게 나타남이고, 명(命)은 나라의 운명이며, 유신(維新)은 정치체제를 대대적으로 혁신함이다. 불현(不顯)은 정치업적을 밖으로 선전하지 아니함이요, 제명(帝命)은 천명(天命)이며, 불시(不時)는 기약한 때가 없이 아무 때나 마음대로 한다는 뜻이고, 제좌우(帝左右)는 하느님의 곁이다. 미미(亹亹)는 부지런히 힘쓰는 모양이고, 영문(令聞)은 아름다운 명성이며, 진(陳)은 베풂이요, 재(哉)는 비로소, 주(周)는 두루 공평함이다. 후(侯)는 아름다운 것이요, 본(本)은 뿌리이니 조상이고, 지(支)는 가지이니 자손이다. 백세(百世)는 3천 년이니 백 대(百代)를 뜻한다. 익익(翼翼)은 공경하고 삼가는 모양이며, 사(思)는 바라는 것이고, 황(皇)은 아름다운 것이다. 정(楨)은 울타리의 양쪽에 세운 기둥이며, 제제(濟濟)는 단정한 모양이다. 목목(穆穆)은 깊고 멀어서 그윽한 모양이고, 오(於)는 감탄사, 즙(緝)은 한결같이 계속함이요, 희(熙)는 밝게 빛남이며, 지(止)는 멈추어 그침이다. 가(假)는 큰 것이요, 상(商)은 은(殷)나라의 도읍이름이니 국명으로도 쓴다. 려(麗)는 베풀어 시행함이고, 억(億)은 이바지함이다. 상제(上帝)는 만물을 주재하는 하느님이고, 후(侯)는 아름다움이다. 천명(天命)은 천수(天數)이니 하느님이 민심(民心)에 따라 천자(天子)로 명하는 운수이다. 미상(靡常)은 항상 됨이 없음이니 민심(民心)에 따라 수시로 변화하여 바뀐다는 뜻이다. 부(膚)는 뛰어난 것이고, 민(敏)은 슬기로운 것이며, 관(祼)은 제사에 맑은 술을 땅에 부어서 강신례(降神禮)를 행하는 것이요, 장(將)은 돕는 것이다. 경(京)은 주나라의 도읍이고, 작(作)은 일하는 것이니 작업이요, 보(黼)는 문장을 수놓은 치마이고, 후(冔)는 은(殷)나라의 관(冠)이니 은나라 선비들이 주나라에 벼슬하였지만 자기들의 전통의복을 입은 것이다. 신신(藎臣)은 충성스러운 신하요, 률(聿)은 계승하여 이은 것이고, 영(永)은 길이, 배(配)는 배합(配合)이니 섞어서 하나로 합침이다. 명(命)은 천명(天命)이요, 사(師)는 서민대중이며, 감(鑑)은 살펴서 거울로 삼는 것이다. 준명(駿命)은 대명(大命)이니 곧 천명(天命)이고, 불이(不易)는 유지하기가 쉽지 않다는 뜻이다. 알(遏)은 그침이니 곧 끊어짐이요, 선(宣)은 베풀어줌이요, 소(昭)는 밝은 것이며, 문(問)은 분부하여 명령함이다. 유(有)는 또한, 우(虞)는 걱정하는 것이다. 상천(上天)은 하느님이니 조물주(造物主)이고, 재(載)는 일이며, 무성무취(無聲無臭)는 소리도 냄새도 없기 때문에 헤아려 알기가 어렵다는 뜻이요, 의형문왕(儀刑文王)은 문왕의 순수한 마음으로 인류의 행복을 위하여 헌신노력을 하면서도 그 공적을 선전하지 않은 미덕을 본받는 것이다. 만방(萬邦)은 세계만방이고, 작부(作孚)는 일어나서 신임한다는 뜻이다.

천명(天命)을 받으려면 먼저 민심(民心)을 얻어야 되고 하늘의 일을 알고자 하면 먼저 문왕의 일을 본받으라고 하였으니 문왕의 마음은 곧 하늘의 마음이고 문왕의 사업은 곧 하늘의 사업이었기 때문이다. 따라서 하늘이 만물을 살리면서도 자랑함이 없듯이 문왕도 만민을 살리면서도 공적을 과시함이 없었던 것이니 요(堯)의 어어삐 공경하고 잘 사양하며, 순(舜)의 온공(溫恭)하고 신실(信實)한 천덕왕도(天德王道)의 대통(大統)과 도통(道統)을 계승하는 도량이었다. 이 시를 지은 주공(周公)의 천하국가 경영철학도 역시 『주역(周易)』에 모두 갖추어 있다.

3-1-2 ─────── 대명(大明) / 대아의 밝음

명 명 재 하　　혁 혁 재 상
明明在下하면 赫赫在上이니라
천 난 침 사　　불 이 유 왕
天難忱斯라 不易維王이니
천 위 은 적　　사 불 협 사 방
天位殷適을 使不挾四方하시니라

밝고 밝음이 아래에 있어야 빛나고 빛남이 위에 있느니라
하느님은 믿기가 어려우므로 쉽지 않은 것이 오직 왕의 자리로다
천자의 자리에 있던 은나라의 왕손을 하여금 사방의 나라를 가
지지 못하게 하시니라

지 중 씨 임 摯仲氏任이	자 피 은 상 自彼殷商으로
내 가 우 주 來嫁于周하야	왈 가 우 경 曰嬪于京하고
내 급 왕 계 乃及王季로	유 덕 지 행 維德之行이로다
태 임 유 신 大任有身하야	생 차 문 왕 生此文王이로다

지나라 가운데 공녀 임씨가 저 은나라 상나라로부터
주나라에 시집을 와서 도읍에 빈공이 되고
이에 왕계와 더불어 덕을 행하니
태임이 임신을 하여 이 문왕을 낳았네

유 차 문 왕 維此文王이	소 심 익 익 小心翼翼하며
소 사 상 제 昭事上帝하여	율 회 다 복 聿懷多福이로다
궐 덕 불 회 厥德不回하여	이 수 방 국 以受方國하니라

오직 이 문왕은 작은 마음으로 경건히 공경하며
하느님을 밝게 섬기어 많은 복을 계속 타도다
그 덕을 바꾸지 아니하여 사방의 나라를 받았네

천 감 재 하 天監在下하야	유 명 기 집 有命旣集이라
문 왕 초 재 文王初載에	천 작 지 합 天作之合하니
재 흡 지 양 在洽之陽하며	재 위 지 사 在渭之涘하야
문 왕 가 지 文王嘉止에	대 방 유 자 大邦有子로다

하느님의 살핌이 아래에 있어 천명이 이미 나아가므로

문왕의 초년에 하늘이 배필을 내니
흡수의 양지 쪽에 있고 위수의 물가에 있어
문왕이 결혼을 함에 큰 나라에 따님 있었네

대 방 유 자　　　　　견 천 지 매
大邦有子하니　　倪天之妹로다
문 정 궐 상　　　　　친 영 우 위
文定厥祥하고　　親迎于渭함에
조 주 위 량　　　　　불 현 기 광
造舟爲梁하니　　不顯其光이로다

큰 나라에 따님이 있으니 하느님의 누이에 견주리로다
아름답게 그 상서로운 혼인을 정하고 위수에서 친히 신부를 맞
이함에
배를 엮어 다리를 만드니 그 광채를 나타내지 않음이었네

유 명 자 천　　　　　명 차 문 왕
有命自天이라　　命此文王을
우 주 우 경　　　　　찬 녀 유 신
于周于京이어늘　纘女維莘의
징 자 유 행　　　　　독 생 무 왕
長子維行하니　　篤生武王이로다
보 우 명 이　　　　　섭 벌 대 상
保右命爾하아　　燮伐大商하니라

명령을 하늘로부터 얻으므로 이 문왕을
주나라에, 도읍에 임금으로 명하거늘 여자의 일을 이어 오직 신
나라의
큰따님이 오직 실행하니 충실하게 무왕을 낳았도다
그이를 보호하며 돕고 명령하여 큰 상나라를 협동하여 정벌하였네

은 상 지 려　　　　　기 회 여 림
殷商之旅가　　　其會如林하야
시 우 목 야　　　　　유 여 후 흥
矢于牧野하니　　維予侯興이로다
상 제 임 여　　　　　무 이 이 심
上帝臨女하시니　無貳爾心이어다

은나라 상나라 군대가 그 모임이 숲과 같거늘

목야 땅에 진을 치니 오직 우리 제후가 떨치고 일어나누나
하느님이 너희에게 임하였나니 너의 마음을 바꾸지 말라 양

목 야 양 양 　　　단 거 황 황
牧野洋洋하니　**檀車煌煌**하며
사 원 방 방 　　　유 사 상 보
駟騵彭彭이로다　**維師尙父**가
시 유 응 양 　　　양 피 무 왕
時維鷹揚하야　**凉彼武王**하야
사 벌 대 상 　　　회 조 청 명
肆伐大商하니　**會朝淸明**이로다

목야의 벌판이 넓고도 넓으니 박달나무수레가 번쩍번쩍
네 마리의 배 희고 갈기 검은 말이 웅기중기, 태사 상보가
때로 매가 하늘로 날 듯이 하여 저 무왕을 시원하게 하며
큰 상나라를 마구 정벌하니 어우러져 싸우던 아침이 맑게 밝았
도다

◑ 대명(大明) 편은 여덟 장으로 수장, 3장, 5장, 7장은 6구씩이
고 2장, 4장, 6장, 졸장은 8구씩으로 된 서사시인데 밝고 밝은 사
람이 아래에 있어야 빛나고 빛나는 공적을 위에서 이룩할 수 있
다는 사실을 밝혔으니 태임(大任)이 왕계(王季)를 밝게 내조하여
문왕(文王)을 낳고 태사(太姒)가 문왕을 밝게 내조하여 무왕(武
王)을 낳으니 태사(太師) 상보(尙父)가 무왕을 밝게 보필하여 주
(紂)를 정벌해서 혁명을 완수한 역사를 기술하였다.
　1장은 밝고 밝은 덕이 아래에 있어야 빛나고 빛나는 공적이 위
에 있다는 역사의 대전제를 밝히고 천명(天命)은 왕의 정치적 득
실에 따라 무상(無常)하게 옮기는 까닭에 은(殷)나라의 천자(天
子)인 주(紂)가 어지러운 정치를 하여 천명을 잃은 독재자로 전락
했음을 증언하였고, 2장은 지(摯)나라 공녀(公女)인 태임(大任)이
주(周)나라 공자(公子)인 왕계(王季)와 혼인을 하여 밝고 착한 덕
으로 내조(內助)해서 문왕(文王)을 낳으니 마침내 왕계가 주나라
의 임금이 된 과정을 기술하였으며, 3장은 문왕(文王)이 조심하면

공경하여 밝게 하느님을 섬겨 많은 복을 계속 타면서 그 덕을 바꾸지 않으므로 마침내 주나라의 임금이 된 사실을 기록하였고, 4장은 하늘이 문왕의 배필로 흡수의 북쪽에 있는 위수의 물가에 아리따운 요조숙녀(窈窕淑女)를 이미 점지하였음을 서술하여 태사(太姒)의 덕이 뻬어났음을 찬미하였으며, 5장은 태사가 큰 나라의 공녀출신으로 그 아름다움이 하느님의 누이에 견줄 만하였음을 밝히고 문왕이 태사와 혼인하면서 예법을 갖추어 신부집에까지 직접 가서 맞이하는 친영(親迎)을 함에 배를 엮어 다리를 만들었으니 그 길이 멀고 매우 험난하였지만 신부를 지극히 존중하였음을 증명하여 문왕이 그 광채를 나타내지 않고 신부에게 겸손하였음을 기술하였고, 6장은 문왕이 왕계(王季)의 뒤를 이어 임금이 되니 태사(太姒)가 태임(太任)의 일을 이어받아 문왕을 내조하면서 무왕을 낳으므로 하늘이 무왕을 보호하며 돕고 명령하여 천하의 제후(諸侯)들과 협동하여 상(商)나라의 주(紂)를 정벌한 과정을 기록하였으며, 7장은 은나라의 많은 군대가 숲처럼 목야(牧野) 땅에 집결하여 진을 치고 대항하니 우리 제후들이 일심단결하여 일어나 진격함에 정의(正義)는 반드시 사리사욕을 추구하는 도당을 쳐서 이겨야 되는 정의필승(正義必勝)의 군사혁명의 당위성을 설파하였고, 8장은 무왕이 이끄는 제후의 군대가 크게 승리하여 독재자를 처단하고 혁명을 성공적으로 완수하여 혁혁한 공업을 세운 것은 태사(太師) 상보(尙父 : 太公望)의 밝은 보필(補弼)에 힘입었음을 밝혔다.

공자가 이 시를 『시경』에 편집한 이유는 하늘은 착한 도덕을 좋아하고 사악한 패륜을 싫어하기 때문에 임금이 착하면 천명(天命)을 받지만 만일 임금이 음란하면 천명을 잃어서 독재자로 전락하는 천명무상(天命無常)의 진리를 밝혀 임금이 혁혁한 정치공적을 이루기 위해서는 먼저 밝고 착하게 보필하는 인재가 많아야 함을 깨우치기 위함이다. 그러므로 일찍이 공자는 말하기를 순(舜)임금은 어진 신하 다섯 사람, 즉 우(禹), 후직(后稷), 설(契), 고요(皐陶), 백익(伯益)이 있어 천하가 잘 다스려졌다고 하였고 무왕(武王)은 더욱 많아서 10명의 어진 신하가 있었으니 9명의

신하는 곧 주공(周公), 소공(召公), 태공(太公), 필공(畢公), 영공
(榮公), 태전(太顚), 굉요(閎夭), 산의생(散宜生), 남궁괄(南宮适)이
고, 하나는 무왕의 부인 읍강(邑姜)이었다고 격찬하였던 것이다.
(『論語』 泰伯)

명명(明明)은 인문주의적 지성이 밝은 모양이고, 혁혁(赫赫)은
자연과학과 인문과학과 사회과학을 뚜렷이 밝혀 정치사업을 크게
성공하여 천명(天命)을 받고 나라의 정체성(正體性)을 확고하게
세운 권위이다. 침(忱)은 믿음이요, 불이(不易)는 쉽지 않음이며,
천위(天位)는 천자의 자리이다. 은(殷)은 탕(湯)임금이 세운 상
(商)나라를 17대 임금 반경(盤庚)이 도읍을 지금의 하남성 은(殷)
땅으로 옮기고 국호를 은이라고 고친 것이요, 적(適)은 적사(適
嗣)이니 탕임의 태묘(太廟)에 제사를 지내는 적손(適孫)인데 여기
서는 독재자 주(紂)를 지칭하며, 협(挾)은 가지는 것이요, 사방(四
方)은 사방의 제후국(諸侯國)이다. 지(摯)는 나라이름이고, 중(仲)
은 가운데, 임(任)은 성씨이니 곧 주(周)나라 왕계(王季)와 혼인하
여 태왕(太王)의 며느리가 되고 문왕(文王)을 낳은 태임(太任)을
지칭한 것이다. 상(商)은 은(殷)나라의 옛이름이니 지(摯)나라가
상나라 때부터 있었던 오래 된 제후국임을 밝힌 것이다. 빈(嬪)은
빈궁(嬪宮)이니 왕의 자리를 이어받을 왕자의 비(妃)라는 뜻이고,
경(京)은 주나라의 수도요, 왕계(王季)는 이름이 계력(季歷)으로
태왕(太王)의 셋째 아들이며 문왕의 아버지이다. 태왕의 아들은
셋인데 첫째가 태백(泰伯), 둘째가 중옹(仲雍), 셋째가 계력(季歷)
이었다. 계력이 문왕을 낳으니 성인(聖人)의 덕(德)이 있으므로
태백과 중옹이 남쪽 변방으로 가서 자취를 숨겼다. 이에 태왕이
계력에게 전위(傳位)하였다. 신(身)은 임신한 몸이다. 문왕(文王)
은 무왕의 아버지로 『주역(周易)』을 연구하여 인문과학적 합리
주의와 자연과학적 합리주의와 사회과학적 합리주의를 남김 없이
밝혀 하늘, 땅, 사람의 삼극(三極)의 도를 확립해 문명한 정치를
함으로써 이미 천하를 셋으로 나누어 그 둘이 문왕을 받들었지만
끝까지 사양하고 은나라 주(紂)를 천자로 섬겼으니 공자가 지덕
(至德)이라고 칭송하였다. 소심(小心)은 세밀하게 살피는 신중함

이고, 익익(翼翼)은 모든 사물을 공경하는 모양이다. 회(懷)는 타는 것이요, 회(回)는 바꾸는 것이며, 방(方)은 사방이다. 감(監)은 살펴봄이요, 집(集)은 나아감이며, 재(載)는 년(年)과 같고, 합(合)은 배(配)와 같으며, 흡(洽)은 강이름인데 섬서성(陝西省) 합양현(郃陽縣)에서 하양현(夏陽縣)으로 흐르는 물줄기이며, 위(渭)도 강이름인데 감숙성(甘肅省) 위원현(渭源縣)의 서북쪽 오서산(烏鼠山)에서 발원하여 섬서성(陝西省)을 거쳐 낙수(洛水)와 합쳐 황하(黃河)로 들어간다. 사(涘)는 물가이고, 가(嘉)는 가례(嘉禮)이니 곧 혼례(婚禮)로 두 성씨의 집안이 아름답게 사귄다는 뜻이고, 대방(大邦)은 광대한 지역을 가진 나라로 곧 신(莘)나라를 지칭하며, 자(子)는 딸이니 태사(太姒)를 지칭한다. 견(俔)은 견주어봄이요, 문(文)은 아름다운 말씀과 절도이니 혼인의 예법절차를 갖춤이다. 친영(親迎)은 신랑이 직접 신부의 집에 가서 맞이하여 오는 혼례의 가장 중요한 예법이며, 조주(造舟)는 배를 엮어 서로 부치는 것이고, 량(梁)은 배다리이니 멀고 험한 길을 뜻하는 표현이다. 불현기광(不顯其光)은 문왕이 신부의 집안과 나라를 지극히 공경하여 전혀 폐해를 끼치지 않음과 동시에 겸손하게 신부를 위하고 받들어 조금도 자랑하거나 뽐내지 않았다는 뜻이다. 찬(纘)은 계승히여 이음이요, 녀(女)는 태임(太任)이 했던 여자의 일이니 곧 궁중에서 임금을 도와 내조(內助)하는 일이다. 신(莘)은 나라이름이고, 장자(長子)는 큰딸이니 곧 태사(太姒)를 지칭한다. 독(篤)은 충실함이니 독생(篤生)은 산모와 아기가 모두 충실하게 출산함이다. 무왕(武王)은 문왕의 큰아들로 문왕이 30세에 낳았다. 우(右)는 돕는 것이고, 이(爾)는 무왕을 지칭하는 대명사이며, 섭벌(爕伐)은 협동하여 정벌함이요, 대상(大商)은 큰 상나라이니 곧 은나라이다. 려(旅)는 군대이고, 여림(如林)은 숲에 나무가 빽빽하듯이 많다는 뜻이다. 시(矢)는 진을 친 것이고, 목야(牧野)는 지명이니 은나라 도읍인 조가(朝歌) 남쪽 70리(里) 밖의 교외에 있는데 지금의 하남성(河南省) 기현(淇縣)의 남쪽에 있다. 여후(予侯)는 혁명군을 거느리고 함께 주(紂)를 정벌하는 우리 제후(諸侯)들이며, 여(女)는 정의로운 혁명군이요, 이(貳)는 의심하고 바꾸는 것이며, 이심(爾心)은 천하의 도의를 밝히고 인민을 해방하려는 떳떳한 양심(良心)이다. 양양(洋洋)은 넓은 모양이요, 단거(檀車)는 박달나무로 만든 튼튼한 전차이며, 황황(煌煌)은 선명하게 번쩍이는 모양이다. 원(駽)은 배가 희고 갈기가 검은 말이며, 방방(彭彭)은 많이 모여 웅기중기한 모양이고, 사(師)는 태사(太師)이니 3공(三公)의 직으로 문관의 으뜸가는 벼슬이요, 상보(尙父)는 성이 강(姜), 이름은 려상(呂尙)을 높이 부르는 말이다. 문왕의 할아버지 고공단보(古公亶父 : 大王)가 장차 성인(聖人)이 주나라에 이르면 그 사람의 힘으로 나라가 일어날 것이라고 한 말로 인하여 그를 나중에 태공망(太公望)이라고 불렀다. 응양(鷹揚)은 매가 하늘로 솟구쳐 오르듯이 용맹하게 진격하는 것이며, 량(涼)은 통쾌하여 시원한 것이고, 사(肆)는 거리낌이 없이 마구 짓밟는 것이며, 회(會)는 회전(會戰)이고, 조(朝)는 아침이요, 청명(淸明)은 적을 완전 소탕하여 전쟁이 끝난 기상이다.

주(周)나라를 세운 긴 역사를 한 편의 시로 엮어 태왕(大王), 왕계(王季), 문왕(文王), 무왕(武王)의 큰 덕과 태임(太任), 태사(太姒)의 어진 내조(內助) 그리고 강태공(姜太公)의 밝은 보필(補弼) 등을 차례 차례로 서술하여 표창하였으니 그 규모가 웅장하고 그 문장이 섬세하므로 눈앞에서 전개되는 것처럼 선명한 대서사시이다.

3-1-3 ──────── 면(緜) / 줄줄이

면 면 과 질
緜緜瓜瓞이여

민 지 초 생
民之初生이

자 토 저 칠
自土沮漆하니

고 공 단 보
古公亶父가

도 복 도 형
陶復陶穴하야

미 유 가 실
未有家室이로다

줄줄이 큰 오이 작은 오이여! 백성이 처음 생김은
저강과 칠강에 토착함으로부터니 고공단보가
옹기가마를 이어 부치고, 옹기를 만들기 위해 파낸 구멍에서 살
았으니 아직 가옥과 방이 있지 않았도다

고공단보가　　　내조주마
古公亶父가　　　來朝走馬하야
솔서수호　　　지우기하
率西水滸하야　　至于岐下하니
원급강녀　　　율래서우
爰及姜女로　　　聿來胥宇하니라

고공단보가 아침부터 말을 달리어
서쪽 물가를 따라가 기산의 아래에 이르니
이에 강녀와 같이 스스로 와서 서로 함께 살았도다

주원무무　　　근도여이
周原膴膴하니　　菫茶如飴로다
원시원모　　　원계아귀
爰始爰謀하며　　爰契我龜하니
왈지왈시　　　축실우자
曰止曰時라　　　築室于玆하니라

주 땅의 평원이 비옥하고 비옥하니 제비꽃과 씀바귀도 엿처럼
달아
이에 착수하고 이에 경영하며 이에 우리 거북을 태워서 갈라진
금을 새기니
머물라고 하고 공사할 때라고 하므로 여기에다 집을 지었도다

내위내지　　　내좌내우
迺慰迺止하며　　迺左迺右하며
내강내리　　　내선내묘
迺疆迺理하며　　迺宣迺畝하니
자서조동　　　주원집사
自西徂東하야　　周爰執事하니라

이에 위로하고 이에 머물게 하며 이에 왼쪽에 살고 이에 오른쪽
에 살게 하며
이에 경계를 만들고 이에 경지정리하며 이에 흩어지게 하고 이

에 이랑을 가꾸게 하니
 서쪽에서부터 하고, 동쪽에서 시작하여 두루 이에 일을 시행하
였도다

내소사공　　　　내소사도
乃召司空하며　乃召司徒하야
비립실가　　　　기승즉직
俾立室家하니　其繩則直이어늘
축판이재　　　　작묘익익
縮版以載하니　作廟翼翼이로다

이에 건설부장관을 부르며 이에 교육부장관을 불러
하여금 방과 집을 세우게 하니 그 먹줄이 곧 반듯하거늘
축소한 도면으로 시작하니 사당을 지음에 엄정하도다

구지잉잉　　　　탁지홍홍
捄之陾陾하며　度之薨薨하며
축지등등　　　　삭루빙빙
築之登登하며　削屢馮馮하야
백도개홍　　　　고고불승
百堵皆興하니　鼛鼓弗勝이로다

흙 파올리는 소리 이엉차이엉차, 헤아림도 빠르고 빠르구나
담쌓는 소리 텅텅, 담을 다지는 소리 펑펑
5천 척의 담을 모두 세우니 큰북과 작은북이 감당하지 못하도다

내립고문　　　　고문유항
迺立皐門하니　皐門有伉하며
내립응문　　　　응문장장
迺立應門하니　應門將將하며
내립총토　　　　융추유행
迺立冢土하니　戎醜攸行이로다

이에 궁성의 가장 바깥문을 세우니 궁성의 가장 바깥문이 우뚝
하며
이에 궁정의 정문을 세우니 궁정의 정문이 엄정하며
이에 흙을 모아 국토신사를 세우니 대중이 다니는 곳이로다

사 불 진 궐 온　　　　역 불 운 궐 문
肆不殄厥愠하나 亦不隕厥問하니
작 역 패 의　　　　행 도 태 의
柞棫拔矣라 行道兌矣하니
곤 이 대 의　　　　유 기 훼 의
混夷駾矣하야 維其喙矣로다

그리하여 그 성냄을 끊지는 못했으나 또한 그 명성은 떨어뜨리
지 않았으니
갈참나무와 무리참나무가 밋밋하므로 다니는 길이 통하니
서쪽 오랑캐가 냅다 뛰어 달아나며 오직 그 헐떡거렸도다

우 예 질 궐 성　　　　문 왕 궐 궐 생
虞芮質厥成이어늘 文王蹶厥生하도다
여 왈 유 소 부　　　　여 왈 유 선 후
予曰有疏附하며 予曰有先後하며
여 왈 유 분 주　　　　여 왈 유 어 모
予曰有奔奏하며 予曰有禦侮하도다

우나라와 예나라가 그 평화방법을 질의하거늘 문왕이 그 생각을
감동시켰도다
나는 멀고 가까움이 있다고 하고, 나는 먼저와 뒤가 있다고 말
하며
나는 바쁘게 일함이 있다고 하고, 나는 적의 침략을 막음이 있
다고 말했도다

☯ 면(緜) 편은 아홉 장이 6구씩으로 된 서사시인데 주(周)나라
가 미약했던 초창기의 고난사를 서술하여 많은 시련을 극복하고
끊임없이 발전해 온 저력은 오직 인민을 사랑하고 살기 좋은 나
라를 건설하는 일에 일심단결하였던 결과임을 지극히 객관적이고
사실적으로 묘사하였다.
　1장은 오이가 넝쿨을 뻗으면서 차차 자라고 작은 오이가 점점
큰 오이로 크듯이 주(周)나라도 처음 저(沮)강과 칠(漆)강의 주변
에 토착할 때에는 고공단보(古公亶父)가 옹기가마를 이어 부치고
옹기를 만들 흙을 파낸 토실(土室)에서 거처할 정도로 미약한 나

라였음을 기술하였고, 2장은 고공단보가 당시 서쪽 오랑캐의 침략을 물리칠 힘이 없어서 인민의 안전을 위하여 임금의 자리를 버리고 아침에 말을 달려 서쪽 물가를 따라 기산(岐山) 아래로 부인 강녀(姜女)와 함께 피하여 스스로 평민처럼 살았던 역사적 사실을 밝혔으며, 3장은 고공단보가 새로 정착한 주(周) 땅의 토지가 비옥하므로 개발에 착수하여 경영하면서 거북을 태워서 점을 치니 길한 땅이고 길한 때라고 하므로 주택을 건축하게 된 배경을 설명하였고, 4장은 오랑캐를 피하여 고공단보를 따라온 피난민들을 이에 위로하여 좌우로 집을 짓고 머물러 살게 하면서 토지의 경계선을 정하고 경작지를 정리하여 분배하며 경작케 하니 서쪽과 동쪽이 동시에 일을 시행하는 광경을 서술하여 고공단보가 먼저 민생안정을 도모했던 역사적 사실을 밝혔으며, 5장은 이렇게 민생문제를 해결하자 고공단보가 건설부장관과 교육부장관을 즉각 불러서 도시개발계획을 만들게 하여 종묘(宗廟)와 학교를 세우게 하니 그 설계가 반듯하므로 설계도면에 따라 공사를 시작했기 때문에 사당을 지음이 엄정함을 기술하여 민생이 안정한 다음에 종묘와 학교를 세운 과정을 밝혔고, 6장은 내부의 건물이 왕성한 뒤에 담장공사를 신속히 했던 과정을 기록하였으며, 7장은 성곽을 쌓아 먼저 인민을 보호하고 그 다음 궁궐을 완성하여 궁정의 문을 세워서 면모를 갖추면서도 국토신을 섬기는 사(社)를 완성하였음을 차례로 밝혀 고공단보가 인민을 먼저 위하고 임금과 국가를 뒤로하는 애민정신을 찬양하였다. 8장은 그리하여 인민이 안락하고 조정이 깨끗하며 나라가 부강하게 되었으니 서쪽 오랑캐에게 복수전쟁을 하여 고토를 회복함으로써 곤이(昆夷)에게 쫓겨왔던 치욕적인 역사를 깨끗이 설욕하지는 못했지만 나라를 다시 일으킨 명성이 드날리니 오랑캐들이 스스로 도망하여 물러갔음을 밝혀서 무력이 아닌 문화의 힘으로 이룩한 공업을 찬미하였고, 9장은 문왕(文王)의 인자(仁慈)하고 겸양(謙讓)하는 문덕(文德)이 숭고하여 주변의 제후(諸侯)들로부터 숭앙(崇仰)의 대상이었음을 밝혔으니 우(虞)나라 임금과 예(芮)나라 임금이 영토분쟁을 해결하기 위하여 문왕을 찾아옴에 문왕이 그들의 생

각을 감동시켜 화해시킨 사실을 기술하여 이기심과 경쟁심 그리
고 증오심을 버리고 도덕심을 가지는 것이 주나라의 통치이념임
을 선언하였다.

공자가 이 시를 『시경』에 편집한 이유는 주(周)나라의 인민을
보호하는 것을 정치의 제일로 삼는 철저한 애민정신(愛民精神)과
문덕(文德)으로 무력(武力)을 굴복시켜서 도덕의 힘을 세상에 과
시한 주나라의 건국역사를 찬미하기 위함이다. 그러므로 맹자(孟
子)는 인자무적(仁者無敵)이라고 하여 인정(仁政)은 천하에 대적
할 세력이 없다고 하였다.

면면(緜緜)은 줄줄이 이어져서 끊어지지 않은 모양이고, 과(瓜)
는 큰 오이, 질(瓞)은 작은 오이이며, 민(民)은 주(周)나라의 백성
이다. 토(土)는 토착하여 사는 것이요, 저(沮)와 칠(漆)은 두 강물
이름으로 빈주(豳州)에 있는데 지금은 섬서성(陝西省) 빈현(邠縣)
의 주변이다. 고공단보(古公亶父)는 태왕(太王)이니 고공(古公)은
호이고 단보(亶父)는 이름이다. 도(陶)는 옹기를 굽는 가마이고,
복(復)은 이어 부친 옹기가마이며, 도혈(陶穴)은 옹기를 만들기
위하여 흙을 파낸 토실(土室)이다. 래(來)는 부터, 조(朝)는 아침,
솔(率)은 따라가는 것이요, 호(滸)는 물가이다. 기(岐)는 기산(岐
山)이니 섬서성 기산현(岐山縣)의 동북쪽에 있다. 급(及)은 같이,
강녀(姜女)는 태왕(太王)의 부인이고, 율(聿)은 스스로, 서우(胥宇)
는 서로 함께 사는 것이다. 주(周)는 기산(岐山)의 남쪽에 있는
땅이름이고, 원(原)은 평원이며, 무무(膴膴)는 토심이 깊어 비옥한
모양이다. 근(堇)은 제비꽃이니 제비꽃과에 속하는 다년생 풀인데
잎은 뿌리에서 모여나며 긴 잎자루가 있고 잎 몸은 끝이 무딘 세
모진 버들잎 모양으로 가장자리에는 약간의 톱니가 있다. 줄기는
없고 뿌리는 갈라졌으며 누른빛이 나는 자주 빛을 띤다. 4~5월
에 잎 사이로부터 키 약 11cm의 가늘고 긴 꽃줄기가 나와 그 끝
에 자주 빛의 다섯잎꽃이 한 송이씩 피며 열매는 삭과(蒴果)이다.
어린잎은 식용한다. 도(荼)는 씀바귀, 이(飴)는 엿이며, 계(契)는
거북점을 치면서 거북의 등이 갈라진 곳을 새기어 점을 치는 것
이다. 지(止)는 머물러 살 곳이고, 시(時)는 공사를 착수할 때이

다. 내(迺)는 이에, 위(慰)는 위로함이며, 좌우(左右)는 궁궐의 좌우인 즉 곧 동서로 벌린 것이다. 강(疆)은 토지의 주변 경계를 정함이요, 리(理)는 토지의 내부를 경지정리하는 것이며, 선(宣)은 흩어져서 각각 자기의 논밭으로 가는 것이고, 조(徂)는 시작하는 것이며, 주(周)는 두루, 집(執)은 집행하여 실행함이다. 사공(司空)은 나라의 토목공사와 도시의 건축공사를 관리하는 건설부장관이요, 사도(司徒)는 나라의 인재를 양성하는 교육부장관이다. 승(繩)은 먹줄, 축판(縮版)은 축소한 도면의 원판이며, 재(載)는 시작함이요, 익익(翼翼)은 엄정한 모양이다. 구(捄)는 흙을 파서 올리는 것이고, 잉잉(陾陾)은 담을 쌓으면서 힘쓰는 소리이며, 탁(度)은 헤아려서 판단함이니 곧 능률이요, 홍홍(薨薨)은 빠른 모양이다. 등등(登登)은 텅텅 치는 소리이고, 삭루(削屢)는 담을 반듯하게 깎아 다지는 것이며, 빙빙(馮馮)은 펑펑 치는 소리이다. 백도(百堵)는 5천 척(尺)이니 10척이 1판(版)이고 5판이 1도(堵)이다. 고(鼛)는 큰북이니 길이가 12척(尺)으로 공사장에서 일을 독려하기 위하여 치는 북이다. 승(勝)은 감당함이니 불승(弗勝)은 북 치는 일도 감당하기 어렵다는 뜻이다. 고문(皋門)은 도성의 가장 밖에 세운 문이니 곧 곽문(郭門)이고, 항(仇)은 우뚝하게 높은 것이며, 응문(應門)은 궁궐마당의 정문(正門)이며, 장장(將將)은 엄숙하고 단정한 모양이다. 총토(冢土)는 국토의 흙을 모아 단(壇)을 쌓아서 토지의 신을 모신 사(社)이며, 융(戎)은 큰 것이고, 추(醜)는 많은 무리이니 융추(戎醜)는 대중이요, 행(行)은 통행이다. 사(肆)는 그리하여, 진(殄)은 끊어버리는 것이며, 온(慍)은 성내어 분노함이다. 운(隕)은 떨어지는 것이고, 문(問)은 문(聞)이니 명성이다. 작(柞)은 갈참나무요, 역(棫)은 무리참나무인데 모두 무더기로 나는 작은 나무이고, 패(拔)는 밋밋한 것이니 꼿꼿하게 위로 뻗어서 옆으로 늘어지지 않은 것이다. 태(兌)는 통하는 것이고, 곤이(混夷)는 곤이(昆夷)이니 서쪽 오랑캐로 곧 흉노족이다. 대(駾)는 냅다 뛰어 달아남이고, 훼(喙)는 입으로 숨을 쉬는 것이니 헐떡거림이다. 우(虞)와 예(芮)는 모두 나라이름인데 우(虞)는 지금의 산서성(山西省) 평륙현(平陸縣)의 동부에 있었고, 예(芮)는 지금의 섬서성(陝西省) 조읍현(朝邑縣)의 남쪽에 있었는데 두 나라가 오랫동안 영토분쟁으로 다투어 해결하지 못하므로 서백(西伯 : 文王)에게 찾아가서 판결을 요구하려고 주나라 땅으로 들어가니 백성이 다투어 밭이랑과 길을 사양하므로 두 나라 임금도 이에 감화되어 다시는 싸우지 않고 평화롭게 국경문제를 해결하였다. 질(質)은 질의함이고, 성(成)은 평화조약을 체결함이며, 궐(蹶)은 감동시킨 것이요, 생(生)은 감각하고 지각(知覺)하는 의식활동이다. 여(予)는 우나라 임금과 예나라 임금이 스스로 자기를 지칭함이고, 왈(曰)은 주장함이며, 소(疏)는 거리가 먼 것이요, 부(附)는 지리적으로 가까운 것이다. 선(先)은 먼저 개간한 것이요, 후(後)는 뒤에 정착한 것이며, 분주(奔奏)는 부지런히 개발함이고, 어모(禦侮)는 외적의 침략을 막음이다.

인간의 도덕심을 바로잡고 자연자원을 이용하여 복지낙원을 건설해서 오랑캐가 두려워하고 제후(諸侯)가 사모하는 문화를 창조하여 예의도덕을 천하에 선포하였으니 주나라의 덕은 거룩하다.

3-1-4 ──── 역복(棫樸) / 무리참나무와 떡갈나무

봉 봉 역 복　　　신 지 유 지
芃芃棫樸이여　薪之檦之로다
제 제 벽 왕　　　좌 우 추 지
濟濟辟王이여　左右趣之로다

더북더북한 무리참나무와 떡갈나무여, 장작을 패서 화톳불 피우누나
엄숙하고 장엄한 제후와 왕이여, 좌우에서 빠르게 따라가도다

제 제 벽 왕　　　좌 우 봉 장
濟濟辟王이여　左右奉璋이로다
봉 장 아 아　　　모 사 유 의
奉璋峨峨하니　髦士攸宜로다

엄숙하고 장엄한 제후와 왕이여, 좌우에서 반쪽 서옥으로 손잡이를 만든 구기를 받드누나
반쪽 서옥으로 손잡이를 만든 구기를 받듦이 정숙하고 단정하니 뛰어난 선비의 마땅한 바로세

비 피 경 주　　증 도 즙 지
淠彼涇舟를　烝徒楫之로다
주 왕 우 매　　육 사 급 지
周王于邁하니　六師及之로다

떠나가는 저 경수의 배를 많은 무리가 노 젓는구나
주나라 왕이 씩씩하게 나가니 여섯 군사가 더불도다

탁 피 운 한　　위 장 우 천
倬彼雲漢이여　爲章于天이로다
주 왕 수 고　　하 불 작 인
周王壽考러니　遐不作人이리오

커다란 저 은하수여, 하늘에다가 아름다운 수를 놓았구나
주나라 왕은 수명도 길거니 어찌 인민을 떨치고 일어나지 않으리오

퇴 탁 기 장　　금 옥 기 상
追琢其章이여　金玉其相이로다
면 면 아 왕　　기 강 사 방
勉勉我王이여　綱紀四方이로다

새기고 쪼은 그 아름다운 무늬여, 금과 옥이 그 바탕이구나
힘쓰고 힘쓰는 우리 왕이여, 사방의 나라에 기강이로다

　☯ 역복(棫樸) 편은 다섯 장이 4구씩으로 되었는데 수장과 2장, 3장은 서사시이고 4장과 졸장은 서정시이다. 문왕(文王)이 서백(西伯)이 되었을 때에 군사훈련을 완료하고 서쪽 오랑캐를 정벌하기 위하여 출정하는 광경을 서술하고 그 군율이 엄정하고 사기가 드높은 군세를 찬미하여 문왕의 탁월한 군사지휘력을 노래하였다.

1장은 군사가 출동함에 무리참나무와 떡갈나무의 장작을 패서 화톳불을 피우고 출정식을 알리는 제사를 지내며 무운장구(武運長久)를 축원하는 자리에 엄숙하고 장엄한 제후와 왕이 참석하니 좌우의 신하들이 부지런히 행사를 준비하는 광경을 묘사하였고, 2장은 엄숙하고 장엄한 제후와 왕이 강신주(降神酒)를 땅에 부어 제례의식을 시작하니 좌우의 신하들이 반쪽 서옥으로 손잡이를 만든 구기를 높이 받드는 절도가 아름다움을 서술하였으며, 3장은 출정식을 마치고 경수(涇水)에서 배를 타고 문왕과 6군(六軍)이 함께 출발함에 질서가 있고 사기가 충천하여 위용이 당당한 모습을 기록하였고, 4장은 커다란 은하수가 지나가는 곳은 하늘에서 가장 아름다운 문양이듯이 주나라 문왕이 정벌하는 곳은 모두 포악을 제거하고 안락하게 살기 좋은 땅으로 만들어 길이 보호하니 마침내 서쪽 오랑캐들도 떨치고 일어나서 새로운 세상을 건설하게 된 문왕의 감화력을 칭송하였으며, 5장은 새기고 쪼아서 아름다운 문양을 만들려면 먼저 금이나 옥처럼 그 재질이 좋아야 되듯이 밝은 정치로 문명세계를 건설하여 인류의 행복을 보장하기 위해서는 먼저 정치인의 모범이 되고 교육자의 사표(師表)가 되는 위대한 왕이 있어야 됨을 밝혀 주나라의 제후와 선비 그리고 군사와 인민의 아름다운 인격은 모두 문왕의 예의도덕이 근본이었음을 노래하였다.

공자가 이 시를 『시경』에 편집한 이유는 인문주의적 지성인의 높은 감화력은 천하만민을 교화(教化)하여 새롭게 떨치고 일어나게 한다는 사실을 밝히기 위함이니 문왕(文王)의 거룩한 인격은 앞의 면(緜) 편의 졸장(卒章)에서 보인 우(虞)나라와 예(芮)나라 임금뿐만 아니라 가까이로는 주변국의 제후(諸侯)와 신하 그리고 군사들을 충직하게 만들었고 멀리는 오랑캐의 유목민들까지 성실하게 살도록 변화시켰음을 변증하였다.

봉봉(芃芃)은 나무가 무성하여 더북더북한 모양이고, 복(樸)은 떡갈나무이며, 유(橎)는 화톳불이니 장작 따위를 한 곳에 쌓아 피워 놓은 불인데 천지신명(天地神明)께 제사를 지낼 때에 피운다. 제제(濟濟)는 엄숙하고 장엄한 모양이고, 벽(辟)은 군(君)이니 곧 제후이며, 왕(王)은 문왕(文王)이다. 좌우(左右)는 측근의 신하요, 추(趣)는 추창하여 빨리 따라가는 것이다. 장(璋)은 장찬(璋瓚)으로 제후(諸侯)가 강신술을 땅에 부을 때에 사용하는 옥술잔인데 반쪽 서옥(瑞玉)으로 손잡이를 만든 구기이니 국자처럼 생겼다. 아아(峨峨)는 정숙하고 단정한 모양이고, 모(髦)는 준수함이다. 비(渒)는 배가 부두를 떠나는 것이고, 경(涇)은 강이름이니 관중8천(關中八川)의 하나로 감숙성(甘肅省)에서 발원하여 섬서성(陝西省)의 위수(渭水)로 흘러 들어가는 강이다. 증(烝)은 많은 무리요, 매(邁)는 힘차게 나아가는 것이며, 사(師)는 군대의 사단이며, 급(及)은 더불어 함께 함이다. 탁(倬)은 커다란 것이며, 운한(雲漢)은 은하수이니 천구(天球)를 가로지른 띠 모양의 희게 보이는 부분으로 하늘에 은하를 이루고 있는 항성(恒星)의 집단체계를 강물에 비유한 것이다. 장(章)은 문장이고, 수고(壽考)는 문왕이 97세를 살았으니 오랜 수명을 누린 것이며, 하(遐)는 어찌의 뜻이다. 퇴(追)는 금에다가 문양을 새기는 것이고, 탁(琢)은 옥을 쪼아서 그릇을 만드는 것이며, 상(相)은 바탕이다. 면면(勉勉)은 부지런히 힘쓰는 모양이요, 강기(綱紀)는 강령(綱領)과 기율(紀律)이니 나라를 다스리는 대원칙과 조리체계이다.

천하국가를 다스리는 핵심 동력은 최고지도자의 정치이념과 국가목표가 그 근본바탕이 되는 것이므로 근본이 바로 서고 바탕이 튼튼해야 사해인류를 모두 사랑하고 보호하여 문명세계를 건설할 수 있는 것이다.

3-1-5 ─────────── 한록(旱麓) / 한산의 기슭

첨 피 한 록　　　진 호 제 제
瞻彼旱麓한대　榛楛濟濟로다
개 제 군 자　　　간 록 개 제
豈弟君子여　　干祿豈弟로다

저 한산의 기슭을 바라보니 개암나무와 싸리나무가 많고 성하구나
편안하게 즐기는 군자여, 녹을 구함이 편안하고 즐겁게 하도다

슬 피 옥 찬   황 류 재 중
瑟彼玉瓚에 黃流在中이로다
개 제 군 자   복 록 유 강
豈弟君子여 福祿攸降이로다

깨끗한 저 옥술잔에 노랗게 내린 술이 가운데 있구나
편안하게 즐기는 군자여, 복과 녹이 내리는 바로다

연 비 려 천   어 약 우 연
鳶飛戾天이어늘 魚躍于淵이로다
개 제 군 자   하 불 작 인
豈弟君子여   遐不作人이리오

소리개는 날아 하늘에 이르거늘 고기는 연못에서 뛰누나
편안하게 즐기는 군자여, 어찌 사람을 떨치고 일어나게 하지 않
으리오

청 주 기 재   성 모 기 비
淸酒旣載하며 騂牡旣備하니
이 향 이 사   이 개 경 복
以享以祀하야 以介景福이로다

맑은 술이 이미 가득하여 붉은 황소가 이미 온전하니
제향을 지내고 고사를 지내므로 큰복으로 돕도다

슬 피 작 역   민 소 료 의
瑟彼柞棫은 民所燎矣로다
개 제 군 자   신 소 로 의
豈弟君子는 神所勞矣로다

자잘한 저 갈참나무와 무리참나무는 백성이 불놓았던 바요
편안하게 즐기는 군자는 신령이 위로한 바로다

막 막 갈 류   이 우 조 매
莫莫葛藟여 施于條枚로다
개 제 군 자   구 복 불 회
豈弟君子여 求福不回로다

무성하고 무성한 칡넝쿨이여, 곁가지로 줄기줄기 뻗어나가누나
편안하게 즐기는 군자여, 복을 구함이 돌리지 않도다

　　◐ 한록(旱麓) 편은 여섯 장이 4구씩으로 되었는데 수장과 2장
은 서정시이고 4장은 서사시이며 3장, 5장, 졸장은 비유시이다. 문
왕(文王)의 덕은 하늘이 선천적으로 부여한 천덕(天德)이고 문왕
의 도는 자연의 진리에 철저한 왕도(王道)이기 때문에 스스로 성
실한 자기의 도리(道理)를 다할 뿐이므로 편안하고 즐겁게 사는
가운데 위로 천지신명(天地神明)이 도와서 아래로 천하국가가 대
동태평(大同太平)하게 된 것임을 노래하였다.
　　1장은 저 한산(旱山)의 기슭을 바라보니 개암나무와 싸리나무
가 무성한 것으로 문왕의 도덕은 천연의 도덕임을 비유하고 문왕
은 녹을 추구하려는 의식이 없었으나 천지자연의 진리에 따라 편
안하고 즐겁게 사는 가운데 저절로 천록(天祿)을 많이 받게 된
사실을 찬미하였다. 2장은 깨끗한 옥술잔으로 노랗게 걸러 내린
울창주(鬱鬯酒)를 떠서 강신제(降神祭)를 지내는 것으로 문왕이
인간의 도리를 지켜 천지신명(天地神明)께 제사를 지내니 천지신
명이 복록(福祿)을 내린 것을 노래하였으며, 3장은 소리개가 날아
서 하늘에 이르고 고기가 연못에서 뛰는 것으로 문왕의 도덕은
자연의 진리이기 때문에 활발하게 사는 길임을 비유하고 모든 인
민을 활발하게 살도록 정치적 자치, 경제적 자립, 사회적 자유, 교
육적 자각(自覺)의 제도를 정착시켰음을 논증하였고, 4장은 농업
을 장려하고 축산을 진흥하여 맑은 술과 붉은 황소로 종묘(宗廟)
와 산천에 제사를 지냄으로써 큰복을 받아 복지낙원을 건설하게
된 배경을 기술하였으며, 5장은 자잘한 저 갈참나무와 무리참나
무가 더북하게 새로 자라나는 것은 인민이 불을 놓아서 산을 태
웠기 때문이듯이 군자가 편안하게 즐길 수 있음은 신령이 위로하
여 나라를 태평하고 인민이 안락하도록 도와준 까닭임을 비유법
으로 증언하였으며, 6장은 무성한 칡넝쿨이 곁가지로 줄기줄기
뻗어나가는 것으로 문왕의 순수한 마음은 시종일관하여 조금도

간격이나 단절이 없는 자강불식(自强不息)의 노력을 계속한 사실을 비유하여 복지낙원을 추구하는 방법이 공명정대한 도덕심이었음을 밝혔다.

공자가 이 시를 『시경』에 편집한 이유는 문왕이 천부적인 인간의 도덕심을 한결같이 간직하며 중정공평(中正公平)한 자세로 천지자연의 진리와 인류역사의 경험에 비추어 가장 합리적이고 실용적인 정책을 베풂으로써 편안하고 즐겁게 사는 복지낙원을 건설한 공적을 찬양하여 괴력(怪力)이나 술수 또는 요행이나 기적을 바라는 것을 경계하기 위함이다.

한(旱)은 산이름이고, 록(麓)은 산기슭이며, 진(榛)은 개암나무인데 개암나무과에 속하는 낙엽관목이다. 키는 3m 가량이고 잎은 끝이 뾰쪽한 타원형에 고르지 않은 톱니가 있고 잎자루에는 잔털이 났다. 암수한그루이며 봄철에 작은 꽃이 이삭 모양으로 피고 수꽃은 황갈색이요 암꽃은 붉다. 열매는 둥글고 단단한데 10월에 여물며 개암이라 하여 식용한다. 호(楛)는 싸리나무이고, 제제(濟濟)는 많고 싱그러운 모양이다. 개제(豈弟)는 편안하게 즐기는 것이요, 군지(君子)는 문왕을 지칭하는 말이며, 간(干)은 추구함이다. 슬(瑟)은 깨끗한 모양이고, 옥찬(玉瓚)은 서옥(瑞玉)으로 만든 규(圭)로 자루를 만들어 붙인 황금술잔인데 술을 땅에 부어 강신례(降神禮)를 할 때에 천자(天子)는 옥찬(玉瓚)으로 하고 제후는 장찬(璋瓚)으로 한다. 황류(黃流)는 노랗게 흘러내린 울창주(鬱鬯酒)이니 울금향(鬱金香)을 넣어서 만든 향기로운 술인데 강신주로 쓴다. 연(鳶)은 소리개이고, 려(戾)는 이르는 것이며, 하(遐)는 어찌이다. 재(載)는 가득함이고, 비(備)는 완전하게 구비함이며, 개(介)는 돕는 것이다. 슬(瑟)은 자잘함이고, 료(燎)는 잡초를 태우는 것이요, 로(勞)는 위로함이다. 막막(莫莫)은 무성한 모양이며, 회(回)는 돌림이니 사술(邪術)을 씀이다.

간결하게 요약하여 반복적으로 문왕의 덕을 찬양하는 노래가 박력이 넘쳐서 고금에 사람들로 하여금 삶에 확신을 가지게 한다.

사 제 태 임   문 왕 지 모
思齊太任은   文王之母로
사 미 주 강   경 실 지 부
思媚周姜하던   京室之婦러니
태 사 사 휘 음   즉 백 사 남
太姒嗣徽音하야   則百斯男하도다

어진 이를 사모하는 태임은 문왕의 어머니로
시어머님 주강을 흠모하고 사랑하는 왕실의 며느리러니
그 며느리 태사가 아름다운 명성을 이어 곧 많은 이 아들을 두
었도다

혜 우 종 공   신 망 시 원
惠于宗公하야   神罔時怨하며
신 망 시 통   형 우 과 처
神罔時恫하니   刑于寡妻하야
지 우 형 제   이 어 우 가 방
至于兄弟하야   以御于家邦이로다

종묘의 선공에게 순응하여 신령이 때로 원망함이 없으며
신령이 때로 슬퍼함이 없으니 자기의 아내에게 본보기가 되어
형제에게 이르게 하여 집과 나라에서 맞이하였도다

옹 옹 재 궁   숙 숙 재 묘
雝雝在宮하며   肅肅在廟하나니
불 현 역 림   무 역 역 보
不顯亦臨하며   無射亦保하시다

화락함이 대궐에 있으며 엄숙함이 사당에 있었나니
나타내지 않도록 또한 임하였으며 싫어함이 없도록 또한 간수하
셨도다

사 융 질 불 진   열 가 불 하
肆戎疾不殄하나   烈假不瑕하야
불 문 역 식   불 간 역 입
不聞亦式하며   不諫亦入하시다

이리하여 큰 어려움이 끊어지지 않았으나 빛나고 크기에 흠이
되지 않았나니
듣지 않아도 또한 굽히며 간하지 않아도 또한 받아들이셨도다

사성인유덕　　　소자유조
肆成人有德하며 小子有造하니
고지인무역　　　예모사사
古之人無斁이라 譽髦斯士하시다

이리하여 성인은 덕이 있으며 어린이는 조예가 있으니
옛날의 사람은 풀어짐이 없었으므로 준수한 이 선비들을 이름나
게 하셨도다

　◑ 사제(思齊) 편은 다섯 장으로 앞의 두 장은 6구씩이고 뒤의
세 장은 4구씩인 서사시이다. 이 편은 문왕의 일상적인 가정생활
의 범절을 서술하여 화목하고 즐겁게 사는 가운데 조상을 엄숙히
받들고 자손을 부지런히 교육시켜 가풍(家風)을 세운 과정을 요
약하여 기술하였다.
　1장은 문왕의 성격형성이 가정교육에서 비롯하였음을 밝혔으니
할머니 주상(周姜)과 어머니 대임(大任) 및 아내 태사(大姒)가 모
두 인자(仁慈)함을 숭상하였기 때문에 문왕과 그 아들들도 모두
인자한 성격이었음을 차례로 기술하였고, 2장은 문왕이 종묘(宗
廟)에 모신 선공(先公)의 높은 뜻을 받들어 어기지 않으므로 가풍
(家風)을 계승하고 아내와 함께 단란하며 형제와 우애하고 집으
로 찾아오는 친척이나 나라로 찾아오는 손님을 친절하게 맞이하
는 절도를 서술하였으며, 3장은 문왕의 가정경영법이 대궐에는
화락한 기상이 넘치게 하고 종묘에는 엄숙한 기운이 감돌게 하여
사람을 접견할 때에는 자기의 업적을 나타내지 않도록 노력하고
귀신을 섬김에는 싫증이 나지 않도록 신중히 하였음을 기록하였
고, 4장은 이와 같이 인자한 성격과 자상한 배려와 친절한 자세
로 가정을 경영하는 문왕은 여러 가지의 어려움이 없지도 않았지
만 빛나고 큰 인격에 흠을 남기지는 않게 되었으니 그것은 들리

지 않아도 몸을 굽혀서 자기를 낮추고 간하지 않아도 남의 말을 들어주는 민주의식의 발로임을 밝혔으며, 5장은 문왕의 가정교육은 성년(成年)이 되면 덕이 있고 어린이는 학문적 조예가 있게 하였기 때문에 주(周)나라에는 학문과 도덕을 겸비한 인재가 많은 것을 찬미하였다.

공자가 이 시를 『시경』에 편집한 이유는 문왕의 가정생활이 지극히 안락하고 활발하면서도 조상을 받드는 정성이 넘치고 자손을 교육하는 정신이 철저하여 가풍(家風)이 아름다운 것을 찬양하기 위함이다. 문왕은 사람의 임금이 됨에는 인정(仁政)을 하시고 사람의 신하가 됨에는 직무를 공경하시며 사람의 아들이 됨에는 효도하시고 사람의 아버지가 됨에는 자애하시며 나라사람과 사귐에는 믿음으로 하셨으니 지극히 착하게 사는 궁중 생활문화의 표본이다.

사제(思齊)는 어진 이를 사모함이요, 태임(大任)은 앞의 대명(大明) 편에서 해설하였고, 미(媚)는 사랑하는 것이다. 주강(周姜)은 태왕(大王)의 부인 태강(大姜)이니 문왕의 할머니이다. 경(京)은 주(周)나라의 도읍이고, 태사(大姒)는 문왕의 부인이다. 휘음(徽音)은 아름다운 명성이고, 백(百)은 많다는 뜻이다. 혜(惠)는 효순(孝順)함이고, 종공(宗公)은 종묘(宗廟)에 모신 선공(先公)이다. 통(恫)은 슬픔이고, 형(刑)은 본보기이며, 과처(寡妻)는 자기의 아내를 일컫는 말이요, 아(御)는 맞이함이다. 옹옹(雝雝)은 화평하고 즐거운 모양이고, 숙숙(肅肅)은 엄숙한 모양이다. 불현(不顯)은 자기를 나타내어 과시하지 않음이고, 무역(無射)은 남을 업신여겨 싫증이 나지 않도록 신중하게 함이며, 보(保)는 거두어 보호해서 잘 간수함이다. 사(肆)는 이리하여, 융(戎)은 커다란 것이고, 질(疾)은 환난이니 문왕이 유리옥(羑里獄)에 갇히고 곤이(昆夷)와 험윤(玁狁)이 침노한 사건들이다. 진(殄)은 끊어진 것이다. 열(烈)은 빛남이고, 가(假)는 큰 것이니 빛나고 큰 인격이며, 하(瑕)는 흠이다. 문(聞)은 인민의 여론을 듣는 것이고, 간(諫)은 신하들의 간하는 말이요, 식(式)은 주장을 굽혀 공론을 따르는 것이며, 입(入)은 스스로 받아들여 고친다는 뜻이다. 성인(成人)은 남자는

20세 여자는 15세 이상으로 성년식을 거행한 사람이고, 소자(小子)는 어린이이니 미성년자이다. 조(造)는 학문의 조예이며, 고지인(古之人)은 문왕을 지칭하고, 역(斁)은 풀어짐이니 단속하지 않음이요, 예(譽)는 이름난 것이고, 모(髦)는 준수함이다.

　사물의 이치에 밝아야 지성이 높아지고 지성이 높아야 생각이 성실하며 생각이 성실해야 마음이 바르고 마음이 반듯해야 몸이 다듬어지며 몸이 다듬어져야 가정이 가지런하고 가정이 가지런해야 나라가 문명하고 나라가 문명해야 천하가 화평하나니 문왕은 이것을 모두 갖추었도다.

3-1-7 ──────────── 황의(皇矣) / 거룩하신

황 의 상 제　　　임 하 유 혁
皇矣上帝가　　　臨下有赫하사
감 관 사 방　　　구 민 지 막
監觀四方하야　　求民之莫이시니
유 차 이 국　　　기 정 불 획
維此二國이　　　其政不獲일새
유 피 사 국　　　원 구 원 탁
維彼四國에　　　爰究爰度하시고
상 제 기 지　　　증 기 식 확
上帝耆之는　　　憎其式廓이라
내 권 서 고　　　차 유 여 택
乃眷西顧하사　　此維與宅하시니라

거룩하신 하느님이 아래로 임함에 밝으시어
사방의 나라를 살펴보시고 인민의 안정을 추구하시니
오직 이 하와 은 두 나라는 그 정치가 신임을 얻지 못할새
오직 저 사방의 나라에서 이에 찾아 이에 헤아리시고
하느님이 이르심은 그 격식만 크게 하는 것을 싫어하므로
이에 보살펴 서쪽을 돌아보시고 여기에 집을 주시니라

작 지 병 지 　　　　　 기 치 기 예
作之屛之하니　　其菑其翳며

수 지 평 지 　　　　　 기 관 기 례
脩之平之하니　　其灌其栵며

계 지 벽 지 　　　　　 기 정 기 거
啓之辟之하니　　其檉其椐며

양 지 척 지 　　　　　 기 염 기 자
攘之剔之하니　　其檿其柘로다

제 천 명 덕 　　　　　 관 이 재 로
帝遷明德이라　　串夷載路어늘

천 립 궐 배 　　　　　 수 명 기 고
天立厥配하시니　受命旣固하도다

경작하고 제거하니 그 일 년 된 밭이요, 그 말라죽은 나무며
수리하고 평평하게 하니 그 물고랑이요, 그 나란히 심은 나무며
개간하고 넓히니 그 능수버들이요, 그 인가목이며
비틀고 뽑으니 그 점무늬산뽕나무요, 그 산뽕나무로세
하느님이 밝은 덕을 옮기므로 서쪽 오랑캐가 길에 가득하거늘
하늘이 그 배필을 정하시니 천명을 받음이 이미 확고하였도다

제 성 기 산 　　　　　 작 역 사 패
帝省其山하시니　柞棫斯拔하며

송 백 사 태 　　　　　 제 작 방 작 대
松栢斯兌어늘　　帝作邦作對하시니

자 태 백 왕 계 　　　　 유 차 왕 계
自大伯王季로다　維此王季는

인 심 즉 우 　　　　　 즉 우 기 형
因心則友하고　　則友其兄하야

즉 독 기 경 　　　　　 재 석 지 광
則篤其慶하며　　載錫之光이라

수 록 무 상 　　　　　 엄 유 사 방
受祿無喪하야　　奄有四方하도다

하느님이 그 산을 살펴보시니 갈참나무와 무리참나무가 밋밋하며
소나무와 잣나무 사이로 이에 길이 통하거늘 하느님이 나라를
일으키시고 짝을 지으시니
태백과 왕계로부터로다 오직 이 왕계는
마음으로 인하여 곧 우애하고 곧 그 형과 우애하며
곧 그 경사스러움을 돈독히 하며 내려준 영광을 받으므로

천록을 받음에 잃음이 없어서 문득 사방의 나라를 다스렸도다

유 차 왕 계　　　제 탁 기 심
維此王季를　　帝度其心하시고
맥 기 덕 음　　　기 덕 극 명
貊其德音하시니　其德克明하도다
극 명 극 류　　　극 장 극 군
克明克類하며　克長克君하며
왕 차 대 방　　　극 순 극 비
王此大邦하야　克順克比러니
비 우 문 왕　　　기 덕 미 회
比于文王하야　其德靡悔라
기 수 제 지　　　이 우 손 자
旣受帝祉하야　施于孫子하도다

오직 이 왕계를 하느님이 그 마음 헤아리시고
그 사랑한다는 말을 조용히 하시니 그 덕을 잘 밝혔도다
잘 밝히고 잘 분류하며, 잘 기르고 잘 지도하며
이 큰 나라에 왕노릇 하여 잘 화순하고 잘 친하더니
문왕에 이르러 그 덕에 뉘우칠 것이 없으므로
이미 하느님의 복을 받아 손자에게 뻗어나갔도다

제 위 문 왕　　　무 연 반 원
帝謂文王하사대　無然畔援하고
무 연 흠 선　　　탄 선 등 우 안
無然歆羨하며　誕先登于岸이라 하시다
밀 인 불 공　　　감 거 대 방
密人不恭하고　敢距大邦하야
침 완 조 공　　　왕 혁 사 노
侵阮徂共이어늘　王赫斯怒하야
원 정 기 려　　　이 안 조 려
爰整其旅하야　以按徂旅하야
이 독 우 주 호　　　이 대 우 천 하
以篤于周祜하고　以對于天下하도다

하느님이 문왕에게 이르시되 이반하여 발호하는 것을 허락하지
말고
부러워하여 탐내는 것을 인정하지 말며 이에 먼저 언덕에 올라
라 하셨네

밀나라 사람이 공경하지 않고 감히 큰 나라에 겨루어
완나라를 침략하여 공 땅에 진입하거늘 왕이 벌컥 이에 분노하여
이에 그 군사를 정열하여 침략군을 막아서
주나라의 복에 충실히 하고 천하에 대답했도다

依其在京^{의 기 재 경}이어늘 侵自阮疆^{침 자 완 강}하야
陟我高岡^{척 아 고 강}하니 無矢我陵^{무 시 아 릉}이라
我陵我阿^{아 릉 아 아}며 無飮我泉^{무 음 아 천}이라
我泉我池^{아 천 아 지}어늘 度其鮮原^{탁 기 선 원}하야
居岐之陽^{거 기 지 양}하야 在渭之將^{재 위 지 장}하니
萬邦之方^{만 방 지 방}이며 下民之王^{하 민 지 왕}이로다

평온하게 그 서울에 있거늘 반격을 완나라 변방으로부터 하여
우리 높은 산으로 올라가니 우리 언덕에 적진이 없으므로
우리 언덕이고 우리 언덕빼기이며 우리 샘에 물을 마시는 적군
이 없으므로
우리 샘이고 우리 연못이거늘 그 고운 평원을 헤아려서
기산의 양지 쪽에 머물러 위수의 옆에 터를 잡으니
일만 나라의 방위기준이 되고, 천하인민의 왕국이 되었도다

帝謂文王^{제 위 문 왕}하사대 予懷明德^{여 회 명 덕}의
不大聲以色^{불 대 성 이 색}하며 不長夏以革^{불 장 하 이 혁}하고
不識不知^{불 식 불 지}하야 順帝之則^{순 제 지 측}이라 하시다
帝謂文王^{제 위 문 왕}하사대 詢爾仇方^{순 이 구 방}하야
同爾兄弟^{동 이 형 제}하야 以爾鉤援^{이 이 구 원}과
與爾臨衝^{여 이 림 충}으로 以伐崇墉^{이 벌 숭 용}이라 하시다

하느님이 문왕에게 이르시되 나는 밝은 덕의

큰소리로 생색내지 않으며 긴 여름처럼 지루하게 고치지 아니하고

생각도 못하고 알지도 못하게 하늘의 법칙을 따르는 이를 보살

피노라 하시고

하느님이 문왕에게 이르시되 너의 원수의 나라를 도모하여

너의 형제국 함께 너의 갈고리가 달린 사닥다리와

너의 고가사다리차와 충돌차량으로 숭나라의 성벽을 정벌하라고

하셨도다

임 충 한 한 　 숭 용 언 언
臨衝閑閑하니　崇墉言言이로다
집 신 련 련 　 유 괵 안 안
執訊連連하며　攸馘安安이로다
시 류 시 마 　 시 치 시 부
是類是禡하야　是致是附하니
사 방 이 무 모 　 임 충 불 불
四方以無侮로다　臨衝茀茀하니
숭 용 흘 흘 　 시 벌 시 사
崇墉仡仡이라도　是伐是肆하며
시 질 시 홀 　 시 방 이 무 불
是絶是忽하니　四方以無拂이로다

고가사다리차와 충돌차량이 느릿느릿, 숭나라 성벽은 우뚝우뚝

전범은 체포함이 속속 이으며 항복하지 않은 적병의 왼편 귀를

베어 높이 매다니 평안하도다

이에 하느님께 제사지내고, 이에 주둔지의 터에 제사지내어 이

에 이르고 이에 부치니

사방에서 업신여김이 없도다. 고가사다리차와 충돌차량이 강성

하니

숭나라 성벽은 높고 크지만 이에 쳐부시고 이에 짓밟으며

이에 멸절시키고 이에 깜짝할 사이에 끝내니 사방에서 어김이

없도다

☯ 황의(皇矣) 편은 여덟 장이 12구씩으로 된 대서사시인데 주

(周)나라의 태왕(大王)과 왕계(王季) 그리고 문왕(文王)이 천명(天命)을 받은 역사를 차례로 기술하였다.

1장은 거룩한 하느님이 이 땅의 인민을 사랑하시어 사방을 감시하는바 인민의 신임을 얻지 못한 포악한 독재정권의 천명(天命)을 박탈하여 진심으로 인민을 사랑하는 인자(仁者)에게 주기 때문에 하(夏)나라의 걸(桀)과 은(殷)나라의 주(紂)의 천명을 빼앗아 주(周)나라의 태왕(大王)에게 준 역사적 사실을 기술하였고, 2장은 태왕(大王)이 기산(岐山) 아래로 와서 국가를 새로 건설하니 하늘이 태강(大姜)을 그 배필로 정함에 천명이 더욱 굳어졌음을 서술하였으며, 3장은 태왕과 태강이 세 아들을 낳으니 첫째가 태백(太伯)이요 다음이 중옹(仲雍)이고 셋째가 왕계(王季)인데 왕계가 태임(大任)과 혼인하여 문왕(文王)을 낳아 성스러운 덕이 있으므로 형인 태백과 중옹이 아우인 왕계에게 임금의 자리를 양보해 주었던 형제간의 우애를 찬미하였고, 4장은 왕계가 선덕(善德)을 밝히고 인민을 사랑하여 나라를 잘 다스렸으며 또한 문왕이 천덕(天德)을 밝히고 천복(天福)을 받아서 자손에게 물려준 부전자전(父傳子傳)의 역사를 찬양하였으며, 5장은 하느님이 문왕에게 천하를 분열하는 반란국가와 문화국을 침략하는 야만국가를 묵인하지 말라고 당부하므로 이에 야만적인 침략자인 밀(密)나라를 무력으로 격퇴한 공적을 칭찬하였으며, 6장은 문왕이 밀(密)나라의 침략을 격퇴하고 기산(岐山)의 남쪽에 새로 도읍을 건설하여 천하의 중심지를 경영한 업적을 기렸으며, 7장은 문왕이 오랑캐를 물리치고 새로 도읍을 건설함에 밝은 덕으로 군사를 지휘하고 인민을 다스려 조용하고 신속하게 사업을 추진하는 것을 하느님의 말씀을 통해 극찬하였으니 곧 문왕이 큰소리로 생색을 내지 않고 긴 여름처럼 지루하게 고치지 않았음은 조용하고 신속하게 추진했다는 뜻이다. 그러므로 문왕은 곧 원수의 나라인 숭(崇)나라를 다시 정벌하여 승리할 수 있었던 것이다. 8장은 문왕이 과학적인 고가사다리차와 충돌차량을 개발하여 숭(崇)나라 도성을 정벌하여 대첩을 거둔 공적으로 야만적인 침략자의 발호를 막아 천하를 안정시킨 공로를 찬양하였다.

공자가 이 시를 『시경』에 편집한 이유는 천명(天命)은 무상하기 때문에 비록 천명을 받았다고 하여도 끊임없이 천리(天理)를 밝히고 선덕(善德)을 베풀어 인민을 사랑하지 않으면 오래 지키기 어려움을 밝히고 주(周)나라는 매우 미약한 지방국가였지만 태왕과 왕계 그리고 문왕이 대를 이어 꾸준히 밝은 정치를 하여 세계평화를 보장하려고 노력하면서도 나타내지 않으므로 천명이 확고하게 굳어진 사실을 천명하기 위함이다. 그러므로 공자는 이 시구를 인용하여 소리와 얼굴색은 인민을 교화하는 말단적 도구라고 해설하면서 하느님처럼 소리도 냄새도 없어야 지극한 덕이라고 하였으니 『중용』 33장을 음미하라.

황의(皇矣)는 거룩하도다, 감(監)은 감시, 막(莫)은 안정이고, 이국(二國)은 하(夏)나라의 걸(桀)과 은(殷)나라의 주(紂)이다. 사국(四國)은 사방의 나라이고, 구(究)는 연구함이고, 탁(度)은 헤아림이다. 기(耆)는 이르러 가는 것이고, 증(憎)은 미워하고 싫어함이며, 식(式)은 격식이요, 확(廓)은 휑뎅그렁하게 큰 것이니 곧 실속이 없이 규모만 큰 것이다. 권(眷)은 보살핌이고, 서고(西顧)는 서쪽을 돌아봄이니 곧 주(周)나라를 돌아봄이요, 여택(與宅)은 살아갈 집을 준 것이다. 작(作)은 경작이요, 병(屛)은 제거하는 것이며, 치(菑)는 1년 된 밭이고, 예(翳)는 말라죽은 나무이다. 수(脩)는 수리함이요, 평(平)은 편편하게 고르는 것이며, 관(灌)은 관개로 물을 이끌어오는 수로이고, 례(栵)는 바람을 막기 위하여 나란히 심은 방풍림이다. 계(啓)는 개간함이고, 벽(辟)은 개척하여 넓힘이며, 성(檉)은 능수버들이요, 거(椐)는 인가목이니 장미과에 속하는 낙엽관목이다. 가시가 있는 줄기가 무더기로 나는데 특히 가시는 줄기의 아랫부분에 많이 난다. 잎은 2~5쌍의 홀수로 된 깃 모양의 겹잎이고 쪽잎은 타원형이거나 난형이다. 5월에 장미빛의 다섯 잎의 꽃이 피고 갸름하고 타원형이거나 모뿔 모양의 열매가 7~8월에 여문다. 양(攘)은 비트는 것이고, 척(剔)은 뽑는 것이며, 염(檿)은 점무늬가 있는 산뽕나무이고, 자(柘)는 산뽕나무이니 재질이 질겨서 활이나 노끈을 만드는데 쓰인다. 명덕(明德)은 밝은 덕이 있는 임금이니 곧 태왕(大王)을 지칭하고, 관이(串

夷)는 곤이(昆夷)이며, 재(載)는 가득함이니 곧 태왕이 민심을 얻고 천명(天命)을 받으니 오랑캐들이 모두 물러가느라고 길에 가득한 것이다. 배(配)는 어진 배필이니 곧 태왕의 부인 태강(大姜)이다. 패(拔)와 태(兌)는 이미 면(緜) 편(3-1-3)에서 해설하였고, 대(對)는 짝이니 상대이다. 태백(大伯)은 태왕의 장자(長子)이고, 왕계(王季)는 태왕의 셋째 아들이다. 인심(因心)은 저절로 우러나온 마음이요, 우(友)는 형제간에 우애함이며, 독(篤)은 돈독함이고, 경(慶)은 임금의 자리에 오름이다. 재(載)는 받는 것이고, 석지광(錫之光)은 내려준 영광이니 형인 태백이 임금의 자리를 계승하지 않고 아우인 왕계에게 사양함이다. 록(祿)은 임금의 록이고 엄(奄)은 문득이다. 맥(貊)은 조용히 함이고, 극(克)은 잘하는 것이며, 류(類)는 분류함이요, 장(長)은 기르는 것이다. 군(君)은 지도하는 것이고, 극비(克比)는 잘 친함이며, 비(比)는 이르는 것이다. 미회(靡悔)는 실수하여 뉘우칠 일이 없다는 뜻이니 공경하고 성실하고 정직하다는 말이다. 제위문왕(帝謂文王)은 하느님이 문왕에게 분부한 내용을 미루어 가설적으로 표현한 어투이다. 연(然)은 허락하여 그렇다고 인정함이고, 반(畔)은 이반(離叛)이요, 원(援)은 끌어당겨서 발호(跋扈)함이며, 흠선(歆羨)은 부러워하여 탐내서 침략함이다. 탄(誕)은 이에, 안(岸)은 고지이니 전쟁에 유리한 위치를 확보함이다. 밀(密)은 밀수씨(密須氏)의 나라이니 길성(姞姓)으로 영주(寧州) 지역에 있었다. 거(距)는 겨루어 다툼이요, 완(阮)은 나라이름이니 경주(涇州) 지역에 있었는데 오늘날의 섬서성(陝西省) 내이다. 공(共)은 완나라의 땅이니 뒤에 공지(共池)라고 하였다. 기려(其旅)는 주나라의 군대요, 안(按)은 막아서 저지함이며, 조려(徂旅)는 공 땅에 침입해 들어가는 밀나라 군대이다. 호(祜)는 복이고, 대(對)는 대답함이니 천하인민의 기대에 보답했다는 말이다. 의(依)는 평온한 모양이고, 경(京)은 주나라의 도읍이며, 시(矢)는 화살처럼 나란히 벌려서 진을 치는 것이요, 선(鮮)은 고운 것이며, 원(原)은 평원이다. 기지양(岐之陽)은 문왕이 밀나라의 침략을 격퇴하고 세운 도읍지이니 곧 기산의 남쪽에 있는 정읍(程邑)인데 뒤에 섬서성 함양현(咸陽縣)이 되었다. 장

(將)은 옆이며, 방(方)은 방향으로 중심이 되었다는 뜻이다. 여(予)는 하느님이 자칭함이고, 회(懷)는 보살피고 생각함이며, 명덕(明德)은 문왕의 밝은 덕이다. 대성(大聲)은 큰소리로 외치는 것이고, 색(色)은 생색을 내서 자랑하는 것이며, 장하(長夏)는 길고 긴 여름이니 지루하고 끈적끈적함이며, 혁(革)은 개혁이다. 측(則)은 법이요, 구방(仇方)은 원수의 나라이며, 구원(鉤援)은 갈고리가 달린 사닥다리이고, 임(臨)은 임거(臨車)로 고가사다리차이며, 충(衝)은 충거(衝車)이니 돌진하여 충돌하는 일종의 대형 장갑차인 즉 모두 전투용 공격장비이다. 숭(崇)은 나라이름이니 지금의 섬서성(陝西省) 서안부현(西安府縣) 지역에 있었다. 한한(閑閑)은 느릿느릿한 모양이고, 언언(言言)은 우뚝우뚝한 모양이며, 집신(執訊)은 전범을 체포하여 문책함이요, 연연(連連)은 연달아 속속 이어진 것이다. 유(攸)는 높이 매다는 것이고, 괵(馘)은 포로로 잡혀서도 항복을 하지 않은 적병의 왼쪽 귀를 베는 것이며, 안안(安安)은 평안한 모양이다. 류(類)는 군대를 출동할 때에 하느님께 지내는 제사요, 마(禡)는 군대가 주둔할 땅에 제사를 지냄이니 이것은 황제(黃帝)와 치우(蚩尤) 때로부터 내려온 군법이다. 지(致)는 이르러 오는 것이고, 부(附)는 와서 붙은 것이며, 불불(茀茀)은 강성한 모양이다. 흘흘(仡仡)은 높고 큰 모양이고, 사(肆)는 짓밟는 것이다. 절(絶)은 멸절이요, 홀(忽)은 깜짝할 사이이며, 불(拂)은 어기는 것이다.

　문왕이 밀(密)나라를 정벌하고, 정읍(程邑)을 세워 천도하고 또 숭(崇)나라를 정벌하여 풍읍(豊邑)을 세워 천도하였으니 오랑캐의 야만지역을 순식간에 문명도시로 건설한 사업추진력의 탁월한 솜씨에 감탄할 뿐이다. 이와 같이 문왕은 나타내지 않은 덕(不顯之德)이 있어서 소리도 색깔도 없이 조용하게 계획하고 길고 긴 여름처럼 장기적으로 개혁을 도모하지 않고 날로 달로 새롭게 발전된 기구를 개발하여 능률적으로 신속하게 추진하는 과학기술을 크게 발전시켰으니 모두 인민을 보호하고 재정을 아끼는 애민(愛民)정신의 발로로 인민을 상처와 같이 보살피는 정신의 산물이다.

경 시 령 대
經始靈臺하야
경 지 영 지
經之營之하니
서 민 공 지
庶民攻之라
불 일 성 지
不日成之로다
경 시 물 극
經始勿亟이로되
서 민 자 래
庶民子來로다

신령한 누대를 측량하고 착수하여 규모를 정하고 기초를 세우니
서민이 지으므로 날이 아니 되어 낙성하누나
측량하고 착수함에 급히 서둘지 말랬으나 서민이 자식의 도리로
몰려왔도다

왕 재 령 유
王在靈囿하시니
우 록 유 복
麀鹿攸伏이로다
우 록 탁 탁
麀鹿濯濯이어늘
백 조 학 학
白鳥翯翯이로다
왕 재 령 소
王在靈沼하시니
오 인 어 약
於牣魚躍이로다

왕이 신령한 동물원을 살피니 암사슴과 사슴이 엎드리누나
암사슴과 사슴이 토실토실, 흰 새는 번듯번듯
왕이 신령한 연못을 살피니 아, 가득히 고기가 뛰도다

거 업 유 종
虡業維樅이요
분 고 유 용
賁鼓維鏞이로다
오 류 고 종
於論鼓鍾이여
오 락 벽 옹
於樂辟廱이여

쇠북틀설주와 종다는널틀에 장식한 숭아요, 큰북에 큰종이로구나
아, 어울리는 북소리와 종소리여 아, 즐거운 태학이여

오 류 고 종
於論鼓鍾이여
오 락 벽 옹
於樂辟廱이로다
타 고 방 방
鼉鼓逢逢하니
몽 수 주 공
矇瞍奏公이로다

아, 어울리는 북소리와 종소리여 아, 즐거운 태학이로다

악어 가죽으로 만든 북소리 덩덩하니 장님 악사가 공연이 끝남을 알리도다

❂ 영대(靈臺) 편은 네 장인데 앞의 두 장은 6구씩이고 뒤의 두 장은 4구씩으로 서사시이다. 문왕(文王)이 도읍을 옮기고 공원을 조성하며 태학(太學)을 설치하여 인민의 휴식처를 만들어주고 인민의 자제를 교육하니 인민이 기뻐하여 그 공사를 자진하여 돕는 광경을 서술하였다.

1장은 문왕이 도읍의 유원지에 누대를 지으려고 착수하여 그 규모를 정하고 기초를 세우니 도읍의 서민이 자체적으로 협력하여 지었기 때문에 하루도 아니 되어 완성한 사실을 밝히고 이것은 문왕이 급히 서둘지 말라고 했음에도 서민이 문왕의 일을 마치 자기들의 아버지 일처럼 생각하여 스스로 와서 도왔기 때문임을 기술하였고, 2장은 문왕이 신령한 동물원을 살피니 사슴이 유순하게 엎드리는데 모두 토실토실하며 백조가 번듯번듯하고 고기가 기득히 뛰는 것으로 문왕의 자애로운 덕화(德化)가 금수와 물고기에게도 미친 것을 서술하였으며, 3장은 문왕이 태학(太學)을 시찰하여 아악(雅樂)의 악기(樂器)를 살피는 광경을 묘사하였고, 4장은 이어 문왕이 여러 노인 및 태학생과 함께 아악의 공연(公演)을 감상하는 즐거운 정경을 기록하였다.

공자가 이 시를 『시경』에 편집한 이유는 문왕이 아름다운 경치의 유원지와 동물원, 식물원의 진귀한 동물과 신기한 식물, 그리고 아름다운 음악과 높은 지식을 절대로 독점하지 않고 인민과 더불어 공유하면서 같이 즐기는 공도정치(公道政治)를 높이 찬양하기 위함이다. 그러므로 맹자(孟子)는 이 시에 대하여 해설하기를 "문왕은 인민의 힘으로 누대를 만들고 연못을 만들었으나 그 백성이 기뻐하고 즐거워하여 그 누대를 영대(靈臺)라고 부르고 그 연못을 영소(靈沼)라고 불렀다."고 하였으니 모든 공적 시설물을 개방하여 여민동락(與民同樂)했기에 인민이 문왕을 아버지처럼 받들었던 것이다.

경시(經始)는 측량하여 착수함이요, 경지(經之)는 규모를 정하여 설계함이며, 영지(營之)는 설계도면에 따라 기초를 세우는 것이다. 공(攻)은 전문적으로 작업함이고, 불일(不日)은 하루 되지 않음이니 아주 빨리 했다는 뜻이다. 성(成)은 낙성(落成)이고, 극(極)은 극(亟)이니 빠른 것이며, 자래(子來)는 아들이 아버지의 일에 와서 돕듯이 스스로 왔다는 뜻이다. 왕(王)은 문왕이요, 재(在)는 살피는 것이고, 유(囿)는 동물원이요, 우(麀)는 암사슴이며, 유(攸)는 어조사이다. 탁탁(濯濯)은 살이 쪄서 토실토실한 모양이고, 백조(白鳥)는 흰 새로 고니와 해오라기 따위이며, 학학(翯翯)은 살찌고 깨끗하여 번듯번듯한 모양이다. 오(於)는 감탄사, 인(牣)은 가득함이며, 거(虡)는 쇠북틀설주이니 종과 북을 매다는 악기틀의 기둥이고, 업(業)은 종과 북을 매다는 악기틀의 위에 가로로 댄 널틀이며, 종(樅)은 그 널틀 위에 이빨처럼 조각하여 붙인 숭아(崇牙)이다. 분(賁)은 큰 것이고, 분고(賁鼓)는 큰북으로 길이가 8척(尺)이요 북통의 지름이 4척이다. 용(鏞)은 큰종이요, 륜(論)은 륜(倫)과 같으니 여러 악기의 음률이 조리정연하게 화음이 된 것이다. 벽옹(辟廱)은 벽옹(辟雍)이니 천자국의 태학(太學)으로 사면에 물이 있어 섬처럼 된 곳에 세웠다. 타고(鼉鼓)는 악어의 가죽으로 만든 북이고, 방방(逢逢)은 북소리가 덩덩 울리는 것이며, 몽수(矇瞍)는 장님으로 악사(樂師)가 된 사람이니 장님은 귀가 밝기 때문에 고대에 음악을 전업으로 하였다. 주공(奏公)은 주공(奏功)이니 음악에 심취하여 명상에 잠긴 청중에게 음악의 연주가 끝났음을 알리는 것이다.

문왕은 나타내기를 싫어하여 모든 공적인 시설물에 아무런 기념적 이름을 남기지 않았거늘 후세의 공리주의자(功利主義者)들은 국가공공의 건축물에 특정인의 이름을 부치고, 사회공공의 광장에 특정인의 동상이나 탑을 세워서 그 공적을 뚜렷이 밝혀 기리고 있으니 이것은 사(私)를 공(公)으로 혼동한 것이요, 사욕을 도덕심으로 착각한 것인즉 문왕의 순수한 마음과는 현격한 차이가 있는 것이다.

하 무 유 주　　　세 유 철 왕
下武維周라　　　世有哲王이로다
삼 후 재 천　　　왕 배 우 경
三后在天하나니　王配于京이로다

내림내림은 오직 주나라이므로 세세로 밝은 왕이 있도다
세 임금이 하늘에 있나니 왕이 도읍에다가 배향하도다

왕 배 우 경　　　세 덕 작 구
王配于京하니　　世德作求로다
영 언 배 명　　　성 왕 지 부
永言配命하니　　成王之孚로다

왕이 도읍에다가 배향하니 세세로 덕을 이룩한 것을 이루기 위
함이로다
길이 천명에 짝하니 왕의 믿음이 되었도다

성 왕 지 부　　　하 토 지 식
成王之孚하니　　下土之式이로다
영 언 효 사　　　효 사 유 측
永言孝思하니　　孝思維則이로다

왕의 믿음이 되니 이 땅의 백성들의 본보기로다
길이 효도를 생각하니 효도를 생각함이 오직 규범이로다

미 자 일 인　　　응 후 순 덕
媚茲一人이라　　應侯順德하니
영 언 효 사　　　소 재 사 복
永言孝思는　　　昭哉嗣服이로다

이에 한 사람을 사랑하므로 응함을 온순한 덕으로 하니
길이 효도를 생각함은 뚜렷한 후계자의 직분이로다

소 자 래 허　　　승 기 조 무
昭茲來許하야　　繩其祖武하니
오 만 사 년　　　수 천 지 호
於萬斯年에　　　受天之祜리라

뚜렷하게 이로부터 나아가 그 조상의 내림을 이으니
아, 이에 만년 동안 하늘의 복을 받으리로다

수 천 지 호　　　　사 방 래 하
受天之祜하사　　四方來賀하니
오 만 사 년　　　　불 하 유 좌
於萬斯年에　　　不遐有佐아

하늘의 복을 받아 사방이 와서 하례하니
아, 이에 만년 동안 어찌 도움이 있지 않으리요

　☯ 하무(下武) 편은 여섯 장이 4구씩으로 된 서사시인데 주(周)
나라 창업에 공헌했던 역대의 임금이 천명을 받들고 인민을 사랑
하는 전통을 세워서 아버지가 이룩한 사업을 아들이 계승하는 내
림내림의 가풍을 이어온 역사를 성왕(成王)시대에 기술하였다.
　1장은 주(周)나라 창업기의 역대 임금은 태왕(大王)의 건국의지
를 받들어 왕계(王季)와 문왕(文王) 그리고 무왕(武王)이 내림내
림으로 명철(明哲)한 정치를 계속하였음을 밝히고 그 증거로 무
왕이 도읍에 태묘(太廟)를 세워서 태왕, 왕계, 문왕의 위패(位牌)
를 배향(配享)하였음을 기술하였으며, 2장은 무왕이 주나라의 도
읍에 태묘를 세워서 세 임금을 배향한 이유는 대대로 이어 내려
오는 아름다운 전통을 이루기 위한 목적이었으며 또한 무왕이 길
이 조상을 받들어 태묘에서 제향을 모시고 천명에 짝함으로써 이
것이 주나라의 건국이념으로 승화하여 전통문화계승의 정치철학
이 되었음을 서술하였고, 3장은 무왕이 조상의 전통을 계승하려
는 신념을 가짐으로써 이 땅의 인민대중도 조상의 얼을 계승하려
는 풍조가 일어났는데 무왕이 태묘에서 제향을 드리고 효도를 생
각하니 인민대중도 효도를 생각하는 것을 오직 생활규범으로 삼
게 되었음을 논증하였으며, 4장은 효도는 한 사람의 아버지를 사
랑하는 것인즉 아버지에게 응함을 온순한 덕으로 하나니 길이 조
상에게 제사를 지내고 효도를 생각함은 후계자의 뚜렷한 직분임
을 확인하였고, 5장은 무왕이 이로부터 확실하게 조상의 내림을

이어 뚜렷한 효도의 전통을 확립하였으니 길이 하늘의 복을 받을 것임을 검증하였으며, 6장은 하늘의 복을 받아 사방에서 효도가 문이 나오고 충신, 효자, 열녀를 표창하는 기풍을 일으키니 이에 많은 도움이 있을 것임을 증언하였다.

공자가 이 시를 『시경』에 편집한 이유는 요(堯)임금과 순(舜)임금이 효(孝)의 도덕으로 천하를 다스렸거늘 또한 문왕과 무왕도 역시 효도사상으로 천하를 다스렸음을 인증하기 위함이니 효도는 인간의 윤리적 삶의 시작이고 일백 가지의 착한 행실의 근본이다. 그러므로 공자는 인(仁)의 인간성을 함양하고 효(孝)의 사회성을 확대하는 것이 평화세계를 건설하는 요체라고 설파하였다.

하(下)는 내림이고 무(武)는 이음이니 하무(下武)는 여러 대를 이어 내려온 내림내림이다. 철왕(哲王)은 밝은 임금이니 곧 태왕(大王), 왕계(王季), 문왕(文王), 무왕(武王)을 지칭하며, 삼후(三后)는 세 임금이니 태왕, 왕계, 문왕을 지칭하고, 왕(王)은 무왕을 지칭한다. 배(配)는 배향(配享)함이고, 경(京)은 주나라 도읍에 세운 태묘(太廟)를 뜻한다. 세덕(世德)은 세세로 쌓은 덕이고, 작(作)은 이룩한 것이며 구(求)도 이룩하는 것이니 작(作)은 조상이 이룩한 업적이고 구(求)는 자손이 완성한 공적이다. 영언배명(永言配命)은 이미 앞의 문왕(文王) 편(3-1-1)에서 해설하였고, 부(孚)는 확신이다. 식(式)은 본보기요, 측(則)은 생활규범이다. 미(媚)는 사랑하는 것이고, 일인(一人)은 한 사람의 아버지를 지칭하며, 응(應)은 감응(感應)이니 서로 마주하여 느끼고 반응함이다. 후(侯)는 어조사, 순덕(順德)은 온순하게 따르는 덕이니 곧 효심(孝心)이고, 사(嗣)는 대를 잇는 후계자이며, 복(服)은 직분이다. 래(來)는 부터, 허(許)는 나아가는 것이요, 승(繩)은 계속 잇는 것이며, 조무(祖武)는 조상 대대로 이어 내려온 내림바탕이다. 하(賀)는 경하(慶賀)요, 하(遐)는 어찌, 좌(佐)는 보좌하여 도움이다.

맹자(孟子)가 이 시를 해설하였으니 말하기를 "효자의 지극한 도리는 어버이를 존경하는 것보다 큰 것이 없고, 어버이를 존경하는 지극한 행실은 천하로써 봉양하는 것보다 큰 것이 없나니 천자(天子)의 아버지가 된다면 존경함이 지극한 것이요, 천하로써 봉양한다면 봉양함이 지극한 것이다. 시에 말하기를 '길이 효도를 생각하나니 효도를 생각함이 오직 사회생활의 규범이로다.' 하니 이것을 말함이니라."(『孟子』萬章上)고 하였다.

3-1-10 ──── 문왕유성(文王有聲) / 문왕은 명성을 얻었네

문왕유성　　흘준유성
文王有聲이여　遹駿有聲이로다
흘구궐녕　　흘관궐성
遹求厥寧하고　遹觀厥成하니
문왕증재
文王烝哉인저

문왕은 명성을 얻었네 이에 큰 명성을 얻었도다
이에 그 인민의 안녕을 찾고 이에 그 정치사업의 성공을 보았나니
문왕의 뜨거운 인기인저

문왕수명　　유타무공
文王受命하야　有此武功하도다
기벌우숭　　작읍우풍
旣伐于崇하고　作邑于豐하니
문왕증재
文王烝哉인저

문왕이 천명을 받아 이 무공을 세웠도다
이미 숭나라를 정벌하고 풍 땅으로 도읍을 옮기니
문왕의 뜨거운 인기인저

축성이혁　　작풍이필
築城伊淢하고　作豐伊匹하도다
비극기욕　　흘추래효
匪棘其欲이나　遹追來孝하니

왕 후 증 재
王后烝哉인저

성을 쌓으며 그 성개천을 파고 풍읍을 세워 그 두 번 천도했도다
그 하고자 함을 서둘지 않아도 이에 효자처럼 쫓아오니
왕후의 뜨거운 인기인저

왕 공 이 탁　　유 풍 지 원
王公伊濯하야 維豐之垣이로다
사 방 유 동　　왕 후 유 한
四方攸同하야 王后維翰하니
왕 후 증 재
王后烝哉인저

왕과 공경이 그 위대하여 오직 풍읍의 울타리로다
사방을 똑같이 하였는바 왕후가 오직 주관하니
왕후의 뜨거운 인기인저

풍 수 동 주　　유 우 지 적
豐水東注하니 維禹之績이로다
사 방 유 동　　황 왕 유 벽
四方攸同하야 皇王維辟하니
황 왕 증 재
皇王烝哉인저

풍강의 물이 동쪽으로 흘러 들어가니 우임금의 공적이로다
사방을 똑같이 하였는바 거룩한 왕이 오직 개척하니
거룩한 왕의 뜨거운 인기인저

호 경 벽 옹　　자 서 자 동
鎬京辟廱에 自西自東하며
자 남 자 북　　무 사 불 복
自南自北하야 無思不服하니
황 왕 증 재
皇王烝哉인저

호경과 태학에 서쪽으로부터 동쪽으로부터 오며
남쪽으로부터 북쪽으로부터 와서 사모하며 복종하지 않음이 없
나니
거룩한 왕의 뜨거운 인기인저

考卜維王이 宅是鎬京하야
고 복 유 왕　　　택 시 호 경
維龜正之하고 武王成之하니
유 귀 정 지　　　무 왕 성 지
武王烝哉인저
무 왕 증 재

살피고 고르신 왕이 이 호경을 자리잡아
오직 거북점이 결정하고 무왕이 이루시니
무왕의 뜨거운 인기인저

豐水有芑하니 武王豈不仕리요
풍 수 유 기　　　무 왕 기 불 사
詒厥孫謀하야 以燕翼子하니
이 궐 손 모　　　이 연 익 자
武王烝哉인저
무 왕 증 재

풍강의 물에는 시화가 있나니 무왕이 어찌 살피지 않으리요
그 후손에게 도모할 일을 남겨서 아들을 편안하게 도우니
무왕의 뜨거운 인기인저

☯ 문왕유성(文王有聲) 편은 여덟 장이 5구씩으로 된 서사시인데 주(周)나라를 창업했던 문왕(文王)과 문왕의 비(妃) 태사(大姒), 그리고 무왕(武王)이 정치를 유신(維新)하고 도읍을 옮기며 천하를 안정함에 인민이 즐겁게 따르므로 그 대중적 인기(人氣)가 높았던 것을 아궁이에 불을 때서 물을 끓이면 뜨거운 김이 화끈하게 오르는 모양으로 비유하였다.

1장은 문덕(文德)을 숭상하는 문왕의 유신(維新)정치는 인민의 안녕을 추구하여 크게 성공함으로써 대중적 인기가 매우 컸음을 기술하였고, 2장은 문왕의 무공(武功)은 야만적인 침략을 일삼는 숭(崇)나라를 정벌하고 풍읍(豐邑)을 건설하니 문명국의 제후(諸侯)로부터 큰 인기를 얻었음을 서술하였으며, 3장은 새로 천도한 도읍에 성을 쌓고 성곽의 밑에 구지(溝池)를 파는 큰 토목공사를 정읍(程邑)과 풍읍(豐邑)에서 두 번이나 하였음에도 인민이 자진

하여 와서 효자가 아버지의 일을 돕듯이 하였으니 이것은 인민이 문왕을 사모할 뿐만 아니라 또한 문왕의 비(妃)인 태사(大姒)도 여자들이 높이 사모하여 남편과 자식들을 가서 돕도록 권유한 결과임을 증명하였으며, 4장은 정치의 최고 지도자인 왕과 행정의 최고 책임자인 공경(公卿)의 위대한 국가경영이 풍읍을 보호하는 울타리인바 왕후가 사방의 인물을 똑같이 대하여 주관하므로 국가관료들에게 태사(大姒)의 인기가 대단히 높았음을 실증하였다. 5장은 풍수(豊水)가 동쪽으로 흘러 위수(渭水)로 들어가서 황하(黃河)와 합하는 것은 우(禹)임금의 치수공적(治水功績)이요 폭군 주(紂)를 정벌하여 인민을 해방하고 문명세계를 개척한 것은 무왕(武王)의 혁명이니 거룩한 왕은 모두 천하만민으로부터 존경을 받았음을 서술하였고, 6장은 무왕이 천하를 혁명한 다음 호경(鎬京)으로 천도하고 천자국(天子國)의 태학(太學)인 벽옹(辟廱)을 세워서 지역을 차별함이 없이 동서남북을 평등하게 다스리니 사모하여 열복(悅服)하지 않음이 없으므로 거룩한 무왕의 인기가 대단하였음을 기록하였으며, 7장은 무왕이 호경(鎬京)으로 천도한 것은 나라의 위용을 괴시하기 위함이 아니라 인민이 무왕을 사모하여 주나라로 모여들기 때문에 수용능력이 부족한 까닭으로 부득이 새로운 도읍을 건설하지 않을 수 없었음을 밝혀 무왕의 인기가 폭발적이었음을 증명하였고, 8장은 풍수(豊水)의 강물은 흘러가더라도 강가에 자라는 시화풀은 그 자리에 있듯이 무왕이 세대교체의 문제를 일찍 살피시고 그 아들 성왕(成王)을 후계자로 정함으로써 자손으로부터 뜨거운 존경을 받았음을 증거하였다.

공자가 이 시를 『시경』에 편집한 이유는 공직자가 열심히 봉사하면 반드시 사람들로부터 사랑과 존경을 받는 감응(感應)의 원리가 있음을 밝히고 주나라 문왕의 문무겸전(文武兼全)은 인민대중과 천하의 제후 그리고 부녀자 및 국가공무원 등으로부터 폭넓은 지지를 얻어서 인기가 매우 높았고 무왕의 혁명은 사방의 지역을 평등하게 다스려 천하인민대중과 학생뿐만 아니라 신령한 거북과 자손 등으로부터도 폭발적인 인기를 얻은 것을 증명하기 위함이다.

성(聲)은 명성(名聲)이요, 휼(遹)은 이에, 준(駿)은 큰 것이다. 증(烝)은 물이 끓어 수증기가 올라가는 것이니 화끈한 인기(人氣)를 뜻한다. 벌우숭(伐于崇)은 앞의 황의(皇矣) 편(3-1-7)에서 이미 해설하였고, 작읍(作邑)은 도읍을 옮기는 것이며, 풍(豊)은 땅이름으로 숭(崇)나라의 지배하에 있었으나 문왕이 정벌하여 도읍을 세웠으니 호현(鄠縣) 두릉(杜陵)의 서남쪽 지역이다. 역(減)은 성곽의 밑에 파서 만든 구(溝)이니 사방 10리(里)에 성(成)을 만들고 성(成)의 사이에 구(溝)를 만들었는데 깊이와 넓이가 각각 8척(尺)이었다. 필(匹)은 둘이니 정읍(程邑)과 풍읍(豊邑)의 두 도읍을 뜻한다. 극(棘)은 빨리 함이고, 왕후(王后)는 왕비(王妃)이니 곧 태사(太姒)를 지칭한다. 공(公)은 공경(公卿)이요, 탁(濯)은 큰 것이며, 한(翰)은 주관함이다. 풍수(豊水)는 풍읍(豊邑)의 동쪽으로 흐르는 강물의 이름이니 위수(渭水)로 들어가서 황하와 합친다. 우지적(禹之績)은 순(舜)임금 때에 우(禹)가 치수(治水)한 공적이고, 황(皇)은 거룩하며, 벽(辟)은 개척이다. 호경(鎬京)은 무왕이 군사혁명을 완수하고 천도한 도읍이니 풍수(豊水)의 동쪽에 있는데 풍읍(豊邑)으로부터 25리(里)쯤 떨어진 곳이다. 무사불복(無思不服)은 마음으로 좋아하여 복종함이니 심복(心服)하여 열복(悅服)함이다. 고(考)는 헤아려서 살핌이요, 복(卜)은 선택하여 고르는 것이며, 택(宅)은 자리를 잡는 것이다. 귀(龜)는 거북을 태워 균열을 보고 점을 치는 거북점이고, 정(正)은 질정(質正)이니 물어서 결정함이다. 기(芑)는 시화로 시화과에 속하는 다년생풀인데 잎은 뿌리에서 모여 나는데 두껍고 연하며 타원형으로 담배 잎과 비슷하다. 여름에 몇 개의 담자색 꽃이 잎 사이에서 나와 6~12cm의 꽃줄기 끝에 핀다. 습지에서 자란다. 사(仕)는 살펴서 대비함이고, 이(詒)는 남기는 것이며, 모(謀)는 도모할 일이다. 연익(燕翼)은 조상이 자손들의 안락을 위해 도와서 편안케 함이요, 자(子)는 무왕의 아들 성왕(成王)이다.

천하를 다스리는 임금이 서민대중과 부녀자로부터 관료와 제후 그리고 자손에 이르기까지 고루 보살펴서 모든 사람들로부터 사랑과 존경을 받기는 지극히 어려운 일이거늘 문왕과 무왕은 그러한 인기를 얻었으니 인류역사에 영원한 정치지도자의 헌장이다.

○ 문왕의 십(什)은 10편 66장 414구인데 주(周)나라 창업의 아름다운 역사를 웅장한 서사시로 엮은 내용이다. 문왕(文王) 편은 문왕이 정치를 유신(維新)하여 천명(天命)을 받은 내용이고, 대명(大明) 편은 아래에 밝은 덕이 있어야 위에 빛나는 공적이 있는 것을 증명하였으며, 면(緜) 편은 점점 발전하여 크게 성공한 주나라 창업의 역사를 검증하였고, 역복(棫樸)과 한록(旱麓), 사제(思齊) 편은 문왕의 덕이 사람을 감동하여 변화시키는 힘이 있음을 실증하였다. 황의(皇矣) 편은 주나라를 창업한 역대의 임금이 민주적인 지도력과 과학적인 사업추진력이 탁월했음을 공증하였고, 영대(靈臺), 하무(下武), 문왕유성(文王有聲) 편은 주나라의 모든 정책은 인민대중들의 열광적인 지지를 얻어 추진했기 때문에 임금이 폭발적인 인기가 있었음을 검증하였으니 모두 정치사상의 근본원리요 천하국가 경영의 모범이며 이상국가의 헌장이므로 그 시가 아름답고 즐겁고 고상하고 장엄하여 길이 잊지 못하게 한다. 특히 태왕(太王)의 대망(大望)이 감동저인바 순(舜)임금 시대에 어진 신하였던 우(禹)와 설(契)과 기(棄)와 고요(皐陶)가 있었으니 홍수를 다스려 국토를 건설했던 우(禹)의 아들은 하(夏)나라를 세웠고, 인간의 윤리도덕을 교육했던 설(契)의 후손인 탕(湯)은 은(殷)나라를 세웠으니 이제 농업을 진흥하여 인민의 식량문제를 해결했던 기(棄)의 후손인 자기들도 왕국을 건설할 사명을 가지고 분발노력해야 된다는 확신이야말로 길이 사람을 감동시킨다.

2. 생민(生民)의 십(什)

3-2-1 ─────── 생민(生民) / 사람을 낳았네

궐초생민   시유강원
厥初生民은   時維姜嫄이니
생민여하   극인극사
生民如何오   克禋克祀하야
이불무자   이제무민흠
以弗無子하고   履帝武敏歆이라
유개유지   재진재숙
攸介攸止에   載震載夙하야
재생재육   시유후직
載生載育하니   時維后稷이로다

그 처음에 사람을 낳은 때는 바야흐로 강원이니
사람을 낳음이 어떠했는가? 아주 정결히 하여 하느님께 제사를
잘 지내서
아들이 없게 하지 말라며 하느님의 발자국에 엄지발가락을 밟고
오싹하므로
혼자서 멈추었던바 곧 임신하고 곧 정숙히 하여
곧 낳아서 곧 기르니 이분이 바로 후직이로다

탄미궐월   선생여달
誕彌厥月하야   先生如達하니
불탁불벽   무재무해
不坼不副하며   無菑無害하야
미혁궐령   상제불녕
以赫厥靈하니   上帝不寧가
불강인사   거연생자
不康禋祀하야   居然生子로다

이에 그 달이 차서 첫 아이를 낳음이 숙달한 듯이 하니
찢어지지 않고 갈라지지 아니하며 재앙이 없고 해독이 없어

그 신령함을 뚜렷이 나타내니 하느님이 그렇게 한 것이 아닌가?
정결히 해서 하느님께 제사를 지냄이 헛되지 아니하여 선뜻하게
아들을 낳았도다

탄 치 지 애 항   우 양 비 자 지
誕寘之隘巷한대　牛羊腓字之하며
탄 치 지 평 림   회 벌 평 림
誕寘之平林한대　會伐平林하며
탄 치 지 한 빙   조 복 익 지
誕寘之寒冰한대　鳥覆翼之로다
조 내 거 의   후 직 고 의
鳥乃去矣에　后稷呱矣어늘
실 담 실 우   궐 성 재 로
實覃實訏하야　厥聲載路로다

이에 좁은 골목에 버려두었는데 소와 양이 장단지로 사랑하며
평지의 숲속에 버려두었는데 마침 맞게 평지의 숲을 벌목하며
추운 얼음판에 버려두었는데 새가 날개로 덮어 공경하였네
새가 이에 날아감에 후직이 울거늘
참으로 길고 참으로 커서 그 울음소리가 길에 가득하였도다

탄 실 포 복   극 기 극 억
誕實匍匐하야　克岐克嶷이러니
이 취 구 식   예 지 임 숙
以就口食하야　藝之荏菽하니
임 숙 패 패   화 역 수 수
荏菽旆旆하며　禾役穟穟하며
마 맥 몽 몽   과 질 봉 봉
麻麥幪幪하며　瓜瓞唪唪하도다

이에 실로 엉금엉금 기다가 아장아장 잘 걷고 잘 숙성하더니
자라서 입으로 밥을 먹음에 왕콩을 심으니
왕콩이 너울너울, 벼를 벌여 심으니 싹이 무럭무럭 자라며
삼과 보리가 더부룩더부룩, 큰 오이와 작은 오이가 주렁주렁하
도다

탄 후 직 지 색   유 상 지 도
誕后稷之穡이　有相之道로다

불 궐 풍 초　　　종 지 황 무
茀厥豐草하고　種之黃茂하야

실 방 실 포　　　실 종 실 유
實方實苞하니　實種實褎하며

실 발 실 수　　　실 견 실 호
實發實秀하며　實堅實好하며

실 영 실 률　　　즉 유 태 가 실
實穎實栗이라　卽有邰家室하니라

이에 후직의 농사법은 보는 법도가 있도다

그 무성한 풀밭을 갈아엎고 노랗게 영글어 충실한 씨앗을 심어

실로 방정하고 실로 덮어주니 충실하게 뿌리가 나오고 충실하게
잎이 나오며

충실하게 꽃이 피고 충실하게 이삭이 패고 충실하게 영글고 충
실하게 맛들며

충실한 이삭이 알차고 단단하므로 태 땅으로 가서 집을 짓고 살
도다

탄 강 가 종　　　유 거 유 비
誕降嘉種하니　維秬維秠며

유 문 유 기　　　항 지 거 비
維穈維芑로다　恒之秬秠하니

시 확 시 묘　　　항 지 문 기
是穫是畝하며　恒之穈芑하니

시 임 시 부　　　이 귀 조 사
是任是負하야　以歸肇祀하도다

이에 좋은 씨앗을 내려주니 오직 검은 기장씨와 검은 두알기장
씨이며

오직 붉은 조와 오직 흰 조의 씨앗이므로 두루 검은 기장과 검
은 두알기장을 심으니

이에 거두고 이에 이랑에서 타작하며 두루 붉은 조와 흰 조를
거두니

이에 안고 이에 지고 돌아와서 처음으로 제사를 지냈도다

탄 아 사 여 하　　　혹 용 혹 유
誕我祀如何오　或舂或揄하며

혹 파 혹 유　　　석 지 수 수
或簸或蹂하며 釋之叟叟하며
증 지 부 부　　　재 모 재 유
烝之浮浮하며 載謀載惟하며
취 소 제 지　　　취 저 이 발
取蕭祭脂하며 取羝以軷하며
재 번 재 렬　　　이 흥 사 세
載燔載烈하야 以興嗣歲로다

이에 우리의 제사는 어떻게 지냈는가 혹 방아찧고 혹 절구질하며
혹 키로 까불고 혹 문지르며 물에 풀어 쓱쓱 씻으며
솥에 쪄서 부글부글 익히며 곧 날을 잡고 곧 도모하며
쑥을 구하여 기름을 묻혀 태우며 숫양을 잡아 길제사를 지내며
큰 고기를 굽고 곧 산적을 구어서 내년을 일으키도다

앙 성 우 두　　　우 두 우 등
卬盛于豆하니 于豆于登이로다
기 향 시 승　　　상 제 거 흠
其香始升하니 上帝居歆이로다
호 취 단 시　　　후 직 조 사
胡臭亶時라 后稷肇祀하니
서 무 죄 회　　　이 흘 우 금
庶無罪悔하야 以迄于今이로다

수북히 나무제기에 담으니 나무제기에 질그릇제기에
그 향기가 처음 올라가니 하느님이 선뜻 흠향하시도다
암내가 진실로 때맞으므로 후직이 처음으로 제사를 지내니
거의 죄와 뉘우침이 없어서 오늘날에 이르렀도다

◐ 생민(生民) 편은 여덟 장인데 수장, 3장, 5장, 7장은 10구씩
이요, 2장, 4장, 6장, 졸장은 8구씩이니 모두 서사시이다. 주(周)나
라의 시조로 순(舜)임금의 조정에서 농업장관을 지냈던 후직(后
稷)의 탄생에 대한 전설과 후직이 농사법을 개발한 역사를 자세
히 기술하여 인류산업발전에 기여한 공적을 현창하였으니 후직
(后稷)은 관명(官名)이고 본명은 기(棄)이다.
　1장은 강원(姜嫄)이 하느님께 기도하여 후직(后稷)을 낳은 설화

를 실감나게 기록하였고, 2장은 강원이 후직을 임신하여 아무도 눈치를 채지 못한 가운데 순산한 것은 하느님의 보살핌이었음을 증명하였으며, 3장은 강원이 하느님의 엄지발가락을 밟고 임신하여 후직을 낳았기 때문에 후직이 사생아(私生兒)라고 하여 버렸지만 소와 양과 새가 보호하고 또한 나무꾼이 발견하여 다시 찾아온 전설을 기록하였고, 4장은 후직이 무럭무럭 잘 자라서 입으로 밥을 먹음에 콩과 벼와 삼과 보리 그리고 오이 등의 곡식을 가꾸는 일에 특이한 재능이 있었다는 사실을 기술하였으며, 5장은 후직이 곡식의 종자를 개발할 뿐만 아니라 지형을 살피고 토질을 연구하여 씨앗을 뿌리는 방법과 발아가 잘 되는 시기 그리고 김매어 가꾸는 방법과 곡식을 거두는 시기 등등의 농사법의 법도를 통달하여 여러 가지로 여건이 좋은 태(邰) 땅에 정착했던 사실을 서술하였고, 6장은 후직이 검은 종류의 기장씨앗과 붉은 조와 흰 조의 씨앗을 새로 개발하여 널리 보급한 농업개발사의 획기적인 공헌을 현창하였으며, 7장은 가을에 풍성한 수확의 기쁨으로 올해의 풍년에 감사하고 내년의 풍년을 기원하는 성대한 제사를 지내기 시작했던 광경을 묘사하였고, 8장은 하느님께 추수감사절의 제사를 지냄으로써 오늘날까지 농민이 행복하게 살아온 사실은 곧 후직의 농사법이 민생경제의 정도임을 증거하였다.

공자가 이 시를 『시경』에 편집한 이유는 인류를 살리기 위하여 자연자원을 이용해서 곡식을 대량생산하여 민생경제를 안정시킨 후직(后稷)의 공적을 기리기 위함이다. 사생아의 어려운 시련을 스스로 극복하고 농업개발에 전념하여 대량생산하는 농사법을 보급함으로써 인류의 식량문제 해결에 크게 공헌하니 후세에 인류가 우러러 존경하고 그 탄생까지 비범한 이적으로 미화했던 것이다.

민(民)은 사람이니 곧 주(周)나라의 사람이며, 시유(時維)는 때는 바야흐로이고, 강원(姜嫄)은 염제(炎帝)의 후예로 성은 유태씨(有邰氏)이고 이름이 원(嫄)인데 고신씨(高辛氏)의 세대에 왕비가 되었다. 인(禋)은 정결히 하여 제사를 지냄이니 인사(禋祀)는 정성으로 교외에서 하느님께 제사를 지냄이다. 불(弗)은 하지 말라고 비는 것이니 곧 불(祓)이며 아들이 없게 하지 말고 아들을 낳게 해달라고 기도함이다. 이(履)는 밟는 것이고, 제(帝)는 하느님이며, 무(武)는 발자국이고, 민(敏)은 엄지발가락이요, 흠(歆)은 오싹한 느낌이다. 개(介)는 혼자 고립함이고, 진(震)은 임신한 것이며, 숙(夙)은 정숙함이다. 생(生)은 아기를 낳음이고, 육(育)은 아기를 기름이며, 시유(時維)는 이 분이 바로의 뜻이요, 후직(后稷)은 이름이 기(棄)로 순(舜)임금 시대에 농업장관을 지낸 주(周)나라의 시조이다. 탄(誕)은 이에, 미(彌)는 마치는 것이니 곧 열 달이 찬 것이다. 선생(先生)은 첫 아이를 낳음이고, 달(達)은 숙달이니 여러 번 아이를 낳은 산모처럼 쉽게 낳았다는 뜻이다. 탁(坼)과 부(副)는 찢어지고 갈라짐이니 난산함이요, 재(菑)와 해(害)는 재앙과 해독이니 산후에 산모가 질병을 앓음이다. 혁(赫)은 뚜렷함이고, 녕(寧)은 그렇게 함이며, 강(康)은 헛됨이고, 거연(居然)은 편안한 모양이니 선뜻함이다. 치(寘)는 버려두는 것이고, 애항(隘巷)은 좁은 골목이며, 비자(腓字)는 장단지로 보호하여 사랑함이다. 회(會)는 마침맞게 구해 주는 것이요, 복익(覆翼)은 날개로 덮어주고 공경함이다. 고(呱)는 어린애가 우는 소리이며, 담(覃)은 긴 것이요, 우(訏)는 큰 것이며, 재로(載路)는 길에 가득함이다. 포복(匍匐)은 손발로 기어가는 것이고, 기(岐)는 아장아장 걷는 것이며, 억(嶷)은 잘 커서 숙성한 모양이다. 취(就)는 성취(成就)요, 구식(口食)은 스스로 밥을 먹는 것이다. 예(蓺)는 심어서 가꿈이고, 임숙(荏菽)은 왕콩이니 곧 대두(大豆)이다. 패패(旆旆)는 가지가 너울너울함이요, 역(役)은 벌여서 심음이며, 수수(穟穟)는 무럭무럭 자라는 모양이다. 몽몽(幪幪)은 무성하여 더부룩더부룩한 모양이고, 봉봉(唪唪)은 주렁주렁한 모양이다. 상(相)은 보는 것이고, 불(茀)은 갈아엎는 것이며, 풍초(豊草)는 무성한 풀이요, 종(種)은 파종하는 것이다. 황(黃)은 황숙(黃熟)이니 노랗게 여문 열매이고, 무(茂)는 충실한 것이다. 방(方)은 방정함이요, 포(苞)는 덮어서 보호함이며, 종(種)은 뿌리가 나옴이고, 유(褎)는 잎이 나옴이다. 발(發)은 꽃이 피는 것이요, 수(秀)는 이삭이 나오는 것이며, 견(堅)은 튼튼함이요, 호(好)는 맛이 좋음이며, 영(穎)은 이삭이고, 률(栗)은 단단함이다. 태(邰)는 땅이름이니 후직의 어머니 강원(姜嫄)의 친정이 있는 곳으로 후에 무공현(武功縣)이 되었다. 강(降)은 인민에게 나누어주는 것이니 『서전(書傳)』에 후직이 나누어주어 파종하였다는 기록이 있다. 거(秬)는 검은 기장이고, 비(秠)도 검은 기장인데 하나의 겨에 두 개의 알갱이가 들어 있다. 문(穈)은 붉은 조이고, 기(芑)는 흰 조이며, 항(恒)은 두루 널리 보급하여 심는 것이요, 묘(畮)는 이랑에서 타작하는 것이다. 귀(歸)는 농장에서 수확한 곡식을 가지고 집으로 돌아온 것이며, 조사(肇祀)는 처음으로 추수를 감사하는 제사를 지냄이다. 용(舂)은 방아를 찧는 것이고, 유(揄)는 절구질을 하는 것이며, 파(簸)는 키로 까불어 알곡을 정선함이요, 유(蹂)는 문질러 닦음이다. 석(釋)은 물에 풀어 씻음이요, 수수(叟叟)는 쓱쓱 문지르는 소리이며, 부부(浮浮)는 부글부글 끓어오르는 소리이다. 모(謀)는 제삿날을 잡는 것이고, 유(惟)는 도모하여 추진하는 것이며, 제지(祭脂)는 희생(犧牲)의 기름을 쑥과 함께 태워서 냄새를 피우는 것이니 제사지내는 곳을 널리 알리기 위함이고, 발(軷)은 길제사이니 제사지내는 장소로 가는 길을 알리기 위함이다. 이것은 모두 제사지내는 곳을 천지신명(天地神明)과 이웃에게 알려서 공개적인 행사로 거행하려는 의지의 표명으로 제사에 구경을 오라는 초청의 뜻이 있다. 번(燔)은 고기를 굽는 것이요, 열(烈)은 산적을 굽는 것이니 제사음식을 장만하는 것이며, 흥(興)은 일으키는 것이고, 사세(嗣歲)는 내년이니 오는 해에도 또다시 풍년이 들도록 기원하는 것이다. 앙성(卬盛)은 수북히 담는 것이고, 두(豆)는 나무로 만든 제기(祭器)요, 등(登)은 질그릇으로 만든 제기이다. 거흠(居歆)은 거연(居然)히 흠향(歆饗)함이니 선뜻 음식의 진기(眞氣)를 잡수는 것이다. 호취(胡臭)는 암내이고 곧 살코기에서 피어나는 향기요, 단(亶)은 진실로, 시(時)는 때맞음이다. 서(庶)는 거의, 흘(迄)은 이르는 것이요, 금(今)은 주(周)나라 시대이다.

　주(周)나라는 서력 기원전 1000년 경에 천자국(天子國)이 되었고 후직(后稷)은 그 보다도 1000여 년 전에 실존했던 역사의 기록이 있으니 주나라 문왕과 무왕 그리고 주공(周公)이 천 년 전

시조의 정신과 사업을 이어받아 농업을 진흥하고 제사를 성대하
게 지내며 그 전통을 크게 발양하였으니 조상과 자손이 일체임을
역력히 볼 수 있다.

3-2-2 ─────── 행위(行葦) / 길에 갈대

단피행위　　　우양물천리
敦彼行葦를　　牛羊勿踐履면
방포방체　　　유엽니니
方苞方體하야　維葉泥泥리라
척척형제　　　막원구이
戚戚兄弟를　　莫遠具爾면
혹사지연　　　혹수지궤
或肆之筵이며　或授之几리라

떼판으로 돋아나는 저 길에 갈대를 소와 양이 밟지 말게 하면
바야흐로 싹을 감싼 겉잎이 나오고 바야흐로 모양새를 갖추어
잎이 야들야들하리라
끈끈한 형제를 멀리하지 말고 모두 가깝게 하면
혹 잔치를 베풀며 혹 안석을 놓으리라

사연설석　　　수궤유즙어
肆筵設席하니　授几有緝御로다
혹헌혹작　　　세작전가
或獻或酢하며　洗爵奠斝하니
담해이천　　　혹번혹적
醓醢以薦하며　或燔或炙하고
가효비격　　　혹가혹악
嘉殽脾臄이어늘　或歌或咢이로다

잔치를 베풀어 자리를 펴니 안석을 놓음에 줄줄이 서서 모시는
안내인이 있구나
혹 주인이 큰손님에게 술을 권하고, 혹 큰손님이 주인에게 술을
권하며, 제기술잔을 씻고 옥잔을 드리니

장조림으로써 드리며 혹 굽고 혹 적을 부치고
좋은 안주로 지라와 저민 고기이거늘 혹 노래하고 혹 북만 치도다

조 궁 기 견　　　사 후 기 균
敦弓旣堅하며　四鍭旣鈞이어늘
사 시 기 균　　　서 빈 이 현
舍矢旣均하니　序賓以賢이로다
조 궁 기 구　　　기 협 사 후
敦弓旣句하며　旣挾四鍭하야
사 후 여 수　　　서 빈 이 불 모
四鍭如樹하니　序賓以不侮로다

아로새긴 활이 이미 견고하며 네 대의 화살촉이 이미 고루거늘
화살을 쏨에 이미 균등하니 손님을 차례함에 어짊으로써 하도다
아로새긴 활을 이미 잡아당기며 이미 네 대의 화살촉을 끼어서
네 대의 화살촉이 과녁에 꽂은 것 같으니 손님을 차례로 하여
업신여기지 않도다

증 손 유 주　　　주 례 유 유
曾孫維主하니　酒醴維醹로다
작 이 대 두　　　이 기 황 구
酌以大斗하야　以祈黃耉하니
황 구 태 배　　　이 린 이 익
黃耉台背가　　以引以翼하야
수 고 유 기　　　이 개 경 복
壽考維祺하야　以介景福이로다

증손이 오직 주관하니 술이 달고 진하구나
자루가 긴 구기로 술을 쳐서 얼굴색이 노랗게 늙은이에게 권하니
얼굴색이 노란 이와 복어무늬의 등이 된 노인을 인도하고 곁부
축하여
오래 삶에 오직 상서로움을 누리고 큰복을 타게 하도다

　☯ 행위(行葦) 편은 네 장이 8구씩으로 되었는데 수장은 서정
시이고 나머지 세 장은 서사시이다. 주(周)나라 문왕이 제사를 지
내고 형제들과 연회를 베풀어 활쏘기를 하면서 화합을 다지는 광

경을 묘사하였다.

1장은 떼판으로 돋아나는 길에 갈대를 소와 양이 밟지 못하게 하면 잘 자라서 무성한 숲을 이루듯이 끈끈한 형제의 정을 해치지 않으면 집안이 번창하여 경사가 많음을 노래하여 뿌리가 같은 생명은 운명의 공통체임을 설파하였고, 2장은 제사를 지낸 다음에 가족연회를 하면서 손님에게 술과 안주를 대접하며 즐겁게 노는 광경을 서술하였으며, 3장은 연회를 마치고 손님과 활쏘기대회를 하면서 서로의 건강을 칭찬하는 광경을 기술하였고, 4장은 제주(祭主)인 문왕(文王)이 몸소 집안의 어른들에게 수(壽)와 복(福)을 축원하며 대접하는 내용을 기록하였다.

공자가 이 시를 『시경』에 편집한 이유는 형제친척이 화목하여야 집안이 번창하여 경사스러운 일이 많이 생기는 것을 증명하기 위함이니 풀이나 나무도 뿌리를 배반하면 자라지 못하거든 하물며 사람이 부모와 조상을 배반하고 외톨이가 된다면 어찌 상서로움이 있을 것인가?

단(敦)은 한 뿌리에 얽혀서 떼판으로 돋아나는 모양이고, 행(行)은 길이며, 위(葦)는 갈대이니 뿌리가 서로 붙어 있다. 물(勿)은 못하게 금지하는 것이요, 포(苞)는 포엽(苞葉)이니 싹이 나올 때에 봉우리를 감싸서 보호하는 잎이고, 체(體)는 형체를 갖춘 모양새이다. 니니(泥泥)는 야들야들한 모양이고, 척척(戚戚)은 가까이 친하여 끈끈한 것이며, 구(具)는 모두, 이(爾)는 가까이 함이니 이(邇)와 같다. 사(肆)는 베푸는 것이고, 수(授)는 놓는 것이며, 궤(几)는 궤안이니 의자이다. 즙어(緝御)는 줄줄이 서서 모시는 안내인이며, 헌(獻)은 주인이 큰손님에게 술을 권함이며, 작(酢)은 큰손님이 주인에게 술을 권함이요, 작(爵)은 제기술잔이고, 전(奠)은 드리는 것이며, 가(斝)는 옥으로 만든 제기술잔이니 하(夏)나라는 잔(醆)이라고 하였는데 은(殷)나라는 가(斝)라고 하였으며 주(周)나라는 작(爵)이라고 하였다. 탐해(醓醢)는 살코기를 간장에 졸인 장졸임이요, 비(脾)는 지라이고, 갹(臄)은 저민 고기이다. 가(歌)는 금슬(琴瑟)을 타며 노래함이고, 악(咢)은 노래는 부르지 않고 북만 치는 것이다. 조(敦)는 아로새긴 것이니 조궁(敦弓)은 천자의 활이요, 동궁(彤弓)은 제후의 활이며, 흑궁(黑弓)은 대부의 활이다. 견(堅)은 견고하여 튼튼함이요, 후(鍭)는 화살촉이며, 균(鈞)은 쇠로 만든 화살촉이 대나무로 된 화살대에 곧게 박혀 가지런함이니 대개 화살촉의 3분의 2가 화살대에 박히는 것이다. 사시(舍矢)는 화살을 쏘는 것이고, 균(均)은 균등한 실력으로 조(組)를 편성함이며, 현(賢)은 활을 쏘는 실력이 많음이니 활을 쏨에 실력이 많은 사람부터 쏘기 시작한다는 뜻이다. 구(句)는 활을 잡아당겨서 활이 갈고리처럼 된 것이요, 협(挾)은 화살을 허리춤에 끼는 것이며, 수(樹)는 손으로 꽂아서 심은 것이고, 불모(不侮)는 이긴 사람이 진 사람을 무시하지 않은 겸양의 덕을 발휘함이다. 증손(曾孫)은 제주(祭主)이니 곧 문왕인바 행사를 주관하는 주인이고, 례(醴)는 단술이요, 유(醹)는 진술이며, 대두(大斗)는 자루가 3척(尺)인 긴 구기이다. 기(祈)는 권하고 축원함이고, 황구(黃耉)는 오래 살아서 얼굴색이 얼었던 배처럼 노랗게 된 노인이며, 태(台)는 태(鮐)이니 태배(台背)는 등에 복어의 무늬처럼 생긴 반점인데 더욱 오래 사는 노인이다. 인(引)은 인도함이고, 익(翼)은 양쪽에서 두 사람이 곁부축함이다. 기(祺)는 상서로움이고, 개(介)는 매개하여 도와주는 것이다.

문왕이 집안의 노인을 공경하기를 이와 같이 하여 밖으로 천하의 노인을 지극히 공경하였기 때문에 천하의 대로(大老)인 강태공(姜太公)과 백이(伯夷), 숙제(叔齊)가 주(周)나라로 가서 의탁하였던 것이니 이미 맹자(孟子)가 증언한 역사적 사실이다.

3-2-3 ──────── 기취(旣醉) / 이미 취했도다

기취이주   기포이덕
旣醉以酒요 旣飽以德하니
군자만년   개이경복
君子萬年에   介爾景福이로다

이미 술로써 취하고 이미 덕으로 배부르거니
군자가 만년에 그 큰복을 타게 하리라

기 취 이 주　　이 효 기 장
旣醉以酒요　　爾殽旣將하니
군 자 만 년　　개 이 소 명
君子萬年에　　介爾昭明이로다

이미 술로써 취하고 그대의 안주를 이미 들었거니
군자가 만년에 그 밝은 지혜를 타리라

소 명 유 융　　고 랑 령 종
昭明有融하니　　高朗令終이로다
영 종 유 숙　　공 시 가 고
令終有俶하니　　公尸嘉告로다

밝은 지혜가 환함이 있으니 높이 밝아 끝을 잘 맺으리로다
끝을 잘 맺음은 비롯하여 시작함에 있나니 선공의 시동이 아리
따이 아뢰도다

기 고 유 하　　변 두 정 가
其告維何오　　籩豆靜嘉하고
붕 우 유 섭　　섭 이 위 의
朋友攸攝하니　　攝以威儀로다

그 아룀은 무엇인가 제물을 차림이 고요하고 아름다우며
붕우가 도와주는 바이니 위엄 있는 거동으로 도와주도다

위 의 공 시　　군 자 유 효 자
威儀孔時어늘　　君子有孝子로다
효 자 불 궤　　영 석 이 류
孝子不匱하니　　永錫爾類로다

위엄 있는 거동이 매우 때맞거늘 군자에게 효자가 있도다
효자는 감추지 아니하나니 길이 그 착한 무리에게 주도다

기 류 유 하　　실 가 지 곤
其類維何오　　室家之壼이로다
군 자 만 년　　영 석 조 윤
君子萬年에　　永錫祚胤이로다

그 착한 무리는 누구인가 집에서 살림하는 사람이로다
군가는 만년에 길이 관록을 자손에게 주리로다

기 윤 유 하　　　천 피 이 록
其胤維何오　　　天被爾祿하니
군 자 만 년　　　경 명 유 복
君子萬年을　　　景命有僕이로다

그 자손은 어떠한가 하늘이 그 녹을 더하니
군자는 만년을 큰 천명에 붙이가 있으리로다

기 복 유 하　　　리 이 녀 사
其僕維何오　　　釐爾女士로다
리 이 녀 사　　　종 이 손 자
釐爾女士하니　　從以孫子로다

그 붙이는 누구인가 그 여자선비를 주도다
그 여자선비를 주니 손자로서 따르리로다

　☯ 기취(旣醉) 편은 여덟 장이 4구씩으로 된 서사시인데 앞의
행위(行葦) 편에 대한 화답의 노래로 주(周)나라 문왕(文王)이 제
사를 지내고 가족연회를 하면서 형제와 우애하며 집안의 노인을
지극히 공경하여 우대하니 그 형제와 노인들이 문왕의 정성과 절
도를 칭찬하여 길이 큰 복록을 받을 것이라고 증언하였다.
　1장은 제사에 참례한 형제와 노인들이 이미 술에 취하고 문왕
의 은덕에 배가 부르니 문왕은 만년에 큰복을 받을 것이라고 증
언하였고, 2장은 또다시 만년에 빛날 밝을 지혜를 조상으로부터
타게 될 것임을 거듭 증언하였으며, 3장은 문왕의 밝은 지혜가
환하여 높이 살펴서 끝을 잘 맺는 결실이 있을 것임을 예언하였
으니 그 이유는 끝을 잘 맺는 것은 시작을 잘하는 데에 있는바
오늘의 제사에 선공(先公)의 시동(尸童)이 아리따운 신령의 뜻을
보고 한 사실로써 증명하였고, 4장은 시동이 신령의 뜻을 전달한
내용은 제사상을 차리는 자세가 정숙하고 제기(祭器)에 차린 음
식이 정결하며 손님과 벗이 많이 참여하여 위엄을 갖춘 의식을

진행함으로써 엄숙한 제사를 거행한 것을 신령이 흔쾌히 인정하였다는 사실이며, 5장은 위엄 있는 제사의식을 매우 때맞추어 거행함으로써 조상을 숭배하여 전통을 계승발전하는 교육적 효과를 거두어 여러 자녀에게 효심을 일으켰으니 이에 장차 이 집안의 효자가 효도의 예절을 널리 나라에 보급하여 그 착한 사람들에게 효도를 가르치게 될 것임을 선언하였고, 6장은 그 효도를 가르쳐야 될 착한 사람은 먼저 집안에서 살림을 하는 사람인데 문왕이 집안사람에게 조상을 숭배하는 효도를 가르쳤으니 길이 자손에게 복이 내릴 것임을 공인하였으며, 7장은 문왕의 자손에게는 하늘이 녹을 더하여 길이 천명을 이음에 겨레붙이가 많이 와서 도울 것임을 스스로 다짐하였고, 8장은 그 겨레붙이는 이 집안으로 시집을 오는 여자들이 선비의 덕과 행실이 있어서 어진 자녀를 생산하여 효심으로 조상을 받드는 일을 계속하게 될 것임을 예단하였다.

공자가 이 시를 『시경』에 편집한 이유는 주(周)나라의 제사는 인간의 효심에서 발로한 보편적인 사회문화로 정착하여 그 행사를 처음부터 끝까지 공개해서 모두 보고 배우는 교육적 효과를 중시한 점을 천명하기 위함이다. 제사의 정신과 의식절차는 대단히 엄중한 것이므로 소홀히 해서는 아니 되는 까닭에 위로 왕으로부터 아래로 서민에 이르기까지 제사에는 정결하고 엄숙하게 절도를 갖추어 공개해야 됨을 설파하였다.

덕(德)은 두루 보살펴주는 은덕이고, 군자(君子)는 문왕이다. 개(介)는 매개하여 돕는 것이며, 이(爾)는 그를 지칭하는 대명사이다. 효(殽)는 안주이니 제사를 지내고 거둔 음식이며, 장(將)은 들어서 받은 것이요, 소명(昭明)은 밝은 지혜이다. 융(融)은 환하게 밝은 것이고, 랑(朗)은 맑게 밝은 것이며, 영종(令終)은 끝을 잘 맺는 것이니 아름답게 끝내는 것이다. 숙(俶)은 비롯하여 시작함이요, 공(公)은 선공(先公)이니 곧 선왕(先王)이며, 시(尸)는 시동(尸童)이고, 고(告)는 신령의 뜻을 전달하여 보고함이다. 본래 신령의 뜻은 신보(神保)가 전하는 것이나 이 때에는 아마도 신보를 세우지 않았기 때문에 시동이 전달한 것으로 보아야 될 것이다.

정(靜)은 정숙함이요, 가(嘉)는 가품(嘉品)이며, 붕우(朋友)는 빈객이니 제사에 참례한 성씨가 다른 손님이다. 섭(攝)은 돕는 것이니 일의 절차를 점검하고 진행을 돕는 것이다. 시(時)는 때가 맞음이요, 효자(孝子)는 문왕의 아들을 지칭하며, 궤(匱)는 궤 속에 감추어두는 것이요, 류(類)는 착한 무리이니 곧 효도하는 사람들이다. 곤(壼)은 거주하는 것이니 가족의 식구요, 조(祚)는 복이며, 윤(胤)은 자손이다. 피(被)는 더함이고, 명(命)은 천명(天命)이며, 복(僕)은 붙이이니 곧 겨레붙이다. 리(釐)는 주는 것이고, 여사(女士)는 선비와 같은 지조와 행실이 있는 여자로 효자(孝子)의 배우자이며, 종(從)은 따름이니 어진 아들딸을 생육하여 길이 제사를 받들게 함이다.

조상의 제사를 지내고 집안이 이와 같이 화목하니 제사의 가족적 화합기능이 어찌 크다고 하지 않으랴!

3-2-4 ────────── 부예(鳧鷖) / 오리와 갈매기

부 예 재 경　　　공 시 래 연 래 녕
鳧鷖在涇이어늘　公尸來燕來寧이로다
이 주 기 청　　　이 효 기 형
爾酒旣淸하며　　爾殽旣馨이어늘
공 시 연 음　　　복 록 래 성
公尸燕飮하니　　福祿來成이로다

물오리와 갈매기가 경수에 있거늘 선공의 시동을 연회에 불러서 오니 편안하도다
그 술이 이미 맑으며 그 안주가 이미 향기롭거늘
선공의 시동이 연회하며 마시니 복과 녹이 와서 이루리로다

부 예 재 사　　　공 시 래 연 래 의
鳧鷖在沙어늘　　公尸來燕來宜로다

이 주 기 다　　　　　이 효 기 가
爾酒旣多하며　　爾殽旣嘉어늘

공 시 연 음　　　　　복 록 래 위
公尸燕飮하니　　福祿來爲로다

　물오리와 갈매기가 모래벌판에 있거늘 선공의 시동을 연회에 불
러서 오니 좋아하도다
　그 술이 이미 많으며 그 안주가 이미 맛있거늘
　선공의 시동이 연회하며 마시니 복과 녹이 와서 도우리로다

부 예 재 저　　　　　공 시 래 연 래 처
鳧鷖在渚어늘　　公尸來燕來處로다

이 주 기 서　　　　　이 효 이 포
爾酒旣湑하며　　爾殽伊脯어늘

공 시 연 음　　　　　복 록 래 하
公尸燕飮하니　　福祿來下로다

　물오리와 갈매기가 강가에 있거늘 선공의 시동을 연회에 불러서
오니 안정하도다
　그 술은 이미 걸러졌으며 그 안주는 이 육포이거늘
　선공의 시동이 연회하며 마시니 복과 녹이 와서 내리리로다

부 예 재 총　　　　　공 시 래 연 래 종
鳧鷖在潀이어늘 公尸來燕來宗이로다

개 연 우 종　　　　　복 록 유 강
旣燕于宗하니　　福祿攸降이어늘

공 시 연 음　　　　　복 록 래 숭
公尸燕飮하니　　福祿來崇이로다

　물오리와 갈매기가 두 강물이 합치는 곳에 있거늘 선공의 시동
을 연회에 불러서 오니 공경하도다
　이미 종묘에서 연회하니 복과 녹이 내린 바이거늘
　선공의 시동이 연회하며 마시니 복과 녹이 와서 높이 쌓일지로다

부 예 재 문　　　　　공 시 래 지 훈 훈
鳧鷖在亹이어늘 公尸來止熏熏이로다

지 주 흔 흔　　　　　번 적 분 분
旨酒欣欣하며　　燔炙芬芬이어늘

공 시 연 음　　　　　무 유 후 간
公尸燕飮하니　　無有後艱이로다

물오리와 갈매기가 산 어귀에 있거늘 선공의 시동이 와서 머물
러 훈훈하도다
맛있는 술이 맑고 시원하며 구이와 부침개가 향기롭거늘
선공의 시동이 연회하며 마시니 뒤탈이 있지 않으리로다

● 부예(鳧鷖) 편은 다섯 장이 6구씩으로 된 서정시인데 제사
를 지낸 다음날에 시동(尸童)을 불러서 조촐한 연회를 베풀어주
고 그 노고를 치하하는 자리에서 부르는 노래이다.

1장은 물오리와 갈매기는 모두 야생의 철새이므로 제사에 참석
한 일가친척과 손님들이 제사를 지낸 다음날인 파제(罷祭)날에
모두 돌아가는 것을 비유하고, 손님이 출발하기 직전에 제사에
남은 음식으로 시동(尸童)을 불러서 함께 연회하는 것은 복과 녹
을 더욱 많이 받는 행사임을 밝혔고, 2장은 선공(先公)의 시동(尸
童)이 기쁘게 와서 마시는 것으로 복과 녹이 더욱 많게 됨을 노
래하였으며, 3장과 4장 그리고 5장은 모두 물오리와 기러기가 점
점 멀리 가는 것으로 친척과 손님의 갈 길이 먼 것을 비유하면서
시동(尸童)을 오래 대접하여 흡족하게 먹도록 하는 후덕한 마음
씨와 경건하게 예법을 갖추는 정신은 곧 제사에 복과 녹을 더하
는 길임을 천명하였다.

공자가 이 시를 『시경』에 편집한 이유는 제사를 지내고 친척
과 손님이 돌아가는 파제날에 시동(尸童)을 불러 연회를 하면서
남은 제사음식을 모든 사람에게 골고루 나누어 먹이고 길을 떠나
게 하는 제주(祭主)의 사려 깊은 배려를 칭찬하기 위함이다. 본래
제사음식은 3일을 넘기지 않은 것이고 또한 손님이 돌아갈 때에
는 음식을 대접하여 전송(餞送)하는 것이므로 마침 시동(尸童)을
불러서 대접하며 연회를 하고 일가친척과 손님을 송별하니 분명
히 그 복과 녹을 더욱 많이 받을 일이다.

부(鳧)는 물오리니 오리과에 속하는 야생(野生) 오리의 총칭으
로 철새이다. 예(鷖)는 갈매기로 갈매기과에 속하는 철새인데 날
개의 길이는 35~38cm, 꽁지는 15cm 가량이며 몸빛은 대체로 희

고 등과 날개는 푸른 회색, 부리와 다리는 연두색이다. 털은 연하고 빽빽하며 꽁지와 다리는 비교적 짧고 물갈퀴가 있으므로 헤엄을 잘 친다. 어린 새는 온몸에 회갈색의 얼룩점이 있고 꽁지에 갈색의 띠가 있다. 날개는 천천히 놀리어 훨훨 날며 우는 소리는 고양이와 흡사하다. 조개, 물고기, 수생의 곤충, 해조류를 먹고 해안이나 항구 등에서 살며 겨울새로 캄차카, 시베리아 등지에서 번식한다. 경(涇)은 강의 이름이니 관중8천(關中八川)의 하나로 감숙성(甘肅省)에서 발원하여 섬서성(陝西省)의 위수(渭水)로 흘러 들어간다. 공시(公尸)는 선공(先公)의 시동(尸童)이요, 래연(來燕)의 래(來)는 연회에 초청하여 오도록 부른 것이고, 래녕(來寧)의 래(來)는 초청을 받고 왔기 때문에 마음이 편안하다는 뜻이다. 이(爾)는 그것을 지칭하는 대명사이고, 형(馨)은 향기가 멀리까지 나는 것이요, 래성(來成)은 앞으로 이르러 와서 완성함이다. 의(宜)는 좋아함이요, 위(爲)는 돕는 것이며, 저(渚)는 강물의 가운데에 있는 섬이고, 처(處)는 안정, 서(湑)는 술을 걸러서 찌꺼기를 건져낸 것이다. 총(漎)은 두 개의 강물이 만나서 합치는 곳이요, 래종(來宗)의 종(宗)은 높여서 공경함이며, 우종(于宗)의 종(宗)은 종묘(宗廟)이다. 숭(崇)은 쌓여서 높은 것이요, 문(亹)은 물이 흐르는 협곡으로 곧 산 어귀이며, 훈훈(熏熏)은 온화하고 기뻐하는 모양이요, 흔흔(欣欣)은 맑고 시원한 모양이며, 분분(芬芬)은 향기로운 냄새가 많이 나는 것이고, 후간(後艱)은 뒤탈이다.

　무릇 예법을 거행함에 있어서 그 때를 어겨 비례(非禮)를 행하거나 그 장소를 어겨 무례(無禮)를 범하거나 그 주인을 바꾸어 패례(悖禮)를 하거나 그 정성도 없이 허례(虛禮)로 하거나 그 물질이 빈약하여 실례(失禮)를 범하면 사람이 싫어하고 귀신이 저주하며 하늘이 벌하는 것이니 이것을 뒤탈이라고 한다. 따라서 모든 예법은 그 시각부터 끝까지 모두 공개하고 두루 화합하도록 노력하는 것인즉 음식은 골고루 빠짐없이 나누어 먹되 각각 응분의 대우를 하여 하나도 섭섭한 데가 없도록 세밀히 살피고 배려해야 원만하게 행사를 완료하여 뒤탈이 없는 것이다.

가 락 군 자　　　현 현 령 덕
假樂君子여　　　顯顯令德이로다
의 민 의 인　　　수 록 우 천
宜民宜人이라　　受祿于天이어늘
보 우 명 지　　　자 천 신 지
保右命之하시고　自天申之하도다

아름답고 즐거운 군자여, 뚜렷하고도 뚜렷한 아리따운 덕이로다
민중과 의좋고 어진 사람과 의좋으므로 녹을 하늘에서 받거늘
보호하며 도우며 명령하심을 하늘로부터 거듭하도다

간 록 맥 복　　　자 손 천 억
干祿百福이라　　子孫千億이로다
목 목 황 황　　　의 군 의 왕
穆穆皇皇하야　　宜君宜王이라
불 건 불 망　　　솔 유 구 장
不愆不忘하야　　率由舊章이로다

녹을 추구하고 복에 힘쓰므로 자손이 많도다
그윽하고도 그윽하며 거룩하고도 거룩하여 임금과 의좋고 왕과
의좋으므로
어기지 않고 잊지 아니하여 옛날의 법도를 말미암아 따르도다

위 의 억 억　　　덕 음 질 질
威儀抑抑하며　　德音秩秩하도다
무 원 무 오　　　솔 유 군 필
無怨無惡하야　　率由群匹하니
수 복 무 강　　　사 방 지 강
受福無疆이라　　四方之綱이로다

위엄 있는 거동은 삼가고 조심하며 사랑하는 말씀이 줄줄 흐르
도다
원망이 없고 미움이 없어 여러 짝들을 말미암아 따르니
복을 받음이 끝이 없으므로 사방의 강령이 되도다

지 강 지 기　　연 급 붕 우
之綱之紀가　燕及朋友하거늘
백 벽 경 사　　미 우 천 자
百辟卿士가　媚于天子하야
불 해 우 위　　민 지 유 기
不解于位하니　民之攸墍로다

이 강령과 이 기율이 편안히 붕우에게 미치거늘
일백 임금과 경대부가 천자에게 상긋거리어
그 직위에 게으르지 아니하니 인민이 편안히 휴식하는 바로다

　◑ 가락(假樂) 편은 네 장이 6구씩으로 된 서정시인데 주(周)나라 문왕(文王)이 서백(西伯)으로 있을 때의 아름다운 덕을 찬미하였으니 작은 나라의 임금이 맹주(盟主)가 되어 큰 나라의 제후(諸侯)에게 향례(享禮)를 베풀고 그 아름다운 덕을 찬양하는 형식을 취한 노래이다.

　1장은 아름답고 즐거운 문왕(文王)의 착한 덕은 명명백백(明明白白)하여 아래로 서민대중들로부터 위로 지식인과 관료들에 이르기까지 모두 좋아하는 까닭에 녹을 하늘로부터 받으며 거듭 하늘의 보우가 계속되는 화합정치의 체제를 찬송하였고, 2장은 문왕이 천록(天祿)을 추구하고 천복(天福)에 힘쓰기 때문에 자손이 많을 뿐만 아니라 그윽한 심성(心性)과 거룩한 행실로 제후들과 우호협력하며 은(殷)나라 왕을 받들어 국제규범을 어기지 않고 외교윤리를 망각하지 않으면서 옛날의 법도를 스스로 지켰던 사실을 칭송하였으며, 3장은 문왕이 행실은 삼가고 조심하면서도 사랑하는 말씀은 계속 흘러 넘치게 함으로써 원망이 없고 싫어함이 없으므로 인간관계가 매우 좋아서 복을 받음이 끝이 없는 까닭에 아버지와 아들, 임금과 신하, 남편과 아내, 어른과 어린이, 친구와 벗들 사이의 모든 짝이 화합하는 사방의 모범이 된 것을 찬양하였고, 4장은 문왕의 화합통일하는 윤리도덕의 기강이 붕우(朋友)들의 호응을 얻음으로써 일백 제후(諸侯)와 경사(卿士)들이 천자(天子)에게 충성하면서 각자의 직위에 충실하여 인민이 안락

하게 쉬는 대통일의 정치윤리임을 찬송하였다.

공자가 이 시를 『시경』에 편집한 이유는 문왕(文王)이 겸허하게 사람의 뜻을 받아들여서 민주공화(民主共和)의 사회를 경영하여 국내적으로는 서민대중을 즐겁고 이롭게 함과 동시에 어진 이를 등용하여 정치를 유신(維新)하고 국제적으로는 제후들과 우호협력하면서 왕을 보필하여 평화를 보장할 뿐만 아니라 천하에 오륜(五倫)의 도덕을 보급하여 화합질서의 기강을 세운 큰 공적으로 천명(天命)을 받은 사실을 증명하기 위함이다. 그러므로 『중용(中庸)』에서 이 시구를 인용하여 대덕자(大德者)는 반드시 천명을 받는다고 설명하였다.

가(假)는 『중용』에서 가(嘉)로 되었으니 아름다움이요, 군자(君子)는 문왕(文王)을 지칭하고, 현현(顯顯)은 『중용』에서 헌헌(憲憲)으로 되었으니 뚜렷하여 명명백백(明明白白)하다는 뜻이다. 민(民)은 민중이고, 인(人)은 지식인과 귀인(貴人)이며, 신(申)은 거듭함이다. 맥(百)은 힘쓰는 것이고, 천억(千億)은 많다는 뜻이며, 목목(穆穆)은 마음이 깊고 도량이 넓어서 그윽한 모양이요, 황황(皇皇)은 몸이 단정하고 행실이 높아 거룩한 모양이며, 군(君)은 제후(諸侯)이고, 왕(王)은 천자(天子)이니 곧 주(紂)를 지칭한다. 건(愆)은 어기는 것이고, 솔(率)은 따르는 것이며, 구장(舊章)은 옛날의 법도이니 요(堯), 순(舜), 우(禹), 탕(湯)의 도덕정치 규범이다. 억억(抑抑)은 삼가고 조심하는 모양이요, 질질(秩秩)은 계속 줄줄 흐르는 모양이며, 필(匹)은 짝이니 대대적(待對的)인 상대방으로 곧 아버지와 아들, 임금과 신하, 남편과 아내, 어른과 어린이, 친구 사이다. 강(綱)은 강령이고 기(紀)는 기율(紀律)이니 강(綱)은 큰 원칙이고 기(紀)는 작은 조목이다. 연(燕)은 편안함이요 붕우(朋友)는 문왕의 벗이니 강태공(姜太公)과 백이(伯夷), 숙제(叔弟)와 같은 사람이며, 벽(辟)은 임금이고, 미(媚)는 상긋거림이니 충성을 보임이며, 해(解)는 풀어져서 게을리 함이고, 기(墍)는 편안히 휴식함이다.

문왕은 권력을 통하여 인민에게 봉사하는 정치기강을 세우고 도덕세계건설을 정치의 목적으로 삼았으니 천하의 민심이 문왕에게로 돌아와서 마침내 천명(天命)을 받았던 것이다.

3-2-6 ——————— 공류(公劉) / 임금 유

독 공 류　　　　비 거 비 강
篤公劉가　　　匪居匪康하야
내 역 내 강　　내 적 내 창
迺場迺疆하야　迺積迺倉이어늘
내 과 후 량　　우 탁 우 낭
迺裹餱糧을　　于橐于囊하야
사 집 용 광　　궁 시 사 장
思輯用光하야　弓矢斯張하며
간 과 척 양　　원 방 계 행
干戈戚揚으로　爰方啓行하니라

독실한 임금 유가 머물지 않고 놀지 아니하여
이에 밭둑을 만들고 이에 밭도랑을 만들어 이에 노적가리를 쌓
고 이에 창고에 쌓거늘
이에 말린 밥과 볶은 쌀을 전대에, 자루에 담아
화합하여 빛낼 것을 생각하고 활과 화살을 이에 베풀며
방패와 창, 도끼와 큰 도끼로 이에 비로소 앞장서서 길을 이끌
어 주었도다

독 공 류　　　　우 서 사 원
篤公劉가　　　于胥斯原하니
기 서 기 번　　기 순 내 선
既庶既繁하며　既順迺宣하야
이 무 영 탄　　　척 즉 재 헌
而無永嘆이로다　陟則在巘하며
부 강 재 원　　하 이 주 지
復降在原하니　何以舟之오
유 옥 내 요　　병 봉 용 도
維玉及瑤와　　鞞琫容刀로다

독실한 임금 유가 이 평원에 이끌리니

이미 사람이 많고 이미 거리가 번화하며 이미 인심이 화순하고
이에 인정이 두루 나타나서
길이 탄식함이 없도다 오르면 산봉우리에 있으며
다시 내려와 평원에 있으니 무엇으로 띠를 매었는가
 구슬과 아름다운 패옥, 칼집과 칼의 윗 부분을 장식한 의장용
칼이로다

독공류　　　서피백천
篤公劉가　　逝彼百泉하야
첨피보원　　내척남강
瞻彼溥原하고　酒陟南岡하야
내구우경　　경사지야
乃觀于京하니　京師之野일새
우시처처　　우시려려
于時處處하며　于時廬旅하며
우시언언　　우시어어
于時言言하며　于時語語하도다

독실한 임금 유가 일백 샘에 가서
저 넓은 평원을 보고 이에 남쪽 산등성이에 올라
이에 도읍을 바라보니 큰 도읍의 벌판일세
이에 살 곳에 정착하며 이에 나그네를 기숙하며
이에 말할 바를 말하며 이에 논의할 바를 논의하도다

독공류　　　우경사의
篤公劉가　　于京斯依하니
창창제제　　비연비궤
蹌蹌濟濟어늘　俾筵俾几하니
기등내의　　내조기조
旣登乃依로다　乃造其曹하야
집시우로　　작지용포
執豕于牢하며　酌之用匏하니
사시음지　　군지종지
食之飮之하며　君之宗之로다

독실한 임금 유가 도읍에서 이에 평온하니
 위엄 있고 단정하며 엄숙하고 장하거늘 하여금 대자리를 펴고
하여금 안석을 놓게 하니

이미 자리에 올라 이에 안석이 기대도다 이에 그 기관장을 오게
하여
우리에게 돼지를 잡아 바가지로 술을 떠서
먹이고 마시게 하며 임금 노릇을 하고 조회를 하도다

독 공 류　　　　기 보 기 장
篤公劉가　　　既溥既長이어늘
기 경 내 강　　　상 기 음 양
既景迺岡하야　相其陰陽하며
관 기 류 천　　　기 군 삼 단
觀其流泉하니　其軍三單이로다
탁 기 습 원　　　철 전 위 량
度其隰原하야　徹田爲糧하며
탁 기 석 양　　　빈 거 윤 황
度其夕陽하니　豳居允荒이로다

독실한 임금 유가 이미 넓히고 이미 길게 하거늘
이미 이 산등성이를 구경하여 그 음지와 양지를 살피며
그 흐르는 샘을 보니 그 군사가 세 단영이로다
그 습지와 고원을 헤아려 밭을 가꾸어 식량을 하며
그 산의 서쪽을 헤아리니 빈읍의 수거지가 참으로 크도다

독 공 류　　　　우 빈 사 관
篤公劉가　　　于豳斯館하야
섭 위 위 란　　　취 려 취 단
涉渭爲亂하야　取厲取鍛하야
지 기 내 리　　　원 중 원 유
止基迺理하니　爰衆爰有하야
협 기 황 간　　　소 기 과 간
夾其皇澗하며　遡其過澗하며
지 려 내 밀　　　예 국 지 즉
止旅迺密하야　芮鞫之卽이로다

독실한 임금 유가 빈읍에 이 수용소를 지어
위수를 건너감에 내를 가로질러 가게 하여 숫돌을 취하고 쇠붙
이를 단련하여
살 집터를 이에 고루니 이에 사람이 많고 이에 물자가 유족하여
그 황간의 시내를 끼고 그 과간의 시내를 거슬러 올라가며

머물러 사는 나그네가 이에 빽빽하여 예수의 언덕에까지 가득
찼도다

◑ 공류(公劉) 편 여섯 장이 10구씩으로 된 서사시인데 주(周)
나라의 시조인 후직(后稷)의 증손(曾孫)이고 태왕(太王 : 古公亶父)
의 9대조인 공유(公劉)가 빈(豳) 땅에 도읍을 옮기고 국가를 재건
한 역사를 서술하여 주나라의 유구한 역사를 밝히고 후대의 임금
들로 하여금 분발노력하는 거울로 삼게 하였다.
　1장은 독실한 임금 유가 부지런히 농업을 진흥하여 풍부한 경
제력과 군사력으로 국가를 재건하기 위하여 빈(豳) 땅으로 천도
(遷都)하는 일에 착수한 배경을 설명하였고, 2장은 빈 땅이 주
(周)나라의 영토 안에 있는 까닭에 신도읍의 건설이 매우 순조로
워서 인민의 적극적인 호응을 얻었음을 설파하였으며, 3장은 공
유가 빈 땅을 직접 살피고 도시계획을 세움에 도읍으로서의 지형
적 조건을 잘 갖추었음을 역설하였으며, 4장은 공유가 정부의 각
부서장을 선발하여 조직적이고 체계적인 방법으로 공사를 추진한
사실을 밝혔으며, 5장은 신도읍이 동서가 넓고 남북이 길어서 광
활한 뿐만 아니라 그 군대를 주둔할 3개 군영(軍營)지도 있으며
농지도 많고 서쪽으로 도시를 확장할 수 있는 여지도 충분한 지
리적 요건을 설명하였으며, 6장은 공유가 빈 땅의 신도시를 건설
함에 철기문화를 개발하여 새로운 건축문화와 농경문화를 보급하
니 그것을 배우고 익히기 위하여 모여드는 사람이 날로 늘어서
도시가 크게 발전한 역사를 서술하였다.
　공자가 이 시를 『시경』에 편집한 이유는 공유(公劉)의 국토개
발정신과 국가재건의 공로를 평가하기 위함이니 과학적으로 지리
를 살펴서 인민이 살기 좋은 땅을 골라 합리적으로 주택지와 농
경지를 개발하여 국리민복(國利民福)을 도모하는 것은 비단 국가
를 건설하는 사업일 뿐만 아니라 또한 인류문화를 창조하는 작업
이기 때문에 그 공로를 인정하지 않을 수 없는 것이다.
　독(篤)은 독실함이니 직무에 충실한 것이며, 공(公)은 공작(公

爵)이니 임금의 작위요, 유(劉)는 이름으로 주(周)나라 문왕(文王)의 11대조이다. 거(居)는 움직이지 않고 편안히 머물러 있는 것이고, 강(康)은 일을 하지 않고 헛되게 노는 것이며, 역(場)은 밭둑이니 밭과 밭 사이의 경계선이고, 강(疆)은 밭도랑이니 농장의 경계선이다. 적(積)은 노적가리이고, 과(裹)는 포장하여 싸는 것이며, 후(餱)는 밥을 말려서 만든 식량이고, 량(糧)은 쌀을 볶아서 만든 식량이다. 탁(橐)은 전대이니 곡식을 담는 기구로 위아래가 모두 터진 것이요, 낭(囊)은 자루이니 아래가 막힌 것이다. 집(輯)은 화합이요, 척(戚)은 도끼, 양(揚)은 큰 도끼이니 모두 의장용 무기이며, 방(方)은 바야흐로, 계행(啓行)은 앞장서서 길을 이끌어 주는 것이다. 서(胥)는 서로 마음에 들어 이끌리는 것이요, 서(庶)는 사람이 많음이고, 번(繁)은 거리가 번화함이며, 순(順)은 인심이 화순함이고, 선(宣)은 인정이 두루 나타남이다. 영탄(永嘆)은 뜻대로 되지 않은 탄식이고, 헌(巘)은 산봉우리요, 주(舟)는 허리띠이며, 병(鞞)은 칼집이고, 봉(琫)은 칼의 윗 부분을 장식한 옥이요, 용도(容刀)는 의장용 칼이다. 보(溥)는 넓은 것이고, 구(覯)는 보는 것이며, 경(京)은 제후국의 도읍이요, 경사(京師)는 천자국의 도읍이니 빈읍(豳邑)이 주(周)나라의 도읍지로 좋은 요건을 갖추었을 뿐만 아니라 나아가 천자국의 도읍지로도 발전할 수 있는 좋은 여건을 갖추었다는 뜻이다. 시(時)는 시(是)와 같고, 처처(處處)는 살 곳에 정착시킴이요, 려려(廬旅)는 나그네를 기숙케 함이며, 언언(言言)은 할말을 하게 함이고, 어어(語語)는 논의할 것을 논의하게 함이니 신도읍지로 이주한 사람을 모두 수용하여 정착시키고 자유롭게 회의를 하여 의견을 수렴한다는 뜻이다. 의(依)는 평온함이고, 창창(蹌蹌)은 위엄이 있고 단정한 모양이요, 제제(濟濟)는 엄숙하고 장한 모양이다. 비(俾)는 하여금, 연(筵)은 대자리, 궤(几)는 안석이니 궁궐을 아직 완성하지 못하여 임시로 만들어 설치한 조정의 회의좌석이다. 내의(乃依)는 의자에 몸을 기대는 것이고, 조(造)는 오게 함이요, 조(曹)는 각 기관의 부서장이니 이조(吏曹), 예조(禮曹) 등과 같은 말이다. 시(豕)는 돼지요, 포(匏)는 바가지이니 우리에서 돼지를 잡아 바가지로 술을 권하는 것은 검소 질박한 연회를 뜻하며, 군지(君之)는 임금의 직책을 수행함이고, 종지(宗之)는 조회(朝會)를 개최함이다. 장(長)은 긴 것이요, 경(景)은 경치를 구경하는 것이며, 상(相)은 살펴봄이요, 음양(陰陽)은 음지와 양지이다. 삼단(三單)은 세 단위부대의 진영이 각각 독립한 단영(單營)이니 곧 3군이 서로 다른 진영의 절제를 받지 않은 독립군단을 배치할 수 있다는 뜻이다. 철(徹)은 다스려서 가꾸는 것이고, 석양(夕陽)은 저녁 해가 비치는 곳이니 곧 서쪽이요, 윤(允)은 진실로이며, 황(荒)은 큰 것이다. 관(館)은 수용소이고, 란(亂)은 시냇물을 가로질러 감이요, 려(厲)는 연장을 날카롭게 가는 숫돌이며, 단(鍛)은 쇠붙이를 단련한 것이다. 지기(止基)는 머물러 살 집터이고, 리(理)는 땅을 정리하여 택지를 분배함이요, 중(衆)은 사람이 많음이며, 유(有)는 물자가 유족함이다. 황(皇)과 과(過)는 빈읍에 흐르는 시내의 이름이고, 예(芮)는 강 이름이니 오산(吳山)의 서북에서 발원하여 동으로 경(涇)수로 들어가는바 예(汭)수라고도 한다. 국(鞠)은 언덕이고, 즉(卽)은 가득히 찬 것이다. 공유(公劉)는 시대적으로 하(夏)나라의 제후(諸侯)인바 우(禹)임금의 치산치수(治山治水)로 생긴 공한지를 골라서 국토를 새롭게 개발한 것은 시의적절한 정책이라고 할 것이다.

대체로 천도(遷都)는 어려운 일인데 국초에 단행하는 생산적인 천도는 나라를 일으키고 국말에 결정하는 소비적인 천도는 나라를 망쳤으니 생산적인 천도란 황무지를 개간함이고 소비적인 천도란 이미 개간한 경지를 도읍으로 만드는 것이다.

3-2-7 ──────────── 형작(泂酌) / 멀리 떠다가

형작피행료
泂酌彼行潦하야

읍피주자
挹彼注茲라도

가이분치
可以餴饎로다

개제군자
豈弟君子여

민 지 부 모
民之父母로다

멀리 저 길바닥에 흐르는 물을 떠서 저기에서 길어다가 여기에
부을지라도

선밥과 술밥을 찔 수 있도다 편안하게 즐기는 군자여

인민의 부모로다

형 작 피 행 로　　읍 피 주 자
泂酌彼行潦하야　挹彼注茲라도
가 이 탁 뢰　　　개 제 군 자
可以濯罍로다　　豈弟君子여
민 지 유 귀
民之攸歸로다

멀리 저 길바닥에 흐르는 물을 떠서 저기에서 길어다가 여기에
부을지라도

세수그릇을 씻을 수 있도다 편안하게 즐기는 군자여

인민이 돌아가 의지하는 바이로다

형 작 피 행 로　　읍 피 주 자
泂酌彼行潦하야　挹彼注茲라도
가 이 탁 개　　　개 제 군 자
可以濯漑로다　　豈弟君子여
민 지 유 기
民之有墍로다

멀리 저 길바닥에 흐르는 물을 떠서 저기에서 길어다가 여기에
부을지라도

빨고 씻을 수 있도다　편안하게 즐기는 군자여

인민이 편안히 쉬는 바이로다

　◉ 형작(泂酌) 편은 세 장이 5구씩으로 된 서정시인데 장마비
로 길가에 넘치는 물을 떠다가 물이 없는 곳에서 긴요하게 쓸 수
있듯이 임금은 나라를 다스림에 봄에는 파종하는 것을 살펴 씨앗
이 남는 것을 모자라는 지방에 보급하고, 가을에는 추수하는 것

2. 생민(生民)의 십(什)　301

을 살펴 남는 곡식을 흉년이 든 지역에 배급함으로써 어려운 사람들을 긴급구호하는 까닭에 인민이 임금을 부모처럼 사모하게 되는 것을 노래하였다.

1장은 장마철에만 나는 길가의 건수(乾水)라도 선밥이나 술밥은 찔 수 있는 것처럼 약간의 구호품이라도 긴급한 사람에게는 아주 유용함을 밝혔고, 2장은 건수(乾水)는 비록 먹지 못해도 손을 씻고 제사를 지낼 수 있음을 말하였으며, 3장은 건수(乾水)라도 많으면 옷을 세탁할 수 있음을 노래하여 긴급구조의 물량이 많을수록 좋음을 강조하였다.

공자가 이 시를 『시경』에 편집한 이유는 정치는 인민이 고루 잘살게 하는 것이므로 유통경제의 기능을 원활하게 하여 잉여농산물의 가치하락을 막고 물자 부족사태로 가격앙등이 없도록 미리미리 경제동향을 살펴 유무상통(有無相通)하도록 해서 공평한 경제생활을 보장하는 정책을 높이 평가하기 위함이다.

형(泂)은 먼 것이고, 작(酌)은 떠서 담는 것이며, 행(行)은 길이요, 로(潦)는 장마비로 흘러나온 건수(乾水)이니 행로(行潦)는 장마 때에 땅 속에 스미었던 빗물이 잠시 솟아 길에 괸 물이다. 읍(挹)은 물을 길어 담는 것이요, 주(注)는 물을 쏟아부은 것이니 읍피주자(挹彼注茲)는 저기에 넘치는 것을 가져다가 여기의 부족한 곳에 준다는 뜻이니 곧 절장보단(絶長補短)이요, 분(餴)은 선밥이니 곧 물이 부족하기 때문이므로 물을 조금 두루고 다시 쪄야 하며, 치(饎)는 술밥이니 적은 물로도 찔 수 있는 것이다. 군자(君子)는 왕을 지칭하고, 부모(父母)는 자녀의 안전과 행복을 적극적으로 보살피는 사람이다. 뢰(罍)는 세수그릇이니 제사 때에 손을 씻는 관기(盥器)요, 귀(歸)는 돌아가 의지함이다. 개(漑)는 씻는 것이고, 기(墍)는 편안히 쉬는 것이다.

풍년이 든 지역과 흉년이 든 지역은 서로 거리가 멀기 때문에 운송의 문제가 생기는데 이것을 정부에서 해결하지 않으면 안 되기 때문에 임금이 자기의 자녀들을 구호하듯이 신속하게 조치해야 됨을 깨우쳤으니 그 의미가 심장하다.

유권자아   표풍자남
有卷者阿에   飄風自南이로다
개제군자   내유래가
豈弟君子가   來游來歌하야
이시기음
以矢其音이로다

굽은 언덕에 남쪽으로부터 회오리바람이 일어나도다
편안히 즐기는 군자가 와서 놀고 와서 노래하여
그 가락을 마음껏 뽑아내도다

반환이유의   우유이휴의
伴奐爾游矣며   優游爾休矣로다
개제군자   비이미이성
豈弟君子여   俾爾彌爾性하야
사선공추의
似先公酋矣어다

한가로이 그대가 놀며 푸근히 그대가 쉬도다
편안하게 즐기는 군자여, 그대로 하여금 그대의 본성을 가득히
함양하여
선공과 같이 마칠지어다

이토우판장   역공지후의
爾土宇昄章하니   亦孔之厚矣로다
개제군자   비이미이성
豈弟君子여   俾爾彌爾性하야
백신이주의
百神爾主矣어다

그대의 땅과 하늘이 크고 밝으니 또한 매우 두텁도다
편안하게 즐기는 군자여, 그대로 하여금 그대의 본성을 가득히
함양하여
일백 신령을 그대가 주관할지어다

이 수 명 장 의 　 불 록 이 강 의
爾受命長矣니 篤祿爾康矣로다
개 제 군 자 　 비 이 미 이 성
豈弟君子여 俾爾彌爾性하야
순 가 이 상 의
純嘏爾常矣어다

그대의 수명을 받음이 길거니 복과 녹으로 그대가 건강하도다
편안하게 즐기는 군자여, 그대로 하여금 그대의 본성을 가득히 함양하여
순수한 복을 그대가 항상 누릴지어다

유 빙 유 익 　 유 효 유 덕
有馮有翼하며 有孝有德하야
이 인 이 익 　 개 제 군 자
以引以翼하면 豈弟君子를
사 방 위 측
四方爲則하리라

의지가 있고 도움이 있으며 효자가 있고 덕이 있는 사람이 있어
이끌게 하며 돕게 하면 편안하게 즐기는 군자를
사방이 본받게 하리로다

옹 옹 앙 앙 　 여 규 여 장
顒顒卬卬하며 如圭如璋하면
영 문 령 망 　 개 제 군 자
令聞令望으로 豈弟君子를
사 방 위 강
四方爲綱하리라

온공스럽게 우러르며 홀처럼 반쪽홀처럼 받들면
아리따운 명성과 아리따운 명망으로 편안하게 즐기는 군자를
사방이 강령으로 삼게 하리로다

봉 황 우 비 　 홰 홰 기 우
鳳凰于飛하니 翽翽其羽라가
역 집 원 지 　 애 애 왕 다 길 사
亦集爰止로다 藹藹王多吉士하니
유 군 자 사 　 미 우 천 자
維君子使라 媚于天子로다

봉황새가 날으니 그 날개를 훨훨 춤추다가
또한 모여서 이에 멈추도다 수두룩하게 왕은 착한 선비가 많으니
오직 군자가 부리는지라 천자에게 상긋거리도다

봉 황 우 비　　　해 해 기 우
鳳凰于飛하니　翽翽其羽라가
역 부 우 천　　　애 애 왕 다 길 인
亦傅于天이로다　藹藹王多吉人하니
유 군 자 명　　　미 우 서 인
維君子命이라　媚于庶人이로다

봉황새가 날으니 그 날개를 훨훨 춤추다가
또한 하늘에 이르도다 수두룩하게 왕은 길한 사람이 많으니
오직 군자가 명령하므로 서민대중에게 상긋거리도다

봉 황 명 의　　　우 피 고 강
鳳凰鳴矣니　于彼高岡이로다
오 동 생 의　　　우 피 조 양
梧桐生矣니　于彼朝陽이로다
봉 봉 처 처　　　옹 옹 개 개
菶菶萋萋하니　雝雝喈喈로다

봉황새가 우네, 저 높은 산등성이에서
오동나무가 자라네, 저 산의 동쪽에서
열매가 주렁주렁 잎이 너울너울 하니 웽~웽, 꺄~꺄 하도다

군 자 지 거　　　기 서 차 다
君子之車가　旣庶且多하며
군 자 지 마　　　기 한 차 치
君子之馬가　旣閑且馳로다
시 시 불 다　　　유 이 수 가
矢詩不多라　維以遂歌니라

군자의 수레가 이미 많고도 많으며
군자의 말이 이미 익숙하게도 달리도다
시를 마음껏 표현함이 많지 않으므로 오직 노래로써 다하도다

◐ 권아(卷阿) 편은 열 장인데 앞의 여섯 장은 5구씩이고 뒤의 네 장은 6구씩이며 서사시이다. 주(周)나라 주공(周公)과 소공(召公)이 성왕(成王)을 보필하여 문왕(文王)과 무왕(武王)의 도덕정치를 구현하고 예악문화(禮樂文化)를 일으켜 천하가 융평(隆平)한 대동태평(大同太平)세계를 건설하니 인심이 순후하고 사회가 문명하므로 하늘땅에 태화(泰和)의 기운이 넘쳐 상서로운 봉황(鳳凰)새가 나와서 노래하고 춤추며 태평세월을 인증하였기 때문에 소공이 그 전말을 상세하게 서술하여 왕도정치(王道政治)의 이상으로 삼았다.

1장은 주(周)나라가 문명한 사회를 개척하여 안락한 국가를 건설하고 권아(卷阿)에서 따뜻한 철에 편안히 즐기는 왕을 모시고 여러 신하들이 즐겁게 연회하며 노래하는 광경을 기술하였고, 2장은 나라가 태평하고 인민이 안락한 이 시대에 즐거운 연회에서 한가롭게 휴식하지만 그러나 왕은 그 착한 인간성을 길러 계속 덕을 닦아야만 돌아가신 조상들처럼 유종의 미(美)를 거둘 수 있다는 사실을 첫째로 경계하였으며, 3장은 주(周)나라의 땅이 크고 하늘이 밝아 인류문화 발전에 크게 기여하였지만 그러나 왕은 그 착한 인간성을 더욱 함양(涵養)하여 큰 덕을 쌓아야만 천지신명(天地神明)과 산천의 귀신을 모두 받들어 지키는 주인이 될 수 있음을 둘째로 경계하였고, 4장은 성왕(成王)은 수명과 복록을 많이 받았지만 그러나 그 천부적 본성을 충분히 길러서 많은 덕을 쌓아야만 순수한 복을 항상 누리게 될 것임을 셋째로 경계하였으며, 5장은 왕의 인격이 아무리 훌륭해도 또한 주변에 훌륭한 사람이 많이 있어야 위대한 정치를 하는 것이니 기대어 의지할 만한 스승과 원로가 있어야 하며, 도움을 받을 만한 어진 이가 있어야 하며, 효자가 있어야 하며, 덕이 있는 사람이 있어야 하므로 이런 사람으로 하여금 왕을 이끌게 하고 돕게 하면 사방이 본받는 훌륭한 왕이 될 것임을 진술하였고, 6장은 왕이 이러한 어진 사람들을 온공스럽게 대하고 우러러 사모하면서 어진 이들의 착한 말을 홀이나 반쪽홀처럼 소중히 받들어 쓰면 아름다운 명성과 명망이 떨쳐 사방이 정치사회의 기강으로 삼을 것임을 진정하였으며, 7장은 성왕(成王)이 스스로 착한 인간성을 아름답게 이룩하고 천하의 어진 이를 모두 발탁하여 등용해서 안락태평한 문명세계를 건설한 까닭에 봉황새가 나와서 훨훨 춤을 추고 또한 모든 새와 짐승이 유순하게 따라 모여서 이 땅에 멈추는 이상세계가 되었기 때문에 왕에게는 착한 선비가 수두룩하게 많을 뿐만 아니라 그들이 모두 천자에게 충성하고 있음을 변증하였고, 8장은 봉황이 나오는 이상세계는 정치가 문명하고 인민이 안락해야 하므로 천재지변이나 전쟁과 다툼이 없고, 도둑이나 범죄가 없으며, 굶주림이나 헐벗음이 없으며, 서민대중에게 홀아비와 과부가 없어야 하며, 고아와 자식이 없는 늙은이가 없어야 하며, 병자와 실업자가 없어야 하며, 새의 알이나 짐승의 새끼를 꺼내먹지 않고, 물을 막고 품어서 고기를 잡지 않고, 불을 질러 개간하지 않고, 산과 강물을 오염시킴이 없어야 되기 때문에 모든 관료들이 인민을 위하여 봉사하도록 왕이 명령해야 됨을 논증하였으며, 9장은 성왕(成王)이 스스로 착한 덕성을 이룩하고 천하의 어진 이를 등용하여 왕도정치의 예악문화로 문명한 정치를 하여 모든 관료가 나라에 충성히고 인민을 위하여 봉사하기 때문에 봉황새가 예천(醴泉)의 물을 마시며 죽실(竹實)을 먹고 오동나무에 깃들어 살면시 노래히는 지치(至治)의 시대가 된 것을 축하하였고, 10장은 군자의 수레와 말이 많은 것으로 어질고 유능한 인재가 많이 모인 것을 비유하여 연회가 성대했음을 밝히면서 오늘날의 정치문화를 시로 표현하는 내용이 많지 않으므로 오직 노래로써 다 표현하고자 하는 뜻을 기술하였다.

  공자가 이 시를 『시경』에 편집한 이유는 최고의 정치문화는 최고의 덕성을 수양한 정치지도자가 천하의 모든 선덕(善德)을 전부 모아서 도덕을 밝히고 산업을 개발하여 복지낙원을 건설하는 일에 시종일관 전심전력해야 창조할 수 있음을 밝히기 위함이다. 성왕(成王)은 비록 나이가 어려서 왕위에 올랐지만 주공(周公)과 소공(召公)이 보필하며 공화정치(共和政治)를 하여 봉황이 노래하는 태평성대를 건설하였으니 역사적 징표로 삼아야 할 것인즉 역사적으로 봉황새는 황제(黃帝)와 요(堯)임금과 순(舜)임금

시대에 나왔다고 했는데 황제는 사람에게 옷을 입게 하고 글자를 창제하였으며, 요임금은 정치와 행정을 분리하여 도덕문화를 보급하였고, 순임금은 교육제도를 확립하여 윤리를 가르쳤으며, 성왕(成王)은 문왕(文王)과 무왕(武王)의 정신과 사업을 계승하여 복합사회의 예악(禮樂)문화를 개발하였으니 모두 인류역사 발전에 획기적인 변화를 이룩했던 것이다.

권(卷)은 굽은 것이요, 아(阿)는 큰 언덕이며, 군자(君子)는 성왕(成王)을 지칭하고, 시(矢)는 시구(矢口)이니 마음대로 표현함이며, 음(音)은 노래의 가락이다. 반환(伴奐)은 한가로움이고, 이(爾)는 성왕을 지칭하는 대명사이며, 우유(優游)는 푸근하게 푹 빠진 것이다. 미(彌)는 가득히 차도록 함양(涵養)하는 것이요, 성(性)은 인간의 고유한 천부적인 본성으로 가장 착하고 가장 순수하며 가장 밝고 가장 신령한 마음의 본체인데 이것을 살펴서 길러 마음속을 가득 채우면 도덕적 인격이 완성되는 것이다. 선공(先公)은 이미 돌아가신 훌륭한 조상이고, 추(酋)는 마치는 것이다. 토(土)는 땅이고, 우(宇)는 하늘이며, 판(販)은 큰 것이요, 장(章)은 밝은 것이다. 백신(百神)은 천지신명(天地神明)과 산천귀신(山川鬼神)을 총칭함이고, 주(主)는 제주(祭主)가 되어 제사를 주관함이다. 불(茀)과 가(嘏)는 모두 복이요, 상(常)은 항상 누림이다. 빙(馮)은 기대어 의지하는 스승이고, 익(翼)은 보필하여 돕는 어진 이며, 효(孝)는 효자요, 덕(德)은 행실이 높은 사람이다. 인(引)은 앞에서 이끌게 함이요, 익(翼)은 옆에서 돕게 함이며, 측(則)은 법이다. 옹옹(顒顒)은 온공(溫恭)스럽게 사람을 대하는 모양이고, 앙앙(卬卬)은 우러러 사람을 사모하는 모양이다. 여규여장(如圭如璋)은 임금이 옥으로 된 홀을 두 손으로 받들 듯이 어질고 덕이 있는 사람들의 말을 공경하여 실천하는 것이요, 문(聞)은 명성이며, 망(望)은 명망이다. 봉황(鳳凰)은 전면은 기러기처럼 생겼고 후면은 기린처럼 생겼는데 뱀의 머리, 물고기의 꼬리, 용의 무늬, 거북의 등, 닭의 부리, 제비의 턱 등의 모양을 하면서 키는 6척 가량이고 몸과 날개는 5색의 빛이 찬란하여 머리에는 덕(德)을 이고, 목에는 의(義)를 매달고, 등에는 인(仁)을 지고, 마음에는 신(信)

을 넣고, 날개에는 예(禮)를 끼고, 발에는 문(文)을 신고, 꼬리에는 무(武)를 매달았으니 오동나무에 깃들이고 대나무 열매인 죽실(竹實)을 먹으며 예천(醴泉)의 물을 마시는데 태평세월이 되어 세상에 나타나면 모든 날짐승과 들짐승이 모여 와서 유순하게 따르는바 노래하고 춤을 춤에 수컷은 봉(鳳)이니 그 울음소리가 종소리 같고, 암컷은 황(凰)이니 그 울음소리가 북소리 같으며, 온 세상이 안락태평함을 징표하기 때문에 일명 극락조(極樂鳥)라고 하는 동방의 상서로운 영조(靈鳥)이다. 홰홰(翽翽)는 훨훨 춤추는 모양이요, 애애(藹藹)는 수두룩하게 많은 모양이며, 미(媚)는 상긋거림이니 유순하게 따르며 좋아함이다. 부(傅)는 이르러 감이고, 서인(庶人)은 서민대중이니 미우서인(媚于庶人)은 민중을 위하여 적극 봉사한다는 뜻이다. 오동(梧桐)은 오동나무로 오동과에 속하는 낙엽 활엽교목인데 키는 10cm 가량이고 잎은 달걀 모양이며 드물게 세 갈래로 얕게 갈라졌다. 잎 뒤에 갈색의 짧은 털이 배게 났으며 5월에 백색 또는 자색의 종상화(鐘狀花)가 원추꽃차례로 가지 끝에 피고 둥근 열매가 달랑달랑 매달려서 10월에 여물며 비옥한 땅에서 자라는데 한국에 특히 많다. 목재가 백색 견사(絹絲)의 광택이 나고 가볍고 아름다우며 흡습성(吸濕性)이 없고 내화성(耐火性)이 있으며 재질이 균등하여 음향전도(音響傳導)가 아주 좋아서 거문고나 가야금 또는 장롱과 같은 고급품을 만드는 재료로 쓴다. 조양(朝陽)은 산의 동쪽이요, 봉봉(菶菶)은 오동나무의 열매가 주렁주렁 매달린 모양이고, 처처(萋萋)는 오동나무의 잎이 너울너울한 모양이다. 옹옹(雝雝)은 봉(鳳)의 울음소리로 종소리 같이 웽웽 울리는 것이며, 개개(喈喈)는 황(凰)의 울음소리로 북소리 같이 꺄꺄 나는 소리이다. 한(閑)은 익숙한 것이요, 수(邃)는 다하는 것이다. 시(詩)는 뜻을 말로 표현함이고, 가(歌)는 말을 길게 뽑는 것이니 생각을 말로 다 표현하지 못하기 때문에 노래에 운치를 담아 그 기분과 정감을 나타내는 것이다.

주(周)나라의 도덕정치와 예악(禮樂)문화가 성왕(成王)시대에 극치에 이르러 봉황새가 나와서 춤을 추고 노래하였으니 이것은 인류역사의 빛나는 공적으로 후세에 서민대중의 희망이 되었기 때문에 일찍이 공자가 봉황새가 다시 이르지 않고 용마도(龍馬圖)가 다시 나오지 않은 것을 탄식하였다. 대아(大雅)는 첫 편부터 이 권아(卷阿) 편까지가 정대아(正大雅)이고, 다음 민로(民勞) 편부터 종편까지는 변대아(變大雅)로 선유(先儒)가 분류하였으니 그 기상을 살피기 바란다.

3-2-9 ──────── 민로(民勞) / 민중이 수고했으므로

민 역 로 지　　흘 가 소 강
民亦勞止라　汔可小康이니
혜 차 중 국　　이 수 사 방
惠此中國하야　以綏四方이어다
무 종 궤 수　　이 근 무 량
無縱詭隨하야　以謹無良하며
식 알 구 학　　참 불 외 명
式遏寇虐하야　憯不畏明이라야
유 원 능 이　　이 정 아 왕
柔遠能邇하야　以定我王이리라

민중이 또한 수고하므로 자못 조금이나마 편안케 할지니
이 가운데 나라에 은혜를 베풀어서 사방을 편안케 할지어다
간사한 추종배를 날뛰게 하지 말고 어질지 못한 사람을 단속하며
도적과 포학을 제도적으로 막아 밝음을 두려워하지 않은 이를 미워하여
멀리 온 사람을 부드럽게 대우하고 가까이에서 온 이를 임의롭게 해야 우리 왕국을 안정시키리라

민 역 로 지　　흘 가 소 휴
民亦勞止라　汔可小休니
혜 차 중 국　　이 위 민 구
惠此中國하야　以爲民逑어다
무 종 궤 수　　이 근 혼 노
無縱詭隨하야　以謹惛怓하며

식 알 구 학　　　　무 비 민 우
式遏寇虐하고　無俾民憂라야
무 기 이 로　　　　이 위 왕 휴
無棄爾勞하야　以爲王休하리라

민중이 또 수고했으므로 자못 조금이나마 쉬게 할지니

이 가운데 나라에 은혜를 베풀어서 인민이 모이게 할지어다

간사한 추종배를 날뛰게 하지 말고 흐리멍덩하며 어수선한 이를 단속하며

도적과 포학을 제도적으로 막아 민중으로 하여금 근심이 없게 해야

그대의 공로를 버림이 없어서 왕국을 아름답게 하리라

민 역 로 지　　　　흘 가 소 식
民亦勞止라　　汔可小息이니
혜 차 경 사　　　　이 수 사 국
惠此京師하야　以綏四國이어다
무 종 궤 수　　　　이 근 망 극
無縱詭隨하야　以謹罔極하며
식 알 구 학　　　　무 비 작 특
式遏寇虐하야　無俾作慝이요
경 신 위 의　　　　이 근 유 덕
敬愼威儀하야　以近有德하리라

민중이 또 수고했으므로 자못 소금이나마 편히 쉬게 할지니

이 도읍에 은혜를 베풀어서 사방의 나라를 편안하게 할지어다

간사한 추종배를 날뛰게 하지 말고 다함이 없는 이를 단속하며

도적과 포학을 제도적으로 막아 하여금 사특한 이를 하지 못하게 하고

위엄 있는 거동을 공경하고 신중히 하여야 덕이 있는 이를 가까이 하리라

민 역 로 지　　　　흘 가 소 게
民亦勞止라　　汔可小愒니
혜 차 중 국　　　　비 민 우 예
惠此中國하야　俾民憂泄어다
무 종 궤 수　　　　이 근 추 려
無縱詭隨하야　以謹醜厲하며

식 알 구 학 　　무 비 정 패
式遏寇虐하야 無俾正敗하라

융 수 소 자 　　이 식 홍 대
戎雖小子나 而式弘大하니라

민중이 또 수고했으므로 자못 조금이나마 놀게 할지니

이 가운데 나라에 은혜를 베풀어서 민중으로 하여금 근심을 덜게 할지어다

간사한 추종배를 날뛰게 하지 말고 추악하며 사나운 이를 단속하며

도적과 포학을 제도적으로 막아 하여금 정도가 무너짐이 없게 하라

그대는 비록 신하이지만 그대의 영향력은 넓고 크니라

　

민 역 로 지 　　홀 가 소 안
民亦勞止라 汔可小安이니

혜 차 중 국 　　국 무 유 잔
惠此中國하야 國無有殘이어다

무 종 궤 수 　　이 근 견 권
無縱詭隨하야 以謹繾綣하며

식 알 구 학 　　무 비 정 반
式遏寇虐하야 無俾正反하라

왕 욕 옥 여 　　시 용 대 간
王欲玉女니 是用大諫하노라

민중이 또 수고했으므로 자못 조금이나마 편안케 할지니

이 가운데 나라에 은혜를 베풀어서 나라에 잔인함이 있지 않게 할지어다

간사한 추종배를 날뛰게 하지 말고 측근에서 결탁한 당파를 단속하며

도적과 포학을 제도적으로 막아 하여금 정도를 뒤집지 말라

왕이 그대를 훌륭한 인물로 키우고자 하므로 이래서 크게 충고하노라

　

☯ 민로(民勞) 편은 다섯 장이 10구씩으로 된 서사시인데 왕의

총애를 받는 실력자가 공명심을 가지고 큰 사업을 대대적으로 추진하면서 민중을 혹사하므로 원로대신이 크게 충고하여 즉각 공명심을 버리고 공사의 기일을 늦추어 인민을 편안히 휴식하도록 다섯 번이나 권고한 내용이다.

1장은 왕의 총애를 받은 실력자가 공명심에 불타서 큰 사업을 추진하여 민중을 혹사하므로 그 공사의 기일을 늦추어 조금이나마 민중을 편안케 할지니 공리주의(功利主義)에 빠진 간사한 추종배를 날뛰게 하지 말고 비능률적으로 사업을 추진하는 사람을 단속하며 국고를 낭비하고 인민의 재산을 수탈하는 것을 막으며 밝은 법을 두려워하지 않은 것을 미워하며 멀리 와서 일하는 사람을 부드럽고 따뜻하게 대우하고 가까운데서 온 사람을 착하게 대해야만 우리 왕국을 안정시킬 것임을 엄중히 경계하였고, 2장은 불안한 정국과 흩어진 민심을 모으기 위하여 공사의 기일을 늦추고 민중을 쉬게 함과 동시에 측근의 공리주의자와 무능하고 부패한 관료를 단속하고 도적과 포학한 자를 축출하여 민중으로 하여금 근심이 없게 해야 지금까지 그대가 추진한 사업을 중단하지 않게 되어 왕국을 아름답게 건설할 것임을 간절하게 요구하였으며, 3장은 주(周)나라 도읍주민에게 은혜를 베풀고 사방의 나라를 편안하게 하는 덕치인정(德治仁政)을 확립하기 위하여 공리주의자와 야망가(野望家)를 단속하며 부정부패를 척결하여 사특한 일을 하지 못하게 해야만 정치가의 품위를 갖추어 덕망이 있는 사람과 가까워질 것임을 진심으로 충고하였으며, 4장은 공리(功利)를 앞세운 출세주의(出世主義)를 버리고 인민대중을 위하여 봉사하는 도덕심을 발휘하여 아첨하는 추종배를 날뛰지 못하게 하고 추악하고 사나운 부하를 단속해서 부정부패를 막아야 왕국의 정도(正道)가 무너지지 않을 것임을 밝혀 현재 그대는 한 사람의 신하에 지나지 않지만 그대의 정치적 사회적 영향력은 대단히 큰 작용을 하고 있다는 현실정치의 심각성을 경고하였고, 5장은 나라의 정치사업을 합리적이고 민주적인 방법으로 추진하여야 되는 것인즉 중앙의 정치사업에 잔인한 일이 없어야 하는 것이니 공리주의자를 날뛰게 하지 말고 측근에 파당을 지어 권력을 농단하는 무리를 단속하고 부정부패한 행위를 막아야 주(周)나라의 정치행정의 공명정대한 정도(正道)가 뒤집어지지 않을 것임을 깨우치고 왕이 그대를 총애하여 훌륭한 인물로 키우고자 하므로 크게 충고한다고 엄중히 통고하였다.

공자가 이 시를 『시경』에 편집한 이유는 원로대신이 왕의 총애를 받은 정치행정의 실력자를 엄중히 충고함에 있어서 공리주의(功利主義)를 추구하는 야망가(野望家)를 중심으로 정상모리배(政商謀利輩)와 부정부패한 무리들이 결탁하여 파당을 지어서 국가를 좀먹고 인민을 수탈하고 착취하는 일을 서슴없이 자행하여 나라가 병들고 민심이 흩어지는 위태로운 상황으로 전락한 사실을 정확히 간파하고 낱낱이 지적할 뿐만 아니라 그 시정방법을 분명히 밝힌 현실파악 능력과 당당하고 떳떳하게 왕이 총애하는 실력자에게 엄중히 경고하는 용기를 높이 찬양하기 위함이다. 이 시에는 인민을 사랑하고 나라를 걱정하는 마음이 넘치고 역사와 전통을 단절한 소인배들의 정권농락이 미칠 미래의 불행을 내다보는 탁월한 지혜와 위에서 임금이 총애하고 아래에서 아첨배들이 작당하여 따르는 현실정치의 실력자를 준절하게 충고한 용기는 후세의 원로와 대신들의 귀감이다.

흘(汔)은 자못이니 생각보다 많은 것이요, 중국(中國)은 가운데 나라이니 문화 중심국을 일컫고, 사방(四方)은 사방의 변방이며, 종(縱)은 방종하여 날뛰는 것이다. 궤수(詭隨)는 간사한 추종배이니 시비(是非)와 선악(善惡)을 분별하지 않고 무조건 아첨하며 따르는 소인배이다. 근(謹)은 단속함이요, 무량(無良)은 어진 마음과 좋은 식견이 없는 사람이니 어거지로 일을 시키는 관료이고, 식(式)은 제도(制度)이며, 알(遏)은 막아서 근절함이다. 구(寇)는 관료가 외부와 결탁하여 국가의 재물을 노략질하는 것이요, 학(虐)은 관료가 인민의 재산을 착취하는 것이다. 참(憯)은 미워함이고, 명(明)은 법에 따라 집행하는 공개행정이며, 유(柔)는 부드럽고 따뜻하게 대우함이요, 능(能)은 친절하고 착하게 대하여 임의로운 것이다. 정(定)은 안정시키는 것이요, 왕(王)은 왕국이다. 구(逑)는 모이는 것이요, 혼(惛)은 정신이 흐리멍덩한 사람이고, 노(怓)는 말이 많고 행동이 어수선한 사람이며, 이로(爾勞)는 그대가 이룩한 공로(功勞)이니 곧 그대가 세운 전공(前功)이고, 휴(休)는 아름다움이다. 망극(罔極)은 다함이 없는 것이니 무한한 욕망에 사로잡혀 만족하여 그칠 줄을 모르는 사람이며, 유덕(有德)은 착한 인간성으로 인격을 길러서 사회적 덕망이 있는 대인군자(大人君子)이다. 게(愒)는 한가롭게 휴식함이고, 예(泄)는 새는 것이니 곧 털어서 줄이는 것이다. 추(醜)는 인색하여 더러운 인간이고, 려(厲)는 탐욕을 채우기 위하여 사납게 날뛰는 인간이며, 정(正)은 정도(正道)요, 패(敗)는 무너지는 것이다. 융(戎)은 너를 지칭하는 대명사이고, 소자(小子)는 높은 사람이 낮은 사람을 호칭하는 말이니 여기에서는 관작이 높은 원로대신이 관작이 낮은 신하를 호칭한 것이다. 이(而)는 너를 지칭하는 대명사이며, 식(式)은 작용이니 정치적 기능의 영향력이다. 잔(殘)은 민중을 혹독하게 부리는 잔인한 정치이며, 견권(繾綣)은 실력자를 중심으로 부하들이 결탁하여 당파를 만들어서 집단적으로 추종하는 것이고, 반(反)은 뒤집는 것이며, 왕(王)은 주(周)나라의 왕이요, 옥(玉)은 옥성(玉成)이니 옥처럼 소중하게 생각하여 훌륭한 인물을 만들고자 함이며, 여(女)는 너를 지칭하는 대명사, 간(諫)은 충고함이다.

언준히 충고하는 가운데 개과천선(改過遷善)하여 더욱 훌륭한 나라의 일꾼이 되기를 기대하여 마지않았으니 인생의 스승이요 정치의 선배로서의 기상이 넘치므로 어찌 이러한 충고를 받아들이지 않을 수 있으랴! 이러한 점이 바로 변체(變體)이지만 대아(大雅)에 편집한 이유라고 하겠다.

3-2-10 ──────── 판(板) / 엎치락덮치락

上帝板板이라 下民卒癉이어늘
(사제판판) (하민졸단)

출화불연　위유불원
出話不然하며　爲猶不遠하야
미성관관　불실어단
靡聖管管하며　不實於亶하나니
유지미원　시용대간
猶之未遠이라　是用大諫하노라

하느님이 엎치락덮치락하므로 아래 민중이 모두 폐결핵을 앓거늘
말을 하고도 그렇게 하지 않으며 꾀하는 것도 오래 하지 아니하여
성인을 업신여기고 자기의 좁은 소견대로 하며 성실함에 충실하
지 않으니
도모함이 멀지 않으므로 이래서 크게 충고하노라

천지방난　무연헌헌
天之方難하니　無然憲憲이어다
천지방궤　무연예예
天之方蹶하니　無然泄泄어다
사지즙의　민지흡의
辭之輯矣면　民之洽矣며
사지역의　민지막의
辭之懌矣면　民之莫矣리라

하늘이 바야흐로 꾸짖나니 그렇게 싱글벙글하지 말지어다
하늘이 바야흐로 움직이려고 하니 그렇게 느릿느릿하지 말지어다
말씀이 화목하면 인민이 화합하며
말씀이 즐거우면 인민이 안정하리라

아수이사　급이동료
我雖異事나　及爾同僚로다
아즉이모　청아효효
我卽爾謀하니　聽我囂囂하누나
아언유복　물이위소
我言維服이니　勿以爲笑하라
선민유언　순우추요
先民有言하되　詢于芻蕘라 하니라

내가 비록 하는 일은 달라도 그대와 동료로다
내가 너에게 가서 의논하니 나의 말을 시시하게 듣는구나
나의 말을 오직 따를지니 우습게 생각하지 말라
옛사람의 말이 있되 꼴을 베는 목동과 나무꾼에게도 자문한다고

하니라

천 지 방 학　　　무 연 학 학
天之方虐하니　無然謔謔이어다
노 부 관 관　　　소 자 갹 갹
老夫灌灌이어늘　小子蹻蹻이로다
비 아 언 모　　　이 용 우 학
匪我言耄어늘　爾用憂謔하니
다 장 확 확　　　불 가 구 약
多將熇熇하야　不可救藥이리라

하늘이 바야흐로 사나웁나니 그렇게 시시덕거리지 말지어다

늙은이가 정성을 다하여 타이르거늘 젊은이가 되바라지게 으스대누나

나의 말이 늙다리의 허튼소리가 아니거늘 그대가 걱정해 주며 기롱지거리하니

지나치면 장차 후끈후끈하여 약으로 구할 수 없으리라

천 지 방 제　　　무 위 과 비
天之方懠하니　無爲夸毗하야
위 의 졸 미　　　선 인 재 시
威儀卒迷하며　善人載尸어다
민 지 방 전 히　　즉 막 아 감 규
民之方殿屎이늘　則莫我敢葵하며
상 란 멸 자　　　증 막 혜 아 사
喪亂蔑資어늘　曾莫惠我師로다

하늘이 바야흐로 성내나니 아첨하여 굽신거리어

위엄 있는 거동을 모두 어지럽히고 착한 사람이 곧 가만히 있게 하지 말지어다

민중이 바야흐로 괴로워서 끙끙거리거늘 우리를 감히 쳐다보지 않으며

전쟁으로 사람이 많이 죽고 물자가 없음에도 일찍이 우리 군사에게 은혜를 베풀지 않도다

천 지 유 민　　　여 훈 여 지
天之牖民이　如塤如篪하고

여 장 여 규　　여 취 여 휴
如璋如圭하여　如取如攜하나니

휴 무 왈 익　　유 민 공 이
攜無曰益하라　牖民孔易하니라

민 지 다 벽　　무 자 립 벽
民之多辟하야　無自立辟이어다

하늘땅이 민중을 인도함이 질나팔같이 대금같이 다루고
반쪽홀같이 홀같이 받들어 가지듯이 이끌듯이 하나니
이끌어도 보탬이 없다고 말하지 말라 민중을 인도함이 아주 쉬
우니라
민중의 편벽 됨이 많다고 하여 스스로 형법을 세우지 말지어다

개 인 유 번　　대 사 유 원
价人維藩이며　大師維垣이며

대 방 유 병　　대 종 유 한
大邦維屏이며　大宗維翰이니

회 덕 유 녕　　종 자 유 성
懷德維寧이요　宗子維城이라

무 비 성 괴　　무 독 사 외
無俾城壞하고　無獨斯畏하라

군대의 지휘관이 오직 울타리이며, 큰 군사가 오직 담장이며
큰 연방국가가 오직 칸막이이며, 큰 종가가 오직 줄기이니
덕으로 품어야 오직 편안하고, 종가의 맏아들이 오직 성곽이므로
하여금 성곽을 허물지 말고 홀로 남아 이 세상을 두려워 말라

경 천 지 노　　무 감 희 예
敬天之怒하야　無敢戲豫하며

경 천 지 유　　무 감 치 구
敬天之渝하야　無敢馳驅어다

호 천 왈 명　　급 이 출 왕
昊天曰明이니　及爾出王하며

호 천 왈 단　　급 이 유 연
昊天曰旦이니　及爾游衍하느니라

하늘의 노여움에 경건하여 감히 희롱하며 즐기지 말고
하늘의 냉담함에 경건하여 감히 말 타고 날뛰지 말라
넓은 하늘은 밝다고 하나니 그대가 나가는데 미치며
넓은 하늘은 환하다고 하나니 그대가 놀고 즐기는데 미치느니라

◑ 판(板) 편은 여덟 장인데 8구씩으로 된 서사시이다. 이 편도 앞의 민로(民勞) 편처럼 젊은 예기로 돌진하여 신속하게 사건을 해결하려는 급진주의를 경계하였으니 인민대중이 일에 지쳐서 폐결핵을 앓듯이 수척하게 된 사회현실을 지적하여 같은 직급의 동료가 엄중히 충고한 내용이다.

1장은 비민주적 독선(獨善)과 독주(獨走)로 권력을 농단하고 인민을 학대하는 까닭에 하느님이 벌을 내려 천재지변(天災地變)과 사건사고가 많아서 아래 민중이 폐결핵을 앓는 것처럼 수척함에도 성인(聖人)을 무시하고 자기의 좁은 소견대로 사업을 추진하는 단견(短見)을 엄중히 질책하였고, 2장은 하늘이 재앙을 내려 전쟁과 흉년과 질병으로 나라가 어지러우니 즉각 반성하고 대대적인 민심수습책을 제시하라고 권고하였으며, 3장은 동료(同僚)로서 국가와 인민을 위하여 진심으로 충고하는 말을 듣지 않은 교만하고 경솔한 태도를 질타하였고, 4장은 하늘이 재앙을 내려 인민을 학대하는 정치를 심판하려고 하는데도 끝내 자세를 바꾸어 개과천선(改過遷善)하지 않으면 천벌(天罰)을 면치 못할 것임을 거듭 경고하였으며, 5장은 하늘이 심판할 날이 머지 않았으니 즉각 민주체제를 회복하고 인민을 휴식하는 조치를 취해야 마땅함에도 오히려 비열한 방법으로 사람을 설득하면서 살상전(殺傷戰)과 소모전(消耗戰)을 계속하는 것을 규탄하였고, 6장은 하늘과 땅이 민중을 인도(引導)함에 임금과 스승으로 하여금 민중을 사랑하고 공경하여 만물의 신령한 존재로 다루고 보호하게 하였거늘 어찌하여 그대는 예의도덕으로 이끌지 않고 힘과 술수로 다스리면서 또 인민이 따르지 않는다고 형법(刑法)을 제정하려고 하느냐고 꾸짖었으며, 7장은 민주적으로 대동화합(大同和合)하면 나라가 튼튼하고 독선독주하여 고립하면 멸망한다는 사실을 엄중히 경고하였으며, 8장은 하늘의 재앙을 마땅히 하늘의 경고로 받아들이고 즉각 자세를 전환하여 원리원칙을 회복하여 사태를 근본적으로 수습할 것을 촉구하였다.

공자가 이 시를 『시경』에 편집한 이유는 동료의 독선과 독주를 묵인하지 않고 그 폐해를 낱낱이 지적하여 시정을 촉구함에

조금도 숨김이 없이 극언(極言)하는 용기를 높이 평가하기 위함
이다. 동료끼리는 붕우(朋友)의 윤리가 있으니 잘하도록 질책하는
책선(責善)의 의리가 있으므로 솔직히 충고하여 깨우치는 책무가
있는 것이다. 그러므로 조정에 관료들이 서로 공개적으로 충고하
는 기풍이 있으면 밝은 조정(朝廷)이고 서로 비밀리에 결탁하여
묵인하면 어두운 혼조(昏朝)이다.

판판(板板)은 엎치락덮치락하는 것이니 안정하지 못하여 자꾸
엎쳤다덮쳤다하는 모양이고, 졸(卒)은 모두, 단(癉)은 폐결핵이니
몸이 받아서 마르는 병이요, 유(猶)는 꾀하여 도모함이고, 관관(管
管)은 자기의 좁은 소견대로 하는 모양이다. 단(亶)은 성실함이고,
원(遠)은 멀리 생각함이며, 간(諫)은 충고이다. 헌헌(憲憲)은 좋아
서 싱글벙글함이요, 궤(蹶)는 움직이는 것이며, 예예(泄泄)는 느릿
느릿함이니 답답한 모양이다. 사(辭)는 민심수습책을 발표하는 중
대성명서를 낭독함이고, 즙(輯)은 화목이요, 흡(洽)은 화합이며,
역(懌)은 즐거운 것이고, 막(莫)은 안정이다. 사(事)는 직무요, 동
료(同僚)는 같은 정부의 관료라는 뜻이며, 즉(卽)은 나아감이고,
모(謀)는 의논이며, 효효(囂囂)는 시시하게 생각하여 말을 듣지
않은 모양이요, 복(服)은 복종하여 따르는 것이다. 선민(先民)은
옛날의 어진 사람이며, 순(詢)은 자문(咨問)함이고, 추(芻)는 꼴을
베는 목동이요, 요(蕘)는 나무꾼이다. 학학(謔謔)은 시시덕거리는
것이고, 노부(老夫)는 늙은이로 이 시를 지은 사람이 자기를 일컬
음이요, 관관(灌灌)은 정성을 다하여 타이르는 모양이며, 소자(小
子)는 젊은이로 독선독주하는 장본인을 지칭한다. 갹갹(蹻蹻)은
충고를 받아들이지 않고 되바라지게 으스대는 모양이며, 모(耄)는
늙다리가 허튼소리를 하는 것이요, 확확(熇熇)은 후끈후끈하여 안
절부절못함이고, 구약(救藥)은 약으로 병을 치료하는 것이다. 제
(懠)는 분노하여 성냄이요, 과비(夸毗)는 아첨하여 굽실거리며 설
득함이며, 시(尸)는 하는 일이 없이 가만히 자리에 있기만 하는
것이고, 전히(殿屎)는 괴로워서 끙끙거리며 신음하는 것이요, 규
(葵)는 해바라기가 해를 향하듯이 바라보는 것이다. 상란(喪亂)은
재난, 전쟁, 질병으로 사람이 많이 죽는 것이며, 멸(蔑)은 없음이

고, 자(資)는 군수물자요, 사(師)는 군인장병이다. 유(牖)는 인도하여 보호함이요, 훈(塤)은 질나팔이고, 지(篪)는 대금이니 모두 입술에 살짝 대고 부는 악기로서 조심하여 다루는 물건이다. 장(璋)은 반쪽옥홀이고, 규(圭)는 옥홀인데 모두 두 손으로 조심해서 받드는 물건이니 앞의 권아(卷阿) 편(3-2-8)에서 해설하였다. 취(取)는 손으로 드는 것이고, 휴(攜)는 잡아당겨 이끄는 것이다. 다벽(多辟)의 벽(辟)은 편벽됨이요, 입벽(立辟)의 벽(辟)은 형법(刑法)이다. 개(价)는 큰 것이니 개인(价人)은 대장으로 군대의 지휘관이며, 번(藩)은 밖에 울타리이고, 대사(大師)는 대군(大軍)이요, 원(垣)은 안에 담장이다. 병(屏)은 칸막이 병풍이고, 대종(大宗)은 큰 종가(宗家)요, 한(翰)은 줄기이다. 종자(宗子)는 종가의 큰아들이니 곧 제주(祭主)이다. 유(渝)는 냉담하게 변하는 것이고, 왕(王)은 왕(往)이니 가는 것이며, 단(旦)은 아침이니 환하게 밝은 것이요, 연(衍)은 질펀하게 즐기는 것이다.

동료의 독선독주를 경계하여 민주적 화합체제를 회복해서 민심을 수습하고 시국을 안정시키려는 우국애민(憂國愛民)의 정신으로 긴절하게 충고하였으니 어찌 감동하여 고치지 않겠는가?

○ 생민(生民)의 십(什)은 10편 61장 433구인데 대체로 민중을 보호하여 덕치인정(德治仁政)을 베풀어서 봉황(鳳凰)이 노래하고 춤추는 안락태평한 세계의 건설을 노래하였다. 생민(生民) 편은 주(周)나라의 시조 기(棄)의 농업개발사를 기술하여 민생안정의 공로를 표창하였고, 행위(行葦)와 기취(旣醉), 부예(鳧鷖) 편은 문왕(文王)의 후덕한 손님 접대정신을 서술하여 인간존중의 구체적 실례를 보였으며, 가락(假樂) 편은 문왕의 방정한 인간관계를 노래하였다. 공류(公劉) 편은 공류가 빈(豳)으로 천도하여 살기 좋은 나라를 건설한 역사를 기록하였고, 형작(泂酌) 편은 균평한 경제정책으로 인민이 고루 잘살게 해야 함을 노래하였으며, 권아(卷阿) 편은 주(周)나라가 문왕(文王), 무왕(武王), 성왕(成王)의 도덕

정치와 예악(禮樂)문화를 이룩하여 인민이 안락태평하므로 마침
내 인류문명의 극치에 이르렀다는 증표인 봉황새가 이르러 와서
노래하고 춤추는 이상세계 건설을 증명하였으며, 민로(民勞)와 판
(板) 편은 관료들이 서로 충고하고 직언(直言)하여서 잘못을 바로
잡는 자정기능(自淨機能)이 있어야 밝은 정부가 된다는 사실을
기술하였으니 모두 인민을 위하여 적극 봉사해야 된다는 내용이
다. 대아(大雅)의 시편이 웅장하면서도 정밀한 이유가 여기에 있
다.

3. 탕(蕩)의 십(什)

─────────── 탕(蕩) / 넓고 큰

탕 탕 상 제　　　　하 민 지 벽
蕩蕩上帝는　　下民之辟이니

질 위 상 제　　　　기 명 다 벽
疾威上帝는　　其命多辟이로다

천 생 증 민　　　　기 명 비 심
天生烝民이어늘 其命匪諶이라

미 불 유 초　　　　선 극 유 종
靡不有初나　　鮮克有終이니라

넓고 큰 하느님은 아래 민중의 임금이니
급히 으르는 하느님은 그 명령에 편벽됨이 많도다
하늘이 뭇사람을 냈거늘 그 명을 믿지 않으므로
처음은 있지 않음이 없으나 끝을 잘 맺은 이는 드무니라

문 왕 왈 자　　　　자 여 은 상
文王曰咨라　　咨女殷商아

증 시 강 어　　　　증 시 부 극
曾是彊禦와　　曾是掊克이

증 시 재 위　　　　증 시 재 복
曾是在位하며　曾是在服은

천 강 도 덕　　　　여 흥 시 력
天降慆德이나　女興是力일새니라

문왕이 말씀하시기를 아~, 너 은상의 임금 주야
일찍이 이 사나운 폭력배와 일찍이 이 부정축재자가
일찍이 이 벼슬자리에 있으며 일찍이 이에 복무하고 있음은
하늘이 거만한 덕을 내렸으나 네가 일어나 이에 힘쓰기 때문이
니라

文王曰咨라 咨女殷商아
이병의류어늘 강어다대
而秉義類어늘 彊禦多懟로
유언이대 구양식내
流言以對하나니 寇攘式內라
후저후주 미계미구
侯作侯祝가 靡屆靡究로다

문왕이 말씀하시기를 아~, 너 은상의 임금 주야
너는 의로운 무리를 결합해야 하거늘 폭력배와 원망이 많은 이로
떠도는 말로써 대응하나니 떼도둑과 절도를 안에서 쓰므로
오직 못되게 하고 오직 저주함이 다함이 없고 끝이 없도다

문왕왈자 자여은상
文王曰咨라 咨女殷商아
여포효우중국 염원이위덕
女炰烋于中國하야 斂怨以爲德하나니
불명이덕 시무배무측
不明爾德이라 時無背無側하며
이덕불명 이무배무경
爾德不明이라 以無陪無卿이로다

문왕이 말씀하시기를 아~, 너 은상의 임금 주야
네가 가운데 나라에서 까불고 뽐내며 원망을 모으면서 덕으로
생각하나니
너의 덕을 밝히지 않으므로 이에 배후가 없고 측근이 없으며
너의 덕이 밝지 않으므로 배종도 없고 경대부도 없도다

문왕왈자 자여은상
文王曰咨라 咨女殷商아
천불면이이주어늘 불의종식
天不湎爾以酒어늘 不義從式이로다
기건이지 미명미회
旣愆爾止하야 靡明靡晦하며
식호식호 비주작야
式號式呼하야 俾晝作夜하도다

문왕이 말씀하시기를 아~, 너 은상의 임금 주야
하늘이 너를 술에 빠지게 하지 않았거늘 불의를 따라 쓰도다

324 새 시대를 위한 시경

이미 너의 거동을 어기어 밝음이 없고 희미함이 없으며
오직 호령하고 오직 환호하여 낮으로 하여금 밤을 삼도다

문 왕 왈 자　　　　자 여 은 상
文王曰咨라　　　咨女殷商아
여 조 여 당　　　　여 비 여 갱
如蜩如螗하며　　如沸如羹하야
소 대 근 상　　　　인 상 호 유 행
小大近喪이어늘　人尙乎由行하야
내 비 우 중 국　　　담 급 귀 방
內奰于中國하야　覃及鬼方이로다

문왕이 말씀하시기를 아~, 너 은상의 임금 주야
말매미 같고 쓰르라미 같이 떠들며 물이 끓듯이 국이 끓듯이 하여
작은 것과 큰 것을 거의 잃었거늘 사람이 오히려 말미암아 행하여
안으로 가운데 나라를 성내게 하여 뻗어서 먼 지방에 미치도다

문 왕 왈 자　　　　자 여 은 상
文王曰咨라　　　咨女殷商아
비 상 제 불 시　　　은 불 용 구
匪上帝不時라　　殷不用舊니라
수 무 로 성 인　　　상 유 전 형
雖無老成人이나　尙有典刑이어늘
증 시 막 청　　　　대 명 이 경
曾是莫聽이라　　大命以傾이로다

문왕이 말씀하시기를 아~, 너 은상의 임금 주야
하느님이 때를 좋지 않게 함이 아니라 은나라가 옛 신하를 등용
하지 않음이니라
비록 노성한 사람은 없으나 오히려 예로부터 내려오는 법전이
있거늘
일찍이 이에 듣지 않으므로 나라의 대명이 기울게 되었도다

문 왕 왈 자　　　　자 여 은 상
文王曰咨라　　　咨女殷商아
인 역 유 언　　　　전 패 지 게
人亦有言하니　　顚沛之揭에
지 엽 미 유 해　　　본 실 선 발
枝葉未有害나　　本實先撥이라 하도다

殷鑒不遠하니 在夏后之世하니라

문왕이 말씀하시기를 아~, 너 은상의 임금 주야

사람이 또한 말이 있나니 나무가 쓰러져서 뿌리가 뽑혀 땅 위로
드러남에

가지와 잎은 다침이 있지 않으나 뿌리와 열매가 먼저 꺾인다고
하도다

은나라의 거울은 멀지 않으니 하나라 임금 걸의 시대에 있느니라

　◑ 탕(蕩) 편은 여덟 장이 8구씩으로 된 서사시인데 은(殷)나라
의 마지막 임금 주(紂)가 탕(湯)임금의 천덕왕도(天德王道)를 뒤
집어엎었기 때문에 대명(大命)을 잃어서 나라가 멸망하게 된 사
연을 문왕(文王)의 말씀으로 가탁(假託)하여 서술하였으니 은유법
의 표현이다.

　1장은 하느님이 하층민중을 보호하기 때문에 하층민을 학대하
는 임금에게는 재앙을 많이 내려 비록 처음에 임금이 되어 천명
(天命)을 받았을지라도 끝까지 천명을 지키기는 쉽지 않음을 밝
혔고, 2장은 은(殷)나라 임금 주(紂)가 사나운 폭력배와 부정축재
자를 등용하여 민중을 포악하게 착취하는 부패한 정권임을 고발
하였으며, 3장은 주(紂)의 조정에 의로운 신하가 쫓겨나고 정상모
리배의 세력다툼을 일삼는 소인배만 득실거려 정부의 자정능력
(自淨能力)을 완전히 상실하였음을 폭로하였고, 4장은 주(紂)가
까불고 뽐내며 무자비하게 권력을 휘둘러 독재를 하기 때문에 배
후에 지지하는 세력이 없고 측근에 직간(直諫)하는 신하가 없으
며 임금을 배종(陪從)하는 어진 이도 없고 행정을 잘하는 경대부
(卿大夫)도 없는 것을 규탄하였으며, 5장은 주(紂)가 천명(天命)의
직분을 망각하고 주색(酒色)의 향락에 도취하여 정사를 잊고 안
일에 빠진 행동을 꾸짖었으며, 6장은 주(紂)의 타락과 방종을 규
탄하는 민중의 원성이 높고 실정을 비판하는 공론이 비등하여 온
세상이 분개하는 실상을 변증하였으며, 7장은 은(殷)나라의 멸망

은 하늘이 좋지 않은 때를 주어서가 아니라 주(紂)가 옛 신하를 쓰지 않고 예로부터 내려오는 법전을 스스로 버렸기 때문임을 지적하였으며, 8장은 주(紂)가 역사적 거울을 무시하고 도덕을 파괴하고 인민을 학대하였기 때문에 은(殷)나라가 멸망한 것이므로 모든 책임은 주(紂)에게 있음을 증명하였다.

공자가 이 시를 『시경』에 편집한 이유는 포악한 독재를 제거하여 민중을 해방하고 하늘의 진리를 구현하면 하늘이 돕는다는 사실을 증명하기 위함이니 탕(湯)임금이 하(夏)나라 걸(桀)을 추방하고, 무왕(武王)이 은(殷)나라 주(紂)를 추방하는 것이 모두 천리(天理)에 순응하고 민심(民心)에 보답하는 정의로운 혁명임을 인정한 것이다.

탕탕(蕩蕩)은 넓고 큰 모양이고, 벽(辟)은 임금이며, 질위(疾威)는 급박하게 으르는 것이요, 다벽(多辟)은 편벽됨이 많은 것이다. 증(烝)은 뭇이요, 심(諶)은 믿는 것이며, 극(克)은 능(能)이다. 문왕왈(文王曰)은 문왕의 말씀으로 가설하여 표현하는 것이며, 자(咨)는 탄식하는 소리요, 여(女)는 너를 지칭하는 대명사, 은상(殷商)은 은(殷)나라의 시조 설(契)을 처음 상(商) 땅에 봉하였는데 뒤에 은(殷) 땅인 박(毫)으로 도읍을 옮겼기 때문에 은(殷)나라라고 고쳐 불렀으니 여기에서는 주(紂)를 지칭한다. 강어(彊禦)는 폭력배이고, 부극(掊克)은 부정축재자이며, 복(服)은 복무(服務)하는 것이다. 도(惛)는 거만함이고, 흥(興)은 일어나는 것이며, 력(力)은 힘쓰는 것이다. 이(而)는 너를 지칭하는 대명사이고, 병(秉)은 결집이며, 의류(義類)는 정의로운 세력이다. 대(懟)는 원망이고, 류언(流言)은 유언비어(流言蜚語)이니 근거 없이 떠도는 말이다. 대(對)는 대응이니 유언비어를 색출하여 단속한다는 핑계로 언론을 탄압함이요, 구(寇)는 떼도둑이고, 양(攘)은 은밀하게 훔쳐가는 절도이며, 식(式)은 쓰는 것이고, 후(侯)는 오직이다. 저(作)는 저(詛)이니 못되게 함이고, 주(祝)는 주(呪)이니 저주함이며, 계(屆)는 다함이고, 구(究)는 끝냄이다. 포(炰)는 까부는 것이고, 효(烋)는 뽐내는 것이며, 배(背)는 뒤이고, 측(側)은 옆이며, 배(陪)는 배종(陪從)이니 임금을 모시고 따르는 사람이요, 경(卿)은 경대부이다. 면(湎)은 빠진 것이고, 지(止)는 행동거지요, 작(作)은 삼는 것이다. 조(蜩)는 말매미요, 당(螗)은 쓰르라미인데 매미과에 속하는 곤충으로 몸 길이는 날개의 끝까지 암컷이 45mm, 수컷이 50mm 가량이며 몸빛은 적갈색 또는 밤색이고 녹색과 흑색의 얼룩무늬가 있으며 날개는 투명하다. 자란 벌레는 여름에서 가을에 걸쳐 나타난다. 유행(由行)은 답습하여 행함이고, 비(嬰)는 분노하여 성냄이며, 담(覃)은 뻗어나가는 것이요, 귀방(鬼方)은 먼 지방이다. 불시(不時)는 뜻밖에 찾아오는 좋지 않은 때이고, 구(舊)는 옛 신하이며, 노성인(老成人)은 경험이 많고 학문이 익은 사람이요, 전형(典刑)은 예로부터 내려오는 법전이다. 대명(大命)은 하늘이 왕으로 명하는 천명(天命)이다. 전패(顚沛)는 쓰러져서 뿌리가 뽑히는 것이고, 게(揭)는 뿌리가 땅 위로 드러난 것이며, 발(撥)은 꺾인 것이요, 감(鑒)은 거울, 하후(夏后)는 하나라의 마지막 임금 걸(桀)을 지칭한다.

맹자(孟子)가 말하기를 "사람은 스스로 모독한 다음에 남이 모욕하고, 나라는 스스로 친 다음에 남이 친다."고 하였으니 임금이 스스로 나라를 망친 다음에 하늘이 멸망시키는 것이다.

3-3-2 ─────── 억(抑) / 신중하고 주밀하여

억 억 위 의　　　 유 덕 지 우
抑抑威儀는　　　維德之隅니라
인 역 유 언　　　 미 철 불 우
人亦有言하되　靡哲不愚라 하나니
서 인 지 우　　　 역 직 유 질
庶人之愚는　　　亦職維疾이어니와
철 인 지 우　　　 역 유 사 려
哲人之愚는　　　亦維斯戾로다

신중하고 주밀하여 위엄 있는 거동은 오직 덕의 모서리이니라
사람이 또한 말을 하되 철인도 어리석지 않음이 없다고 하나니

서민의 어리석음은 또한 직분이 오직 병통이려니와
철인의 어리석음은 또한 이에 어그러짐이로다

무경유인　　　　　사방기훈지
無競維人이라야　四方其訓之하며
유각덕행　　　　　사국순지
有覺德行이라야　四國順之하나니
우모정명　　　　　원유신곡
訏謨定命하며　　遠猶辰告하며
경신위의　　　　　유민지측
敬愼威儀라야　　維民之則이리라

경쟁심이 없는 사람이어야 사방이 그에게 순응하며
꼿꼿함이 있는 덕행이어야 사방의 나라가 순종하나니
크게 계획하여 명령을 결정하며 멀리 도모하여 때로 찾아 확인
하며
위엄 있는 거동을 공경하고 신중히 해야 오직 인민이 본받으리라

기재우금　　　　　흥미란우정
其在于今하야　　興迷亂于政하야
전복궐덕　　　　　황담우주
顚覆厥德하고　　荒湛于酒하나니
여수담락종　　　　불념궐소
女雖湛樂從하나　弗念厥紹아
망부구선왕　　　　극공명형
罔敷求先王이　　克共明刑하도다

그 오늘날에 있어서 정사에 혼란을 일으켜
그 덕을 뒤엎고 술에 푹 빠졌나니
그대가 비록 즐거움을 따를지나 그 이을 것을 생각지 않은가
선왕의 밝은 법을 잘 공경함을 널리 추구하지 않도다

사황천불상　　　　여피류천
肆皇天弗尙하니　如彼流泉이라
무륜서이망　　　　숙흥야매
無淪胥以亡가　　夙興夜寐하야
쇄소정내　　　　　유민지장
灑掃廷內하야　　維民之章이며

　　　수 이 거 마　　　　　궁 시 융 병
　　　脩爾車馬와　　　　弓矢戎兵하야
　　　용 계 융 작　　　　　용 적 만 방
　　　用戒戎作하야　　　用逷蠻方이어다

이래서 거룩한 하느님이 가상히 여기지 않으시니 저 흐르는 샘
물처럼
서로 같이 망하여 없어지지 않겠는가 일찍 일어나고 밤에 자며
조정의 뜰 안을 물 뿌리고 쓸어야 오직 인민의 아름다운 모범이며
그대의 수레와 말, 활과 화살, 갑옷과 병기를 수리하여
전쟁이 일어나는 것을 대비하여 오랑캐 나라를 멀리할지어다

　　　질 이 인 민　　　　　근 이 후 도
　　　質爾人民하며　　　謹爾侯度하야
　　　용 계 불 우　　　　　신 이 출 화
　　　用戒不虞하고　　　愼爾出話하며
　　　경 이 위 의　　　　　무 불 유 가
　　　敬爾威儀하야　　　無不柔嘉어다
　　　백 규 지 점　　　　　상 가 마 야
　　　白圭之玷은　　　　尙可磨也어니와
　　　사 언 지 점　　　　　불 가 위 야
　　　斯言之玷은　　　　不可爲也니라

그대의 인민에게 물어서 바로잡으며, 그대의 임금의 법도에 삼
가하여
뜻하지 않은 재난에 대비하고, 그대가 말을 냄을 신중히 하며
그대의 위엄 있는 거동을 경건히 하여, 부드럽고 아리땁지 않음
이 없을 지어다
하얀 옥구슬의 흠은 오히려 갈아서 없앨 수 있거니와
이 말의 흠은 할 수가 없느니라

　　　무 이 유 언　　　　　무 왈 구 의
　　　無易由言하야　　　無曰苟矣어다
　　　막 문 짐 설　　　　　언 불 가 서 의
　　　莫捫朕舌이라　　　言不可逝矣니라
　　　무 언 불 수　　　　　무 덕 불 보
　　　無言不讎며　　　　無德不報니
　　　혜 우 붕 우　　　　　서 민 소 자
　　　惠于朋友와　　　　庶民小子면

자 손 승 승　　만 민 미 불 승
子孫繩繩하야　萬民靡不承하리라

자기로부터 말미암아 나가는 말을 쉽게 하지 말고, 구차하게 말
하지 말지어다

나의 혀를 잡아두지 못하므로 말은 가게 해서는 안 되니라

말은 대거리하지 않음이 없으며, 덕은 갚지 않음이 없나니

붕우와 서민과 신하들에게 은혜롭게 하면

자손이 줄줄이 이어가며 만민이 받들지 않음이 없으리라

시 이 우 군 자　　즙 유 이 안
視爾友君子한대　　輯柔爾顔하야

불 하 유 건　　상 재 이 실
不遐有愆가 하도다　相在爾室하여도

상 불 괴 우 옥 루　　무 왈 불 현
尙不愧于屋漏어다　無曰不顯이라

막 여 운 구　　신 지 격 사
莫予云覯하라　　神之格思를

불 가 탁 사　　신 가 역 사
不可度思온　　矧可射思아

그대가 군자와 벗함을 보건대 그대의 얼굴을 온화하고 부드럽게
하여

어떻게 허물이 있지 않을까 하고 조심하도다, 그대의 집에 있을
때를 볼지라도

거의 침침한 방에서도 부끄럽지 않게 행동할지어다, 나타나지
않으므로

나의 움직임을 볼 사람이 없다고 말하지 말라, 귀신이 이르름을
헤아리지 못할지언정 하물며 싫어할 수 있으랴

벽 이 위 덕　　비 장 비 가
辟爾爲德하야　俾臧俾嘉니

숙 신 이 지　　불 건 우 의
淑愼爾止하야　不愆于儀어다

불 참 불 적　　선 불 위 측
不僭不賊이면　鮮不爲則이니

투 아 이 도　　보 지 이 리
投我以桃에　報之以李어다

彼^피童^동而^이角^각은 實^실虹^홍小^소子^자니라

임금인 그대가 덕을 닦아 하여금 착하고 하여금 아리따울지니
그대의 행실을 맑고 신중하게 하여 의례에 어그러지지 않을지어다
속이지 않고 해치지 않으면 모범이 되지 않음이 드무나니
나에게 복숭아를 던져줌에 오얏으로 갚을지어다
저 뿔이 없는 양이면서도 뿔이 있는 척함은 진실로 신하들의 행
실을 허무니라

荏^임染^염柔^유木^목에 言^언緡^민之^지絲^사니라
溫^온溫^온恭^공人^인이 維^유德^덕之^지基^기니라
其^기維^유哲^철人^인은 告^고之^지話^화言^언에
順^순德^덕之^지行^행이어늘 其^기維^유愚^우人^인은
覆^복謂^위我^아僭^참하나니 民^민各^각有^유心^심이로다

나긋나긋한 부드러운 나무에 낚싯줄의 실을 매다니라
온화하고 공손한 사람이 오직 덕의 바탕이로다
그 오직 철인은 말씀을 가르쳐 줌에 덕에 따라 행하거늘 그 오
직 어리석은 사람은
도리어 나를 일러 속인다고 하나니 사람은 각각 마음이 다르도다

於^오乎^호小^소子^자아 未^미知^지臧^장否^비아
匪^비手^수攜^휴之^지라 言^언示^시之^지事^사며
匪^비面^면命^명之^지라 言^언提^제其^기耳^이하니라
借^차曰^왈未^미知^지나 亦^역旣^기抱^포子^자로다
民^민之^지靡^미盈^영이면 誰^수夙^숙知^지而^이莫^모成^성이리오

아~, 신하들이여 아직 착함과 악함을 알지 못하는가
손으로 끌어당길 뿐만 아니라 내가 사례를 보여주며

대면하여 명령할 뿐만 아니라 내가 그 귀를 잡아당겨 설득하니라
가령 아직 알지 못한다고 하여도 또한 이미 자식을 안았도다
사람이 교만하지 않으면 그 누군들 일찍 깨닫고서 늦게 이루리요

호 천 공 소　　아 생 미 락
昊天孔昭하니　我生靡樂이로다
시 이 몽 몽　　아 심 조 조
視爾夢夢하니　我心慘慘하노라
회 이 순 순　　청 아 막 막
誨爾諄諄할새　聽我藐藐이로다
비 용 위 교　　복 용 위 학
匪用爲敎요　　覆用爲虐가
차 왈 미 지　　역 률 기 모
借曰未知나　　亦聿旣耄엇다

넓은 하늘이 매우 밝으니 나의 삶이 즐겁지 않도다
그대들이 어물어물함을 보니 나의 마음이 쓸쓸하노라
그대에게 거듭거듭 상세히 가르치거늘 나의 말을 들음이 건성건
성 하누나
가르침으로 생각하지 않고 오히려 까다롭다고 생각하는가
가령 아직 알지 못한다고 하여도 또한 스스로 이미 늙었도다

오 효 소 자　　고 이 구 지
於乎小子아　　告爾舊止하노라
청 용 아 모　　서 무 대 회
聽用我謀면　　庶無大悔리라
천 방 간 난　　왈 상 궐 국
天方艱難이라　曰喪厥國하나니
취 비 불 원　　호 천 불 특
取譬不遠이라　昊天不忒이어늘
회 휼 기 덕　　비 민 대 극
回遹其德하야　俾民大棘가

아~, 신하들이여 그대에게 옛 행실을 알리노라
나의 계책을 들어서 쓰면 거의 큰 뉘우침이 없으리라
하늘이 바야흐로 어렵게 하므로 그 나라를 잃는다고 하나니
비유를 취함이 멀지 않느니라　넓은 하늘은 어기지 않거늘
그 덕을 간사하게 하여 인민으로 하여금 크게 급박하게 하는가

◉ 억(抑) 편은 열두 장으로 앞의 세 장은 8구씩이고 뒤의 아홉 장은 10구씩인데 서사시이다. 주(周)나라가 오랜 태평세월을 구가하였으나 여왕(厲王)의 폭정과 간신의 아첨으로 기강이 급격히 무너지게 되어 전통의 예법을 허물고 정치를 어지럽히는 까닭에 이에 위(衛)나라 무공(武公)이 정치지도자들의 반성을 촉구하여 도덕적 인격수양의 방법과 정치인의 복무자세 및 역사적 대전제를 망각한 사회적 모순을 소상하게 밝혀 크게 경계한 내용이다.

1장은 정치지도자는 인격적인 모범을 보여야 함에도 오늘날의 현실정치는 대중과 동화하여 사람들로부터 신망을 잃어버렸으니 서민대중의 어리석음은 직업의 한계가 있으므로 어쩔 수 없지만 철인의 어리석음은 천리(天理)의 밝은 덕성을 어기고 타락한 것임을 지적하였고, 2장은 정치지도자는 사리사욕을 버려야 이기심과 경쟁심이 없는 공명정대한 정치를 하여 사방의 모범이 되는 것임을 역설하였으며, 3장은 현실정치의 혼란은 선왕(先王)의 건국이념을 망각하고 향락과 안일에 빠져 정치지도력을 상실한 결과임을 비판하였고, 4장은 현실의 심각성을 인식하고 대오각성하여 조정의 기풍을 쇄신함과 동시에 국가의 안전을 보장하라고 경고하였으며, 5장은 정치를 개혁하고 국가를 재건함에 있어서 인민의 공론(公論)을 따르되 정치지도자는 말을 특히 조심해야 됨을 강조하였고, 6장은 왕이 말을 조심하고 붕우와 서민과 신하들에게 은혜를 베풀면 자손이 줄줄이 이어가며 만민이 받들지 않음이 없을 것임을 설파하였으며, 7장은 왕이 인격을 수양함에 언제 어디서나 경건한 마음으로 천리(天理)의 본연성을 간직할지니 군자를 접견할 때처럼 은밀한 방에 혼자 있을 때에도 귀신에게도 떳떳하여 부끄럽지 않은 자세를 유지해야만 숭고한 덕성을 함양할 수 있음을 가르쳤고, 8장은 왕은 덕을 닦아 가장 착하고 가장 아름다운 행실을 보여서 정치사회의 모범이 되어야 하지만 그러나 만일 거짓으로 꾸미고 억지로 과장한다면 도리어 신하들로 하여금 그러한 거짓행위를 본받게 하여 허구사회로 전락함을 경고하였으며, 9장은 나긋나긋한 부드러운 나무는 다루기가 쉬운 것처럼 온화하고 공손한 사람은 가르치기가 쉬운 법인즉 자만하지 말고 겸허한 자세로 깊이 생각할 것을 요망하였고, 10장은 자상하고 친절한 권고사항을 소홀히 여기지 말고 이제 그대도 아이의 아버지가 되었으니 스스로 깊이 생각해 보면 알 것임을 호소하였으며, 11장은 자상하고 친절한 권고사항을 무시하지 말고 이제는 나이도 많이 먹어 세상의 물정도 알 수 있을 것이므로 깊이 생각하라고 다시 호소하였으며, 12장은 자상하고 친절한 권고사항을 외면하지 말고 겸손하게 따라야만 큰 뉘우침이 없을 것임을 마지막으로 호소하였다.

공자가 이 시를 『시경』에 편집한 이유는 정치지도자의 학문과 행실 그리고 사업 등을 조리정연하게 서술하여 그 가르침이 절실하기 때문이니 한장 한장이 모두 왕공경대부(王公卿大夫)가 갖추어야 할 절실하고 중요한 덕목이 아닌 것이 없다. 그러므로 공자는 남용(南容)이 하루에 세 번 이 시의 제5장에 있는 백규(白圭)의 점(玷)을 읽으니 그 형의 딸과 혼인을 시켜 조카사위를 삼았던 것이다.

억억(抑抑)은 신중하고 주밀한 모양이며, 우(隅)는 모서리이니 일방면(一方面)이다. 철(哲)은 지식인으로 지도자의 위치에 있는 사람이고, 서인(庶人)은 서민대중이며, 직(職)은 직업이나 직책 또는 직분이니 서민의 직분은 생산에 종사하여 가정을 경영하는 것이므로 그 지식과 정보에 한계가 있지 않을 수 없다. 려(戾)는 어그러짐이니 곧 반지성적이고 비양심적인 행위를 뜻한다. 경(競)은 권세와 이익을 다투는 것이요, 각(覺)은 정직하여 꼿꼿함이며, 우(訏)는 큰 것이고, 모(謨)는 계획하는 것이다. 유(猶)는 도모함이요, 신(辰)은 때이며, 곡(告)은 찾아서 확인하는 것이다. 미란(迷亂)은 정신이 헷갈려 어지러운 것이니 변덕무쌍함이고, 전복(顚覆)은 뒤엎는 것이며, 황담(荒湛)은 푹 빠진 것이요, 여(女)는 그대를 지칭하는 대명사이니 곧 왕을 지칭한다. 소(紹)는 이어서 계승함이고, 부구(敷求)는 널리 추구하는 것이며, 선왕(先王)은 문왕(文王)과 무왕(武王)이다. 공(共)은 공경함이고, 형(刑)은 법이다. 사(肆)는 이래서, 상(尙)은 가상함이요, 윤서(淪胥)는 서로 같이

망하는 것이다. 장(章)은 아름다운 모범이고, 계(戒)는 대비함이
고, 융작(戎作)은 전쟁이 일어나는 것이며, 적(逖)은 멀리함이요,
만방(蠻方)은 오랑캐의 나라이다. 질(質)은 질정(質正)이니 물어서
바로잡는 것이요, 후도(侯度)는 임금의 법도이며, 백규(白圭)는 하
얀 옥구슬이고, 점(玷)은 흠이다. 이(易)는 쉽게 함이요, 문(捫)은
손으로 잡아두는 것이며, 짐(朕)은 나를 지칭하는 대명사이며, 서
(逝)는 나가는 것이다. 수(讎)는 대거리니 상대방에 맞서서 대드
는 것이고, 소자(小子)는 신하를 지칭하며, 승승(繩繩)은 줄줄이
이은 것이요, 승(承)은 받드는 것이다. 우(友)는 벗하여 사귀는 것
이요, 군자(君子)는 관직이 높은 사람이며, 즙(輯)은 온화함이다.
하(遐)는 어찌, 상(相)은 보는 것이고, 상(尙)은 거의, 옥루(屋漏)
는 집의 서북쪽에 위치한 방이니 채광이 잘 안 되는 침침한 곳이
다. 구(覯)는 보는 것이고, 격(格)은 이르는 것이며, 사(思)는 어조
사, 탁(度)은 헤아리는 것이요, 신(矧)은 하물며, 역(斁)은 싫어함
이다. 벽(辟)은 임금이요, 지(止)는 행동거지(行動擧止)이니 행실
이며, 참(僭)은 속이는 것이고, 적(賊)은 해치는 것이다. 동(童)은
뿔이 없는 어린 양이고, 각(角)은 뿔이 있는 척하는 것이며, 홍
(虹)은 허무는 것이다. 임연(荏染)은 유연하여 나긋나긋한 모양이
고, 민(緡)은 낚싯줄이며, 온온(溫溫)은 온화한 모양이다. 공인(恭
人)은 공손한 사람이고, 복(覆)은 도리어, 아(我)는 무공(武公)이
자기를 지칭한 것이니 문왕(文王)의 아들 강숙(康叔)을 무왕(武
王)이 위(衛)나라 임금으로 봉(封)하였는바 무공은 강숙의 10세손
으로 춘추시대 직전의 위나라 임금인 즉 주(周)나라 여왕(厲王)의
폭정을 목도하고 비판할 수 있는 시점에 재위하였다. 장(臧)은 착
한 것이고, 비(否)는 악한 것이며, 휴(攜)는 끌어당기는 것이요,
언(言)은 나를 지칭하는 대명사이다. 차(借)는 가령 또는 설사이
고, 포자(抱子)는 아이를 안은 것이니 아비가 되었다는 뜻으로 젊
은 관료를 지칭하고, 모(莫)는 모(暮)이니 늦은 것이다. 몽몽(夢
夢)은 밝지 아니하여 어물어물 하는 모양이고, 조조(慘慘)는 근심
하여 쓸쓸한 모양이며, 순순(諄諄)은 거듭거듭 자상하게 함이요,
막막(藐藐)은 소홀히 하여 건성건성하는 모양이다. 학(虐)은 까다

로운 것이고, 율(聿)은 스스로이며, 모(耄)는 80~90노인이니 늙은
관료를 지칭하였다. 구지(舊止)는 옛사람의 행실이고, 서(庶)는 거
의, 특(忒)은 어기는 것이며, 회휼(回遹)은 간사한 것이고, 극(棘)
은 급박함이다.

　주(周)나라 제10대 임금 여왕(厲王 : ?~B.C.828)이 오로지 이익
만을 탐하고 그 신하들이 아첨하여 포악한 정치를 하니 인민이
궐기하여 추방하므로 궁궐에서 도망하여 14년 뒤에 죽었고, 제12
대 임금 유왕(幽王 : B.C.782~771)은 포사(襃姒)를 총애하여 잔학
한 정치를 하니 신후(申侯)와 견융(犬戎)이 공격하여 죽였다. 이
리하여 제13대 임금 평왕(平王) 49년(B.C.722)부터 춘추시대가 되
어 천하대란으로 접어들게 되었는데 만일 당시에 임금과 신하들
이 이 시를 존중하여 그 권고사항을 실천했더라면 역사의 불행을
막을 수 있었을 터인즉 애석하기 그지없으니 후세의 정치지도자
는 경계할 일이다.

3-3-3 ─────────── 유상(柔桑) / 어린 뽕잎

울 피 상 유　　　　기 하 후 순
菀彼桑柔여　　　其下侯旬이러니
날 채 기 류　　　　막 차 하 민
挐采其劉하야　　瘼此下民이로다
불 진 심 우　　　　창 황 전 혜
不殄心憂하야　　倉兄塡兮하니
탁 피 호 천　　　　영 불 아 긍
倬彼昊天은　　　寧不我矜고

　더부룩한 저 뽕나무 어린잎이여, 그 아래 그늘이 주변에 두루
하더니
　뽕잎을 땀에 그 쇠잔하여 이 아래 민중을 괴롭게 하도다
　마음의 근심을 끊지 못하여 어찌할 겨를도 없이 금방 병이 드니
　환하게 밝은 저 넓은 하늘은 어찌하여 나를 불쌍히 여기지 않을까

四牡騤騤하며 旗旟有翩이로다
亂生不夷라 靡國不泯이며
民靡有黎하니 具禍以燼이로다
於乎有哀하니 國步斯頻이로다

네 마리의 수말이 튼튼하며 새매기와 거북기가 펄럭이도다
난리가 일어나서 가라앉지 않으므로 몰락하지 않은 나라가 없으며
민중이 머리 검은 젊은이가 있지 않으니 모두 전화로 잿더미가
되었도다
아~, 애절함이 있나니 나라의 운수가 이에 찡그리도다

國步蔑資라 天不我將하야
靡所止疑이로소니 云徂何往고
君子實維로 秉心無競이니
誰生厲階하야 至今爲梗고

나라의 운수가 기댈 곳이 없으므로 하느님이 우리를 돕지 아니
하여
머물러 안정할 곳이 없으니 간다고 한들 어디로 갈까
군자는 진실로 마음을 붙잡아 경쟁심이 없나니
그 누가 재앙을 받을 빌미를 만들어서 오늘에 이르도록 해치게
했는가

憂心慇慇하야 念我土宇하노라
我生不辰이라 逢天僤怒로다
自西徂東에 靡所定處하니
多我覯痻이여 孔棘我圉로다

근심하는 마음으로 시름없이 우리의 고향집을 생각하노라
우리가 태어남이 때가 아니므로 하늘의 큰 노여움을 만났도다
서쪽으로부터 동쪽으로 감에 편안히 살 곳이 없으니
많았구나 우리의 고통을 당함이여, 매우 급박한 우리의 변방살
이로다

위 모 위 비 　　 난 황 사 삭
爲謀爲毖나 　 亂況斯削이로다
고 이 우 휼 　　 회 이 서 작
告爾憂恤하며 　 誨爾序爵하노니
수 능 집 열 　　 서 불 이 탁
誰能執熱하야 　 逝不以濯이리요
기 하 능 숙 　　 재 서 급 닉
其何能淑고 　 載胥及溺이로다

꾀하고 수고하나 혼란스러운 상황이 이에 깎아버리도다
그대에게 근심할 일을 알려주며 그대에게 관직을 배열하는 법을
가르쳐 주노니
그 누가 능히 뜨거운 것을 손으로 잡고 이에 손을 물에 담그지
않으리요
그 어찌해야 능히 착하려는가 곧 서로 헤어나지 못하는 데 이르
리로다

여 피 소 풍 　　 역 공 지 애
如彼遡風이라 　 亦孔之僾로다
민 유 숙 심 　　 병 운 불 체
民有肅心이나 　 荓云不逮라
호 시 가 색 　　 역 민 대 식
好是稼穡하야 　 力民代食하나니
가 색 유 보 　　 대 식 유 호
稼穡維寶며 　 代食維好로다

저 앞에서 불어오는 바람 같으므로 또한 매우 흑흑거리며 숨을
쉬도다
인민이 나아갈 마음을 두어도 하여금 미치지 못한다고 말하므로
이에 농사짓는 것을 좋아하여 농민의 일에 힘써 식록을 대신하
나니

농사가 오직 보배며 식록을 대신함이 오직 좋도다

천강상란　멸아립왕
天降喪亂이라　滅我立王이요
강차모적　가색졸양
降此蟊賊하야　稼穡卒痒이로다
애통중국　구췌졸황
哀恫中國이　具贅卒荒하니
미유려력　이념궁창
靡有旅力하야　以念穹蒼이로다

하늘이 재앙을 내려 많은 사람을 죽이므로 우리가 세운 왕을 멸
하고
이 누리와 해충을 내려서 농사를 모두 시들게 하도다
슬퍼라, 가운데 나라가 모두 이어 붙어서 전부 흉년이 드니
등뼈의 힘이 있지 아니하여 허공을 생각하도다

유차혜군　민인소첨
維此惠君은　民人所瞻하나니
병심선유　고신기상
秉心宣猶하야　考愼其相이어늘
유피불순　자독비장
維彼不順은　自獨俾臧하며
자유폐장　비민졸광
自有肺腸하야　俾民卒狂하도다

아, 이 어진 임금은 인민이 보는 바이니
마음을 붙잡아 널리 도모하여 그 대신을 살펴 신중히 가리거늘
아, 저 따르지 않은 임금은 스스로 혼자만 오로지 착하다고 하며
스스로 폐와 창자 같은 심복이 있어 민중으로 하여금 마침내 미
치게 하도다

첨피중림　신신기록
瞻彼中林하니　牲牲其鹿이어늘
붕우이참　불서이곡
朋友已譖하야　不胥以穀이로다
인역유언　진퇴유곡
人亦有言하니　進退維谷이라 하도다

저 숲속을 바라보니 우글우글한 그 사슴이거늘

붕우가 이미 참소하여 서로 착하게 지내지 않도다
사람이 또한 말을 하였나니 전진해도 후퇴해도 오직 막다른 골짜기라고 하도다

維此聖人은　瞻言百里어늘
維彼愚人은　覆狂以喜하나니
匪言不能이라　胡斯畏忌오

아, 이 성인은 백 리를 바라보고 말하거늘
아, 저 어리석은 사람은 오히려 미치게 하는 것으로 기뻐하나니
내가 아니면 할 수 없다고 하므로 어찌 이에 두려워하며 꺼리겠는가

維此良人을　弗求弗迪하고
維彼忍心을　是顧是復하나니
民之貪亂이라　寧爲荼毒이로다

아, 이 어진 사람을 찾지 않으며 등용하지 않고
아, 저 잔인한 마음을 가진 이를 이에 돌아보고 이에 거듭 쓰나니
인민의 혼란을 즐기므로 정녕 씀바귀의 독이 되리로다

大風有隧하니　有空大谷이로다
維此良人은　以爲式穀이어늘
維彼不順은　征以中垢로다

큰바람은 길이 있나니 넓고 큰 골짜기에 있도다
아, 이 어진 사람은 일을 함에 착한 마음을 쓰거늘
아, 저 따르지 않은 사람은 부끄러움 속으로 들어가도다

대 풍 유 수　　　탐 인 패 류
大風有隧하니　　貪人敗類로다
청 언 즉 대　　　송 언 여 취
聽言則對나　　誦言如醉하니
비 용 기 량　　　복 비 아 패
匪用其良하고　　覆俾我悖로다

큰바람은 길이 있나니 탐욕한 사람은 무리를 부패하게 만들도다
아첨하는 말을 들으면 대답하나 경계하는 말을 하면 취한 척 듣
지 않으니
그 어진 이를 쓰지 않고 오히려 나로 하여금 거스른다고 하도다

차 이 붕 우　　　여 기 불 지 이 작
嗟爾朋友아　　予豈不知而作이리요
여 피 비 충　　　시 역 익 획
如彼飛蟲도　　時亦弋獲이니라
기 지 음 여　　　반 여 래 혁
旣之陰女로되　　反予來赫하도다

아, 그대 붕우여 내가 어찌 알지도 못하면서 시를 지으랴
저와 같이 나는 새도 때로는 또한 주살로 잡느니라
이미 가서 그대를 덮어주었는데 도리어 나에게 와서 버럭 성을
내도다

민 지 망 극　　　직 량 선 패
民之罔極은　　職凉善背니라
위 민 불 리　　　여 운 불 극
爲民不利하되　　如云不克하는도다
민 지 회 휼　　　직 경 용 력
民之回遹은　　職競用力이니라

민중의 생활고가 다함이 없음은 직무를 가볍게 여기고 착한 사
람을 버렸기 때문이니라
민중을 이롭지 않게 하면서 어쩔 수 없다는 듯이 말하도다
인민이 간사하고 편벽함은 오로지 경쟁하는 데 힘을 쓰는 까닭
이니라

민 지 미 려　　　직 도 위 구
民之未戾는　　職盜爲寇니라

<table>
<tr><td>양 왈 불 가
涼曰不可라도</td><td>복 패 선 리
覆背善詈하나니</td></tr>
<tr><td>수 왈 비 여
雖曰匪予라 하나</td><td>기 작 이 가
旣作爾歌로다</td></tr>
</table>

민심이 안정하지 못함은 관직을 훔쳐 떼도둑이 되었기 때문이니라
진실로 옳지 않다고 하여도 도리어 버리고 잘도 꾸짖나니
비록 나는 아니라고 할지나 이미 너의 노래를 지었노라

◐ 상유(桑柔) 편은 열여섯 장으로 앞의 여덟 장은 8구씩이고 뒤의 여덟 장은 6구씩이니 수장은 비유시요 2장, 3장, 4장, 5장, 6장, 7장, 8장, 10장, 11장, 14장, 15장, 졸장은 서사시이며 9장, 12장, 13장은 서정시이다. 주(周)나라 여왕(厲王)이 도덕정치의 전통을 파괴하고 오로지 이익만을 숭상하여 인민을 착취하니 영이공(榮夷公)이 아첨하여 동조하므로 예(芮)나라 임금 양부(良夫)가 이 시를 지어서 위태로운 정치현실을 비판하고 하늘의 경고를 외면하며 민중의 원성을 무시하며 동료의 충고를 거부하는 포악한 정권을 탄핵하였다.

1장은 무성한 뽕나무밭도 어느 날 그 뽕잎을 모두 따버리면 쇠잔한 가지만 앙상하게 남는 것으로 성대했던 주(周)나라의 정치문화가 포악한 정치가 일어났기 때문에 갑자기 쇠퇴하게 된 것을 비유하였으며, 2장은 오랜 전란으로 국고를 탕진하고 장정을 모두 징집하며 전화로 잿더미만 남은 비참한 현실을 탄식하였고, 3장은 전란이 사방에서 일어났기 때문에 안전지대가 없음을 밝히고 이러한 혼란은 모두 위정자의 이익을 다투는 경쟁심에서 파생한 결과임을 지적하였으며, 4장은 전란을 막으려고 변방으로 떠돌아다니는 군대의 고통을 기술하였으며, 5장은 위태로운 시국을 타개하는 방법은 인사정책을 쇄신하여 어진 이를 등용하는 것이 급선무임을 건의하였고, 6장은 소인배가 득세하므로 나라의 인재들이 벼슬을 사양하고 초야에서 농사에 종사하려는 세태를 서술하였으며, 7장은 왕이 천명(天命)을 잃었기 때문에 병충해와 가뭄으로 흉년이 들어서 경제공황에 이른 실태를 폭로하였으며, 8장

은 군사적 전란상황에서 경제적 공황상태에 이르렀음에도 왕이 어진 이의 말을 듣지 않고 홀로 독선 독주하면서 심복과 더불으니 민중의 삶이 절망적임을 호소하였다. 9장은 숲속에 사슴도 더불어 모여서 살거늘 아첨배들은 동료를 참소하여 배척하므로 그들과 더불어 조정에 있자니 똑같은 아첨배로 몰릴까 두렵고 또한 벼슬을 버리고 조정을 떠나자니 나라가 망할까 두려워서 이러지도 저러지도 못하는 심경을 토로하였고, 10장은 성인은 멀리 내다보고 말하거늘 어리석은 사람은 남의 말을 무시하는 것으로 기뻐하면서 자기가 아니면 잘 할 수 없다고 주장하므로 못하는 짓이 없음을 성토하였으며, 11장은 어진 이는 등용하지 않고 잔인 무도한 소인배만 총애하여 인민의 혼란을 즐기므로 반드시 죽음에 이르게 될 것임을 경고하였고, 12장은 큰바람도 지나가는 길이 있나니 어진 이는 착한 길로 가고 도덕을 따르지 않은 사람은 치욕적인 길로 가게 된다는 사실을 노래하였으며, 13장은 탐욕한 사람은 부정부패한 집단을 형성하여 잡담을 즐기면서도 바른 말을 하면 취하여 듣지 못하는 것처럼 대꾸도 않을 뿐만 아니라 도리어 당돌하다고 비난하는 작태를 통탄하였으며, 14장은 동료들에게 역사의 변천과 오늘의 정세 그리고 민심의 흐름을 살펴서 이 시를 지어 개과천선(改過遷善) 하도록 1차 권고하였고, 15장은 동료들에게 민중을 박해하는 일을 즉각 중지하고 출세를 하기 위한 경쟁심을 버리라고 2차 권고하였으며, 16장은 동료들에게 나라를 좀먹고 인민을 해치는 부정부패한 무리는 즉각 죄과를 뉘우치고 물러가라고 3차 권고하였다.

공자가 이 시를 『시경』에 편집한 이유는 높은 역사의식과 투철한 정치철학으로 국가혼란에 대한 책임의 소재와 그 원인 및 수습대책 등을 모두 소상히 밝혀 조리정연하게 서술하고 그 비정(秕政)을 통렬하게 반박하는 용기를 높이 찬양하기 위함이다. 이 시를 지은 예백(芮伯)은 주(周)나라와 동성(同姓)으로 주나라의 직할영토 내에 있는 제후인즉 그 정세를 살핌이 정확하고 그 애국심이 투철할 뿐만 아니라 정치문화에 대한 식견이 대단히 높은 것을 알 수 있다.

울(菀)은 무성하여 더부룩한 것이고, 상유(桑柔)는 어린 뽕잎이며, 후(侯)는 주변이요, 순(旬)은 두루 함이다. 날채(捋采)는 뽕잎을 따는 것이요, 류(劉)는 쇠잔함이며, 막(瘼)은 괴로운 것이다. 진(殄)은 끊은 것이고, 창황(倉兄)은 창황(愴怳)이니 갑자기 벌어진 상황에 어찌할 겨를이 없는 것이며, 전(塡)은 병이 든 것이다. 탁(倬)은 환하게 밝은 모양이고, 녕(寧)은 어찌, 긍(矜)은 불쌍히 여기는 것이다. 이(夷)는 평정(平定)함이고, 민(泯)은 몰락함이며, 려(黎)는 검은머리이니 젊은 장정을 지칭한다. 구(具)는 모두, 신(燼)은 불에 타서 잿더미가 된 것이고, 국보(國步)는 국운(國運)이며, 빈(頻)은 찡그리는 것이니 험난한 고통을 당했다는 뜻이다. 멸(蔑)은 없음이고, 자(資)는 기대서 의뢰하는 것이며, 장(將)은 돕는 것이요, 응(疑)은 안정하는 것이다. 조(徂)는 가는 것이고, 경(競)은 경쟁심이며, 려계(厲階)는 재앙을 받을 빌미를 만드는 것이고, 경(梗)은 해치는 것이다. 토(土)는 향토니 고향이고, 우(宇)는 집이며, 신(辰)은 때요, 탄노(憚怒)는 크게 분노함이다. 구(觀)는 보는 것이며, 민(瘄)은 고통이고, 극(棘)은 급박함이요, 어(圉)는 변방살이로 전란을 평정하기 위하여 변방에 주둔한 것이다. 비(毖)는 수고함이요, 난황(亂況)은 혼란스러운 상황이며, 삭(削)은 깎아버리는 것이니 실패로 돌아가서 아무런 도움이 없다는 뜻이다. 서작(序爵)은 관직에 적임자를 등용하여 배치하는 방법이고, 집열(執熱)은 손으로 뜨거운 것을 잡는 것이다. 숙(淑)은 착함이고, 익(溺)은 빠져서 헤어나지 못하는 것이다. 소풍(遡風)은 앞에서 불어오는 바람이며, 애(僾)는 매서운 바람에 숨이 막혀서 흑흑 거리는 것이다. 숙(肅)은 나아가는 것이고, 병(拜)은 하여금, 력민(力民)은 농민의 일에 힘씀이요, 대식(代食)은 식록(食祿)을 대신하여 먹고산다는 뜻이다. 통(恫)은 슬픈 것이요, 구(具)는 모두이며, 췌(贅)는 연달아 이어 붙은 것이다. 황(荒)은 흉년이 들어 경제공황이 일어난 것이며, 여력(旅力)은 등뼈의 힘이니 몸을 지탱하는 기력이고, 궁창(穹蒼)은 허공이니 이념궁창(以念穹蒼)은 몸이 창백하고 말라서 가볍고 텅 빈 허공을 생각하게 한다는 뜻이다. 혜군(惠君)은 사랑을 베푸는 어진 임금이요, 선유(宣猶)는 널리 도모함이며, 상(相)은 보필하여 돕는 대신(大臣)이다. 불순(不順)은 공론(公論)을 따르지 않은 임금이니 곧 여왕(厲王)을 지칭하며, 폐장(肺腸)은 폐와 창자처럼 몸 속에 붙어 있는 심복(心腹)을 비유하고, 광(狂)은 잔인무도한 탄압에 도저히 견딜 수 없어 미치게 된다는 뜻이다. 신신(甡甡)은 많이 모여 우글우글하는 모양이고, 곡(穀)은 착함이며, 진퇴유곡(進退維谷)은 나갈 길도 물러갈 길도 없는 절박한 상황이다. 성인(聖人)은 정확한 역사적 현실을 살펴서 윤리도덕을 밝히는 사람이요, 우인(愚人)은 목전의 이익을 추구하여 광분하는 사람이다. 비언불능(匪言不能)은 자기가 아니면 잘할 수 없다고 자만하여 아무런 두려움이나 거리낌이 없는 것이니 언(言)은 나를 지칭하는 대명사이다. 량인(良人)은 선량한 사람이고, 적(迪)은 등용함이요, 인심(忍心)은 잔인한 마음이니 도덕심을 막고 사리사욕을 추구하는 사람이다. 복(復)은 거듭 쓰는 것이고, 탐(貪)은 즐기는 것이요, 영(寧)은 정녕, 도독(荼毒)은 씀바귀의 독이니 곧 해독을 끼쳐 죽이게 된다는 뜻이다. 수(隧)는 길이요, 공(空)은 넓은 것이며, 식(式)은 쓰는 것이다. 정(征)은 나아감이요, 구(垢)는 더러운 때이니 치욕이다. 패(敗)는 부패함이요, 류(類)는 같은 무리이며, 청언(聽言)의 언(言)은 희롱하는 잡담이고, 송언(誦言)의 언(言)은 경계하는 바른 말이다. 여취(如醉)는 술에 취하여 정신을 잃은 것같이 반응이 없음이고, 아(我)는 예량부(芮良夫)가 자기를 지칭함이요, 패(悖)는 당돌하게 거스르는 것이다. 붕우(朋友)는 영이공(榮夷公)을 비롯한 아첨하는 관료를 지칭한 것이며, 비충(飛蟲)은 날짐승이고, 익(弋)은 주살이니 화살에 줄을 매달아 쏘는 것이다. 지(之)는 가는 것이며, 음(陰)은 덮어서 감추는 것이고, 혁(赫)은 버럭 성을 내는 것이다. 민지망극(民之罔極)은 민생고가 다함이 없는 것이고, 직량(職涼)은 직무를 가볍게 여김이요, 선패(善背)는 착한 사람을 버림이다. 불극(不克)은 감당하지 못하여 어찌할 수 없다는 뜻이고, 직(職)은 오로지 전념함이며, 경(競)은 출세를 다투는 것이다. 려(戾)는 안정함이고, 직도(職盜)는 관직을 훔치는 것이요, 구(寇)는 떼도둑이다. 양(涼)은 진실로, 리(罹)는 꾸짖는 것이며, 여(予)는 아첨하는 간신들이 스스로 변명하면서 자기들을 자칭한 말이다.

　민중을 사랑하는 마음이 절박하기 때문에 그 말이 간절하고,
나라를 걱정하는 마음이 크기 때문에 그 시가 길도다.

3-3-4 ─────── 운한(雲漢) / 은하수

탁 피 운 한　　　　　소 회 우 천
倬彼雲漢이여　　　昭回于天이로다

왕 왈 오 호　　　　　하 고 금 지 인
王曰於乎라　　　何辜今之人고

천 강 상 란　　　　　기 근 천 진
天降喪亂하야　　　饑饉薦臻이라

미 신 불 거　　　　　미 애 사 생
靡神不舉하며　　　靡愛斯牲하야

규 벽 기 졸　　　　　영 막 아 청
圭璧既卒이어늘　寧莫我聽고

환하게 반짝이는 저 은하수여, 밝게 빛나며 하늘에서 돌도다
왕이 말하기를 아~, 오늘날 사람에게 무슨 죄가 있겠는가
　하늘이 재앙을 내려 사람을 많이 죽게 하고, 기근이 딕쳐 이르
므로
　귀신을 받들지 않음이 없으며, 이 희생을 아낌이 없이 하여
　옥홀과 반쪽옥홀이 이미 다했거늘 어찌 나의 축원을 듣지 않을까

한 기 태 심　　　　　온 륭 충 충
旱既大甚하야　　　蘊隆蟲蟲이라

불 진 인 사　　　　　자 교 조 궁
不殄禋祀하야　　　自郊徂宮하야

상 하 전 예　　　　　미 신 불 종
上下奠瘞하며　　　靡神不宗하여도

후 직 불 극　　　　　상 제 불 림
后稷不克이며　　　上帝不臨이로다

모 두 하 토　　　　　영 정 아 궁
耗斁下土가　　　寧丁我躬고

가뭄이 이미 너무 심하여 무더위가 후끈후끈하므로
정성스러운 제사를 거르지 않고, 교제로부터 태묘로 가서
위아래가 제터에서 제물을 올리며 귀신을 높이지 않음이 없어도
후직이 어쩌지 못하며 상제가 강림하지 않도다
아래 땅을 쇠퇴하고 약하게 함이 어찌 나의 몸에서 만났는가

한 기 태 심　　　즉 불 가 퇴
旱旣大甚이라　則不可推로다
긍 긍 업 업　　　여 정 여 뢰
兢兢業業하야　如霆如雷하도다
주 여 려 민　　　미 유 혈 유
周餘黎民이　　靡有孑遺어늘
호 천 상 제　　　즉 불 아 유
昊天上帝가　　則不我遺로다
호 불 상 외　　　선 조 우 최
胡不相畏리요　先祖于摧한저

가뭄이 이미 너무 심하므로 곧 밀어낼 수 없도다
조심조심 위태위태하여 번개처럼 우레처럼 두려워하도다
주나라에 검은 머리를 가진 청년이 나머지가 있지 않거늘
넓은 하늘에 하느님이 곧 우리를 남기지 아니하도다
어찌 서로 두려워 않으리요, 선조의 제사도 끊어지겠는저

한 기 태 심　　　즉 불 가 저
旱旣大甚이라　則不可沮로다
혁 혁 염 염　　　운 아 무 소
赫赫炎炎하야　云我無所로다
대 명 근 지　　　미 첨 미 고
大命近止라　　靡瞻靡顧어늘
군 공 선 정　　　즉 불 아 조
群公先正은　　則不我助어니와
부 모 선 조　　　호 녕 인 여
父母先祖는　　胡寧忍予오

가뭄이 이미 너무 심하므로 곧 막을 수 없도다
이글이글 화끈화끈하여 여기에 내가 피할 곳이 없도다
천명이 거의 다하므로 쳐다보지 않고 돌아보지 않거늘
여러 선공과 선정은 곧 나를 돕지 않으려니와

부모와 선조는 어찌 그리도 나를 모질게 하나이까

한기태심　　　척척산천
旱旣大甚이라　滌滌山川이로다
한발위학　　　여담여분
旱魃爲虐하야　如惔如焚이로다
아심탄서　　　우심여훈
我心憚暑하야　憂心如熏이어늘
군공선정　　　즉불아문
群公先正은　　則不我聞이어니와
호천상제　　　영비아돈
昊天上帝는　　寧俾我遯고

가뭄이 이미 너무 심하므로 산과 내를 바싹바싹 말렸도다
가물귀신이 포학하여 구을 듯이 태울 듯이 하도다
내 마음이 더위를 꺼리어 근심하는 마음이 지지는 것 같거늘
여러 선공과 선정은 나의 말을 듣지 않으려니와
넓은 하늘에 하느님은 어찌 나로 하여금 도망가게 하나이까

한기태심　　　민면외거
旱旣大甚이라　黽勉畏去하노라
호녕전아이한　참불지기고
胡寧瘨我以旱고　憯不知其故로다
기년공숙　　　방사불모
祈年孔夙하며　方社不莫어늘
호천상제　　　즉불아우
昊天上帝가　　則不我虞하니
경공명신　　　의무회노
敬恭明神으론　宜無悔怒하리라

가뭄이 이미 너무 심하므로 애써도 버릴까 두려워하노라
어찌 그리도 가뭄으로 나를 미치게 하나이까, 슬퍼라 그 까닭을 알지 못하도다
풍년을 기원하는 제사를 매우 일찍 지냈으며 사방의 토지신의 제사도 늦지 아니했거늘
넓은 하늘의 하느님이 곧 나를 염려하지 않으니
천지신명을 공경함으로는 마땅히 원한이나 노여움이 없으리라

한 기 태 심 　　산 무 우 기
旱旣大甚이라　散無友紀로다
국 재 서 정 　　구 재 총 재
鞫哉庶正이여　疚哉冢宰여
추 마 사 씨 　　선 부 좌 우
趣馬師氏와　膳夫左右에
미 인 불 주 　　무 불 능 지
靡人不周하야　無不能止어늘
첨 앙 호 천 　　운 여 하 리
瞻卬昊天하니　云如何里오

가뭄이 이미 너무 심하므로 흩어져서 화합하는 기강이 없도다
시달리도다 뭇 책임자여, 걱정하는도다 재상이여
말 조련사와 군대 보급관과 궁중 요리사와 좌우의 측근 신하에
긴급 구호양곡을 요청하지 않은 사람이 없어 능히 머물러 재촉
하지 않음이 없거늘
넓은 하늘만 우러러 쳐다보나니 여기에 근심을 어찌하리까

첨 앙 호 천 　　유 혜 기 성
瞻卬昊天한대　有嘒其星이로다
대 부 군 자 　　소 격 무 영
大夫君子가　昭假無贏이로다
대 명 근 지 　　무 기 이 성
大命近止나　無棄爾成이어다
하 구 위 아 　　이 려 서 정
何求爲我리요　以戾庶正이니라
첨 앙 호 천 　　갈 혜 기 녕
瞻卬昊天하니　曷惠其寧고

넓은 하늘을 우러러 쳐다보니 반짝이는 그 별이로다
대부와 군자가 하늘, 땅, 별에 제사를 지내는 곳에 남은 식량이
없도다
천명이 거의 다했으나 그대들의 성공을 포기하지 말지어다
어찌 나를 위하기를 바라리요, 뭇 책임자들을 안정시키려고 하
리로다
넓은 하늘만 우러러 쳐다보나니 언제나 그 편안한 날을 주시렵
니까

◉ 운한(雲漢) 편은 여덟 장이 10구씩으로 된 서사시인데 주(周)나라 선왕(宣王)의 시대에 가뭄으로 기근(饑饉)이 드니 왕이 기우제(祈雨祭)를 지내면서 비가 내리기를 기도(祈禱)하는 정성이 지극하여 비가 내리므로 임숙(仍叔)이 선왕의 정치개혁 노력과 인민을 걱정하는 정신을 찬미하여 이 시를 지었다고 전해 온다.

1장은 오랜 가뭄으로 기근(饑饉)이 들었기 때문에 뭇 귀신을 찾아 기우제(祈雨祭)를 지냈으나 하늘에 은하수만 환하게 반짝이면서 비가 내릴 조짐이 전혀 없는 것을 걱정하였고, 2장은 가뭄이 너무 심하여 상하의 관료가 모두 제사에 정성을 다해도 주(周)나라의 조상신인 후직(后稷)이 돕지 못하며 하느님이 강림하지 않은 것을 탄식하였으며, 3장은 흉년에는 제사를 지내지 않는 법인즉 이대로 가뭄이 계속 되면 인민이 사방으로 흩어지고 태묘(太廟)의 제사도 지내지 못하는 상황에 이르게 되는 것을 두려워하였고, 4장은 왕이 가뭄을 해결할 방법이 없기 때문에 천명(天命)이 끊어지는 위기에 봉착하였음에도 부모와 조상이 돕지 않은 것을 한탄하였으며, 5장은 가뭄이 너무 심하여 산천이 바싹 말랐거늘 하느님이 비를 내리지 않으니 이것은 왕이 책임을 져야 될 문제로서 왕의 자리를 사퇴하지 않으면 안 될 처지임을 고백하였고, 6장은 가뭄이 극심하게 된 까닭은 기우제(祈雨祭)를 지냄에 정성이 모자라서가 아니라 왕 자신의 죄과를 견책하기 위함인즉 왕의 자리를 사퇴할 결심을 스스로 천명하였으며, 7장은 가뭄이 극심하여 흉년으로 나라에 기근이 들어서 식량이 부족할 뿐만 아니라 정부 비축양곡도 이미 바닥이 나서 말 조련사, 군대 보급관, 궁중 요리사, 측근 신하에게도 줄 식량이 없는 어려운 실정을 호소하였고, 8장은 왕이 가뭄에 대한 모든 책임을 지고 물러감에 있어서 여러 신하에게 기우제(祈雨祭)를 정성스럽게 지내도록 끝으로 당부하였다.

공자가 이 시를 『시경』에 편집한 이유는 극심한 가뭄으로 기근이 들어 경제공황이 일어난 재난을 해결하기 위하여 왕이 갖은 노력을 다했으나 끝내 수습할 길이 없으니 이에 왕이 모든 것을 스스로 책임지고 깨끗이 왕위를 사퇴하겠다고 내외에 천명하는 책임정신을 높이 평가하기 위함이다. 그러므로 맹자(孟子)는 말하기를 "인민이 가장 귀중하고 국가가 그 다음이며 임금은 가벼운 존재이니 이런 까닭으로 초야의 민중에게 신임을 얻어야 천자(天子)가 되고 천자에게 신임을 얻어야 제후(諸侯)가 되며 제후에게 신임을 얻어야 대부(大夫)가 되니라. 제후가 국가를 위태롭게 하면 임금을 갈아치우고, 천지신명(天地神明)에게 제사를 잘 지냈어도 가뭄이나 홍수가 일어나면 국가를 혁명하여 새로 세우니라." (『孟子』 盡心下)고 하였다.

운한(雲漢)은 은하수이고, 소회(昭回)는 밝게 빛나며 도는 것이니 은하수가 밝게 빛나면 비가 내리지 않을 조짐이다. 왕(王)은 주(周)나라 선왕(宣王)이니 여왕(厲王)의 포학한 정치혼란을 바로잡기 위하여 애썼음에도 가뭄의 재난을 만나서 몸소 근신하여 감히 바른 자리에 앉지 않고 음식을 줄이며 가뭄을 해결하기 위하여 열심히 노력하였으나 끝내 비가 내리지 않으므로 모든 관료를 모아놓고 왕위를 사퇴하겠다는 뜻을 천명하였던 것이다. 천(薦)은 닥쳐서 가까이 다가오는 것이요, 진(臻)은 이르는 것이며, 미신불거(靡神不舉)는 나라에 천재지변(天災地變)이 일어나면 귀신을 찾아 제사를 지내서 원혼을 달래는 것이며, 규벽(圭璧)은 제사에 올리는 폐백(幣帛)이며, 졸(卒)은 다함이고, 녕(寧)은 어찌이며, 아(我)는 왕이 스스로를 일컬음이다. 온륭(蘊隆)은 습도와 기온이 모두 높아서 습한 무더위이며, 충충(蟲蟲)은 후끈후끈한 열기이다. 진(殄)은 단절하여 거르는 것이고, 교(郊)는 교사(郊祀)이니 하늘땅에 지내는 제사이고, 궁(宮)은 종묘(宗廟)이니 조상의 제사이다. 상하(上下)는 임금과 신하이며, 전(奠)은 제물을 진설하여 제사를 거행함이고, 예(瘞)는 제단(祭壇) 또는 제상(祭床)이니 곧 제터이다. 종(宗)은 높이는 것이고, 극(克)은 감당하여 이겨내는 것이며, 모두(耗斁)는 쇠퇴하고 약하게 함이요, 정(丁)은 당하는 것이다. 퇴(推)는 밀어내는 것이요, 긍긍(兢兢)은 조심하는 것이며, 업업(業業)은 위태하여 신중히 함이다. 여민(黎民)은 머리가 검은 백성이니 젊은 청년을 뜻하고, 혈유(孑遺)는 나머지이니 살아남은 사람이다. 선조(先祖)는 주(周)나라 선조의 제사요, 최(摧)

는 끊어지는 것이니 흉년이 들면 제사를 지내지 않게 됨을 뜻한
다. 저(沮)는 저지하여 막는 것이고, 혁혁(赫赫)은 불이 이글이글
타는 모양이며, 염염(炎炎)은 뜨거워서 화끈화끈한 모양이다. 소
(所)는 피할 곳이고, 대명(大命)은 하늘이 천자로 정한 천명(天命)
이며, 근(近)은 거의, 지(止)는 다하여 멈춤이다. 군공선정(群公先
正)은 주(周)나라의 건국공신과 선철(先哲), 선현(先賢)이고, 부모
선조(父母先祖)는 선왕(宣王)의 부모와 선조이며, 호(胡)는 어찌,
녕(寧)은 그리도, 인(忍)은 사랑하는 마음은 참고 미운 마음만 써
서 모질게 함이다. 척척(滌滌)은 물이 없어서 바싹바싹 마른 것이
요, 발(魃)은 가뭄을 주관하는 귀신이다. 담(惔)은 불에 구운 것이
고, 분(焚)은 불에 태운 것이며, 탄(憚)은 꺼림이고, 훈(熏)은 불에
지지는 것이요, 돈(遯)은 책임을 감당하지 못하여 포기하고 떠나
는 것이다. 민면(黽勉)은 애써 노력하는 것이고, 거(去)는 버림을
받는 것이며, 전(瘨)은 진정을 알아주는 이가 없어서 미치는 병이
다. 참(慘)은 슬퍼함이고, 고(故)는 비가 내리지 않고 가뭄이 들어
국가경제가 파탄에 이르는 까닭이다. 기년(祈年)은 봄에 곡식신에
게 올해의 풍년을 기원하는 제사와 초겨울에 하느님께 내년의 풍
년을 기원하는 제사이다. 방사(方社)는 사방의 땅귀신에게 풍년을
기원하는 제사이며, 모(莫)는 모(暮)요, 우(虞)는 염려하여 보살피
는 것이다. 명신(明神)은 천지신명(天地神明)이며, 회(悔)는 원한
이다. 산(散)은 민심이 흩어짐이고, 우(友)는 화합이며, 기(紀)는
기강이다. 국(鞫)은 시달리는 것이요, 서정(庶正)은 뭇 책임자이니
백관(百官)이며, 구(疚)는 해결점을 찾지 못하여 고민하는 병이며,
총재(冢宰)는 행정의 총책임자이니 정승이다. 추마(趣馬)는 말을
기르고 조련하는 관료요, 사씨(師氏)는 군대의 식량을 보급하는
군인이며, 선부(膳夫)는 궁중의 요리사이고, 좌우(左右)는 왕의 측
근에서 일하는 사람들이다. 주(周)는 주급(周急)이니 긴급 구호양
곡을 요청하는 것이고, 지(止)는 머물러서 재촉함이다. 운(云)은
여기에, 리(里)는 근심걱정이다. 혜(嘒)는 반짝이는 것이요, 소격
(昭假)은 하늘과 땅과 별에게 제사를 지내는 기관으로 곧 소격서
(昭格署)와 같은 기관이며, 영(贏)은 남은 식량이니 소격무영(昭假

無贏)은 이제는 기우제를 지낼 식량도 남아 있지 않다는 뜻이다.
기(棄)는 포기함이고, 성(成)은 성공이다. 려(戾)는 안정함이요, 혜
(惠)는 베풀어주는 것이다.

대저 무책임한 임금은 재난을 당하여 민생이 도탄에 빠져도 적
극 구원하지 않고 모든 책임을 자연의 재난으로 돌리면서 책임회
피에만 급급하거늘 선왕(宣王)은 가뭄의 피해를 극복하기 위하여
정부 비축양곡이 바닥나서 더 이상 구원할 수 없을 때까지 모든
노력을 경주했으나 끝내 구원할 수 없는 상태에 이르자 즉각 일
백 관료를 모아놓고 왕위의 자진사퇴의사를 내외에 천명하였으니
정치행정의 최고 책임자로서 막중한 책임을 인식한 왕인즉 어찌
하늘이 이렇게 훌륭한 왕을 끝내 버릴 것이며 어찌 인민이 이토
록 거룩한 왕을 진심으로 공경하지 않겠는가?

3-3-5 ─────── 숭고(崧高) / 높고 웅장한

숭고유악　　준극우천
崧高維嶽이여　駿極于天이로다
유악강신　　생보급신
維嶽降神하야　生甫及申하니
유신급보　　유주지한
維申及甫가　維周之翰이라
사국우번　　사방우선
四國于蕃이며　四方于宣이로다

높고 웅장한 큰 산악이여, 높이 하늘에 닿았도다
오직 큰 산악이 신령한 기운을 내려 보나라 임금과 신나라 임금
을 내니
신나라 임금과 보나라 임금이 오직 주나라의 기반이므로
사방의 나라에 울타리이며 사방에 드날리도다

미미신백　　왕찬지사
亹亹申伯을　王纘之事하야
우읍우사　　남국시식
于邑于謝하고　南國是式하니
왕명소백　　정신백지택
王命召伯하야　定申伯之宅하며
등시남방　　세집기공
登是南邦하니　世執其功이로다

부지런히 힘쓰는 신나라 임금을 왕이 제후의 일을 계승케 하여
사 땅에 도읍을 만들게 하고 남쪽 나라가 이에 체제를 갖추게
하니
왕이 소나라 임금에게 명령하여 신나라 임금의 집터를 정하게
하며
이에 남쪽 나라를 이루게 하니 대대로 그 사업을 지켰도다

왕명신백　　식시남방
王命申伯하야　式是南邦하고
인시사인　　이작이용
因是謝人하야　以作爾庸하도다
왕명소백　　철신백토전
王命召伯하야　徹申伯土田히고
왕명부어　　천기사인
王命傅御하야　遷其私人하도다

왕이 신나라 임금에게 명령하여 이 남쪽 나라에 체제를 갖추고
이 사 땅의 사람에게 부탁하여 그대의 담을 쌓게 하도다
왕이 소나라 임금에게 명령하여 신나라 임금의 토지와 밭을 다
스리게 하고
왕이 대신에게 명령하여 그 가신을 옮기게 하도다

신백지공　　소백시영
申伯之功을　召伯是營이로다
유숙기성　　침묘기성
有俶其城하니　寢廟旣成하야
기성막막　　왕석신후
旣成藐藐이어늘　王錫申伯하니
사모각각　　구응탁탁
四牡蹻蹻하며　鈎膺濯濯이로다

신나라 임금의 사업을 소나라 임금이 이에 경영하도다
그 성을 처음 쌓으니 침전과 묘당이 이미 완성하여
이미 낙성하니 그윽하고 아름답거늘 왕이 신나라 임금에게 상을 내리니
네 마리 수말이 씩씩하며 북두갈고리가 반짝반짝 하도다

왕 견 신 백	노 거 승 마
王遣申伯하니	路車乘馬로다
아 도 이 거	막 여 남 토
我圖爾居하니	莫如南土로다
석 이 개 규	이 작 이 보
錫爾介圭하야	以作爾寶하노니
왕 근 왕 구	남 토 시 보
往近王舅아	南土是保어다

왕이 신나라 임금을 보내니 임금의 수레와 타는 말이로다
내가 그대의 거처를 살피니 남쪽 땅과 같은 데가 없도다
그대에게 큰 옥홀을 주어서 그대의 보물로 삼게 하나니
떠나감에 말하건대 왕의 외숙이여, 남쪽의 땅을 이에 보호할지어다

신 백 신 매	왕 전 우 미
申伯信邁어늘	王餞于郿하도다
신 백 환 남	사 우 성 귀
申伯還南하니	謝于誠歸로다
왕 명 소 백	철 신 백 토 강
王命召伯하야	徹申伯土疆하야
이 치 기 장	식 천 기 행
以峙其粻하니	式遄其行이로다

 신나라 임금이 이틀 밤을 자고 멀리 떠나거늘 왕이 미읍에서 전송하도다
 신나라 임금이 남쪽으로 돌아가니 사 땅에 사람이 이에 참으로 붙좇도다
 왕이 소나라 임금에게 명령하여 신나라 임금의 토지 경계를 다스리게 하여
 식량을 갖추게 하니 법대로 빨리 그 일을 시행하도다

申伯番番하니　既入于謝하야
徒御嘽嘽하니　周邦咸喜하야
戎有良翰이나　不顯申伯이여
王之元舅요　文武是憲이로다

신나라 임금이 빨리빨리 하니 이미 사읍에 들어갔도다
호위병과 마부가 헐떡헐떡하니 주나라가 모두 기뻐하도다
그대에게 좋은 기반이 있으나 나타내지 않은 신나라 임금이여
왕의 큰 외숙으로 문왕과 무왕을 이에 헌장으로 삼도다

申伯之德이여　柔惠且直이로다
揉此萬邦하야　聞于四國이로다
吉甫作誦하니　其詩孔碩하고
其風肆好하니　以贈申伯하노라

신나라 임금의 덕이여, 부드럽고 은혜롭고 또한 정직하도다
이 일만 나라를 어루만져서 사방의 나라에 이름났도다
길보가 송가를 지어 부르니 그 시가 매우 충실하고
그 노래가 아주 좋으므로 신나라 임금에게 증정하노라

◐ 숭고(崧高) 편은 여덟 장이 8구씩으로 된 서사시인데 주(周) 나라 선왕(宣王) 39년에 서쪽 오랑캐 강융(姜戎)과 싸워 남쪽 나라의 군사를 많이 잃었기 때문에 선왕이 이 지역을 다시 재건하기 위하여 소(召)나라 임금으로 하여금 사(謝) 땅에 도읍을 건설하게 하고 신(申)나라 임금을 이 곳에 옮기게 하여 남쪽 지방 국가의 수장으로 삼았는데 이 시는 신나라 임금이 국가안전을 보장하기 위하여 신개척지대로 옮겨가는 것을 보고 주(周)나라 대부로 같이 있는 윤길보(尹吉甫)가 찬미하여 노래한 내용이다.

1장은 높은 산의 정기(精氣)를 받아서 태어난 신(申)나라 임금과 보(甫)나라 임금은 주(周)나라를 유지보호하는 근간이므로 그 몸은 사방의 나라를 지키는 울타리이며 그 이름은 사방에 드날리는 인물임을 천명하였고, 2장은 부지런히 힘쓰는 신나라 임금을 왕이 봉토(封土)를 더하여 주어서 남쪽 지방 국가의 큰 제후로 봉(封)하고 소(召)나라 임금에게 사(謝) 땅에 신도읍을 건설하라고 명령하는 광경을 기술하였으며, 3장은 왕이 비상한 관심을 가지고 거국적으로 이 일을 추진하는 광경을 묘사하였으니 왕이 신나라 임금에게는 남쪽 나라의 체제를 갖출 것을 명령하고, 소나라의 임금에게는 토지와 밭의 경계를 정리하여 그 세수를 확보하게 하며, 공경(公卿)에게는 가신(家臣)을 옮기도록 일일이 지시한 사항을 기록하였고, 4장은 소나라 임금이 건설공사를 순조롭게 추진하여 침전(寢殿)과 묘당(廟堂)을 낙성하니 왕이 신나라 임금에게 마차를 상으로 내려 격려하는 광경을 기록하였으며, 5장은 왕이 도성에서 신나라 임금을 환송하는 연회를 베풀어 큰 옥홀을 내리면서 남쪽 땅을 보호하라고 당부하는 간절한 뜻을 기록하였으며, 6장은 신나라 임금이 도성에서 왕의 환송연을 받고는 이틀 밤을 자고 남쪽에 새로 건설한 신나라로 떠나니 왕이 미읍(郿邑)에까지 와서 전송(餞送)하는 광경을 기술함과 동시에 신나라 임금이 남쪽으로 돌아가니 사읍(謝邑)에 사람이 성심으로 붙어 따르며 환영하는 모습을 서술하고, 이어 왕이 다시 소나라 임금에게 신나라 임금의 토지경계를 다스리게 하여 식량을 갖추게 한 특별배려를 기록하였으며, 7장은 신나라 임금이 이미 사읍에 들어가서 국가의 체제를 갖추고 부지런히 나라를 일으키니 신하들이 헐떡거릴 정도이므로 온 나라가 모두 기뻐하는데 신나라 임금은 여러 가지의 좋은 조건이 있었음에도 나타내지 않은 문왕(文王)과 무왕(武王)의 덕을 헌장으로 삼는 것을 칭찬하였고, 8장은 신나라 임금이 위로 왕에게 충성하고 아래로 인민을 사랑하여 만방을 어루만지고 제후들과 우호협력하는 인격에 감동하여 윤길보가 시를 지어서 주게 되는 동기를 서술하였다.

공자가 이 시를 『시경』에 편집한 이유는 왕의 외숙임에도 안

일을 탐하지 않고 지방의 황량하고 위태로운 땅의 제후(諸侯)로 가서 부지런히 힘써 나라를 개척하여 사방의 나라에 모범을 보였던 신(申)나라 임금의 개척정신을 표창하기 위함이다.

숭(崧)은 웅장한 것이며, 악(嶽)은 큰 산악이니 예로부터 동악(東嶽)은 대종(岱宗)으로 곧 태산(泰山)이요 남악(南嶽)은 곽(霍)으로 곧 형산(衡山)이며 서악(西嶽)은 화산(華山)이고 북악(北嶽)은 항산(恒山)이다. 요(堯)임금 시대에 강씨(姜氏)들이 사백(四伯)이 되어서 사악(四嶽)의 제사를 관장하였고 주(周)나라 때에는 보(甫), 신(申), 제(齊), 허(許)나라들이 관리하였는데 모두 강씨(姜氏)의 나라들이다. 보(甫)는 보나라 임금이요, 신(申)은 신나라 임금이며, 한(翰)은 근간(根幹)이니 중심적 위치이고, 번(蕃)은 울타리이니 보호막이라는 뜻이다. 미미(亹亹)는 부지런히 힘쓰는 모양이고, 찬(纘)은 계승함이니 곧 선조의 사업을 승계함이다. 읍(邑)은 도읍이고, 사(謝)는 땅이름이니 오늘날 하남성(河南省) 남양부(南陽府)에 위치한다. 남국(南國)은 주(周)나라의 도읍에서 남쪽에 위치하는 나라이고, 식(式)은 체제를 갖추어 모범을 보이는 것이며, 소백(召伯)은 소(召)나라 목공(穆公)으로 이름이 호(虎)인데 소(召)나라는 소공(召公 : 奭)의 후예로 연(燕)나라에서 분파한 나라인바 이 때에 소백(召伯)이 주(周)나라의 사공(司空)의 직책을 가지고 있었으며 또한 연(燕)나라 혜후(惠侯)는 노(魯)나라 진공(眞公)과 함께 당시 인민이 의거를 일으켜 여왕(厲王)을 축출함에 주(周)나라 정권을 맡아 14년간의 공화정치(共和政治)를 하다가 여왕이 죽음에 선왕(宣王)을 왕으로 세운 공신이었다. 택(宅)은 집터요, 등(登)은 완성함이며, 공(功)은 직책사업이다. 인(因)은 부탁함이고, 용(庸)은 용(墉)이니 작은 성이며, 철(徹)은 주(周)나라의 정전법(井田法)에서 정한 토지제도로 수확의 10분의 1에 해당하는 세금징수법인데 대개 한 사람의 농부에게 백 묘(畝)의 토지를 분배하여 경작하도록 다스렸다. 부어(傅御)는 왕을 곁에서 보필하는 대신(大臣)이요, 사인(私人)은 가신(家臣)이다. 숙(俶)은 처음 착수함이고, 막막(藐藐)은 그윽하고 아름다운 모양이며, 걱걱(蹻蹻)은 씩씩한 모양이요, 탁탁(濯濯)은 하얗게 반짝이는 모양이

다. 개규(介圭)는 큰 옥홀이니 제후의 홀이요, 근(近)은 말하는 것
이며, 왕구(王舅)는 왕의 외숙(外叔)이다. 신(信)은 이틀 밤을 묵
는 것이고, 미(郿)는 읍(邑)이름이니 호경(鎬京)의 서쪽이고 기주
(岐周)의 동쪽에 위치하였는데 오늘날의 섬서성(陝西省)에 있다.
사(謝)는 사읍의 사람들이요, 귀(歸)는 붙어서 따르는 것이니 환
영함이며, 치(峙)는 갖추는 것이고, 장(糧)은 식량이며, 천(遄)은
빠름이다. 파파(番番)는 빨리빨리 함이요, 도(徒)는 도보부대이고,
어(御)는 기마부대이며, 탄탄(嘽嘽)은 헐떡거리는 모양이다. 융
(戎)은 너를 지칭하는 대명사이고, 량한(良翰)은 좋은 기반이며,
불현(不顯)은 나타내어 자랑하지 않음이다. 원(元)은 큰 것이며,
문(文)은 문왕이요, 무(武)는 무왕이고, 헌(憲)은 헌장이다. 유(揉)
는 부드럽게 어루만지는 것이고, 길보(吉甫)는 성이 윤(尹)씨인데
선왕(宣王)의 어진 신하로 북쪽 오랑캐를 정벌하여 큰공을 세웠
다. 석(碩)은 충실함이고, 풍(風)은 풍악(風樂)이니 노래의 곡조이
며, 사(肆)는 아주 또는 극히이다.

　어진 신하들이 헌신적으로 외적을 앞장서서 물리치고 나라의
안전을 보장하는 것은 아름다운 모범이다.

3-3-6 ──────── 증민(烝民) / 서민대중

천 생 증 민　　　유 물 유 측
天生烝民하니　有物有則이로다
민 지 병 이　　　호 시 의 덕
民之秉彝라　　好是懿德이로다
천 감 유 주　　　소 격 우 하
天監有周하니　昭假于下일새
보 자 천 자　　　생 중 산 보
保茲天子하야　生仲山甫로다

하늘이 서민대중을 내니 사물이 있으면 법칙이 있도다
인민이 떳떳한 양심을 잡아서 간직하므로 이 아름다운 덕을 좋

아하도다
하늘이 주나라의 정부를 보니 밝게 하층민에게 이르기 때문에
이에 천자를 보우하사 중산보를 냈도다

중산보지덕　　유가유측
仲山甫之德이　柔嘉維則하니
영의령색　　　소심익익
令儀令色으로　小心翼翼하며
고훈시식　　　위의시력
古訓是式하야　威儀是方이라
천장시약　　　명명사부
天子是若하며　明命使賦로다

중산보의 덕이 부드럽고 아름답게 오직 법칙을 지키니
착한 거동과 착한 얼굴색으로 마음을 적게 하여 공손하며
옛사람의 가르침을 이에 본받아 위엄 있는 거동을 이에 힘쓰므로
천자가 이에 따르며 밝은 명령을 하여금 펴게 하였도다

왕명중산보　　식시백벽
王命仲山甫하야　式是百辟하며
찬융조고　　　왕궁시보
纘戎祖考하야　王躬是保할새
출납왕명　　　왕지후설
出納王命하니　王之喉舌이로다
부정우외　　　사방원발
賦政于外하니　四方爰發이로다

왕이 중산보에게 명령하여 이 일백 임금을 본받게 하며
그대의 조상을 이어 왕의 몸을 이에 보호하라 하므로
왕의 명령을 내고 들게 하니 왕의 목구멍과 혀로다
정령을 밖으로 펴니 사방이 이에 드날리도다

숙숙왕명　　　중산보장지
肅肅王命을　仲山甫將之하며
방국약비　　　중산보명지
邦國若否를　仲山甫明之로다
기명차철　　　이보기신
旣明且哲하야　以保其身하며

숙야비해   이사일인
夙夜匪解하야   以事一人이로다

엄숙한 왕의 명령을 중산보가 받들며
나라의 통함과 막힘을 중산보가 밝히도다
이미 총명하고도 슬기로워서 그 몸을 보존하며
이른 아침부터 밤까지 해태하지 않으면서 한 사람만을 섬기도다

인 역 유 언   유 즉 여 지
人亦有言하되   柔則茹之요

강 즉 토 지   유 중 산 보
剛則吐之라 하나니 維仲山甫는

유 역 불 여   강 역 불 토
柔亦不茹하며   剛亦不吐하야

불 모 긍 과   불 외 강 어
不侮矜寡하며   不畏彊禦로다

사람은 또한 말이 있거늘 부드러우면 삼키고
딱딱하면 토하여 뱉는다고 하나니 오직 중산보는
부드러워도 또한 삼키지 않고 딱딱해도 또한 뱉어내지 아니하여
불쌍하고 고단한 사람을 업신여기지 않으며 강력한 방해세력을
두려워하지 않도다

인 역 유 언   덕 유 여 모
人亦有言하되   德輶如毛나

민 선 극 거 지   아 의 도 지
民鮮克擧之라 하나니 我儀圖之컨대

유 중 산 보 거 지   애 막 조 지
維仲山甫擧之로다   愛莫助之어늘

곤 직 유 궐   유 중 산 보 보 지
袞職有闕이어든   維仲山甫補之로다

사람은 또한 말이 있거늘 덕의 가벼움이 털과 같으나
사람이 잘 받드는 이가 드물다고 하나니 내가 헤아려 살피건대
오직 중산보가 받들도다 사랑하여도 돕지 못하거늘
왕의 직책에 빠짐이 있으면 오직 중산보가 보충하도다

증 산 보 출 조   사 모 업 업
仲山甫出祖하니   四牡業業하며

징 부 첩 첩　　　　　매 회 미 급
征夫捷捷하야　　每懷靡及이로다

사 모 방 방　　　　　팔 란 장 장
四牡彭彭하며　　八鸞鏘鏘하니

왕 명 중 산 보　　　　성 피 동 방
王命仲山甫하야　城彼東方이로다

중산보가 나와서 길제사를 지내니 네 마리의 수말이 씩씩하며
출정하는 군사가 민첩하여 늘 미치지 못할까를 생각하도다
네 마리의 수말이 웅기중기, 여덟 개의 방울은 딸랑딸랑
왕이 중산보에게 명령하여 저 동쪽 방면에 성을 쌓게 하도다

사 모 규 규　　　　　팔 란 개 개
四牡騤騤하고　　八鸞喈喈하며

중 산 보 조 제　　　　식 천 기 귀
仲山甫徂齊하니　式遄其歸로다

길 보 작 송　　　　　목 여 청 풍
吉甫作誦하니　　穆如淸風이로다

중 산 보 영 회　　　　이 위 기 심
仲山甫永懷라　　以慰其心하노라

네 마리 수말은 튼튼하고 여덟 개의 방울은 댕댕댕 하며
중산보가 제나라로 가니 예정대로 그 돌아옴을 빨리 하리로다
길보가 시를 지어 부르니 그윽이 맑은 바람 같도다
중산보를 오래 흠모하므로 그 마음을 위로하노라

　☯ 증민(烝民) 편은 여덟 장이 8구씩으로 된 서사시인데 주(周)
나라 선왕(宣王)시대에 경사(卿士)로 있었던 중산보(仲山甫)가 천
부적인 덕성을 받들어 왕을 바르게 보필하고 밝은 정치를 베풀며
서민대중을 보호하였을 뿐만 아니라 또한 왕에게 동쪽 방면의 성
을 쌓아야 됨을 건의하고 스스로 제(齊)나라에까지 가서 성을 쌓
는 중책을 직접 맡아 즉각 떠나는 열렬한 애군정신(愛君精神)을
서술하였다.
　1장은 하늘이 만민(萬民)을 내니 사물에는 자연의 법칙이 있는
까닭에 인민대중은 천부적인 떳떳한 양심(良心)을 가지고 있어서

이에 아름다운 덕을 좋아하는바 하늘이 주나라의 정치를 감시하니 밝게 하층민을 위하여 정치사업을 추진하므로 이에 천자를 보우(保祐)하여 중산보를 나오게 하였으니 민심과 천심(天心)은 하나임을 설파하였고, 2장은 중산보의 학문도덕이 천부적 본성에 충실하므로 밖으로 몸가짐이 단정하고 안으로 욕심을 적게 하여 경건하며 옛사람의 가르침을 본받아 예의를 지키려고 힘쓰니 천자가 이에 따르며 왕명을 펴도록 요직에 등용했음을 기술하였으며, 3장은 왕이 중산보에게 일백 임금의 모범이 되고 그 조상의 정신을 이어 왕을 보호하라고 특별히 당부함에 중산보가 왕명을 받들어 정사를 밖으로 펴니 사방이 이에 호응하여 떨치고 일어난 것을 서술하였고, 4장은 중산보가 왕명을 받들고 천자의 직할국과 제후국의 정치득실을 감찰하면서도 전혀 부정이나 비리가 없으며 월권행위나 직무유기가 없이 오직 왕을 충실히 섬기는 청렴강직한 복무자세를 찬양하였으며, 5장은 중산보가 공명정대한 정치사상으로 서민대중을 위하여 봉사하면서 불쌍하고 가난한 사람을 보호하고 힘으로 착취하는 무리를 단죄하는 용기를 칭찬하였고, 6장은 사람이 착한 도덕심을 간직하기가 털처럼 가벼워서 아무런 부담을 느끼지 않음에도 도덕심을 가지고 다니는 사람들이 드물거늘 오직 중산보가 천부적 도덕심을 잘 받들며 또한 사람에게도 도덕심을 가지도록 권유하는 일은 진정 사랑하는 사람에게도 돕지 못하는 것인바 중산보는 왕의 직책에 빠진 것이 있으면 그것을 보충하여 완벽을 기하는 탁월한 감화력이 있음을 찬미하여 동방의 나라를 보호하기 위하여 제(齊)나라에 성을 쌓도록 왕에게 건의하여 허락을 받은 사실을 치하하였다. 7장은 중산보가 만반의 준비를 완료하고 나와서 길제사를 지내니 왕이 그 위풍당당한 모습을 보고 동방에 가서 성을 쌓으라고 환송하는 광경을 묘사하였고, 8장은 중산보가 출발함에 제나라로 가서 기일 안에 성을 쌓고 속히 돌아오기를 축원함과 동시에 윤길보가 중산보의 마음을 위로하기 위하여 송가를 지은 동기를 밝혔다.

공자가 이 시를 『시경』에 편집한 이유는 중산보가 천부적 도덕심을 간직하여 인격을 닦고 학문에 힘써 왕을 섬김에 천리(天

理)를 밝히고 민심(民心)을 바로잡아 왕으로 하여금 덕을 갖추게 하고 나라로 하여금 국방을 튼튼하게 하면서 스스로 부지런히 솔선수범하는 관료정신을 치하하기 위함이다. 그러므로 공자는 이 시를 읽고 찬미하기를 "이 시를 지은이는 그 도를 아는진저! 그러므로 사물이 있으면 반드시 법칙이 있나니 인민이 떳떳한 양심을 잡아서 간직하므로 이 아름다운 덕을 좋아한다고 하였도다."고 하였는데 맹자(孟子)는 이 말씀을 인용하여 사람의 본성은 착하다는 성선설(性善說)을 증명하였으니 학자는 스스로 착한 도덕심을 자기 자신의 가슴속에서 인증하라.

증(烝)은 중(衆)이니 증민(烝民)은 서민대중이고, 물(物)은 현상세계의 만물이며, 측(則)은 자연법칙이다. 병(秉)은 잡아서 간직함이며, 이(彝)는 떳떳한 것으로 곧 항구불변한 인간의 성리요 광명정대한 양심(良心)이니 병이(秉彝)는 인간의 천성(天性)에서 말미암은 순수지선한 본심(本心)을 간직하는 것이다. 의(懿)는 아름다운 것이니 의덕(懿德)은 행실이 아름다운 덕인바 총명하고 성실하여 효도하고 우애하며, 정직하고 명확하여 충성하고 진실한 사회도덕이다. 인간도 만물의 하나이기 때문에 모두 자연법칙을 적용받지만 그러나 인간은 만물의 영장(靈長)으로 가장 고귀한 존재인 까닭에 천성(天性)에서 발로한 사회도덕은 지극히 아름답고 신성한 자연법칙이다. 유주(有周)는 정체성(正體性)을 가지고 있는 주나라 정부(政府)라는 뜻이고, 격(假)은 이르는 것이며, 하(下)는 하층민이다. 천자(天子)는 선왕(宣王)이요, 중산보(仲山甫)는 주(周)나라의 직할영토 내에 있는 번(樊)나라 임금의 자(字)이다. 영(슦)은 착함이요, 소심(小心)은 마음을 적게 함이니 욕심을 줄이고 주장을 부드럽게 함이며, 익익(翼翼)은 공경하는 모양이다. 고훈(古訓)은 옛 성현의 가르침이고, 식(式)은 본받는 것이며, 력(力)은 힘쓰는 것이다. 약(若)은 순응하여 따르는 것이며, 명명(明命)은 천자의 광명정대한 명령이고, 부(賦)는 반포하여 널리 펴는 것이다. 벽(辟)은 임금이요, 융(戎)은 너를 지칭하는 대명사이며, 보(保)는 보호하는 것이니 왕을 측근에서 보필하는 신하로 태보(太保)나 총재(冢宰)같은 고위직이다. 후설(喉舌)은 목구멍과 혀로 소리를 내는 기관이니 왕명을 출납하는 요직이며, 발(發)은 반응이 신속하게 나타나서 드날리는 것이다. 숙숙(肅肅)은 엄숙함이요, 장(將)은 받들어 시행함이며, 약비(若否)는 순종하여 통함과 어기어 막힘이니 순역(順逆)과 같다. 명(明)은 총명하여 도리에 밝은 것이고, 철(哲)은 슬기롭게 사물을 살피는 것이며, 보신(保身)은 명예와 지조를 지키는 것이니 권세에 아부하여 이름을 더럽히고 이익을 탐하여 관직을 더럽히지 아니함이다. 해(解)는 해태(解怠)함이고, 일인(一人)은 천자이다. 인역유언(人亦有言)은 세상에 떠도는 말이요, 여(茹)는 먹어 삼키는 것이며, 긍과(矜寡)는 불쌍하고 고단하여 힘이 없는 약자(弱者)이고, 강어(彊禦)는 강력한 방해자이니 기득권을 빼앗기지 않으려고 좋은 정책의 시행을 방해하는 악세력이다. 유(輶)는 가벼운 것이요, 의도(儀圖)는 헤아려 살피는 것이며, 곤직(袞職)은 왕의 직무와 책임이니 위로 천명(天命)을 받들고 아래로 민심(民心)에 순응하여 일백 관료를 통솔해서 정치사업을 추진하는 것으로 그 대원칙은 『서전(書傳)』홍범(洪範)에 갖추어 있다. 궐(闕)은 잃어버리고 빠진 것이요, 보(補)는 채워서 보충함이다. 조(祖)는 길제사이니 먼길을 감에 안전을 기원하여 대문밖에 나가서 노신(路神)에게 제사를 지내는 것이다. 업업(業業)은 건장한 모양이고, 첩첩(捷捷)은 민첩한 모양이며, 동방(東方)은 제(齊)나라이다. 식(式)은 예정한 공사기일이요, 천(遄)은 빨리, 귀(歸)는 공사를 마치고 돌아오는 것이다. 목(穆)은 의미가 심장하여 그윽한 것이요, 청풍(淸風)은 맑은 바람처럼 청아(淸雅)한 기풍(氣風)이 있어서 사람으로 하여금 우러러보게 한다는 뜻이다.

윤길보(尹吉甫)가 지은 숭고(崧高) 편과 증민(烝民) 편은 비단 신백(申伯)과 중산보(仲山甫)의 재덕(才德)과 공업(功業)이 특출함을 알 수 있을 뿐만 아니라 또한 윤길보(尹吉甫)의 학문과 문장력이 대단함을 볼 수 있으니 도(道)와 문(文)이 어우러져서 빚어낸 아름다운 송가(頌歌)의 표본이다. 특히 선왕(宣王)을 함께 보좌하여 윤길보는 북방을 수비하고, 신나라 임금은 남방을 수비하고, 중산보는 동방을 수비하면서 이와 같이 서로 흠모하여 공경하였으니 어찌 나라를 중흥하지 못하겠는가?

3-3-7 ──── 한혁(韓奕) / 한나라 임금은 위대하여라

혁 혁 량 산　　　유 우 승 지
奕奕梁山을　　維禹甸之렸다
유 탁 기 도　　　한 후 수 명
有倬其道에　　韓侯受命이로다
왕 친 명 지　　　찬 융 조 고
王親命之하되　纘戎祖考하노니
무 폐 짐 명　　　숙 야 비 해
無廢朕命하며　夙夜匪解하야
건 공 이 위　　　짐 명 불 역
虔共爾位하라　朕命不易하리니
간 불 정 방　　　이 좌 융 벽
榦不庭方하야　以佐戎辟하라

크고도 큰 양산을 우임금이 다스렸도다
넓고 환한 그 길에 한나라 임금이 즉위했도다
왕이 친히 명히되 그대의 조상을 이어가도록 하노니
나의 명령을 폐하지 말며, 이른 아침부터 밤에까지 풀지 아니하여
그대의 직위를 경건히 공경하라 나의 명령은 바꾸지 아니하리니
정직하지 않은 지방을 바로잡아 그대의 왕을 보좌하라

사 모 혁 혁　　　공 수 차 장
四牡奕奕하니　孔脩且張이로다
한 후 입 근　　　이 기 개 규
韓侯入覲함에　以其介圭로
입 근 우 왕　　　왕 석 하 후
入覲于王이로다　王錫韓侯하니
숙 기 유 장　　　점 불 착 형
淑旂綏章과　　簟茀錯衡과
현 곤 적 석　　　구 응 루 양
玄袞赤舃과　　鉤膺鏤錫과

곽 굉 천 멸　　　　조 혁 금 액
鞹鞃淺幭과　　條革金厄이로다

네 마리의 수말이 번쩍번쩍하니 매우 늘씬하고도 크도다

한나라 임금이 들어와 배알함에 그 큰 옥홀로써

들어와 왕에게 배알하도다 왕이 한나라 임금에게 상을 내리니

선명한 쌍룡깃발과 깃대 끝에 매다는 문양과 삿자리로 만든 수
레 뒷창과 문채나는 수레 멍에와

검은 곤룡포와 붉은 가죽신과 북두갈고리와 조각한 말머리꾸미
개와

수레 앞턱 가로 나무의 맨 가운데를 묶는 가죽과 호피 수레덮개
와 고삐에 늘어뜨린 가죽과 고삐 끝에 쇠고리로다

한 후 출 조　　　　출 숙 우 도
韓侯出祖하고　　出宿于屠로다
현 보 전 지　　　　청 주 백 호
顯父餞之하니　　淸酒百壺로다
기 효 유 하　　　　포 별 선 어
其殽維何오　　炰鼈鮮魚로다
기 속 유 하　　　　유 순 급 포
其蔌維何오　　維筍及蒲로다
기 증 유 하　　　　승 마 로 거
其贈維何오　　乘馬路車로다
변 두 유 저　　　　후 씨 연 서
籩豆有且하니　　侯氏燕胥로다

한나라 임금이 나와서 길제사를 지내고 나아가 도 땅에서 자도다

현보가 전송하니 맑은 술이 일백 병이로다

그 안주는 무엇인가 구워서 말린 자라와 성성한 물고기로다

그 나물은 무엇인가 죽순과 숙주나물이로다

그 선물은 무엇인가 타는 말과 큰 수레로다

제기에 차린 음식이 많이 있으니 한나라 임금이 연회를 하도다

한 후 취 처　　　　분 왕 지 생
韓侯取妻하니　　汾王之甥이요
궤 보 지 자　　　　한 후 영 지
蹶父之子로다　　韓侯迎止하니

<ruby>于<rt>우</rt></ruby><ruby>蹶<rt>궤</rt></ruby><ruby>之<rt>지</rt></ruby><ruby>里<rt>리</rt></ruby>로다　<ruby>百<rt>백</rt></ruby><ruby>兩<rt>량</rt></ruby><ruby>彭<rt>방</rt></ruby><ruby>彭<rt>방</rt></ruby>하며

<ruby>八<rt>팔</rt></ruby><ruby>鸞<rt>란</rt></ruby><ruby>鏘<rt>장</rt></ruby><ruby>鏘<rt>장</rt></ruby>하거늘　<ruby>不<rt>불</rt></ruby><ruby>顯<rt>현</rt></ruby><ruby>其<rt>기</rt></ruby><ruby>光<rt>광</rt></ruby>이로다

<ruby>諸<rt>제</rt></ruby><ruby>娣<rt>제</rt></ruby><ruby>從<rt>종</rt></ruby><ruby>之<rt>지</rt></ruby>하니　<ruby>祁<rt>기</rt></ruby><ruby>祁<rt>기</rt></ruby><ruby>如<rt>여</rt></ruby><ruby>雲<rt>운</rt></ruby>이로다

<ruby>韓<rt>한</rt></ruby><ruby>侯<rt>후</rt></ruby><ruby>顧<rt>고</rt></ruby><ruby>之<rt>지</rt></ruby>하니　<ruby>爛<rt>난</rt></ruby><ruby>其<rt>기</rt></ruby><ruby>盈<rt>영</rt></ruby><ruby>門<rt>문</rt></ruby>이로다

한나라 임금이 아내를 얻으니 분왕의 생질이요
궤보의 딸이로다 한나라 임금이 친영하니
궤보의 마을로 가도다　백 대의 수레가 웅기중기 가며
여덟 개의 말방울이 딸랑딸랑 하거늘 그 광채를 나타내지 않도다
여러 손아래누이가 따르니 조용조용 구름 같도다
한나라 임금이 돌아보니 화사하게 그 문에 가득하도다

<ruby>蹶<rt>궤</rt></ruby><ruby>父<rt>보</rt></ruby><ruby>孔<rt>공</rt></ruby><ruby>武<rt>무</rt></ruby>하야　<ruby>靡<rt>미</rt></ruby><ruby>國<rt>국</rt></ruby><ruby>不<rt>불</rt></ruby><ruby>到<rt>도</rt></ruby>하야

<ruby>爲<rt>위</rt></ruby><ruby>韓<rt>한</rt></ruby><ruby>姞<rt>길</rt></ruby><ruby>相<rt>상</rt></ruby><ruby>攸<rt>유</rt></ruby>하니　<ruby>莫<rt>막</rt></ruby><ruby>如<rt>여</rt></ruby><ruby>韓<rt>한</rt></ruby><ruby>樂<rt>락</rt></ruby>이로다

<ruby>孔<rt>공</rt></ruby><ruby>樂<rt>락</rt></ruby><ruby>韓<rt>한</rt></ruby><ruby>土<rt>토</rt></ruby>여　<ruby>川<rt>천</rt></ruby><ruby>澤<rt>택</rt></ruby><ruby>訏<rt>우</rt></ruby><ruby>訏<rt>우</rt></ruby>하며

<ruby>魴<rt>방</rt></ruby><ruby>鱮<rt>서</rt></ruby><ruby>甫<rt>보</rt></ruby><ruby>甫<rt>보</rt></ruby>하며　<ruby>麀<rt>우</rt></ruby><ruby>鹿<rt>록</rt></ruby><ruby>噳<rt>우</rt></ruby><ruby>噳<rt>우</rt></ruby>하며

<ruby>有<rt>우</rt></ruby><ruby>熊<rt>웅</rt></ruby><ruby>有<rt>유</rt></ruby><ruby>羆<rt>비</rt></ruby>하며　<ruby>有<rt>유</rt></ruby><ruby>貓<rt>모</rt></ruby><ruby>有<rt>유</rt></ruby><ruby>虎<rt>호</rt></ruby>로다

<ruby>慶<rt>경</rt></ruby><ruby>其<rt>기</rt></ruby><ruby>令<rt>령</rt></ruby><ruby>居<rt>거</rt></ruby>하니　<ruby>韓<rt>한</rt></ruby><ruby>姞<rt>길</rt></ruby><ruby>燕<rt>연</rt></ruby><ruby>譽<rt>예</rt></ruby>로다

궤보가 매우 건장하여 나라에 이르지 않음이 없어
한길을 위하여 시집 갈 곳을 살피니 한나라같이 즐거운 곳이 없도다
매우 즐거운 한나라 땅이여 시내와 연못이 넓고 크며
방어와 연어가 굵직굵직, 암사슴과 사슴이 우물우물
곰이 있고 큰곰이 있으며 고양이가 있고 범이 있도다
그 좋은 자리를 기뻐하니 한길이 편안히 즐기도다

<ruby>溥<rt>보</rt></ruby><ruby>彼<rt>피</rt></ruby><ruby>韓<rt>한</rt></ruby><ruby>城<rt>성</rt></ruby>이여　<ruby>燕<rt>연</rt></ruby><ruby>師<rt>사</rt></ruby><ruby>所<rt>소</rt></ruby><ruby>完<rt>완</rt></ruby>이로다

이 선 조 수 명　인 시 백 만
以先祖受命하야　因時百蠻이라

왕 석 한 후　기 추 기 맥
王錫韓侯하니　其追其貊이로다

엄 수 북 국　인 이 기 백
奄受北國하야　昊以其伯하니

실 용 실 학　실 묘 실 적
實墉實壑하며　實畝實籍하고

헌 기 비 피　적 표 황 비
獻其貔皮와　赤豹黃羆로다

넓고 큰 저 한나라의 성이여, 연나라 군대가 완비한 바로다
선조를 이어 즉위하여 이 일백 오랑캐를 따르게 하므로
왕이 한나라 임금에게 상을 내려 그 추나라와 맥나라를 주었도다
문득 북쪽 나라를 받아 그 큰 나라의 임금으로 거듭 승진하니
성을 충실하게 하며 골짜기를 충실하게 하며 경작지를 충실하게
하며 호적을 충실하게 하고
그 비휴의 가죽과 붉은 표범과 누런 큰곰을 바치도다

　☯ 한혁(韓奕) 편은 여섯 장이 12구씩으로 된 서사시인데 주
(周)나라 선왕(宣王)시대에 한(韓)나라 임금이 북쪽의 변방을 경
영하여 안정시키니 그 덕행과 공적을 치하하였다.
　1장은 한(韓)나라의 진산(鎭山)인 양산(梁山)은 큰산으로서 우
(禹)임금이 다스렸던 중요한 지역임을 밝히고 한나라 임금이 조
상의 뒤를 이어 즉위하여 왕을 배알하니 왕이 특별히 당부한 내
용을 자세히 기술하였고, 2장은 한나라 임금에게 왕이 하사한 물
건의 목록을 기록하여 영광의 극치임을 서술하였으며, 3장은 한
나라 임금이 돌아감에 현보(顯父)가 도(屠) 땅에서 전송(餞送)하
여 후하게 대접한 사실을 기록하였고, 4장은 한나라 임금이 여왕
(厲王)의 생질이요 궤보(蹶父)의 딸과 혼인을 할 때에 겸손한 자
세를 취했던 고결한 인격을 찬양하였으며, 5장은 궤보(蹶父)가 사
윗감을 고르기 위하여 여러 나라를 직접 다녀보았으나 한(韓)나
라가 가장 산천이 아름답고 물산이 풍부하며 정치가 안정된 나라

였기 때문에 그 딸을 시집보냈음을 밝혀 한나라 임금의 정치능력을 우회적으로 칭찬하였으며, 6장은 한나라의 성은 옛날 소공(召公)이 연(燕)나라 군사를 동원하여 완비한 것임을 상기시키고 한나라 임금이 이에 일백 오랑캐 종족을 따르게 하므로 왕이 그 공적을 표창하여 추(追)나라와 맥(貊)나라를 더하여 주고 북쪽 지방의 맹주(盟主)로 거듭 승진시키니 한나라 임금이 국경방비를 튼튼히 하고 경제를 부흥하여 왕에게 보답하는 공적을 찬양하였다.

공자가 이 시를 『시경』에 편집한 이유는 한(韓)나라 임금이 어버이에게 효도하고 아내를 사랑하여 안으로 나라를 문명하게 다스리고 또한 변방을 튼튼히 지켜 이웃나라와 우호협력하면서 천자에게 충성을 다하여 밖으로 북방을 평화롭게 개척하여 그 지역의 맹주(盟主)가 된 것을 표창하기 위함이다.

혁혁(奕奕)은 크고도 큰 것이요, 양산(梁山)은 한(韓)나라 도읍의 진산(鎭山)인데 오늘날 섬서성(陝西省) 서안부(西安府)에 있다. 승(甸)은 다스리는 것이고, 탁(倬)은 환하게 밝은 모양이며, 한(韓)은 나라이름이니 무왕(武王)의 후손을 봉한 후작국(侯爵國)이다. 수명(受命)은 임금의 자리에 올라 즉위(卽位)함이고, 찬(纘)은 이음이요, 융(戎)은 너를 지칭하는 대명사, 짐(朕)은 왕이 자기를 지칭하는 말이다. 건(虔)은 경건함이고, 공(共)은 공손함이며, 역(易)은 바꿈이요, 간(榦)은 주간하여 바로잡는 것이고, 정(庭)은 곧아서 정직함이다. 수(脩)는 긴 것이요, 장(張)은 큰 것이며, 개규(介圭)는 제후(諸侯)를 상징하는 옥홀이고, 숙(淑)은 선명하고 깨끗함이며, 기(旂)는 쌍룡기로 제후의 깃발이다. 유장(綏章)은 깃대의 끝에 깃이나 소꼬리를 길게 매달아 늘어뜨리는 문양이요, 루양(鏤錫)은 쇠로 조각한 말머리꾸미개이며, 곽굉(鞹鞃)은 수레 앞턱 가로 나무의 맨 가운데를 묶는 가죽이고, 천(淺)은 호랑이 가죽이며, 멸(幭)은 수레덮개이다. 조혁(鞗革)은 고삐에 늘어뜨린 가죽이고, 금액(金厄)은 고삐 끝에 매단 쇠고리이다. 조(祖)는 길제사요, 도(屠)는 지명이니 호경(鎬京) 근방에 위치한 고을이다. 현보(顯父)는 주(周)나라의 경사(卿士)이며, 속(蔌)은 나물이고, 순(筍)은 죽순이며, 포(蒲)는 녹두로 기른 숙주나물이다. 저(且)는 많은 것이고, 후씨(侯氏)는 왕에게 근례(覲禮)를 하기 위하여 온 제후를 일컫는 말이며, 연(燕)은 연회이니 현보(顯父)가 한나라 임금에게 향례(饗禮)를 베푼 음식이 많기 때문에 한나라 임금이 그 음식으로 연회를 베풀게 함이요, 서(胥)는 어조사이다. 분왕(汾王)은 주(周)나라 여왕(厲王)이니 당시에 인민이 봉기하여 축출했기 때문에 체(彘) 땅에 유폐되어 있었는데 그 곳이 분수(汾水)의 상류지역이므로 그렇게 호칭하였다. 궤보(蹶父)는 주(周)나라의 경사(卿士)이니 길성(姞姓)이다. 영(迎)은 혼인에 신랑이 직접 신부집에 가서 신부를 맞이하는 친영(親迎)이요, 불현기광(不顯其光)은 임금으로서의 위엄과 권세를 나타내지 않고 오직 신랑의 자세로 신부를 공경했다는 뜻이니 비록 임금의 행차를 갖추어 신부집에 갔으나 그 자세는 한 사람의 신랑으로 임하여 혼인의 예를 지킨 것이다. 제제(諸娣)는 제후의 혼인은 한 사람의 신부와 9인의 시녀와 두 나라의 잉첩(媵妾)을 갖추는 것이니 신부의 손아래누이들이다. 기기(祈祈)는 조용하고 편안한 모양이요, 여운(如雲)은 행열이 구름처럼 길고 많은 것이다. 한길(韓姞)은 궤보(蹶父)의 딸이 한(韓)나라 임금에게 시집을 왔기 때문에 국명과 성씨를 배합하여 부인의 호를 지은 것이니 곧 한나라 임금의 아내이다. 상유(相攸)는 시집 보낼 곳을 살핌이요, 우우(訏訏)는 넓고 큰 모양이고, 보보(甫甫)는 살이 찌고 커서 굵직굵직한 모양이며, 우우(噳噳)는 많은 사슴이 입을 모으며 우물우물하는 모양이다. 묘(貓)는 고양이, 경(慶)은 기뻐함이고, 영거(令居)는 좋은 자리요, 연예(燕譽)는 편안하고 즐거운 것이다. 보(溥)는 넓고 큰 것이요, 연(燕)은 나라이름이니 주(周)나라 무왕(武王)이 아우 소공(召公)을 봉(封)한 나라로 주나라의 동북쪽 변방에 위치하였으니 오늘날의 북경(北京) 지방이다. 사(師)는 군대이고, 추(追)와 맥(貊)은 이적(夷狄)의 나라이며, 용(墉)은 성이고, 학(壑)은 지(池)이다. 적(籍)은 호구(戶口)를 기록한 장부이고, 비(貔)는 비휴(貔貅)이니 고양이과에 속하는 사나운 짐승이다.

한(韓)나라 임금이 아버지가 돌아가심에 임금의 자리에 즉위하여 3년의 복을 입고 상복을 벗음에 즉각 천자에게 조근(朝覲)하여 친히 왕명을 받으며 그 다음 어진 배필을 골라 혼인을 함에 신부를 공경하는 예절을 갖추었으니 이미 임금으로서 즉위한 초기의 범절이 반듯하므로 마침내 주변국을 감복시켜 북방의 방백(方伯)이 되는 데 이르렀도다. 이 시를 읽은 사람은 처음에 근본을 갖추어야만 뒤에 복을 받는다는 사실을 깨달아야 할지니 근본은 방치하고 복된 결과만 바라는 어리석음을 범해서는 안 된다.

3-3-8 ─────── 강한(江漢) / 양자강과 한수

강한부부　　　무부도도
江漢浮浮하니 武夫滔滔로다
비안비유　　　회이래구
匪安匪遊라 淮夷來求니라
기출아거　　　기설아여
旣出我車하며 旣設我旟하니
비안비서　　　회이래포
匪安匪舒라 淮夷來鋪니라

　양지강과 한수가 꿈틀꿈틀하니 군사가 거침없이 지나가도다
　편안치 못하고 놀지 못하므로 희수의 오랑캐를 위로하려고 찾아
감이니라
　이미 우리 수레가 출동하며 이미 우리 새매기를 세우니
　편안치 못하고 한가하지 못하므로 희수의 오랑캐를 위로하여 안
정시키려고 함이니라

강한상상　　　무부광광
江漢湯湯하니 武夫洸洸이로다
경영사방　　　고성우왕
經營四方하야 告成于王이로다
사방기평　　　왕국서정
四方旣平하니 王國庶定이로다
시미유쟁　　　왕심재녕
時靡有爭하니 王心載寧이로다

양자강과 한수가 출렁출렁하니 군사가 날래고 씩씩하도다
사방을 경영하여 왕에게 성공을 보고하도다
사방이 이미 평정하니 왕국이 모두 안정하도다
이에 분쟁이 있지 아니하여 왕의 마음이 곧 편안하도다

강한지호　　　　왕명소호
江漢之滸에서　　王命召虎하되
식벽사방　　　　철아강토
式辟四方하야　　徹我疆土하라 한데
비구비극　　　　왕국래극
匪疚匪棘이라　　王國來極이니
우강우리　　　　지우남해
于疆于理하야　　至于南海로다

양자강과 한수의 물가에서 왕이 소나라 임금 호에게 명령하되
사방을 개간하여 우리 강토를 경작하라고 하는데
지루하지도 않고 서둘지도 않으므로 왕국에 와서 한가운데 살게
하니
두둑을 만들고 경지를 정리하여 남쪽 바다에 이르도다

왕명소호　　　　내순래선
王命召虎하야　　來旬來宣하라
문무수명　　　　소공유한
文武受命에　　　召公維翰이러니
무왈여소자　　　소공시사
無曰予小子하고　召公是似어다
조민융공　　　　용석이지
肇敏戎公이면　　用錫爾祉하리라

왕이 소나라 임금 호에게 명령하여 위로하여 두루 보살피고 위
로하여 선무하라
문왕과 무왕이 천명을 받음에 소공이 오직 기반이었나니
내가 수양이 부족한 사람이라고 말하지 말고 소공을 이에 닮을
지어다
그대의 공무를 부지런히 힘쓰면 그대에게 복을 내리리라

리이규찬　　　　거창일유
釐爾圭瓚과　　　秬鬯一卣하며

고 우 문 인　석 산 토 전
告于文人하야 錫山土田하노니
우 주 수 명　자 소 조 명
于周受命하야 自召祖命하노라
호 배 계 수　천 자 만 년
虎拜稽首하니 天子萬年이로다

그대에게 옥술잔과 검은 기장으로 만든 울창주 한 통을 주며
문덕이 있는 사람에게 고유하여 산과 땅과 밭을 상으로 내리노니
기주에 가서 명을 받아 소조의 명하던 대로 하노라
소호가 절하여 머리를 조아리니 천자 만년하소서

호 배 계 수　대 양 왕 휴
虎拜稽首하고 對揚王休하야
작 소 공 고　천 자 만 수
作召公考하니 天子萬壽로다
명 명 천 자　영 문 불 이
明明天子의 令聞不已하며
시 기 문 덕　흡 차 사 국
矢其文德하야 洽此四國이로다

소호가 절하여 머리를 조아리고 대답하여 왕의 아름다움을 찬양
하여
소공의 사당에 그릇을 만들어 명문을 새겨 완성하니 천자는 만
수를 누리소서
밝고 밝은 천자의 아름다운 명예가 그치지 아니하며
그 문덕을 베풀어 이 사방의 나라를 흡족하게 하도다

● 강한(江漢) 편은 여섯 장이 8구씩으로 된 서사시인데 주(周)
나라 선왕(宣王) 시대에 소(召)나라 임금 호(虎)가 왕명을 받들어
회(淮)수의 남쪽 지대를 평정하고 농지를 개간하여 민생을 안정
시킨 공적을 찬양하는 내용이다.
　1장은 회(淮)수의 남쪽 지방에서 반란이 일어남에 왕이 소호(召
虎)에게 명하여 군대를 출동하여 평정하라고 하니 소호가 양자강
과 한수를 지나 회수지역에 이르러 포고문을 발표하여 반란의 수

괴를 토벌해서 지역주민을 위로하고 안정시키려고 왔으니 양민은 동요하지 말 것을 포고한 내용을 기술하였고 2장은 날래고 씩씩한 왕국의 군사가 도착하자 반란군이 모두 항복하여 쉽게 평정하였음을 현지에서 왕에게 보고하여 올린 내용이며 3장은 양자강과 한수의 물가에 집결하고 있는 소호에게 왕이 다시 2차 명령을 내려보내서 즉각 수복지역의 토지를 개간하고 정전법(井田法)을 시행하여 민생을 안정시키라고 하니 이에 소호가 그 공사를 추진함에 능률적이고 합리적인 방법을 채택하였기 때문에 지역주민의 호응을 얻어 남쪽 바다까지 모두 왕국의 중심지역처럼 안정된 것을 기술하였고 4장은 왕이 소호에게 돌아올 것을 명하여 국민과 군대를 두루 위로하여 선무하게 시키고 이어 주(周)나라 창업기에 소공(召公)이 문왕과 무왕을 보필했던 것처럼 소호에게 왕을 보필하라고 당부한 내용을 서술하였으며 5장은 왕이 소호에게 옥술잔과 울창주 그리고 땅을 상으로 내린 내용을 기록하였으며 6장은 소호가 조상의 사당에 그릇을 만들어 왕의 문덕(文德)을 새겨서 기념한 내용이다.

공자가 이 시를 『시경』에 편집한 이유는 소(召)나라 임금 호(虎)가 무력(武力)으로 반란국을 토벌함에 있어서 인민의 안전을 최우선으로 보장할 뿐만 아니라 반란군을 평정한 다음에도 지역주민의 민생문제를 걱정하여 토지를 개간하고 경지를 정리하여 경제안정을 기하는 문덕(文德)을 높이 칭찬하기 위함이다. 대저 신무(神武)는 살상전을 전개하지 않고 문덕(文德)으로 굴복시키는 것이니 인민을 살리는 군대이어야 진정한 천자의 군대이다.

부부(浮浮)는 물이 가득히 흐르는 모양이고, 도도(滔滔)는 거침없이 지나가는 모양이다. 회이(淮夷)는 회수(淮水) 주변에 있는 오랑캐 종족이요, 래(來)는 위로함이며, 구(求)는 찾는 것이고, 포(鋪)는 안정하는 것이다. 광광(洸洸)은 날래고 씩씩한 모양이고, 서(庶)는 모두이며, 왕심(王心)은 선왕(宣王)의 마음이다. 소호(召虎)는 소(召)나라 임금 목공(穆公)이니 호(虎)는 그 이름이다. 벽(辟)은 개간함이고, 철(徹)은 철법(徹法)을 시행함이니 주(周)나라의 전조법(田租法)인데 사방 1리(里)의 농지를 정(井)자 모양으로 나누어서 9등분하여 가운데를 공전(公田)으로 하고 나머지는 8가구에 사전(私田) 100묘(畝)씩을 나누어주고 각자 경작하게 하며 공전 100묘 가운데 20묘는 8가구의 농막과 창고를 짓고 나머지 80묘를 여덟 가구가 공동으로 경작하여 그 수확을 조세(租稅)로 나라에 바치는 것인즉 곧 10분의 1을 세율로 정한 것이다. 구(疚)는 공사를 지루하게 시켜 지치는 것이고, 극(棘)은 공사를 빨리 서둘러 고단한 것이며, 극(極)은 한가운데로 곧 중심이다. 내순(來旬)은 위로하여 두루 보살핌이고, 래선(來宣)은 위로하여 선무(宣撫)공작하는 것이다. 소공(召公)은 소강공(召康公)으로 이름이 석(奭)이니 소(召)나라와 연(燕)나라의 시조인바 주(周)나라와 동성(同姓)이다. 한(翰)은 근간이니 기반이란 뜻으로 주(周)나라의 창업시기에 주공(周公)이 중앙행정을 관장하고 소공(召公)이 지방행정을 관장하여 나라의 기강을 세우고 사회를 안정시킨 공적을 의미한다. 여(予)는 왕이 자기를 지칭함이고, 소자(小子)는 수양이 부족한 사람이며, 사(似)는 닮은 것이다. 조(肇)는 부지런함이요, 민(敏)은 힘쓰는 것이며, 융(戎)은 그대를 지칭하는 대명사, 공(公)은 공(功)과 같다. 리(釐)는 주는 것이요, 규찬(圭瓚)은 종묘제사에서 강신주(降神酒)를 뜨는 옥술잔이며, 거창(秬鬯)은 검은 기장을 넣어서 만든 강신주이고, 유(卣)는 중간 정도의 술병이다. 문인(文人)은 문덕(文德)이 있는 조상을 뜻하고, 주(周)는 기주(岐周)요, 소조(召祖)는 소(召)나라 시조 강공(康公)이니 소호(召虎)의 조상이다. 대(對)는 대답함이고, 양(揚)은 찬양이며, 휴(休)는 아름다운 덕이다. 작소공고(作召公考)는 소공의 사당에 그릇을 만들어 명문(銘文)을 새겨서 완성한 것이니 고(考)는 완성함이다. 시(矢)는 베풀어 폄이요, 흡(洽)은 흡족함이다.

소호(召虎)가 회이(淮夷)를 평정한 무공(武功)을 기념하지 않고 왕의 문덕(文德)을 기념하였으니 그 생각이 깊도다. 대저 전쟁의 승리를 기념하는 것은 모순과 갈등의 상처를 파헤치는 아픔이 남고, 화합의 기쁨을 기념하는 것은 사랑과 공경의 정신을 되새기는 즐거움을 더하는 것이므로 어진 사람은 전쟁승리의 기념물을 만들지 않은 것이다.

혁 혁 명 명　　왕 명 경 사
赫赫明明하야　王命卿士하니
남 중 태 조　　태 사 황 보
南仲大祖요　　大師皇父로다
정 아 륙 사　　이 수 아 융
整我六師하야　以脩我戎하니
기 경 기 계　　혜 차 남 국
旣敬旣戒하야　惠此南國이로다

성대한 공적이 있고 밝은 덕이 있는 이를 등용하여 왕이 경사를
임명하니
남중은 선봉장이요 총사령관은 황보로다
우리 6군을 정렬하여 우리 병기를 수리하니
이미 공경하고 이미 경계하여 이 남쪽 나라를 안정하도다

왕 위 윤 씨　　명 정 백 휴 보
王謂尹氏하야　命程伯休父어늘
좌 우 진 행　　계 아 사 려
左右陳行하야　戒我師旅하며
솔 피 회 포　　성 차 서 토
率彼淮浦하야　省此徐土하니
불 류 불 처　　삼 사 취 서
不留不處라　　三事就緒로다

왕이 윤씨에게 일러 정나라 임금 휴보에게 작전수행을 명하거늘
좌우로 행군을 벌여서 우리 사단과 여단을 경계하며
저 회수의 물가를 따라 가서 이 서나라의 땅을 살피니
머물지 않고 그치지 않으므로 세 가지 정사를 처리하는 대부가
업무에 취임하도다

혁 혁 업 업　　유 엄 천 자
赫赫業業하니　有嚴天子로다
왕 서 보 작　　비 소 비 유
王舒保作하야　匪紹匪遊하니

徐方繹騷하야 震驚徐方하며
如雷如霆하야 徐方震驚이로다

형세가 성대하고 굳세니 엄정한 천자의 군대로다
왕이 인민을 보호하는 작전을 전개하여 독촉하지 않고 놀려두지
도 않으니
서나라 지방이 계속 소란하여 서나라 지방을 진동하여 놀라게
하며
우레같이 번개같이 서나라 지방이 떨며 놀래도다

王奮厥武하니 如震如怒로다
進厥虎臣하니 闞如虓虎로다
鋪敦淮濆하야 仍執醜虜하니
截彼淮浦여 王師之所로다

왕이 ㄱ 무력을 떨치니 떠는 것 같고 성낸 것 같도다
그 용맹한 장수를 진격하게 하니 으르렁거리는 범같이 포효하도다
군사를 배치하여 회수의 물가로 압박하여 이에 추악한 포로를
생포하니
말끔한 저 회수의 물가여, 왕의 군사가 가는 곳이로다

王旅嘽嘽하니 如飛如翰하며
如江如漢하며 如山之苞하며
如川之流하야 綿綿翼翼하니
不測不克이라 濯征徐國이로다

왕의 군사가 강성하니 날 듯이 높이 날 듯이 하며
양자강처럼 한수처럼 질펀하며 산의 밑동 같으며
시냇물의 흐름같이 하여 끊임없이 계속 엄정하고 엄정하니

헤아리지 못하고 이기지 못하므로 서나라를 깨끗이 정벌했도다

왕유윤색　　　서방기래
王猶允塞하니　徐方旣來어늘
서방기동　　　천자지공
徐方旣同하니　天子之功이로다
사방기평　　　서방래정
四方旣平하니　徐方來庭하며
서방불회　　　왕왈환귀
徐方不回어늘　王曰還歸로다

왕의 계책이 진실로 가득하니 서나라 지방이 이미 와서 항복하거늘
서나라 지방을 이미 한 가지로 똑같이 하니 천자의 공이로다
사방이 이미 평화로우니 서나라 지방이 와서 정직하며
서나라 지방이 간사하지 않거늘 왕이 말하기를 돌아간다고 하도다

　☯ 상무(常武) 편은 여섯 장이 8구씩으로 된 서사시인데 주(周)나라는 일만 대의 전차와 6군(軍)을 상비군으로 편성하였는바 멀리 동남쪽 변방에 위치한 서(徐)나라에서 반란이 일어나니 왕이 친히 상비군만을 거느리고 정벌하여 역적을 토벌하고 인민을 위로하여 반란을 진압한 과정을 상세하게 서술한 내용이다.
　1장은 왕이 상비군의 진용을 편성함에 공적과 능력을 평가하여 경사(卿士)로서 군지휘관을 선발하며 남중(南仲)을 선봉장으로 명하고 황보(皇父)를 총사령관으로 임명해서 6군을 정렬하고 무기를 수리하며 출동준비를 철저히 하는 과정을 서술하였고, 2장은 왕의 정벌군이 출동하여 서나라의 국경지대에 이르러 정나라 임금 휴보의 작전계획에 따라 군대의 현지 적응훈련을 실시하여 공격부대를 선정해서 보병 지휘체계와 전차부대 지휘체계 및 보급의료 지휘체계를 갖춘 내용이며, 3장은 천자가 성대하고 굳센 군사를 출동시켜 서나라 인민을 보호하는 작전을 전개하고 있음에도 서나라의 반란분자들은 추호도 반성함이 없이 도리어 인민을 공포의 도가니 속으로 몰아넣고 단말마적인 발악을 하는 극악무

도한 죄상을 성토하였으며, 4장은 반란의 역적이 왕에게 도전하므로 마침내 왕이 진노하여 무력으로 토벌함에 용맹한 군사들이 범같이 돌진하여 역적의 소굴을 소탕하고 그 괴수를 생포하니 왕의 상비군이 주둔하는 곳이 되었음을 기술하였고, 5장은 왕의 군사작전이 신묘불측하여 역적이 도저히 대적하지 못했음을 기록하였고, 6장은 왕이 진실하게 서나라 인민을 사랑하니 서나라 관민들도 왕에게 와서 정직하게 충성을 맹세하므로 왕이 이에 회군한 사실을 밝혔다.

공자가 이 시를 『시경』에 편집한 이유는 천자국의 상비군은 천하의 평화를 보장하는 마지막 보루이므로 항상 군사와 병기와 보급을 충실히 하여 비상사태에 대비해야 함을 깨우치기 위함이니 만일 천자의 상비군이 허술하여 반란의 역적에게 무너지거나 오랑캐의 침략에 빼앗긴다면 임금이 죽고 나라가 멸망할 뿐만 아니라 인민의 생명과 재산도 지킬 수 없게 되는 것이다.

혁혁(赫赫)은 공적이 혁혁하게 빛나는 사람을 씀이요, 명명(明明)은 밝은 덕이 있는 사람을 등용함이다. 경사(卿士)는 천자국의 6경(六卿)으로 전시에 군단을 통솔하는 지휘관이고, 남중(南仲)은 경사(卿士)의 이름이며, 태조(大祖)는 맨 처음에 길제사를 지내고 출동히는 선봉장(先鋒將)이다 태사(大師)는 수상(首相)이니 전시에 총사령관이 되며, 황보(皇父)는 씨(氏)와 자(字)이다. 아(我)는 왕이 자기를 일컬음이고, 육사(六師)는 여섯 개의 군단이니 천자국의 상비군이다. 융(戎)은 무기요, 혜(惠)는 안정시키는 것이다. 윤씨(尹氏)는 윤길보(尹吉甫)요, 정백휴보(程伯休父)는 정나라 임금 휴보이니 주(周)나라의 직할영토 내에 있는 나라이다. 서(徐)는 중국의 동남쪽에 위치한 나라이름이요, 삼사(三事)는 전투를 준비하는 세 가지 일이니 병사를 훈련하고 무기를 정비하며 식량을 보급하는 것이다. 혁혁(赫赫)은 진영의 형세가 성대한 모양이고, 업업(業業)은 군대의 사기가 씩씩한 모양이다. 서(舒)는 전개하여 펼침이요, 보작(保作)은 인민을 보호하는 작전이며, 소(紹)는 공격을 독촉함이고, 유(遊)는 공격을 중지하고 쉬는 것이니 왕의 군사가 즉각적으로 대대적인 공격을 하지 않고 소규모의 탐색전만 전개하는 것은 반역도배들에 의하여 유혹당한 사람들이 탈출하여 피신할 기회를 주기 위함이다. 역소(繹騷)는 반란의 역적들이 항복하지 않고 계속 저항하며 인민의 이탈을 엄하게 감시하는 것이다. 진(進)은 진격하여 돌진함이고, 호신(虎臣)은 용맹스러운 장수요, 함(闞)은 포효하는 것이며, 효(虓)는 으르렁거리는 것이다. 포(鋪)는 군사를 배치함이요, 돈(敦)은 포위망을 압축하여 적군을 압박하는 것이다. 지소(之所)는 가는 곳이니 반란세력을 소탕한 곳이다. 탄탄(嘽嘽)은 강성한 모양이고, 포(苞)는 밑동이니 엉겨붙어서 움직이지 않은 기본이요, 탁(濯)은 깨끗한 것이다. 유(猶)는 계책이고, 윤색(允塞)은 진실로 가득함이며, 정(庭)은 정직함이요, 회(回)는 간사함이고, 환귀(還歸)는 정벌군이 주(周)나라로 돌아가는 것이다.

천자의 군대가 멀리 출정하여 반란의 역적을 토벌함에 먼저 반성의 기회를 주어서 소규모의 탐색전만 하다가 끝내 반성하지 않으므로 총공격해서 일시에 역적을 소탕하여 깨끗이 정벌한 다음에 그 관민을 위로하고 즉각 반사(班師)하여 돌아왔으니 천자의 의로운 군대가 반란군을 진압하는 방법이다. 후세에 강대국은 반란지역에 도착하자마자 즉각 전쟁을 확대하여 살상전을 전개하고서는 그 보복이 두려워 반란을 진압하고도 계속 장기주둔하여 감시감독하니 정의롭지 못한 일이다.

3-3-10 ──────── 첨앙(瞻卬) / 우러러 바라보노니

첨 앙 호 천
瞻卬昊天하니
즉 불 아 혜
則不我惠라
공 진 불 녕
孔塡不寧하야
강 차 대 려
降此大厲로다
방 미 유 정
邦靡有定하야
사 민 기 채
士民其瘵하니

모적모질 미유이계
孟賊孟疾하야 靡有夷屆하며
죄고불수 미유이추
罪罟不收하야 靡有夷瘳로다

넓은 하늘을 우러러 바라보노니 곧 우리를 은혜롭게 아니하므로
매우 오랫동안 편안치 아니하여 이 큰 재앙을 내렸도다
나라가 안정함이 있지 아니하여 선비와 인민이 그 지쳤거늘
누리가 농작물을 갉아먹고 해쳐서 평평하게 마침이 있지 않으며
죄의 그물을 걷지 않으므로 편안히 쾌차함이 있지 않도다

인유토전 여반유지
人有土田을 女反有之하며
인유민인 여복탈지
人有民人을 女覆奪之하며
차의무죄 여반수지
此宜無罪어늘 女反收之하며
피의유죄 여복탈지
彼宜有罪어늘 女覆說之로다

사람이 가진 땅과 밭을 네가 도리어 취하며
사람이 가진 인민을 네가 도리어 빼앗으며
이것은 마땅히 죄가 없거늘 네가 도리어 수감하며
저것은 마땅히 죄가 있거늘 네가 도리어 죄를 벗겨주도다

철부성성 철부경성
哲夫成城이어든 哲婦傾城하느니라
의궐철부 위효위치
懿厥哲婦가 爲梟爲鴟로다
부유장설 유려지계
婦有長舌이여 維厲之階로다
난비강자천 생자부인
亂匪降自天이라 生自婦人이니라
비교비회 시유부시
匪教匪誨는 時維婦寺니라

어질고 현명한 남편이 성곽을 이루거든 어질고 현명한 아내가
성곽을 허무니라
아름다운 저 어질고 현명한 아내가 올빼미가 되고 새매가 되도다
아내에게 긴 혀가 있음이여, 오직 재앙을 받을 빌미로다

3. 탕(蕩)의 십(什) 383

혼란이 하늘로부터 내려온 것이 아니라 아내로부터 생기느니라
가르치지 못하고 깨우치지 못하는 것은 이에 오직 아내와 내시
니라

국 인 기 특　　　　　　참 시 경 패
鞠人忮忒하야　　譖始竟背어든
기 왈 불 극　　　　　이 호 위 특
豈曰不極이리오만　伊胡爲慝고 하나니
여 고 삼 배　　　　　군 자 시 식
如賈三倍를　　　君子是識이라
부 무 공 사　　　　　휴 기 잠 직
婦無公事어늘　　休其蠶織이로다

사람을 궁박하게 하여 해치고 어기며 처음엔 거짓말을 하다가
끝내 배반하나니
어찌 극단적이지 않다고 말하리오만 그가 어찌 간악하리오 하나니
장사꾼같이 세 배를 남기는 것을 군자가 이에 알고 있으므로
아내는 공사에 관여치 못하거늘 그 양잠과 길삼을 중지하도다

천 하 이 자　　　　　하 신 불 부
天何以刺며　　　何神不富오
사 이 개 적　　　　　유 여 서 기
舍爾介狄이요　　維予胥忌하도다
불 조 불 상　　　　　위 의 불 류
不吊不祥하며　　威儀不類하며
인 지 운 망　　　　　방 국 진 췌
人之云亡이니　　邦國殄瘁로다

하늘이 어찌 질책하며 어찌 귀신은 만족하지 않은가
너의 큰 오랑캐를 버려두고 오직 나만을 서로 꺼리도다
상서롭지 않음을 위로하지 않으며 위엄 있는 거동이 같지 않으며
사람이 없다고 하니 나라가 병들어 시들도다

천 지 강 망　　　　　유 기 우 의
天之降罔이여　　維其優矣로다
인 기 운 망　　　　　심 지 우 의
人之云亡이여　　心之憂矣로다
천 지 강 망　　　　　유 기 기 의
天之降罔이여　　維其幾矣로다

인 지 운 망　　　　심 지 비 의
人之云亡이여　　　心之悲矣로다

하늘이 그물을 내림이여, 그 많기도 하도다
사람이 없다고 함이여, 마음의 근심이로다
하늘이 그물을 내림이여, 그 가까웁도다
사람이 없다고 함이여, 마음이 슬프도다

필 불 함 천　　　　유 기 심 의
觱沸檻泉이여　　　維其深矣로다

심 지 우 의　　　　영 자 금 의
心之憂矣여　　　　寧自今矣리오

불 자 아 선　　　　불 자 아 후
不自我先이며　　　不自我後로다

막 막 호 천　　　　무 불 극 공
藐藐昊天이나　　　無不克鞏이니

무 첨 황 조　　　　식 구 이 후
無忝皇祖면　　　　式救爾後리라

펄펄 물이 솟아오르는 샘이여, 그 깊기도 하도다
마음의 근심이여, 어찌 오늘날부터인가
나로부터 먼저 하지 않으며 나로부터 뒤에 하지도 않도다
아득히 넓은 하늘이나 능히 튼튼하지 않음이 없나니
거룩한 조상을 욕되게 함이 없으면 이에 너의 후손을 구원하리라

　◯ 첨앙(瞻卬) 편은 일곱 장으로 수장과 3장과 졸장은 10구씩
이고 나머지는 8구씩인데 앞의 여섯 장은 서사시요 끝의 졸장은
서정시이다. 주(周)나라 유왕(幽王)이 포사(褒姒)를 총애하고 내시
를 믿어 정사를 어지럽히니 간신이 득세하여 군자를 참소하고 인
민을 착취하는 참상을 기술하여 국가몰락을 탄식하였다.

　1장은 도덕적으로 타락한 정권이 부정부패의 온상이 되어 가혹
한 형벌로 인민을 학대하는 현실을 고발하였고, 2장은 부정부패
한 관료들이 인민의 재산을 수탈하고 법질서를 파괴하는 실상을
규탄했으며, 3장은 포사와 내시들이 권력을 장악하기 위하여 날
뛰기 때문에 나라가 어지러워진 배경을 기술하였고, 4장은 임금

3. 탕(蕩)의 십(什)　385

은 임금의 직분이 있고 부인은 부인의 직분이 있음에도 포사가 조정의 공식회의에까지 간섭한 월권행위를 규탄하였으며, 5장은 유왕(幽王)이 국가적인 재앙을 보고도 반성하지 않은 것을 경고하였으며, 6장은 하늘의 심판이 가까웠으므로 충신과 의사들이 모두 떠난 사실을 기록하였고, 7장은 민심이 크게 동요하여 나라가 위태로우니 즉각 임금이 반성하여 위대한 조상의 덕을 욕되게 하지 말라고 탄원하였다.

공자가 이 시를 『시경』에 편집한 이유는 조정에 여알(女謁)이 횡행하고 내시가 득세하면 반드시 어진 이를 모함하여 몰아내고 교활한 소인배가 결집해서 예의도덕을 허물고 포악한 형벌을 남용하여 인민을 탄압해서 나라를 위태롭게 만든다는 것을 깨우치기 위함이다.

진(塡)은 오래 지속함이요, 려(厲)는 모진 재앙이며, 채(瘵)는 지쳐서 생긴 폐결핵이다. 모적(蟊賊)은 누리로 농작물을 해치는 메뚜기의 일종이고, 질(疾)은 해치는 것이며, 이(夷)는 평평함이요, 계(屆)는 끝까지 이르러 마치는 것이다. 고(罟)는 그물이며, 수(收)는 거두어 철폐함이요, 추(瘳)는 병이 나은 것이다. 여(女)는 너를 지칭하는 대명사이고, 반(反)과 복(覆)은 도리어이며, 수(收)는 수감(收監)이니 죄인을 잡아넣는 것이고, 탈(說)은 탈(脫)이니 혐의를 벗겨 주는 것이다. 철(哲)은 사물에 밝은 지능이요, 성(城)은 외침을 막아 내부를 보호하는 성벽이며, 철부(哲婦)는 간악한 포사(褒姒)를 지칭한다. 의(懿)는 겉으로 나타난 아름다움이고, 효(梟)는 올빼미, 치(鴟)는 새매이니 속에 욕심이 가득한 날짐승이다. 장설(長舌)은 말이 많은 것이고, 려계(厲階)는 재앙을 받을 빌미가 되는 것이다. 시(寺)는 내시이다. 국(鞫)은 궁박하게 추궁함이요, 기(忮)는 해치는 것이며, 특(忒)은 어기는 것이다. 참(譖)은 믿지 않음이요, 경(竟)은 마침내, 패(背)는 배반함이다. 극(極)은 극단적으로 함이요, 특(慝)은 사특함이며, 고(賈)는 점포에서 장사하는 사람이고, 삼배(三倍)는 이익을 세 배로 얻은 것이다. 공사(公事)는 조정에서 정사를 논의하는 것이요, 휴(休)는 중지함이며, 잠(蠶)은 양잠이고, 직(織)은 길삼이니 아내의 직분이다. 자(刺)는 질책이고, 부(富)는 만족이며, 개(介)는 큰 것이요, 서(胥)는 서로이다. 조(吊)는 위로함이고, 류(類)는 같음이요, 진췌(殄瘁)는 병들어 시든 것이다. 망(罔)은 그물이고, 우(優)는 많은 것이며, 기(幾)는 가까운 것이다. 필불(觱沸)은 물이 솟아오르는 모양이고, 함천(檻泉)은 물이 곧게 솟아오르는 샘이다. 막막(藐藐)은 아득히 높고 먼 모양이요, 공(鞏)은 견고함이며, 첨(忝)은 욕됨이다.

임금이 술과 여색과 향락에 빠져서 이성을 잃고 양심이 마비되면 이는 임금이 아니라 한 사람의 독재자이므로 군자나 선비가 그 조정에서 즉각 떠나는 까닭에 독재자에게는 사람이 없다고 하는 것이다.

3-3-11 ──────── 소민(召旻) / 소공과 가을 하늘

민 천 질 위 　　　천 독 강 상
旻天疾威라 　　　天篤降喪하야
전 아 기 근 　　　민 졸 류 망
瘨我饑饉하야 　　民卒流亡하니
아 거 어 졸 황
我居圉卒荒이로다

가을 하늘이 급히 위협하므로 하늘이 후하게 재앙을 내리어
우리를 기근으로 병들게 하여 민중이 모두 떠돌아다니니
우리가 사는 곳과 변방이 모두 황폐하였도다

천 강 죄 고 　　　모 적 내 홍
天降罪罟하야 　　蟊賊內訌하며
혼 탁 미 공 　　　궤 궤 회 휼
昏椓靡共하야 　　潰潰回遹이어늘
실 정 이 아 방
實靖夷我邦가

하늘이 죄의 그물을 내려 누리가 안에서 무너뜨리며

3. 탕(蕩)의 십(什) 387

어리석은 내시들이 공손치 아니하여 어지러이 간사하게 속이거늘
진실로 우리나라를 평안하게 다스리랴

고고자자
皐皐訿訿를
증불지기점
曾不知其玷이라

긍긍업업
兢兢業業하야
공전불녕
孔塡不寧하나니

아위공폄
我位孔貶이로다

서로 속이고 헐뜯음을 일찍이 그 결점을 알지 못하므로
항상 조심하여 공경하고 삼가며 매우 오랫동안 편안치 못했나니
나의 벼슬자리가 아주 낮아졌도다

여피세한
如彼歲旱에
초불궤무
草不潰茂하며

여피서차
如彼棲苴하니
아상차방
我相此邦한대

무불궤지
無不潰止로다

저와 같이 가문 해에 풀도 자라서 무성하지 못하며
저 마른 미역 같으니 내가 이 나라를 보건대
무너지지 않은 것이 없도다

유석지부
維昔之富나
불여시
不如時하며

유금지구
維今之疚도
불여자
不如茲로다

피소사패
彼疏斯粺어늘
호불자체
胡不自替오

직황사인
職兄斯引이로다

옛날에도 많았으나 이와 같지는 않았으며
오늘날의 고통도 이렇지는 않았도다
저들은 추한 쌀이요 이들은 정한 쌀이거늘 어찌 스스로 교체하
지 않을까
오로지 근심만 이에 늘도다

지 지 갈 의　　　　불 운 자 빈
池之竭矣를　　　不云自頻하며

천 지 갈 의　　　　불 운 자 중
泉之竭矣를　　　不云自中가

부 사 해 의　　　　직 황 사 홍
溥斯害矣라　　　職兄斯弘하니

불 재 아 궁
不災我躬가

연못이 마르기를 물가로부터 한다고 아니하던가
샘물이 마르기를 가운데로부터 한다고 아니하던가
널리 이에 해침으로 오로지 근심만 이에 크거니
나의 몸에 재앙을 받지 않으리오

석 선 왕 수 명　　　　유 여 소 공
昔先王受命엔　　　有如召公의

일 벽 국 백 리　　　　금 야 일 축 국 백 리
日辟國百里러니　　今也日蹙國百里로다

오 호 애 재　　　　유 금 지 인
於乎哀哉라　　　維今之人은

불 상 유 구
不尙有舊로다

옛날에 선왕이 천명을 받음에는 소공 같은 이가 있어
날로 나라 백 리를 열어가더니 이제는 날로 나라 백 리를 쭈구
려가누나
아~, 슬프도다, 오직 오늘날 사람은
옛날의 규범이 있음을 숭상하지 않도다

　☯ 소민(召旻) 편은 일곱 장으로 앞의 네 장은 5구씩이고 뒤의
세 장은 7구씩으로 되었으니 서사시이다. 주(周)나라 유왕(幽王)
이 포사(褒姒)를 총애하고 내시를 신임하니 조정에 소인배가 가
득하여 인민을 학대하므로 하늘이 진노하여 재앙을 내려서 국가
가 위기에 봉착하였는데도 간신배들이 소공(召公)의 진충보국(盡
忠報國)했던 신하의 도리를 망각하고 오로지 자기의 이익추구에
만 열중하는 세태를 탄식한 내용이다.

1장은 하늘이 타락한 정권을 징계하여 가뭄의 재앙을 내리니 민중이 기근에 허덕이는 참상을 고발하였고, 2장은 하늘이 죄의 그물을 내려 정권을 심판하려고 함에도 부정부패한 무리들이 권력다툼만 일삼고 어리석은 내시들이 득세하여 군자를 모함하니 어찌 나라를 편안하게 다스리겠냐고 비판하였으며, 3장은 왕이 간신배의 모략을 알지 못하므로 군자가 아무리 조심하여도 끝내 견디지 못하고 축출당하는 실태를 탄식하였으며, 4장은 가뭄의 피해가 극도에 이르러 풀까지 말라죽었기 때문에 대대적인 정치 개혁을 단행하지 않으면 정권이 무너지게 될 것임을 경고하였고, 5장은 옛날에도 재난이 많았지만 이 시대처럼 많지는 않았고 오늘날의 고통도 이와 같이 심각하지는 않았거늘 왕이 소인배를 축출하고 군자를 등용하여 정치를 개혁하지 않은 현실을 탄식하였으며, 6장은 연못이 마를 때에는 가장자리로부터 마르고 샘이 마를 때에는 가운데로부터 마르는 현상으로 인민의 고통은 서민대중이 더욱 심하고 군자의 축출은 중앙정부의 대신이 먼저 쫓겨남을 비유하여 군자와 하층민이 모두 재앙을 입은 것을 동정하였으며, 7장은 옛날에 문왕(文王)과 무왕(武王)이 천명을 받을 때에는 소공(召公)이 적극 보필하여 날로 나라를 넓혔으나 오늘날의 신하들은 국토가 날로 찌그러지는데도 개인의 영달에만 몰두하여 나라를 돌아보지 않은 불충불의(不忠不義)를 규탄하였다.

공자가 이 시를 대아(大雅)의 끝에 편집한 이유는 아무리 아름다운 규범이 있어도 그것을 존중하여 받들지 않으면 아름다운 세상을 만들지 못하는 것을 경고하기 위함이다. 그러므로 공자는 말하기를 "사람이 능히 진리를 밝혀 도덕을 키우는 것이요 도덕이 사람을 키우는 것이 아니다."고 하였으니 나라에 도덕을 실천하는 정치지도자가 없다면 어떻게 도덕정치가 일어나겠는가?

독(篤)은 많고 두터운 것이고, 전(瘨)은 병들게 함이며, 졸(卒)은 모두, 거(居)는 사는 곳이니 도시와 촌락이요, 어(圉)는 변방이다. 홍(訌)은 무너지는 것이고, 혼(昏)은 혼(昬)과 같으니 어두운 것이며, 탁(椓)은 내시(內侍)로 생식기가 없는 대궐 안의 남자 시종이다. 공(共)은 공(恭)이요, 궤궤(潰潰)는 어지러운 것이며, 회

(回)는 간사함이고, 휼(遹)은 속임이다. 정(靖)은 다스려 바로잡음이고, 이(夷)는 편편함이다. 고고(皋皋)는 서로 속이는 것이며, 자자(訿訿)는 헐뜯는 것이다. 점(玷)은 흠이니 결점이고, 전(塡)은 오래, 폄(貶)은 벼슬을 깎아 낮춤이다. 궤무(潰茂)는 자라서 무성함이요, 서차(棲菹)는 해초를 나무에 걸어 말린 것이니 곧 마른 미역 같은 것이다. 상(相)은 보는 것이고, 궤(潰)는 법도가 무너져서 어지러운 것이며, 지(止)는 어조사이다. 부(富)는 많음이요, 시(時)는 시(是)이니 이것이며, 구(疚)는 고통이다. 소(疏)는 거친 쌀이며, 패(粺)는 정결한 쌀이다. 체(替)는 교체하여 바꾸는 것이고, 직(職)은 오로지 함이며, 황(兄)은 근심이요, 인(引)은 길게 늘이는 것이다. 빈(頻)은 가장자리이며, 부(溥)는 넓은 것이요, 홍(弘)은 큰 것이고, 재(災)는 재앙이다. 선왕(先王)은 문왕(文王)과 무왕(武王)이고, 소공(召公)은 강공(康公)이며, 벽(辟)은 개척하여 넓힌 것이요, 축(蹙)은 찌그러져서 좁아지는 것이다. 상(尙)은 숭상함이고, 구(舊)는 옛날의 아름다운 규범이다.

군자는 도덕을 숭상하므로 사회에 기강을 세워 풍속을 바로잡아 나라를 일으키고 소인배는 이익을 숭상하므로 법도를 무너뜨리고 인민을 착취하여 나라를 위태롭게 하나니 군자의 도덕심과 소인배의 사리사욕이 바로 국가흥망의 갈림길이다.

○ 탕(蕩)의 십(什)은 모두 11편 92장 769구인데 대체로 천하를 경영함에 있어서 크게 경계해야 되는 과제를 선별하여 차례로 엮었으니 탕(蕩) 편은 은(殷)나라 주(紂)가 포악한 정치로 천명과 민심을 잃은 전말을 열거하여 주(周)나라가 거울로 삼을 것을 촉구하였고, 억(抑) 편은 위(衛)나라 무공(武公)이 여왕(厲王)과 그 신하들의 실리주의정책을 경고한 내용이며, 유상(柔桑) 편은 예(芮)나라 임금이 여왕(厲王)의 폭정과 영이공(榮夷公)의 아첨을 비판한 것이고, 운한(雲漢) 편은 선왕(宣王)이 가뭄에 대한 모든 책임을 지고 왕위를 사퇴하면서까지 비오기를 기원하는 책임정신

을 기린 것이다. 숭고(崧高)와 증민(烝民), 한혁(韓奕), 강한(江漢) 편 등은 대신이 왕명을 받들어 사방을 경영해서 나라를 중흥(中興)시킨 사례를 들어 찬미한 내용이고, 상무(常武) 편은 상비군(常備軍)의 정벌윤리를 밝힌 것이요, 첨앙(瞻卬)과 소민(召旻) 편은 유왕(幽王)의 포악한 정치와 여알(女謁)과 내시(內侍)들의 횡포를 질타한 내용이다. 대아(大雅)의 웅장하고 준절한 기상이 여기에서 극치에 이르렀으니 오래 읽고 음미하면 신명이 넘쳐서 손발이 춤을 출 것이다.

하경(下經)

Ⅲ. 송(頌)

　송(頌)은 종묘(宗廟)의 제전(祭典)에 연주하는 악장(樂章)의 시가(詩歌)이다. 무릇 사람이 모여 예식(禮式)을 거행할 때에는 모름지기 음악을 갖추어 연주하였으니 예절로 분수(分數)를 나누어 질서를 지키고, 음악으로 전체를 고루 화합하여 성대한 행사를 이루기 위함이다. 그리하여 예로부터 장례에는 장송곡(葬送曲)이 있고 제례에는 제례악(祭禮樂)이 있었으니 죽은 사람의 아름다운 공덕을 기리고 산 사람의 진정을 위로하는 내용이었다.

　그러므로 송시(頌詩)는 예법정신에 철저하여 귀신을 공경하되 비굴하게 아첨하여 허식으로 미화해서는 안 되고 산 사람을 위로하여 말을 삼가되 지나치게 형식적으로 수식해서는 안 되는 것이니 무릇 귀신을 속이고 산 사람을 우롱하는 것은 진정한 예법이 아니고 오히려 귀신과 인간을 모독하는 행위이기 때문이다. 따라서 송(頌)은 가장 깨끗한 정신과 가장 진실한 마음의 노래이므로 그 노래가 인간은 물론이요 귀신까지 감동시키는 것이다.

　공자가 편집한 시경의 송(頌)은 주송(周頌)이 31편이요, 노송(魯頌)이 4편이며, 상송(商頌)이 5편인데 대체로 송(頌)에는 운(韻)이 없으니 그것은 소리를 길게 내서 느리게 부르기 때문에 운(韻)이 필요가 없는 까닭이고, 그 시가 짧은 것은 예식(禮式)을 엄숙하게 진행하여 절도가 있게 하고자 함이니 예절은 공경을 숭상하므로 해태(懈怠)할 수 없는 것이다.

1. 주송(周頌) 청묘(淸廟)의 십(什)

주송(周頌)은 주(周)나라 태묘(太廟)의 제전(祭典)에서 연주하는 악장의 시가(詩歌)이고 청묘(淸廟)는 청결하고 고요한 사당이라는 뜻이니 주송(周頌)은 문왕(文王)의 덕과 무왕(武王)의 공(功)을 찬송함이요 청묘(淸廟)는 성왕(成王)이 태묘(大廟)를 청결하게 유지 관리함을 칭송한 것이다.

4-1-1 ─────────── 청묘(淸廟) / 깨끗한 사당

오목청묘　　　　　　숙옹현상
於穆淸廟에　　　　　肅雝顯相하며
제제다사　　　　　　병문지덕
濟濟多士가　　　　　秉文之德하야
대월재천　　　　　　쥰분주재묘
對越在天일새　　　　駿奔走在廟하나니
불현불승　　　　　　무역어인사
不顯不承하야　　　　無射於人斯로다

아~, 그윽하고 깨끗한 사당에 정숙하게 화합하여 밝게 도우며
가지런하고 단정한 많은 선비가 문왕의 덕을 받들어
하늘에 계신 신령을 대할새 사당에서 몹시 바쁘게 빨리 하나니
나타내지 않고 떠받들지 않으므로 사람에게 싫어함이 없으시도다

● 청묘(淸廟) 편은 한 장인데 8구로 된 서사시이다. 주(周)나라 문왕(文王)은 풍읍(豊邑)에서 살았고 무왕(武王)은 호경(鎬京)에서 살았으며 성왕(成王)에 이르러 주공(周公)이 낙읍(洛邑)을

경영하여 제후(諸侯)를 조회(朝會)하였으니 이들을 인솔하여 문왕에게 제향을 드리면서 연주한 제례악(祭禮樂)의 노래말이다.

　그 뜻은 그윽하고 깨끗한 태묘(太廟)에서 정숙하게 화합하여 밝게 제사를 돕는 공경제후(公卿諸侯)와 가지런하고 단정한 많은 집사(執事)들이 문왕(文王)의 덕을 받들어 하늘에 계신 신령을 직접 대하는 것같이 공경하며 사당에서 매우 바쁘게 빨리 제례를 거행하니 이러한 정성과 공경심은 모두 문왕의 나타내지 않고 떠받들지 않은 덕에 감동하여 저절로 나온 것임을 노래하였다.

　오(於)는 감탄사이고, 목(穆)은 깊고 멀어서 그윽한 것이며, 청(淸)은 맑고 깨끗하며 조용한 것이다. 숙(肅)은 엄숙함이고, 옹(雝)은 화합이며, 현(顯)은 밝고 뚜렷함이요, 상(相)은 돕는 것이니 공경(公卿)과 제후(諸侯)가 천자의 제사를 돕는 것이다. 제제(濟濟)는 가지런하고 단정한 것이며, 다사(多士)는 많은 선비이니 제사에 참여하여 일을 돕는 집사(執事)이다. 병(秉)은 받들어 섬김이요, 문(文)은 문왕(文王)이며, 월(越)은 어(於)이니 전치사이다. 준(駿)은 빠른 것이고, 분주(奔走)는 몹씨 바쁜 것이요, 승(承)은 떠받들어 높이는 것이며, 역(射)은 싫어함이고, 사(斯)는 어조사이다.

　문왕(文王)은 지극히 공경하고 잘 사양하여 자기의 공덕을 나타내지 않고 임금을 떠받들지 못하게 하였거늘 돌아가신 다음에 사당에서 그러한 덕을 흠모하여 이와 같이 부지런히 제사를 지내는 것은 바로 문왕의 덕을 본받아 천하에 겸양의 미덕과 평등의 정신을 널리 보급하려는 것이니 그 뜻이 아름답도다.

4-1-2 ──── 유천지명(維天之命) / 하늘의 도

유 천 지 명
維天之命이　　於穆不已어늘
오 목 불 이

오 호 불 현　　　문 왕 지 덕 지 순
於乎不顯이여 文王之德之純이로다
가 이 일 아　　　아 기 수 지
假以溢我어늘 我其收之하야
준 혜 아 문 왕　　　　증 손 독 지
駿惠我文王하리니 曾孫篤之어다

오직 하늘의 도가 아, 그윽히 그치지 않거늘
아~, 나타내지 않음이여, 문왕의 덕이 순수하도다
아름다움으로 우리를 넘치게 하거늘 우리가 그 덕을 거두어
빨리 우리 문왕을 따르리니 증손은 독실할지어다

　☯ 유천지명(維天之命) 편은 한 장인데 8구로 된 서사시이다.
문왕(文王)의 제사에 연주하는 찬송가이다. 그 뜻은 오직 천도(天
道)가 영원하여 단절함이 없거늘 문왕의 순수한 마음도 그침이
없어 영원히 한결같음을 찬양하였고, 이어 문왕의 나타내지 않은
공경심과 사양하는 정신이 우리 시대에 넘치거늘 우리가 그것을
수렴하여 빨리 문왕을 본받아 따르리니 후세의 주나라 왕도 그
숭고한 정신을 돈독히 실천하라고 당부하였다.
　천명(天命)은 천도(天道)이고, 불이(不已)는 영원히 그치지 아니
함이며, 순(純)은 순수하여 섞이지 않음이다. 가(假)는 가(嘉)이니
아름다운 것이요, 일(溢)은 넘쳐흐르는 것이며, 수(收)는 수렴하여
모으는 것이다. 혜(惠)는 따라서 실천함이고, 증손(曾孫)은 제주
(祭主)이니 곧 왕위를 계승한 후손이며, 독(篤)은 독실하게 믿어
잊지 않음이다.
　문왕의 거룩한 도덕을 찬송하면서 그 위대한 정신을 계승하려
고 다같이 다짐하니 제사의 본의가 아주 뚜렷하도다.

4-1-3 ──────── 유청(維淸) / 오직 깨끗이

유청즙희   문왕지전
維淸緝熙는 文王之典이시니
조 인   흘용유성
肇禋하야   迄用有成하니
유주지정
維周之禎이로다

오직 깨끗이 계속 빛남은 문왕의 법전이시니
처음으로 정결하게 제사지내어 마침내 성공을 거두니
오직 주나라의 상서로움이로다

☯ 유청(維淸) 편은 한 장인데 5구로 된 서사시이다. 문왕(文王)의 제사에 연주하는 찬송가이며 그 뜻은 문왕의 나타내지 않은 덕이 깨끗하고 한결같으며 밝게 빛나는 까닭에 이러한 문왕의 정치문화의 전통으로 정결하게 제사를 지내서 마침내 엄숙하게 행사를 마치니 주나라에 상서로움이 가득하여 미래의 번영을 약속한 내용이다.

즙(緝)은 계속 이어가는 것이고, 희(熙)는 밝게 빛나는 것이며, 전(典)은 법전이니 전장제도(典章制度)이다. 조(肇)는 처음 시작함이고, 인(禋)은 정결한 제사이며, 흘(迄)은 마침내, 성(成)은 완성하여 끝마치는 것이다.

문왕(文王)을 제사지내면서 문왕의 예법으로 예식을 거행하였으니 신령의 뜻을 잘 받들어 상서로운 복을 받은 것이다. 귀신을 추모하면서 귀신의 뜻에 어긋나는 방법으로 제사를 지낸다면 어찌 귀신이 복을 주겠는가? 그러므로 어버이의 유지(遺志)를 받들고 어버이의 유업(遺業)을 계승하는 효자이어야 큰복을 받는 것이다.

4-1-4 ──────── 열문(烈文) / 빛나는 문채

열 문 벽 공　　　　석 자 지 복
烈文辟公이　　　　錫玆祉福하니
혜 아 무 강　　　　자 손 보 지
惠我無疆하야　　　子孫保之로다
무 봉 미 우 이 방　　유 왕 기 숭 지
無封靡于爾邦이면　維王其崇之며
염 자 융 공　　　　계 서 기 황 지
念玆戎功이라　　　繼序其皇之리라
무 경 유 인　　　　사 방 기 훈 지
無競維人을　　　　四方其訓之하며
불 현 유 덕　　　　백 벽 기 형 지
不顯維德을　　　　百辟其刑之하나니
오 호 전 왕 불 망
於乎前王不忘이로다

빛나고 문채나는 제후가 이 복을 내리게 하니
나에게 베푼 은혜 가히 없어 자손이 편안하도다
너의 나라에 봉쇄하고 이탈함이 없으면 오직 왕이 그 공경하며
이에 그대의 공적을 생각하므로 차례를 이어 그 크게 하리라
다툼이 없는 사람을 사방이 그 본받으며
나타내지 않은 덕을 일백 임금이 그 법 받나니
아~, 전에 왕은 잊지 못하리로나

　　◉ 열문(烈文) 편은 한 장인데 13구로 된 서사시이다. 주(周)나
라 태묘(太廟)에서 문왕(文王)과 무왕(武王)에게 제향을 올리고
연례(燕禮)를 할 때에 제사에 참례하여 도운 공경제후(公卿諸侯)
에게 왕이 감사의 뜻을 표하면서 선왕의 덕을 본받아 잊지 말 것
을 당부하는 찬송가이다. 그 뜻은 빛나는 문덕(文德)이 있는 제후
들이 제사를 도와주었기 때문에 신령으로부터 많은 복을 받아 왕
손이 편안함을 감사하고 앞으로 제후의 나라가 봉쇄(封鎖)하여
고립하거나 이탈하여 멀리하지 않으면 왕이 제후를 공경하며 그
공로를 생각하여 계속 성대하게 대우할 것을 약속하고 아울러 경
쟁심이 없고 공적을 나타내지 아니하는 문왕을 본받아 잊지 말
것을 당부하였다.

열(烈)은 빛나는 것이요, 벽공(辟公)은 제후와 공경(公卿)이며, 봉(封)은 봉쇄(封鎖)이니 문호를 닫아 관계를 끊음이고, 미(靡)는 이탈하여 흩어짐이다. 숭(崇)은 공경하여 높임이고, 융(戎)은 그대를 지칭하는 대명사, 황(皇)은 성대하게 대우함이다. 경(競)은 경쟁심이고, 현(顯)은 뚜렷이 나타내어 과시함이며, 전왕(前王)은 문왕(文王)이다.

문왕의 정치가 윤리도덕에 철저하여 인민으로 하여금 이익을 다투지 않게 가르치고 임금으로 하여금 공적을 자랑하지 않도록 제도화하여 도덕민주사회를 건설하였기 때문에 증자(曾子)는 『대학(大學)』을 지으면서 이 시의 오호전왕불망(於乎前王不忘)의 구절을 인용하여 말하기를 "군자는 그 현명함을 좋아하고 그 친함을 사랑하며 소인은 그 즐거움을 즐거워하고 그 이로움을 이로워하니 이래서 죽을 때까지 잊지 못하는 것이다."고 해설하였고, 자사(子思)는 『중용(中庸)』을 지으면서 불현유덕(不顯維德), 백벽기형지(百辟其刑之)의 구절을 인용하여 말하기를 "그러므로 군자는 공손함을 돈독히 함으로써 천하가 화평하니라."고 해설하였으니 도덕민주주의의 극치를 이 편에서 확인할 것이다.

4-1-5 ──────── 천작(天作) / 하늘이 만든

천 작 고 산　　　　태 왕 황 지
天作高山이어늘　　大王荒之로다
피 작 의　　　　　문 왕 강 지
彼作矣어늘　　　　文王康之라
피 조 의 기　　　　유 이 지 행
彼徂矣岐에　　　　有夷之行하니
자 손 보 지
子孫保之어다

하늘이 높은 산을 만들었거늘 태왕이 다스렸도다
저기에 경작했거늘 문왕이 편안하게 하므로

저기로 가는 기읍에 평탄한 길이 있으니
자손이 보존할지어다

◎ 천작(天作) 편은 한 장인데 7구로 된 서사시이다. 태왕(大
王)의 제사에 연주하는 찬송가이다. 하늘이 높은 기산(岐山)을 만
들었는데 태왕이 기산 아래에 도읍을 개척하여 이로부터 주(周)
나라가 크게 번창하여 문왕(文王)이 천명(天命)을 받았으므로 후
세의 자손은 이 신성한 땅을 길이 보존해야 함을 역설하였다.
　고산(高山)은 기산(岐山)이요, 황(荒)은 황야를 개척하여 다스린
것이며, 강(康)은 편안함이고, 조(徂)는 가는 것이다. 이(夷)는 편
편함이요, 행(行)은 길이며, 자손(子孫)은 주(周)나라 왕실의 후손
이다.
　조상의 제사를 지내면서 조상의 업적을 기리고 또한 그 업적을
길이 보존할 것을 다짐하니 진실로 조상을 섬기는 도리인즉 조상
을 받드는 사람은 명심하기 바란다.

4-1-6 ── 호천유성명(昊天有成命) / 넓은 하늘이 이미 결정하여
　　　　　　　　　　　　　　내린 명령이 있거늘

　　　　　　　　　　호 천 유 성 명　　　　이 후 수 지
　　　　　　　　　　昊天有成命이어늘 二后受之하도다
　　　　　　　　　　성 왕 불 감 강　　　　숙 야 기 명 유 밀
　　　　　　　　　　成王不敢康하야 夙夜基命宥密이라
　　　　　　　　　　오 즙 희　　　　　단 궐 심
　　　　　　　　　　於緝熙하야　　　單厥心하시니
　　　　　　　　　　사 기 정 지
　　　　　　　　　　肆其靖之이로다
넓은 하늘이 이미 결정하여 내린 명령이 있거늘 두 왕이 받았도다

왕업을 이룸에 감히 편안치 아니하여 새벽부터 밤까지 천명에
종사하여 넓고 세밀하게 하므로
아~, 한결같이 계속 밝게 빛나서 그 마음을 다하시니
드디어 그 편안하게 다스렸도다

　　🔵 호천유성명(昊天有成命) 편은 한 장인데 7구로 된 서사시이
다. 무왕(武王)의 제사에 연주하는 찬송가이니 그 뜻은 하늘이 천
명(天命)을 문왕(文王)과 무왕(武王)에게 이미 내렸기 때문에 무
왕이 왕업(王業)을 이루기 위하여 밤낮으로 천명(天命)의 사업에
종사하여 관인(寬仁)한 덕과 정밀(精密)한 도를 닦아 끊임없이 계
속 빛나는 업적을 쌓으며 오로지 한 마음으로 정진하였으므로 드
디어 나라가 안정하였음을 찬양하였다.
　　성명(成命)은 이미 결정하여 내린 명령이니 천명(天命)을 주었
다는 뜻이다. 이후(二后)는 문왕과 무왕이며, 성왕(成王)은 천명
(天命)을 받아 왕업(王業)을 이룩함이다.기(基)는 기업(基業)에 종
사함이고, 유(宥)는 너그럽고 인자하여 도량이 넓은 것이요, 밀
(密)은 고요하고 정밀하여 사업이 주밀한 것이다. 오(於)는 감탄
사, 단(單)은 다함이며, 사(肆)는 드디어, 정(靖)은 편안하게 다스
림이다.
　　무왕(武王)의 제사에 문왕(文王)의 사업을 계승하여 완성한 것
으로 노래함은 충성과 효도를 아울러 온전히 한 역사적 사실에
근거한 것이니 진실한 찬송이다.

4-1-7 ──────── 아장(我將) / 우리가 받들며

아 장 아 향　　　　유 양 유 우
我將我享이　　　維羊維牛오니

유 천 기 우 지　　　의 식 형 문 왕 지 전
維天其右之신저 儀式刑文王之典하야
일 정 사 방　　　　이 가 문 왕
日靖四方하오니 伊嘏文王이
기 우 향 지　　　　아 기 숙 야
旣右享之하시도다 我其夙夜에
외 천 지 위　　　　우 시 보 지
畏天之威하야 于時保之하나이다

내가 받들고 내가 드림은 소와 양이오니
하느님께서 그 오른쪽에 임하신저 의식은 문왕의 법전을 본받아
날로 사방을 편안히 다스리오니 저 거룩하신 문왕이
이미 오른쪽에서 흠향하시도다 나는 그 아침부터 밤까지
하느님의 위엄을 두려워하야 이에 예의도덕을 지키나이다

● 아장(我將) 편은 한 장인데 10구로 된 서사시이다. 문왕(文
王)을 명당(明堂)에서 받들어 제사지냄에 하느님을 배향(配享)하
고 대제(大祭)를 거행하면서 연주하는 찬송가이다. 그 뜻은 왕이
곰소 양과 소의 제물을 올리며 하느님을 높이 우러러 숭배하여
강림하시기를 간절히 바라면서 정치문화의 체제와 형식은 문왕의
법진을 본받아 날로 사방이 편안하기 때문에 저 거룩한 문왕께서
도 이미 오른쪽에서 흠향(歆饗)하심을 밝혀 하느님과 문왕이 나
란히 짝하여 제사를 잡수심을 찬양하고 이어 왕은 스스로 새벽부
터 밤까지 하느님의 위엄을 두려워하여 이에 문왕의 예의도덕을
지키고 있음을 다짐하였다.
　장(將)은 행사를 받들어 거행함이요, 향(享)은 음식을 드려 향
례(享禮)를 거행함이다. 우(右)는 오른쪽이니 곁에 가까이 강림함
을 뜻한다. 대저 좌(左)는 왼쪽이니 곁에서 멀리 떠남을 뜻하는바
좌천(左遷), 좌차(左次)는 낮추고 멀어지는 것이요, 우족(右族), 우
직(右職)은 높이고 가까워지는 것이다. 의식(儀式)은 의례(儀禮)와
제도(制度)와 문장(文章)이니 천하공통의 정치문화인데 성인(聖
人)의 도덕으로 천자(天子)의 직위를 가진 사람만이 제정할 수 있
는 것이다. 가(嘏)는 위대하고 거룩한 것이며, 시(時)는 시(是)이

고, 보(保)는 간직하여 지키는 것이니 하늘의 도덕과 문왕의 예법
을 지킨다는 뜻인즉 이것은 하늘의 도덕이 바로 문왕의 도덕이요
문왕의 예법이 곧 자연의 법칙임을 증명하여 하느님과 문왕은 양
위일체(兩位一體)임을 확인한 것으로 학자는 깊이 음미해야 한다.

주(周)나라는 동지(冬至)에 지내는 시조제사와 가을에 지내는
아버지제사에 하느님을 배향하여 나란히 모셨으니 그것은 시조를
추모하는 마음이 하느님에게까지 미쳐서 만물의 근본이 하나임을
밝히고 아울러 아버지는 하느님같이 위대한 은혜임을 확인하기
위함이다. 만물은 모두 하느님이 창조하였기 때문에 하느님은 만
물의 근본이니 시조가 비롯하여 나온 뿌리이므로 시조의 제사에
하느님을 생각하지 않을 수 없는 것이요 사람은 모두 아버지가
낳았으므로 아버지는 자식에게 있어서 가장 위대하기 때문에 아
버지의 제사에 이 세상에서 가장 위대한 하느님을 생각하지 않을
수 없는 것이다. 그러므로 오직 시조의 제사와 아버지의 제사에
만 하느님을 배향하는 것이다.

4-1-8 ──────── 시매(時邁) / 때로 가도다

시매기방	호천기자지
時邁其邦에	昊天其子之일새
실우서유주	박언진지
實右序有周라	薄言震之어늘
막불진첩	회유백신
莫不震疊하며	懷柔百神하야
급하교악	윤왕유후
及河喬嶽하니	允王維后로다
명소유주	식서재위
明昭有周가	式序在位하고
재즙간과	재고궁시
載戢干戈하며	載櫜弓矢하고

아 구 의 덕   사 우 시 하
我求懿德하야 肆于時夏하나니
윤 왕 보 지
允王保之로다

바야흐로 그 나라에 감에 넓은 하늘이 그 기르실새
참으로 오른쪽으로 차례 하여 주나라를 세웠으므로 잠깐 거동하
거늘
진동하여 두려워하지 않음이 없으며 일백 신령을 부드럽게 품어
황하와 태산교악에 미치니 진실로 왕국의 임금이로다
밝고 밝은 주나라 정부가 격식의 차례로 벼슬자리에 있고
비로소 방패와 창을 거두어 모으며 비로소 활과 화살을 활집에
넣고
내가 아름다운 덕을 추구하여 이 문화국에 베푸나니
진실로 왕이 보호하리로다

◐ 시매(時邁) 편은 한 장인데 15구로 된 서사시이다. 무왕(武王)이 무력(武力)으로 은(殷)나라 주(紂)를 정벌하여 혁명을 완수하고 제후국을 순수(巡狩)하여 제후의 조회를 받은 자리에서 무기를 회수하며 장차 도덕으로 평화를 보장할 것을 천지신명에게 맹세할 때에 연주한 찬송가이다. 그 뜻은 바야흐로 무왕이 그 제후국을 순수(巡狩)함에 넓은 하늘의 은덕으로 모두 잘 생육하니 이것은 실로 하늘이 은(殷)나라를 멸망하고 주(周)나라를 세운 확실한 증거임을 먼저 밝혔다. 그리하여 천명(天命)을 받은 무왕이 거동함에 두려워하지 않은 나라가 없으며 일백 신령에게 제사를 지내서 부드럽게 품으니 황하의 물귀신과 태산의 산신령까지 모두 이르러 감응하여 진정한 왕국의 임금으로 공인하였음을 확인하였다. 끝으로 문명한 도덕정치를 헌장으로 하는 주나라 정부는 인류역사 발전에 공헌한 도덕적 인격의 차례로 벼슬을 주었기 때문에 이제 독재자의 권력유지 수단이었던 무기를 회수하여 폐기하고 앞으로는 아름다운 덕으로 국제평화를 보장할 것임을 만천하에 선언하였다.

매(邁)는 멀리 감이니 천자가 12년마다 제후국을 순수(巡狩)하여 지방국가의 정치득실을 확인하는 행차이다. 자(子)는 양육하여 키우는 것이고, 우(右)는 오른쪽이니 가까이 함이고, 서(序)는 차례이니 국가가 흥망성쇠하는 차례이다. 진(震)은 움직임이고, 첩(疊)은 두려움이며, 회유(懷柔)는 부드럽게 포용하는 것이다. 백신(百神)은 모든 귀신이니 천자는 모든 귀신을 다같이 편안하게 섬겨서 전체 인류의 안녕을 도모해야 되는 사명이 있다. 하(河)는 황하이고, 교악(喬嶽)은 태산(泰山)이며, 윤(允)은 진실로이다. 즙(戢)은 거두어 회수함이요, 고(櫜)는 활과 화살을 넣는 주머니이다. 사(肆)는 베풀어 펼치는 것이고, 시(時)는 시(是)이며, 하(夏)는 문화 중심국이다.

옛날에는 중대정책의 시행을 반포할 때에 천지신명에게 제사를 지내고 맹세하였으니 비단 인민을 속이지 않을 뿐만 아니라 하늘 땅도 속이지 않겠다는 굳은 신념의 표현인즉 후세에 조령모개(朝令暮改)하는 경박한 정치행태와는 그 각오가 이미 다른 것이다.

4-1-9 ────── 집경(執競) / 굳센 마음을 가졌도다

집 경 무 왕　　　　무 경 유 렬
執競武王이여　　　無競維烈이로다
불 현 성 강　　　　상 제 시 황
不顯成康이여　　　上帝是皇이로다
자 피 성 강　　　　엄 유 사 방
自彼成康하야　　　奄有四方하니
근 근 기 명　　　　종 고 황 황
斤斤其明이로다　鍾鼓喤喤하며
경 관 장 장　　　　강 복 양 양
磬筦將將하니　　降福穰穰이로다
강 복 간 간　　　　위 의 반 반
降福簡簡이어늘　威儀反反하니

旣醉旣飽로대　　福祿來反이로다

굳센 마음을 가지신 무왕이여 겨룰 데가 없는 충직이로다
나타내지 않으신 성왕과 강왕이여, 하느님이 이에 왕으로 명했
도다
저 성왕과 강왕으로부터 문득 사방의 민심을 얻으니
밝게 살피는 그 밝음이로다 종과 북이 쿵쿵 울리며
경쇠와 쌍피리가 쟁~쟁~ 어울리니 복을 내림이 주렁주렁 엉겨
붙도다
복을 내림이 크고도 크거늘 위엄 있는 거동이 신중하고 조심하니
이미 취하고 이미 배불러도 복과 녹의 이르름이 되풀이하도다

　☯ 집경(執競) 편은 한 장인데 14구로 된 서사시이다. 무왕(武
王)과 성왕(成王)과 강왕(康王)을 태묘(太廟)에서 제사지낼 때에
연주하는 찬송가로 소왕(昭王)시대 이후에 지은 시이다. 그 뜻은
무왕(武王)의 강직한 마음은 자강불식(自强不息)하여 세상에 겨루
어 다툴 사람이 없고 성왕(成王)과 강왕(康王)은 나타내이 지랑히
지 않은 민주적 지도력이 있었기 때문에 하느님의 천명(天命)을
받아 왕이 되어 사방의 민심을 얻었으니 그 밝게 살피는 높은 지
성의 힘이었음을 찬양하였다. 그리고 예악(禮樂)을 갖추어 화목하
게 모여서 엄숙하게 제사를 지내니 세 왕이 큰복을 내림이 거듭
하여 무한함을 감사하였다. 대저 제사는 시조의 제사와 아버지의
제사를 제외하고 여러 대의 조상을 같은 날 같은 시간에 합동으
로 제사지낼 수 있게 하였으니 춘분에는 먼 조상을 함께 제사지
내고 하지(夏至)에는 가까운 조상을 함께 제사지냈으니 사시정제
(四時正祭)가 이것인바 삶의 번거로움을 조절하여 귀신을 모독하
지 않고 또한 산 사람의 생활을 해치지 않기 위함이다.
　집경(執競)의 경(競)은 굳셈이요, 무경(無競)의 경(競)은 경쟁하
여 겨룸이다. 근근(斤斤)은 밝게 살피는 것이고, 황황(喤喤)은 쿵
쿵 울려서 조화함이며, 장장(將將)은 쟁쟁 울리는 것이다. 양양(穰

穰)은 주렁주렁 엉겨 붙은 모양이고, 간간(簡簡)은 크고도 큰 것
이며, 반반(反反)은 신중하고 조심하는 것이요, 래반(來反)은 이르
름을 되풀이하는 것이다.

4-1-10 ──────── 사문(思文) / 문채

사 문 후 직	극 배 피 천
思文后稷이여	克配彼天이로다
입 아 증 민	막 비 이 극
立我烝民이	莫匪爾極이로다
이 아 래 모	제 명 솔 육
貽我來牟가	帝命率育이라
무 차 강 이 계	진 상 우 시 하
無此疆爾界하고	陳常于時夏로다

문채나는 후직이여, 저 하늘을 잘 짝했도다
우리 뭇 백성이 밥을 먹음이 당신의 지극한 은덕이 아님이 없도다
우리에게 밀과 보리를 주심은 하느님의 명령으로 모든 이를 기
르기 위함이므로
이 강토와 저 경계가 없이 이 문화국에 떳떳한 삶을 베푸셨도다

☯ 사문(思文) 편은 한 장인데 8구로 된 서사시이다. 주(周)나
라의 시조 후직(后稷)을 하느님과 함께 제사지냄에 후직이 하느
님의 뜻에 따라 그 곡식의 종자를 개발한 공덕을 찬송한 노래이
다. 그 뜻은 과학영농의 기술을 개발한 후직은 하느님이 사람을
살리는 호생지덕(好生之德)을 발휘하여 우리 인민에게 농업사회
를 열어서 밀과 보리의 종자를 개발보급하니 하늘이 비와 이슬을
내려 모두 잘 자라게 하므로 이 강토와 저 경계의 차별이 없이
농업을 진흥해서 이 문화국에 떳떳하고 아름다운 삶을 영위하게
된 역사적 사실을 찬미하고 감사하는 내용이다.

사(思)는 어조사이고, 문(文)은 사물의 이치를 깊이 연구하여 그 조리와 체계를 세운 문채이며, 입(立)은 성립(成立)이니 밥을 먹고 교육을 받아 몸과 마음이 건전하게 성장함이다. 극(極)은 지극함이요, 이(貽)는 남겨준 것이며, 래(來)는 밀이고, 모(牟)는 보리이다. 솔(率)은 모두이고, 육(育)은 양육이며, 상(常)은 정상의 도이니 부자(父子)와 군신(君臣) 및 부부(夫婦)의 관계를 온전히 유지하는 정상적인 생활이다.

사람은 식생활이 안정되어야 문화생활을 향유할 수 있으므로 후직이 농경사회를 개척했던 공적은 인류문화발전에도 크게 기여한 것이다.

○ 청묘(淸廟)의 십(什)은 모두 10편 10장 95구이다. 모두 주(周)나라의 대제(大祭)에서 연주한 제례악(祭禮樂)으로 청아(淸雅)한 정신과 정밀(精密)한 마음을 담아서 신령의 공덕을 찬송하고 엄숙한 예법을 잔미하며 성대한 축복에 감사하는 노래이다.

청묘(淸廟), 유천지명(維天之命), 유청(維淸), 아장(我將) 편은 문왕(文王)을 기리는 찬송가이고, 호천유성명(昊天有成命) 편은 무왕(武王)을 기리는 찬송가이며, 시매(時邁) 편은 무왕이 천지신명께 제사지낼 때에 연주한 제례악이다. 집경(執競) 편은 무왕, 성왕(成王), 강왕(康王)을 기리는 찬송가이고, 열문(烈文) 편은 태묘(太廟)의 제사에 참여하여 도운 제후들을 치하하는 노래요, 천작(天作) 편은 태왕(大王)을 기리고, 사문(思文) 편은 후직(后稷)을 기리는 찬송가이다.

2. 주송(周頌) 신공(臣工)의 십(什)

4-2-1 ─────── 신공(臣工) / 신하와 기능공

차차신공　　경이재공
嗟嗟臣工아　敬爾在公이어다
왕리이성　　　내자래여
王釐爾成하나니 來咨來茹어다
차차보개　　유모지춘
嗟嗟保介여　維莫之春이어니
역우하구　　여하신여
亦又何求오　如何新畬오
오황래모　　장수궐명
於皇來牟가　將受厥明이러니
명소상제　　흘용강년
明昭上帝가　迄用康年이로다
명아중인　　치내전박
命我衆人하야 庤乃錢鎛하라
엄관질예
奄觀銍艾리로다

아~아~ 신하와 기능공이여, 너희가 살피는 공무를 공경할지어다
왕이 너희들의 성공을 다스리나니 와서 논의하고 와서 헤아릴지
어다
아~아~ 권농관이여, 늦은 봄이거니
또한 무엇을 기다리는가 2년 된 밭과 3년 된 밭은 어떤가
아, 아름다운 밀과 보리가 장차 패서 그 밝은 햇빛을 받으리니
밝고 밝은 하느님이 마침내 풍년이 들게 하시리라
우리 인민대중에게 명령하여 이에 가래와 호미를 갖추게 하라
문득 낫으로 베어 거두어들임을 보리로다

◑ 신공(臣工) 편은 한 장인데 15구로 된 서사시이다. 3월에 농사일을 시작하면서 천지신명(天地神明)에게 풍년을 기원하고 신하와 기능공 그리고 권농관(勸農官)과 농민에게 때를 놓치지 말고 부지런히 직무에 충실할 것을 당부하는 제례악(祭禮樂)이다. 그 뜻이 위로 왕으로부터 아래로 인민대중에 이르기까지 모두 하늘땅의 도움으로 풍년이 들 것을 확신하면서 영농방법을 연구하고 농지를 개간하며 농기구를 갖추도록 일일이 확인하였으니 지극히 합리적이고 과학적인 권농(勸農)행사이다.

　차차(嗟嗟)는 거듭 탄식하여 깊이 삼감이요, 신(臣)은 일반직 관료이고, 공(工)은 기능직 관료이다. 공(公)은 공무(公務)요, 리(釐)는 다스림이며, 성(成)은 직무를 성공적으로 달성함이다. 자(咨)는 꾀하여 의논함이고, 여(茹)는 헤아려서 연구함이며, 보개(保介)는 권농관(勸農官)이다. 모춘(莫春)은 주(周)나라의 역(曆)으로 3월이니 곧 인월(寅月)이요, 신(新)은 개간한 지 2년이 된 밭이며, 여(畲)는 3년 된 밭이다. 오(於)는 감탄사, 황(皇)은 아름다운 것이며, 래모(來牟)는 밀과 보리이다. 흘(迄)은 드디어, 강년(康年)은 풍년이요, 치(峙)는 갖추는 것이고, 전(錢)은 가래, 박(鎛)은 호미, 질(銍)은 낫이니 모두 농기구이며, 예(艾)는 곡식을 거두어들이는 것이다.

　옛사람이 인간이 해야 될 일을 먼저 다하고 나서 하늘의 운명을 기다리는 자세를 여기서 확인하라.

4-2-2 ──────── 희희(噫嘻) / 어히

희 희 성 왕　　기 소 격 이
噫嘻成王이　　既昭假爾하나니
솔 시 농 부　　파 궐 백 곡
率時農夫하야　播厥百穀하되

준 발 이 사　　종 삼 십 리
駿發爾私하야　終三十里하며
역 복 이 경　　십 천 유 우
亦服爾耕하되　十千維耦하라

어히, 성왕이 이미 너희에게 밝게 이르러 임하였나니
이에 농부를 인솔하여 그 일백 곡식을 파종하되
너희 사전(私田)을 빨리 개발하여 3십리를 끝내며
또한 너희 밭갈이를 힘쓰되 만민이 오직 쟁기를 나란히 하여 밭
을 갈도록 하라

　☯ 희희(噫嘻) 편은 한 장인데 8구로 된 서사시이다. 주(周)나
라 왕이 새해의 봄에 천지신명(天地神明)에게 풍년을 기원하는
제사를 지냄에 일찍이 농업진흥의 중요성을 신하들에게 당부했던
성왕의 숭고한 뜻을 기리어 찬송하는 제례악이다. 그 뜻은 성왕
이 일찍이 중농정책(重農政策)을 시행하여 직접 농업담당 관료에
게 특별한 명령을 내려서 당부하기를 모든 관료는 이에 농부를
인솔하여 일백 곡식을 파종하되 즉각 인민의 개인 소유인 사전
(私田)을 크게 개발하여 일만 명의 농부가 경작하는 사방 30리
(里)의 경지를 모두 끝내고 또한 각자의 밭갈이에 힘쓰게 하되
만민이 서로 짝을 지어서 두 대의 쟁기가 나란히 하여 밭을 갈도
록 협동정신을 고취하라고 했던 성왕의 신령이 이 자리에 임했다
는 내용이다.
　희희(噫嘻)는 깊이 탄식하는 소리요, 격(假)은 이르러 오는 것
이며, 이(爾)는 농업진흥을 담당하는 관료들이다. 시(時)는 시(是)
이고, 준(駿)은 빨리, 발(發)은 개발이며, 사(私)는 사전(私田)이다.
삼십리(三十里)는 사방 30리의 농지이니 일만 명의 농부가 경작
하는 사전(私田)인즉 공전(公田) 3리(里)를 더하면 모두 33리의
토지인데 성왕(成王)이 공전보다도 사전의 경작을 중요시했기 때
문에 30리라고 하였다. 복(服)은 복무함이니 힘써 일하는 것이고,
십천(十千)은 일만 명의 농부이며, 우(耦)는 서로 짝을 지어 밭갈
이를 하는 것이니 넓은 땅에 혼자서 쟁기질을 하면 지루하고 고

독하므로 서로 품앗이하여 쟁기 두 대를 나란히 하여 밭을 가는 것이다.

성왕(成王)의 농업장려정책이 민생경제를 우선적으로 걱정하였으니 참으로 덕치인정(德治仁政)의 모범인즉 인민은 공전(公田)을 먼저 경작하고 사전(私田)을 뒤에 경작하여 애국심을 발휘하고 왕은 사전(私田)을 먼저 걱정하고 공전(公田)을 언급하지 아니하여 애민(愛民)정신을 발휘하였으니 진실로 위아래의 군민(君民)이 서로 위하는 아름다운 정치문화이다.

4-2-3 ──── 진로(振鷺) / 떼지어 노는 해오라기

진 로 우 비 　　　　우 피 서 옹
振鷺于飛하야　　于彼西雝이로다
아 객 려 지 　　　　역 유 사 용
我客戾止하니　　亦有斯容이로다
재 피 무 오 　　　　재 차 무 역
在彼無惡하며　　在此無斁하니
서 기 숙 야 　　　　이 영 종 예
庶幾夙夜하야　　以永終譽로다

떼지어 노는 해오라기가 날아서 저 서쪽 태학으로 가도다
우리 손님이 이르르니 또한 이 성대한 모양이 있도다
저기에 있어도 미움이 없고 여기에 있어도 싫음이 없나니
새벽부터 밤까지 거의 하여 길이 명예롭게 마치는도다

◑ 진로(振露) 편은 한 장인데 8구로 된 서사시이다. 주(周)나라 왕이 벽옹(辟雝)에서 석전대제(釋奠大祭)를 거행하고 천하의 대로(大老)에게 음식을 공양하면서 그 어진 덕행을 찬양하는 노래이다. 그 뜻은 주나라의 태학(太學)인 벽옹(辟雝)에서 석전대제를 거행함에 마치 떼지어 나는 해오라기가 대학교의 연못에 모이

듯이 많은 선비와 학자가 운집하여 청결하고 정숙하게 선성(先聖), 선사(先師)의 제사를 지내고 이어 왕이 제사에 참석한 천하의 대로(大老)를 몸소 대접하니 그 의식절도가 대단히 아름다워서 눈에 거슬리거나 기분에 언짢은 행동이 전혀 없어 처음부터 끝까지 사랑하고 공경하며 사양하고 감사하는 마음으로 일관하여 길이 아름다운 칭송으로 마친다는 내용이다.

진(振)은 떼지어 노는 모양이고, 로(鷺)는 해오라기로 백로과에 속하는 새인데 날개의 길이는 261～290mm 가량이고 암수 같은 빛깔로 이마, 눈썹선, 목, 턱밑, 배, 가슴에는 흰빛을 띠고 머리, 등, 어깨는 검은 빛을 띤 초록색이며 뒷머리와 날개에는 연한 살빛 같은 흰빛의 세로줄이 있다. 등과 덮깃에는 삼각형의 무늬가 있으며 배 쪽은 흰빛에 갈색 세로무늬가 있다. 낮에는 침엽수림이나 활엽수림 또는 잡엽수림에서 자고 밤에는 물이 있는 곳에서 먹이를 찾는데 작은 물고기, 갑각류, 개구리, 올챙이 등을 먹고산다. 대체로 텃새이나 곳에 따라 이동도 한다. 옹(雝)은 벽옹(辟雝)의 주위에 있는 연못이니 태학을 지칭하며, 아(我)는 왕이 자기 자신을 일컫는 것이고, 객(客)은 빈객(賓客)이니 태학의 석전에 참석하여 제사를 돕는 원로(元老) 대인(大人)이다. 려(戾)는 이르러 옴이고, 오(惡)는 미운 감정이며, 역(斁)은 싫은 마음이니 인간의 행실이 교만하지 않고 인색하지 않으며 욕심이 없고 막힘이 없어서 멀리 있어도 밉지 않고 가까이 있어도 싫지 않은 인격으로 새벽부터 밤까지 예의도덕을 거의 온전히 지키기 때문에 길이 명예롭게 행사를 마치는 것을 칭송하였다.

옛날부터 태학의 석전대제에는 허다한 행사가 있었으니 선성(先聖) 선현(先賢) 선유(先儒)의 가르침을 이어받아 윤리도덕을 일으키고 풍속을 순화하기 위하여 왕이 천하의 노인을 초청하여 향음주례를 베풀기도 하고 학자를 초빙하여 학술강연회를 열면서 국가고시(國家考試)를 시행하여 인재를 발탁하기도 하였으니 모두 성현의 정신을 받드는 수선(首善)의 성지(聖地)에서 나라의 원기(元氣)인 선비를 격려하는 일이었다.

풍년다서다도　　　역유고름
豐年多黍多稌하야 亦有高廩이

만억급자　　　위주위례
萬億及秭어늘　 爲酒爲醴하야

증비조비　　　이흡백례
烝畀祖妣하야　 以洽百禮하니

강복공개
降福孔皆로다

풍년에 기장도 많고 찰벼도 많아 또한 높은 쌀 창고가 있음이
만과 억 그리고 천억이거늘 술을 만들고 단술을 만들어
겨울제사를 시조와 시조비께 드리어 일백 예법을 두루 갖추니
복을 내림이 매우 다하도다

　● 풍년(豊年) 편은 한 장인데 7구로 된 서사시이다. 주(周)나
라 왕이 농지(冬至)에 후직(后稷)에게 제사를 지냄에 풍년이 든
것을 감사하여 찬송하는 노래이다. 그 뜻은 풍년이 들어 기장과
찰벼가 많아 높은 창고가 만 개와 억 개를 넘어 천억 개에 이르
거늘 술과 단술을 만들어 동지에 시조(始祖)와 시조비(始祖妣)에
게 제사를 지냄에 모든 제례의 의식을 충분히 갖추어 거행하므로
신령이 내린 복도 역시 다 갖추어 빠짐이 없다는 내용이다.
　도(稌)는 찰벼로 화본과(禾本科)에 속하는 벼의 한 가지이다.
종자의 배유(胚乳)는 불투명한 흰색이고 열매의 껍데기는 대개
검은 색을 띤 자주색이며 차져서 밥과 떡이나 술을 만든다. 름
(廩)은 쌀을 저장하는 창고요, 만(萬)과 억(億)은 창고의 수(數)이
고, 자(秭)는 천억이다. 증(烝)은 겨울에 지내는 제사의 이름이니
동지(冬至)에 시조를 제사지내는 것이다. 비(畀)는 주는 것이고,
조비(祖妣)는 돌아가신 할아버지와 할머니인데 여기서는 주나라
의 시조 후직(后稷)과 후직의 부인을 지칭한다. 흡(洽)은 충분히
갖춤이고, 개(皆)는 전부 다이다.

제사에 자손이 예법을 충분히 갖추어야만 신령이 제사를 잡수
시고 복을 전부 다 준다는 점을 이 시에서 확인하라.

4-2-5 ──────── 유고(有瞽) / 악사가 있음이여

유고유고
有瞽有瞽여　　在周之庭이로다
설업설거
設業設虡하니　　崇牙樹羽로다
응전현고
應田縣鼓와　　鞉磬柷圉를
기비내주
旣備乃奏하니　　簫管備擧로다
황황궐성
喤喤厥聲이　　肅雝和鳴하니
선조시청
先祖是聽하시며　　我客戾止하야
영관궐성
永觀厥成이로다

악사가 있음이여, 악사가 있음이여, 주나라 종묘의 뜰에 있도다
종을 매다는 널조각을 설치하고 쇠북틀의 설주를 세우니 악기를
매다는 곳에 깃털을 세웠도다
작은북, 큰북, 매달은 북과 흔든 북, 경쇠, 축, 어를
이미 갖추고 이에 연주하니 퉁소와 쌍피리도 모두 갖추도다
어울리는 그 소리가 삼가고 화합하여 온화하게 울리니
선조가 이에 들으시며 우리 손님이 이르러 길이 그 연주가 끝남
을 보도다

◐ 유고(有瞽) 편은 한 장인데 13구로 된 서사시이다. 주(周)나
라 태묘(太廟)의 대제(大祭)에 악관(樂官)이 제례악(祭禮樂)을 연

주하는 광경을 구체적으로 서술하여 엄숙경건 하면서도 장엄하게 화합하는 가락이 귀신을 즐겁게 하고 손님을 감동시키는 것을 찬미한 내용이다. 그 뜻은 훌륭한 악사(樂師)가 주(周)나라의 묘정(廟庭)에서 제례악을 연주함에 종과 북 그리고 경쇠 등을 매다는 악기 틀을 설치하고 여러 악기를 빠짐이 없이 갖추어 성대하게 연주하여 이에 제사를 장중하게 거행하게 된 것을 감사하고 치하한 것이다.

고(瞽)는 악사(樂師)인데 고대에는 장님이 음악을 전공하였기 때문에 악사의 직업이 되었다. 업(業)과 거(虡) 그리고 숭아(崇牙)는 이미 영대(靈臺) 편(3-1-8)에서 해설하였으며, 수우(樹羽)는 5색(色) 깃털을 숭아(崇牙)의 위에 꽂아서 아름답게 장식함이다. 응(應)은 응고(應鼓)이니 하나의 작은북을 매달은 악기요, 전(田)은 큰북이며, 현고(縣鼓)는 북통의 가운데에 기둥을 꽂아 세운 북이며, 도(鞉)는 작은북의 통에 자루를 꿰어서 흔들면 북통에 매단 작은 방울이 북을 쳐서 소리를 내는 북이다. 경(磬)은 경쇠 또는 편경(編磬)이니 경쇠를 매달아 치는 악기이며, 축(柷)은 나무로 싱자를 만들고 위에 구멍을 뚫어 막대기로 바닥과 옆을 쳐서 음악을 연주하도록 신호하여 알리는 악기이고, 어(圉)는 어(敔)이니 나무를 깎아 호랑이가 엎드린 형상을 만들고 그 등에 27개의 톱니를 만들어 대나무채로 긁어서 소리를 내어 음악의 연주를 중지하도록 신호하는 악기이다. 소(簫)는 대나무로 만든 퉁소이고, 관(管)은 쌍피리이다. 숙옹(肅雝)은 삼가고 화합하는 것이며, 선조(先祖)는 주나라의 선조이니 문왕과 무왕이고, 아(我)는 왕이 자기를 말함이요, 객(客)은 태묘(太廟)의 제사에 참여하여 일을 돕는 공경(公卿)과 제후(諸侯)이다. 여지(戾止)는 이르러 머묾이요, 성(成)은 악장이 모두 끝나서 음악의 연주를 마치는 것이다.

음악으로 하늘땅과 사람 및 귀신이 모두 감동하여 즐거워하니 아름다운 음악의 작용이 크도다.

의 여 칠 저　　잠 유 다 어
猗與漆沮의　潛有多魚로다
유 전 유 유　　조 상 언 리
有鱣有鮪며　鰷鱨鰋鯉로
이 향 이 사　　이 개 경 복
以享以祀하야　以介景福이로다

으아, 칠수와 저수의 너겁에는 많은 고가가 있도다
전어가 있고 상어가 있으며 뱅어, 날치, 메기, 잉어로
제향을 지내고 제사를 지내어 크고도 큰복을 받도다

　◯ 잠(潛) 편은 한 장인데 6구로 된 서사시이다. 주(周)나라가
수산업(水産業)을 발달시켜서 강과 바다에 고기가 많으니 이를
잡아 천지신명(天地神明)에게 제사를 지내면서 연주하는 제례악
이다. 그 뜻은 칠수(漆水)와 저수(沮水)에 설치한 너겁에 많은 고
기가 있는 것으로 수산업의 발달을 찬양하고, 전어, 상어, 뱅어,
날치, 메기, 잉어 등으로 종묘에 제향을 지내며 산천에 제사를 지
냄으로써 큰복을 받은 것은 모두 어업에 종사한 사람들의 공로임
을 칭찬한 것이다.
　의여(猗與)는 감탄하는 소리이고, 칠(漆)은 칠수(漆水)요, 저(沮)
는 저수(沮水)이니 모두 기주(岐周)에 있는 강이름이다. 잠(潛)은
나뭇가지 등을 물 속에 넣어 고기가 깃들게 했다가 그물로 잡는
것이니 곧 너겁이다. 조(鰷)는 뱅어로 뱅어과에 속하는 바다 물고
기인데 길이 10cm 가량이고 몸은 앞쪽이 둥글고 뒤쪽으로 가면
서 납작하며 몸빛은 누른빛이 도는 은빛으로 약간 투명하다. 배
에는 잘고 검은 점이 흩어져 있으며 대가리는 뾰족하며 암컷은
비늘이 없고 수컷은 뒷지느러미 아랫부분에 16~18개의 큰 비늘
이 한 줄로 배열되어 있다. 4~5월경에 하천의 하류에서 산란한
지 1년 만에 성숙한다. 상(鱨)과 언(鰋)은 어리(魚麗) 편(2-2-3)에

서 이미 해설하였다.

　제사를 지내면서 물고기를 잡아서 바친 어부의 공로까지도 잊지 않고 찬양하였으니 만인의 정성으로 귀신을 받드는 위대한 행사로다.

4-2-7 ───────── 옹(雝) / 화합

유 래 옹 옹　　　　지 지 숙 숙
有來雝雝하야　　至止肅肅이로다
상 유 벽 공　　　　천 자 목 목
相維辟公이어늘　天子穆穆이로다
오 천 광 모　　　　상 여 사 사
於薦廣牡하고　　相予肆祀하니
가 재 황 고　　　　수 여 효 자
假哉皇考가　　　綏予孝子어다
선 철 유 인　　　　문 무 유 후
宣哲維人이며　　文武維后라
연 급 황 천　　　　극 창 궐 후
燕及皇天하사　　克昌厥後로다
수 아 미 수　　　　개 이 번 지
綏我眉壽하며　　介以繁祉하야
기 우 렬 고　　　　역 우 문 모
既右烈考요　　　亦右文母로다

　즐겁게 화합함으로부터 시작하여 엄숙하고 공경함에 이르러 멈추도다

　제사의 도우미가 제후이거늘 천자의 덕이 그윽하고 그윽하도다

　아, 큰 황소를 희생으로 바치고 나를 도와서 제물을 진설하니

　위대하도다, 돌아가신 거룩한 아버지께서 나 효자를 편안케 하소서

　사리에 밝고 지혜로운 인물이시며 문덕과 무공을 갖춘 왕이시므로

　편안함이 거룩한 하느님에게까지 미치어 그 후손이 잘 번창하도다

　나를 편안케 하여 오래 장수하며 많은 복으로 도우셔서

이미 빛나는 돌아가신 아버지께서 곁에 계시고 또한 문채나는
어머니께서 곁에 계시옵소서

　　☯ 옹(雝) 편은 한 장인데 16구로 된 서사시이다. 주(周)나라
무왕(武王)이 혁명(革命)을 완수한 뒤에 천하의 제후(諸侯)를 불
러 문왕(文王)에게 제사를 지내고 철상(徹床)할 때에 연주한 찬송
가이다. 그 뜻은 제사를 지냄에 모두 즐겁게 화합하는 마음으로
시작하여 지극히 엄숙하고 공경하는 정신으로 마친 것을 찬미하
고, 제사의 도우미가 제후들이므로 천자의 덕이 그윽함을 표창하
면서 이것은 모두 아버지 문왕(文王)의 신성하고 슬기로운 덕망
과 문무(文武)를 겸전한 정치력이 하늘과 땅을 안락하게 만들었
던 덕택이므로 언제까지나 아들 무왕(武王)을 오래 살고 행복하
게 하도록 돌아가신 아버지 문왕(文王)과 어머니 문모(文母)가 곁
에 있어서 보호하기를 간절히 소원한 것이다.
　　유래(有來)는 ~부터 시작함이며, 옹옹(雝雝)은 즐겁게 화합함
이고, 지지(至止)는 이르러 멈춤이요, 숙숙(肅肅)은 엄숙하고 공경
함이니 이것은 제사를 지내는 바른 자세이다. 상(相)은 일을 돕는
도우미이고, 벽공(辟公)은 제후(諸侯)이며, 목목(穆穆)은 마음이
깊고 넓어 천하의 만물을 모두 포용하는 천자의 덕을 형용한 말
이다. 오(於)는 감탄사이고, 광모(廣牡)는 큰 황소요, 사사(肆祀)는
제사상(祭祀床)에 제물(祭物)을 진설(陳設)하는 것이며, 가(假)는
위대함이다. 황고(皇考)는 문왕(文王)이요, 수(綏)는 편안함이며,
효자(孝子)는 무왕(武王)을 지칭하는바 어버이가 죽은 뒤에 그 제
사를 지내는 사람은 순수한 효심(孝心)이 있는 사람이므로 비로
소 효자라고 일컫는다. 선철(宣哲)은 사물의 이치에 밝아 지혜로
운 덕이요, 연(燕)은 안락함이며, 미수(眉壽)는 눈썹이 세도록 오
래 사는 것이다. 우(右)는 오른쪽 곁에 있어서 보살피는 것이요,
열고(烈考)는 문왕이니 앞의 황고(皇考)와 같으며, 문모(文母)는
문왕(文王)의 비(妃) 태사(太姒)인데 무왕의 어머니이므로 모(母)
자를 썼다.

무왕이 돌아가신 아버지와 어머니를 이와 같이 사모하였으니 천하의 대효(大孝)는 돌아가신 어버이라도 항상 같이 있고 싶어 하는 간절한 마음을 여기에서 살필지어다.

4-2-8 ─────── 재현(載見) / 처음으로 알현하여

재 현 벽 왕　　왈 구 궐 장
載見辟王하야　曰求厥章이라
용 기 양 양　　화 령 앙 앙
龍旂陽陽하며　和鈴央央하며
조 혁 유 창　　휴 유 렬 광
鞗革有鶬하여　休有烈光하고
솔 현 소 고　　이 효 이 향
率見昭考하야　以孝以享하니
이 개 미 수　　영 언 보 지
以介眉壽하야　永言保之로다
사 황 다 호　　열 문 벽 공
思皇多祜컨대　烈文辟公이
수 이 다 복　　비 즙 희 우 순 가
綏以多福하고　俾緝熙于純嘏하소서

처음으로 왕을 알현하여 그 의장을 원한다고 하므로
쌍룡깃발이 선명하며 수레방울 깃대방울 딸랑딸랑 하며
고삐에 늘어진 가죽이 부드러워 아름답고 또한 찬연히 빛나게 하고
인솔하여 사당에 가서 돌아가신 아버지의 위패를 배알하야 효도하고 제향을 지내니
오래 장수하도록 도와서 길이 나를 보호하도다
크고 많은 행복을 바라오니 빛나고 문채나는 제후가
많은 복으로 편안하고 하여금 두터운 행복 속에 계속 빛나게 하소서

❍ 재현(載見) 편은 한 장인데 14구로 된 서사시이다. 제후(諸侯)가 되어 처음 주(周)나라 왕을 알현하고 의식(儀式)에 쓰는 전장(典章)을 원하므로 왕이 제후의 의장(儀仗)을 내려주고 인솔하여 무왕(武王)의 사당에 제사를 지낼 때에 연주하는 제례악이다. 그 뜻은 제후가 왕을 받들어 국가사직의 안전을 보장하므로 바라건대 신령께서 제후에게 크고 많은 복을 내려서 편안하게 하시고 하여금 두터운 행복 속에 계속 빛나도록 굽어살피기를 축원한 것이다.

재현(載見)은 처음 배알함이요, 장(章)은 의식에 쓰는 전장(典章)이며, 용기(龍旂)는 쌍룡기이니 제후의 깃발이다. 양양(陽陽)은 문채가 선명한 모양이고, 화(和)는 수레의 앞에 매다는 방울이며, 령(鈴)은 깃대의 꼭대기에 매다는 방울이다. 앙앙(央央)은 소리가 조화롭게 울리는 것이요, 조혁(鯈革)은 고삐에 늘어진 가죽이며, 창(鶬)은 부드러운 것이다. 휴(休)는 아름다운 것이고, 소고(昭考)는 무왕(武王)이니 사당에 위패(位牌)를 봉안할 때에 중앙에는 시조를 모시고 그 왼쪽을 소(昭)라 하고 오른쪽을 목(穆)이라고 하는바 주나라 사당에는 후직(后稷)이 중앙에 위치하고 문왕은 목열(穆列)에 무왕은 소열(昭列)에 해당하므로 문왕을 목고(穆考), 무왕을 소고(昭考)라고 호칭하였으니 다음의 방락(訪落) 편에서도 소고(昭考)라고 일컬었다. 사(思)는 소망함이요, 황(皇)은 큰 것이며, 즙희(緝熙)는 앞의 유청(維清) 편(4-1-3)에서 해설하였고, 순가(純嘏)는 두터운 행복이다.

왕이 처음으로 조회에 와서 배알하는 제후에게 아름다운 의장을 내리고 인솔하여 태묘에 가서 제사를 지내며 신임 제후의 앞날에 행복을 축원하는 뜻이 간절하고 지극하니 중앙정부의 지도자가 지방정부의 지도자를 대우하는 도량이다.

4-2-9 ───── 유객(有客) / 친한 손님이여

<table>
<tr><td>유 객 유 객</td><td>역 백 기 마</td></tr>
<tr><td>有客有客이여</td><td>亦白其馬로다</td></tr>
<tr><td>유 처 유 저</td><td>조 탁 기 려</td></tr>
<tr><td>有萋有且하니</td><td>敦琢其旅로다</td></tr>
<tr><td>유 객 숙 숙</td><td>유 객 신 신</td></tr>
<tr><td>有客宿宿하며</td><td>有客信信하니</td></tr>
<tr><td>언 수 지 칩</td><td>이 칩 기 마</td></tr>
<tr><td>言授之縶하야</td><td>以縶其馬하고</td></tr>
<tr><td>박 언 추 지</td><td>좌 우 수 지</td></tr>
<tr><td>薄言追之하야</td><td>左右綏之로다</td></tr>
<tr><td>기 유 음 위</td><td>강 복 공 이</td></tr>
<tr><td>旣有淫威라</td><td>降福孔夷하소서</td></tr>
</table>

친한 손님이여 친한 손님이여, 또한 하얀 그 말이로다

성대한 문채가 있고 공손함이 있으니 그 무리를 아롱지게 다듬었도다

친한 손님이 하루를 자고, 또 하루 자며 친한 손님이 이틀을 자고, 또 이틀을 자니

내가 맬 것을 주어 그 말을 매어 두게 하고

잠깐 내가 쫓아가서 좌우로 편안케 하도다

이미 대단한 권위가 있으므로 복을 내리시어 매우 평안케 하소서

　　◐ 유객(有客) 편은 한 장인데 12구로 된 서사시이다. 수(周)나라 왕이 국가의 대제(大祭)에 참여하여 신보(神保) 등의 일을 맡아 제사를 돕는 나라의 원로와 초야의 현인의 학문과 도덕을 기리는 찬송가이다. 그 뜻은 초야에서 청렴하고 고결하게 인격을 도야한 어진 이가 깨끗한 백마(白馬)를 타고 오니 그 성대한 문채와 공손한 예절로 그 수행원까지 행실이 반듯하여 아름답고 즐겁게 2일을 자고 4일을 자도 떠나지 못하게 붙잡아 두며 왕이 직접 쫓아가서 임의롭게 거처하도록 주선하였는바 이어 제사를 지내면서 비록 초야의 평민이지만 대단한 학문적 권위가 있으므로 복을 내려서 매우 평안케 하시라고 축원한 것이다.

　　유(有)는 친함이요, 객(客)은 초청하지 않았으나 스스로 찾아온 손님이며, 백마(白馬)는 깨끗함을 숭상하는 초야의 선비가 주로

타는 말이다. 처(萋)는 성대한 문채요, 저(且)는 공손함이며, 조탁(敦琢)은 조각하여 아롱지게 다듬은 것이고, 려(旅)는 무리로 수행원을 말한다. 숙(宿)은 하루 밤을 자는 것이요, 신(信)은 이틀 밤을 자는 것이며, 칩(縶)은 말을 마구간에 매어서 가지 못하게 함이다. 언(言)은 나를 지칭하는 대명사이고, 추지(追之)는 쫓아가서 붙잡는 것이며, 좌우(左右)는 여러 가지 방법이다. 음위(淫威)는 대단한 권위이니 학문과 도덕이 높은 것이요, 이(夷)는 평안함이다.

학문과 도덕이 높은 천하의 대로(大老)가 선왕(先王)의 공덕을 잊지 못하여 대제(大祭)에 와서 일을 도움에 왕이 따뜻하게 맞이하고 또한 그에게 복을 내려주시기를 축원하니 아름답기 그지없다.

4-2-10 ───────── 무(武) /무왕

오 황 무 왕
於皇武王이여

무 경 유 렬
無競維烈이로다

윤 문 문 왕
允文文王이

극 개 궐 후
克開厥後어늘

사 무 수 지
嗣武受之하야

승 은 알 류
勝殷遏劉하야

지 정 이 공
耆定爾功이로다

아~, 거룩한 무왕이시어, 겨룰 데가 없는 충직이로다
진실로 문채나는 문왕이 그 뒤를 잘 열었거늘
무왕이 이어받아 은나라를 이기고 살육을 막아
님의 공을 세움에 이르셨도다

 무(武) 편은 한 장인데 7구로 된 서사시이다. 주(周)나라 무

왕(武王)이 군사를 일으켜 폭군 주(紂)를 정벌하여 은(殷)나라를 멸하고 인민을 해방시킨 공적을 기리는 찬송가이다. 그 뜻은 거룩한 무왕은 비교할 데가 없는 충직(忠直)함으로 아버지 문왕(文王)의 뜻과 사업을 계승하여 은(殷)나라를 멸하고 주(紂)의 포악한 살육(殺戮) 행위를 저지함으로써 그 위대한 공을 세우게 되었다는 것이다.

오(於)는 감탄사이고, 무경유렬(無競維烈)은 앞의 집경(執競) 편 (4-1-9)에서 이미 해설하였다. 알(遏)은 막아서 멈추게 함이요, 류(劉)는 살육(殺戮)이며, 지(耆)는 이르름이다.

역사적 사실을 간결하게 요약하여 무왕의 충직한 마음과 성대한 공적을 찬송하였으니 더욱 장중하다.

○ 신공(臣工)의 십(什)은 모두 10편 10장 106구이다. 주(周)나라의 제례악(祭禮樂)이 죽은 이의 공덕만을 일방적으로 찬송하는 데 그치지 않고 제사의 일을 돕는 두우미와 천하국가에 이바지하는 모든 사람들을 일일이 표창하여 찬양하고 그 행복을 축원한 사실을 여기에서 확인할 수 있으니 신공(臣工) 편은 농업을 진흥하는 신하와 기능공의 역할을 찬미하였고, 희희(噫嘻) 편은 권농관과 농부의 사업을 찬양하였으며, 진로(振鷺)와 유객(有客) 편은 제사에 일을 돕는 학자와 원로(元老)의 학문도덕을 찬송하였다. 유고(有瞽) 편은 제례악(祭禮樂)을 연주하는 악사를 찬미하였고, 잠(潛) 편은 제물에 쓸 고기를 잡은 어부의 노력을 칭송하였으며, 재현(載見) 편은 신임 제후의 입조(入朝)를 기념하여 표창하였고, 풍년(豊年) 편은 후직(后稷)을 찬송하였으며, 옹(雝) 편은 문왕(文王)을, 무(武) 편은 무왕을 찬송한 노래이다.

3. 주송(周頌) 민여소자(閔予小子)의 십(什)

4-3-1 ── 민여소자(閔予小子) / 근심스러운 나 어린 아들

민여소자
閔予小子가　　遭家不造하야

경경재구
嬛嬛在疚하니　於乎皇考여

영세극효
永世克孝시어다　念玆皇祖가

척강정지
陟降庭止라　　維予小子는

숙야경지
夙夜敬止로다　於乎皇王이여

계서사불망
繼序思不忘이로다

근심스러운 나 어린 아들이 왕가에 때아닌 일을 만나
외롭고 쓸쓸히 시름 속에 있으니 아~아~, 거룩한 돌아가신 아버지시여
길이 세상에 효도를 잘하셨도다, 이에 거룩한 할아버지를 생각함이
뜰에 오르고 내리시므로 오직 나 어린 아들은
새벽부터 밤까지 공경하오이다, 아~아~, 거룩한 왕이시어
차례를 이을 생각을 잊지 않으오리다

　☯ 민여소자(閔予小子) 편은 한 장인데 11구로 된 서사시이다. 주(周)나라 성왕(成王)이 아버지인 무왕(武王)의 3년복을 벗고 처음 태묘(太廟)에서 조회(朝會)를 열어 제사지내면서 문왕(文王)과 무왕(武王)의 정신을 계승할 것을 다짐하는 찬송가이다. 그 뜻은

성왕이 어린 나이에 왕위에 올라 외롭고 쓸쓸하지만 아버지 무왕의 효도정신과 할아버지 문왕의 인민을 사랑하는 마음을 본받아 아침부터 저녁까지 공경하고 조심하면서 주(周)나라의 대통(大統)을 계승하도록 길이 잊지 않고 노력하겠다는 것이다.

민(閔)은 근심하는 것이고, 소자(小子)는 성왕(成王)이니 성왕이 어려서 왕위에 올랐기 때문에 숙부인 주공(周公)이 보필하였다. 조(造)는 때이며, 경경(嬛嬛)은 외롭고 쓸쓸함이며, 황고(皇考)는 무왕(武王)이요, 황조(皇祖)는 문왕(文王)이다. 척강(陟降)은 문왕과 무왕의 신령이 오르내리는 것이요, 정(庭)은 묘정(廟庭)이니 사당의 뜰이다. 황왕(皇王)은 문왕과 무왕을 아울러 지칭한 것이며, 서(序)는 대(代)를 이어가는 차례이다.

세대를 이어 역사를 계승발전시키는 것은 천지자연의 진리이므로 비록 어리고 나약하더라도 있는 힘을 다하면 장차 하늘이 보호하고 조상이 도와서 크게 발전하는 것이다.

4-3-2 ─────── 방락(訪落) / 시작함에 묻건대

방 여 락 지	솔 시 소 고
訪予落止컨대	率時昭考어늘
오 호 유 재	짐 미 유 애
於乎悠哉라	朕未有艾로다
장 여 취 지	계 유 판 환
將予就之할새	繼猶判渙이로다
유 여 소 자	미 감 가 다 난
維予小子는	未堪家多難하니
소 정 상 하	척 강 궐 가
紹庭上下하며	陟降厥家하야
휴 의 황 고	이 보 명 기 신
休矣皇考로	以保明其身이어다

내가 시작함에 묻건대 이에 사당에 모신 돌아가신 아버지를 따르려 하거늘

오호~ 아득하므로 나는 편안히 있지 못하도다
장차 내가 취임함에 이으려고 해도 오히려 흩어지도다
오직 나 어린 아들은 왕가의 다난함을 감당하지 못하니
위아래를 정직하게 하며 그 왕가를 오르고 내림을 계속하시어
아름답고 거룩한 돌아가신 아버지의 정신으로 그 몸에 밝음을
가지게 하소서

　　● 방락(訪落) 편은 한 장인데 12구로 된 서사시이다. 주(周)나
라 무왕(武王)이 붕(崩)하고 어린 성왕(成王)이 왕위를 계승함에
숙부(叔父)인 관숙(管叔)과 채숙(蔡叔)이 반란을 일으키니 주공(周
公)이 정벌하여 평정하였다. 이러한 왕실의 불행한 사건으로 인하
여 성왕이 태묘(太廟)에서 무왕에게 제사를 지내고 왕실의 평안
을 축원하였으니 이 때에 연주한 제례악이다.
　　그 뜻은 성왕이 3년복을 벗고 처음 조회하여 물어 살펴서 무왕
의 덕을 따르려고 하지만 너무도 아득하여 편안하지 못함을 스스
로 탄식하고 장차 왕위에 나아가서 무왕의 사업을 계승하려고 하
여도 오히려 세력이 분산하여 흩어지기 때문에 어린 성왕은 왕가
의 다사다난함을 감당하지 못함을 솔직히 고백하였다. 그러므로
아름답고 거룩한 무왕의 신령이 계속 위와 아래를 정직하게 하고
그 왕가를 오르내리시면서 그 아들인 성왕의 몸에 밝음을 보존하
게 하시기를 간절히 기도한 것이다.
　　방(訪)은 묻고 의논함이며, 여(予)는 성왕(成王)이 자기를 일컬
음이요, 락(落)은 시작함이다. 시(時)는 시(是)요, 소고(昭考)는 재
현(載見) 편(4-2-8)에서 이미 해설하였고, 유(悠)는 멀어서 아득함
이며, 애(艾)는 편안함이다. 판환(判渙)은 분산하여 흩어짐이고,
가(家)는 왕가(王家)요, 다난(多難)은 관숙(管叔)과 채숙(蔡叔)의
반란사건이다. 정(庭)은 정직함이고, 상하(上下)는 위아래의 관료
들이다. 보명(保明)은 밝음을 간직하는 것이고, 기신(其身)은 성왕
의 몸이다.
　　아들이 돌아가신 아버지의 정신을 계승하여 그 몸에 밝은 정신

을 간직하려고 힘쓰면 진정한 효자인즉 이 시를 읽은 사람은 깊
이 음미하라.

4-3-3 ──────── 경지(敬之) / 공경할지어다

경지경지　　　천유현사
敬之敬之어다　天維顯思라

명불이재　　　무왈고고재상
命不易哉니　無曰高高在上이어다

척강궐사　　　일감재사
陟降厥士하야　日監在茲하니라

유여소자　　　불총경지
維予小子는　不聰敬止하나니

일취월장　　　학유즙희우광명
日就月將하야　學有緝熙于光明이라

필사자견　　　시아현덕행
佛時仔肩하야　示我顯德行이어다

　공경할지어다 공경할지어다, 하느님은 오직 밝으시므로
　천명은 쉽지 않으니 높고 높은 하늘 위에 계신다고 말하지 말지
어다
　그 일에 오르고 내리시며 날로 감시하려고 여기에 계시니라
　오직 나 어린 아들은 총명하지 못하나 공경에 멈추나니
　날로 진보하고 달로 진전하여 학문은 광명정대함에서 계속 빛남
이 있으므로
　이것을 잘 지탱하도록 도와서 나에게 밝은 덕행을 가르쳐 주소서

　☯ 경지(敬止) 편은 한 장인데 12구로 된 서정시이다. 왕이 하
느님께 제사를 지내면서 연주한 찬송가이다. 그 뜻은 하늘은 밝
아서 착한 덕이 있으면 천명(天命)을 주고 사악하면 천명을 빼앗
기 때문에 천명을 받들기가 쉽지 않음을 밝히면서 하느님은 가까

이 임하여 왕이 하는 일을 날마다 살피고 계심을 강조하였다. 이에 성왕(成王)은 어리고 총명하지 못하지만 공경에 멈추어 나날이 다달이 진보하여 학문은 광명정대(光明正大)함에서 계속 빛남이 있는 것이므로 이것을 잘 지탱할 수 있도록 하느님께서 도우시고 왕에게 밝은 덕행을 가르쳐 달라고 간절히 기도(祈禱)한 것이다.

경(敬)은 사물을 공경하여 맑은 정신을 하나로 통일해서 순수한 마음과 정결한 몸을 간직함으로써 이에 생각이 오로지 한결같고 기상이 충만하여 힘차고 활발한 상태를 스스로 유지하는 정신력이다. 현(顯)은 밝음이요, 사(思)는 어조사, 사(士)는 일이다. 장(將)은 나아가는 것이고, 학(學)은 제왕(帝王)의 학문이며, 광명(光明)은 두루 밝게 비추어 뚜렷한 진리이니 가장 합리적이고 실용적인 사물의 이치이다. 필(佛)은 보필하여 돕는 것이요, 자견(仔肩)은 잘 지탱함이며, 시(示)는 가르쳐 주는 것이다.

왕이 하늘을 공경하고 천덕(天德)을 본받아 천명(天命)을 다하기 위하여 공경하고 공경하면서 나날이 다달이 쉬지 않고 계속 학문에 전념하여 마침내 광명정대한 대도(大道)를 밝혀 길이 빛나는 지선(至善)의 덕을 이루고자 하니 그 뜻이 크고 그 학문이 깊도다. 모름지기 학자는 이 시에서 학문의 바른 길을 깨달으면 곁에 스승이 없어도 자력으로 성학(聖學)의 문을 찾아서 들어갈 수 있을 것이다.

4-3-4 ——— 소비(小毖) / 작은 것을 삼가노라

予其懲하고 (여기징) 而毖後患하리라 (이비후환)
莫予荓蜂으로 (막여병봉) 自求辛螫하며 (자구신석)

조 윤 피 도 충　　　번 비 유 조
肇允彼桃蟲으로 拚飛維鳥하리라
미 감 가 다 난　　　여 우 집 우 료
未堪家多難하니 予又集于蓼이어다

내가 그 잘못을 뉘우치고 후환에 신중히 대비하리라
나는 벌을 가까이 부리다가 스스로 아프게 쏘이기를 구하며
처음에 저 작은 뱁새를 믿었다가 훨훨 나는 큰 새가 되게 하지
않으리로다
왕가에 어려움이 많음을 감당하지 못하니 나를 또한 여뀌의 쓴
나물맛에서 안전하게 하소서

　☯ 소비(小毖) 편은 한 장인데 8구로 된 서정시이다. 주(周)나
라 성왕(成王)이 관숙(管叔)과 채숙(蔡叔)의 반란을 평정하고 태
묘(太廟)에 제사를 지낼 때에 연주한 제례악이다. 그 뜻은 지난날
의 잘못을 회개하고 후환(後患)에 신중히 대비하여 앞으로는 착
하게 정치를 잘해서 벌처럼 악독한 사람을 가까이 부리다가 스스
로 쏘이는 재앙을 부르거나 뱁새 같은 소인을 신임하다가 배반하
고 떠나는 폐단이 없도록 엄중히 단속할 것이므로 왕가의 다난함
을 감당하지 못하는 왕이 이제 여뀌의 쓴맛으로 경계하여 개과천
선(改過遷善)할 것을 다짐하면서 조상이 보살펴 주시기를 기도(祈
禱)한 내용이다.
　여(予)는 성왕(成王)이 자신을 지칭함이요, 징(懲)은 잘못을 뉘
우치고 징계함이며, 비(毖)는 근신하여 신중히 대비함이니 시제
(詩題)의 소비(小毖)는 작은 일을 신중히 처리한다는 뜻이다. 병
(荓)은 부리는 것이요, 봉(蜂)은 벌인데 비록 작은 곤충이지만 독
침이 있으므로 악독한 인간을 비유했고, 신석(辛螫)은 매섭게 쏘
아 괴롭히는 것이다. 조(肇)는 시작이요, 윤(允)은 믿음이다. 도충
(桃蟲)은 뱁새로 박새과에 속하는 새이다. 날개 길이 5cm, 꽁지
6cm 가량이며 등은 붉은 밤빛이고 굴뚝새처럼 생겼는데 더 곱고
예쁘다. 매우 민첩하며 떼를 지어 날고 대밭 같은 데서 산다. 집
을 잘 지으며 곤충을 잡아먹는 유익한 새이나 흔히 교부(巧婦),

간신(姦臣)으로 비유한다. 번(拚)은 휠휠 나는 것이고, 조(鳥)는 큰 새이니 곧 독수리인데 옛말에 뱁새가 독수리를 낳는다고 하여 미천한 소인배를 경계하라는 속담이 있다. 집(集)은 편안함이고, 료(蓼)는 여뀌이니 마디풀과에 속하는 1년생 풀이다. 키는 40~60cm 가량이고 홍갈색을 띠며 잎은 어긋맞게 나고 바늘 모양이다. 6~9월에 줄기 및 윗 부분에 희고 잔 꽃이 이삭 모양으로 피며 열매는 수과(瘦果)이다. 들이나 개울가에 나는데 잎과 줄기는 짓이겨 물에 풀어서 고기도 잡고 맛이 매워 잎은 조미료로 쓰인다.

위로 왕으로부터 아래로 서민에 이르기까지 누구나 잘못이 있으면 정직하고 용감하게 회개(悔改)하고 앞으로 다시는 잘못함이 없도록 조상이나 하느님이 보살펴 이끌어주기를 기도(祈禱)하는 일은 예로부터 있었으니 제사에 회개기도(悔改祈禱)는 하느님께 맹세함이요 조상님과의 약속이며 자기 자신의 견고한 다짐이다. 대저 유교의 회개기도는 순(舜)이 그 아버지의 사랑을 받지 못하자 밭에 가서 일할 때에 하늘을 보고 울부짖으며 흐느끼는 것으로부터 시작하였으니 순은 이 때에 자기의 잘못을 뉘우치고 어버이에게 효도를 더욱 잘할 것을 다짐하면서 하느님께 아버지로부터 사랑을 받도록 간절히 기도하였기 때문에 맹자(孟子)는 순(舜)이 아버지로부터 사랑을 받지 못한 자기의 행실을 원망하고 어버이의 사랑을 사무치게 그리워했던 것이라고 해설하였다. 다만 축원(祝願)은 먼 장래의 발전을 소원하는 것으로 예식(禮式)을 갖추어 거행하고 기도(祈禱)는 현재의 안전을 갈구하는 것으로 형편에 따라 알맞게 거행하는 것이다.

4-3-5 ──────── 재삼(載芟) / 곧 풀 베고

<ruby>載<rt>재</rt></ruby><ruby>芟<rt>삼</rt></ruby><ruby>載<rt>재</rt></ruby><ruby>柞<rt>책</rt></ruby>하니　其耕澤澤이로다

재 삼 재 책　　　기 경 석 석
載芟載柞하니　其耕澤澤이로다

천 우 기 운　　　조 습 조 진
千耦其耘하니　徂隰徂畛이로다

후 주 후 백　　　후 아 후 려
侯主侯伯과　侯亞侯旅와

후 강 후 이　　　유 탐 기 엽
侯彊侯以가　有嗿其饁이러니

사 미 기 부　　　유 의 기 사
思媚其婦하며　有依其士하야

유 략 기 사　　　숙 재 남 묘
有略其耜로　俶載南畝로다

파 궐 백 곡　　　실 함 사 활
播厥百穀하야　實函斯活하나니

역 역 기 달　　　유 염 기 걸
驛驛其達이며　有厭其傑이며

염 염 기 묘　　　면 면 기 표
厭厭其苗며　綿綿其麃로다

재 확 제 제　　　유 실 기 자
載穫濟濟하니　有實其積가

만 억 급 자　　　위 주 위 례
萬億及秭어늘　爲酒爲醴하야

증 비 조 비　　　이 흡 백 례
烝畀祖妣하야　以洽百禮로다

유 필 기 향　　　방 가 지 광
有飶其香하니　邦家之光이며

유 초 기 향　　　호 고 지 녕
有椒其馨하니　胡考之寧이로다

비 차 유 차　　　비 금 사 금
匪且有且며　匪今斯今이라

진 고 여 자
振古如茲로다

곧 풀을 베고 곧 벌목하니 그 밭갈이가 물렁물렁하도다
일천의 짝들이 그 김을 매니 논으로 가고 밭두둑으로 가도다
주인과 큰아들과 작은아들과 여러 친척들과
힘이 남은 사람과 품앗이꾼이 그 들점심을 왁자지껄하게 먹으니
그 아내를 칭찬하며 그 남편을 위로하여
날카로운 그 보습으로 남쪽 이랑에서 일을 시작하도다
그 일백 곡식을 파종하여 씨앗이 물기를 머금어 이에 싹이 나오니

뾰죽뾰죽 그 땅 위로 올라오며 탐스러운 그 떡잎이며
왕성한 그 싹이며 속속들이 자상하게 그 김을 매도다
곧 수확함이 많고 성대하니 가득 찬 그 노적가리가
만과 억 및 천억이거늘 술을 만들고 단술을 만들어
겨울제사를 지내 시조와 시조비께 드려서 일백 예절을 두루 갖
추도다
음식냄새가 그 향기로우니 국가의 영광이며
술냄새가 그 그윽하니 늙은 노인의 강녕이로다
여기에만 이러함이 있는 것이 아니며 금년에만 이에 올해 같은
풍년이 아니라
아주 옛날로부터 이와 같았도다

　　☯ 재삼(載芟) 편은 한 장인데 31구로 된 서사시이다. 주(周)나
라 왕이 풍요로운 가을걷이를 마치고 동지(冬至)에 시조 후직(后
稷)에게 증제(烝祭)를 지내면서 연주한 제례악이다. 그 뜻은 이른
봄부터 농부들이 풀을 베고 벌목하여 농경지의 주변을 정비한 다
음 경작지를 가니 땅이 기름져서 물렁물렁하므로 많은 사람들이
품앗이하여 서로 짝을 지어 김을 매며 논밭으로 흩어진 농촌의
오전 작업광경을 서술하였다. 다음은 주인과 아들, 친척 그리고
힘이 남아서 일을 도우려고 온 사람과 또한 품앗이꾼이 모두 모
여 앉아 함께 들점심을 왁자지껄하게 먹으면서 남자들은 여자들
에게 음식을 만든 수고를 칭찬하고 여자들은 남자들에게 일하는
노고를 위로하는 정다운 모습을 기술하였으며 그리고 날카로운
보습으로 남쪽으로 난 이랑을 만들어 일백 곡식을 파종하여 싹이
나서 무럭무럭 자라는 탐스러운 농작물의 성장과정을 기술하고
끝으로 일제히 가을걷이를 끝내고 술과 단술을 만들어 동지에 시
조 후직(后稷)에게 제사를 지내서 모든 예법을 충분히 갖추어 올
해의 풍년에 감사함과 동시에 또한 내년의 풍년을 기원하니 향기
로운 음식은 국가인민의 영광을 약속하고 그윽한 술은 노인의 건
강을 보장하는 기쁨을 노래하면서 이러한 추수감사제사는 여기에

만 있는 것이 아니고 모든 나라, 모든 집안에서 거행하는 것이며 올해의 풍년은 이제 올해에만 있는 것이 아니니 아주 옛날부터 있었기 때문에 특정인의 공덕으로 특별한 계층만이 거행하는 행사가 아님을 분명히 밝혀 농부들의 일상적인 연례행사임을 밝힌 것이다.

삼(芟)은 풀을 베는 것이고, 책(柞)은 벌목하는 것이며, 석석(澤澤)은 땅이 풀려서 물렁물렁한 것이다. 운(耘)은 김을 매는 것이요, 습(隰)은 논이며, 진(畛)은 밭두둑이다. 후(侯)는 발어사이니 유(維)와 같고, 주(主)는 논밭의 주인이며, 백(伯)은 큰아들, 아(亞)는 작은아들이다. 려(旅)는 가족친지요, 강(疆)은 힘이 있어 자기의 일을 마치고 남의 일을 도우려고 온 이웃이며, 이(以)는 품앗이하는 일꾼이다. 탐(嘖)은 여럿이 함께 밥을 먹으면서 왁자지껄한 소리이고, 미(媚)는 칭찬함이니 음식솜씨가 좋다고 칭찬함이며, 의(依)는 위로함이니 일을 많이 했다고 위로함이다. 사(士)는 남편을 지칭하고, 략(略)은 날카로움이며, 숙(俶)은 시작함이요, 재(載)는 일이다. 함(函)은 머금어 불리는 것이며, 활(活)은 생겨서 나오는 것이고, 역역(驛驛)은 싹이 뾰족뾰족하게 나오는 모양이요, 달(達)은 땅 위로 올라오는 것이다. 염(厭)은 탐스러운 것이고, 걸(傑)은 떡잎이며, 염염(厭厭)은 왕성한 모양이요, 면면(綿綿)은 속속들이 자상한 것이며, 표(麃)는 김을 매는 것이다. 제제(濟濟)는 많고 성대한 모양이고, 자(積)는 노적가리이며, 만억급자(萬億及秭)와 증비조비(烝畀祖妣)는 앞의 풍년(豊年) 편(4-2-4)에서 이미 해설하였다. 필(馝)은 음식냄새이고, 초(椒)는 향기로운 술이며, 호(胡)는 오래 사는 것이다. 차(且)는 차(此)와 같고, 진고(振古)는 아주 옛날이다.

주(周)나라 왕이 한 해의 풍년을 감사하는 겨울제사를 지냄에 오직 농부의 노력만을 자상하게 칭찬하고 왕의 공로를 한마디도 언급하지 않았으니 자기의 공덕을 나타내지 않은 문왕(文王)과 무왕(武王)의 덕을 잘 이었도다.

측 측 량 사
畟畟良耜로   숙 재 남 묘
    俶載南畝하야

파 궐 백 곡
播厥百穀하니   실 함 사 활
    實函斯活이로다

혹 래 첨 녀
或來瞻女의   재 광 급 거
    載筐及筥할새

기 향 이 서
其饟伊黍로다   기 립 이 규
    其笠伊糾며

기 박 사 조
其鎛斯趙일새   이 호 도 료
    以薅荼蓼로다

도 료 후 지
荼蓼朽止하니   서 직 무 지
    黍稷茂止로다

확 지 질 질
穫之挃挃하며   적 지 률 률
    積之栗栗하니

기 숭 여 용
其崇如墉하며   기 비 여 즐
    其比如櫛이라

이 개 백 실
以開百室이로다   백 실 영 지
    百室盈止하니

부 자 녕 지
婦子寧止로다   살 시 순 모
    殺時犉牡하니

유 구 기 각
有捄其角이로다   이 사 이 속
    以似以續하야

속 고 지 인
續古之人이로다

날카롭고 날카로운 좋은 보습으로 남쪽 이랑에서 일을 시작하여
그 일백 곡식을 파종하니 씨앗이 물기에 불어 이에 싹이 생기도다
점심때에 아낙네들이 네모진 광주리와 둥근 광주리를 가지고 온 것을 이르러 보니
그 기장밥을 대접하도다, 그 삿갓이 가뜬하며
그 호미가 이에 땅을 파서 씀바귀와 여뀌를 김매도다
씀바귀와 여뀌가 썩어야 기장과 피가 무성하도다
수확함에 벼 베는 소리가 스르르 스르르 하며 노적가리가 수북 수북하니
그 높이는 성과 같고, 그 많음은 빗살과 같으므로

일백 집의 창고를 열도다, 일백 집의 창고가 가득하니
아내와 아들이 편안하도다, 이에 입술이 검은 황소를 잡으니
뾰족한 그 뿔이로다 해마다 이으며 대대로 계속하여
옛사람을 이어가게 하소서

　　◉ 양사(良耜) 편은 한 장인데 23구로 된 서사시이다. 주(周)나라가 농업을 권장하여 봄에는 풍년을 기원하는 제사를 지내고 가을에는 풍년을 감사하는 제사를 지냈으니 이 때에 연주한 제례악이다. 그 뜻은 앞의 재삼(載芟) 편의 체제와 비슷하니 봄에 날카로운 보습으로 논밭을 깊이 갈아 일백 곡식을 파종하여 비가 내리면 싹이 나오는 광경과 여자들이 들점심을 내옴에 기장밥으로 대접하는 정경을 기술하고 이어 여름에 김을 매어 씀바귀와 여귀를 호미로 캐서 묻어야 기장과 피가 무성함을 서술하였으며 끝으로 가을걷이의 풍요로움을 노래하고 입이 검고 뿔이 반듯한 황소를 잡아 제사를 지내면서 해마다 길이길이 풍년이 들어 옛사람의 아름다운 풍속이 계속되기를 간절히 기원한 것이다.
　　측측(畟畟)은 매우 날카로운 것이요, 양사(良耜)는 길고 좋은 보습이며, 숙재남묘(俶載南畝)와 실함사활(實函斯活)은 앞의 재삼(載芟) 편(4-3-5)에서 이미 해설하였다. 혹(或)은 있다가로 점심때를 말하고, 래첨(來瞻)은 이르러 봄이요, 녀(女)는 아낙네들이다. 광(筐)은 네모진 대바구니이고, 거(筥)는 둥근 대바구니로 모두 음식을 담아온 그릇이다. 향(饟)은 음식을 대접하는 것이고, 교(紤)는 가뜬함이며, 조(趙)는 찌르는 것이다. 호(薅)는 제거하는 것이며, 도(荼)는 씀바귀요, 료(蓼)는 여귀이다. 질질(挃挃)은 벼 베는 소리이고, 률률(栗栗)은 많은 모양이며, 즐(櫛)은 머리를 다듬는 빗살이다. 백실(百室)은 일백 집의 창고이니 5가(家)를 비(比)라고 하고 5비(比)를 려(閭)라고 하며 4려(閭)를 족(族)이라고 하였는데 1족(族)이 일백 가구이다. 순(犉)은 입이 검은 노랑 소이고, 구(捄)는 뾰족한 것이며, 사(似)는 이음이다.
　　주(周)나라 왕이 제사를 지내면서 풍년을 기원하고 감사함에

오로지 농민의 노고를 위로하고 인민대중들과 함께 기쁨을 나누 었으니 인민을 위하는 정신의 발로이다.

4-3-7 ——————— 사의(絲衣) / 제복

사 의 기 부   재 변 구 구
絲衣其紑하니   載弁俅俅로다
자 당 조 기   자 양 조 우
自堂徂基하며   自羊徂牛하며
내 정 급 자   시 굉 기 구
鼐鼎及鼒로다   兕觥其觓하니
지 주 사 유   불 화 불 오
旨酒思柔어늘   不吳不敖하니
호 고 지 휴
胡考之休로다

제복이 그 정결하니 고깔을 씀이 굽실굽실하도다
마루로부터 섬돌 아래로 가며 양으로부터 소에 가며
큰 가마솥과 작은 옹솥을 돌보도다 외뿔소의 뿔술잔이 꼬부장하니
맛있는 술이 부드럽거늘 큰소리를 않고 오만하지 않으니
오래 장수하는 복을 내리소서

☯ 사의(絲衣) 편은 한 장인데 9구로 된 서사시이다. 주(周)나 라의 대제(大祭)에 일을 돕는 집사(執事)들의 예법정신을 찬양하 는 제례악이다. 그 뜻은 제사를 돕는 집례(執禮)와 집사(執事)들 이 깨끗한 제복(祭服)을 입고 공손하게 일을 함에 묘당(廟堂)으로 부터 섬돌 아래로 내려와 양과 소를 삶은 큰 가마솥과 작은 옹솥 을 살피는 정결한 자세를 칭찬하고 이어 연례(燕禮)를 거행함에 꼬부장한 뿔술잔으로 맛있는 술을 부드럽게 권하고 마시어 큰소 리를 하지 않고 오만하지 아니하여 처음부터 끝까지 겸손하므로

오래 장수하는 복을 받을 것이라고 치하한 것이다.

　사의(絲衣)는 제복(祭服)이고, 부(紑)는 정결함이며, 재(載)는 대(戴)이니 머리에 쓰는 것이요, 변(弁)은 고깔모자이다. 구구(俅俅)는 공손하고 유순하여 굽실굽실하는 모양이고, 기(基)는 섬돌의 기단이니 곧 뜰 앞이며, 내(鼐)는 큰 가마솥이요, 자(鼒)는 작은 옹솥이다. 시굉(兕觥)은 외뿔소의 뿔로 만든 술잔이고, 구(觩)는 술잔 밑둥이 꼬부장하게 굽은 것이니 겸양을 뜻한다. 사(思)는 어조사이고, 유(柔)는 부드러워 순한 것이며, 화(吳)는 큰소리를 치면서 자랑함이요, 오(敖)는 거만하고 나태함이다.

　진실로 예법을 아는 사람은 항상 공경하고 사양하고 감사하는 정신을 잃지 않음으로써 길이 하늘의 복을 받고 예법을 알지 못한 사람은 곧 큰소리치고 자랑하거나 오만하게 무시하므로 즉각 귀신의 재앙을 받나니 예식(禮式)의 뒤끝은 바로 재앙과 행복의 갈림길임을 명심하라.

4-3-8 ──────────── 작(酌) / 구기

오 삭 왕 사　　준 양 시 회
於鑠王師여　　遵養時晦라가
시 순 희 의　　시 용 대 개
時純熙矣나니　是用大介로다
아 룡 수 지　　교 교 왕 지 조
我龍受之하니　蹻蹻王之造로다
재 용 유 사　　실 유 이 공 윤 사
載用有嗣라　　實維爾公允師로다

아~ 아름다운 왕의 군사여 때로 희미함을 취하여 따르다가
때로 순수하게 빛내나니 이에 크게 갑옷을 입었도다
우리는 쌍룡깃발을 받았나니 날래고 씩씩한 왕의 나아감이로다
비로소 계승함이 있으므로 오직 공변되고 믿음직한 군사를 충실하게 하소서

◐ 작(酌) 편은 한 장인데 8구로 된 서사시이다. 주(周)나라의 왕이 정벌군을 출동하면서 제사를 지낼 때에 연주하는 제례악이다. 그 뜻은 아름다운 왕의 군사는 상황에 따라서 운영하므로 먼저 평화시에는 군사를 감추어 나타내지 아니하고 유사시에는 뚜렷하게 빛내어 대대적으로 무장하여 출동하는 것임을 밝히고 이어 우리 군사가 왕으로부터 쌍룡깃발을 받아 날래고 씩씩하게 왕을 따라 나아가니 비로소 왕의 명령을 이어받음이 있음으로 공명정대하고 믿음직한 군사를 충실하게 보호하도록 간절히 기도(祈禱)한 것이다.

작(酌)은 작(勺)이니 구기인데 제사에 술을 떠서 강신하는 기구이다. 본문에 나오지 않은 글자를 시제(詩題)로 쓴 것은 아마도 강신할 때에 연주하기 때문이고 또한 작(勺)은 춤의 이름이니 작무(勺舞)를 출 때에 연주하는 악가이기 때문이다. 오(於)는 감탄사, 삭(鑠)은 아름다운 것이요, 준(遵)은 따름이며, 양(養)은 취함이다. 개(介)는 갑옷이고, 룡(龍)은 쌍룡깃발이며, 교교(蹻蹻)는 날래고 씩씩한 모양이다. 조(造)는 나아감이고, 재(載)는 비로소, 이(爾)는 오직, 공윤(公允)은 공신(公信)이니 공명정대한 신의이다.

정벌군이 출동함에 천지신명에게 공신력(公信力)을 잃지 않은 군대가 되기를 기도(祈禱)하였으니 참으로 정의로운 군사이다.

4-3-9 ──────── 환(桓) / 굳세어라

수만방
綏萬邦하시니
천명비해
天命匪解라
보유궐사
保有厥士하사

누풍년
屢豊年이로다
환환무왕
桓桓武王이
우이사방
于以四方하야

克定厥家^{국정궐가}하시니 於昭于天^{오소우천}이라
皇以間之^{황이간지}로다

만방을 편안하게 다스리니 자주 풍년이로다
천명이 풀지 않으므로 굳세고 굳센 무왕이
그 선비를 보유하사 사방으로 가서
그 집을 잘 안정하시니 아~, 하늘에까지 빛나므로
바로잡아서 바꾸었도다

◐ 환(桓) 편은 한 장인데 9로 된 서사시이다. 주(周)나라 무왕(武王)이 천명(天命)을 받들어 군사를 일으켜 은(殷)나라 주(紂)를 정벌하고 인민을 해방하여 혁명을 완수한 공덕을 찬송하였다. 그 뜻은 주(周)나라의 정치가 세계만방을 편안하게 다스려서 해마다 풍년이 들어 천명(天命)이 무왕(武王)에게 있음을 확인하니 많은 선비들이 무왕에게 돌아와서 사방을 경영하여 그 집을 잘 안정시켰기 때문에 무왕의 공적이 하늘에까지 밝게 빛나므로 천하를 바로잡아 은(殷)나라를 멸하고 주(周)나라로 교체하였다는 것이다.

수(綏)는 편안함이요, 환환(桓桓)은 굳세고 씩씩한 모양이며, 우(于)는 가는 것이고, 황(皇)은 바로잡는 것이며, 간(間)은 교체하여 바꾸는 것이다.

천재지변(天災地變)이 없고 해마다 풍년이 든 것은 천명(天命)이 있음을 확인함이요, 많은 선비가 모여 사방을 경영하여 인민의 가정을 안정시키는 것은 민심을 얻은 것이니 위로 천명을 받고 아래로 민심을 얻으면 천하의 왕이 되는 것이 철칙이다.

4-3-10 ──────── 뇌(賚) / 내려주도다

<table>
<tr><td>문 왕 기 근 지
文王旣勤止시니</td><td>아 응 수 지
我應受之리라</td></tr>
<tr><td>부 시 역 사
敷時繹思라야</td><td>아 조 유 구 정
我徂維求定하리라</td></tr>
<tr><td>시 주 지 명
時周之命이니</td><td>오 역 사
於繹思어다</td></tr>
</table>

문왕은 이미 부지런하셨나니 우리가 마땅히 이어받아야 하리라
널리 때로 연구하고 생각하여야 우리가 가는 길에 안정을 찾으리라
이것이 주나라의 천명이니 아~, 연구하고 생각할지어다

☯ 뇌(賚) 편은 한 장인데 6구로 된 서정시이다. 무왕(武王)이 문왕(文王)의 덕을 계승하여 혁명을 완수하고 제후(諸侯)를 새로 봉(封)하여 문왕의 사당에 제사를 지내면서 연주한 제례악이다. 그 뜻은 문왕은 천명(天命)을 받들고 인민을 사랑하여 부지런히 덕치인정(德治仁政)을 베풀었으니 우리가 응당 계승발전시켜야 함을 강조하고 항상 널리 연구하고 생각하여야만 우리들이 가는 길에 안정을 찾을 것임을 역설하면서 이것이 바로 주(周)나라의 정치이념인즉 깊이 연구하고 생각하여야 된다는 것이다.

뇌(賚)는 내려주는 것이니 본문에 없는 문자를 시제(詩題)로 쓴 것은 전체의 뜻을 요약하여 표현한 것이다. 응(應)은 응당이니 마땅함이요, 수(受)는 이어받음이며, 부(敷)는 널리, 역(繹)은 계속 연구하여 밝힘이다. 사(思)는 생각하여 잊지 않음이고, 조(徂)는 가는 길이며, 오(於)는 감탄사이다.

문왕(文王)은 인민을 위하여 정치를 함에 마치 몸에 상처를 보살피듯이 하였으니 모든 정치인들이 인민을 위하여 봉사함에 마치 의사가 환자를 치료하는 마음가짐으로 임하면 부지런하지 않을 수 없을 것이다.

오 황 시 주
於皇時周가

척 기 고 산
陟其高山과

타 산 교 악
墮山喬嶽하시고

윤 유 흡 하
允猶翕河하야

부 천 지 하
敷天之下를

부 시 지 대
裒時之對하시니

시 주 지 명
時周之命이로다

아~, 거룩한 이 주나라가 그 높은 산과
작고 뾰족한 산과 크고 높은 멧부리에 오르시고 하나로 합치는
물을 쫓아
넓은 하늘 아래를 모아 이에 대답하시니
이것이 주나라의 천명이로다

　　◎ 반(般) 편은 한 장인데 7구로 된 서사시이다. 무왕(武王)이
혁명을 완수하고 천하를 순수(巡狩)하면서 명산(名山)과 대천(大
川)에 제사를 지내면서 연주한 제례악이다. 그 뜻은 거룩한 주
(周)나라를 세운 무왕(武王)이 제후국을 순수(巡狩)하여 높은 산
과 작고 뾰족한 산봉우리와 크고 웅장한 멧부리에 올라가서 제사
를 지내고 이어 여러 강물이 한 데로 모이는 곳으로 쫓아가서 제
사를 지냈음을 밝히고 넓은 하늘 아래에 사는 인민대중들을 모이
게 하여 이에 문명한 도덕정치를 약속하였으니 이것이 주나라의
정치목표임을 천명한 것이다.

　　오(於)는 감탄사, 황(皇)은 거룩한, 타(墮)는 산은 작지만 봉우
리가 뾰족한 것이요, 윤(允)은 쫓아서 따라가는 것이다. 유(猶)는
하나로 똑같은 것이고, 흡(翕)은 합치는 것이며, 부(敷)는 넓은 것
이다. 부(裒)는 모으는 것이요, 대(對)는 대답하여 갚는 것이다.

　　무왕의 지극한 공덕이 온 나라의 산천을 빛내고 인민의 행복을
보장하였으니 아름답기 그지없는 국가목적이로다.

3. 주송(周頌) 민여소자(閔予小子)의 십(什)　443

○ 민여소자(閔予小子)의 십(什)은 모두 11편 136구이다. 대체적으로 문왕(文王)과 무왕(武王) 및 성왕(成王)의 정치이념을 찬송한 노래로 주나라의 정치문화를 극찬한 내용이다. 민여소자(閔予小子)와 방락(訪落)과 경지(敬之)와 소비(小毖) 편 등은 성왕이 문왕과 무왕의 덕을 이어받기 위한 노력을 찬양한 것이고, 재삼(載芟)과 양사(良耜) 편은 풍년을 감사하고 농부의 노고를 치하한 것이며, 사의(絲衣) 편은 제사를 도운 집사의 예절을 치하하고, 작(酌) 편은 군대의 출동에 공신력(公信力)을 지키는 것을 치하하였다. 환(桓)과 뇌(賚)와 반(般) 편은 무왕의 혁명완수와 어진 정치로 인민의 소망에 대답한 것을 찬송하였으니 선유(先儒)들이 『춘추좌전』의 기록에 얽매어 이것을 무왕의 노래인 대무(大武)라고 주장하였지만 송(頌)만이 아니라 소아(小雅)와 대아(大雅)도 태반이 무왕의 노래이거늘 하필 그 가운데 몇 편만을 뽑아서 무왕의 노래라고 주장하는 것은 적은 것을 맞추려다가 큰 것을 어그러뜨리는 어리석음을 범하게 될 것인즉 전체를 회통(會通)하여 활간(活看)하기 바란다.

4. 노송(魯頌)

노(魯)나라는 고대 소호(少皞)가 다스렸던 옛 터로 우공(禹貢)에는 서주(徐州) 몽우(蒙羽)의 벌판에 있다고 하였다. 주(周)나라 성왕(成王)이 주공(周公)의 큰아들 백금(伯禽)을 여기에 봉(封)하였으니 공자(孔子)가 탄생한 산동성(山東省) 곡부현(曲阜縣) 지역으로 태산(泰山)의 서쪽 지대이다. 성왕은 주공이 천하에 큰 공로가 있다고 하여 백금에게 천자(天子)의 예악(禮樂)을 하사하였다. 그리하여 노나라의 종묘(宗廟)에서 찬송가를 연주하게 되었는데 그 뒤에 또한 찬송가를 자작하여 송(頌)이라고 하였으므로 공자가 『시경』에 노송(魯頌)을 주송(周頌) 다음에 특별히 편집하여 학자로 하여금 시가(詩歌)의 변천을 살피게 하였으니 그 의미가 심장하다.

4-4-1 ──────── 경(駉) / 살찌고 큰 말

경 경 모 마　　　　재 경 지 야
駉駉牡馬가　　　在坰之野하니
박 언 경 자　　　　유 율 유 황
薄言駉者로다　　有驈有皇하며
유 리 유 황　　　　이 거 방 방
有驪有黃하니　　以車彭彭이로다
사 무 강　　　　　사 마 사 장
思無疆하니　　　思馬斯臧이로다

살찌고 큰 수말이 변방의 들판에 있으니
금방 살이 찌고 크도다 사타구니가 흰 말이 있고 황부루가 있으며
가라말이 있고 노랑말이 있으니 수레를 끎에 웅기중기하도다

생각에 한계가 없으니 말을 생각함이 이에 착하도다

경 경 모 마   재 경 지 야
駉駉牡馬가   在坰之野하니

박 언 경 자   유 추 유 비
薄言駉者로다   有騅有駓하며

유 성 유 기   이 거 비 비
有騂有騏하니   以車伾伾로다

사 무 기   사 마 사 재
思無期하니   思馬斯才로다

살찌고 큰 수말이 변방의 들판에 있으니
금방 살이 찌고 크도다 청부루가 있고 토황마가 있으며
절따말이 있고 철총이가 있으니 수레를 끎에 힘세게 달리도다
생각에 기한이 없으니 말을 생각함이 이에 탁월한 자질이로다

경 경 모 마   재 경 지 야
駉駉牡馬가   在坰之野하니

박 언 경 자   유 타 유 락
薄言駉者로다   有驒有駱하며

유 류 유 락   이 거 역 역
有駵有雒하니   以車繹繹이로다

사 무 역   사 마 사 작
思無斁하니   思馬斯作이로다

살찌고 큰 수말이 변방의 들판에 있으니
금방 살이 찌고 크도다 돈짝무늬총이말이 있고 갈기가 검은 가
리온이 있으며
월다말이 있으며 갈기가 흰 가리온이 있으니 수레를 끎에 줄줄
이 달리도다
생각에 그침이 없으니 말을 생각함이 이에 떨치고 일어났도다

경 경 모 마   재 경 지 야
駉駉牡馬가   在坰之野하니

박 언 경 자   유 인 유 하
薄言駉者로다   有駰有騢하며

유 점 유 어   이 거 거 거
有驔有魚하니   以車祛祛로다

思無邪하니　　思馬斯徂로다

살찌고 큰 수말이 교외의 들판에 있으니

금방 살이 찌고 크도다 은총이가 있고 워라말이 있으며

정갱이 흰 말이 있고 두 눈이 흰 말이 있으니 수레를 끎에 굳세고 튼튼하도다

생각에 사악함이 없으니 말을 생각함이 적중하도다

　◑ 경(駉) 편은 네 장이 8구씩으로 된 서사시인데 노(魯)나라 임금이 전쟁에 대비하고 교통과 운송에 이용하기 위하여 교외에 목마장(牧馬場)을 설치해서 적극적으로 말을 길러 나라에 보급한 것을 찬미하였으니 이로써 노나라 종묘의 제사에서 연주하여 다양한 종류의 말이 노나라의 특산물이 된 것은 모두 선조의 공덕임을 찬양한 것이다.

　살찌고 큰 수말이 교외의 들판에 있으니 금방 살이 찌고 큰 것을 서술하여 좋은 종마(種馬)를 구하고 넓은 목장을 개척하여 성공적으로 말을 생산한 것은 모두 조상의 양마정책(養馬政策)에서 비롯한 것임을 찬양하고 이어 각장에서 그 우량마의 종류를 구체적으로 열거하여 후손이 선조의 사업을 잘 이어 내려온 사실을 밝혔으며 끝으로 이러한 정책성공의 바탕은 일관되게 관심을 가지고 철저히 연구개발한 결과임을 칭송하였으니 1장에서는 선조의 생각에는 공간적 한계가 없으므로 말을 어디서나 생각하여 이에 과학적인 양마법(養馬法)을 개발하였음을 칭송하였고, 2장은 선조의 생각에 시간적 기한이 없으므로 말을 언제나 생각하여 이에 좋은 말의 재능을 개발하였음을 찬양하였으며, 3장은 선조의 생각에 끝내어 마침이 없음으로 말을 끊임없이 생각하여 이에 양마사업(養馬事業)에 떨치고 일어나게 하였음을 찬미하였고, 4장은 선조의 생각에 사악함이 없으므로 말을 기르는 정책이 적중하였음을 찬송하였다.

　공자가 이 시를 『시경』에 편집한 이유는 정치인이 정책사업

을 추진함에 있어서 깊이 생각하고 치밀하게 연구하여 일관되게 추진하면 반드시 성공하는 것을 현창하기 위함이니 비단 양마정책만이 아니라 정치 경제 교육 국방 등의 제반 정책에 있어서도 무한히 생각하고 연구하여 합리적인 방법으로 꾸준히 노력할 것을 교시한 것이다.

경(駉)은 살찌고 큰말이요, 경(坰)은 광활한 변방의 들판이니 읍의 밖이 교(郊)요 교외가 목(牧)이며 목의 밖이 야(野)요 야외가 임(林)이며 임(林)의 밖이 경(坰)이니 목장을 멀리 변방지대에 만드는 것은 경작지를 확보하기 위함이다. 박(薄)은 금방이니 잠깐 동안이며, 율(驈)은 사타구니가 흰 말이요, 황(皇)은 황부루이니 흰빛이 조금 섞인 누른 말이다. 리(驪)는 가라말이니 털빛이 온통 검은 말인데 흑마(黑馬)라고도 하며, 황(黃)은 노랑말이니 몸빛이 노란 말이다. 방방(彭彭)은 많이 모여 웅기중기한 모양이고, 무강(無疆)은 공간적 한계선이 없어 무한하다는 뜻이요, 장(臧)은 착함이다. 추(騅)는 청부루이니 푸른 털과 흰 털이 섞여 있는 말이고, 비(駓)는 토황마(土黃馬)이니 흰빛이 많이 섞인 황부루이다. 성(騂)은 절따말이니 붉은 빛깔의 말로 적다마(赤多馬)라고도 하며, 기(騏)는 철총이이니 몸에 검푸른 점이 박힌 얼룩말이고, 비비(伾伾)는 힘차게 달리는 모양이며, 재(才)는 재질이다. 타(駝)는 가라말에 돈짝 무늬가 있는 말이요, 락(駱)은 갈기가 검은 가리온이니 털이 희고 갈기가 검은 말이며, 류(駵)는 월다말이니 털빛이 붉고 갈기가 검은 말이요, 락(雒)은 갈기가 흰 가리온이니 털이 검고 갈기가 흰 말이다. 역역(繹繹)은 줄줄이 이어가는 모양이요, 역(斁)은 끝내서 마침이고, 작(作)은 분발하여 떨치고 일어남이다. 인(駰)은 은총이이니 불알이 흰 말이고, 하(騢)는 위라말이니 털빛이 얼룩얼룩한 말인데 화마(花馬)라고도 한다. 점(驔)은 정갱이가 흰 말이요, 어(魚)는 두 눈이 흰 말이며, 거거(祛祛)는 군세고 튼튼한 모양이고, 사(邪)는 사악함이며, 조(徂)는 적중함이다.

공자는 말하기를 시(詩) 300편을 한마디 말로 요약하면 생각에 사악함이 없는 것이라고 하였으니 바로 이 편의 시구인 사무사

(思無邪)로 단언한 것인즉 학자는 여기에서 공자가 시경을 편집함에 그 기준이 얼마나 순수하고 사실적인 내용만 뽑았는지를 똑똑히 인식해야 할 것이다.

4-4-2 ────── 유필(有駜) / 살찌고 튼튼한 말

有駜有駜하니 駜彼乘黃이로다
夙夜在公하니 在公明明이로다
振振鷺여 鷺于下로다
鼓咽咽이어늘 醉言舞하니
于胥樂兮로다

살찌고 튼튼한 말이 있고 살찌고 튼튼한 말이 있으니 살찌고 튼튼한 저 네 마리의 노랑말이로다
새벽부터 밤까지 공무를 살피니 공무를 살핌이 밝고 밝도다
떼지어 나는 해오라기여, 해오라기가 내려오도다
북소리가 둥둥둥둥 하거늘 취하여 춤추니
이에 서로 즐거워하도다

有駜有駜하니 駜彼乘牡로다
夙夜在公하니 在公飲酒로다
振振鷺여 鷺于飛로다
鼓咽咽이어늘 醉言歸하니
于胥樂兮로다

살찌고 튼튼한 말이 있고 살찌고 튼튼한 말이 있으니 살찌고 튼튼한 저 네 마리 수말이로다
새벽부터 밤까지 공무를 살피니 공무를 살핀 뒤에 술을 마시도다
떼지어 나는 해오라기여, 해오라기가 날아가도다
북소리 둥둥둥둥 하거늘 취하여 돌아가니
이에 서로 즐거워하도다

유필유필　필피승현
有駜有駜하니　駜彼乘駽이로다
숙야재공　재공재연
夙夜在公하니　在公載燕이로다
자금이시　세기유
自今以始하야　歲其有로다
군자유곡　이손자
君子有穀하야　詒孫子하니
우서락혜
于胥樂兮로다

살찌고 튼튼한 말이 있고 살찌고 튼튼한 말이 있으니 살찌고 튼튼한 저 네 마리의 돗총이이로다
새벽부터 밤까지 공무를 살피니 공무를 살피고 곧 연회를 하도다
이제부터 시작하여 곡식이 익으니 그 풍년이로다
군자가 착함이 있어 자손에게 가르쳐주니
이에 서로 즐거워하도다

☯ 유필(有駜) 편은 세 장이 8구씩으로 된 서정시이다. 노(魯)나라의 임금과 신하가 주공(周公)의 예악(禮樂)정신을 계승하여 직무에 충실하고 인민을 사랑하며 새벽부터 밤까지 공무를 살피면서 관민(官民)이 함께 즐기는 관료 풍토를 찬송한 노래이다.
　살찌고 튼튼한 네 마리의 말이 이끄는 수레를 타고 새벽에 등청하여 밤에까지 공무(公務)를 밝게 살피는 공무원의 근무자세가 매우 성실하고 정열적임을 기술한 내용이니 1장은 떼지어 나는 해오라기가 내려앉듯이 많은 민원인의 내방객을 맞이하여 간소하

게 술을 마시고 즐겁게 춤추는 화합기풍을 찬미하였고, 2장은 즐겁게 대접하여 보내는 절도를 서술하여 사회적 예절의식이 높음을 찬양하였으며, 3장은 관청에서 노인을 초청하여 향음주례(鄕飮酒禮)를 거행하여 풍년을 기원하고 도덕을 고취하여 자손을 깨우쳐 아름다운 풍속을 일으키는 것을 기뻐한 것이다.

필(駜)은 살찌고 튼튼한 말이고, 승(乘)은 네 마리의 말이며, 재(在)는 살피는 것이요, 공(公)은 공무(公務)이다. 명명(明明)은 직무를 공명정대하게 처리함이다. 진진로(振振鷺)는 앞의 진로(振鷺) 편(4-2-3)에서 이미 해설하였으며, 연연(咽咽)은 빠른 북소리요, 우(于)는 이에, 서(胥)는 서로이다. 현(騂)은 돗총이이니 몸의 빛이 검푸른 신기한 말이며, 재(載)는 곧, 세(歲)는 곡식이 익는 것이요, 유(有)는 유년(有年)이니 풍년이 든 것이다. 곡(穀)은 착함이고, 이(詒)는 가르쳐 주는 것이다.

나라가 태평하고 인민이 편안함을 노래함에 공무원이 충성을 다하여 복무하고 인민이 예절을 지켜 정부를 신임하는 사실로써 노나라의 아름다운 정치문화를 찬송하였으니 직설법을 피하고 간접적으로 변증하는 기법이다.

4-4-3 ── 반수(泮水) / 대학교의 주변에 흐르는 개천

사 락 반 수　　박 채 기 근
思樂泮水에　　薄采其芹이로다
노 후 려 지　　언 관 기 기
魯侯戾止하니　言觀其旂로다
기 기 패 패　　난 성 홰 홰
其旂茷茷하며　鸞聲噦噦하니
무 소 무 대　　종 공 우 매
無小無大이　　從公于邁로다

즐거운 대학교의 주변에 흐르는 시냇물에서 잠깐 그 미나리를 캐도다

노나라 임금이 이르러 멈추니 내가 그 쌍룡기를 보리로다
그 쌍룡기가 펄럭펄럭하며 임금의 수레에 방울소리가 딸랑딸랑
하니
작은이도 없고 큰이도 없이 임금을 따라 부지런히 가도다

사 락 반 수   박 채 기 조
思樂泮水에   薄采其藻로다
노 후 려 지   기 마 교 교
魯侯戾止하니   其馬蹻蹻로다
기 마 교 교   기 음 소 소
其馬蹻蹻하니   其音昭昭하며
재 색 재 소   비 노 이 교
載色載笑하니   匪怒伊教로다

즐거운 대학교의 주변에 흐르는 시냇물에서 마름을 캐도다
노나라의 임금이 이르러 멈추니 그 말이 씩씩하도다
그 말이 씩씩하니 그 말소리가 밝고 밝으며
곧 안색이 온화하고 곧 기쁘게 웃으니 성내지 않음을 이에 가르
치도다

사 락 반 수   박 채 기 묘
思樂泮水에   薄采其茆로다
노 후 려 지   재 반 음 주
魯侯戾止하야   在泮飮酒로다
기 음 지 주   영 석 난 로
旣飮旨酒하니   永錫難老로다
순 피 장 도   굴 차 구 추
順彼長道하야   屈此群醜로다

즐거운 대학교의 주변에 흐르는 시냇물에서 순채를 캐도다
노나라 임금이 이르러 멈추어 대학교를 살피고 술을 마시도다
이미 맛있는 술을 마시니 길이 늙기가 어려움을 받으리로다
저 장구한 도덕을 따라 이 여러 무리를 굴복시키도다

목 목 로 후   경 명 기 덕
穆穆魯侯여   敬明其德이로다
경 신 위 의   유 민 지 측
敬愼威儀하니   維民之則이로다

윤 문 윤 무　　　소 격 렬 조
允文允武하야　昭假烈祖하니

미 유 불 효　　　자 구 이 호
靡有不孝하야　自求伊祜로다

그윽하고 그윽한 노나라 임금이여, 그 덕을 공경하여 밝히도다
위엄 있는 거동을 경건히 삼가니 오직 인민의 모범이로다
진실로 문채나며 진실로 씩씩하여 빛나는 조상을 밝게 이르시게
하니
효도가 아님이 있지 아니하여 스스로 이 복을 구하도다

명 명 로 후　　　극 명 기 덕
明明魯侯여　克明其德이로다

기 작 반 궁　　　회 이 유 복
旣作泮宮하니　淮夷攸服이로다

교 교 호 신　　　재 반 헌 괵
矯矯虎臣이　在泮獻馘하며

숙 문 여 고 요　　재 반 헌 수
淑問如皐陶가　在泮獻囚로다

밝고 밝은 노나라 임금이여, 그 덕을 잘 밝히도다
이미 대학교를 진흥하니 회수 근방의 오랑캐도 복종하는 바로다
날래고 굳센 용맹한 신하가 대학교를 살핌에 적군의 귀를 바치며
포로를 신문함이 고요 같은 이가 대학교를 살핌에 죄수를 바치
도다

제 제 다 사　　　극 광 덕 심
濟濟多士가　克廣德心하야

환 환 우 정　　　적 피 동 남
桓桓于征하야　狄彼東南하니

증 증 황 황　　　불 화 불 양
烝烝皇皇하며　不吳不揚하며

불 고 우 흉　　　재 반 헌 공
不告于訩하고　在泮獻功이로다

엄숙하고 단정한 많은 선비가 도덕심을 잘 넓히어
굳세고 용감하게 정벌하여 멀리 저 동남지방에 가니
사기가 충천하고 진용이 성대하며 큰소리치지 아니하고 나타내
지 아니하며

송사하여 고발하지 아니하고 대학교를 살핌에 전공을 헌납하도다

角弓其觩하니 束矢其搜로다
戎車孔博하니 徒御無斁이로다
既克淮夷하니 孔淑不逆이로다
式固爾猶하니 淮夷卒獲이로다

뿔로 장식한 활이 그 튼튼하니 한 번에 50개를 발사한 화살이
그 쌕쌕하도다
전차가 매우 넓게 진격하니 보병과 기마병이 이탈함이 없도다
이미 회수 근방의 오랑캐를 이기니 매우 정숙하여 반역하지 않
도다
그대의 계책을 제도적으로 확고하게 하니 희수근방의 오랑캐가
모두 신임하도다

翩彼飛鴞가 集于泮林하야
食我桑黮하고 懷我好音이로다
憬彼淮夷가 來獻其琛하니
元龜象齒와 大賂南金이로다

오락가락하며 저기 나는 올빼미가 대학교의 숲에 모여
우리 뽕나무 오디를 먹고 우리의 좋은 음성을 그리워하도다
깨달은 저 회수 근방의 오랑캐가 그 보배를 가지고 와서 바치니
큰 거북과 상아와 남방산 황금을 크게 선물하도다

☯ 반수(泮水) 편은 여덟 장이 8구씩으로 된 서사시이다. 노
(魯)나라 임금이 노나라의 국립대학인 반궁(泮宮)에 와서 선성(先
聖)과 선사(先師)에게 석전대제(釋奠大祭)를 거행하고 이어 대학

을 시찰한 다음 회이(淮夷)를 정벌한 군사의 개선을 축하하는 연회를 베풀어 국운의 융성을 찬미하였으니 모두 위대한 선성과 선사의 덕임을 찬송한 것이다.

1장은 대학교의 주변에 흐르는 개천에서 잠깐 미나리를 캐는 것으로 대학교에 모신 성현(聖賢)의 사당에 제사를 준비하는 석전(釋奠) 준비의 과정을 기술하고 임금의 행차가 도착하는 광경과 많은 사람이 구경하려고 모여드는 것을 사실적으로 표현하였고, 2장은 임금이 대학교에 도착하여 석전(釋奠)에 임하는 밝고 명랑한 자세를 기술하였으며, 3장은 임금이 석전을 거행하고 음복(飮福)의 연회를 하면서 즐겁게 술을 마시는 광경을 기록하였고, 4장은 대학교를 시찰하면서 임금이 도덕예의를 숭상하는 전통을 받드는 것을 찬양하였으며, 5장은 임금이 대학교육을 진흥하여 인재를 육성함으로써 오랑캐를 정벌하여 국위를 선양한 것을 찬미하였으며, 6장은 엄숙하고 단정한 많은 선비가 도덕심으로 인화단결하여 전쟁에 승리한 공적을 치하하였고, 7장은 탁월한 전략전술로 오랑캐를 무찌르고 확고한 정책으로 오랑캐를 다스려 안징시긴 공로를 찬양하였으며, 8장은 아름다운 문화정책으로 오랑캐를 감화하여 문명세계로 편입시킨 학문의 영향력을 찬미하였다.

공자가 이 시를 『시경』에 편집한 이유는 태학(太學)은 가장 착한 도덕학을 연구하는 곳이고 선비는 나라의 원기(元氣)이므로 대학교육을 진흥함으로써 문명국가를 건설하는 것이요 문명국가를 건설해야 오랑캐를 감화시켜 문명세계로 편입시켜서 화평세계를 건설할 수 있는 것을 증거하기 위함이다.

사(思)는 발어사이고, 반수(泮水)는 제후국의 대학교 주변에 흐르는 시냇물이니 그 동서 양쪽에서 흘러내려 남쪽에서 합치기 때문에 반수(泮水)라고 하는데 여기에서 향음주례(鄕飮酒禮)와 향사례(鄕射禮)를 거행한다. 근(芹)은 미나리이니 석전(釋奠)에 제물로 올리는 나물이며, 려(戾)는 이르러 도착함이고, 패패(茷茷)는 펄럭이는 모양이다. 홰홰(噦噦)는 느리게 울리는 방울 소리요, 무소무대(無小無大)는 작고 큼이 없이 모두 동참한다는 뜻이요, 공(公)

은 노나라의 임금이다. 교교(蹻蹻)는 씩씩한 모양이고, 색(色)은 안색이 온화함이요, 이(伊)는 이에, 교(敎)는 교화하여 가르침이다. 묘(茆)는 순채인데 수련과에 속하는 다년생 물풀이다. 줄기는 가늘고 길며 물 속에 잠겨 있다. 잎은 타원형의 방패 같고 어긋맞게 나며 잎자루가 길고 물 위에 떠 있는데 윗면은 녹색, 아래면은 자색을 띤다. 7~8월에 암홍자색의 꽃이 물 위로 나온 긴 꽃자루 끝에 달리어 피고 열매는 물 속에서 여문다. 어린잎을 넣고 끓여 순채탕을 만들어 제물로 쓴다. 장도(長道)는 영원불변한 대도(大道)이고, 굴(屈)은 굴복이요, 추(醜)는 무리이다. 소격(昭假)은 밝게 이르는 것이고, 열조(烈祖)는 빛나는 조상이니 곧 주공(周公)과 노공(魯公)이다. 교교(矯矯)는 날래고 굳센 모양이요, 괵(馘)은 항복하지 않은 포로를 사살한 적군의 왼쪽 귀이고, 숙(淑)은 착함이요, 문(問)은 포로를 신문하는 것이며, 고요(皐陶)는 순(舜)임금 시대에 법무장관을 지낸 사람이니 법을 공평무사하게 집행하였다. 광(廣)은 확충하여 광대하게 넓히는 것이고, 덕심(德心)은 도덕심이며, 우(于)는 출발하여 가는 것이요, 적(狄)은 먼 것이다. 동남(東南)은 회수(淮水) 지역이고, 증증(烝烝)은 사기가 충천한 모양이며, 황황(皇皇)은 진용이 성대한 모양이다. 화(吳)는 큰소리치는 것이요, 양(揚)은 나타내는 것이며, 흥(訩)은 송사니 전공을 다투어 송사함이다. 구(觩)는 활이 튼튼한 모양이고, 속시(束矢)는 화살 50개나 또는 100개를 동시에 발사하는 것이요, 수(搜)는 화살이 빨리 나는 소리이다. 박(博)은 넓은 작전지역이고, 역(斁)은 전열이 흩어져 이탈하는 것이며, 역(逆)은 명령을 어기는 것이요, 유(猶)는 선무대책이고, 획(獲)은 신임을 얻음이다. 효(鴞)는 올빼미요, 심(黮)은 오디이며, 경(憬)은 깨달은 것이고, 침(琛)은 보배이다. 원귀(元龜)는 큰 거북이니 1척(尺) 2촌(寸)이 되는 거북이며, 남금(南金)은 남방에서 생산한 황금이다.

무력으로 오랑캐를 정벌하고 문덕(文德)으로 교화하여 지역의 평화를 보장하였으니 모두 대학의 도덕교육을 진흥한 결과인즉 반궁(泮宮)의 석전대제(釋奠大祭)에서 문무(文武)를 찬양하는 제례악을 연주한 것이다.

비 궁 유 혁　　　실 실 매 매
閟宮有侐하니　　實實枚枚로다

혁 혁 강 원　　　기 덕 불 회
赫赫姜嫄이　　　其德不回하야

상 제 시 의　　　무 재 무 해
上帝是依하니　　無災無害하야

미 월 불 지　　　시 생 후 직
彌月不遲하야　　是生后稷하고

강 지 백 복　　　서 직 중 류
降之百福하니　　黍稷重穋하며

직 치 숙 맥　　　엄 유 하 국
稙稺菽麥이로다　奄有下國하야

비 민 가 색　　　유 직 유 서
俾民稼穡하니　　有稷有黍하며

유 도 유 거　　　엄 유 하 토
有稻有秬러니　　奄有下土하야

찬 우 지 서
纘禹之緒로다

으슥한 사당이 고요하니 넓고 크며 섬세하도나
빛나고 빛나는 강원은 그 덕이 간사하지 아니하여
하느님이 이에 붙으니 재앙이 없고 해침이 없어
달이 차서 늦지 않게 이에 후직을 낳고
일백 가지 복을 내리니 기장과 피가 늦게 익고 일찍 익으며
일찍 심고 늦게 심는 콩과 보리로다 문득 작은 나라를 두어
인민으로 하여금 농사를 짓게 하니 피가 있고 기장이 있으며
벼가 있고 검은 기장이 있으니 문득 낮은 땅을 개간하여
우의 치수사업의 후속사업을 이어받도다

후 직 지 손　　　실 유 태 왕
后稷之孫이　　　實維大王이니

거 기 지 양　　　실 시 전 상
居岐之陽하야　　實始翦商이어늘

지 우 문 무　　　찬 태 왕 지 서
至于文武하야　　纘大王之緒하사

치 천 지 계　　　　우 목 지 야
致天之屆로　　于牧之野하니
무 이 무 우　　　　상 제 림 여
無貳無虞어다　上帝臨女니라
퇴 상 지 려　　　　극 함 궐 공
敦商之旅하야　克咸厥功이어늘
왕 왈 숙 부　　　　진 이 원 자
王曰叔父아　　建爾元子하야
비 후 우 노　　　　대 계 이 우
俾侯于魯하노니　大啓爾宇하야
위 주 실 보
爲周室輔어다

후직의 후손은 참으로 태왕이니
기산의 양지쪽에 살며 진실로 상나라를 치기 시작했거늘
문왕과 무왕에 이르러 태왕의 후속사업을 이어
하늘의 지극한 뜻에 이르려고 목 땅의 벌판으로 가노니
의심하지 말고 걱정하지 말지어다 하느님이 너에게 임하였느니라
상나라의 군대를 다스려 능히 그 공을 다같이 하거늘
왕이 말하기를 숙부야 그대의 큰아들을 세워
하여금 노나라에 제후로 봉하노니 그대의 삶터를 크게 개척하여
주나라 왕실을 보필할지어다

내 명 로 공　　　　비 후 우 동
乃命魯公하야　俾侯于東하고
석 지 산 천　　　　토 전 부 용
錫之山川과　　土田附庸이로다
주 공 지 손　　　　장 공 지 자
周公之孫　　　莊公之子가
용 기 승 사　　　　육 비 이 이
龍旂承祀하니　六轡耳耳로다
춘 추 비 해　　　　향 사 불 특
春秋匪解하야　享祀不忒하야
황 황 후 제　　　　황 조 후 직
皇皇后帝와　　皇祖后稷께
향 이 성 희　　　　시 향 시 의
享以騂犧하니　是饗是宜하야
강 복 기 다　　　　주 공 황 조
降福旣多며　　周公皇祖도

역 기 복 여
亦其福女로다

이에 노공에게 명령하여 하여금 동방의 제후가 되게 하고
산천과 고을과 밭과 부용국을 내렸도다
주공의 후손, 장공의 아들이
쌍룡기를 휘날리며 제사를 받드니 여섯 말고삐가 부드럽도다
봄가을에 풀지 아니하여 향사를 어기지 아니하여
거룩하고 거룩한 하느님과 거룩한 조상 후직에게
붉은 소를 제물로 바쳐 제사지내니 이에 흠향하시고 이에 제사 잡수어
복을 내림이 이미 많으며 주공과 거룩한 조상도
또한 그대를 복되게 하도다

추 이 재 상　　　하 이 복 형
秋而載嘗이라　　夏而楅衡하니
백 모 성 강　　　사 준 장 장
白牡騂剛이며　　犧尊將將하며
모 포 자 갱　　　변 두 대 방
毛炰胾羹을　　　籩豆大房이어늘
만 무 양 양　　　효 손 유 경
萬舞洋洋하니　　孝孫有慶이로다
비 이 치 이 장　　비 이 수 이 장
俾爾熾而昌하며　俾爾壽而臧하야
보 피 동 방　　　노 방 시 상
保彼東方하야　　魯邦是常이라
불 휴 불 붕　　　불 진 불 등
不虧不崩하며　　不震不騰하야
삼 수 작 붕　　　여 강 여 릉
三壽作朋할새　　如岡如陵이로다

가을이 되면 곧 가을제사를 지내므로 여름에 쇠뿔에 가로막대를 대니
흰 황소와 붉은 황소이며 제기술통이 아름답고 화려하도다
털을 벗기고 싸서 구운 고기와 산적과 고기국을 대나무제기와 나무제기와 큰 도마제기에 차리거늘
만무의 춤이 다채로우니 효손에게 경사가 있으리로다
그대로 하여금 불꽃처럼 번창케 하며 그대로 하여금 오래 살고

착하게 하여

 저 동방을 보호하여 노나라가 이에 영원할 것이므로

이지러지지 않고 무너지지 않으며 흔들리지 않고 넘치지 아니하여

80, 90, 100세와 벗을 맺어 산등성이처럼 언덕처럼 오래 하리라

公車千乘이니 (공거천승) 朱英綠縢이며 (주영록등)

二矛重弓이로다 (이모중궁) 公徒三萬이니 (공도삼만)

貝冑朱綬으로 (패주주섬) 烝徒增增이라 (증도증증)

戎狄是膺하며 (융적시응) 荊舒是懲하니 (형서시징)

則莫我敢承이로다 (즉막아감승) 俾爾昌而熾하며 (비이창이치)

俾爾壽而富하야 (비이수이부) 黃髮台背로 (황발태배)

壽胥與試하며 (수서여시) 俾爾昌而大하고 (비이창이대)

俾爾耆而艾하야 (비이기이애) 萬有千歲에 (만유천세)

眉壽無有害로다 (미수무유해)

 임금의 전차는 일천 승이니 붉은 꽃무늬와 푸른 실끈이며

 두 개의 창과 겹친 활이로다 임금의 보병은 삼만 명이니

 조개껍질이 달린 투구와 붉은 갑옷으로 많은 무리가 버글버글
하므로

 서쪽 오랑캐와 북쪽 오랑캐를 이에 응징하며 남쪽 형 땅과 서
땅의 오랑캐를 이에 징계하니

 곧 우리를 감히 대항하지 못하도다 그대로 하여금 창성하여 불
꽃처럼 일어나며

 그대로 하여금 오래 장수하며 부강하여 노란 머리칼과 복어무늬
의 등으로

 오래 장수하면서 서로 더불어 비교하며 그대로 하여금 창대하게
하고

 그대로 하여금 60세를 더하고도 50세를 더하여 만 천 세에

눈썹이 세도록 오래 장수함에 해침이 있지 않으리로다

태산 암 암　　　노 방 소 첨
泰山巖巖하니　魯邦所詹이로다
엄 유 귀 몽　　　수 황 대 동
奄有龜蒙하야　遂荒大東하야
지 우 해 방　　　회 이 래 동
至于海邦하니　淮夷來同하야
막 불 솔 종　　　노 후 지 공
莫不率從하니　魯侯之功이로다
보 유 부 역　　　수 황 서 택
保有鳧繹하야　遂荒徐宅하야
지 우 해 방　　　회 이 만 맥
至于海邦하니　淮夷蠻貊과
급 피 남 이　　　막 불 솔 종
及彼南夷가　　莫不率從하며
막 감 불 락　　　노 후 시 약
莫敢不諾하니　魯侯是若이로다

태산은 높고 높아 노나라가 바라보는 바로다
문득 귀산과 몽산을 소유하여 멀리 극동으로 가서
해변의 나라에 이르니 희수 근방의 오랑캐가 와서 동화하여
따르지 않음이 없으니 노나라 임금의 공적이로다
부산과 역산을 보유하여 멀리 서나라 읍으로 가서
해변의 나라에 이르니 희수 근방의 오랑캐와 만족과 맥족
그리고 저 남쪽 오랑캐가 따르지 않음이 없으며
감히 허락하여 순종치 않음이 없으니 노나라 임금이 이에 똑같
이 포용하도다

천 석 공 순 가　　미 수 보 로
天錫公純嘏하니　眉壽保魯하야
거 상 여 허　　　　복 주 공 지 우
居常與許하고　　復周公之宇로다
노 후 연 희　　　　영 처 수 모
魯侯燕喜하니　　令妻壽母로다
의 대 부 서 사　　방 국 시 유
宜大夫庶士하야　邦國是有하니
기 다 수 지　　　　황 발 아 치
既多受祉하야　　黃髮兒齒로다

조 래 지 송　　　　　신 보 지 백
徂來之松과　　　新甫之柏을
시 단 시 탁　　　　　시 심 시 척
是斷是度하며　　是尋是尺하야
송 각 유 석　　　　　노 침 공 석
松桷有舃하니　　路寢孔碩이로다
신 묘 혁 혁　　　　　원 사 소 작
新廟奕奕하니　　爰斯所作이로다
공 만 차 석　　　　　만 민 시 약
孔曼且碩하니　　萬民是若이로다

하늘이 임금에게 순수한 복을 내리니 눈썹이 세도록 노나라를
보우하야

도를 지키어 변하지 않을 것을 더불어 기약하고 주공의 사당을
복원하도다

노나라 임금이 연회하야 기뻐하니 착한 아내와 장수하는 어머니
로다

대부와 여러 선비들과 의좋게 국가적으로 이에 경영하니

이미 복을 많이 받아 노란 머리와 어린 아기의 이빨이 협력하도다

조래산의 소나무와 신포산의 잣나무를

이에 자르고 이에 헤아리며 이에 여덟 자로 이에 한 자로 하여

소나무 서까래가 아름참이 있으니 사당에 침전이 매우 크도다

새로운 사당이 아름답고 아름다우니 원사가 지은 바로다

매우 길고도 크니 만민이 이에 똑같이 흠모함이로다

◑ 비궁(閟宮) 편은 일곱 장인데 수장과 2장, 3장, 5장은 17구
씩이고 4장과 6장은 16구씩이며 졸장은 20구이니 서사시이다. 노
(魯)나라 희공(僖公)이 주공(周公)의 도덕정신을 부흥해서 공실(公
室)의 권위를 다시 세우려고 주공(周公)의 묘우(廟宇)를 재건하여
제사를 지내면서 노나라의 찬란한 역사를 노래하여 아름다운 전
통을 찬송한 내용이다.

1장은 으슥한 사당이 고요하며 넓고 큰 것을 기술하고 이어 노
(魯)나라 희성(姬姓)의 먼 조상인 후직(后稷)의 농업개발의 역사

는 바로 우(禹)가 천하의 홍수를 다스린 치수(治水) 사업의 후속
사업임을 표창하였고, 2장은 후직의 후손 태왕(大王)이 기산(岐
山) 아래에서 주(周)나라의 기업(基業)을 닦은 역사의 시작을 문
왕(文王)이 계승발전시킴에 무왕(武王)이 하늘의 뜻에 따라 목야
(牧野)의 벌판에서 상(商)나라 군사를 격파하고 혁명을 완수하니
성왕(成王)이 주공의 큰아들 백금(伯禽)을 노나라에 봉하여 임금
으로 세운 역사를 서술하였으며, 3장은 노공(魯公 : 伯禽)이 노나라
를 건설하여 동방의 문명국가를 건설하니 주공의 8대손인 장공
(莊公)의 아들 희공(僖公)이 임금의 자리에 올라 부지런히 하느님
과 후직 그리고 주공과 여러 조상에게 제사를 지내서 복을 많이
받은 사실을 기술하였고, 4장은 후직의 농업진흥 공적과 주공의
예악(禮樂)정신을 받들어 풍성하고 엄숙한 제사의식의 광경을 기
록하였으며, 5장은 부강하고 문명한 국가를 건설하여 동방의 평
화를 길이 보장하므로 세상이 태평하여 임금으로부터 관료와 주
민이 장수하는 행복을 찬양하였다. 6장은 춘추의 난세에 크게 이
탈하는 주변국을 널리 포용하여 외교관계를 유지시킨 공로를 찬
양하였으며, 7장은 하늘이 노나라 임금에게 순수한 복을 내려 공
실(公室)이 화목하고 관료가 화합하므로 주공의 사당을 재건하니
노란 머리가 된 노인과 아직 젖니도 갈지 않은 어린 사람들까지
도 자진 협력하여 이와 같이 아름다운 묘당(廟堂)과 침전(寢殿)이
완성된 것을 서술하여 주공의 높은 덕을 찬송하였다.

  공자가 이 시를 『시경』에 편집한 이유는 도덕을 추구하는 왕
도(王道)정치가 무너지고 공리(功利)를 다투는 패도(覇道)가 일어
나 천하가 크게 어지러운 춘추시대에 노나라 희공(僖公)이 주공
(周公)의 예악(禮樂)문명을 끝까지 지켜 아름다운 전통을 계승하
려는 노력을 높이 치하하기 위함이다. 노나라 임금과 신하들의
이러한 노력으로 주(周)나라의 예절과 음악은 춘추 말기에까지
노나라에 가장 많이 남아 있어서 공자가 『예기(禮記)』와 악경
(樂經)을 편집하게 되었던 것이다.

  비(閟)는 으슥한 것이요, 궁(宮)은 사당이며, 혁(洫)은 고요한
것이다. 실실(實實)은 넓고 큰 모양이고, 매매(枚枚)는 섬세한 모

양이다. 강원(姜嫄)은 생민(生民) 편(3-2-1)에서 해설하였으며, 회(回)는 간사함이요, 의(依)는 붙은 것이니 감응함이다. 중(重)은 늦게 익는 곡식이고, 류(穆)은 일찍 익는 곡식이며, 직(稙)은 먼저 심는 것이요, 치(稺)는 늦게 심는 것이다. 하국(下國)은 작은 나라요, 하토(下土)는 낮은 땅이니 하국(下國)은 후직이 처음 태(邰)나라에 봉하여 제후가 된 것이고, 하토(下土)는 후직이 뒤에 순(舜)임금의 조정에서 농업장관이 된 것이다. 우(禹)는 순임금의 조정에서 국토개발장관이 되어 치수(治水)사업을 성공하였고, 서(緖)는 그 후속사업이다. 전(剪)은 가위로 자르는 것이며, 태왕(大王)은 면(緜) 편(3-1-3)의 고공단보(古公亶父)에서 해설하였다. 치(致)는 이르러 감이고, 계(屆)는 지극함이니 곧 지극하다는 뜻이다. 이(貳)는 의심이요, 우(虞)는 걱정이며, 여(女)는 너를 지칭하는 대명사이고, 퇴(敦)는 다스리는 것이요, 함(咸)은 함께 같이 함이다. 왕(王)은 성왕(成王)이요, 숙부(叔父)는 주공(周公)이며, 원자(元子)는 노공(魯公)인 백금(伯禽)이다. 계(啓)는 개척함이고, 우(宇)는 삶의 터전이다. 부용(附庸)은 부속국가로 아주 작은 나라이며, 장공(莊公)은 춘추시대에 노나라 임금으로 주공의 8대손이다. 재위 32년이었고 아들은 넷이었는데 세자(世子) 자반(子般)은 상청(喪廳)에서 시해당하고 민공(閔公)은 어려서 즉위하였으나 겨우 2년 만에 시해당했으며 희공(僖公)이 즉위하여 재위 33년이었고 또한 그 아들 문공(文公)이 즉위하여 재위 18년이었으며 동문수(東門遂)는 임금이 되지 못했으니 여기서는 희공으로 보아야 된다. 이이(耳耳)는 부드러운 모양이요, 후제(后帝)는 하느님이며, 황조후직(皇祖后稷)의 황조(皇祖)는 거룩한 시조(始祖)이고, 주공황조(周公皇祖)의 황조(皇祖)는 거룩한 여러 조상이다. 상(嘗)은 가을제사요, 복형(福衡)은 쇠뿔에 가로막대를 대는 것이니 뿔을 보호하기 위함이고, 백모(白牡)는 흰 황소이니 주공(周公)에게 바치는 희생(犧牲)이며, 성강(騂剛)은 붉은 황소이니 노공(魯公)에게 바치는 희생이다. 사준(犧尊)은 소를 그린 술잔 또는 소의 모양을 한 술통이며, 모포(毛炰)는 털을 벗기고 싸서 구운 고기요, 자(胾)는 산적이며, 갱(羹)은 고기국이다. 대방(大房)은 큰 도마처럼 생긴 제기(祭器)로 희생물을 담는다. 만(萬)은 춤의 이름이고, 양양(洋洋)은 다채로움이며, 진(震)은 흔들리는 것이요, 등(騰)은 넘치는 것이다. 삼수(三壽)는 삼로(三老)이니 100세의 상수(上壽)와 90세의 중수(中壽)와 80세의 하수(下壽)를 지칭한다. 천승(千乘)은 전차가 천대이니 대국(大國)의 군사력이요, 주영(朱英)은 창에 붉은 꽃무늬를 그린 것이고, 록등(綠縢)은 활을 묶는 푸른 실끈이다. 이모(二矛)는 긴 창과 짧은 창이고, 중궁(重弓)은 활이 부러지는 것을 대비한 활이다. 도(徒)는 보병이요, 삼만(三萬)은 삼군(三軍)이니 대국(大國)이 보유하는 병력이다. 패주(貝胄)는 조개껍질로 장식한 투구이고, 주섬(朱綅)은 붉은 갑옷이며, 증(烝)은 많은 것이며, 증증(增增)은 많아서 버글버글한 모양이다. 융(戎)은 서쪽 오랑캐이고, 적(狄)은 북쪽 오랑캐이며, 응(膺)은 응징이요, 형(荊)과 서(舒)는 남쪽 초(楚)나라와 그 주변의 오랑캐이며, 징(懲)은 징계함이니 노(魯)나라 희공(僖公) 4년 봄에 제(齊)나라 환공(桓公)과 더불어 초(楚)나라를 정벌하였다. 승(承)은 대항함이고, 황발태배(黃髮台背)는 행위(行葦) 편(3-2-2)에서 이미 해설하였으며, 시(試)는 비교함이다. 기(耆)는 60세이고, 애(艾)는 50세이니 더한다는 뜻이다. 태산(泰山)은 노나라의 동쪽에 있으며, 첨(詹)은 바라보는 것이요, 귀(龜)와 몽(蒙)은 모두 산의 이름이고, 황(荒)은 먼 것이다. 대동(大東)은 극동지방이요, 해방(海邦)은 해변에 있는 나라이며, 부(鳧)와 역(繹)은 모두 산의 이름이고, 서택(徐宅)은 서나라의 인민이 거주하여 사는 고을이다. 락(諾)은 허락하여 순종함이요, 약(若)은 똑같이 포용함이다. 거상(居常)은 도를 지키어 변하지 않음이고, 여허(與許)는 더불어 기약함이다. 복(復)은 재건축함이고, 우(宇)는 사당이며, 영처(令妻)는 착한 아내이니 곧 희공의 부인 성강(聲姜)을 지칭하고, 수모(壽母)는 오래 장수하는 어머니이니 성풍(成風)을 말한 것이다. 유(有)는 경영함이요, 황발(黃髮)은 늙은 노인이고, 아치(兒齒)는 아직 젖니를 갈지 않은 어린이로서 주공(周公)의 사당을 지음에 노소가 모두 호응하여 협조하는 사람들이다. 조래(徂徠)는 중국의 산동성 태안현에 있는 산의 이름이고, 신보(新甫)는 문양현(汶陽縣)에 있는 산이름이다.

심(尋)은 8척(尺)이요, 송각(松桷)은 소나무 서까래이며, 석(舃)은 아름찬 것이다. 로침(路寢)은 사당의 침전(寢殿)이고, 신묘(新廟)는 재건축한 주공(周公)의 사당이다. 원사(爰斯)는 재건축의 공사를 총감독한 공자어(公子魚)의 자(字)이다. 만(曼)은 긴 것이고, 만민(萬民)은 노나라 전체 인민대중이요, 약(若)은 똑같이 주공의 덕을 흠모하여 찬송한다는 뜻이다.

노나라의 임금과 신하 그리고 인민이 이와 같이 주공(周公)의 학문과 도덕을 사모하고 그 예법과 음악을 좋아함이 춘추시대에도 전혀 변함이 없이 계속된 것은 주공의 학문과 도덕이 가장 진실하고 그 예법과 음악이 가장 아름답기 때문이었다.

○ 노송(魯頌)은 4편 22장 243구이다. 주송(周頌)에 비교하여 편수가 적고 장구가 많은 것이 특징이니 천자국(天子國)은 행사가 많고 성대하며 제후국은 행사가 적고 간소한 차이점이요 또한 시대적으로도 앞뒤의 시간차가 있으므로 분별하여 살펴야 할 것이다. 경(駉) 편은 노나라의 양마(養馬)정책의 성공을 찬양하였고, 유필(有駜) 편은 노나라 관리의 공직윤리를 찬미하였으며, 반수(泮水) 편은 노나라 대학교의 학문정신을 찬미하였고, 비궁(閟宮) 편은 주공(周公)의 도덕문화를 찬송하였으니 모두 노나라의 전통문화를 주제로 엮었으므로 비록 『시경』에 노풍(魯風)이 없지만 이 노송(魯頌)을 살피면 노나라의 정치기강과 사회풍속을 미루어 헤아릴 수 있을 것이다.

5. 상송(商頌)

상(商)은 나라이름인데 일찍이 설(契)이 순(舜)임금의 조정에서 교육부장관을 역임하여 윤리도덕을 교육하여 크게 성공하므로 순임금이 설을 상(商)나라 임금으로 봉하였다. 그리하여 14세(世)를 이어 내려와서 날로 새롭게 수양한 탕(湯)임금이 하(夏)나라 걸(桀)을 정벌하고 혁명을 하여 천자(天子)가 되었는데 탕임금의 청렴결백한 도덕정신과 인민을 위하여 봉사하는 애민사상(愛民思想) 그리고 어진 이를 등용함에 지역이나 인종을 차별하지 않은 중화주의(中和主義)를 계승발전하여 태종(太宗 : 太甲) 중종(中宗 : 太戊) 고종(高宗 : 武丁) 같은 위대한 왕이 나와서 문명한 도덕시대를 건설하였다.

그러나 주(紂)에 이르러 음란포학한 정치를 하여 탕임금의 건국정신을 단절하였기 때문에 주(周)나라 무왕(武王)이 멸하여 천하를 혁명하고 주(紂)의 서형(庶兄) 미자(微子)를 송(宋)나라에 봉(封)하여 탕임금의 제사를 받들게 하였다. 그리하여 상(商)나라의 제례악이 송(宋)나라에 의하여 전해 왔으나 세월이 지남에 따라 대부분 망실하게 되어 송나라 10대 임금 대공(戴公) 시대에 대부(大夫) 정고보(正考甫)가 상송(商頌) 12편을 주(周)나라 태사(大師)에게 얻어 가지고 돌아가서 그 선왕(先王)을 제사지냈다고 사마천(司馬遷)이 『사기(史記)』 송미자세가(宋微子世家)에서 밝혔다.

상(商)나라는 우공(禹貢)에 서주(徐州)의 사빈(泗濱)의 서쪽에서 예주(豫州)의 맹저(孟豬)에 이르는 벌판에 있다고 하였으니 처음의 도읍은 박(亳)이었으나 뒤에 은(殷)으로 옮겼기 때문에 은(殷)나라로도 일컫는다. 송(宋)나라는 상구(商丘)에 도읍을 세웠으니 모두 응천부(應天府) 박현(亳縣)에 있으며 오늘날은 안휘성(安徽省)으로 고쳤다.

의 여 나 여 　　　 치 아 도 고
猗與那與라 　　　 置我鞉鼓하야

주 고 간 간 　　　 간 아 렬 조
奏鼓簡簡하니 　　 衎我烈祖로다

탕 손 주 격 　　　 수 아 사 성
湯孫奏假하니 　　 綏我思成이로다

도 고 연 연 　　　 혜 혜 관 성
鞉鼓淵淵하며 　　 嘒嘒管聲이

기 화 차 평 　　　 의 아 경 성
旣和且平하야 　　 依我磬聲하니

오 혁 탕 손 　　　 목 목 궐 성
於赫湯孫이여 　　 穆穆厥聲이로다

용 고 유 역 　　　 만 무 유 혁
庸鼓有斁하며 　　 萬舞有奕하니

아 유 가 객 　　　 역 불 이 역
我有嘉客이 　　　 亦不夷懌아

자 고 재 석 　　　 선 민 유 작
自古在昔에 　　　 先民有作하니

온 공 조 석 　　　 집 사 유 각
溫恭朝夕하야 　　 執事有恪이로다

고 여 증 상 　　　 탕 손 유 장
顧予烝嘗인저 　　 湯孫之將이로다

아~ 다채로워라 우리 작은북을 설치하여
연주하는 북소리 둥둥둥 하니 우리 빛나는 할아버지가 즐기시도다
탕임금의 후손이 음악을 연주하여 신령이 이르시니 우리를 편안
히 하여 소원이 성취하리로다
작은 북소리 둥둥 하며 부드러운 가락의 쌍피리 소리가
이미 화창하고 또한 평화롭게 우리 경쇠 소리에 화합하니
아, 빛나는 탕임금의 후손이여, 그윽하고 그윽한 그 음악이로다
큰 종과 큰북이 울려 퍼지면서 만무의 춤이 차례로 펼쳐지니
우리의 아름다운 손님이 또한 기뻐하지 않으리요
예로부터 옛날에 선현이 경영함이 있었나니
아침저녁으로 따뜻하고 공손하여 사무를 집행함에 정성이 있었

도다
 나의 겨울제사와 가을제사를 돌아보소서, 탕임금의 후손이 받드
나이다

　☯ 나(那) 편은 한 장인데 22구로 된 서사시이다. 상(商)나라의
종묘(宗廟)에서 탕(湯)임금에게 제사를 지내면서 연주한 제례악이
다. 탕임금의 후손이 성대한 음악과 아름다운 예법절차로 많은
손님이 참석한 가운데 빛나는 탕임금의 덕을 찬송하여 기리는 광
경을 기술한 것이다.
　공자가 이 시를 『시경』에 편집한 이유는 탕(湯)임금이 천하의
도덕을 자임(自任)하여 이윤(伊尹)을 발탁해서 등용하고 폭군 걸
(桀)을 정벌하여 인민을 해방한 위대한 공적을 현창하기 위함이
니 이로써 천명(天命)을 받들고 민심을 따르는 왕도정치(王道政
治)의 이념은 영원불후한 도덕임을 확인하였다.
　의(猗)는 감탄사이고, 여(與)는 감탄 종결사이며, 나(那)는 다채
로움이다. 치(置)는 실치힘이요, 도고(鞀鼓)는 앞의 유고(有瞽) 편
(4-2-5)에서 이미 해설하였으며, 간간(簡簡)은 북소리가 화평하고
큰 것이다. 산(衎)은 즐거워함이요, 열조(烈祖)는 탕(湯)임금을 지
칭하며, 탕손(湯孫)은 탕임금의 후손으로 제사를 지내는 제주(祭
主)이다. 주격(奏假)은 음악을 연주하여 신령이 이르게 함이고, 수
(綏)는 편안함이며, 사(思)는 소원이요, 성(成)은 성취이다. 연연
(淵淵)은 소리가 깊고 멀리 울리는 것이고, 혜혜(嘒嘒)는 부드러
운 곡조이며, 의(依)는 서로 의지하여 화합함이다. 목목(穆穆)은
그윽하고 그윽하여 오묘함이고, 용(庸)은 용(鏞)이니 쇠북이며, 역
(斁)은 울려 퍼지는 것이다. 혁(奕)은 차례차례 질서가 있는 것이
고, 이역(夷懌)은 기뻐함이다. 선민(先民)은 선현(先賢)이고, 각
(恪)은 정성이며, 증(烝)은 겨울제사, 상(嘗)은 가을제사이고, 장
(將)은 받들어 거행함이다.
　탕임금의 제사를 지냄에 그 공덕을 언급하지 않고 그 제사의
예악(禮樂)과 정성을 다채롭게 열거하였으니 요(堯), 순(舜), 우

(禹), 탕(湯)의 겸양(謙讓)정신을 담은 찬송가이다.

4-5-2 ───── 열조(烈祖) / 빛나는 할아버지

차 차 렬 조 　 유 질 사 호
嗟嗟烈祖가　有秩斯祜하여
신 석 무 강 　 급 이 사 소
申錫無疆이라　及爾斯所로다
기 재 청 고 　 뇌 아 사 성
旣載淸酤하니　賚我思成이로다
역 유 화 갱 　 기 계 기 평
亦有和羹이　旣戒旣平이어늘
종 가 무 언 　 시 미 유 쟁
鬷假無言하야　時靡有爭하니
수 아 미 수 　 황 구 무 강
綏我眉壽하야　黃耈無疆이로다
약 기 착 형 　 팔 란 창 창
約軧錯衡하고　八鸞鶬鶬하야
이 격 이 향 　 아 수 명 부 장
以假以享하니　我受命溥將이어늘
자 천 강 강 　 풍 년 양 양
自天降康이라　豐年穰穰하니
내 격 래 향 　 강 복 무 강
來假來饗하사　降福無疆이로다
고 여 증 상 　 탕 손 지 장
顧予烝嘗인저　湯孫之將이로다

아~ 아~, 빛나는 할아버지가 떳떳한 이 복을 경영하여
거듭 내리시어 끝이 없으므로 그대의 이 곳에 미치었도다
이미 맑은 단술을 받으시니 우리의 소원이 성취하도록 하여주도다
또한 맛을 조절한 국이 이미 경계하고 이미 평화롭거늘
총화한 대단결은 말이 없어 이에 다툼이 있지 않으니
우리를 편안케 하여 눈썹이 세도록 장수하여 얼굴이 노랗게 되
어 끝없이 살으리로다

수레바퀴통을 가죽으로 묶으며 멍에에 무늬를 그리고 여덟 개의 말방울이 덜렁덜렁

이르러 와서 종묘의 제향을 도우니 우리가 천명을 받음이 넓고 크거늘

하늘로부터 풍년을 내리므로 풍년이 들어 곡식이 잘 익으니

와서 이르시고 와서 흠향하사 복을 내림이 끝이 없도다

나의 겨울제사와 가을제사를 돌아보소서 탕임금의 후손이 받드나이다

◑ 열조(烈祖) 편은 한 장인데 22구로 된 서사시이다. 탕(湯)임금이 광명정대한 도덕으로 천명(天命)을 받아 전체 인류를 총화합시켜 대동세계를 건설해서 길이 인류의 행복을 보장한 공덕을 찬송한 노래이다.

빛나는 탕(湯)임금이 떳떳한 인간행복을 경영하여 거듭 끝없이 내리므로 오늘 이 자리에까지 미친 것을 기술하고 이어 그 위대한 인산정신을 빋들면 우리의 소원이 성취될 것임을 확신하면서 탕임금은 5미(味)를 갖추어 국의 맛을 조절하듯이 이에 사방의 국가와 민족을 이미 경계히어 대비해서 평등하게 다스리거늘 전체 인류가 총화(總和), 대단결(大團結)한 정치는 말없이 순종하므로 이에 분쟁이 있지 않으니 우리를 편안케 하여 장수하게 하였음을 찬송하였다. 그리고 천하의 제후들이 탕임금의 공덕을 기리기 위하여 종묘의 제사에 와서 돕는 것으로 상(商)나라의 천명(天命)이 영원함을 증명하면서 하늘도 풍년을 내려 천명이 확고함을 밝혀 신령의 흠향을 기원한 것이다.

차차(嗟嗟)는 감탄사이고, 열조(烈祖)는 탕(湯)임금이며, 질(秩)은 떳떳한 것이다. 신(申)은 거듭이고, 이(爾)는 제주(祭主)이며, 사소(斯所)는 이 곳이니 곧 종묘(宗廟)이다. 고(酤)는 하룻밤에 익은 단술이요, 뇌(賚)는 주는 것이며, 사(思)는 소원, 성(成)은 성취함이다. 계(戒)는 공경하여 대비함이요, 평(平)은 평화이다. 종(鬷)은 많음이요 가(假)는 큰 것이니 종가(鬷假)는 위아래가 모두 화

합하여 인민대중이 대동단결함이다. 탕임금의 정치는 인간이나
지역 또는 종족을 차별함이 없는 대동민주정치(大同民主政治)임
을 표상한 말이다. 그러므로 『중용(中庸)』에서는 이 시구를 인
용하여 인민이 스스로 떨치고 일어나서 자체적으로 화합단결하며
근면노력하는 표본으로 삼았으니 종(䂻)을 주(奏)로 썼지만 그 뜻
은 같다. 무언(無言)은 말썽이 없는 것이니 전체가 순종함이요,
쟁(爭)은 분쟁이다. 약기착형(約軧錯衡)과 팔란(八鸞)은 앞의 채기
(采芑) 편(2-3-4)에서 이미 해설하였고, 창창(鶬鶬)은 말방울 소리
가 덜렁덜렁 함이다. 부(溥)는 넓음이고, 장(將)은 큰 것이며, 강
(康)은 풍년이요, 양양(穰穰)은 곡식이 잘 익은 모양이다.

　탕임금의 공평무사(公平無私)한 정치를 한 솥에 삶아 고루 조
화한 국물에 비유하였으니 한 그릇만 먹어보면 전체의 맛을 알
수 있듯이 한 지방의 문물을 보면 전세계의 실정을 알 수 있는
것으로 비유하였다. 이는 탕임금의 정치이념이 공평세계의 건설
임을 역설한 내용인즉 깊이 음미하라.

4-5-3 ──────── 현조(玄鳥) / 제비

천 명 현 조　　　　　강 이 생 상
天命玄鳥하야　　　　降而生商하야
택 은 토 망 망　　　　고 제 명 무 탕
宅殷土芒芒이어늘　古帝命武湯하야
정 역 피 사 방　　　　방 명 궐 후
正域彼四方이로다　方命厥后하야
엄 유 구 유　　　　　상 지 선 후
奄有九有하니　　　商之先后가
수 명 불 태　　　　　재 무 정 손 자
受命不殆라　　　　在武丁孫子로다
무 정 손 자　　　　　무 왕 미 불 승
武丁孫子　　　　　武王靡不勝하니

용 기 십 승
龍旂十乘으로

대 치 시 승
大糦是承이로다

방 기 천 리
邦畿千里여

유 민 소 지
維民所止러니

조 역 피 사 해
肇域彼四海로다

사 해 래 격
四海來假하고

내 격 기 기
來假祈祈하니

경 원 유 하
景員維河일새

은 수 명 함 의
殷受命咸宜라

백 록 시 하
百祿是何로다

하느님이 제비에게 명령하여 내려가서 상나라 시조 설을 낳게 하여

은 땅의 광대한 곳에 살게 하거늘 하느님이 씩씩한 탕임금에게 명하여

경계를 저 사방으로 바로잡았도다 지방에 그 임금을 임명하여

아홉 주를 모두 경영하니 상나라의 선대 임금이

천명을 받아 위태롭게 하지 않으므로 무정 손자를 볼지어다

무정 손자 씩씩한 왕이 이기지 못함이 없으니

쌍룡깃발을 휘날리는 열 대의 수레로 큰제사에 기장과 피를 이에 받들도다

도읍 근방 천리여, 오직 인민이 머물러 살 곳이더니

영역을 저 사해로 개방했도다 사해가 와서 이르고

와서 이르름이 버글버글 하니 크게 원만함이 오직 물과 같아

은나라가 천명을 받음이 모두 마땅하므로 일백 가지의 관록을 이에 어깨에 메도다

● 현조(玄鳥) 편은 한 장인데 22구로 된 서사시이다. 상(商)나라 종묘(宗廟)에서 연주한 제례악으로 시조인 설(契)의 탄생신화와 탕(湯)임금의 혁명과업 완수 그리고 상나라 역대 임금의 균등한 화합정치를 찬송하였다.

유융씨(有娀氏)의 딸 간적(簡狄)이 봄에 시내에서 목욕을 하다가 제비의 알을 먹고 잉태하여 설(契)을 낳은 기적을 서술하여

비범한 혈통임을 찬양하고 이어 하느님이 씩씩한 탕임금에게 인간과 지역 그리고 종족의 차별이 없는 대동공화세계(大同共和世界)의 건설을 명령하므로 탕임금이 포악한 걸(桀)을 정벌하고 혁명과업을 완수하여 각 지방에 그 임금을 임명하며 9주(州)를 남김없이 경영한 사실을 찬송하였다. 그리고 상나라의 선왕(先王)들이 천명(天命)을 경건히 받들어 잘 계승하여 왔으니 탕임금의 훌륭한 후손으로 나라를 중흥한 무정(武丁) 즉 고종(高宗)의 업적을 보면 조상의 빛나는 사업을 감당하지 못함이 없었으니 열 명의 제후가 쌍룡깃발을 휘날리고 와서 종묘의 대제(大祭)에 기장과 피를 올리며 제사를 돕는 아름다움을 찬양하였고 끝으로 도읍 근방의 직할영역에만 문화가 발달하여 인민이 머물러 살았으나 이제 상(商)나라는 문화사회의 영역을 저 멀리 사해(四海)로 넓혀서 개방함으로써 사해의 인류가 모두 자유롭게 왕래하면서 문명을 교류하고 문화를 향유하여 크게 원만한 정책이 물이 흐르듯이 자연스러운 까닭에 은(殷)나라가 천명(天命)을 받음이 모두 알맞아서 일백 가지 관록을 어깨에 메게 되었음을 찬미한 것이다.

현조(玄鳥)는 제비인데 제비과에 속하는 철새로 여름새이다. 날개 길이는 10~12cm, 바깥쪽의 꽁지깃은 7~10cm, 중앙의 깃은 4~5cm이다. 길고 깊게 골진 꽁지는 어긋물린 가위 모양으로 연미형(燕尾形)을 이룬다. 등은 윤기가 있는 청흑색(靑黑色)이고 뒷목에 흰 테가 있으며 이마와 목은 밤빛이고 윗 가슴에 검은 띠가 있으며 아래쪽은 흰빛이다. 부리는 편평한 삼각형이고 입아귀가 길게 갈라졌으며 다리는 약하나 날개는 잘 발달하여 시속 90km 정도로 빨리 날면서 곤충을 잡아먹는다. 대체로 3월에 와서 번식하고 9월경에 남쪽으로 가는데 1년에 두 번 알을 낳아서 부화한다. 상(商)은 상나라 시조 설(契)이니 설의 탄생신화는 사마천(司馬遷)의 『사기』 은본기(殷本記)에 기재되어 있다. 택(宅)은 거주하여 사는 것이고, 은(殷)은 지명이며, 망망(芒芒)은 광대한 모양이다. 고(古)는 하늘이요, 제(帝)는 상제(上帝)이며, 무탕(武湯)은 탕임금에게 신무(神武)의 덕이 있으므로 호(號)를 무(武)라고 한 것이다. 정(正)은 바로잡는 것이요, 역(域)은 영역의 경계이며, 방

명궐후(方命厥后)는 각 지방에 그 임금을 임명하는 것이고, 엄유 (奄有)는 남기지 아니하고 전부 경영하는 것이다. 구유(九有)는 구주(九州)이며, 선후(先后)는 선대(先代)의 왕이고, 재(在)는 보는 것이요, 무정(武丁)은 고종(高宗)이니 부열(傅說)을 발탁등용하여 정치를 일으키고 덕을 베풀어 은(殷)나라를 부흥하였다. 손자(孫 子)는 무정(武丁)이 탕임금의 정신을 계승한 진정한 손자라는 뜻 이고 무정의 손자라는 의미가 아니다. 왜냐하면 무정의 뒤로는 걸출한 왕이 나오지 않았기 때문이다. 대(大)는 대제(大祭)이고, 치(糦)는 기장과 피의 제물이며, 승(承)은 받들어 돕는 것이다. 지 (止)는 사는 것이고, 조(肇)는 열어서 개방하는 것이며, 격(假)은 이르러 오는 것이다. 기기(祁祁)는 많아서 버글버글 하는 모양이 고, 경(景)은 큰 것이요 원(員)은 둥글어 원만함이니 경원유하(景 員維河)는 크게 원만함이 오직 흐르는 강물처럼 자연스러운 것이 다. 함의(咸宜)는 모두 알맞아 중용(中庸)을 얻음이고, 하(何)는 하(荷)와 같으니 어깨에 메는 것이다.

상(商)나라의 정치이념이 사해인류를 평등하게 다스려 중정공 평(中正公平)한 대동공화세계(大同共和世界)를 건설하는 것임을 거듭 역설한 점을 깊이 음미하면 요(堯), 순(舜), 우(禹), 탕(湯), 문무(文武)의 대통(大統)이 시대와 나라를 초월하여 접속되는 이 유를 깨달을 수 있을 것이다.

4-5-4 ──── 장발(長發) / 오래 드러냈도다

준 철 유 상　　　　　장 발 기 상
濬哲維商에　　　　長發其祥이로다
홍 수 망 망　　　　　우 부 하 토 방
洪水芒芒이어늘　禹敷下土方하야
외 대 국 시 강　　　　복 원 기 장
外大國是疆하야　幅隕既長이어늘

　　　　　　_{유 융 방 장}　　　　_{제 립 자 생 상}
　　　　　　有娀方將일새　帝立子生商이로다

깊은 지혜가 있는 상나라에 그 상서로움을 오래 드러냈도다
홍수가 질펀하거늘 우가 낮은 땅을 사방으로 펴서
밖으로 큰 나라를 이에 경계로 하여 지면의 넓이와 둘레가 이미
많거늘
유융씨가 바야흐로 큰 까닭에 순임금이 유융씨의 딸이 낳은 아
들을 세워 상나라가 탄생하였도다

　　　　　　_{현 왕 환 발}　　　　_{수 소 국 시 달}
　　　　　　玄王桓撥하니　受小國是達하며
　　　　　　_{수 대 국 시 달}　　　_{솔 리 불 월}
　　　　　　受大國是達이로다　率履不越하니
　　　　　　_{수 시 기 발}　　　_{상 토 렬 렬}
　　　　　　遂視既發이로다　相土烈烈하니
　　　　　　_{해 외 유 절}
　　　　　　海外有截이로다

현묘한 왕이 씩씩하게 다스리니 작은 나라를 받아도 이에 통달
하며
큰 나라를 받아도 이에 통달하도다 예법을 따라 분수를 넘지 않
으니
드디어 인민이 본받아 이미 일어났도다 상토가 날래고 씩씩하니
바다 밖에까지도 깍듯이 함이 있었도다

　　　　　　_{제 명 불 위}　　　_{지 우 탕 제}
　　　　　　帝命不違하야　至于湯齊하니
　　　　　　_{탕 강 불 지}　　　_{성 경 일 제}
　　　　　　湯降不遲하며　聖敬日躋하야
　　　　　　_{소 격 지 지}　　　_{상 제 일 지}
　　　　　　昭格遲遲하여　上帝是祗라
　　　　　　_{제 명 식 우 구 위}
　　　　　　帝命式于九圍하도다

천명이 떠나지 아니하여 탕임금에 이르러 가지런하니
탕임금의 내림이 늦지 아니하며 지극한 공경심이 날로 올라가서
밝게 이르러 오래오래 하느님을 이에 공경하므로
하느님이 명령하여 아홉 주에 본받게 하였도다

受小球大球하야 爲下國綴旒하니

受小球大球하야　爲下國綴旒하니
수 소 구 대 구　　　위 하 국 철 류

何天之休로다　不競不絿하며
하 천 지 휴　　　　불 경 불 구

不剛不柔하야　敷政優優하니
불 강 불 유　　　　부 정 우 우

百祿是遒로다
백 록 시 주

　작은 옥구슬과 큰 옥구슬을 이어 작은 나라를 위하여 깃발을 만
드니
　하늘의 아름다운 덕을 입었도다 경쟁하지 않고 독촉하지 않으며
강경하지 않고 유약하지 아니하여 정책을 폄에 여유만만하니
　일백 가지의 관록이 이에 모이도다

受小共大共하야　爲下國駿厖하니
수 소 공 대 공　　　위 하 국 준 방

何天之龍이로다　敷奏其勇하야
하 천 지 총　　　　부 주 기 용

不震不動하며　不戁不竦하니
불 진 불 동　　　　불 난 불 송

百祿是總이로다
백 록 시 총

　작은 무리와 큰 무리를 이어 작은 나라를 위하여 크고 두텁게
하니
　하늘의 은총을 입었도다 의견을 진술하여 올림이 그 날래게 하여
성내지 않고 흔들리지 않으며 두려워하지 않고 굽신거리지 않으니
　일백 가지 관록이 이에 모두 합하도다

武王載旆하야　有虔秉鉞하니
무 왕 재 패　　　　유 건 병 월

如火烈烈하야　則莫我敢曷이로다
여 화 렬 렬　　　　즉 막 아 감 알

苞有三蘖이　莫遂莫達이라
포 유 삼 얼　　　　막 수 막 달

九有有截이어늘　韋顧旣伐하고
구 유 유 절　　　　위 고 기 벌

昆吾夏桀이로다
곤 오 하 걸

씩씩한 왕이 깃발을 흔들어 삼가 도끼를 들게 하니
불같이 날래고 씩씩하여 곧 우리를 감히 막지 못하도다
밑둥에 세 개의 싹이 있어 이루지 못하고 통하지 못하므로
아홉 주가 깍듯이 함이 있거늘 위나라와 고나라를 이미 정벌하고
곤오나라와 하나라의 걸을 이어 멸했도다

석 재 중 엽   유 진 차 엽
昔在中葉에   有震且業이러니
윤 야 천 자   강 여 경 사
允也天子께   降于卿士하시니
실 유 아 형   실 좌 우 상 왕
實維阿衡이   實左右商王이로다

옛날 중엽에 두렵고 또한 위태함이 있더니
어여쁜 천자에게 대신을 내려 주시니
성실한 아형이 진실로 상나라 왕을 보필했도다

☯ 장발(長發) 편은 일곱 장인데 수장은 8구이고 2장, 3장, 4장, 5장은 7구씩이며 6장은 9구요 졸장은 6구로 된 서사시이다. 상 (商)나라 종묘대제(宗廟大祭)에서 탕(湯)임금의 공덕을 노래하는 찬송가이다.

1장은 상(商)나라의 발상지가 상서로운 땅임을 서술하고 우(禹) 가 홍수를 다스려 낮은 지방을 개발한 다음에 순(舜)임금이 설 (契)을 제후(諸侯)로 봉(封)함으로써 상(商)나라가 탄생한 역사적 사실을 기술하였고, 2장은 현묘(玄妙)하게 인간을 화합시키는 설 (契)은 윤리도덕에 밝기 때문에 지방의 작은 나라를 다스려도 정 무에 통달하고 중앙정부의 큰 나라에 교육부장관이 되어서도 교 육행정에 통달하는 탁월한 능력을 찬양하고 설(契)의 손자 상토 (相土)가 또한 뒤를 이어 날래고 씩씩하게 다스리니 멀리 해외에 까지도 깍듯이 함이 있음을 찬미하였으며, 3장은 상(商)나라 임금 이 대대로 천명(天命)을 어기지 아니하여 탕(湯)임금에 이르러 가 지런하니 탕임금은 자기 자신을 부지런히 낮추며 지극한 공경심

(恭敬心)이 날로 올라가서 밝게 하늘에 이르러 오래오래 하느님을 이에 공경하기 때문에 하느님이 9주(州)에 본받게 하였음을 찬송하였고, 4장은 탕임금이 작은 옥구슬과 큰 옥구슬을 이어 작은 나라를 위하여 깃발을 만들어 빛내주니 하늘의 아름다운 덕을 입었음을 찬미하여 이러한 탕임금의 정치는 중화세계(中和世界)의 건설이념으로서 경쟁하지 않고 독촉하지 않으며 강경하지 않고 유약하지 않은 정치력을 가지고 인간의 본의(本義)와 사회의 윤리에 바탕한 자율자치문화임을 설파하였으며, 5장은 탕임금이 작은 공동체와 큰 공동체를 연결하여 작은 나라를 위하여 크고 두텁게 함으로써 하늘의 은총을 입었으며 또한 법망(法網)을 해체하고 언론의 자유를 부여하여 누구든지 의견을 진술하여 올림이 날래게 하였는바 이러한 사회분위기는 정치지도자가 성내지 않고 흔들리지 않으며 두려워하지 않고 굽실거리지 않음으로써 이룩한 것임을 천명하였다. 6장은 탕임금이 정벌군을 지휘하여 열화(烈火)같이 진군하니 아무도 저지하지 못하는 것으로 천명(天命)과 민심이 이미 상나라에 있는 것을 밝히고 하(夏)나라 걸(桀)의 핵심 도당인 위(韋)나라, 고(顧)나라, 곤오(昆吾)나라를 먼저 정벌하고 마지막으로 걸(桀)을 멸했음을 기록하여 악당을 제거함에는 먼저 그 추종자부터 토벌해야 되는 순리를 표창하였고, 7장은 걸(桀)의 포악한 정치에 시달리는 인민을 해방하기 위하여 탕임금에게 하늘이 경사(卿士)를 내려주었으니 진실한 이윤(伊尹)이 공경(公卿)이 되어 탕임금을 진실하게 보필한 공로를 찬양하였다.

준철(濬哲)은 깊은 지혜가 있는 것이요, 장(長)은 오래이며, 방(方)은 사방이다. 외대국(外大國)은 외방(外方)의 큰 나라요, 복원(幅隕)은 지면의 넓이와 둘레이며, 유융(有娀)은 설(契)의 외가이다. 장(將)은 큰 것이요, 제(帝)는 순(舜)임금이며, 입(立)은 제후로 세움이요, 자(子)는 간적(簡狄)의 아들이니 곧 설(契)이다. 현왕(玄王)은 설(契)이니 설이 현묘하게 인간을 화합시키는 교육을 개발했기 때문이다. 환(桓)은 씩씩함이고, 발(撥)은 다스림이며, 달(達)은 능숙하게 통달함이다. 솔(率)은 따라가는 것이고, 이(履)는 예절이며, 월(越)은 넘어가는 것이다. 시(視)는 보고 배워서 본받는 것이고, 발(發)은 힘차게 일어나는 것이며, 상토(相土)는 설(契)의 손자이름이요, 절(截)은 깍듯이 절도가 있음이다. 제명(帝命)은 천명(天命)이요, 위(違)는 떠나가는 것이며, 제(齊)는 가지런하게 하나로 합치는 것이다. 강(降)은 내려서 몸을 낮추는 것이고, 성경(聖敬)은 지극한 공경심이며, 제(躋)는 위로 올라가는 것이다. 소격(昭格)은 밝게 하늘에 이르는 것이요, 지지(遲遲)는 오래오래, 지(祗)는 공경함이다. 식(式)은 행동규범으로 본받는 것이고, 구위(九圍)는 구주(九州)이다. 수(受)는 이어서 연결함이요, 구(球)는 아름다운 옥구슬이니 원만한 인품을 상징하였고, 하국(下國)은 작은 나라이며, 철류(綴旒)는 기폭에 깃발을 부치는 것이니 더욱 선명하고 아름답게 장식함이다. 하(何)는 입히는 것이니 보태주는 것이요, 경(競)은 경쟁함, 구(絿)는 독촉함이며, 우우(優優)는 넉넉하여 여유만만한 모양이고, 주(遒)는 모이는 것이다. 공(共)은 무리로서 공동체의 집단이요, 준(駿)은 큰 것이고, 방(厖)은 두터운 것이며, 총(龍)은 총(寵)과 같다. 부주(敷奏)는 의견을 진술하여 올리는 것이고, 용(勇)은 날램이니 주저함이 없는 것이며, 난(戁)은 두려워함이요, 송(竦)은 아첨하여 굽실거림이고, 총(總)은 모두 합하는 것이다. 무왕(武王)은 탕(湯)임금이요, 재패(載旆)는 깃발을 흔들어 군대를 지휘하는 것이며, 건(虔)은 경건히 삼가는 것이다. 알(曷)은 막아서 저지함이고, 포(苞)는 뿌리의 밑둥이며, 얼(蘖)은 싹이니, 포(苞)는 몰락해 가는 하(夏)나라 걸(桀)을 비유하고, 삼얼(三蘖)은 걸의 잔당인 위(韋), 고(顧), 곤오(昆吾)의 세 나라를 비유하였다. 구유(九有)는 구주(九州)요, 위(韋)와 고(顧)와 곤오(昆吾)는 모두 나라이름이다. 하(夏)는 우(禹)임금이 세운 나라이고, 걸(桀)은 하나라의 마지막 임금이니 주색잡기(酒色雜技)를 즐기면서 엄법중세(嚴法重稅)로 인민을 탄압하고 언론의 자유를 말살한 독재자였다. 엽(葉)은 세대이고, 진(震)은 두려움이며, 업(業)은 위태로움이다. 천자(天子)는 탕(湯)임금이요, 강여(降予)는 내려주는 것이며, 경사(卿士)는 대신(大臣)이니 공경(公卿)의 벼슬로 이윤(伊尹)의 직책을 뜻하며, 아형(阿衡)은 인민이 이윤(伊尹)의 공평한 직무수행에 의지했다는 뜻인바 곧 이윤

의 관직명으로 전화하였다. 좌우(左右)는 측근에서 도우며 보필하는 것이고, 상왕(商王)은 상나라 탕임금이다.

은(殷)나라를 천자국으로 세운 탕(湯)임금이 그 시조 설(契)의 현묘하게 인간을 화합시키는 오륜(五倫)의 윤리교육사상을 계승하여 하늘을 공경하고 인민을 사랑하는 정치이념을 천하에 밝혀 경쟁하지 않고 독촉하지 않은 도덕질서를 확립하고 강경하지 않고 나약하지 않은 중용(中庸)정신을 발양하여 언론자유를 보장함으로써 공론(公論)에 따라 폭군 걸(桀)을 처단하고 인민을 해방한 역사적 사실을 명확히 서술하였으니 이 시에서 탕임금의 혁명정신을 명확히 인식하기 바란다. 왜냐하면 탕임금과 이윤(伊尹)은 모두 성현(聖賢)이고 인류역사상 최초로 인민해방을 위한 혁명을 하였기 때문이다.

4-5-5 ──────── 은무(殷武) / 은나라의 무력

撻彼殷武로　奮伐荊楚하야
（달피은무）　（분벌형초）
寀入其阻하야　裒荊之旅하고
（미입기조）　（부형지려）
有截其所하니　湯孫之緒로다
（유절기소）　（탕손지서）

빠른 저 은나라 무력으로 힘차게 형주의 초나라를 정벌하여
깊이 그 막다른 곳에 들어가 형주의 군사를 모으고
그 곳을 깍듯이 다스리니 탕임금의 손자의 사업이로다

維女荊楚는　居國南鄕하나니
（유여형초）　（거국남향）
昔有成湯이　自彼氐羌하야
（석유성탕）　（자피저강）
莫敢不來享하며　莫敢不來王이라
（막감불래향）　（막감불래왕）

왈 상 시 상
曰商是常이로다

오직 너희 형주의 초나라는 국토가 남쪽 지방에 있거니
옛날 탕임금의 정부는 저 서쪽 오랑캐로부터 감히 와서 조공을
바치지 않음이 없으며 감히 왔다가지 않음이 없으므로
상나라는 이를 상례로 하였도다

천 명 다 벽　　　　설 도 우 우 지 적
天命多辟하야　　設都于禹之績하니
세 사 래 벽　　　　물 여 화 적
歲事來辟하며　　勿予禍適이어다
가 색 비 해
稼穡匪解라 하도다

하늘이 여러 제후에게 명령하여 도읍을 우가 홍수를 다스린 지
역에 세우니
1년의 행사로 왔다가 물러가며 나를 해롭다고 쫓지 말지어다
농사를 지음에 풀지 아니한다고 하였도다

천 명 강 감　　　　하 민 유 엄
天命降監이라　　下民有嚴하니
불 참 불 람　　　　불 감 태 황
不僭不濫하야　　不敢怠遑이라
명 우 하 국　　　　봉 건 궐 복
命于下國하야　　封建厥福하도다

천명이 내려와서 감시하므로 하층민중은 존엄함이 있나니
분수를 벗어나지 않고 함부로 하지 아니하여 감히 게으르거나
황급히 하지 않으므로
작은 나라에 명령하여 크게 그 복지사회를 건설했도다

상 읍 익 익　　　　사 방 지 극
商邑翼翼하니　　四方之極이로다
혁 혁 궐 성　　　　탁 탁 궐 령
赫赫厥聲이요　　濯濯厥靈이라
수 고 차 녕　　　　이 보 아 후 생
壽考且寧하야　　以保我後生이로다

상나라 도읍이 웅장하고 아름다우니 사방의 중심이로다

크게 빛나는 그 명성이요 밝게 빛나는 그 신령한 마음이므로
장수하여 오래 살고 또한 편안하야 우리 후생을 보우하도다

척 피 경 산
陟彼景山하니

송 백 환 환
松栢丸丸이어늘

시 단 시 천
是斷是遷하야

방 착 시 건
方斲是虔하니

송 각 유 천
松桷有梴하며

여 영 유 한
旅楹有閑하니

침 성 공 안
寢成孔安하소서

저 경산에 올라가니 소나무와 잣나무가 꼿꼿하거늘
이에 자르고 이에 옮겨 반듯하게 깎아서 이에 바로잡으니
소나무 서까래가 밋밋함이 있으며 여러 기둥이 굵직굵직 함이
있도다
사당의 침전이 완공되었으니 크게 편안하소서

☯ 온무(殷武) 편은 여섯 장인데 수장과 4장과 5장은 6구씩이
고, 2장과 졸장은 7구씩이며 3장은 5구로 된 서사시이다. 은(殷)
나라 고종(高宗)이 부열(傅說)을 발탁등용하여 유비무환(有備無
患)의 정신으로 군사력을 튼튼히 하여 세계평화를 보장하고 인민
을 사랑하고 하늘을 공경하여 윤리도덕교육을 장려함으로써 세계
문명의 중심으로 나라를 재건한 공덕을 찬송한 노래이다.
  1장은 고종(高宗)이 유비무환(有備無患)의 정신으로 국방을 튼
튼히 지키는 무력(武力)을 양성했기 때문에 형주(荊州)의 초(楚)
나라가 반란을 일으킴에 신속히 정벌하여 깨끗이 진압할 수 있었
음을 기술하였고, 2장은 초나라의 항복을 받아들이고 다시 예전
처럼 제후국(諸侯國)의 상법(常法)으로 천자국(天子國)을 받들도
록 회유하였으며, 3장은 하늘은 많은 제후(諸侯)들이 천자국을 중
심으로 통일세계를 건설하여 대동화합하기를 바라는 까닭에 지방
의 제후국은 해마다 사무적으로 천자국에 업무를 보고하는 법도
가 있음을 밝혀 앞으로의 우호협력을 다짐하였고, 4장은 천명(天

命)은 내려와서 인민대중의 눈과 귀로 감시하기 때문에 하층민중은 존엄한 대상이므로 탕(湯)임금이 지극히 겸양(謙讓)하여 분수를 벗어나지 않고 함부로 하지 아니하여 감히 게으르거나 황급하게 하지 않아 하늘이 작은 상(商)나라에 명하여 크게 그 복지사회를 건설한 천자국(天子國)이 되게 하였음을 재확인하였으며, 5장은 고종(高宗)이 윤리와 도덕교육을 장려하여 탕임금의 혁명정신과 건국이념을 다시 밝혀서 상(商)나라 도읍이 세계문명의 중심지가 되니 크게 빛나는 명성을 다시 얻고 밝게 빛나는 그 신령한 힘으로 오래도록 안녕세계를 건설하여 우리 후생을 보우했음을 찬송하였으며, 6장은 경산(景山)의 소나무와 잣나무를 베어다가 다듬어 고종(高宗)의 사당을 번듯하게 지어 낙성식을 하면서 여기에서 편안하기를 축원하였다.

공자가 이 시를 『시경』에 편집한 이유는 은(殷)나라 고종(高宗)이 치밀한 계획과 강력한 실천력으로 탕(湯)임금의 정신을 계승하고 그 사업을 재건한 업적을 찬양하기 위함이다. 창업(創業)의 위대한 역사를 다시 빛내는 중흥(中興)의 역사적 사명은 더욱 큰 것임을 밝히기 위하여 시경의 마지막 끝에 편집하였으니 그 의미가 심장하다.

달(撻)은 신속하여 빠른 것이고, 은무(殷武)는 은나라의 군사력이며, 미(采)는 깊이 들어가 막다른 끝이다. 부(裒)는 모아서 수습함이고, 탕손(湯孫)은 탕임금의 11세손(世孫) 고종(高宗 : 武丁)이며, 서(緒)는 기본적인 사업이니 곧 중흥의 과업이다. 성탕(成湯)은 탕임금의 시호이고, 저강(氐羌)은 서쪽 오랑캐의 나라이며, 향(享)은 공물(貢物)을 바치는 것이요, 왕(王)은 왕(往)과 같으니 가는 것이며, 상(常)은 일상적인 법도이다. 다벽(多辟)은 많은 임금이니 곧 제후이고, 래벽(來辟)의 벽(辟)은 물러가는 것이다. 적(適)은 적(謫)과 같으니 쫓아내는 것이요, 해(解)는 늦추어 풀어짐이다. 감(監)은 감시하여 사찰하는 것이고, 하민(下民)은 천심(天心)으로 보고 듣는 하층민중이며, 엄(嚴)은 존엄함이니 하층민중의 보고 듣는 것이 곧 하늘이 보고 듣는 것이기 때문이다. 참(憯)은 인간의 성분(性分)을 벗어남이요, 람(濫)은 자기의 직분(職分)

을 넘어간 것이며, 황(遑)은 황급히 하는 것이다. 봉(封)은 큰 것이요, 건(建)은 건설함이며, 복(福)은 복지(福祉)사회이다. 상읍(商邑)은 상나라의 도읍이고, 익익(翼翼)은 웅장하고 아름다운 모양이며, 극(極)은 중앙(中央)이요, 혁혁(赫赫)은 크게 빛나는 것이고, 탁탁(濯濯)은 밝게 빛나는 것이다. 영(靈)은 신령한 마음이고, 아(我)는 고종(高宗)의 뒤를 이은 임금이요, 후생(後生)은 후세의 사람들이다. 경산(景山)은 상나라의 도읍에 있는 산이고, 환환(丸丸)은 곧아서 꼿꼿한 모양이며, 천(遷)은 운반함이고, 방착(方斵)은 반듯하게 깎는 것이요, 건(虔)은 바로잡는 것이다. 천(梴)은 길어서 밋밋함이요, 여(旅)는 많음이고, 한(閑)은 굵직굵직하여 안정된 것이다. 침(寢)은 사당의 침전(寢殿)이고, 성(成)은 완공하여 낙성(落成)함이며, 안(安)은 고종(高宗)의 신령이 편안함이다.

무릇 제사를 지내는 것은 조상의 공덕을 기리고 그 정신과 사업을 이어받기 위함이니 귀신의 신통력(神通力)은 대체로 생전에 응결한 자기의 정신력과 자손이 받드는 제사(祭祀)의 정성과 묘지(墓地)의 형국(形局)과 사당의 정채(精彩)에서 더욱 성대하므로 효자는 사당을 지어 어버이와 조상의 신령을 받드는 것이다.

○ 상송(商頌)은 5편 16장 154구이다. 그 시가 주(周)나라 이전에 지은 것이기 때문에 대단히 질박하고 간결하여 난삽하지만 그 뜻이 심오하고 진실하다. 나(那) 편은 아름다운 음악과 성대한 예식으로 탕임금의 근면성실한 덕성을 찬송하였고, 열조(烈祖) 편은 탕임금의 대동화합정치를 찬송하였으며, 현조(玄鳥) 편은 탕임금이 대동공화(大同共和)의 정치로 중정공평(中正公平)한 세계를 건설한 것을 찬송하였고, 장발(長發) 편은 상(商)나라는 설(契)의 교육정신을 이어받아 탕임금이 윤리도덕을 바탕으로 하는 중화정치(中和政治)를 베풀어 천명(天命)을 받은 내력을 밝혔으며, 은무(殷武) 편은 고종(高宗)의 중흥사업(中興事業)을 찬송하였다. 공자가 송풍(宋風)은 취하지 않고 상송(商頌)을 편집하였으니 상나라의

찬송가로 송나라의 음악을 미루어 짐작할 수 있을 것이다.

새 시대를 위한 시경 (하)

처음 찍은날 · 2001년 3월 15일

처음 펴낸날 · 2001년 3월 20일

역주자 · 서정기

펴낸이 · 송영현

펴낸곳 · 살림터

주소 · 121-820 서울시 마포구 망원1동 57-413 (1층)

전화 · 3141-6553 (대표)

전송 · 3141-6555

등록번호 · 제2-1008호 (1990년 5월 15일)

인쇄 · 신화인쇄공사 (나병문)

제본 · 성용제책사 (조주환)

값 17,000원

▶ 잘못된 책은 바꾸어 드립니다.

ISBN 89-85321-71-4 (03820)

ISBN 89-85321-69-2 (전2권)

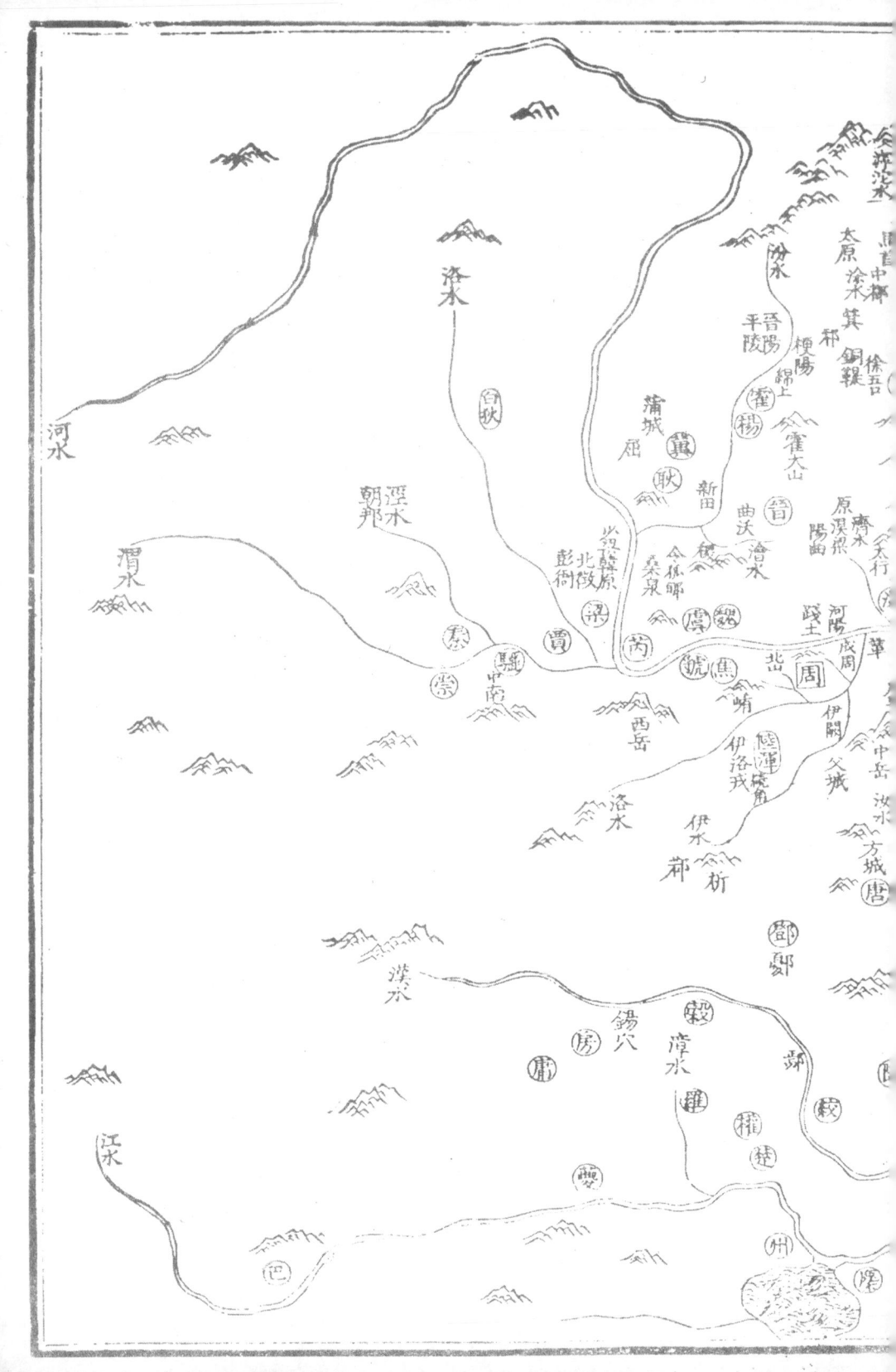

河水

渭水

涇水 朝邦

白狄

洛水

河水

汾水 太原 中都
徐吾
箕 祁 銅鞮
晉陽 平陵 梗陽 綿上
蒲城 屈 霍大山
萬 耿 新田 曲沃
智 原 溴 茅陽涵
彭衙 北徵 原 桑泉 祁 窮桑 滄水 馮 魏 賈 梁 芮 戎周 虢 焦 崤 踐土 河陽 成周 北屈
周
華
秦 崇 縣中南
西岳
洛水
陝 伊闕 伊洛戎 父城 中岳 汝水 方城 唐
伊水
鄧鄀
漢水
錫穴 房 穀 漳水 維 雙 庸 穀 薛 權 遻 鄀
州 隨
江水 巴

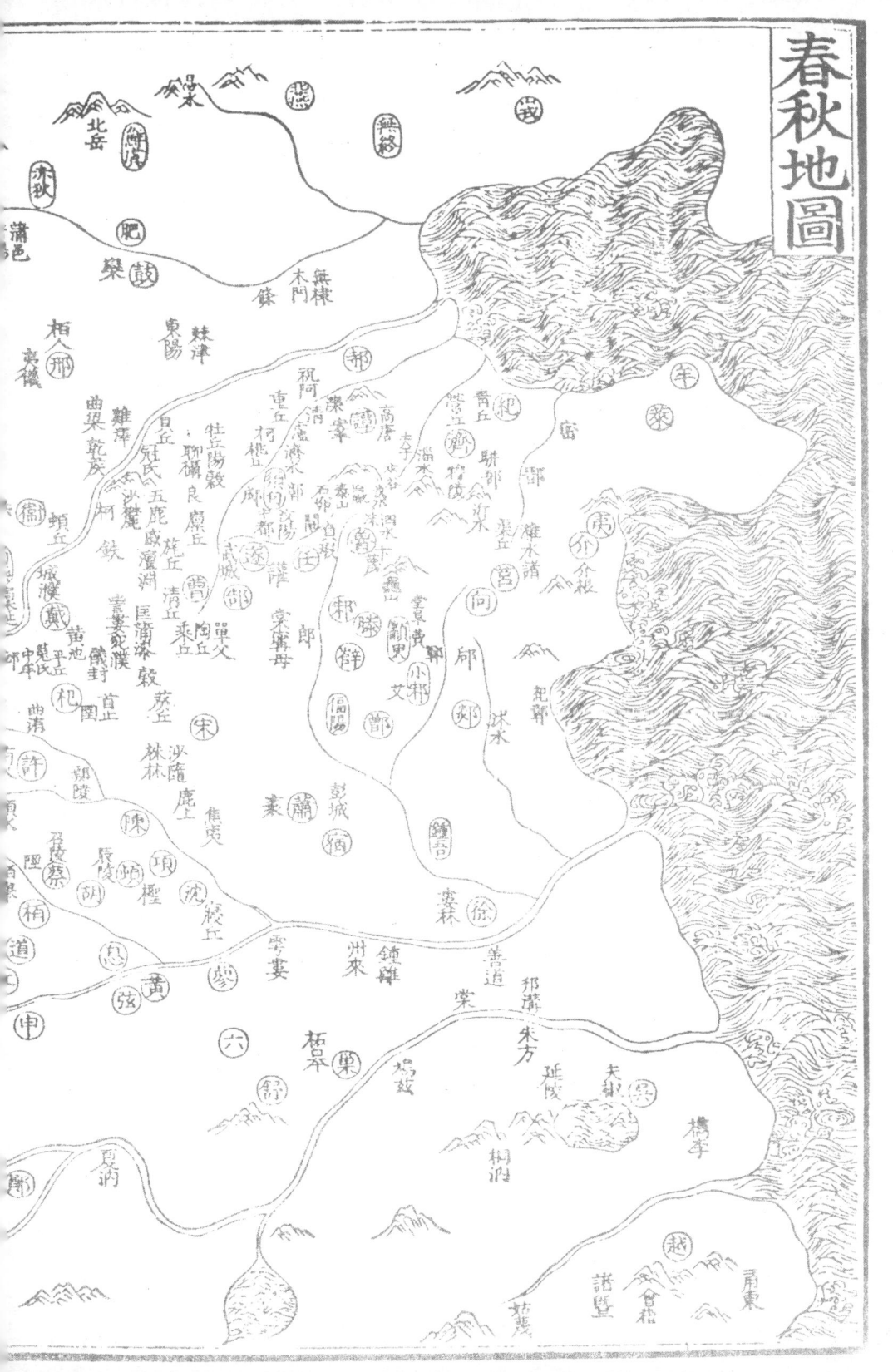